苟且《かりそめ》

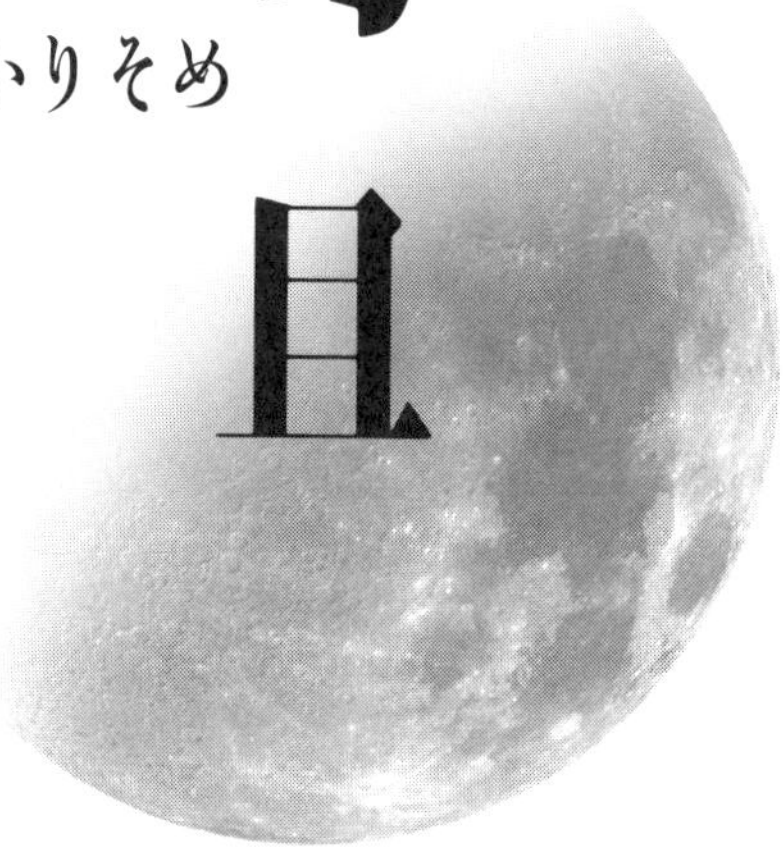

上宿 歩
Kamijiku Ayumu

文芸社

壱

砂塵吹き荒《すさ》ぶ原野。仰ぎ見えるは照り付ける日輪。人の正気《しょうき》と精気を容赦無く蝕む。だが此所に其等全てを凌駕し且つ呑み込まん漆黒の剣士。

孤高也り。

対峙するは全てに溶け込まんとするが銀《しろがね》の傀儡師。五体の木偶《でく》は分身の如し。

吹き狂う砂塵は果して味方であったか。分身達の動きを隠し惑わす。其の風操るは風使いの木枯《こがらし》。

其等全てを知らぬ素振りで浅はかでもあるかの如し、否。慧眼の武士であったのか。漆黒の中から一筋の閃光。必殺剣を解き放ち砂塵諸共一体の木偶を一刀両断。猶《なお》も詰め寄る孤高の剣客に狼狽《うろた》えたは傀儡師か、人形か。其の刹那、黒衣の左手方向から砂塵と共に光芒引いて強襲するは檝形手裏剣。必殺の鎌鼬《かまいたち》。

「左近《さこん》様！」

迫遽《はっきょ》の気色滲ませ澄み透《とお》った声が荒蕪《こうぶ》に響いた。

「くっ……。紫蓮《しれん》か」

と、呻く。

「此所は、我等が！」

と、木枯《こがらし》。破《わ》れ声《ごえ》が継ぐ。

「済まぬ……。任す！」

と、浄龍寺《じょうりゅうじ》左近《さこん》。其の人であったか。

何の弊害にもならぬと言った風に躱《かわ》すは砂塵か鎌鼬か何《いず》れもか、其所へ更に迫蹙《はくしゅく》するは漆黒成る孤高の剣士。

（おのれ！　させぬぞ残月《ざんげつ》！）

益々《ますます》扇ぎ立てるは上半身《かみはんしん》程も有る大扇子《おおせんす》。割って入った古兵《ふるつわもの》の迫急たる心に呼応するかの如く砂塵は更に烈しく猛り狂う。其に乗じて紫蓮《しれん》の鎌鼬が二度《ふたたび》唸り残月に襲い掛かる。漆黒の陰から俄《にわか》に二つ鋭き光輝を放つ事同じくして閃光、残像靡《なび》かせて横薙ぎに流るるは名刀〝月影《げつえい》〟。悉く煙《けむ》になるは砂塵と手裏剣何れもか、返し刀で二人を鋭く抉《えぐ》ろうと光る抜き身燻し銀。其を宙へ跳んで遣り過ごすは女忍《おんなしのび》。が危うし、庇うは風使い木枯。其の左腕は扇ごと肩口から美事《みごと》に奪われ恍惚な表情を浮かべたは、宿敵黒衣の溜息か自嘲か、微かに動いた其の口元、其の顔白皙《はくせき》の剣士を見た其故か、苦痛からか。砂塵と共に二人は消えた。全てを呑み込む程の漆黒の剣士独り。其の影も又、猶一層色濃く共に佇む。楡《にれ》残月。衒冤《がんえん》の義士、其の人である。何処迄も孤高也り。

（飛雪《フェイシェ》……）

心の声よ、届けと許りに。

雲霄《うんしょう》を飛び交い、地輿《ちよ》を這いずった轟音共。無機物を『文明』と呼称した時代。自然を喰い潰し続けた結果、人々は何を手にし、何を得たのだろう。其の近代文明が亡び数世紀。今と成っては最早。

嘗ての為政者達の唯一の失敗は、人世《じんせい》の象徴たる皇天を高層建築物に住まう大衆が昼夜分かたず見下ろす事を赦した処に有ると。更に、全ての法は時の王の好みだとも。勧善懲悪成るものも、又、然り。と、爾後の為政者は指弾したか。

何れ程《ど》時を経《へ》ようとも、人間《ヒト》の本質、相貌は其の実《じつ》、何も変わらないのだ。

『生を貪り喰らう』

どんな時代が訪れようとも民衆は、人身御供を求め続ける。人類とはそう云うものか。

地球《そら》が存在して幾十億。其に比ぶる浮世なぞ。大海原にほんの瞬刻立たせた水面の波紋。

宇宙が嗤う。

木枯は顔面蒼白である。腕の傷口からの出血は殆ど無い。教え子の止血も然《さ》る事ながら残月の剣術熟練達成度への畏怖からである事は紫蓮にも緊々《ひしひし》と伝わって居た。

「彼奴の顔、見たか」

声は微かに震えて居た。紫蓮は昂揚したのか少し赤らめた。其を見た木枯は無様さの苛立ちからか、

「戯《たわ》け、此の期に及んで。あの包帯の下に蠢く傷口の事だ」

叱咤した。一体全体何が……、彼奴程の剣士に而《しか》も顔に……、一体誰が……。

「如何《いかが》致しまするか?」

木枯の思い詰め、焦りから色々と腐心している様子に堪え兼ね口にした。間を置いて、

「最早一刻の猶予もならぬ、期日も儂《わし》の命も。直ぐにでも追うぞ!」

僅かに蹌踉《よろ》めくも、険しい表情其の儘に、古参の忍者《しのびもの》は心を奮い立たせて走り出した。この執念正に凄まじき。

是より幾日か前――。

時節は早くももう躑躅《つつじ》が咲き誇り、庭を照らす日増しに強くなる陽射しは何想う。春への恋慕か夏への憧憬か。とはうらはらに籠もる淑女一人誰を偲ぶか、聴こえるは弦の調べ其の音色は、美しくも哀惜《あいせき》の響きであった。清楚で整った其の顔をふと障子へ向ける其処には人影が在った。

「御父様……?」

少し訝しがる様に影へ問う。

「うむ……。私だ。入るぞ、良いな」

父たる鑑速佳仙《あきすみかせん》は娘成る飛雪《フェイシェ》が答えに少し丈逡巡したのは何故か。弦の音色より汲み取った気持ちからかそれとも今の立場を慮る事からの所行か。どちら共なのか判然としない儘障子を開けた。

「其の儘で……。飛雪よ、残月《ざんげつ》との事は諦めて呉れまいか……、皆迄言わずとも良いな……、母の……ことも……な」

最後の言葉は心に深く暗い影を落とした。娘に丈は正直であろうと、一人の父であろうと腐心し、

言葉を慎重に選んだ心算であったのだが、帰らぬ妻への偲ぶ思いが狂わせたのだろう。

「彼奴《あやつ》め恐らくは出奔しよった。父娘《おやこ》に深い傷を遺してな。兼平《かねひら》に至っては官吏と私の妻殺害。此の二件からに因《よ》る騒擾事件を惹起した罪は多大であるが故に極刑に値する。此の期に及んでは残月を捕らえ厳しく詰問せねばなるまいて」

其の顔は知らぬ間に統治者へと変えて居た。

「はい……。心得ております」

と、父の言葉を厳粛になれども何も言えぬ立場を甘んじて受けた。

「それを聞いて安堵致したぞ」

其の顔は父親であったか……。

「失礼致します」

「浄龍寺《じょうりゅうじ》か。首尾は……」

「はい。滞りなく既に斥候部隊を差し向けております。直ぐにでも追い詰め彼奴めの命を必ずや！」

浄龍寺に怨恨の念を感じる事は無い、寧《むし》ろ明瞭な口調である。

「出来れば……。いや、生け捕りをと思うたが彼奴の剣術尋常に非《あら》ず、斥候部隊の命が危ぶまれるやも知れぬ。何よりも事が事だけに慎重を要するのだ」

「御意」

「して飛雪よ、私はな此の国の為政者として秩序を乱す不逞の輩から民を守らねばならぬ立場なのだ。そう、時には非情に振る舞わねばならぬ事もな」

そう言い終えると部屋を後にし、庭の躑躅を懐かしむ様に眺めた目は潤んで居た。

一人泪を流し佇む窓からは自室と容姿を緋色に染め上げていく哀愁。然程《さほど》に迄何を哀しむのか飛《フェイ》雪《シェ》。其は記憶喪失への嘆きかそれとも母と想い人を同時に喪った哀しみからか。若しくは其の何方も凌駕して終う程の自己愛が齎《もたら》し得たのであろうか。

我に返ると胸から血を流し仰向けで倒れ絶命して居るであろう女性と其の直ぐ傍らで、幼子を背に無惨にも刃で切り裂かれ血で真っ赤に染め乍ら此方《こちら》へ向けている顔には、困惑と憤りが交錯して居るであろう事ははっきりと窺えた。

其等は昨日夕刻から未明に掛けて起きた惨状の場である皇宮の数在る応接間の一室になぜ、自分が居たのか判然としない此の事。赤に染まる短刀を握る手は更に赤く染まって居る。そして血の絨毯に横たわる女性は嘗《かつ》て御母様と呼んで愛した姮娥《コウガ》であり、刀傷で変わり果て血で赤く染まる顔を向けて居るのは狂おしい程の愛惜を寄せる残月《ざんげつ》なのである。だが本当に驚愕す可きは其の背に見える聖顔、巴《ともえ》陛下其の御方の存在であるのだ。狼狽眼《まなこ》は最早どれが誰の血であるか解らない程に溶け合い濡らしている手と床を交互に幾度か見て瞬きするも忘れる程見開き、一つは剣士故からの嘆きの眼、もう一つは幼くも炯眼《けいがん》で看破した其等四つの眼を座に堪えざるも、青磁色の瞳二つが詳らかに映して居た。

陛下をどうにかして安全な場所へと腐心し俄《にわか》に思い付いたのは、今し方永逝《えいせい》した姮娥の女性主治医が住込みで働いている医務室が此所から一番近い事。傷の痛み等微塵も感じさせぬ力強く威厳に満ちた声で発する。

「間も無く父君が……、宰相閣下が参られる筈、其の時は何卒有り体にお話し為《な》される事願えまいか。夫と舅になるやも知れぬ身の上に御座る故」

と、言い終えるが早いか陛下の小さな手を聢《しか》と握る。そして、

「必ずや、血路を開いて御覧に入れまする。故に、今はッ。此の下僕めの申す儘に」

力強く。一度。首肯《うなず》く。握り返す其の手からは絶大なる信頼と寵愛を賜り畏敬の念を抱いた。

残月の言葉通り直に駆け付けた父、佳仙《かせん》の叫びに似た声に揺り起こされ我に返る。其所には母の亡骸丈が変わらず横たわって居た丈であった。

(わたくしは昨夜一体何をしたの。今日の午頃父が聞き質す事が出来なかった事を若しやこのわたくしが……)

飛雪は頭を振った。丸で全てを追い出すかの様に其は頭の中か、それとも心の中であったか。

(わたくしが御母様を殺害し、その上あの御方の、残月様の御顔にまで……。いいえ、そんな……、そんな大それた事をこのわたくしが……。その様な事をする訳がない。あろう筈がない)

全てを、そう其等全てをかなぐり棄て様と自分の腕で自分の身体を強く渾身の力を振り絞るが如く強く抱き締めた。其は刹那的でもあったか。其の瞬間部屋が白い光に包まれた。否、世界にと語る可きか。飛雪は其の白い光の真っ直中に居た、丸で浮いているかの様に。何所迄も何所迄も続く白く光り輝く世界。

「此所は……、確か……、以前にも……」

と、呟き乍ら一人蹲《うずくま》る、丸で怯えた仔猫の様に。果して『純真無垢。さすがは鑑速《あきすみ》殿の御息女

であられますな』と謳われたあの淑女であったか。

遥か遠くから、否、近くからであったか。――抑《そもそも》微かに、だが確実に見覚えのある此の白い世界には隔たりと言う言葉は通じるのだろうか寧《むし》ろ存在しえるのだろうか。と考える可きであろう。そういう場所から途切れ途切れに自分を呼ぶ声が聞こえる。

「フェ……イ……シェ……よ」

頭にそれとも心に其の何方にもか。直接響いて来る様なそんな感覚、声か。何処か母に似た慈愛の満ちた声が意思が響き伝わる。

「おかあ……さ……ま……？」

「飛……雪……わた……し……よ」

優しく包み込む様なでも何処か邪猾《じゃかつ》な意思が、声が。

「あたしのかわいい飛雪。そんな所で蹲って、なんていじらしいのかしら」

（御母様などでは断じてない、でも、此の声は私の幼き頃より聞いて知っている）

「一体彼方は誰なの？　此所は何所なの？　知っているのなら教えて頂戴お願いです」

其の声に、其の意思に縋り付く様な声音で語った時、青磁色の瞳には白く光り輝く世界丈を映して居た。

「飛雪……あなたは何時もそうね、困り果て自分の事で精一杯になると形振《なりふ》り構わずに此所へ来るわね。此の白い部屋へあたしの処に。そして其の度にイライラさせる」

其の声には憐れみと蔑みそして苛立ちが交錯して居た。少なくとも飛雪にはそう届いて居た。そ

して瞬きをした後ハッと何かに気付いた様に、

「あなたが……、あなたがしたのでしょう？　そうでしょう？　私じゃない、私がするわけがない。こんな……、こんな恐ろしい事……」

俯き耳を塞いだ。それでも猶《なお》、声は届いて来る。

「なんて図々しい子なのかしら。あの時、あたしが上手《うま》くしてあげたのにおまえが抗ってくれた御《お》蔭《かげ》でめんどうな事に……。まあ何《いず》れにしても目撃者にしてみればあなたのした事になるわよねェ。官吏も母親もフフフ……」

少し丈声を荒げたが直に悪戯《いたずら》っぽく嘲笑《わら》い、更に戯《おど》ける様に、

「まあ、綺麗な夕陽だこと真っ赤に染まって丸でいとしい御方の。あの時の御顔にそっくり。フフフ……。フフフ……」

飛雪は其の声に凍り付いた。そして意識がどんどんと遠退いて逝《ゆ》く。

「今宵は、何も彼も忘れて此所でお眠り。安心おし、あたしに任せて……。そうその儘、静かに眠るの……。いい子ね……」

其の声を母である姮娥《コウガ》の囁きかの如く遠くに聞き乍ら飛雪は朱色に染まる自室で青磁色の瞳を是も又、朱色に染め上げ暮れ往く夕陽を見詰め佇んで居る。

其は、其の姿は丸で忘却という名の何かを待ち侘びるかの様でもあった。

佳仙《かせん》は其の夜、書斎へ籠り考えに耽って居た。娘を質せなかった、母殺害への疑念。其の前夜に

は官吏が一名殺害され然も二件共に皇宮内で起きている是等を思い返して居た。

（あの夜、あの時、儂が兼平《かねひら》との密約通り応接間へ入り真っ先に飛び込んできたのは、血が滴《したた》る短剣を聢と握《にぎ》り立ち尽くし項垂《うなだ》れた哀《あわ》れな娘の姿であった。そして次に見たのは心から愛する妻が、姮娥《コウガ》が変わり果てて横たわって居た。初めはさすがに此の目を疑った……が直ぐに数多《あまた》の疑念が沸き上がった。先ず姮娥の致命傷だが正面から心の臓を、然もひと突きに。飛雪は武術は疎《おろ》か守り刀さえ携えた事もないのだ。其にも拘らずあの様な見事な突き技……。考え難い。では、姮娥が誰ぞを庇《かば》っての所行《しょぎょう》か……。有り得《う》るな。では誰を……？　兼平が儂に会わせたかった重要人物……か？）

此処ではっと突然視界が開《ひら》けた様な錯覚に捕らわれ、そうか！　と言わん許りに思いも寄らず口に出して終った。

「目撃者か！」

と、言い終えるが先か辺りを見互して居た。聞かれてはいまいかと確かめる様に。そして又、椅子に座り直し推論を進める。

（抑《そもそも》、あの殺された遼寧《リョウネイ》と申す官吏、一体何を調べていたというのだ？　然も選りに選って陸軍大将兼大臣を務める館林《たてばやし》勘解由《かげゆ》。あの大物の身辺許《ばか》りを……。何かウラが有るとしか考えられぬ。勘解由……野心家め彼奴《あやつ》の良からぬ噂《うわさ》……よもやはあるまいな）

此所で佳仙は溜息を洩《も》らした。考えを整理するかの様でもあったか。

（然し乍《なが》ら楡《にれ》家父息《おやこ》二人で揃いも揃って面倒を……。矢張り飛雪は残月の身代りであの場に留ったに過ぎぬであろう。是が出奔するに及んだ証左ではないか……否、では何故妻を、姮娥を殺《あや》めた？

んんっ？　目撃者を、と考える可きであったな）

首を大きく振った。考えが纏《まと》まらない。

（何も彼も全てにおいて解せぬ許りか此の目で見た事実さえも信じ難い！）

焦りからの苛立ちか頭を抱え俯けた。間を置き、顔を上げ、あの惨憺たる光景を憶い出し乍ら。

（それにしても床に沁み着いた血の量が多過ぎる嫌いもある。故に……、心を鬼にせねばならぬ様だな飛雪よ。娘よ……）

苦悶の表情で窓から月を仰ぎ見る其の顔は父であった。

「矢張り、今一度会って話を……尋問せねば、儂自《みずか》らがな。最善は明朝、黎明に」

態《わざ》と言語を口にしてみた。為政者として職務への決意を揺るぎ無きものにする為にであるが如し。

朧月　戸口の隙間　覗き見て
父の苦しみ　苟且《かりそめ》の夜

夜明け迄には暫《しば》し猶予有る早朝、女医、柳水春華《りゅうすいしゅんか》は薬草を両手に握り締め、舟を漕いで居る。

と、突如、静寂は破られた。其の主が戸を蹴破らん許りに駆け込んで来たからである。柳水は正《まさ》に跳ね起きた。寝惚け眼をぱちくりさせ、見据えた先に浮き上がる漆黒へ、可也《かなり》、裏返った声で言葉を掛ける。

「何方《どなた》かしら？　こんな時刻に……」

「邪魔を致す」

　正義と冷静を醸す声音で応じた。其は、小半時程前顔に重傷を負ったとは到底思えぬ威厳に満ち溢れて居た。実《まこと》、勇ましき楡残月《にれざんげつ》。だが返る言葉と声は何んともはや痛々しいものであったか。

「えっ。あっ。そ、その声は……ニ、レ、さんよね……確か……？」

　然も何かを探し乍ら応えている風である。

「ちょっ、ちょっと待って下さるかしら。あの……！　あった！」

　探し物はどうやら眼鏡であった様だ。

「わたし、是が無いと全然視《み》えなくて……。ごめんなさい。それで、どんな……」

御用件かと尋ねる言葉は罅割《ひびわ》れたレンズの向こうで髪と顔半分を血で染めた黒衣が其の疑問を愚問に換え、窓からは白《しら》む空が窺《うかが》えた。

「其の金瘡《きんそう》……。直ぐに縫合を……！」

　女医が目を剥《む》いた其の視線の先には幼くも炯眼《けいがん》を兼ね備えた聖顔。巴陛下、其の御姿であった。

　柳水《りゅうすい》の整った顔を丸で鯉の様相《ようそう》へと変える。

「へ……へっ……陛、陛下では御座いませんか！　ええ……。巴陛下……益々《ますます》……御壮健で在らせられまして……？」

　言葉に詰まり顔を伏せ乍ら、

（えっとこの後、何んて言えば……抑《そもそも》、謙譲語？　……大丈夫かしら？　……其よりも陛下に失礼は承知之助）

忌憚無く、

「先ずは楡さんを手当てしたいのです。手伝って頂けます？」

そこはかと無く恥じらいを感じ乍らも頼み事をした女医に対して慈悲深き面持ちで応じる。

「苦しうない。残月はな、残月は……朕の為に……。傷を負うたのぢゃ。よきに計《はから》って賜《たも》れ。早《はよ》に、はように……」

涙が溢れ出すのを必死に堪《こら》え乍ら慕る想いの丈を述べ猶も続ける。

「後生ぢゃ。助《たす》く賜れ。朕は如何《いかが》致せば善いのぢゃ。今こそ是迄の恩に報《むく》い時ぞ」

陛下の円《つぶ》らな瞳から終《つい》ぞ大粒の涙がぽろぽろと零《こぼ》れ落ち、拭《ぬぐ》う事を躊躇《ためら》う其の小さな手の震えは恐らく驚怖と不安からであろう。然し其故に猶一層、毅然《きぜん》たる態度で臨んだ。此の立居振舞い、真《まこと》、弱冠十三歳とは。正に天子たる所以《ゆえん》か。見事也。

「陛下、勿体無き御言葉。此の残月、感極まって御座いまする」

其の眼が潤《うる》んでいる様に柳水には見て取れた。

「どうぞ陛下、何卒 私《わたくし》の眼が行き届く所に御出で下さいます様。其丈に御座りまする」

言い終えるや否や女医へ向き直り、一転して元の厳格な一廉《ひとかど》の剣士たる表情に戻り、

「柳水先生、では早速に。陽が昇りきらぬ前に！　早く陛下の身を匿《かく》せる場所へ、一刻も早く！　話さねばならぬ事も有る故」

「巴陛下、では此方《こちら》へ。わたしの隣で言う通りに」

即座に応じた柳水の傍らで顔を見上げ乍ら、

「遠慮も要らぬ、何時でも構わぬ、申せ」

其の言葉を凛とした面持ちに感慨を憶え乍ら、寝台に仰向けになっている残月へ、

「では、始めるわよ。可也縫わないといけないし時間も迫っている様だから麻酔は……」

見返す武人の顔は承知していた。女医は其の凛乎《りんこ》たる白皙《はくせき》で美しい表情に一瞬、見惚《みと》れた。其に気付いた巴が訝《いぶか》しがる。柳水《りゅうすい》は照れ笑いで誤魔化した。


半時程経った処置室の寝台で目を醒《さ》ました黒衣は、睡《ねむ》って終って居た事に気付き慌てて起きた。縫合した許《ばか》りの顔が疼《うず》く其を堪え乍ら辺りを見亙し誰も居ない事に不安と焦りを憶える。然し其は直ぐに無用の心配だと理解した。二人が安堵の表情を浮かべ乍ら入って来たからである。体を起こし乍ら柳水へ、

「如何程、睡っておったものか?」

「まだ起き上がらずに、半時も経っていないから安心して頂戴」

「其の通りぢゃ。起きず横になっておれ。無理はならぬ。のう、残月《ざんげつ》」

柳水は起き上がろうとする患者の肩を手の平でそっと制した。巴は未だ驚怖を拭い切れず、残月の恢復《かいふく》に対する安堵感とが交錯《こうさく》し、迚《とて》も不安気な十三歳の童顔に立ち返って居た。其は丸で己《おの》が天子だという事を苟且《かりそめ》だと言わぬ許りである。其を感じ取った護り人は思慮深く、陛下に対して、

「御心添え恭悦至極に御座いまする。然し乍ら言うに及ばず此の残月、今直ぐにでも出立出来まするぞ」

と、黒衣は一瞬、和らぎに綻んだか。

鏡に写った、包帯の隙間から目と鼻と口丈が空《むな》しく覗《のぞ》いて居る其を見乍らにして横睨み。柳水は舌を出して剽《ひょう》げて見せ、

「其の方が顔を匿《かく》せて誰だか判り難《にく》いでしょう。ハハハ……」

「聊《いささ》か……。いや、忝《かたじけな》い。礼を申す。して、早速ではあるが何処か人目《ひとめ》包《づつ》み出来ぬであろうか？」

「エッ？　えっと……、研究室が……多分彼所《あそこ》なら誰も知らない筈だわ。……って、それって……どういう事かしら？　匿《かくま》えって事では……ないわよねぇ……。ま、まさかよね？　冗談……」

其を遮る様に残月。

「先程の話で了承を得たと、色好い返事を戴けるものと許り想って居りました故……。如何にも是は世迷い言に非ず直ぐにでも。斯《か》くなる上は何も彼も包み隠さず打ち明ける所存。御頼み申す。加えて、況んや柳水先生は最早渦中に居《お》られる由」

と、陛下の顔へと僅かに眼を遣り手蔓を頼る理由《わけ》だと無言で告げて居た。憮然とした面持ちで、

（話なんかしなくていいわよう……抑《そもそも》捲き込んだのはあなたでしょうに……それに縫合してあげたのに威《おど》されてる？　まさかね。選りに選って……此所なの？　どうして私なのよう。他に居るでしょうに……なんで……はあぁ……。けれども、あんな健気で可憐な姿の巴様を理由《りゆう》にされてしまってはねぇ……）

「どうやら他に選択肢は無い様ね、けれど若し、仮に断ったら？」

残月の鋭い眼が柳水の目を真っ直ぐに捉えた。

「無理は承知の上。諦めて戴く他あるまいて。一先ず陛下共々其所で暫時身を匿して戴きます。身共は下野致す所存、然為《さす》れば水面下の何かが若しや浮かび上がるやも知れぬ故。陛下を御護りするも又使命也」

其の言葉に不安を募らせた巴が、

「下野する等とは何事ぢゃ、許さぬぞ残月！　若しや……主は出奔致す心算《つもり》であるまいな。そうなのか？　のう、残月……」

何所へも行かせぬと言わぬ許りに其の腕へ取り縋り胸に顔を埋めた。

「幾日かの御辛抱に御座いまするぞ。陛下の為とあらば喩《たとい》何所に居ようとも馳せ参じて見せましょうぞ！」

顔を上げ、頬笑む天子の眼は赤く腫れて居る。然し、黒衣は重ねて女医へ向け、

「察するに身共が出奔致せば此方に目を向けさせる事が出来る筈」

此の言葉は、揺るぎ無い決意を改めて認識させるに十分過ぎて居た。

「其は囮になるという事……解ったわ、直ぐに準備するから」

「済まぬ……」

其は、何を想い誰に向けた言葉であったのであろうか。

此処迄は計らずも上手く事が運んでいる。診察開始時刻には未だ優に一時有る。柳水《りゅうすい》は何時用意したのか『暫く休診』と書いた札を眺め何ともはや拙い……其を照れ笑いし乍ら二人に見せ、自分でも何故《なぜ》剽《ひょう》げたのか解らぬ儘、出入口の把手《とって》にぶら下げた。そして、鞄を一つ持ち上げて、

「準備万端よ！　さあ、急ぎましょ」

と、和《にこ》やかに言った誇り顔に必死でしがみついている眼鏡の縁は歪み、レンズは罅割れた儘である。周囲から揶揄される所以か。

「御美しい方なのにねぇ……」


　急ぎ医務室から出て裏口へと通ずる医療関係者専用通路に向かった。何故《なぜ》此所に是が在るのか不可解さ馨《かお》る中、銘々に違う格子柄の鳥打帽を目深《まぶか》に被る。一人は、言わずもがな嗜好はともかくピッタリ。一人は包帯顔に帽子を乗せた。是、正《まさ》しく異容也。もう一人は……此の上なき大きな帽子頭が闊歩して居た。微笑ましき御姿也。

　明けた許りの朝陽《あさひ》を浴び乍ら皇宮を背にした時、小さな其の手には絶大なる信頼と天子としての深い慈悲とを併せ持ち、満ち溢れた寵愛を賜って居る迚《とて》も大きく、逞しく、優しい掌に包み籠めるかの如く、聢《しか》と握られて居た。其の丸で親子であるかの後ろ姿を遠くより見守るは、空に浮かぶ白い弓張月であったか、それとも……。此の時の鞄がふわふわと綿毛の様に感じる柳水春華《しゅんか》であった。

　研究室の在る隠れ家迄は小半時程で着いた。出来得《う》る限り路地裏を選んだのは、少しでも人目に触れぬよう彼女なりの配慮であろう事を察するは容易であった。然し乍らそんな思慮深い才知の女医ではあったが実の所、未だ迷う心を払拭出来ずに居た。唯一独りになれる自分丈の空間へ二人を連れて行く事……。傍目からは言わば曰く付きの御尋ね者が天子を勾引《かどわ》かし其の片棒を担《かつ》がされて居るのでは？　という疑念。

（何を今更……。あの二人に限って！）

何度も自問自答を繰り返し終《つい》に、

（やっぱり私には荷が重過ぎる！）

そう考えるが先か其所には見馴れた姿の建家が現れた。

（まあ……此の世に一人として縁者が居る訳でもなし……）

くるりと二人へ振り向き、胸中片付かぬ儘に乾坤一擲、

「此所が我が愛惜の城よ！」

と、柳水《りゅうすい》の肩越しに見えるのは何とも古めかしくも身窄《みすぼ》らしい平家造りの建物だった。此の家の何所に研究室が、自称『隠れ家』が在るのだろうと訝しがるのを尻目に玄関を開け招き入れ慌てふためき乍ら日避《ひよ》けを閉め、其の先にも在る扉を開けると階下へと誘《いざな》う様に電気洋灯《ランプ》が仄暗く足元を照らして居た。其の入口で佇む女医はなぜだか誇り顔である。

階段を降り部屋を見亙すと棚が壁を埋めて在った。

「まさか、研究室が地下に在るとはな。其故、先程の顔。合点致した」

残月《ざんげつ》の言葉を聞き乍ら散らかった私物を隅へ押し遣り二人分の腰掛を並べ実験台の上にある擂鉢や擂粉木、薬草等を抱えて退《ど》かし温め直した紅茶を差し出した。其の間、終始、照れ笑いをして居たのは何故からか……、はてさて。

はにかみ乍ら舌を出し、

「何だか騒々しくしてしまって御免なさいね」

「何の、我等こそ色々と面倒を掛け、重荷を背負わした上に隠れ家迄へ押し掛けた事。実《まこと》に忝い。此の通り」

と頭を下げた。其を見て巴《ともえ》も倣い辞儀《じぎ》した。対して、緊張からか、或いは照れ隠しであったか、落ち着かぬ儘思わず、

「夜半から一体何が起きているの？」

と、混迷に惑う其の顔を見据えた。

「陛下の御命が危ぶまれた。然も……其の相手は……飛雪《フェイシェ》」

柳水は驚愕する余《あま》り、凍り付き絶句した。

（飛雪さんて確か姮娥《コウガ》さんの娘……毎日病室へ見舞いに来てた……然も……許嫁同士）

巴は〝飛雪〟が合図だったかの如く、俄《にわか》に聖顔を蒼白と化し、炯眼《けいがん》は最早輝きを失って居た。

一ヶ月に一度は必ず定例会議を行い、国策要綱《ようこう》を纏《まと》め次に、御前会議で陛下に報告申し上げる事が通例である。当然、会議には宰相を始め大臣、文官達が出席する。母、姮娥の見舞いを兼ねて時の宰相、父、佳仙《かせん》の付き添いで皇宮へ幾度も足を運んでいたのが飛雪其の女性《ひと》である。決議へ至る迄には厖大《ぼうだい》な時間を費やす事が屡々《しばしば》起こる。其の間、陛下は自室で待たねばならず、其を不憫に想い世話係を買って出た事から何時しか二人でカルタ遊びをする迄の仲に発展し此処に至っては、『飛雪は未だ来ぬか』と、一心に寵愛を受ける程迄親密に成った経緯である。其の三ヶ月程前に即位。此の時、巴、十一歳。同時に鑑速《あきすみ》佳仙の下、政《まつりごと》も始まる。誹謗中傷飛び交う中で辣腕を揮《ふる》い、楡四郎兼平《にれしろうかねひら》、此の士《おとこ》を警視総監職に擢挙《てっきょ》し其の推挙で嫡子、残月を皇宮詰陛下指南役に補《ふ》した事何《いず》

れも改革の一環である。其の折、巴《ともえ》を介して飛雪《フェイシェ》と残月《ざんげつ》は出会い瞬く間に恋に落ちた。残月にとって、容姿端麗にして智的、尊敬に値する女性であり、飛雪にとっては愛と義の剣士であった。そして、巴にとって此の二人は読書《よみかき》並びに剣術の師、何事も打ち明けられる言わば公私を隔てる事の無い心の縁《よすが》なのだ。他者からは理解し難い其は深い絆であった。母を幼少の頃に父を数ヶ月前に亡くした深い悲しみ故であったか。そんな才色兼備の飛雪とて、二人は縁《よすが》であった筈。

(何故ぢゃ、飛雪。あんなにも優しい其方《そち》が何故なのぢゃ)

幼帝は何かを必死に思い出そうと驚怖を打ち消し乍ら懸命に記憶を手繰った。

巴が即位して一年を過ぎた折節、残月との婚儀が現実味を帯びてきたそんな或る日の夕刻、母、姮娥《コウガ》の様態が思わしくないと報を受けたのを機に幼少期からの自閉症に悩まされる様になり悲嘆し自己愛を色濃くしていった。是が悲劇への嚆矢《こうし》であったか。

蒼白の儘だが毅然とし遂に、天子の重い口が開いた。

「あの日は……、あの日は確か御前会議の日ぢゃ。遼寧《リョウネイ》という文官が、といっても詳らかでないのぢゃが閉会し解散退室する最中何時もの様に皆、朕に挨拶して行くのぢゃが其の者、妙に深々と辞儀する故な、覗き込もうとした時、何やら袂《たもと》へ入れよったのぢゃ」

此処迄一息に話した帝は大きく息を吐《つ》いた。

其は文であった。密書と言う可きか。

『陛下御一人に御報せ致したき義が御座います由。今夜、何時もの控室にて御待ち申し上げまする。重ね重ねの御無礼、平に御容赦願いまする』

巴は訝しがり乍らも侍女達の目を盗み歩く足取りは何処か嬉々として弾んで居た。すると其の控室から呻きに似た音が洩れてきたので怪訝に感じ身を屈め扉の間隙を縫って覗き見た光景は甚だ以て耐え難い惨状であった。早く此の場から離れ何処かへと思慮深くなる程其とは裏腹に眼は釘付けと成り身じろぐ事さえも叶わぬ儘であった。が、其の刹那、炯眼と青磁色の瞳が重なる。其を機に丸で呪縛が解かれた様に脱兎の如く逃げ去った。我に返ると其所には残月の姿が、其の存在が何時もに増して頼もしく幼帝の炯眼《まなこ》に映った。そして、ふつと気を失った。武人は帝を抱き上げ寝室へ、眼が覚める迄付き添った。漆黒の闇よりも黒く、ただひっそりと静かに、世継ぎを護る。

「陛下が眼覚められ、飛雪が其の遼寧を刺殺する現場を目撃したと告白を受けた時、正直……まさか……なと。然し乍ら陛下の御顔は尋常に非《あら》ず。信ずる他……『遣る方無い』と御言葉を賜ったのだ」

「そうなると……やっぱり……本当にそう云う事……なの……？」

其へ間髪を容れず、頭《かぶり》を振り乍ら、

「残月には言うたのぢゃ。あれは飛雪であって飛雪に非ずと。のう、残月……」

顔色を窺う様に寄る方《よべ》をちらりと見てから、更に話を続ける。

「あの瞳は飛雪ぢゃ、なれど、あの奥に潜んで棲む物がおる！　朕は此の両の眼《まなこ》で確《しか》と見抜いたのぢゃ」

と、言い終えると蒼白の儘、又も俯いて終った。丸で疲れて項垂れる様に……哀れ、うら若き帝。あの夜、飛雪の内側とでも言う可き〝エヴァ〟と口にし乍ら、心、否、魂の声を、瞳の奥を。其等の全てを看破した時、戦慄を憶えたであろう。魂を鷲攫みにされた心地であったろう。

其の朝、皇宮内は徒《ただ》ならぬ空気が覆って居た。其も其の筈、皇宮内での殺人など前代未聞の事柄なのだから。皇宮警察は現場検証に許り躍起に成って居たのも無理からずか。

そして第二幕の悲劇。然も二夜続けての殺人が起きた。其が今し方の事だとは。

柳水は息を呑んだ。

「それで……其の……〝エヴァ〟って、一体誰なの？　何なのかしら？」

瞳が恐怖で震えている。二度に及ぶ不覚を慚愧《ざんき》に堪え乍ら話す。

「解らぬ。只、私も聞いた……否、感じた、のやも知れぬ。汚名返上をと陛下の御身許りを気にした余り、岳母殿を救えず……然も其丈に留まらず、私に迄何の躊躇い無く斬り付けて来た時のあのモノ。断じて飛雪《フェイシェ》に非ず。青磁色の奥に視《み》たのだ、〝エヴァ〟と、感じた、魂の揺さ振りを。今にして憶い出せば、あの身《み》の熟《こな》しも、怪しい……」

何れに於いても、是程の剣士を守勢にまわし、更には、顔に深き傷を負わせた〝者〟とは一体……。此の戦慄の正体や如何《いか》に。

前《さき》の帝、玄武《げんぶ》が崩御後、一子である巴《ともえ》が幼くして即位。其の時節、台頭を顕したのが、強硬保守派の館林《たてばやし》勘解由《かげゆ》陸軍大将と、穏健革新派の鑑速佳仙《あきすみかせん》である。玄武皇帝の治世時代より仕えた文官達は——遼寧《リョウネイ》も又其の一人であった——軍人で然も強欲、傲慢。更に野心家の館林なぞ。行く末を案じた重臣の働き掛けも有り此の賢英に白羽の矢が立ち、帝の指命を賜り政を行い一年と半年。漸く政策が定着し愈《いよいよ》盤石の元、栄んとした其の矢先、此度《こたび》の大事が起きた。側近で重要職にあった兼平《かねひら》は、今や容疑者として拘束の身、嫡男で是も又指南役であり乍ら出奔し逆賊とし手配書を付す事が既に緊急臨時会議で館林陸軍大臣主導の元、決議し、更に独断で宰相を詰問、糾弾迄をもする始末。佳仙の是迄の政策が水泡に帰した。志半ばにして失脚の危機也。仇なすは俗物成る者か、手足を捥《も》がれ腹迄探られ、果たして切歯扼腕迫る。佳仙や如何に。

だが此処で誰一人として一大事を推し量る者が居らぬ事に気付いて居たか。

遠くから奇声が聞こえる。

「誰ぞ、誰ぞ、居りませぬか、陛下が、巴君が」

侍女の一人が形振り構わず近衛兵に縋り目を剥き出し乍ら、

「陛下が行き方知らずに！」

よもや女医の隠れ家に漆黒の剣士諸共御座《おわ》すとは、露程も知らず。灯台下暗し也。

「此の不始末、巴様の為にも尻拭い丈《だけ》はせねばな。館林なんぞに政は務りやせぬ。のう、浄龍寺《じょうりゅうじ》よ。此の世は理不尽なものよ」

「御意」

「儂《わし》はこれから娘に会いに行く。浄龍寺、言わずもがな、密かにな」

「心得ております」

佳仙は皇宮内自室にて事態が差し迫っている事を諭し、手を軽く上げ促《うなが》すが早いか既に其の忍者《もの》の姿は其所に無かった。暫く窓から甍《いらか》の波を眺める為政者の眸には何を映し、心には何を感じて居たか。

天下か。輿望《よぼう》か。それとも一人娘、飛雪《フェイシェ》の身か。否、姮娥《コウガ》を偲んだか。

まさかな。此の何れもか。欲深き哉。

「何《いず》れにしても遼寧殿は、陛下に拝謁を願い出た結果是叶わず、真相諸共冥途へ旅立たれ、其の容疑者で咎めを受けて居るのが親父殿だ。現場に愛用の万年筆が落ちて居たとの由。情況証拠丈を並べ立てて……。何かに利用しようとして居るとしか考えられぬのだが……」

兼平《かねひら》は尋問の相手に佳仙《かせん》を選び二人丈ならば聴取に応じると云う要求を小半時丈の条件付きで警察側は呑んだ。此の限られた時間で身の潔白を証明する為、拘束される前に息子から報されて居た〝目撃者〟と引き合わす手筈へとどうにか漕ぎ着けた。が、惨劇で幕引き、万事休すと相成る。此の結末が宰相としての立場を窮地に追い込み、図らずも館林《たてばやし》を嘸《さぞ》かし喜ばせ、ほくそ笑んだであろう事想像するは真《まこと》に悍《おぞま》しき也。佳仙と兼平に弁明の機会は最早訪れぬのである。

女医は震える唇を動かした。

「御父上様は……、いえ、楡《にれ》様はどうなるのですか？」

頭《かぶり》を振り、想い詰めた睛《ひとみ》を秘《かく》し、

「身共が未熟故の二度に亙《わた》る失態。此の儘では我等父倅《おやこ》丈ならいざ知らず、飛雪は元より岳翁殿迄もが罪を問われるは必至。此の期に及んでは〝彼《か》の者《もの》〟に……。然し乍ら如何様にすれば……否、抑、証明出来得《う》る〝モノ〟なのであろうか」

其処へ本来の聖顔を取り戻し、炯眼は決意の光に満ち溢れ、張りのある声色で、

「案ずるでない。斯く成る上は朕の言葉を以てすれば――」

其の言葉を身の上忌憚なく遮った。

「成りませぬ。決して其丈は成りませぬ。今、皇宮に戻られましては某《それがし》が陛下を御護り出来ませぬ故、何卒。御願い申し上げまする」

巴《ともえ》は其を聞き落胆し憮然とした。其は柳水《りゅうすい》も同じだったのやも知れない。打つ手がなくなり然程《さほど》に暗くもない地下室が重く感じるのは気の所為《せい》許りではないであろう。なれど、悲憤慷慨《ひふんこうがい》の澱んだ空気を掃《はら》うが如く、

「どうやら頃合いと存ずる。此の騒ぎに乗じ当初の計画通りに。陛下……巴様。暫しの御辛抱を」

優しく語り掛けた。其の眼差しは丸で父親。其の父が我が子を抱《いだ》く様に無償の愛で優しく抱《だ》き締めた。分際憚る事是厭《いと》わずして。

巴を地下室に残し日避けの隙間から外を窺う残月《ざんげつ》。其は春華《しゅんか》が瞬きする間だった。

「柳水先生。呉々も陛下の御身、御恃《たの》み申す」

軽く会釈した。其の残月へ、

「何も出来ないけれどせめて是を。父の形見なの、受け取って。少しは顔が隠せるでしょ」

頬笑んで見せた様に思えたか。手渡された鍔広《つばひろ》の黒い旅人帽子を被り指で軽く庇に触れ会釈で応えて見せる。飾りに挿してある孔雀の羽が強く成って来た陽射しを受け、玉虫色に輝き放つ。羽織る外套が仄かに揺らぐ。残月よ旅立つか。游《およ》ぐ清風は残り馨《が》か。

〝正直の天子〟〝誠心の剣士〟〝博学の医師〟歳寒三友の如く。

邂逅叶うや否や。

弐

未だ夜が明けぬ空に東雲《しののめ》がほんのり朱に染まって居た。官邸内に在る庭の躑躅《つつじ》は燃える様に紅く咲き乱れる。

「此所へ遷《うつ》り、一年と半年。一度丈、三人であの躑躅を眺め乍ら飛雪《フェイシェ》の淹れた茶を飲み談笑したのは何時だったか……のう、姮娥《コウガ》」

佳仙《かせん》は何か酔い痴《し》れるが如し独り言ちて居る憧憬の眼に何を映すか。白白明け空か。躑躅か。それとも……。

障子に向き直り、丸で閾《しきい》に問うかの様に。

「飛雪。起きておるか。入るぞ」

返事が無い。否、沈黙が答えか。障子を開けるも其所に娘の姿は見当たらず、寝間かと思ったが、ふと戸惑いを覚えた。

(何時の世も男親という者は……)

面妖なという言葉が脳裏を掠めた。

部屋は閑散とし薄着の所為《せい》か少し丈肌寒さを感じる。先程よりも更に声を落し寝間とを遮る襖に向けて、言葉を掛けた。

「未だ、床上げしておらぬ様だが、やはり勝れぬのか」

稍《やや》あって、慎み深い声が反って静寂を破る様に。

「御父様。唯今、参ります」

佳仙はそこはかと無しに違和感を感じた。否、言い知れぬ不安が過《よぎ》り、胸騒ぎを憶え乍らも、只、其所へ寂《しず》かに佇む胡弓にも似た古の弦楽器を不憫がり、

「うむ……」

と、しか返す事が出来ずに居た。

「御待たせ致しました。余り睡れず昨夜気《ゆうべけ》にて、起き上がれず。申し分け御座いません」

其の言葉遣いに気圧《けお》され乍らも、

「いや、構わぬ。儂《わし》の方も此の様な時刻に赦せ。刻《とき》が足りぬ故な。障りないな」

「ハイ……」

「うむ……。早速だがな飛雪よ、事件当夜の事、今日こそはと思うてな……」

やはり娘を前にすると前夜の決意が揺らぎ為政者ではなく、一介の父に成り果てて居る。其の姿に気付いたのかどうか、語尾に折り重ねる様に、

「御父様。わたくしは何も……。本当に何も憶えておりません。気が付くと、目の前に御父様が青い顔を成されて御出でに……」

「其はあの時に聞いた事だな。あの場を執り繕うのには骨が折れた。浄龍寺《じょうりゅうじ》が上手くな。お前も

見知って居よう。して母の事だが密葬で弔う由、其の心算でな」

　草木も眠る丑三つ時……。是幸いに人目を憚り乍ら密かに飛雪を官邸へ連れ帰る事に首尾よく取り計らえたのである。更に、佳仙《かせん》にして見れば九腸寸断の想いであったに違いないが、姮娥《コウガ》は〝病を苦に自刃〟として取り扱った。

「お前が手を掛けたなぞとは……。だがな、あれではな。母上以外に誰其《だれそれ》が居ったのだ。申してみよ」

　峻厳《しゅんげん》な語り口であった。然し飛雪《フェイシェ》は俯き沈黙の儘……聞いて居るのであろうか。

「兼平《かねひら》はなァ……虚心坦懐な奴でのう。然も頭脳に冴え亙り、行動力も兼ねておる。其処で重要職にな。其が今や官吏殺害事件の容疑者よ。万年筆が落ちておったからと吐《ぬ》かしよってな。館林《たてばやし》奴《め》がッ！」

　怒気を恥じ、はぐらかすかの様に佳仙は咳払いをして見せた。

「其の息子である残月《ざんげつ》。あの者は篤実な男よのう。だからこそ、お前との婚礼《こと》も……。然しな輿《よ》衆《しゅう》からにしてみれば、楡父息《にれおやこ》はな叛逆の徒であり、残月に至っては未だ野放しの儘と写るであろうな。考えてもみよ、是を統治者としては捨て置けぬ事は先刻承知しておろう」

　少し疲れたのか腰を下ろし、飛雪にも座る様素振りで促した。猶も俯いた儘の娘を然程《さほど》気にも留めず、話を続ける。

「是が非でも尻拭い丈はせねば。儂《わし》が権勢を揮《ふる》える間に何としてでも」

　父親の焦りは緊々《ひしひし》と、娘にも伝わっていよう。空気は俄《にわか》に張り詰め刺々しく成って行く。それでも猶、頑に沈黙を守り徹《とお》す。

「実はな……陛下の御姿もあの夜からというもの……。飛雪、もう一度丈問う。あの夜、誰と一緒に居ったのだ」

緊迫した空気が二人に覆い被さり、肩を鷲攫みにされ身じろぐ事さえ出来ない。

其の張り詰めた空気を押し遣る様に、

「儂は余り刻《とき》を有してはおらぬのだ。察して呉れまいか。一体誰が居たのだ、やはり残月も居ったのだな？　庇っておるのであろう。んんっ？」

最早、佳仙は沈黙其のモノに擲《なげう》つが如く。

「一体ッ、何がどう成っておるのだ！」

苛立ちが終《つい》に形として表れた。真っ赤な顔をし乍ら文机に拳を叩き付け、昂奮と憤りとが交錯し思わず立ち上がって居た。そして父の其の怒りに呼応するが如く勢いよく立ち上がり、佳仙《おや》に対《むか》って、

「ウルサイッ!!」

と、唸り叫んだのだ。黒い髪を振り乱し、上目遣いで睨《ね》め付けたのである。佳仙《おや》を。

「な、何ィ……!?　何だ其の目は、其が親に対する……」

態度かと言えなかった。青磁色の瞳が己の双眸を見透かしている様に思えたからか。狼狽し乍ら右手を大きく振り翳して居る自分に気付き深く恥じ入り、戸惑う心に何故か恐怖を抱いた。

ふと、足下に眼を向けると庭園の砂を足袋で踏み締めて居た。

（何故、儂は此所に降りて居るのだ？　今のは……本当に飛雪だったか？　あの声と顔に愕《おどろ》いた丈だったか？）

自問自答し乍ら見た掌は小刻みに震えている。

（最初に感じたあの違和感の正体なのか。それとも恐怖を感じて居る丈なのか。此の儂《わし》が娘に……）

足早に去ろうとする背中へ飛雪《フェイシェ》の気遣う声が微かに聞こえたものか、朧げだ。

（儂は娘から逃げて居る丈やも知れぬな……）

嘲笑にも似た笑いを浮かべ、

（何ひとつとして問い質せなんだとはな……。心を鬼にとは笑止千万。さて、如何に立ち回るか）

突如、否、寧《むし》ろ唐突に何か気付いた。

（目撃者……。陛下……！　まさかな）

思いもよらず呵々《かか》と短く笑った。そして、愚にも付かぬ事を。と、肩を落とし乍ら亙り廊下を静々と歩き続け、それに、あの〝オソロシイ〟と云う感情は一体何処から……此の考えが頭から纏《まと》わり付いて離れない。

（あの様な面様《おもよう》初めて見る……いや……違うな。何時だったか……。姮娥《コウガ》の具合愈々《いよいよ》以て……あの頃からだ）

娘のなかで何かが起き始め、そして心と体の均衡が崩れ此度の事に関与、若しくは……。此処迄考えて、佳仙《かせん》は頭《かぶり》を振った。

「是こそ、正《まさ》しく愚にも付かぬ事ではないか。断じて有り得ぬ。娘に……飛雪に限って」

頭の中から此の下らぬ考えを追い出すかの如く態と声に出した。そして、呟く様に、

「そうであろう？　そうに違いあるまいに……」

其は、丸で亡き妻に尋ねて居る様でもあった。

佳仙は書斎の這入り口で佇んでいる。

独り切りだった。

弓折れ矢尽きるが如し。


飛雪は膝を崩し、身体が倒れない様、背は壁に靠《もた》れ片腕を付いて支えて、只々一点丈をじっと見詰め考えに耽って居る。

（残月《ざんげつ》様は今何処《いずこ》に御座《おわ》すものか。あの方さえ御側に居て下されば……是から私は如何様に……御父様は何故突然に庭へ？　履物も御召しになさらぬ程の慌て振りは……何がどうして……。嗚呼……此の儘では……私は生きて往《ゆ》くのが辛過ぎて……もう堪え兼ねて終う……）

其の刹那の事。又しても、あの白く目映《まばゆ》い光が頭を、世界を覆う。真っ白な世界が何処へとも無く誘う。意識が遠くへ近くへと揺れ動く。睡って居るのか醒めて居るのか。だが、確実に、二人の声が聴こえる……伝わるのか否、感じるのか。何《いず》れもが合わさったモノか。男女の会話か……波調か。其の波の随意《まにま》に意識は漂う。

飛雪は純粋に残月と優雅で安寧とした暮しを求めた。が、最早叶わぬのか。結果、母を殺し、最

愛の男《ひと》の顔に刃を突き立てた。全て自分が背負い責め、そして、かなぐり捨てた。

（籠の中の鳥は外では生きては往《ゆ》けない。私は何時の間に飼われて居たのだろう。嗚呼……残月《ざんげつ》様。

私は貴方様の許へ……）

薄れゆく意識とは対照に声は少しづつだが明瞭且つ鮮明に成っていく。

「男と……念じれば……女と……れば……女……に……」

其の声は観念其のものである様に父であり母であり巴《ともえ》でもあり、愛する男《ひと》でもある。

「其の様に思えば其の様に。あの様に念じればあの様に。思い込んで居る丈なのだよ。〝エヴァ〟と云う名はお前が付けたに過ぎぬよ。言わずもがな此の私とて例外ではない。だから在る様に思えるのだ。お前の名を親と云う者が名付け恰《あたか》も存在し得《う》る様に思わせたのと同じなのだ。仮の姿なのだよ飛雪《フェイシェ》」

「ちょっと、〝ゼブラ〟何を勝手な真似を。是はアタシの身体だよ。是からたっぷりと、楽しませて貰うんだから」

「〝エヴァ〟、其があの夜の事であるならば、嘆かわしい限りだな」

「刺激が有った方が愉快じゃないか。アンタの説教は飽き飽きなのさ。まあいいから、黙って観《み》ておいでよ。他の連中もあんな感じなのがお嗜好《この》みの様だし、取っ掛かりを創ってあげたんだから感謝して貰いたい位だよ」

「其が嘆かわしいと虚しいと説いている。あの遼寧《リョウネイ》と云う者を殺したは、偶《たまさか》ではなかったか？　言うなればお前の気紛れ。命を奪われた者も傍《はた》の者も謂れ無き災難であったに違い有るまいて。然し乍ら人と云う者は各々《おのおの》が勝手に余計な勘繰りをして自ら破滅へと向かう。憐れよな。夢、希望、絶望、現実、過去、未来と好き好きに、言葉にして……。さもしいモノよ」

「相も変わらずこむずかしい理屈許り並べ立ててさ。まあ、要するに先《さっき》、佳仙、でなく……父親に見せた顔をあの男に見せたら、同じ様に逆上したのよ。あんな時刻に年寄りが一人で居るから、からかいたくもなるだろう？　で。同じ様に引き攣った顔で差添刀なんざを振り翳すものだから。不可抗力？　じゃないわね……？　あっ！　護身。そうよ。ウフフ……其がちょっと許り行き過ぎたって丈の事さねェ。人殺しだなんて人聞きの悪い」

「なんとも……。衝動的な。人は観念の持ち主だ。〝仮〟の筈であった此の世の理《ことわり》を何時しか〝本当〟の事とし、信じ込む様又、思い込む様に仕向け苟且《かりそめ》の世を生かされて往《ゆ》く。肉体と云う器は魂を束縛して自由を奪っていき乍ら考える事迄をも忘却の彼方へ押し遣り執着心丈を植え付けて終う。誤りと勘違いと誇張で糊塗されていき、何時しか其すらも忘れ去られていくのだ。なあ〝エヴァ〟よ二人もの命を……然も一人は母たる存在ぞ。如何《いか》なしようと言うのだ」

「其の母親が……姮娥《コウガ》が真面《まとも》な身《み》じゃない癖に、飛雪迄、柄にもなく抗うから。アタシの狙いは巴だよ。目撃されたからねェ。後々面倒にと思って。そしたら余計とややこしい事に。アタシの所為《せい》？　冗談。何よ……悪人扱いなのかい」

「其の為に遼寧の差添刀で二人を殺し、義剣士の顔に迄突き立てたのか。欲望の趣く儘に……。其が肉体《うつわ》に囚われの身である証左だ。傲岸不遜の如し。人命に限りあれど、命を粗末にしてよいとは限らず。偉人の言葉ぞ。利己的で自分本位の快楽に因《よ》り人の命を奪う。其処迄して成し遂げねばならぬ大事とは、一体なんだッ。答えて見せよッ!!」

「ア、アタシだって考えてるさ。飛雪《あのこ》の都合許りで好い様にされてたまるものか！　アタシはねェ何時か必ず栄華を極めるんだ。其の時が来たらアンタにも何某《なにがし》かの褒美を取らせて上げるよ。楽しみにしてるがいいさ。まあ、其迄精々其の饒舌でも研いでおくんだねッ」

「栄華とは何なのだ？　すべてにおいて〝仮〟の世界だと言う事を思い出すんだ。〝名〟を付けて終った許りに、〝本当〟に成って終う……。言葉とは実に理不尽なものだな。〝エヴァ〟よ肉体から解放するのだ。然《さ》為《す》れば呪縛が解け自由に……」

「何を偉そうに。アンタだって〝ゼブラ〟として其処に居るじゃないのさ。ウジウジと何時も難しい理屈許り……。よくもそれでフケないもんだね」

「魂は自由なのだ。刻《とき》なぞ……。人は、自らが何も知らないのだと本当に気付いた時こそが始まりなのだと嘗《かつ》ての偉人達が教えてくれているではないか。よく聞くんだ、〝名〟が付いたから恰も其所に在る様に見えるのではないのか？　〝ゼブラ〟は〝飛雪〟が〝名〟を付けた丈なのだと」

「アア……もう何時《いっつ》も何時《いっつ》もアンタの説教ときたら……。ウジウジ、ヘリクツ、ワカラナイ、ウンザリ、そして、ツ、マ、ラ、ナ、イ。全部アンタの代名詞だよ。有り難く受け取りなよ」

「せめて、耳を傾けてくれ。熟慮を。お前にとっては瑣末な事でも既に二人死んで居るのだ。気紛れで多くの者が翻弄され愚かで虚しい諍乱が惹き起こされている。聞こえて居るのだろう。〝エヴァ〟」

「アンタこそ聞きなよ。生きてるモノ勝ちでしょうに。フン！　アタシはねェ、こう見えて忙しい身の上なのよ。悪しからず。では、サヨナラ。アハハハハハ……」

「俟《ま》つのだ〝エヴァ〟。彼女の唯一の〝隠れ家〟なのだ此の白い光の世界は。気付いて居るやも知れないのだ〝仮〟だと。母の死を背負い切れずかなぐりすてた事で。〝エヴァ〟よ、己の欲望を撒き散らし他の者を翻弄させ快楽を貪ってはならん！　誰にも其の権利は無い筈。況して、人の命を弄ぶ事なんぞ断じてあってはならない筈」

　何たる残酷な事実か。遼寧《リョウネイ》は治世の為ではなく己が館林《たてばやし》の傲慢さに堪え切れず不満を巴《ともえ》に告げ口しようと一人で居た所、〝エヴァ〟の気紛れに弄ばれたに過ぎず、万年筆に至っては何所へ落としたのか兼平《かねひら》本人でさえ見当がついてはいなかった。只の偶然が重なり、其を利用しようとした者が〝エヴァ〟以外にも居た丈の事だったのだ。そんな瑣末で愚かな小事を狂わせたのは目撃者が帝であるという事故《ことゆえ》だ〝エヴァ〟は煩雑。館林には欣喜雀躍《きんきじゃくやく》。楡父息《にれおやこ》には災難。と形を変え其其に大事へと至らせたのであった。

　何ともたわい無いのであろうか人の世とは。肉体に魂を惹かれ執着した者の生き様とは。こんな瑣末な事から皆が銘々勝手な憶測のみで事を運んだ結果、破滅へと歩み逝くものであったか。こんな下らぬモノの為に姮娥《コウガ》は命を落とし、飛雪《フェイシェ》は世に言う多重人格としての人生《みち》を選び、佳仙《かせん》に至っては全てが理解出来ずに居た。故に儚きとは此の事か。

〝エヴァ〟にとって最も忌む可きは目撃者たる巴唯一人《いちにん》。聖顔で炯眼の持ち主。何モノも看破しているぞと言わぬ許りの弱冠十三歳にして堂々たる姿。其の最たるは何処かで未だ生きて居る此の現実。だが、妖艶で邪な眼差しは、此の忌々しい子供の或る重大な秘密を見逃さなかった。幼帝が遁《に》げ去り、思わず、したり顔を臆面もなく露《あらわ》にして居た事に気付き、ふと遼寧《したい》に一瞥を遣った。其の束の間、含み笑いをした。「もう、告げ口は出来まい」と。

然し、本当に畏怖する可く真実は、終始一貫、全てに於て飛雪《フェイシェ》だという事。

道士、〃ゼブラ〃。邪神の申し子、〃エヴァ〃。純真の姫、飛雪。一つの器に三つの魂が存在する、此の者は果して如何《いか》成《な》る世を存在《いき》て居るのであったか。

〃ゼブラ〃は考える。感じているのか。魂について人が語るなぞ本当は烏滸《おこ》がましく、成してはならぬ畏敬する事柄なのではないのかと。だが然しだからと言うて何故人は考え続ける事を止めて終い欲望に眩むのであろうか。皆、何一つとして解らず、知らない筈であろうに。世界は不思議で満ち溢れているではないか。にも拘らず、事も無げな様子で過ごして往けるのだ。解っている心算に成り、魂の存在という観念から目を背け、考える事其自体を抛棄《ほうき》して終う事が平然として出来るのであろうか、とも。目に映るモノ丈を、此の肉体丈を捉え恰も其が全てだと言い聞かせ、目を曇らせ、解らない事、知らない事、其等をそうなのだと認識せず、機微と言う字義に目も呉れず、忖度もせず、只、自らの範疇に当て嵌め、理解した事にする。そんな人の性《さが》が人を惑わすのであろうかと。佳仙《かせん》が如何に辣腕であろうが、巴《ともえ》が如何な曇り無き眼《まなこ》の持ち主であろうと、残月《ざんげつ》が然《さ》しも義に篤く剣に傑出して居ようとも、皆、是、憂《う》き世という水面に広がる苟且《かりそめ》の波紋一つに過ぎぬのではないかと。

今、〃ゼブラ〃は嘆き、煩悶したか。

〃飛雪〃は未《いま》だ眉一つ動かさず、唯、一点を見据える許り……。

そして、遠くで女の高笑いが響く。何時迄も……。

苟且に　身を委ねるは　黄昏か

佳仙が一度目の見舞いを終え、飛雪が途方も無い哀しみに眩《く》れて居る頃、残月を見送った女医は地下室へと続く階段で別れの際に言われた言葉を思い出し胸が締め付けられる念に苦しんで居た。

『身共が若し四、五日経っても戻らぬ様であれば、陛下を連れて此所ではない何処か遠くへ。そして、此所へは二度と戻らぬ様重ね重ね』

　其は丸で初めから自らの死を覚悟し、予感をもし、巴を安心して委ねられる事への信頼、又、其に匹敵する人物を見付けられた事への証左。

（あの残月《ひと》は武士《もののふ》として全てを刃に賭けるという事なのかしら……。其は同時に全てを背負うという事）

　得体の知れぬ〝エヴァ〟の存在から巴と柳水《りゅうすい》を無事逃す為に自ら囮に成り、又、政の水面下で蠢く者達との闘いに身を投じ決着をつける為、出奔という大罪を犯したのである。彼女は、正直逃げ出したかったが、残月の鬼気迫る決意と自分へ寄せる信頼の高さを前にしては逃げ出す訳にはいかない、立ち向かわねばと悟った。そして何よりも帝を護りたいと云う武人の機微に触れ、身につまされる想いに絆《ほだ》され突き動かされて居る魂に果して気付いて居たであろうか。

「何処迄出来るのかしら私に……。こうなったら、行くとこ迄行くまでよ！」

と、決心を声にした。柳水の底抜けに明るく、前向きな人となりが事実何処迄通ずるのかなぞ誰にも解りようがないであろう。

柳水春華《りゅうすいしゅんか》。父、道元《どうげん》の一人娘。此の開業医は、名医で其の名を轟かせ、佳仙《かせん》が未だ一介の文官であった頃、妻、姮娥《コウガ》と倶に足繁く通って居た。立身出世し皇宮入りを果たした佳仙は早速、此の町医者を主治医に招聘しようとした其の矢先、病で急逝して終ったのだ。其処で、父の下、医術と医薬の研鑽を積んで居た春華に、知らぬ間柄でもない事も在って、此処三ヶ月程前から前任者より引き継いだ許りであった。そう、何を隠そう彼女も又、唯一の肉親を亡くし一年余り喪に服して居たのである。姿なきモノの徒《いたずら》か。奇《く》しき所縁《ゆかり》成り。

彼女は元々、薬草をこよなく愛して居る事と、殆どを地下室で過ごして来た様な社交下手でも勤まりそうな漢方医にと考えて居たが、収入が無くなり、貯えも乏しくなった為、泣く泣く承知したのだった。姮娥の容態は顔色を見た丈で既に手の施しようがなかった。だからこそ主治医として一番大切な事。話をする事である。此の頃、娘が来なくなったと気を落とし心痛の母親と母の愛を知らず生きて来た春華の侘しさとが相俟って、短いひとときを母娘《おやこ》の様に楽しく過ごしたに違い無かったであろう。そして、今、あのひとときが走馬灯の様に突然浮かび、逝去した事も今、想い出したのだ。其程迄にあの二人には鬼気迫るものがあったのか。春華は一人、頬を伝う冷たいものを暫く其の儘に……。身も心も、委ねて居た。

彼女は気を取り直し、明るさを取り戻す為に一段一段、階段を踏み締め乍ら地下室へと戻った。部屋に入ると巴は、棚に有る標本を覗いたり、研究書を見たりと夢中である。其を自分の幼い頃とかさね、そっと眺めて居た。其に気付いた巴《ともえ》は此方に振り向き直り、何も触れてはおらぬと言わぬ許りの素振りをして見せた。女医は思わず、仄かな笑みを浮かべる。然し、頭では引継ぎの整理に追われて居る最中に事件と遭遇した事を考えて居た。巴は不安な表情を浮かべる。無理からぬ話であろう。心から友と呼べる気の置けない人間《ひと》であった筈の飛雪《フェイシェ》が、今や自分の命を脅かす殺人鬼に。義の剣士、残月《ざんげつ》は見えざる敵と戦う為、今し方、旅立った許り。柳水が如何な善人であったとしても、巴にしてみれば出会った許りの人物。然も成行きで起きた事。猶且つ最早、身を寄せる場所も縁《よすが》もない。但し、楡《にれ》残月が託した人物であるならば、と心に言い聞かせては居たのであろう。そんな憂苦に喘ぐ幼帝を見兼ね、

「飛雪さんとは勝手が違うと思うけれど、信用して呉れて良いわ。何と言っても残月さんに頼りにされてる女医なのよ。だから大船に乗った気分で居て頂戴」

明るくはきはきと彼女らしさを醸し出す口調であった。巴は気恥ずかしそうな、それでいて、縋る様な面持ちで尋ねる。

「残月は発ったのか。何か、言うてはおらなんだか」

「ええ。『必ずや戻りまする故暫しの御辛抱を』。とこんな感じだったわよ」

態と声を低くして護り人の真似をしてはみたものの、是非も無し。剽《ひょう》げて見せる女医を尻目に、

「残月は、大事なかろうか……。朕は……、其を考えるとな。……胸が……、胸が苦しゅうなる。……切のうてな。……そんな想いに……」

言葉を詰まらせ、今にも泣き出しそうな其の顔に釣られ、此方《こちら》も泣いて終いそうな衝動を怺《こら》え、

柳水は巴に向けて自分の胸元を掌でぽんと敲《たた》いて見せたなら、胸を張り、明るいはきはきとした口調で、

「大丈夫！　あの残月《ひと》に限って有り得ないわよ。とっても強いもの。それに、『何時でも馳せ参じる』って、約束してたじゃない。ねっ！」

白くしなやかな掌を小さな両肩に優しく載せて言った。幼帝はそんな女医の罅《ひび》割れたレンズ越しに見える眼差しを凛と見返し、

「そうであった。朕も残月《ざんげつ》が戻った時、恥ずかしくない様、強うに成って居らねばならぬな！」

其は威厳に満ちた声であった。巴《ともえ》は柳水《りゅうすい》の眼を見据えた時、良からぬ事を隠し立てして居ると見抜いたのであろうか。若しや、そ知らぬ風《ふり》を悟られぬ様、態と大きくはっきりとした声にして見せた様にも感じられた。

少し落ち着きを取り戻したのであろう、地下室を転《ぐるり》と見亙し、其の中で気になる紫色の花へと近付き、指を差し問い掛ける。

「此の花は、何と申すのか」

「是は野薊と言うの。綿の様にふわりとしていてかわいらしい花でしょう。でもね、葉には刺が有るから気を付けて。此の根をヤマゴボウと云って、薬用として使うのよ」

甘心《かんしん》し乍ら聞き入って居る。其の眼差しは真剣其の物。そして、矢継ぎ早に、

「では、此の白い花が沢山咲いておるが、是は何と申す」

白い花弁《はなびら》が四枚、其の真ん中に突起物の有る植物を指差した。

「フフ……。是はね、花弁ではなく萼《がく》と言って花弁を囲む部分なの。花は真ん中のとんがり帽子がそうよ。ドクダミと云う名前よ」

「何と此の様な……滑稽《こっけい》ぢゃな」

殊更に覗き込み、顔を近付け熱心に見入っている巳へ優しく頬笑み掛け、

「十薬なんて云われていて、葉を揉んでつければおできや火傷に効果が有って、乾燥させてお茶として飲めば動脈硬化に……と、言ってもね、未《ま》だちょっと難しいわよね……」

眉根を寄せ乍ら解せぬなと云った顔を見せて居る巳に、妙案が浮かんだと言わぬ許りの誇り顔で、

「そう！　お通じにとっても効くわよ」

我乍ら素晴しい事例と不敵な笑みを浮かべる柳水に感嘆の声を上げたのであった。女医は暫く好奇心溢れる十三歳の天子に、何時迄も此の平穏が続いて欲しいと、心から願い乍ら優しく応えて居た。そして、此の様な二人が胸に秘めたる言葉は唯一つ切り。

『無事に戻って』

楡《にれ》残月に望みを懸けて――。


幾つかの図鑑や標本を見乍ら談笑して居ると突然、小さな声が、丸で牛蛙がぐうっと鳴いた様に聞こえ女医は辺りを見回す。ふと巳に目を移せば、顔を紅《あか》らめもじもじし乍ら恥じらいを隠す仕草を見て取った春華《しゅんか》は、朝から何も口にしていない事に漸く気が付いた。優しく笑い掛け乍ら、席を立ち徐に薬草の入っている抽斗《ひきだし》を穿《ほじく》り返し出す。

（何所かにアレ、が在る筈……）

手にした物の正体は〝即席乾麺〟。遥か遠く時代を遡る事幾世紀。そう、「無いモノが無い」と謳われし二十世紀後期。携行保存食品として現れた、是ぞ人類史上、最高の傑作。と、印籠でも見せるが如く腕を突き出し、巴《ともえ》の眼前へ……。そして、翻って素早く薬缶《やかん》を火に掛け湯を沸かし始めた。

此の女医は天子に是を本気で食べさせる心算なのだ。いやはや……。

「是は何と云う食べ物なのぢゃ。何故に湯を沸かしておる」

容器を手にして不思議そうに眺め、問う幼帝に彼女はなぜか昂奮し乍ら答える。

「即席拉麺と云って、湯を入れ数字の呪文を唱えて見ればばっ。あらま、驚きッ。てね……アハハハ……トホホ……」

心做《な》しか張りのない笑い声と薬缶の悲鳴にも似た汽笛とが重なった。

「さあ、召し上がれ」

何処から沸き上がってくるのだろうか此の自信。そして何故、沸き上がるのだろうか。只々、湯を注いだ丈であるにも拘らず。中身を見せられ、其の白い汁に目を剥いた。巴は顔を引き攣らせ乍らも恐る恐る口にする。

「此の様な物は初めて食す。な、なんぢゃ。此の吸物は、妙に塩辛いのう。然し、悪くない。是は如何成る事か。ふむ。癖になる味よのう」

瞬く間に汁迄飲み干して終った。其を直ぐ隣で見乍ら同じ物を啜って居た柳水《りゅうすい》は、予想に反して美味しそうに食べて居た事に嘸《さぞ》かし複雑な想いであったに違いない。

お腹が満たされ一睡もしていない巴は知らぬ間に寝息をたて気持ち良さそうに眠って居た。女医は想い出の品でもある掛衾《かけぶすま》をそっと被せ、寝顔を眺める。嘗て幼き自分にも父が同じ事をして呉れたなと、椅子に靠れ、回想に耽る。そんな彼女も又、何時しか眠って終って居た。静寂と云う揺り籠に優しく擁《いだ》かれて――。

程無くして。

一瞬息を呑むかの様にはっと目を醒まし、熟睡して居た事に気付く。そんな彼女に促《うなが》されたものか、起き上がる巴にばつが悪そうな顔をして見せた。幼帝は眼を擦《こす》り乍ら柳水へ、

「如何程、眠っておったものか……」

柳水は其程、刻《とき》は経っていないと不安を取り除く様に優しく応えた。そして、思い付いた様に掌を合わせ、

「そうだ。今からお風呂に入りましょう。気持ちもすっきりして、楽に成るわ。背中も流してあげるから。そうしましょう。俟ってて、早速、湯船いっぱいに湯を立てて来るから」

天子は、ぼんやりと上の空で其の弾む様な声を聴いて居た。が、其も束の間、寝惚け眼を屡叩《しばたた》かせ乍ら其の言葉を反芻し、慌てふためいて、

「いやッ、よい。湯浴みなぞせぬともよい」

が、既にして彼女の姿は其所に無かった。風呂場は一階に在る様だ。自身の声が虚しく地下室に拡がる許り。其を何だか片付か無い面持ちで、黙って聞いて居た。

と、嬉しそうに鼻唄交じりで降りて来た女医を恨めしそうに睨む巴へ、

「どうかしたの？」

と、不思議そうに聞いた。その質問へ噛み付いた。

「湯浴みなぞ好かぬ故《ゆえ》、よいと申しておる。捨て置け」

懇願にも似た其の悲痛の叫びは、彼女の耳に届く事は無い。

「駄目よう。男の子だからって。さあ、参りますよう」

其の声は嬉々として今にも踊り出す様である。

颯《さっ》と手を取り一階へ、其は宛《さなが》ら子犬が宙を舞い牽かれて階段を上がる様であった。嫌がり手を振り解《ほど》いて地下室へ戻り掛かる童《わらし》を抱《だ》き抱《かか》え其の儘、脱衣場へ。観念したものか、

「一人で脱ぐ由。下がれ」

と言い乍ら手で押し遣り其所から出した。剽げて直《すぐ》に扉を開けると、丁度、湯船に勢い良く飛び込む迚《とて》も心地好い、湯の溢れる小さな滝の音がした。其の早さに瞠目し乍らも、

「入りますよう」

と、然《さ》も楽しそうに入って来た。湯船から顔丈を出して、何故入って来たのだと言わぬ許りに眉根を顰《ひそ》め口を尖らして居る。そんな巴《ともえ》に戯《おど》けた笑みを浮かべ乍ら、

「ほらほら、湯船から出てらっしゃいよ。背中を流してあげますからねぇ」

鼻唄交りに近付く彼女目掛け、湯を掛けたり、「止めよ。止めよ」とじたばたしたが、終に捕まり、女医は童の身体を持ち上げた。其の瞬刻後ち、事件は起きた。

「へっ？」

柳水《りゅうすい》が薄れ逝く意識の中でもごもごと口を動かし漸く巴に聞き取れた言葉は、

「あるものが……なくて……ないものが……あ……る。えっ……？　どう……なって……？　かれが……かのじょ……で……」

医師として。はてさて。そう。彼女は気を失って居た。

暫くして気が付き、眸に映ったは、心配そうに覗き込んで居る聖顔であった。

「ハハハ……。医者として恥ずかしい限りで……だけどねェ……ハハハ……」

力のない弱々しい声音だった。

何と、巴は皇女だったのだ。柳水が驚くのも無理からぬ事であろう。

亡き父、先帝玄武《げんぶ》は時世柄、天子は男子でなければ務まらぬと固着観念が強く、然も此の頃から情勢が不安定という事も有り、皇女誕生では益々《ますます》、人心が離れると懸念を抱き皇太子として育てるも、皇族の治世は頽廃し崩壊し続けた。是は正《まさ》に国勢の衰頽を意味し、いみじくも其は鑑速《あきすみ》と館《たて》林《ばやし》の台頭に繋がった。

前《さき》の天皇が崩御して終った今、此の秘密を知り得て生きて居る者は、皮肉にも柳水春華《しゅんか》、唯一《いち》人《にん》と成り、そして、巴の命を狙う唯一人〝エヴァ〟の存在を証明して見せる起死回生の機会を手にする為に、是が非でも生き延びなければならないのだ。其は飛雪を助ける唯一《ゆいいつ》の手段でもある。艱《かん》難辛苦《なんしんく》。三人の道は険しく前途多難であろうが彼女の持ち前でもある融通無碍《ゆうづうむげ》と底抜けの明るさで生き抜いて見せるに違いない。

「これからは、巴ちゃんだね。私は春華って呼んで頂戴ね」

何故《なぜ》、是程迄に。いやはや。巴は思いも寄らぬ出来事の連続で、只々、頷く許りである。そんな風にどぎまぎして居る顔を見乍ら、きりっとした眼で、

「そうと決まれば、早速。巴《ともえ》ちゃん。薬草を整頓するから、手伝って呉れるかしら」

丸で、自分の助手にでも話して居るかの様ではないか。然し、意外にも満更《まんざら》でもなさそうである。

「うむ。苦しゅうない。申してみよ」

其の言葉遣いを聞いた春華《しゅんか》は教師にでも成ったかの如く、それでは駄目よと言わん許りに胸を張り、腰に手を置き、

「先《ま》ずは其の話し方を何とかしないとね。そうだわ。私の……。いいえ、春華姉《ねえ》さんの話し方を手本にすると良いわ。少しづつ慣れていかなくちゃ。ネッ！」

「むむ……。ドリョクイタス……。で、良いものか。むう……」

巴の眼《め》は据《す》わり、口は尖らせて居た。そんな顔を見た春華は、満面の笑みだった。然し面持ちとは裏腹に頭では万が一の為〝天子〟だと判別し辛くすると云う恐らくは、最善策を考慮に入れての事であろう。残念な事は、此の罅割《ひびわ》れ、歪《ゆが》み乍らも必死で顔にしがみつき片時も離れ様としない此の眼鏡以外、柳水には持合せが無いと言う事実である。が、同時に、此の事は二人の心を和やかにする要因でもあったに違いあるまい。

参

強くなった陽射しが孔雀の飾り羽を鮮やかな玉虫色に彩る。黒い旅人帽子に羽織る黒い外套を仄かに揺らし、容赦なく照り付ける斜陽諸共せず疾走するは漆黒の剣士。斜めに長く伸びる家屋の影の中を直走《ひたはし》る決死の旅。

孤高の義剣士は気付かなかった。此の地を一時でも早く遁《のが》れる事に捕らわれて。父、楡《にれ》、四郎兼《しろうかね》平《ひら》に刑の執行が迫って居る事を。佳仙《かせん》も又、与り知《あずかし》らぬ事で、兼平の潔白を証明する事に躍起に成って居た。嫡子である残月《ざんげつ》に関しては出奔したからには言い逃れは出来ぬと見て初めから浄龍寺《じょうりゅうじ》に一任して居るが如くであろう。

残月は大事に至らず辺境へと続く筋に出られた。空は薄暮であった。其の途中、皇宮外苑への出入門に高札が立って居た。

『咎人　楡四郎兼平

右の者　謀叛の嫌疑及び官吏殺害の大罪犯すに到る

因って極刑　斬首に処する物也

又　其の首　七日の間　晒すものとする

法務省　大臣　丹基康《たんのもとやす》』
是程の武人《もののふ》が是を見落とすとは。父息《おやこ》の邂逅、是にて、儚きものと成りて候ふ。

憐れなり　孤高の剣士　涙雨

辺境への筋は難所で嶮《けわ》しい道程が続くが、唯一、関所の無い裏街道へと繋がる道でもある。此所は屡々《しばしば》、暴れ梅雨と呼ばれる長雨で川が氾濫し関所工事が難航、終には竣工能わず、予算の目処も立たず無期延期の儘に成って居るのだった。此の街道筋は峠へと続き其所は森も多い為、身を隠し乍らには打って付けである。昼間でさえも仄暗い此の小路、況《ま》して黄昏時の今ならば絶好の機会。休む事も忘れ歩を進める残月《ざんげつ》。疾走を続ける孤高の剣士は今一度憶い返す。

（あの〝エヴァ〟成るモノは一体……？　あの時、飛雪《フェイシェ》に何が起きて居たと？　催眠術とでも？）

考えを振り払うが如く頭を振った。余りに突飛で脈絡を得ず纏《まと》まらない。其の苛立ちを打ち消すが如く翔《かけ》続ける様でもある。

（親父殿は何故、斯様に早く身柄を拘束されたのだ）

巴《ともえ》が唯一人《いちにん》の目撃者である事を告げたのは既に拘置所の面会室であった。父息《おやこ》であると云う事で二人きりにして呉れたのがせめてもの幸いであった。あの手際は館林《たてばやし》勘解由《かげゆ》だと確信しては居る。が、何か不吉な……、蟠《わだかま》りの様なものも同時に感じて居る。傍目《はため》から見れば飛雪が犯人なのだ。其は揺るぎの無い事実。解っては居るのだが……。

（我等親子は誰かに、若しくは何かに利用されて居る……）

父、兼平《かねひら》は法を犯す事は論外、遵守する立場なのだ。ともかく今は此の難局を打開する手筈を整える事に専念せねばと考え直した。

（一度離れて俯瞰し、同時に陽動にも成ろう。然為《さす》れば敵にも隙が出来よう。其の時こそ、飛雪に問い、親父殿の潔白を。其迄、御無事で在られます様。柳水《りゅうすい》先生、巴様を……）

だが、此処で疑念を抱いた。一見、道理に適って居る様だが実の所、恋人の為出《しで》かした事を受け入れられぬ儘の心で更に帝の存在が疎ましく成り女医に押し付け己は逸速《いちはや》く雲隠れしようとして居るのでは。と、そんな塵氛《じんふん》に駆られた。残月《ざんげつ》はそんな未熟な心を打払う為、〝月影《げつえい》〟を立ち抜き放ち風を薙いだ。葉が一片《ひとひら》……。鮮やかに二つに分れ地に伏せた。一息吐き、閉じた眼を鬼神の如く見開き剣士たる面持ちを取戻し邪念を払い、

（彼《あれ》も此《これ》も全ての元凶は〝エヴァ〟成るモノ。やはり飛雪に今一度、逢わねば……）

己は決して間違ってはいないと奮い立たせ、更に、力強く、速度を増し乍ら駈け抜けて往く。仄暗い森を漆黒が趨《はし》る。音は疎《おろ》か気配迄も消し去り直走《ひたはし》る。己の信念を貫き皆を救う為に。黒衣の剣士は疾走する。


夜も更けた頃、前方に平けた場所が見えて来た。銀杏《いちょう》鳥居ノ原だ。先には、立派な雌雄一対の銀杏が鳥居宛らにして月の光を浴び、白く浮き立つ。来る者、往《ゆ》く者達を静かに迎える。何時とはなく、「鳥居峠」と呼ばれし所以か。森の出口に差し掛かろうと云う片隅。其の木蔭へ一先ず、身を

沈め気配を窺う。森は沈黙を頑なに守る。決して見逃さない。刺客の息遣いを。

（五人……。六人か。話が通ずる者達か？）

其の刹那、儘よと許りに一気に草原へ漆黒が駈ける。膝下程に伸びる草叢で残月は僅かに遅れて
追迫する討手を暫しの間月光の下、俟つ。

そして、終に、対峙する。

読み通り相手は六人。皆、頭巾を被り顔も隠し、目丈を異様に輝かせて居る其等へ、

「話がしたい」

一団の長らしき男が其へ応える。

「黙れ！　逆賊！」

「では、誰の差し金か」

「見付け次第捕らえよとの御達しだ。更には若し手向かえば斬り捨てよとも仰せだ」

不敵な笑みは何を意図するものなのか。

「証拠も無しに逆徒呼ばわりとは……身共に対し返答が未だの様に御見受け致すが。……如何に」

其の物言いへ憤怒の如く部下達が、

「黙れ！　叛逆者に死を！　報いを！」

「話し合い等ッ無意味です。殺《や》りましょうッ！　隊長ッ！」

懇願にも似た部下達の声は、遠吠えの如く虚しく草原に響く。

「応えられぬのか？　何故、顔を匿《かく》す？　其が答えと言う事なのか？　よもや……」

其を遮る様に小隊長が、

「貴様とて、顔を匿して居るではないか。……フフン」

意味深な笑みを浮かべ乍ら皮肉を言い放った。其の時、初めて、己の顔が捲いた包帯ごと朱に染まった儘である事に気付いた。幾ら黒尽くめの出立ちであろうと、闇に紛れて疾走しようとも、此の真っ白と朱の顔が己の居場所を逐一教えて居たのであった。自らの迂闊さに嘲笑し乍らも、先刻遮られた言葉を言い放つ。

「館林《たてばやし》の手の者か」

「何ィ……侮辱にも程がッ！」

間髪を容れず、睨《ね》め付け乍ら唸った。鍔広《つばひろ》の旅人帽子から僅かに見える包帯を見逃さず追走し続けた斥候小隊。さすがは浄龍寺《じょうりゅうじ》の部下。恐る可し。だが、静かに残月《ざんげつ》を照らす月は知悉《ちしつ》して居た。孤高の義士のみを照し、漆黒の剣士のみを朧に浮かび上がらせて居るのが証左であろう。月兎《げっと》は謂う。既に勝敗は見えて居るのだと。無駄な闘いだと。見るに偲びないとも。

「話を聞いてからでも遅くはあるまい。話をさせては呉れまいか」

「問答無用ッ。殺せッ‼」

残月の願いの言葉は小隊長の号令に儚く掻き消され、其の忍者《しのびもの》の得物である十手を振り下ろすが合図の如く刹那、五人の部下は一斉に躍り掛かる。

「おおゥッ‼」

五人の雄叫びが草原を駆ける。其の声を月魄《げっぱく》は狼狽と聞き取ったであろうか。漆黒も又、同じ想いであったのだろうか。

斥候小隊は皆、『新刀無念流《しんとうむねんりゅう》』の手練。気の流れを捻じ曲げ抜身の段平《だんびら》が鈍く光る。其其が獣にも似た唸りを発し、黒衣を四方から取り囲んだ次の瞬間、流れる光漆黒を刺し貫く。かに見えた其の太刀筋は既に見切られているかの如く虚しく空を突く。自らが好んで空を突いているかの様でもある。そう、残月は、微動だにしていないではないか。残像⁉　小隊長は身じろぐ事も出来ず只々、見入る許りである。五人が呆気にとられ、狼狽えて許り居る其の眼前に漆黒の姿は既にして失われていた。顳顬《こめかみ》から頬にかけ朱色に染めた顔は見えていたであろうか。何時の間に包囲網を潜り抜けていたものか。其の刹那、暗闇から……。暗闇？　月明りの草原に？　一筋の銀に輝く閃光が迸る。背後からの薙ぎ払いは美事に一人の胴を二つにして見せ間髪容れず返す刀は逆さ払い。隣接する一人の腹部を一刀の元切り裂いた破目《われめ》からは無惨にも臓物が這い出し、地べたに打ちまけ、顔面蒼白の其の者は微かに呻いて其所へ伏し埋《うず》もれた。其の崩れる音で掻き消された空を切り裂き乍ら馳しる刃の足音に気付いた時には、仲間二人の凄惨な死に様《しざま》に目を剥き、絶句し、たじろいた姿の儘で袈裟斬りの一太刀が鎖骨を折り、胸を裂いて居た。其へ一瞥を投げ其の場で屈み鋭く突き上げた一撃。〝月影《げつえい》〟の切っ先が、狼狽え戦慄く《わななく》忍者《しのびのもの》の喉を貫き、肩越しに臨む対手を睨め付け、射殺す様に鋭く光る。抜いた刃を逆手《さかて》に身じろぎもせず突っ立つ其の忍者《もの》へ薙いだ。一筋の銀光血糊《ちのり》引いて朱色の一線。頭が落ちるが先か胴が崩れるが先か。果して皆に息を呑む刻《とき》は無かったであろう。小隊長は驚愕に戦く《おののく》。否、剣舞に見惚れていたものか。

「お、おのれェ……。よくも部下達を！」

狼狽する。悲鳴であったか。

「此の者達、『新刀無念流』。浄龍寺《じょうりゅうじ》殿の配下で御座ったか……名を名告《なの》られよ」

清々しい透き通った声だ。

「ぬうっ……。『麝香《じゃこう》』三番隊長 沼空《チョウクウ》。行くぞッ！」

決死の覚悟が汗と共に滲む。さすがは五人の部下を任される人物。間合の詰めに抜かり無し。両側から繰り出す必殺の突き技。二本の十手の切っ先は丸で槍の穂先に似たり。其の銀に煌めく切っ先、狙うは両眼のみ。凄まじい勢いで迫る銀光。邀《むか》える残月《ざんげつ》、呟くが如くに息を吐き、

（『牙突《がとつ》』か。暗部の得意。だが……）

其の両の眼が鋭く光る。

何時の間に振り翳したものか〝月影〟上段より静かに舞い降りる。月の光が刃文に寄り添い丸で波打つかの如く輝き流れ忍者《しのびもの》の額へと迸る。十手の穂先が残月の眼を貫く前に斥候隊長の頭を名刀は美事《みごと》に割って居た。眉間から流れる血が朱色に染め往く中、覆面は開け顔《はだ》が露《あらわ》に。何と云う事か、是が人の世の虚しさ。其の顔は若過ぎた。少年。年端《としは》は十六か。

白眼を剥いて絶命し倒れている其の瞼を静かに伏せた。残月は粛々と立ち上がり、〝月影〟を鞘へ納めた。其のしなやかな動きは月をも惑わす。寂寞が草原を懐《いだ》く。丸で初めから解っていたかの様に。慰める様に。初夏の風が顔を撫でる。草原を揺らし乍ら。黒衣の剣士丈は揺がない。朧朧《ろうろう》たる弦影は、漆黒のみを照らす。

斥候は瞬く間に全滅したのだ。

森を一瞥する。

（先刻から、もう一つの気配。……観て居たか。始終を……）

其の刹那、孔雀羽を仄かに揺らし峠を下る街道目差して疾走して居た。

其の森の木陰。一人呻く者在り。

「気取《けど》られたな……夫《あのひと》に一刻も早く」

静かに闇へと消えた。

月は語らない。沈黙を守る。只、背《せな》を見護る丈……。行くのか孤高の剣士よ、と。


決闘の翌早朝。宰相執務室へ丹基康《たんのもとやす》法務大臣が目通りを求めに来たと秘書官が報せ通せと丈短く告げた。

「失礼します。宰相」

窓から明るく成った水色の空を眺める背へ話し掛けた。振り向く事もせず手を後ろで組んだ儘。

「して、用件の趣は」

「はい、其がその……。私は与り知らぬ事でして……」

視線は下げて居る。何処か空空しい。其の不明瞭な物言いに些か苛立ち憶え、

「大臣、何か。はっきりと申されよ」

と、僅かに早口だったたか。依然、窓越しに亙して居る。其へ、顔色を窺う気色の目をして、

「はい、其が……今朝、然も今し方、楡《にれ》前警視総監の死刑が執行されました」

さらりと流暢な声の響きに愕《おどろ》く余り己の耳を疑った。其も束の間、窓から見える競うかの様に甍《いらか》を並べた風景が崩れるが如くの驚怖に戦き打ち拉《ひし》がれて、驚愕に堪え乍らゆっくりと振り向く。やっとの思いで丹《たんの》に向き直った其の顔は、義憤と消沈が入り交じり錯乱し崩れて居た。

「なっ……何ッ⁉　何だと？　莫迦なッ。其の様な事……誰が斯様な事を赦したと？　儂《わし》は宰相だぞ！」

其の形相や赤鬼の如く。

「はあ……。其は重々《じゅうじゅう》承知して居ります。ですが、初めにも御話しした通り私は何も。恐らくは陸軍大じ……」

如何《いかが》わしい孤狼たるや視線を伏し目がちに流し乍ら口にした言葉を荒荒しく遮り、

「何たるや！　何たる事をッ……」

最後の言葉は絞り出す様に呻いた。落胆し椅子へ崩れる様に座り掠れた弱々しい声で、

「其丈か」

そう言い終えると、退《しりぞ》くよう手で払い、促《うなが》され困惑し怪訝な面持ちで、

「では……、失礼致す」

軽く会釈し、そそくさと退室していった。

暫くの間、只、一点を見据えた儘で身じろぎもせずに文机の前で腰掛けて居た。そして俄《にわか》に立ち上がり、怒り心頭に発《はっ》し、思い掛けず叫《わめ》いた。

「おのれェ！　勘解由《かげゆ》！　陸《ろく》に詮議もせず兼平《かねひら》を処刑しただとォ！　おのれ！　赦さん！　断じて

赦さぬぞォ！　万年筆一本如きでェエ……」

両の手を硬く握り締めた其の拳を文机に思い切り叩き付ける。文机が跳ね上がらん許りの凄《すさ》まじい力であった。僅かな間を置き椅子に掛け直し、静かに、溜息を吐《つ》く様に、

「館林《たてばやし》や丹の様な保守派共《ども》を閣僚にし手許で看視する心算であったが……木乃伊《ミイラ》取りが木乃伊に成ったと云う訳か……フフ……儂の治政が……ハハハ……人の世とは実に滑稽な……此の儂とて所詮は……フフフ……」

所詮は奴等と斉《ひと》しく欲に溺れたと。自嘲の笑いを浮かべた。

自らを嘲り乍らも猶、考える。

（やはり館林等め、儂の失脚を狙《ねろ》うての事。兼平《かねひら》の敵《かたき》でもある不倶戴天《ふぐたいてん》。生かしてなぞ置けぬ！）

其処に治政等は無い。妻を失い更には友迄をも失った宰相には最早何も見えてはいない。其程迄の深い疵《きず》を心に負っていたものか。天子の安否を気遣う心さえも失って居る事が証左であろう。嘗《かっ》ての辣腕成る為政者に非《あら》ず。姮娥《コウガ》の、兼平の、其の声は生ける者である、器に囚われた者である佳《か》仙《せん》には、聞く事は出来ない。

泡沫《うたかた》の　幸せ夢見　戻り梅雨

丹基康《たんのもとやす》は鑑速《あきすみ》の執務室を退出し直ぐに向かった場所は、何とあの館林勘解由《かげゆ》の官邸であった。其の儘、書斎へと向かい、

「失礼しますぞ、大将閣下」

ニンマリと、したり顔を浮かべ乍ら入ると、勘解由は手紙を読んで居た。下卑《げび》な基康へ向ける其の顔も又、下劣な含み笑いで応えて居た。

「ほんの今し方、警護兵が此の投げ文を持って寄越してなァ」

と、渡す文《ふみ》は女手の物だった。

「ほほう……。是は、是は。フフフ……」

内容に目を通す基康は然《さ》も楽しげである。

其処には、首魁《しゅかい》は鑑速佳仙。官吏、遼寧《リョウネイ》殺しは楡四郎《にれしろう》兼平。宰相の妻、姮娥凶殺は其の嫡子、残《ざん》月《げつ》であり、現在、天子、巴共《ともえ》々、行き方知れぬ由。と結んであった。

「是は紛れも無く吉報。何処の誰が寄越したかは存じませぬが……」

と、勘解由に下卑た目を向けて言った。

「まあ、其はさして問題ではない。外でもない、あの狷介《けんかい》孤高《ここう》の莫迦《ばか》残月《むすこ》が出奔したは真《まこと》であったか。いやはや、天晴！　グワハハ……。御蔭で手間が省けると云うもの。此の文通り、彼奴等の所業に出来る。そして一味の首魁である佳仙を間違い無く失脚させられる。其処か、終身、幽閉出来る。此の文が匿名の密告書として十二分の力を発揮しようぞ！　グワハハハ……。正《まさ》しく欣快の至りであるな。グフフフ……」

「はい、真に似て愉快。ハハ……巴陛下にあられましては此の儘、恙《つつが》無《な》く神隠しにでもあって戴けると有り難いですなあ。フフ……。いっその事、佳仙諸共死んで戴き……」

此の時許りはさすがの勘解由《かげゆ》も其の続きを遮る様に、目玉剥き出しの鯰面《なまずづら》を基康に晒け出した。其を見ても然程《さほど》慌てる風もなく、寧《むし》ろ宥める様に掌を勘解由《なまず》に見せ、まあまあと言わぬ許りに話を続ける。

「いえいえ何も本当に死んで貰うのでなく二人を秘密裏に幽閉し、佳仙《かせん》は一聯《いちれん》の事件の責めを負い自刃。巴には病にて崩御。と、触れを出せば宜しいのでは……？　如何《いかが》で御座いましょう閣下」

そう言い終えると糸の如く細い三日月形《みかづきなり》の目で、にんまりと邪猾《じゃかつ》な笑みを露《あらわ》にして見せた。

「グフ、成る程。さすがは基康《もとやす》、策士よ。世辞なぞではないぞォグへへ……是で楡《にれ》家は潰《つい》えたな。今では親子共々、逆臣。兼平《かねひら》は極刑、残月《ざんげつ》は御尋ね者。其の倅の始末は余《よ》がせずとも佳仙がして呉れておる。血眼に成ってのう。そして極め付けが其の首魁が宰相。其処へ此の密告書という花を添えれば……素晴しいではないか。良い筋書だ出来《でか》したッ！」

「私は法務大臣ですぞ」

二人は顔を見合せ、其々の職を指名し任命したは他《た》の誰でもない紛れも無く鑑速本人だ。と、皮肉たっぷりの笑みを浮かべ乍ら頷き合った。

「佳仙のあの時の顔。兼平の死刑執行の報せを伝えた時のあの蒼白した表情……見物でしたぞ。閣下にも拝ましとう御座いました。して、翼を捥《も》がれた者共はどう出ますか」

実《まこと》しやかな表情を浮かべて困って見せた。

「其処よ。彼奴等めが旨く潰し合って呉れれば好都合……然《さ》りとてそうも人の褌で相撲を取っても居られまい。何か良い手立てではないものか……。巴《ともえ》の後継者の事も考えねばなァ……」

最後の言葉へ基康は言下に答えて見せる。

「其には及びません。妙策が……飛雪《フェイシェ》を利用するのです」

「何？　飛雪だと？　佳仙の娘がどうしたと？　……解せぬな……」

怪訝な表情を浮かべ、其が何か、と許りに然も莫迦莫迦しいと鼻を鳴らして笑った。が、基康は俄《にわか》に真剣な面持ちで声を潜めて話し継ぐ。

「はい。先帝玄武《げんぶ》には巴以外に親族は一人も居りませぬ。其処で佳仙の亡き妻姮娥《コウガ》なのですが……実は、元華族公爵家の末裔に御座います。是は其の筋からの情報、間違いは万に一つも御座りますまい」

「何とッ！　あの姮娥は斯様な女であったか。佳仙奴ッ……まさか知って居って……いや、有り得んッ、奴はそういう男ではない。まあ、知っていようがなかろうが、今となっては関係無いが……それで？」

と、さくじり乍ら態《わざ》と聞いた。

「御察しの通り、飛雪を娶《めと》れば良い丈の事。閣下であれば容易く出来ましょうぞ」

其を聞き擽《くすぐ》ったいのか下品に笑い乍ら、

「然し、其の娘を余《よ》が妻に迎えると成るとなァ……グへへ」

「御案じ召さるる事は御座いません。母親が死に許嫁は出奔。其以来抜け殻同然、公爵閣下の思うが儘、名実共に時の、此の国の最高権力者ですぞォッ！」

満面の笑みを浮かべ乍ら話す基康。抜け殻と云う科白《せりふ》が障ったのか少し気分を害し眉を曇らすも

直ぐに機嫌を取り戻すと、

「グフフ……成る程、成る程ォ……グへ。余が実権を一手に掌握した其の時には、直ぐにでも軍備を整え強化し、一気に隣接する国国を攻め亡ぼし、其の儘世界へ打って出て此の手中に治めて見せるわ！　グワァハッハッハハハ……」

「其は実に喜ばしい限り。其等成功の暁には是が非でも私奴にも何某かの褒美を戴けるものかと……ウヒヒヒ……」

「解っておる、解っておる。其の時が来れば、何でも思いの儘。ガハハハ……」

其の言質《げんち》を胸に、基康は小躍りし乍ら退室して行った。

下卑《げび》た哄笑《こうしょう》、下劣な画策。是等を然《さ》も楽しげに談笑する。欲望と云う名の笑い声は、何時迄も潰えぬが如く也。

程無くして書斎の一隅《いちぐう》で影が明かりに揺れた。其へ。

「井伊谷《いいのや》か。全ての動向を探り、逐一報告せェ。決して怠るな、良いな」

影がゆらりと答える。

「閣下の仰せの儘に」

此の者は、一体何時から居たと言うのであろうか。何事も無かった様に、又、書斎は元の雰囲気を取り戻した。

古狸、館林《たてばやし》勘解由《かげゆ》。齢《よわい》八十を超え此の年に米寿を迎える。此の男、先の七ヶ国大戦の数少ない戦場経験者であった。大戦末期、十六にして兵站部隊少尉として初陣を見事に果たして居る。七十年程前、六国《りっこく》間での三つ巴戦争が十年にも亙って続いた為、泥沼化。是《これ》に終止符を打つ可く仲裁を名目とし、終に参戦する。玄武《げんぶ》の下、此の国は永らく中立を保って来たが、『今こそ国の名を轟かす』と云う将官、好戦派等に因り煽動させられた大衆の欲望《なみ》が大きなうねりと成り、陛下の御心を呑み込んだ。軍部の目算通り戦勝国として其迄の三州から七州をも治める大国へと変貌を遂げたのである。其以来着着と其の地位を築き上げ、陸軍大将に迄上り詰め、今や大臣をも兼任する迄に至る。要領良く、腹黒く、執念深く、欲深く、金に糸目を付けず必要と有れば邪魔者は暗部を遣って消す。是が長生きの秘訣だと言わぬ許りに。

　此の暗部は嘗《かつ》て『神皇《しんのう》十三部隊』と呼称され、大戦終結への陰の功労者達であった。他国で是程の特殊部隊は組織されておらず、陽動作戦では遺憾無く其の実力を発揮し、是に由《よ》り此の国は首尾よく戦勝国に収まったと云う訳だ。戦後程無く解体された筈が、『麝香《じゃこう》』と『破邪《はじゃ》』丈は其の後も主に暗殺を世過ぎとし、僅か乍《なが》ら生き存えて来た。そして、何を隠そう此の井伊谷《いいのや》も、『破邪《はじゃ》』の僅かな伝承者の一人であったのだ。

　今や誰の目からも明らか。館林勘解由は欣喜雀躍《きんきじゃくやく》の如き権力を手中に収めつつあり、生殺与奪、正に向かう所敵無しか。

欲望の　一陣の雨　渦と化す

暮れ方の事。書斎から微かな話し声が、空耳かと間違う程の声が。

「昨日夕刻より接触、夜半に対峙。斥候は全滅。そして白昼、我等峠筋にて刃を交えましたる所、苦戦を強いられ惨敗。部下とも散り散りに……彼奴《きゃっ》の剣技。其に勝るあの気魄。尋常を逸しておりまする。正直、侮って居りました。是で此方《こちら》の面が割れ、言わずもがな、佳仙《かせん》様に対し、要らぬ恨みを抱かせましたる事、深く御詫び申し上げまする。平に御容赦下さりませ。憚り乍ら今一度ッ……次こそは必ずッ！」

板の間で俯き正座をした儘、一息に話し猶一層頭を深く下げた。畳に立ち静かな声で、

「兼平《かねひら》のな。息子故なァ……」

遠くを見て居る様でもある。浄龍寺《じょうりゅうじ》は其の声音から忖度したものか床を見乍ら訝しい表情をした。だが、そうし乍らも続ける。

「此所に居ります雪江《ゆきえ》が決闘の始終具《つぶ》さに観て居りまする。さあ、申し上げなさい」

「はい、貴方《あなた》」

隣で是も又、俯いた儘で控えて居た妻が粛々と頭を更に床へ近付け乍ら話す。

「あの者、我等『麝香《じゃこう》』を然《しか》も手練六人を丸で人形の如き瞬く間に斬り伏せて見せ、然も其の妙技は正しく剣舞に御座いました。峠を目差し原野を後にする刻《とき》、不覚にも気取られまして御座いまする」

間髪を容れずして、

「いや、良い。よくぞ戻って呉れた。それにそうでなければ、彼奴《あやつ》の動きに確信が持てなんだ。河《かわ》越《ごえ》吊り橋……あれをな。唯一の難所。唯一関所が設置出来ぬ場所でもある径路《けいろ》。然し乍ら……兼平の残月《むすこ》は、其程迄に成長しておったとは……然もありなん。して、如何にしたものか……」

思わず顔を上げた夫が即座に懇願する。

「何卒、直ぐにでも私奴に！　彼奴《きゃつ》は必ずや此所へ、飛雪《フェイシェ》様に会いに戻って来るに違い御座いません。考えますに郷渡《さとわたし》街道を往《ゆ》くでありましょうから、其の先の礪山麓《みがきさんろく》にて邀え撃つ事御赦し願いまする。我等妻夫《めおと》で必ずや残月《ざんげつ》を討ち果たして見せましょうぞッ！」

亡き妻の、姮娥《コウガ》の姿が面影に立ち若き日の頃の二人に重ねたものか、佳仙は返答に逡巡する。言葉を選ぶかの様にも窺える。そして左近《さこん》と雪江《ゆきえ》に面を上げる様命じ、二人が緊張を和らげ片膝を附いた姿勢に成るのを見て取るや訥々と話し始める。

「んん……。うむ……。儂《わし》等の年代ではな、勝鬨《かちどき》街道なぞと呼んでな。太古の武人が討手を倒し、あの道を凱旋に遣った事から其の名が付いたのだとか……。其所を選び山間《やまあい》を抜けるか……。ふむ……。御前達には尻拭い許りさせて……。赦せ」

「何を仰せになられまする。我等一同、佳仙様に忠義を尽くして来ておりまする故、此の命在る限り」

そう言い終え、夫婦は頭を下げた。と、雪江が唐突にではあるが静かに尋ねる。

「憚り乍ら……あれから御嬢様の御様子は、御気分は……如何御過ごしで有《あ》られましょうや……」

即座に其へ。

「弁《わきま》えよッ！」

短くも威厳に満ちた言葉だ。だが、佳仙は左近を宥める様に、

「良い良い。儂を気遣っての事であろう。……、其がな部屋に籠りがちの様でな。年頃の娘の気持

ちは、ちとな……。それに始終、看視する訳にもゆくまいに。行く行くは御前達にも子供が出来よう、其の時は父母《おや》の愛の元、たっぷりとかわいがって遣るが良い。のう……」

二人の顔を見て微笑んで見せた。雪江《ゆきえ》は佳仙《かせん》の情の深さに改めて気付き自らの未熟さを恥じた。其を汲み取った左近《おっと》は、

「是は差し出がましい事を。其の上有り難き御言葉迄戴くとは重ね重ねの御厚情、感極まりて御座いまする。此の期に及びましては更なる決死の覚悟におきまして夫婦共々、益々《ますます》を持ってして佳仙様の御為、此の命、擲《なげう》つ所存。必ずや吉報をッ」

左近《さこん》が言い終えると妻夫《ふたり》は恭《うやうや》しく頭を下げた。佳仙は改まって応える。

「うむ。期待して居る。して、実は儂もな……舜水《しゅんすい》に。……今は波山《はざん》と名告《なの》って居るとか。文を認《したた》めてな」

浄龍寺《じょうりゅうじ》は自分の耳を疑うも空耳ではないと思うが先か顔を上げ声を荒げた。

「なっ！　何と仰せになられました？」

動揺を露にした儘、矢継ぎ早に、

「御無礼は重々《じゅうじゅう》承知の上、申し上げまする。舜水様と申しますれば佳仙様の妹君、如月《ルーユエ》様の御嫡男。言わば忘れ形見では御座いませぬか。其の様な御身《おんみ》大事の御方に人殺しの手助けを……まさか⁉　いえ……そうで御座いましたか。我等の度重なる失態が招いた事に相違御座いますまい。佳仙様、僭越乍ら今一度申し上げまする。何卒其丈は思い止《とど》めて下さりませ」

懇願する余り躙《にじ》り寄って居た事に気付き後退《あとしざ》った。佳仙は依然として和やかである。

「皆迄申すな、浄龍寺。彼《あれ》も不憫な子でな……幼少の頃、二親《ふたおや》に先立たれてなァ……それに文はもう届いておる頃……良いのだ。遺憾に感ずるが最早ッ、彼《あれ》しか他に居るまいに……」

何処か淋しげで、憂愁色濃くする。

「……御意……」

浄龍寺左近は頭を粛々と下げ乍ら一筋の涙を隠した。

安房《あわ》舜水。佳仙が親代りに育てた妹如月と安房上総《かずさ》との一人息子である。二親が亡くなった後、祖父である安房次郎為久《じろうためひさ》の下で厳しく育てられた。此の為久こそが大戦末期、『神皇《しんのう》十三部隊』を創案、創設者にして、『新刀無念流』の創始者であった。

幼年期より永きに亙《わた》る修業に堪えて来たが青年期を迎える頃、為久が他界した為、鑑速《あきすみ》の助力に因り郷渡《さとわたし》街道が抜け、白金山麓《はくきんざんふもと》に差し掛かる暴れ川。俗称、大蛇《おおじゃ》川の支流、境川《さかいがわ》沿いに位置する妹尾《せのお》と云う集落に身を寄せ、剣と書の研鑽、修錬に励むなか、子供達に徳と武を教える事で更成る高みへ繋がると云う極意に達し、今猶以て、閑散とした此の集落で質素な暮しを続けて居た。其所へ佳仙は、兼平《かねひら》の死の報せを聞いた後《のち》直ぐに文を出したのである。そして残月《ざんげつ》の行く道程《みちのり》は奇《く》しくも街道筋へと、其の集落へと向かって居た。佳仙は浄龍寺が決闘、敗残の末、官邸へ戻る前に手を打って居たのであった。

宰相は独り想いを馳せる。

(浄龍寺の言う事違い無いか……。此処へ戻ると……?)

佳仙《かせん》は昂揚したものか、丸で経を唱えるかの様に呟き始める。

「では、何故、出奔なぞしたのだ。大罪ぞ。熟知して居ろうに……。何《ど》の道《みち》出奔するのであれば、其の覚悟が在るならば。何故、娘を、飛雪《フェイシェ》を連れて往《ゆ》かなんだ。残月《ざんげつ》よッ」

胸に迫るものを感じずには居られなかった。佳仙は漸く素直に成れた気がしたのだ。そう、今日迄素知らぬ振りを、自己欺瞞を決め込んで居たに過ぎぬ事を。官吏の遼寧《リョウネイ》も我が妻、姮娥《コウガ》をも殺害したるは飛雪であると云う確信たるものを。

（飛雪よ。御前なのだな。訳は解せぬがあの刻《とき》、倶に居ったは彼奴と目撃者にして未だ行き方知れずである巴《ともえ》陛下。庇い立てしたは残月の方であったか）

佳仙は誰に言うでもなく真っ直ぐに眼を据え声にする。聞こえて居るか、と許りに。

「残月よ。舜水《しゅんすい》と浄龍寺を見事討ち果たし此所に辿り着いて見せよ。そして、次こそは飛雪の事を……。落ち延びて呉れ」

為政者と父との狭間《はざま》で揺れる心は、丸で波に揺れ汎《うか》び漂う小舟の如くであった。

左近《さこん》と雪江《ゆきえ》は書斎を後にし、直ぐ様、残月を斃す可く出立の支度へと取り掛かった。

「彼奴《きゃつ》との対峙で木偶《でく》を一体殺《や》られた時、正直、危うかった。部下が割って入らなければ今頃はあの木偶の如く……。命を懸けねば勝てぬと悟った。口惜しいがな」

と、左近は手を休めず唐突に切り出した。其は二度《ふたたび》、残月と相見《あいまみ》え死闘を繰り広げると云うあの戦慄からの震えか、武者顫いなのか其の何方《どちら》とも言えぬ震えを隠す為であったのかも知れない。戸惑い乍らも、其の震えが喩《たとい》、震懼《しんく》であったとしても決して愧《は》ず可き事に非《あら》ず、寧ろ其を擁護するかの如く応える。

「私の様に直接刃を交《まじ》えずともあの凄まじい気魄と剣技には身の竦《すく》む思いを致しました。あの者とは相討ち覚悟でなければ……」

やや間を置き、左近。

「其は我《われ》と倶に死ぬる……」

間髪を容れず、雪江。

「ならば、倶に」

御互いの言葉と想いを噛み締め慈しみ乍ら顔を見合せた。

「あれは何時の頃であったか……科学班一四《いちよん》部隊を解体されて路頭に迷って居た時、御館様に拾われ御前《おまえ》に逢遇《ほうぐう》したのは」

「はい、もう十年近くに成りましょう。貴方と出逢ってから是迄の倶に励んだ修錬の毎日は、辛う御座いましたが、幸せでもありました。私が剣術を教え貴方からは傀儡《くぐつ》術を教わり、二人で高みを目差しましたね……咎人、楡《にれ》残月を私達の手で必ずや討ち果たして見せましょう」

其の雪江の言葉に昂揚した左近が応える。

「其の通りだ。我等が妻夫《めおと》に成る事を誰よりも喜び祝って呉れたは佳仙様。此の国の安寧秩序の為。そして何よりも今日迄の恩義に報いる可く、倶に彼奴《きゃつ》を斃《たお》そうぞッ！」

「はい。貴方」

全幅の信頼を籠めた眼差しに、左近《さこん》はちらりとはにかんだか。

「御前《おまえ》には、紅の一つも買って遣らなんだな。……其の……許して呉れ」

雪江《ゆきえ》は思いもよらぬ言葉に頬を仄かに朱《あか》くし乍ら、

「何を言うのです。私は……、私は本当に幸せでした。貴方と最期迄添い遂げるが本望」

言い終えた雪江は、嫣然《えんぜん》と頬笑んで見せた。

「………」

浄龍寺《じょうりゅうじ》左近は言葉に詰まり声に成らなかった。気付いた時には只々、雪江を両の腕で。そう、此の両腕で強く。そう強く抱き締めて居た。

大小の葛籠《つづら》を其々が背負い、残月と恐らくは対峙するであろう礪山《みがきざん》へと一路目指し、直走って居た。

「御前《おまえ》の話を照らすと彼奴《きゃつ》は妹尾《せのお》の集落迄休みなく奔《はし》れば夜明け前に着く。我等は早くて三日。だが彼奴が……。舜水《しゅんすい》様に万が一の刻《とき》は……。我等が有らん限りの力を以てして……。良いな」

「はい。覚悟は整っております」

二人は趨《はし》る。此の二人を名残惜しむかの様に沈み往《ゆ》く夕陽に向かって。其の気持ちを汲むかの如く夜の暗闇が夫婦の気配を隠しつつ、背《せな》を追い掛けるのであった。

忍び者　死出の旅立ち　袖時雨

肆

夜半《よわ》の雨が新緑の森の木々を濡らす。其の中を抜ける稍《やや》、泥濘《ぬかる》んだ裏街道を黙々と疾走する漆黒在り。六人の斥候を難無く討ち斃《たお》したあの孤高の剣士。楡残月《にれざんげつ》其の人で在る。其の漆黒、猶以て直《ひた》走《はし》る義の剣士。

（あれから討手の気配感じぬが……宰相殿も気苦労が絶えぬな。フッ）

皮肉にも似た要らぬ与太だと戒める其の刻《とき》も脚《あし》は衰える事は無い。そして、俄に森が開けた。そう、郷渡《さとわたし》街道に行き着いたのである。黒衣は方角を確かめる可く暫し脚《あし》を止め、白金山を認めるや否や、惑う事無く、黒き外套靡かせ、又も、翔《かけ》る。然《しか》し其は皮肉にも佳仙《かせん》と浄龍寺が推測した通りに残月が奔《はし》る事に成り又其は奇しくも見えない糸で操られて居るかの如くでもあった。嫦娥《じょうが》が熟視する夜街道《よみち》を駛走する咎人《とがにん》へ追い縋る様に遅れ乍らも直走る者在り。一組は隻腕忍者《しのびもの》と女忍《おんなしのび》。そして、もう一組は新手の『麝香《じゃこう》』の者か。大小の影が、其の一つは異様に大きな影が月明かりに揺れ乍ら走って居た。妹尾へ向かうは残月のみ非《あら》ず。今、正《まさ》に白金山の麓、妹尾は梁山泊宛《りょうざんぱくさなが》らの如く也。

夜雨は何時の間にか止んで居た。

草木も眠る刻《こく》。残月《ざんげつ》は妹尾の集落へと続く筋に着いた。豈図《あにはか》らん乎、予想を超え半時も早く着こうとは。然《さ》しもの鑑速《あきすみ》、浄龍寺達と雖《いえど》も量れまい。恐る可きは黒衣の脚力也。其の足元に細い杙《くい》が打ち込んで在り、其所には恐らく『妹尾』と彫ってあるのだろう。風化して凹凸《おうとつ》が殆ど無くなって居た。其の傍らには小さな石の塊が置いてある。否、是も又風化が著しくはあるのだが恐らく地蔵であろう、季節外れの蒲公英《たんぽぽ》が花瓶に入れて供えて在った。其を一瞥し、暗闇の続く小路を月明りの下静かに歩き出す。

暫く進むと水田が広がり始め、雨上がりの仄かに冷たい風が、早苗よりは幾何《いくばく》か背の伸びた青々とした葉を揺らしている其は、何処か漣《さざなみ》の様でもあった。畦道の何所か身の隠せる安全な場所はないものかと探し歩く姿は、月の照らす波間を漫《そぞ》ろ歩く姿宛《さなが》らである。

ふと、厩が在る事に気付き一足飛びに駆け寄る。暗闇に身を潜め様子を窺うと其所には、藁が無造作に敷いて在った。夫婦《つがい》と思《おぼ》しき二頭の馬が時折鼻息を鳴らし乍ら睡って居る。残月は月明りの中、闇に……？　闇に紛れ漆黒が此の厩へと身を翻し乍ら滑り込む。其の気配に気付いた夫婦馬《めおとうま》が少し駭《おどろ》き、駭慄《がいりつ》した拍子に微かで、小さく嘶《いなな》いて、踏鞴《たたら》を踏んだ。然し其は違っていた。そう見えた丈の事であった。夫婦は黒衣の客人を、鄭重に招入れ寝床を与えて呉れたのである。微かな嘶きは「ようこそ、我厩《わがや》へ」と言う挨拶であり、大きな真ん丸の目を輝かせた後、長い睫毛を数度、屡《しば》叩《たた》かせ、「さあ、其所で安心して御眠り」と、言わぬ許りに合図して見せ、ゆったりと左右に二回尾を振った。「おやすみ」と言った風に。其の夫婦は月の光が眩しかろうと遮るかの様に並び立つ。弦月は其を然程《さほど》気にもせず、一日半も眠っていない事を夫婦にそっと教え見守る様に優しく厩を照らし残月の気配を掻き消す。何所かで梟が鳴いて居る。丸で子守唄の様に。一隅で外套に裹《くる》まり旅人帽子を目深に被り直す黒衣を深い眠りへと誘う。そして夫婦は其の寝息をそっと匿《かく》す。

残月は柔らかな感触の中で身体を預けて居る。其は丸で腕の中に居る様に。どうやら、誰かに抱かれて居るのだ。ふと、仰ぎ見ると抱いて居るのは女性だと判る。然《しか》し、顔丈が判然としない。ぼんやりと朧げで靄がかかり、やはり顔丈が雲隠れしはっきりしない。只、何故だか女性である事丈は揺るぎ無い。其の女性は優しく慈愛に満ち溢れた声で包み籠む様にあやし乍ら声を掛けてくる。残月はどうにかして顔が見てみたい一心で手を伸ばす。必死に成って手を伸ばし触れ様と、其の霞を靄を取り払おうと不乱に踠《もが》き振り回す。然しどんなに踠いても其の靄を取り払う事が出来ない。未だ優しく其の腕に抱かれて居るというのに。手を伸ばせば触れられる程傍《そば》に居るというのに。其なのにも拘らず、手を伸ばすと離れて行く様に見えるのだ。手を伸ばせば伸ばす程に離れて行く。だが然し依然として優しく抱《いだ》かれた儘居る。訝しみ困惑し乍ら手を伸ばす事に躊躇《ためら》いを感じて居る正に其の時、遠くで聞き憶えのある声が聞こえて来た。其の声に耳を澄ます。其は其の声は紛れも無い父、四郎兼平《しろうかねひら》其の人のものであった。其の父の声が緩《ゆる》やかに、だが確実にはっきりとして来る。

『フヨ……ウ。フ……ヨウ』

そうだ。そうなのだ。そうに違いあるまい。『芙蓉《ふよう》』と。其の刹那、眠って居た記憶が突如甦る。芙蓉……!? 母上。母上。嬰児《みどりご》は有らん限り手を伸ばし、霞を霧を払い除け様と母の肩を攫もうと踠き乍ら其の名を必死で叫んだ。ふと気が付けば、母を呼ぶ其の姿はもう乳飲み児ではなく、すっくと両の足で立ち刀を携え立派に成長し武人たる毅然とした出立《いでた》ちの武士《もののふ》に、そう正《まさ》に今の自分其のものの姿に成って居た。其の剣士たる自分は猶も其の霧を払い除ける可く必死に踠き、刃迄をも振り回し、奮闘して居る。然し乍ら、足掻けば足掻く程、聞き分けの無い子供を突き放す母親の様に其の背は遠退いて行く。其の背に向かって「母上ッ。母上ッ。母者《ははじゃ》ッ」と、必死に大声を張り上げ呼び止め様として居る。振り向くと其所には何時の間にか父が、兼平が黙って佇んで居る。哀惜の表情を浮かべ悲しい眼をして遠くを見乍ら立ち尽くして居る。

「親父殿」

何故だ、何故、一緒に呼び止め様とせぬのだ。と、言おうとしても言葉に成らない。声が出ない。如何なした事なのだ。そうして居る間にも母の背は益《ますます》、遠退いて行く。

「母者っ」

父は只、立ち尽くすのみ。其の眼は、其の眸には、母の背は疎か息子さえも映していなかった。二度《ふたたび》振り向くと其所に母の姿は最早なかった。跡形も無く只、闇が続く許りだ。そして、父も又居なくなっていた。残月《ざんげつ》は次第に広がって行く暗闇の中を独り、漆黒の姿で佇み、嘗《かつ》て母が居たであろう場所を見詰める。其の頬には冷たいものを感じて居た。其の冷たく濡れた感触は次第に顔全体へと移って行く。

(此の感じは……)

残月は夢を見て居たのだ。父から聞いた自分がまだ嬰児で在った頃、流行病《はやりやまい》で他界した母親、芙蓉の夢を。そして、夢から醒めつつある意識は次第にはっきりとした現実味を帯び始め、同時に此の顔に感じる冷たく濡れた感覚も強さを増す。薄目を開《ひら》くと朝陽が射し込み痛みを伴い乍ら翳んだ。

ぼんやりと辺りを見亙せば、既に二頭の馬は居ない。其の代わり桶を片手に杓で自分の顔目掛け、懸命に水を掛けて居る子供と眼が合った。其の童男が目を大きく見開いたかと思うや否や。

「生きてるぅ。生きてるぅ」

と、他の誰かへ必死に成って報せ様と大声を張り上げた。然《しか》し、何故だか其の顔は残月《ミイラ》に向けられ、眼は木乃伊《ザンゲツ》を見据えて居る。

「ほんとだぁ、いきてるぅ」

一番初めに駆け付けたおさげの女の子があどけない声を上げた。そして次に駆け寄って来た男の子が得意気に、

「其見ろぉ。おいらの言う通りだ。ミイラなんて居るもんかッ！」

「ねぇ、おうちわぁ」

男の子の話には耳を傾けず、おさげの女の子はしゃがみ覗き込む様な恰好で、突然の来奔者《らいほんしゃ》へ話し掛けた。其所へ三人の声に呼応するかの様に大きな声で、

「生きて居るって、本当かぁ」

声が弾む様に聞こえる。どうやら、全力疾走で駆け寄り乍ら話して居るのだ。そして其の子が息急き切り乍ら辿り着くと、黒衣に見入った。其を見て、口を尖らし乍ら、

「ちがうよぉ。ミイラだよぉ」

と、根拠の無い自信に満ちた声である。そう言い乍らも此の男の子は、未だ、残月の顔目掛け杓で水を時折、掛けて居る。訳は判然としない。其の会話を聞き乍ら皆の顔を仰ぎ見て、

「朋《とも》ちゃんはマイ子《ご》さんだと思うよ。だって、おぼうしかぶってるもん」

と、得意顔である。理由はともかくとして、中らずと雖も遠からず。と、云った処《ところ》か。其を聞いた男の子三人は、一斉に甲高い声を上げて、けらけらと笑った。先に駆け付けた男の子が其に答えた。

「アハハハ……。そんなぁ。こんなに大きくなったのに、迷子だなんてぇ。ハハハ……」

と、大きな口を開けて笑った其の前歯は一本欠けて居た。そして、思い出した様に、後から来た男の子に、

「おい、竜《たつ》の介《すけ》。先生はまだなのかよ。誰が呼びに行ったんだ？」

と、尋ねた。竜の介は直ぐに答える。

「佐吉《さきち》だよ」

すると。

「あいつはのろまだから駄目だってば。だから初めっからおいらか美空《みそら》姉ちゃんが行けば良かったんだいッ！」

そう自慢顔で言った。其を聞き直ぐに言い返す。

「なんだよ。良いじゃないか！　佐吉が先生の居場所を知っている事、仙太《せんた》、お前だって聞いていたじゃないかッ！」

仙太も負けじ魂で、直ぐ様、言い返す。

「何だとぉ、竜の介！　ちょっと習字が上手く書けるからって、生意気なんだよッ！」

両者は今にも飛び掛からん勢いで睨み合って居る。と、其所へ竹籃《たけかご》を背負い乍ら歩いて来る少女が、

「止めなさい！　もう、あんた達二人は喧嘩許り。朋子《ともこ》が怖がってるでしょッ」

「きよみねぇちゃぁん……」

と、呼び乍ら清美《きよみ》に駆け寄りしがみつき、見上げる顔の頬は林檎の様に赤く、瞳は涙で潤み、今にも泣き出しそうだ。二人の少年は、ばつが悪そうな顔をし乍ら、互いに肘で小突き合って居る。此処迄の経緯《いきさつ》を知らない清美は、朋子が泣き出しそうなのは仙太と竜の介の喧嘩のせいだと思い込んで居るのだが、本当の理由は先程の会話で三人に笑われたからであった。少年達は引き続き、然《さ》も楽しそうに戯れ合い乍ら姉の元へ歩いて行く。と、其所へ、倒《こ》けつ転《まろ》びつ、必死で駆けて来る男の子が見えて来た。

「おぉい、先生を呼んで来たよぉ」

と、言い終えるや否や顔から地面へ突っ伏せて転んだ。其を全く気にもせずに仙太が話し掛ける。

「お前は、本当にのろまだなぁ。もっと早く先生を呼んで来いよォッ！」

其の言葉に清美が又そう云う物言いをと、眉間に皺を寄せ、頬を膨らませて見せた。佐吉はぶつけた額を手で摩《さす》り乍ら、

「死体、生きてた？」

と、素頓狂な事を素頓狂な声で尻餅をついた儘、聞いた。仙太と竜の介は、死体が生きて居たら死体じゃ無くなると言った風で何も答える事が出来ず、只、口をぽかんと開けて呆《ほう》けて見せる許り

だった。

其所へ裏山の竹林から畦道へ繋がる小路に竹籃を背負い、山菜を入れた手提げを持ち颯爽と現れたは其の出立ち一廉《ひとかど》の人物であった。坐り込んだ儘の少年の元へと歩み寄り、尋ねる。

「立てるかい？」

優しい声だ。

「うん！　……じゃないや……、はい！」

男の子は、元気よく朗らかに答えた。

「良い返事だ。佐吉《さきち》」

本当に優しい声だ。少し照れる様な仕草をして、元気よく立ち上がると、皆の元へ走り出し勢いよく其の人物を追い抜いて行った。皆が手招きし乍ら一斉に大きな声を張り上げる。

「波山《はざん》先生！　こっち、こっちぃ。早くぅ！」

朋子《ともこ》も元気を取り戻し、一緒に叫んで居た。其へ、師と仰がれし人物が応える。

「ハハ……。余り急かさずとも良い。今、行く」

優しく包み籠む様な、そんな答え方であった。ふと、近くに童男が居ない事に気付いた姉が振り向けば、未だに厩の前で何やら奮闘して居るではないか。

「何してるの？　栄造《えいぞう》も早く此方《こっち》へ来なさい。先生がいらっしゃったわよぉ」

清美《きよみ》の呼ぶ声を夢心地で聞いて居る童子へ思わぬ人物が言葉を掛ける。

「坊や。呼ばれておる様だぞ。それから……そろそろ、水遊びは終わりにしないか？　風邪をひきそうだ」

　現実へ引き戻されたかの様にぎょっとした顔は、飛び出さん許りに瞳《め》を剥き、其を、凝視して居た。残月《ミイラ》が喋《しゃべ》ったと言わん許りにだ。昂奮してきたのか顔が朱味《あかみ》を帯びてきた様に見える。

「栄造！　聞こえないのッ⁉」

　清美の声に苛立ちが交じる。其の声が合図だったかの様に、慌てて桶と杓を投げ捨て、ちらりと、ずぶ濡れの残月《ミイラ》を見て、

「はぁい、清美姉ちゃん」

　と、走って行く其の顔は厩の方を向いて居た。童男が駆け寄った時には先生を中心に人集《ひとだか》りが出来、入る隙間が見付からず、仕方無く遠捲きにし乍ら朗らかに笑って飛び跳ねて居る。清美は波山の直ぐ傍らで腰に手を回す様な恰好で抱き着き、男の子達を寄せ付けない様にと悪戦苦闘して居る。其には御構い無しに銘々が腕を取り、袖を攫み、手を握り、波山に早く早くと、此方此方《こっちこっち》と力一杯に引っ張って行く。朋子《ともこ》は、男の子を相手に奮闘して居る清美を見上げ、ぽかんとした顔で其を眺め乍ら裾を攫み、足を小刻みに動かし気持ち速歩《はやあし》で付いて来る。栄造は輪に入れなかった為に其の人集りを先導する恰好と成り、飛び回り乍ら楽しそうに気勢を上げる。波山は、只、楽し気に、只、心の底から幸せそうに、爽やかに、呵々《かか》と笑う許りであった。

　漸くの事童男を先頭にした一団が厩の前に着いた。すると直ぐに童子が黒衣を指差し乍ら、

「このミイラ、しゃべったよ」

　一斉に向けられた瞳に何故だか気恥ずかしくなった残月《ざんげつ》は、はにかんで見せた。今や子供達の注

目の的に成って居る其の眼は爽やかな朝の陽射しを眩しそうに見て居た。片言で話す栄造《えいぞう》へ、

「ハハハ……。解った、解った。どれどれ」

と、迚《とて》も優しい声音で笑い乍ら答えた。そして黒衣に向けられた其の顔は威厳に満ち溢れて居り、又、其の毅然たる立居振舞いは一廉の人物其の物である。波山《はざん》は闖客《ちんかく》へと眼を向けた。其の黒い眸《ひとみ》が光る。微かに顔が曇った様に見えたは、残月の気の所為《せい》であったか。

「確かに生きて居る様だな。子供達に心配して貰えるなぞ幸せ者だな」

其を聞き乍ら緩りと立ち上がる其の武人へ一瞥投げた後《のち》、静かに、

「歩ける様ならば付いて参られよ」

そう言い終えると子供達へ、

「よく報せて呉れた、礼を申す。有り難う」

と、軽く会釈した。皆は其を見て照れ乍ら良いよ良いよと身振りで其々が応えて居た。

そんな風に歩き始めた波山達の肩越しに辺りを見互し、少し驚いた。其所は、山と森に囲まれた田畑の広がる長閑《のどか》な集落で、然《しか》も厩は其の真ん中に在り、凡《およ》そ身を隠す為に選ぶ場所等では無かったのだから。其程迄に疲弊して居たと言うのか残月よ。遣る方無し。

波山は其を尻目に、子供等へ微笑みを投げ掛け、言葉を発する。

「さあ、帰ろう。美空《みそら》と千代《ちよ》婆が朝御飯の支度をし、首を長くして俟って居ようぞ」

皆、銘々、跳び上がったり、手を叩いて歓呼を上げる中、清美丈は頬笑み乍ら波山の顔を仰ぎ見て居た。都に住む人間達にして見れば同じ朝食に過ぎないのかも知れない。然し波山達には一日と

して同じ日は無いのだ。残月の眼にはそう映った。栄造はどうしてだかでんぐり返しをして居る。喜びの表現なのだろうか。佐吉《さきち》は佐吉で燥《はしゃ》ぎ過ぎて、灌漑を終え、皆で植えた苗が青々と脛《すね》位迄伸びて居る其の水田へ、握り飯が転がる場景宛らに落ちて行った。其を見た仙太《せんた》が指差し、もう片方の手で腹を押さえ乍ら大笑いする。

「佐吉のやつ、落ちよったぁ。ギャハハハ……」

笑い転げる仙太へ、竜《たつ》の介《すけ》が笑い過ぎだ、と許りに言い退ける。

「おい仙太！　笑ってないで助けてやらないとッ」

佐吉は水田から這い上がろうと奮闘。だが踠く度に代わる代わる体の一部が埋まり、立てずに居る。清美は汚れるのを嫌い、佐吉の様子を見に行こうとする朋子の手を離さない。行ってはいけないと言わぬ許りだ。栄造は地べたに座り込み、畦道の上で何やら頻《しき》りに啄み乍ら囀り飛び跳ね回る雀に眼が釘付けである。恐らく何も聞いてはいないであろう。一方、仙太は売り言葉に買い言葉とはよく言ったもので、透かさず竜の介に、

「何だとぉ、言ったなぁ。今日こそ遣《や》っ付けてやるッ！」

そう意気込む其へ、負けて成るものかと、竜の介も言い返す。

「負けるもんかぁ！」

そう言うが先か、二人は、力士が見合う風に四つん這いに成り睨み合う。其を見るや否や波山は行司の如く。

「八卦良《はっけよ》い。……残ったッ！」

と、然《さ》も愉しそうに掛け声を発して見せた。其を見て居た清美《きよみ》は、二人の相撲を夢中に成り昂奮し乍ら見て居る朋子《ともこ》の手を握ったまま、又先生はと、言う風に口を尖らし頬を膨らませ少し丈、困った表情を見せるも、何処かしら嬉しさをも混ざって居た。

畦道で二人の取組が始まった。背恰好は五分五分と言った所《ところ》か。仙太《せんた》は腕っ節丈は誰にも負けない自信がある。一方竜の介は力では劣るが勘が鋭く其の上機転が利き、技で勝負に挑む。何方《どちら》も譲らずがっぷり四つに組んだ儘、稍《やや》あってほんの一瞬の隙を突いた竜の介が仙太の胸に頭をつけた。其の体勢に焦り振り解こうと相手の首を強引に抱えた。猶も食い下がる竜の介は頭をつけた儘、仙太の腰にしがみついて居る。竜の介優勢の体勢でじりじり追い詰められて行く仙太は終《つい》に強行へと及んだ。力任せに首投げを敢行したのだ。迎え撃つ竜の介は仙太の伸びきった体を利用し其の儘押し切ろうとした。と、次の瞬間、二人は見事に翻筋斗《もんどり》を打って転がり落ちた。そう、其所には、未だ這い上がろうと踠き苦しみ乍らも孤軍奮闘して居る佐吉《さきち》の正《まさ》に其の眼前へ、二人は仲良く頭から飛び込んで行ったのだ。

其をずっと見て居た清美は思わず吹き出したが、はしたないと思ってか慌てて口を両手で塞いだ。然《しか》し、どうにも堪《こら》え切れず結局、腹を抱え腰を海老の様に曲げて大笑いし出す有様。朋子も傍らで頬っぺを赤くし瞳を輝かせ乍ら本当に楽しそうに笑った。師も又、幸せ一杯、と云った風な朗らかに笑い乍ら、ふと振り向けば、少し離れた場所では何時の間にか此の光景を見て居た黒衣の若者が、是は実に噴飯ものだと言わぬ許りに笑って居た。此の時、嘗て皇宮内庭園で飛雪と残月《ざんげつ》、二人して内緒で弁当を作り巴と三人で語らい乍ら楽しく食べた日の事を想い出して居たのであろうか。

　早天の高く突き抜ける様な青空、爽やかな薫風、其所に舞う鳶は、只、静かに、そして優雅に旋回して居る。波山《はざん》は、畦へ必死に這い上がろうとする三《みっ》つの土塊《つちくれ》を見て、子供っぽい含み笑いを見せ乍ら、清美に手伝って上げなさいと眼で促《うなが》し、残月に近付き改まって、

「子供達を縛り付けたく無いのでな。ああして肌で自然を感じさせたいのだ。其処から倫理を学んでほしいと日頃から考えて居る。其の一環として田畑仕事も手伝わせて居るのだ。今朝は特別だがな」

　意味深長な眼差しを向けたや否や踵を返し、三人の男の子《つちくれ》に向かい、溌剌とした大きな声でもって、

「竹蔵《たけぞう》の具合も心配だ、さあ、早く登った登った」

　と、掌を二回程、拍手《かしわで》を打つ様に打ち鳴らし促した。清美が差し伸べた杖に掴まり、一人づつ手伝って貰い乍らやっとの思いで這い上がった少年等は、正に三体の泥人形其の物であった。波山は歩き始めた脚を止めて、前を向いた儘残月に聞いた。

「付かぬ事を伺うが……。何故に御手前は斯様にも帽子と顔がずぶ濡れなのか……、まさかとは思うが、其の成りの儘、顔を漱《すす》いだとも考え難いのだが……」

　と、一息吐《つ》き、黒衣へ向き直り、何処と無く含みのある言い方で続ける。

「失礼乍ら。御手前は阿房《あほう》か？」

　と、丸で子供がする様に悪戯っぽく口元を綻ばせ笑った。其の顔を見乍ら苦笑いを浮かべるしか残月には出来なかった。其へ、

「フフ……。正直で生真面目な御仁よの。ワッハッハ……」

と、今度は感歎し呵々と豪快に笑い乍ら、本当に愉しそうに笑い乍ら、子供達の方へ、眼を遣り、水田から上がり畦道の上でへたり込んで居る三人へ、

「家に帰ったら直ぐに沐浴せぬとな。とにもかくにも其の成りでは、ハハハ……。美空《みそら》に叱られる。……此の私がな。ハハハ……」

其の波山の言葉に三人は雨蛙が合唱する様に笑い転げて居た。其を見るや否や清美が赤鬼の如く形相で、

「笑い事じゃない！　帰ったら先ず、竹蔵の爺様に赦しを乞い、美空姉さんに言い付けて遣るからッ！　其と朋子《ともこ》を泣かせた事もッ！」

三人は、是は堪らないと俯いては居るが、其の実《じつ》、清美姉《ねい》が、怒った怒ったとからかい乍ら口を手で覆い含み笑いをして居た。だがなぜだか波山丈が、申し訳無さそうに、神妙な態度で厳粛に受けとめて居た。そうし乍らもこっそりと童男の手を取り先に歩き出し、他の皆へ、戯《おど》ける風に。

「さあ、早《はよ》うせねば私と栄造とで朝飯《あさめし》を全部、喰《く》ろうて終《しま》うぞぉ！」

と、大声で言った。其が残月《ざんげつ》の耳にも届く様にと。きっと主の心意気であったに違いない。黒衣はそんな人間の機微に触れた事を感じ乍らゆっくりと歩き始めた。其と刻《とき》を同じくして、子供達は先生と童子の元へ駆け寄った。だが三人《さんたい》の男の子《どろにんぎょう》は、其の儘、走り抜けて、知らぬ間に競争を始めて居た。戯れ合い乍ら走り行く背中を見遣り其の後を歩く波山の右手を握るは栄造、六歳。おっとりとした子だ。左手を繋ぐは清美、十五歳。働き者で頼れるが、まだ甘えたい年頃なのか、波山

に淡い恋心を抱いて居るものか、気付けば何時も傍らに居る。其の清美の左手を確《しっか》りと握るのは朋子、四歳。心根が迚も優しく、清美の事が大好きで、寝床も同じだ。そして、先を行く、仙太《せんた》、竜《たつ》の介《すけ》、佐吉《さきち》は皆十二歳。未だ未だ遊びたい盛りのやんちゃな仲良し三人組で、何をするにも一蓮托生、血気盛んな男の子達だ。何時の間にか畦道へ舞い戻った雀達が四人の前を一定の距離を置き乍ら、飛び上がっては舞い降りる、降りては舞い上がるを忙《せわ》しそうに繰り返す。丸で遊びに誘《いざな》うかの様だ。皆の行く畦道の傍《わき》には、初夏の草花が色取り取りに咲き誇り、何所迄も、縁取りを彩って居る。鳶は変わらず、すっかりと明るく成った青空をゆったりと旋回し、是等を然《さ》も愉し気に俯瞰して居た。

残月は皆の背中を見て、青く高い空を振り仰ぎ、眼を細めた。二日前の惨劇に始まり、斥候との決闘迄もが、嘘の様であった。が然《しか》し、此の包帯が何よりもの証。此の剣《いゝて》で六人もの若い命を散らした。喩《たとい》、其が生き延びる為であったとしてもだ。其等を背負わねば成らない事も。そして巴《ともえ》、飛《フェイ》雪《シェ》、柳水《りゅうすい》達の元へ二度《ふたたび》、生きて戻らねば成らぬ事も。其等全てを今一度、咀嚼し思い起こし、心を奮い立たせた残月の睛《ひとみ》は、義剣士の慧眼其の物であった。

畦道を　戯れる童ら　雀哉

暫くすると広大な敷地に立派な屋敷が姿を現した。此所が住まいを兼ねた学校だ。妹尾《せのお》は、白金山の麓に在り、其所へ大蛇川《おおじゃがわ》の支流である境川《さかいがわ》が注ぎ込み、太古から在る郷渡《さとわたし》街道が都へと繋がっている。然《しか》も肥沃な土地の為、米を始めとする作物が育ち豊作に恵まれ、又、清らかな水が豊富で、二次加工品、即ち特産品でもある、造酒と豆腐作りが特に盛んで大いに栄えた。そんな折、白金山で銀脈が見つかった。是を境に妹尾《せのお》は様変りした。先ず、当時の政府高官が沢山の坑夫を従え、此の地に住まう準備をした。宿舎を建てる為、岡を削り其の土砂で田畑を埋め、重機を以てして踏み固め其所へ建築用法の一つである基準寸法を活用して廉価で堅固な宿舎と工廠を建造した。山は削られ、穴を空けられ、森の木は悉《ことごと》く切られ、土砂は川に棄てられた。土地は凋れ窶《やつ》れ、水は穢れていった。都市として発展はしたが其に伴い人心は乱れ荒《すさ》んだ。嘗ての閑静な町は姿を消し、工業都市へと変貌を遂げた。然し、善い事も悪い事も永くは続かないのが世の常。次第に銀は採れなく成っていき、終に閉山し、都へと帰っていった。後に残されたのは荒廃した自然丈であった。軈て、幾多の変遷を経て少しづつだが、着実に自然を取り戻しつつあった。川には清流にしか棲息しない魚が還った事が何よりもの証左であるに違いない。此処迄にざっと五百年は有したであろう事は考えるに難しくはない。今、此の妹尾には波山達以外に老農夫が三、四十人程、暮して居る集落に過ぎないが、そんな妹尾へ波山《はざん》、即ち安房《あわ》舜水《しゅんすい》が逼塞したは、祖父、安房次郎為久《じろうためひさ》を亡くし行き場と前途を見出せずに居た折、見兼ねた鑑速《あきすみ》佳仙《かせん》が力添えをして呉れたのだ。坑夫の宿舎と工廠を舜水の望み通りに学校と校庭、住まいに改築し、旧知の使用人夫婦と倶に生活出来るに到る。因みに此の使用人こそが竹蔵《たけぞう》と乳母であった千代《ちよ》との二人だ。今日《こんにち》が在るは、言わば伯父の御蔭と言っても過言ではないだろう。舜水は佳仙に感謝し此の恩義に何時か報い様と考え、今日迄、研鑽を積み乍ら質素に慎ましやかに暮らして来たのであった。

皆が表門に着いた。三人の男の子は元気に駆け出し裏山の向こう迄届きそうな声で、

「ただいまぁぁ！」

と、言った。其の土塊《つちくれ》達に、清美《きよみ》が是又、三人に負けない位の大きな声で、

「こらァッ！　裏に廻れェッ！　其の儘上がる気かァァッ‼」

又もや、赤鬼が現れた。三人はそんな姉なぞ、御構い無しで、是等の声を聞き付け勢いよく飛び出して来た犬と戯れ始めた。

「虎《とら》！　虎！　わはははは……」

虎と云う名の犬は、名前の通り、見事な虎毛で、形の良い尾は綺麗に捲いていた。其の尾を引きちぎれん許りに振って、嬉しそうに吠え乍ら飛び付き甘えた。其の度に三人は歓声を上げて居る。

波山は縁側に座蒲団を敷いて、茶を啜り乍ら千代と元気に談笑して居る竹蔵を認めると安心したのか、少年達に向かって、

「清美の言い付け、聞こえなんだか」

少し丈、厳しい口調で言い終え、其の儘顔を清美に向け、優しく微笑み乍ら、

「先に二人を連れて、上がって居なさい」

少女は直ぐに元気よく清涼な声で、

「はい」

と、一声答え、栄造《えいぞう》と朋子《ともこ》を玄関へ連れて行き土間で二人の履物を脱がし、足を丁寧に手拭で片足づつ優しく拭いて遣り、自分も二人の後を歩いて奥へ消えて行った。其を見届け、未だ、虎と居

る三人に、優しく、

「私も後で行くから先に行って盥《たらい》に水を張って置きなさい」

と、師が言い終えるが先か、三人組は犬を連れて駆け出し、

「はぁぁい！」

と、裏へ走り去って行った。言わずもがな殿《しんがり》は、終始一貫して佐吉《さきち》である。

そして、縁側へと歩を進め、竹蔵に近付き落着きを取り戻した顔を見乍ら声を掛ける。

「竹蔵。大事無いか」

波山《はざん》に気付いた竹蔵と千代は座り直し、姿勢を正して、

「若様。勿体のう御座います。儂《わし》なら此の通り。ハハハ……」

と、其の場で立ち上がり運動をして、元気な所を見せて居た。千代は喜び乍ら家主へ、

「若様には要らぬ御心配を掛け、申し分け有りませんでした」

正座をし手を付いて頭を下げた。竹蔵も直ぐに其へ倣い頭を下げた。慌てて二人を制して、波山は言う。

「実は、謝らねばならぬのは此方《こちら》なのだ。水田に落ちてな。其のな……苗をな……済まぬな」

と、粛々と頭を下げた。其を見た二人はあたふたとし乍らも、

「な、何を言われます。少し踏んだ位の方が、稲が丈夫に育ちますから。気にしないで下さりませ」

と、又、頭を下げ和《にこ》やかに顔を上げたのも束の間、見る見る血の気を失い顔面蒼白だ。そして震

える指で差し乍ら、

「ひッ！　ひえェェ……で、出たァァッ！」

　其の指の先には、離れた所で此方を向き控え立つ黒衣が居た。竹蔵は口籠り乍ら経を読み俯き手を合わせ拝んで居る。其を千代は、

「御爺さん！　御爺さん！」

と、泡を喰いつつ宥めるも、最早、全く訳が解らず面喰い、来客と家主の顔を交互に見るのがやっとであった。波山はさして慌てる風もなく、残月《ざんげつ》を一瞥し爺やへ、

「慌てるな、よく見てみよ。あれは人間で、然もちゃんと生きておる。竹蔵。顔を上げて確かめて見よ」

　そう言われ、恐る恐る顔を上げて両眼を細めて見た。だが竹蔵の表情は緩んだものの眼には疑心暗鬼を宿した儘である。そんな二人を見兼ねた波山は、溌剌とした声で、

「さあ、朝食にしよう。元気が出るぞ」

　竹蔵はどぎまぎし乍らも頷き、二人はそそくさと其の場を後にし、奥へと続く板張の亙り廊を歩いて行った。老爺が怯えるのも無理からぬ理由が有った。

　是より一時余り前の黎明。毎日、竹蔵は夜明け烏が飛ぶよりも早い時刻に成ると厩へあの夫婦馬を田畑仕事の為に呼びに行くのが一日の始まりで、其の時必ず栄造《えいぞう》と朋子《ともこ》を伴わせる。其は波山の指導の一環であり、其が大切な日課なのである。今朝も何時もと同じ様に二人を連れ立って厩へ。そして是も又何時もと同じ様に、馬を番《つが》えた縄を解《ほど》き外へ連れ出した。何時もと何等変わらない刻

が流れて行く。筈であった。そう、童男がおかしな事を言う迄は。

「竹《たけ》じい。ミイラがいるぅ」

と、厩の一隅に漆黒の塊が藁に靠《もた》れる様に在るのを指差し乍ら言った。未だ暗い厩の中に黒い帽子と外套の隙間から見え隠れしている包帯を見たならば、幼い栄造が斯様に考え口にするのも無理からぬ事である。寧《むし》ろ、よく知っていたものだと感心する所だが、此の時許りは違った。

竹蔵《たけぞう》は子供の寝言と微笑み乍ら栄造に答える。

「どれ、どれ。爺《じい》が見て遣ろう。木乃伊《ミイラ》なんて物はな、そう、そんじょ其所らに在る様な代物では……」

ない。と言いたかったのであろうが、口は虚しく空気を吸う許り、其の場へへたり込み、指差して、

「しっ、死、死体じゃッ！　こ、こ、こりゃァァ……一大事じゃァァ……」

馬にしがみつき必死の思いで立ち上がるや否や血相を変えて夫婦馬を無理矢理に従え、

「わ、わっ！　若様ァァッ!!」

と、叫んで、一目散に来た道を引き返して行った。厩は何も無かったかの様に静寂を取り戻す。明るくなって来た空は薄い朱色が染め始め、其所を鳥が鳴き乍ら飛んで居る。厩の中には残月《ミイラ》が、外には桶を持って佇む童男、畦に咲いた花を眺める童女が残されて居た。そう、竹蔵は驚きの余り、栄造と朋子の事は忘却の彼方へ追い遣って終って居たのであった。

馬を牽き乍ら息急き切りやっとの思いで学校の表門を転がり込む様に潜《くぐ》るや否や今度は、其の馬

迄も放り出し、腕を前に突き出し、前のめりに成り、今にも躓きそうな恰好で蹌踉めき乍ら一目散に縁側へと走った。そして、其所へへたり込み、濡れ縁に齧り付き、喚き出す。

「若様ぁ。若様ぁ！　一大事に御座います。木乃伊が、ミイ……⁉」

其の裏返った自分の声を聞いて、伝えたい事の間違いに気付き、自分を呼び醒ます様に頭を振り、もう一度、大きな声で言い直す。

「若様ッ！　既に死体がッ……一大事で御座いますぞォォ……若様ァァッ‼」

竹蔵は、すっかり怯え、腰を抜かして終って居る。其の悲鳴を聞き付け真っ先に駆け付けたは虎《とら》だった。好々爺の周りを飛び跳ね、一声、二声吠えた後、心配するかの様に濡れた鼻を老夫の頬に押し当て、小さく、仔犬が鳴く様に鼻を鳴らして居る。其所へ漸くに、婆やとやんちゃ坊主三人組が板張りの亙り廊を喧しい足音と共に忙しなく走って来た。

先ずは千代《ちよ》が縁側に膝を折り、竹蔵の背中に優しく手を乗せて、声を掛ける。

「御爺さん、一体、何がどうしたと、言うんだね」

子供が其に続き、

「竹爺、そうだ、どうしたんだ？　何が居るって？」

子供達は既の事の方が重大なのだ。竹蔵は脇目も振らずに只、千代に縋り、擦れた声を必死に搾り出す。

「若様に……若様に早よう御報せせねば。若様を呼んで呉れェェェ……」

其を聞いた千代は困った顔をし乍ら、

「若様は、今、此所には居らんでなぁ。はて……？　何所へ御行き成されたものか……」

其へ佐吉《さきち》が、

「僕知ってるよ。清美《きよみ》姉ちゃんと二人で裏の竹林に行ってる筈だよぉ」

此の少年は美空《みそら》がまだ暗いうちに話をし乍ら二人を見送る姿を見て知って居たのである。其処で佐吉が竹林へ報せに行く事を買って出たので、其を聞くや否や仙太《せんた》と竜の介《たつのすけ》は顔を見合せ、竹爺は、確かに『ミイラ』と言ったな、と確認しあうかの様に頷くと、間髪容れず、駆け出し、二人は大きな声で、

「佐吉！　先生の事、頼むぞぉ！」

と、叫び終わる頃には、表門に置き去りされ、暇を玩んで居る夫婦馬《めおとうま》の目の前を勢いよく走り過ぎて居た。其の二人の背中を見送る夫婦馬は、気を付けてと言うかの様にゆったりと大きく左右に尾を振り乍ら、嘶いた。

一方、佐吉は裏山の竹林に走って行き、やっとの思いで着くと二人が山菜と筍を採って居た。少年は息を弾ませ乍ら声を掛ける。

「先生。波山《はざん》先生！　大変だよぉ。竹爺《たけじい》が血相変えてウマヤにミイラ……？　じゃないや、死体があるって、たった今、走って帰って来たんだよぉ」

其を聞いた波山は、清美に向かって、

「山菜と筍は、私が持って佐吉と後から行くから、御前は先に行って様子を見て来て呉れないか。決して近付いたりしてはいけないよ」

波山は念を押す様に最後の言葉を言った。清美は其の言葉に対して、清涼な声で、

「はい。先生」

と、答え、自分の背負っている籠以外を其の場へそっと置いて、足早に竹林を抜け山を下りて行った。

其の頃、仙太と竜の介は、佐吉が竹林に着く前に早々《はやばや》と厩に到着して居た。そして直ぐに厩の前で漆黒の塊をじっと見据え佇む栄造《えいぞう》を認めるや否や、興味津々、昂揚した声で二人は、

「ミイラが居るって、本当かよぉ！」

と、銘銘が厩の中を覗き込む。二人は怪訝そうな顔で暫く眺めて居る。其の傍らでは、馬に飲ませる水と、其を汲む為の杓とが入った桶を持った儘、只、黙って力強く頷く栄造を尻目に仙太が竜の介へ、呆れた風に、

「ミイラじゃないな……ありゃ」

そう言い終えたならば、二人で間違いないと言わん許りに頷き合った。其処で仙太は、妙案が浮かんだとしたり顔。妙に締りがない其の口元は緩み、にやつく其の白い前歯は一本欠けて居る。そして、栄造に意地悪っぽい声で、

「おい、その桶の水をかけてみろよ。其の内、先生も来るだろうし……なっ」

そう言い終えるや否や、先生は未だかと厩と裏山へ続く小路の入口との間の畦を行っては戻り、戻っては又駆けて行く。二人は、飽きる事無く、いや寧ろ楽しそうに繰り返して居る。そしてきっと、此の二人には、畦に咲く花を一心に見詰めて、しゃがみ込む朋子《ともこ》の存在なんぞ、頭の片隅にも

ないであろう。抑《そもそも》、其所にしゃがんで居る其の事自体、気付いているのかさえ、疑わしい。一方、童男は健気にも少年の言い付けを守る可く、早速、杓で水を掛け様子を窺う風に間を置き乍ら、又、水を掛けるという行動を懸命に繰り返し始めるのだった。

思いも寄らぬ此の早朝の大事件と共に現れた此の漆黒の剣士は、子供達や此所の者達にとって何やら新しい風を運んで来た使者であり、特別な日々の始まりの予感に成り得たのであった。波山《はざん》、否、舜水《しゅんすい》、只、一人《いちにん》を措いては。

波山は裏へ廻る前に玄関へと、残月《ざんげつ》を誘《いざな》う風に歩き出す。其に気付き後を歩く。そして家主が開け放たれた儘の玄関前に立ち、明瞭且つ暖か味の有る声で、

「美空《みそら》。……美空」

奥へ向け名を呼んだ。

暫く俟って居ると、廊下を絹地の摩れる音と共に微かに板を軋ませ、此方へ足音が近付いて来た。そして其所に姿を現し出迎えたは、着物を纏《まと》い、芍薬《ヨウシ》の整った、何所と無く知的な空気を醸し出して居る女性であった。黒衣は、ふと、恋人の面影に重ねたやも知れなかった。美空は、波山の顔を認めると、安堵の表情を浮かべ、

「御無事で何よりに御座いました。……先生、一体何が……」

何が起きたものなのか尋ね様と、両膝を付き、見上げる風にして、家主へと顔を向けた。其の面持ちは、気品と誠実さを兼ね備えており、其故に、切れ長の眼は少し丈、近寄り難さを醸し出して

居た。ふと、残月に気付き、然程驚く事も無く、質問を変えた。

「此方の御武家様は、何方様《どなた》でいらっしゃいましょうか」

怪訝な面持ちで波山に尋ねた。其の質問の答えよりも早く、別の若い声が二つ、是を遮る。

「御帰りなさいませ、先生」

「先生、此方の御仁は、何方様《どちら》で御座いますか」

稽古着姿の短髪で、迚も爽やかな好青年が二人、師へ、会釈し、精悍な顔を上げた。

二人の門弟は同時に同じ事を尋ねたので、顔を見合せて、口元を綻ばした。然し、なかなか答え様としない良師に対して、才媛と二人の好青年はどうしたものかと戸惑い、目の遣り場に窮して居る。残月も又、名告《なの》っていない事に漸く気付き、波山へ一瞥を投げた。すると、跋が悪そうな表情を浮かべ乍ら、訥々と、

「いやな、其の実は……。名は未《ま》だ、聞いてはおらん。ハハハ……」

と、はにかみ、鼻の頭を人差指の先でちょいちょいと、掻き、小声で言った。才女と青年二人は、呆気にとられ絶句し、何故だか今度は、黒衣が跋の悪い顔を見せて居た。家主は、にやけ乍ら続ける。

「面目無い……が、怪我人を抛って置く訳にも参るまいに。其処で怪我の具合を診る序《つい》でに朝食にでも……と、考えた次第で……な」

其を聞き終えた三人は、又もや、どうしたものかと、思案して居る様で、押し黙った儘である。

其処で波山は、ここぞと許りに、残月へ眴《めくば》せをし、其に気付き、応えるかの様に、皆へ、

「後れ馳せ乍ら、手前、楡残月《にれざんげつ》と申す者。よしなに」
そう言い終え、会釈をした。そして、顔を上げ、旅人帽子を目深に被り直した。孔雀の飾り羽は朝陽に照らされ、玉虫色に彩り、輝かせ、旅人は言い添える。
「知らぬとは申せ、一晩、厩を拝借致した事に感謝と御詫びを申し上げ仕る」
斯う謝罪し終え、頭を下げた。其の言葉遣いに青年達は渋い顔を見せて居た。其の時、波山も又、何かを憶い出したかの様に、其の顔には微かにではあるが、影を落とした様に見て取れたのは、気の所為では決してないであろう。
残月が出奔した正《まさ》にあの日、其の夕暮方、一羽の鳩が此所、妹尾《せのお》の集落に舞い降りた。伝書鳩の飛翔速度は一分間に十町弱だと言われている。其の鳩は紛れも無い、佳仙《かせん》の遺《よこ》したものであり、脚には文が縛ってある。其は、短く簡潔な内容であった。
『舜水《しゅんすい》
あれから幾年経つか恙無く過ごして居ると聞き及び候
扨此度の用向き成るは楡残月申す者差障り相成り
其方《そち》の一命と剣にて事無きを得たき由
佳仙』
波山は、否、此の刻許りは舜水に立ち帰り文に目を通したであろう。読み終えた文書を静かに蝋燭の炎で燃やし、想い詰めるでもなく、只、暮れ行く夕陽の最後の朱《あか》い灯を見詰め乍ら一人考えた。（報いる時機《とき》が来たようだ。直ぐに追うか。何所から追うか。……やはり『麝香《じゃこう》』の忍《もの》に接触せねば成るまいな……）

舜水は此の間に早くも身支度を整え、其の右手には既に自身の得物である、名刀〝螢火《ほたるび》〟を攫み佇んで居た。陽《ひ》はとっぷりと暮れ闇が空を覆う。斥候が楡残月との追討劇を繰り広げて居る事なぞ、さすがの剣豪とて知る由もない。況《ま》してや豈図らんや。

此の夜、最後の寝間着に袖を通し、床に就いた。小窓から覗く妹尾《ここ》での最後の月を眺め乍ら何時しか深い睡りに就いて居た。白銀に輝く弓張月であった。

翌日の早朝、詰り今朝である。舜水は今日此の一日丈は、波山として思う存分、皆と過ごそうと心に決め、先ずは清美《きよみ》を連れ裏山の竹林へと向かったのだ。そんな折、厩での出来事が起こり一陣の風と共に颯爽と現れた漆黒の剣士。其の名は、楡残月其の敵《ひと》であった。何たる奇遇。何たる因果。剣豪に陰を落とし得たものは突き付けられた此の現実か。一目で解《かい》したのだ。伯父の文のあの一言を。〝一命〟の言葉の意味を。対手の力量をだ。人の世の無情と無常とを一時《いちどき》に味わって居たのである。それでも舜水は、否、波山は此の遣る瀬無い肺腑を誰にも気取《けど》られぬ様振る舞い、苦り切った表情の青年二人へ明るく、透き通った声で話し掛ける。

「由ノ慎《ゆいのしん》、真ノ丞《しんのじょう》。其の様な態度は賓《まれびと》に失礼であろう。都人《みやこびと》の物言いだからと、総じて悪人扱いでは、倫理に悖《もと》る行為ではないのか」

最後の言葉は微かに厳しい口調であった様に感じられた。そう諭すと、良師の言葉を厳粛に受けとめ姿勢を正し精悍な表情で直立する二人を尻目に黒衣へ向き直り、頭を下げて穏やかな口調で、

「弟子の無礼は師であり父でもある私の非。どうか赦して戴きたい。訳有って、どうも都人が苦手

でな。……申し訳御座らん」

黒衣は困惑する許りで、少し丈、気恥ずかしくなって居るのだが、何分にも木乃伊《ミイラ》ではどうしようも無かった。そんな賓客へ青年の一人が、明瞭な声で以て。

「波山真ノ丞《はざんしんのじょう》と申します。我等の非礼、平に御容赦願います」

と、言い終え、即時に頭を下げた。其へ隣の青年が、御前はどういう了見でそんな事をと云う風な態度で真ノ丞を睨《ね》め付け、未だ何か言い足りない様な表情であったが、波山と眼が合って終い口を噤《つぐ》み、会釈丈をしたのだった。残月は殆《ほとほと》、困り果て、只、黙って辞儀で応える丈であった。家主は執り成そうと、誰彼無しに話し掛ける。

「まあ……、言葉遣いが何分にも堅苦しい故……な。ハハハ……」

と、揶揄《からか》う風な笑みを浮かべ乍ら話した。

「ささ、此方へ参られよ」

斯う更に、少年等の俟つ裏庭へと誘った。指示を仰ごうと、黙した儘の美空《みそら》へ、

「楡殿の膳を私の隣に用意しておいて呉れぬか。恃む」

そう言い終え、客人の前を往《ゆ》く波山に対し、「はい」と一言丈答えて奥へと下がって行く窈窕《ようちょう》たる女性の後ろ姿へ残月は軽く辞儀をし、家主の後へ続いて裏へと消えた。

玄関掖で二人丈になるや否や、由ノ慎《ゆいのしん》は心友に捲し立てる。

「御前はっ！　先生の賓客《ひんかく》ならばいざ知らず、あの様な素姓の知れぬ者に頭を下げるとはっ！　然《しか》も姓名迄も名告るなどッ！　……」

憤りに昂奮した顔は赤く成り、怒りを露《あらわ》に喰って掛かる盟友へ真ノ丞は即座に答える。

「由ノ慎、御前の方こそよく聞くんだ。先生の声が心に響かなかったのか。仰る通りに非は自分達に有る。詫びるのが道理ッ」

由ノ慎は、真ノ丞のそんな真剣な言葉を気にも留めず、独り言の様にくぐもり声で、

「一体、先生は何を考えて……あんな得体の知れぬ者を。……怪我をしているなぞと言って、俺達の住処に迄連れて来て然も朝飯迄も……。包帯で仰々しく隠しているものの、きっと掠り傷に違いない！」

其を聞いて居た真ノ丞が由ノ慎の両肩を攫み眼を真っ直ぐに見据え、宥める風に声を掛ける。

「何を言い出すんだ。なあ、由ノ慎。礼儀作法は武道の基本。其の様に今日迄、先生に教わって来た筈ではなかったのか。忘れた訳でもあるまいに。徳も学ばせて戴いたと言うのに、らしくもない」

由ノ慎は、忘れるものかと言う風に毅然とした面持ちで答える。

「御前の科白《せりふ》は何時も優等生だよ。さすがは科学者の子だな。厭みなんかでは決してないぞ。解る、解って居るんだが、無理なんだ……、どうしても……化けの皮を剥いで遣るッ」

真ノ丞は、口を噤んで終った。二人の短髪頭からは薄らと湯気が立ち上る。そんな煮え切らない儘押し黙り、顔を見合せて突っ立ち、重たい空気の中、身動き出来ずに居た其の時、裏から三人の黄色い歓声が上がった。其の声は互いにとって助け舟と成り得るに違いなかった。渡りに舟とは正《まさ》に此の事と、何処か安堵にも似た表情を浮かべ、裏へと歩を進め始める。

毎朝、武術の稽古を終えた後、汗を流す為、裏庭にある井戸へ水を汲みに行くのだが、此の日は皆と同様に此の二人にとっても特別な日の朝と成った。詰り玄関先で見知らぬ剣士と三人で会話を交わして居る所へ出会《でくわ》したのであった。裏庭に着くと其所では、迚も大きく立派な檜で作られた盥に水を張り、水浴びには未だ少し許り気の早い季節の朝陽を浴び乍ら、一匹の犬と三人の少年とが、其は其は本当に楽しそうな歓声を上げて居る。時折、桶で井戸水を汲み足しては、泥を洗い落とすなぞと託《かこつ》けて、本題の水遊びにもう夢中だ。そんな、日常風景であった。

此の集落では、嘗て銀の採掘に依り発展した恩恵であろう、未だ其の頃に造られた上水道が脈搏《みゃくう》っているのだ。境川《さかいがわ》からの水を地下貯水槽へ溜め半永久濾過器に因《よ》り浄化された水が、其の管を通り、其々の家の蛇口へ行き亙り、飲料及び炊事用水として、利用されている。そして、他の用途には此の井戸水を使用している。何時の時代も地下水は一年を通じて水温が十八度から廿《にじゅう》度位に保たれている為、重宝がられるものなのだ。

真ノ丞は、盥の中で朝陽を浴び、水飛沫《みずしぶき》と歓声を上げ乍ら戯れる三人と一匹に近付いて行って、和《にこ》やかに声を掛ける。

「先生は御客さんと何方へ行かれたか教えて呉れないか」

明瞭な声であった。すると、其に応えるかの様に男の子三人は、丸で弓を加《くわ》うかの風に、片腕を大きく横へ伸ばし、人差指迄をぴんと真っ直ぐにし、虎《とら》も子供達と同じ様に鼻先を其方へ向け、彼方《あっち》と言わん許りに応接間の裏口を指し示した。青年達は、其の指し示す先へと顔を向けて、嗚呼、成程合点が行くと云った風な表情をして見せた。そんな二人の顔を認めるや否や、永い永い沈黙を破り、先程にも増して大きな歓声と吠え声が上がるのを皮切りに水遊びは再開されたのである。子供達の本当に楽しそうな歓声と微笑ましい姿を見乍ら二人は汗を拭った。そして、其に絆《ほだ》されたかの様に、真ノ丞が静かに穏やかな声で、

「由ノ慎。さっきは済まない。少し許り言い過ぎたのかも知れない……」

と、気恥ずかしそうに言った。其を聞いて、突然の言葉に困惑し乍らも、

「いや……俺の方こそ、其の……す、済まない」

と、頭を掻き、眼は空を仰ぎ、口は何故だか聞分けのない子供の様に尖らせて答える其の声も又、穏やかであった。そして二人は顔を見合せ乍ら、子供時代へ立ち帰った風に、幸せそうな面持ちで笑い合って居た。

何時の世も　童の笑顔　鎹《かすがい》哉《かな》

子供達が盥の中で犬と戯れ始めた頃、波山《はざん》は、残月《ざんげつ》を応接間へ招き入れて居た。包帯を解く事に黒衣は暫くの間、懸念を抱き躊躇って居た様子だったが家主の好意を無にする訳にもゆかず甘んじて受ける事にした。それに、正直、傷口の具合が気に掛かって居たのも他ならぬ事実であったからだ。了承を得た波山は、ゆっくりと包帯を捲き取り当て布を取り除き、其の見事な縫合手術が施してある傷を目の当りにし、ほんの一瞬丈、顔を曇らせた。残月は其の顔を見て取るや、直ぐ様問い掛ける。

「思わしく有りませんか……」

静かな声であった。が、此の問いへ直ぐには答える事が出来無かった。なぜならば、

（此の創刃……一体何者の仕業なのだ。……伯父上と此の者の身に、何が起きたと言うのだ……）

家主の耳には賓客の声が丸で涼し気な風音、としか聴こえて居なかったのだから。

「波山《はざん》殿？　……波山……先生……？」

二度目の呼び声で、漸く我に返った様に、夢から醒めたかの様に、

「うん……？　あっ……いや何、見事な縫合手術であるな。稍《やや》、出血が有るものの問題は無い。当て布と包帯を新しい物に取替えておこう。食事がし易い様にな」

最後の言葉は飽く迄も波山として在りたいと言う想いから、剽《ひょう》げて見せたのやも知れなかった。

其の微笑む主人《あるじ》へのそこはかと無い違和感を拭いきれぬ儘、黒衣は包帯を捲き直して貰い乍ら窓から外を眺め、子供達の戯れる声を聞いて居る。朝陽は只、優しく子供達を照らす丈であった。只、静かに優しく。


真っ新な包帯を捲き終えた頃、応接間の扉の向こう側から澄んだ声が流れる。

「先生。食事の準備が整いました」

と、短く告げ、美空《みそら》は廊下を来た側と反対に進み、其の儘階下に在る戸口から裏庭へ、澄み切った中に何処か威厳のある声で、

「由ノ慎《ゆいのしん》さん、真ノ丞《しんのじょう》さん。子供達の体も拭いてあげて頂戴。それから、食堂へいらして。食事の

準備が出来ましたから」

二人は、はい。と、返事をし、子供達の方へ手拭を持って歩を進めて行った。子供達は何時もに増して燥《はしゃ》ぐ許りだ。そんな楽し気な五人と一匹の歓声を応接間で聞いて居た二人は、其々、何を想ったか。否、若しや同じ想いだったのやも知れない。閑《しず》かに、瞬間《いま》と言う此の刻を、噛み締めて居たのであった。

漸く、家主が重い口を開き、ゆったりとした口調で、静かに、誘《いざな》う。

「では、食堂へ参ろうか。此方へ」

と、言い乍ら席を立つ。客人は後に続いて、応接間を後にした。

裏庭は、丸で初めからそうであったかの様に閑《しず》まり返って居る。雀等が、舞い降り、其所に出来た小さな、小さな水溜《たらい》りで、然《さ》も楽しげに、忙《せわ》しく囀《かんせい》りを上げ乍ら、水浴びをして居た。

応接間を出て廊下を右手へ。暫く歩を進めると、左手には先程開け放しであった玄関が現れ、ふと目を遣ったらば、戸口は既に閉めて在る。廊下は其の先で右へ鉤の手に。玄関を横切り曲がり進むと、眼の前に扉が見えて来た。其の手前の左手にも扉が在るのだが閉まっている為に其の先を見る事は叶わない。先程正面に見えた入口の前迄来て波山は扉を開け傍へ避《よ》けると、残月《ざんげつ》の前へ掌を見せ乍ら誘《いざな》う様に差し出す。勧められるが儘に中へ入ると、迚も立派な板敷が広がり、其所には膳が既に並べられて居た。其に気を取られ、眺め入る賓客へ主人《あるじ》が背中越しに話し掛けた。

「此所の建物は太古の名残りでな、鉱夫達の宿舎だったのだよ。基本設計が意外にも聢りして居た為、改築を行う時も其の儘使用した由。故に、大食堂と成った訳だ」

そう言い終え、さあさあ、此方へと言った風に左腕を軽く攫み自分達の坐る席迄連れて来たならば、

「ささ、私の隣へ」

と、促《うなが》す。其の勧められた席は、何と、波山の左隣であった。僅か乍ら気が引ける思いを感じたが、是も家主の配慮かと受け取り、何処と無くぎごちない動き方をして坐った。残月《ざんげつ》は、改めて部屋を見亙す。三、四十人は一時《いちどき》に食事が出来たであろう広さの場所の中心に十三の膳が四角く囲む様に並べられ、銘々が何時もの席へ座して行く。余りに空間、否、透き間が多過ぎるのも此の剣客《もの》には、尻痒く感じた。馴れていないからだろうかと武人は考え乍ら、天井を只、何処とは無しに眺める。

「天井に何か……?」

不意に澄み切った声で尋ねられ、少し驚いた黒衣は、

「美空《みそら》殿」

と、一言丈。美空は残月の椀に味噌汁を灌ぐ所であった。ぼんやりと其を眺めて居る武人へ家主が丸で揶揄《からか》うかの様に声を潜め、

「天井に何か」

と、態と同じ科白《せりふ》を言葉にして見せた。才媛にも聞こえる様な小声で。客人は間の抜けた声で其へ、

「あっ、いや、然程……答える程の事は何も御座いませぬが……何か」

　其を聞いた二人は、思わず吹き出して笑った。残月は全く呑み込めないと言った表情を見せて居る。才女は嫣然《えんぜん》と頬笑み乍ら、自分の席へと、波山の右隣へと座《ざ》した。其を見届け其の儘、視線を巡らすと美空の右手の膳にはあの三人組が手前から、佐吉《さきち》、竜《たつ》の介《すけ》、そして一番奥に仙太《せんた》が坐った。其を眺めて居ると、ふと視線を感じ自分の左手へと首を巡らして見る。すると、眼《め》と瞳《め》が合ったのはなんと、あの栄造《えいぞう》だった。穢れを知らぬ其の薄らと青味《あおみ》がかった澄んだ瞳で残月《ミイラ》を見据えて居る。どうしてだか気恥ずかしく成り、眼の遣り場に窮して居ると、童子の左隣に坐る清美《きよみ》が其に気付き栄造の耳元へ囁く風に、

「余《あんま》り、人様をじろじろ見ては駄目よ」

　そう優しく諭す。すると、其の囁き声に驚いたかの様に童男の顔が少女へと素早く向けられ、其の動きとは対照的に、

「はぁい」

　と、実におっとりとした口調で答えては居るものの、何処か心許無いのは此の童《わらし》が純粋且つ従順たる所以《ゆえん》からであろう。そして清美は黒衣へ、黙って静かに辞儀をして見せた。残月は甚《いた》く感銘を受けた様で、反射的に辞儀を返して居た。そんな気立ての善い少女の左には、愛くるしい御下げ髪で清美の事が大好きな朋子《ともこ》が朗らかな笑みを浮かべ乍ら幸せ一杯と云った感情を身体全体《からだぜんたい》から醸し出し、あどけなく坐って居る。そんな童女に気を取られて居ると好青年が着流し姿で爽やかに現れた。残月は其を見乍ら、

（今時、然《しか》も若者があの様な姿をするとは古風な……）

武人は、心持ち、羨ましく感じたものかどうか、自分自身は如何なる刻《とき》も身軽な姿で居なければならず、飾り気なぞは無用の長物。孤高の剣客は楡《にれ》家の嫡子として何時も闘いに身も心も備えて生きて行《ゆ》かなければならなかったのだ。此処迄のほんの束の間の出来事でさえも残月にしてみれば新鮮そのものなのである。そんな想いを秘め乍ら、好青年二人が対座するのを見て居た。向って右に由ノ慎、左に真ノ丞が其々座した。そして、最後に坐ったのが、真ノ丞の右に竹蔵が坐り其の隣に千代が坐り、全員が揃ったのである。其を見届けた美空が皆に向かって、迚《とて》も清んだ静かな声で、

「戴きます」

合掌し乍らそう言い終えると、皆一斉に声を合わせ、同じ様に合掌して、

「戴きます」

と返した。残月は久振りの平穏に深く感謝をし乍ら合掌し、若し本当に許されるのであれば、二、三日逗留し英気を養い皇宮へ戻り、飛雪に、巴と柳水に会いに、と、考え、

（今夜にでも、波山《はざん》先生に打ち明けて見るのも一つの……）

と、此処迄言葉を巡らした時、想い止《とど》めた。

（天下の一大事を他人《ひと》に容易く話そう等……、言語道断。波山先生丈に留まらず、純真無垢な子供達に迄、危険が及ぶのではないのか？　斯様な事決して在ってはならぬ！）

軽々しく話をしようとした丈で無く、自身が既に追われる身の上だという事を忘れ、刹那的な行動に出ようとした自分を愧《は》じ、戒めた。そんな、独り葛藤に悶える黒衣の事なぞ露程も気に掛けず、我慢しきれなく成った仙太が、口元に飯粒を着けた儘、

「えっと……？　お兄さんは、何所から来たの？　……来たのですか？」

と、溌剌とした声で、先生を見乍ら問い掛けた。恐らく思わず話をして終った事と、言葉遣いとを気に病んでの仕草であったのであろう。残月は思いもよらぬ質問にあぐねいて居た其の刻、清涼な稍、厳しい口調で美空が、

「食事をし乍らの私語は慎む様になさい」

そう質された少年は、俯き口を尖らして、

「はぁい」

と、嘯《うそぶ》いて見せた。其の証左が、様子をずっと窺って居た隣の竜の介と、にやにやと口元を弛ませ笑い乍ら肘で小衝き合って戯《おど》けて居る。其を見た才女は其の切れ長の眼で一睨み。二人は、是は不味《まず》いと許りに忽ち大人しく成り、黙って残りの御飯を食べ始めた。残月は内心、是で良かったと、子供達に嘘を言わずに済んだと胸を撫で下ろしたのも束の間、波山が皆に明瞭な声で話し始める。

「皆、食事が済み食器を流しへ片付けたら此の場へもう一度戻る様に。まあ、知っておる者もあるが、改めて此方の御仁を紹介したいのでな。何、直ぐ済む故な」

そう聞き終え、一同が「はい」と答えた。残月は、畢竟《ひっきょう》、嘘で自分を糊塗しなければ成らぬ境遇を恨んだ。が、直ぐに、是で良いのだと、民達が子供達が貧しくとも平穏に暮らせる静謐の世にする為ならば、自分が何れ程の非難を浴び様ともよいではないか、と。其が指南役の務め。そうなのだ、と。武人は自分自身に活を入れた。是ぞ、自己犠牲なる謂れ。是ぞ、正《まさ》しく、武士道成り御座候。

そんな黒衣を尻目に子供達は、特に仲良し三人組は御飯を嬉しそうに御代りをし、飯櫃がもう空だと千代《ちよ》を喜ばして居る。だが逼迫した肺懐を抱えて居たのは舜水《しゅんすい》も同じ、否、其以上のものであったか。

食事が済むと皆、波山《はざん》の言い付け通り、膳を流しへと片付け、又、元の席へと戻り座した。其処で、客人とは雖《いえど》も、と感じ、膳に手を掛け席を立とうとした時、美空《みそら》がしなやかな手を、静かにそっと膳に載せ、清美《きよみ》に運ぶ様にと眴《めくば》せし乍ら制し、猶且つ、清らかな声で優しく、

「其は、此方で致します。ですから、どうぞ、其の儘」

と、言い終え、家主の膳を持ち、先に立った義妹を跟従《こんじゅう》する様に流しの方へと姿を消した。残月は何か極《きま》り悪い思いに駆られ、思わず波山の横顔を見た。其の顔は何かを考えて居る風な、想い耽って居る風な、そんな表情であった。黒衣は、ふと此の刻《とき》、妙な感じに囚われた。誰かを見て居る様な、そう、面識の有る、誰か。見憶えの有る顔、

(誰かの俤《おもかげ》に……似て……)

似て居ると言う言葉が脳裡を掠めた正《まさ》に其の刹那、主人《あるじ》が此方に向いて、訝しがり乍ら、

「何か……？　あっ、口に合わなんだかな」

そんな思い掛け無い問いに、暫し唖然として、今し方の問い掛けを咀嚼した。そして思い出したかの様に慌てて答える。

「あっ、いえ、別段……いえ、其の……大変、おいしく戴きました。有り難く存じます」

と、言っては見たものの、

（はて……先程の違和感は何であったのか。……それに何を考えていたのであったか……）

自分の頭から脱けて終った疑問を思い起こそうと眉間に皺を寄せて居る残月へ又もや波山が、今度は、稍、心配そうな面持ちで問い掛ける。

「如何致した。何処か具合でも……？」

と、家主は言葉を中途で止《や》めて、不意に、

（気取られた……⁉　まさかな……）

そんな考えが脳裏を掠める。対して黒衣は自分が弐心《にしん》にも似た考えを巡らした許りに迷惑を懸けたと考え、主人へ姿勢を正し顔は正面に、凛とした声で、

「失礼致しました。御持て成し有り難うに存じます。代りと言っては何では御座いますが御手伝い出来る事、御座いますれば、何なりと」

そう言い終え、辞儀をした。波山は其の言葉を聞いて、内心、安堵したものか、何処と無く愁《うれ》いを含んだ顔であったか。だが、其の表情とは裏腹に明るい声で、

「何を申す、斯様な気遣いは無用だ。まあ、粗茶では有るが、此所で採れた茶葉だ、味わって呉れ」

爽やかな笑みを浮かべ、そう話した。

そんな遣り取りをして居るうちに、皆、席に戻り、千代が淹れた茶を美空と清美が運び終え、銘々が啜って居る。婆やが流しから顔を出し最後に坐った。其を見届けた家主が皆、其の儘で、と云った風に右手を軽く上げ、咳払いを一つして見せてから、客人へ掌を差し出すかの様にして、話

し始める。

「見知って居る者も居る事とは思うが、改めて紹介する。楡残月《にれざんげつ》殿だ。袖すり合うも他生の縁。傷の事も有る故、今夜は此所へ泊まって戴こうと考えて居る。異存、有るまいな」

と、言い乍ら見亙し最後に賓客の顔色を窺う様にして見た。が然し、青年二人は愕《おどろ》いて居た。眼尻が釣り上がり緊張で引き攣った表情を必死で隠す風に俯く由ノ慎とは対照的に真ノ丞は、波山《はざん》の顔を見据えて居た。美空は身じろぎ一つせず黙認して居る。其の結果、異論無しと云う事に成り、喜んだのは子供達であった。黒衣は、主人の顔を見返し、前へ向き直り誠実さを醸し出す様な声で、姿勢を正して話す。

「改めて。楡残月と申す。皆さんの御好意御受け致す所存。宜しく御願い致す。私の出来得る事ならば御手伝いさせて戴きます。何なりと御申付け戴きたい。何卒、よしなに」

そして、辞儀をし顔を上げた。家主は、是は参ったな、とでも云う風に鼻の頭を掻いて眼を逸らして居乍らも、心持ち口元が弛んでいる様にも見える。子供達に至っては、三人組は、沸き上がる昂揚を抑えるのに必死で理解する以前の問題で寸分も、残月の言葉を聞いては居まい。栄造《えいぞう》は清美に優しく窘《たしな》められたのにも拘らず、黒衣の顔を凝眸《ぎょうぼう》して居る。其の顔は彼らしい惚《ほう》けた表情だ。そんな折、口を開いたのは竹蔵《たけぞう》である。

「今朝方は、大変失礼な事を致しまして、本当に申し分け有りませんでした。此の通り赦して下され。あん時わぁ、どうにも気が動転して終って……どうぞ御勘弁の程を」

と言い終え、深々と、千代《ちよ》共々、頭を下げた。そんな二人へ直ぐに返答する。

「どうか頭を上げて戴きたい。手前の方こそ、長旅故の疲労が重なったとは言え、あの様な場所で勝手に寝床として拝借致し、其の上、竹蔵さんには恐ろしい思いをさせて終い、御容赦願いたい」

と、実直な残月らしさが随処に醸し出されて居る言葉を陳《の》べ、辞儀をした。其を見た千代は、有り難い有り難い。と、竹蔵に呟き、二人して首肯《うなず》き合って居た。そんな光景を微笑ましく眺め乍ら家主は来者へ皆の名前と歳《とし》を順番に紹介していった。其の遣り取りが済むのを首を長くして俟って居た仙太《せんた》と竜《たつ》の介《すけ》が、示し合わしたかの様に溌剌とした声で、同時に質問し始める。

「残月さんは、何所から来たのですか？」

二人は声が重なり、思わず顔を見合せ、楽しそうに笑った。そんな二人の表情に釣られ眼を細め乍ら、優しい声で答える。

「都から方々へ、気儘な一人旅を、楽しんで居るのですよ」

佐吉《さきち》との少年三人は、ふぅんと言う口元をして見せた。残月には、其の顔が同じに見えて和《にこ》やかに笑った。だが、心の片隅では、嘘をついて居る己の浅ましさと醜さ、そして、そんな身の上に対し苛まずには居られなかったのであった。子供達はそんな旅客《りょかく》に話を続ける。

「明日、僕達と一緒に坑道へ遊びに行きませんか」

と言い終えるや否や残月の返事は決まって居るかの如く、仙太は波山に向かって、

「先生、良いでしょう。明日丈、特別に。ねぇ、先生」

と、強請《ねだ》った。竜の介と佐吉も、同じ想いだと云わん許りに、家主と才媛へ丸で許しを乞う様な面持ちで窺う。残月はどうしたものかと、些《いささ》か迷ったが、やはり、断るのが妥当だと考え、其の旨

を伝え様とした其の矢先、主人が佳客へ、

「明日、子供達の事、宜しく頼み申す」

と、殊の外、朗らかに応えたのであった。黒衣は自分でも意外な程、驚いて見せる。

「波山先生⁉　……宜しいのですか」

此の言葉には額面通りの意味と、手前を信用出来るものなのかと云う意味とが籠められているのであろう。波山は、果たして読み取ったのだ。其の上で、

「ほんの一時程《いっときほど》、付き合って呉れまいか。子供達に想い出を……。場所は直ぐ近くでな、此所からも見えるのだ。部屋の案内序でに話でもし乍ら此の辺りを……」

付き合って呉れと言う風な表情を浮かべ、優しく一笑して見せる。残月は黙って首肯いた。其を見た子供達は歓声と同時に躍り上がって喜ぶ。是には、何故か誰も窘《たしな》めなかった。其は、波山の言動に大人達が稍《やや》、困惑して居る証左に違いなかったからだ。特に好青年の二人は、理解に苦しむ表情が膝の上の堅く握られた拳の中の汗と共に滲み出ていた。

ずっと其等を眺めて居た朋子《ともこ》が清美《きよみ》の顔を見上げ乍ら、内緒話でもするかの様に小さな声で、

「マイ子《ご》さんじゃなくて良かったぁ。たび人《びと》さんなのね。でもぉ……、なにをする人？」

語尾の呟きは独り言とも取れる。其に答えるかの様に口を開いたのは、黒衣からどうしても眼が離せず、釘付けに成って居る栄造《えいぞう》である。

「ううん。ぜったいに、ミイラだよ」

と、頭《かぶり》を振り乍ら話す其の声は、自信に溢れて居た。そんな童男を窘める様に清美は自分の方へ

敷物ごと向かせ、口元に着いている飯粒を取って遣り、素早く自分の口の中へ入れて食べ乍ら、今度は朋子に向き直り、そうねと言った風に優しく頰笑んで見せた。其の顔を見上げ乍ら童女も愛くるしい表情であどけなく、嬉しそうに笑って居る。

其等を見互し乍ら家主が皆へ、

「以上だ。手間を取らしたな。それから、今日の読書《よみかき》の先生は美空《みそら》だ。宜しく頼む」

そう言い終え、賓客に、では此方へと云う風に眴《めくば》せして立ち上がった。其の傍で、清美が、栄造と朋子に優しく、声を掛け促す。

「さあ、美空姉さんの御手伝いに流し場へ行こうねぇ」

義姉の手に引かれ乍ら歩いて行く間中、童男は何度も振り返り、包帯尽くめの面《めん》を見て居た。残月が波山に誘《いざな》われ、立ち上がった時、由ノ慎《ゆいのしん》が、真ノ丞《しんのじょう》の制止を聞かず、困惑と憤りとが入り交じった様な怒声を発する。

「先生ッ！」

と、語尾は更に強く感じ得たか。呼び止められた師が黒衣へ、

「暫し、其の儘で」

そう言い残し二人の元へ歩いて行った。残月は其の場に立ち尽くし、三人の方を見て居た。が、何を話して居るのかは全く聞こえない。家主の背《せな》を只、眺めて居るしか無かったのだ。

「先生！　先生は一体、何を考えておられるのですか。あの様な素生の知れぬ輩《やから》をッ」

由ノ慎は、納得が行かぬと許りに、声音が荒らげるのを必死で抑え、呻く様に、師へ喰って掛か

った。真ノ丞《しんのじょう》は其を宥め抑え乍ら代辯《だいべん》するかの様に良師へ、

「一体、何者なのですか。子供達丈と鉱山跡地へ行かせて本当に、大丈夫なのですか。今朝、会った許りの者を、何故、此処迄、信用出来るのです？」

冷静な声での問い掛けに波山《はざん》は静かに答えた。

「今朝方、早くに竹蔵《たけぞう》が見付け、怪我をしておったのでな……私が連れて来た丈の事だ。他意はない……」

波山は此の嘘で篤実な弟子二人に対し、塵氛《じんふん》を感じずには居られなかった。が、そんな師へ由ノ慎《ゆいのしん》は猶も喰い下がる。

「其は先程玄関口で聞きました。それに……真ノ丞の質問への答えにも成っておりません。先生、どういう御心算なのですか。真意を量り兼ねて居ります。先生、今一度、想い直しては戴けませんか」

「怪我の経過も診て遣らぬとな」

是も嘘なのだと、波山は己を自嘲した。

「先生ッ！」

由ノ慎は、ならば自分が直截に問い質して遣ると言わぬ許りに、残月《ざんげつ》を睨《ね》め付けた。激昂する盟友の右肩を攫み宥め乍ら真ノ丞は静かな声で良師に話し掛ける。

「先生、由ノ慎の憤慨と私共の憂い、御察し下さいませ。私共皆にとって先生は父でもあるのです。心配なのであります」

最後の言葉は昂揚からか声が上擦った。波山は、丸で懺悔《ざんげ》するかの様に二人に答える。

「解って居る。大丈夫だ。抑《そもそも》、悪人ではない事、先刻承知であろう。現に子供等は既に懐いて居るではないか。そうであろう、んんっ？」

二人は黙って聞いて居る。由ノ慎は両手を力一杯に握り締め歯を喰い縛り、昂《たかぶ》る気持ちを必死に、噛み殺し乍ら俯いて居る。そんな二人を見兼ねた主人《あるじ》は、小さな声で呟く。

「信用出来る出来ぬの問題ではないのだ……」

其の言葉を聞き損なった二人は、怪訝な面持ちで育親《しとねおや》を見て居る。独り言に依り、己の迷いを断ち切ったものか凛とした態度で二人を説き伏せる風に言い放つ。

「是以上の要らぬ穿鑿《せんさく》、口出し、何《いず》れも無用。私が責任を持って看視する。それで良いな。解ったな」

二人が何も言えない程の厳しい言葉であった。二人は其の言葉を厳粛に受けとめ、恭しく頭を下げ、畏敬の念を胸に抱き乍ら、

「はい」

と丈、短く応えた。其の返事を聞き、少しきつく言い過ぎたかも知れぬ……と考えが過《よぎ》ったものの、直ぐに、否、是で良いのだと、己を言い聞かす様に、押し黙った儘、二人に背を向け残月の元へと歩いて行った。

由ノ慎と真ノ丞は、何処か痼《しこり》の残った儘、釈然としない儘、教室と道場の掃除をする為に、食堂を後にする。其等を見て居る事しか出来ずに佇む黒衣は只、二人の青年が廊下へと歩いて行く後ろ

姿を目で追う事しか自分に出来る事がないのだと考えるとどうしてだか此の無力さに歯痒さを感じずには居られなかった。

「御待たせを致したな、楡殿《にれ》」

「いいえ、どうと言う事は御座いませんが……其依りも、宜しいのですか……」

と、遠慮気味に聞いた。

「是は、御恥ずかしい所を……。二人共、廿歳《はたち》と云う血気盛んな。……ハハハ……」

と、苦笑いをし乍ら答えた。其を耳にし、そういうものかと許しむも自分はどうであったろうかと、思い返して居た。そんな客人へ家主は、

「では、楡殿、改めて此方へ。案内致す故、私に跟《つ》いて来て戴こうか」

と誘った。食堂を背に廊下に立った時、黒衣は自分の左側にも扉が有る事に気付く。先程食堂へ入る時には主人《あるじ》が傍らへ避けた為、隠れて見えなかった扉だ。

「此所は、御覧の通り流し場だよ。皆が膳を下げに行った場所だ」

と、言い乍ら扉を開けて、炊事場を見せた。其所では、美空《みそら》が細かく指示を出し、千代《ちよ》と清美《きよみ》が忙しく動き、栄造《えいぞう》と朋子《ともこ》が健気に手伝って居た。

(美空殿が家事の切り盛りを)

そんな情景を眼にして感銘を受けるのだった。其丈信頼も篤い証左であろう。

そんな事を考え乍ら波山《はざん》に跟いて廊下を進む。其の先は左に折れ玄関へと続く。其の手前右手に先程、通り過ぎた扉だと解る。開けた先には縁側造りに成った板張り廊下が延びて居た。其の亙り

廊下の直ぐ右手に厠《かわや》が在り、其の隣、そう丁度此の廊下が左へ鉤の手に成る角に大浴場へ入る扉が在った。廊下伝いに歩く先の扉を家主が開けると其所は、教室だと解る。二人の青年と少年三人組が其々、箒や雑巾を持ち掃除をして居た。沈黙と羨慕とが錯雑した其の中を分け入る風に進むと間口が三間程有る仕切り板の前で波山は、

「此所が道場だ」

と、一息入れるかの様に一言添えてから木戸を一枚滑らせ中へ招き入れた。

奥行が六間は在るだろうという広さで、今は誰も居ない事も有り、迚も広く感じる。其の奥へ眼を移すと、青年二人が朝稽古の後、掃除をしたのであろう、開け放たれた二ヶ所の出入口から射し込む朝陽に照らされた牀《ゆか》が眩しく輝き白く見える。そして其の開けられた出入口からは、朝の爽やかな風が、青年の昂ぶった熱気を冷ますかの様に静かで、緩やかに流れ込み、ほんのりと肌寒さを感じさせる馨りを舜水《しゅんすい》と残月の心に運ぶ。

波山は唐突に話を切り出す。

「嘗て私が、由ノ慎や真ノ丞位の歳《とし》の頃に、此所へ、世話人の竹蔵《たけぞう》と、乳母でもあった千代《ちよ》との三人で遷り住み、一人此の道場で剣と書の研鑽に励み、今日迄、生き存《なが》らえて来た……」

遠くを見詰め、憶い出し、懐かしむ様に、剣客にではなく、自分自身に話をする様に、声にして居た。黒衣が黙って居ると、主人は気付き、僅かに慌てたものか、

「あ、いや……是は失礼致した。昔を少し丈、憶い出しましてな。……気に成さらず。……竹蔵と千代は夫婦でな。私が産まれる前から仕えておってな、子供がなかった事も有り、その上、御袋様

は、私を産んで長らく病臥して居って、其の儘。……其の後、親父様も後を追う様に……死因は聞いて居らんでな」

そう言い終えた。

青年達の視線を尻目に元来た順路で玄関迄、黙した儘、歩を進める。残月《ざんげつ》は其の間、考えて居た。是が浮世というものなのか。人の世の因果なのかと。巴《ともえ》も柳水《りゅうすい》も飛雪《フェイシェ》も。そして波山《はざん》迄もの生い立ちが、似通い、其の者達と出会う。何一つ説明のつかぬ、又、出来ぬ事なのだと。魂の揺さ振りを感じた。あの〝エヴァ〟と云う脅威成るモノも又、斯ういった睛《ひとみ》には見えぬ理《ことわり》なのかと。創刃《きず》が疼いた。其の瞬刻後、不意に声が掛かる。

「如何成された。先程も……」

其を遮る様に。

「何も。何も……大した事では御座いませぬ故、御気に成さらず。……此所は玄関に御座いますな」

其の問い掛けをはぐらかすかの様に答える客人へ、其以上は何も尋ねず、歩を進め始めた。舜水《しゅんすい》は此の刻《とき》、今此所で斬る可きや、と考えて居たか――。

玄関から続く廊下に並ぶ部屋の一つが応接間だ。そう傷の具合を診て貰った部屋である。其の隣に家主の室《へや》が並ぶ。戸は、鎖ざされて在る。

「此所が私の書斎だ。色々と事情が有ってな。ハハ……。最後に残った此の部屋をな。……ハハハ……」

玄関の直ぐ側で応接間の隣が書斎とは普通では。と、残月も考えたが、決りが有る訳でもなしと、然程の事でもと考え直した。が、波山は元の場所。二階の今は寝間に成って居る所が気に入って居た様で、苦笑いをして見せ乍ら、其の隣は竹蔵と千代の部屋だと説明し、玄関へ戻り、先程言っていた。鉱山跡が見える高台へ案内する事に成った。

校庭を歩き出すと、主人《あるじ》は、自分が先生と呼ばれる様に成った経緯《いきさつ》を口に仕出した。実は、美空《みそら》と由ノ慎《ゆいのしん》以外の者は、自分を含め妹尾《ここ》の出身ではない事を皮切りに、

「妹尾《ここ》にはあの子等以外に後二人しか子供が居らんでな。其の二人は読書《よみかき》の時間には毎日、通って仲良く遊んだりもして居るよ」

と、話す波山の表情は、寂し気に見えたものか。そんな事情が妹尾《せのお》集落の人達に何時しか、言い知れぬ寂しさ、侘しさを募らせていった。十数年前、村唯一の子供、然《しか》も男子である由ノ慎の二親が、或る日出稼ぎにと村人達迄をも偽り、忽然と姿を消し、二度と再び帰って来る事はなかった。後に此の時の事を由ノ慎は、「解っていた」と、呟いたそうだ。

其の頃、伯父の助力の下、老夫婦と倶に〝舜水〟の名を棄て、剣と書とを研鑽。励み続け十年余りが経って居た。此の刻《とき》、三十歳を迎え、既にして〝波山〟と改名し、隠遁生活にも馴染んで来て居た。そんな折の事、生活に全く余裕の無い村人達は此の十歳そこその少年をどうしたものかと困り果てた末、隠閑者の下へ連れて来たのだ。子供とは、是迄、全く以て無縁である家主は、渋った。だが、竹蔵《たけぞう》と千代《ちよ》の奨めと、村長さえも居ない村の事情も踏まえ、遅疑するも引き取ったのであった。

「教うるは、学ぶの半ば。と云う教えも有る由。其の時に由ノ慎《ゆいのしん》と名付けて遣ったのだ。ハハハ……そうしたら、大層喜んでな。名字も呉れなんぞと言い出して……ハハハ……」

嬉しそうに、何処か、子供の様に笑って居る波山《はざん》を見乍ら残月《ざんげつ》は、親に成るとは、こういう事なのだろうか。と、想いを巡らした。否、考えをだろうか。そして此の少年は、此の日を境に波山由ノ慎として、剣と書の修練に励む人生《みち》を歩み始めたのであった。そして波山の人生《みち》も又、是を機に一介の鍛錬者から教育者へと移るのである。村人達も又、それからと云うもの、少なくとも一ヶ月《ひとつき》の滞在期間を余儀無くされる都での商いを終え帰村する時の然も決って初冬のもう数える程の枯れ葉が、厳しい寒さの訪れを報せる、隙間という隙間を縫う様に北風吹き荒ぶ森の大木の梢に、飛ばされまいと、必死の形相でしがみつく、そんな日に。何時の頃からか、身無し子や捨て子を連れ帰る様に成って終うが、皆揃って、連れて来たものの自分達で養える訳もなく、波山の所へ来ては、不憫と云う丈で伴わせた事を詫び乍ら家主に押し付けるかの様に置いて家へ帰るのだ。是は誠の善であろうか。と、煩悶する。だが是も又、修練、鍛錬と引き取る人生《みち》を選んだ。

其の最初の少年が、今の真ノ丞だ。彼は、由ノ慎が育親《しとねおや》の下で暮らす様に成って、半年足らず過ぎた冬も大詰め、妹尾《せのお》は山颪が強く、丸裸の木々の枝を圧《へ》し折《お》らん許りの風が吹く為、雪は先ず以て降らない。そんな何十年振りかの雪が舞う、黄昏時に此所へ来たのだった。彼の両親は学者で往年の最先端技術を駆使し、痩せた土地でも肥料の殆ど要らない、然《しか》も病気、悪天候にも強く、丈夫に育つ種子や苗作りの研究及び培養の研究を天職とし、生涯を捧げ遣り通す。成し遂げる。其の志を胸に進めて来たのだが、統治権の掌握を目論む軍部は、一番の近道。詰り、食料品の専売だ。其には、そんな勝れ物を作る研究なぞ、言語道断。邪魔な丈であり、其処で、軍の上層部は何と、天下騒乱罪で、投獄して終ったのだ。民衆に、夢の様な話を吹聴し、儚き希望を持たせ人心を惑わせた。其が罪状であった。埒も無い戯事に因り謂れ無き拷問を受け、其の最果て、二人倶に、獄死したのであった。亡骸は、見せしめに何と、無慚にも磔《はりつけ》。三日もの間、晒したのだ。二人の学者は天職であったにも拘らずにだ。

　彼は晴れて孤児と相成りまして申し候。決して多いとは言えない親類、縁者は皆、係わり合うのは御免だと許りに黙り《だんま》を極め込むは正に三猿の如く。縁を断ち切った。此の非運の少年を、棄てた。行き場を無くし、寒の雨が降り頻る中、礫に成った、父と母との姿を、只、黙って眼に焼き付けるかの如く、否、其は脳裏にであったか、仰ぎ、見据えて居た。何時しか雨は、霙《みぞれ》混りに変わって居た。そんな折、妹尾《せのお》の集落へ帰村しようと通り掛かり、其の光景を目の辺りにしたのだ。其は、其の情景は、陰惨な場景であった。村人の目に映る其の少年の後ろ姿に。其の背《せな》に。只、只。居た堪れなく成り、気付いた時には、其の手を、其の少年のか弱くも毅然たるものを醸し出す其の小さな手を聢りと握り締め、其の肩を攫み、傍らに抱いて居た。そう、霙に濡れぬ様に。両親の軀《むくろ》が見えぬ様に、其の時、其の少年は、泣き叫ぶでもなく、振り解こうと暴れるでもなく、只、連れて行かれるが儘に、倶に歩いた。が、其の顔は、振り向かれて居た。静かに黙って、嘗《かつ》て父、母と呼んだ、項垂れ、宙に浮きし死体《もの》を、只、見据えて居る。焼き付ける様に。見えなく成る迄。覆い被さる様に低く垂れ籠める雪雲が、未だ昼過ぎだと言うのに、暗くする。其の暗雲が、其の白く見え始めた霙が、両親を隠す迄、少年は見据えて居た。其の刻、其の瞳に宿したものは、怨みか絶望か、それとも、空虚であったか。今となれば、只の追憶か。

表街道から妹尾《せのお》への分岐に着いた頃、雪時雨と成り、集落の入口辺りで、風が止《や》み、深々《しんしん》と降り出した雪は、其の少年の心模様を洗い浄め、癒すかの様に、純白に輝き乍ら降り注いだ。何十年振りかに降った大雪は次の日、幻想的な風景を創造したのであった。冬晴れの突き抜ける様な水色の青空から燦々と光り輝き乍ら降り注ぐ朝陽が、白銀の世界を優しく、静かに、鮮やかに彩り、照らす。波山《はざん》と由ノ慎《ゆいのしん》。そして、真ノ丞《しんのじょう》と云う新たな名を享《う》けた少年と。其の純銀の世界を眩しそうに眼を細め、純白の息を吐き乍ら、眼を爛々と輝かせ、昨日の陰惨な情景が、遠い遠い昔の出来事であったかの様に、其々の恨みつらみなる仔細を何処か遠くへ追い遣り、虚心坦懐の如く、晴れ晴れとした心に変え、其の雪景色に只、見惚れ、育親《しとねおや》を真ん中に佇む。波山真ノ丞は、二人目の弟子と成り、由ノ慎と倶に修錬に励んだ。私怨を棄て、倫理を学び、善く生きて往《ゆ》く為の智を享受して来た。畢竟。其等は見事に実を結び、立派な好青年へと成長を遂げたのである。

其の後も村人は暫くの間、身無し子を連れ帰った。が、二年前の正月に此所へ来た朋子《ともこ》を最後に、連れ帰らなくなった。村人曰く。身無し子から物乞い、野良犬迄も見なく成り、然も軽犯罪に就いては皆無に近く、先帝崩御と云う悲愴に満ちた都の空気を時の宰相鑑速《あきすみ》佳仙《かせん》の下、治政改革が執り行われ一掃されて居る証左なのだと。更に幼帝を能《よ》く支え、活気を取戻しつつ在るのだとも。其を聞き舜水《しゅんすい》は伯父であり恩人でもある賢宰の辣腕に、感嘆し書斎で一人、感涙を流した。

美空《みそら》は稍《やや》、複雑な事情を抱えて居た。彼女は出戻りなのだ。七年程前の事、美空が十八歳頃の或る日、都の視察団が大蛇《おおじゃ》川及び境川流域の河川補修工事予定地の大規模な実地検分を実施、期日内に無事終了し都への帰路、半時許りの小休止をする為、此所妹尾の集落に立ち寄った。其の時、官吏の一人が彼女を見初め、本人の意向は疎か有無を言わせず嫁にと。其の頑な官吏へ、両親共々ならば、と云う条件付きで、都生活を余儀無くされたのだ。それでも村での日々に比べれば住まいから食事、衣類に迄至り、全てが一変した。美空は好きでも無い男との結婚生活は辛かったが、両親の喜ぶ顔を見る度、其の心を押し殺して来た。

そんな官宅団地暮らしも一年を過ぎた頃、彼女は才智であり、容姿も先ず先ずと云う評判がたち、其に伴う嫉妬からの喧騒が広がった。未だ子供も居ない事も重なって、夫との身過ぎは更に辛く成り、舅、姑との間柄も悪化。其に加え美空の両親が此の年に猛威をふるった流行病に因る病臥生活を送って居た矢先の事、其等を理由に離縁させられ、養生が必要な両親迄もが、一瞬にして無宿、無一文へと成り果て路頭に迷った挙句、やっとの思いで故郷である此所、妹尾に帰ったのも束の間、二親共々無理が祟り他界して終ったのだ。悲しみに暮れて居る美空へ波山が不憫に感じた事と千代《ちよ》の以前からのたっての願いである女手不足懸案解決を理由に招聘したのである。才女は、廿歳《はたち》に成って居た。

「美空は身寄りのない所為も有ったのかも知れぬが、快く承諾して呉れてな。あれから早いもので五年が経つよ」

と、然《さ》も昨日の事の様に思い浮べたものか、そんな話の仕方でもあり、残月《ざんげつ》はそんな感覚に捕らわれもしたのだ。

次第に強く成ってゆく陽射しが照り付け始め、時候は初夏なのだと、憶い出させる。仄かに湿気を帯びた足取りの重い風が、然《さ》も気怠そうに時折吹き、肌寒くも爽やかな朝の空気を何処かへ追い遣る。二人は丘陵へ続く路を歩く。此の妹尾《せのお》に豊かな自然が戻りつつある証であろう、時折、二抱も三抱も有る欅《けやき》の大木の梢が薫風に揺れ乍ら、木蔭を作り、心地好い涼しさを与え、二人を見下ろして居る。裏山の竹林へと通ずる小路とは又別の小路を休む事なく進む波山の後ろを跟いて歩く残《ざん》月《げつ》へ、前を向いた儘話を続ける。黒衣は黙して静かに、其の背を追い乍ら、耳を傾ける。

「此所へ最後に拾われて来た其の頃の朋子《ともこ》は未だ、乳呑み児でな。……栄造《えいぞう》は乳離れして居たので、免れたのだがな、ハハハ……甚だ皆で苦労したものよ。何せ、乳の出る者等、一人も居らぬ故、慌てて粉乳を都迄買いに奔《はし》ったのだ……私が馬に乗ってな。皆、都へはな……私とて……」

波山《はざん》は言葉を切り、振り向き、残月へ、大丈夫か。と、言いたそうな表情を見せた。其へ只、黙って首肯《うなず》くと、主人《あるじ》は又、前に向き直り、歩き始めた。舜水だと気取られぬ様にする為、言葉を切った事。剣客は、気付いたものであろうか。話し始める波山の背を眺め、跟従《こんじゅう》する残月は、何を想うか。幼き頃に見詰め続けて来た父親の後ろ姿。其の大きな背であったであろうか。そして其は、父の安否を伴うものでもあったか。既に、此の世の理から解き放たれた魂《そんざい》に成った事も知らぬ儘に。梢の隙間から見える透き通る様な水色の高い空には、忙《せわ》しく羽搏《はばた》き、安寧を悦び称える笛《ふえ》の音《ね》の様に囀り、舞い踊る、雲雀が薫風に揺れて居た。

朋子は中々粉乳を飲めずに、其を煩《わずら》い一時《いっとき》もの間泣き続け、言い知れぬ不安からであろう大層寝付きも悪く、あの千代《ちよ》でさえもが、困り果てる夜も在った。そんな折、朋子が来る三ヶ月程前に此所で暮らし始めて居た清美《きよみ》が馴れた手付であやすと、粉乳を良く飲み、夜も添い寝をして遣ると、今迄の苦労が虚しく成る程に、夢か現かの如く、其は其は、迚も幸せそうな寝顔で、快く眠るのであった。

「清美とは妙に、馬が合った様でな。清美《あれ》が抱くとすぐに泣き止むのでな、皆で感心したものよ。朋子が熱に浮かされた時なぞ、不寝の番で看病する程であったわ」

と、言い乍ら、穏やかに微笑んだ。其は、丸で二度と味わ得ぬ幸せを噛み締めるかの様でもあった。そんな波山の、舜水の胸中を推し量る術を持たぬ残月は、只、斯様に幸せを体全体で現す事の出来る人物は、然《そ》う然《そ》う居るまいに。と、有り体に感じ、考え乍ら、静かに吹く初夏の風が乗せて運ぶ主人《あるじ》の声色が調べの様に流れて来るのを聴いて居る。

「朋子の名付け親は清美でな、書道の時間は、専ら、名を考えては、何枚も筆を走らせて居《お》ったものよ」

二年も前の話をして居る様には迚《とて》も感じる事の出来ない家主の言葉を、怪訝に感じ乍らも斯様に、奇特な人物が居たとしても、不思議では有るまい。とも、考え、嬉しそうに笑う声を聴き、肩に稍、触れる程の紫色に見間違う様な黒髪が揺れるのを黙って眺めて居る。其は、若しや、風がした事やも知れぬと感じたものだろうか。

清美の郷里は、都からは廿里も離れた辺境区で貧困に喘ぐ小さな町であった。其故の口減らしに因り、町から五里程西へ行った商業都市の大店《おおだな》へ奉公に上がる。嬰児《みどりご》のあやしが巧《うま》いと云う事で大旦那にかわいがられて居たが、主人が他界し若旦那の代の時に元々、折合いが悪い事もあり、事も有ろうか都の外れに在る遊郭へ売り飛ばして終うのである。此の刻《とき》、清美、十一歳。然《し》かし此所でも兄弟の多い事が効を奏し、遊女達の父無し子の世話人として重宝がられるのだった。其の二年余り経った頃、時の宰相、鑑速《あきすみ》に依る刷新が執り行われ、可也の数の遊郭を含む深夜の接客業が粛正された。其に因り、一部を高級官吏の秘書として宛がったのである。其は表向きである事等、考えるに難しくないだろう。苦肉の策であるが故の泣き所であった。十五歳以上と云う年齢制限に及ばない清美は帰る里を失って居る以上、最早、物乞いで生きて行くしか残ってはいなかった。それから五ヶ月余りが過ぎた初冬、例の如く、妹尾《せのお》の者が彼女を憫《あわ》れみ連れ帰った次第なのであった。それから直ぐに朋子《ともこ》が来てからと云うもの二人が相性云々丈の問題ではない事は明らかであろう。此の少女と嬰児は本物の姉妹と云っても決して過言ではない。

清美と朋子が都を離れ此所、妹尾の集落で暮らす頃から中央の治政は趣を変える。幼帝、巴《ともえ》を献身的に補佐する佳仙《かせん》は辣腕を遺憾無く発揮。又、都内治安責任者、楡四郎兼平《にれしろうかねひら》手腕の下、犯罪検挙数は目覚ましく、其に因る犯罪件数の減少は群を抜いて居た。更に、賢宰《けんさい》の政は、政界丈には留まらず、軍部の圧力に屈する事無く、軍備・軍隊並びに其等に費やす予算の改革にも着手。接客業粛正からに因る、違法行為、浮浪者及び身無し子の増加が著しい為、衛生・医療・福祉に対し第一級の急務とし可也の心血を灌いだ事は、考えるに容易いであろう。其の甲斐あって、中央での人身売買・疫病・孤児《こじ》は俄に減少したのである。

此の様な躍進且つ積極的政策を打ち出し執行している事を、帰村する村人からの土産話に聞き、一人、賢士の。伯父の宰相としての成功を悦び、感涙を流したは何時《いつ》の事であったかと。村人が身無し子を連れ帰らなく成ってどれ程経つのかと。あの縁者からの文が届く迄は、想い返そうなぞとは考えるにも及ばなかったであろう。あの朝、佳仙の鳩だと一目で見分けなぜだか心躍る気分で手紙を解き、伯父の直筆に愛着を憶え乍ら文《ふみ》を読む。そして、其の内容は非情にも、命を呉れと。一命を賭《と》して楡残月《ざんげつ》成る者を討ち果たして呉れと。一体此の二年の間に、否、此所数ヶ月の事か。もっとごく最近の。伯父上の身に何が起きたのか。舜水《しゅんすい》に解ろう筈もなく。否、手段が一つ丈、残されている。其は、今、己の後ろを律儀に付き従う楡残月に問い質す事也。だが、丘へと登る道すがら舜水は、波山《はざん》と云う仮の姿との間で揺れ動いて居た。家主は考える。

（何も慌てる事はないのではないのか。探す手間が省けた分、幾日かの猶予も在ろうに。話も出来る。必ず、機会は廻《めぐ》って来る）

是は波山としての、隠遁者としての甘えなのやも知れなかった。そう、そんな甘えは赦されぬ、そういう血の下に生まれた人間なのだ、と。永過ぎた世捨て人としての生活が忘却の彼方《かなた》へと追い遣って終っていたのやも知れなかった。

黒衣は、隠者の背《せな》を追い是迄の道すがらどんな想いを抱き、何を見《み》、何を考えたか。やはり父の背《せな》であったか。若しくは飛雪《フェイシェ》の面影か。柳水《りゅうすい》の献身であろうか。或いは巴《ともえ》の非運やも知れぬ。だが、波山の又、舜水の此の苦悩。否、煩悩か。を、看破するは、叶わぬか。残月《ざんげつ》よ。共に嘘で糊塗し詐《いつわ》りを騙《かた》り苟且《かりそめ》の刻《とき》を只、漠然と費やそうと云うのか。舜水も又、剣客の孤高故の宿命に、機微に触れず、知らぬと許りに背を向けるのか。二人の今日《こんにち》迄の刻苦勉励《こっくべんれい》は、果して均《ひとし》く。なれど、人は肉体なくしては、生きて往《ゆ》けぬのか。此の仮の世を。

波山が語《かた》り、残月が黙して聞く。そんな平穏にも似た刻《とき》も終わりが近付く。林を抜け開けた場所へと、そう当初の目的地である草原の広がる高台に着いたのだ。前方に眼を向けた其の先には広大な鬱蒼とした森。連なる山々。そう、大自然が迎え入れて呉れたのである。此の丘から見亙してゆくと、妹尾《せのお》の集落は勿論の事、白金山、礪山《みがきざん》と尾根が伝い、境《さかい》川、大蛇《おおじゃ》川と渓谷が正《まさ》に龍の背の如くうねる、そして其へ沿い葛折《つづらおり》に街道が見え隠れする。又、遠くには、何と、あの鳥居峠迄もが、朧げでは有るものの其の姿を望む事すら出来た。辺りは萌える新緑で溢れ、其の一角には砦とも見て取れる荒廃した建造物を見る事が叶った。二人は、只、黙し、肩を並べ、其等の風光に暫し浸って居た。蒼く高い空は変わらず穏やかに、先程よりも近くに仰ぐ事の出来る其の広い空は、静かに二人を見下ろす。其所には、ゆっくりと旋回する鳶が同じにして見下ろし飛ぶ。其の想いは同じであったか。行く末を見守る事しか出来ぬと許りに。

波山《はざん》は仰ぎ見乍ら残月《ざんげつ》へ、穏やかな声で語り始める。

「私を含め皆が、行き場を失った者が、集うそんな場所と云った処《ところ》なのだ」

知らぬ間に俯けられた其の顔を、何か思い付きでもしたかの様に上げ、正面の風景へ。

「其はそうと、あの手前に見える山が、子供等の遊び場の一つ、嘗ての銀山坑道跡地だよ。明日は、子供等の事、呉々もよしなに」

と、賓客に会釈する。其へ辞儀で応え、直様、家主へ、

「何を言われます。どうか、面《おもて》を上げて戴きたい。其よりも波山先生。本当に宜しいのでありますか。斯様な素生の知れぬ者に、家族同然でもある御子等の境遇を打明け、更には身を預ける様な事迄を私なぞに……」

「良い良い。楡殿《にれ》が誰かに話をするとも思えぬし、況して人攫いにも見えぬ。何故であろうな。……強いて言えば、何故だか知れぬが、語る気に成った。……では、答えた事には成らぬかな」

と、客人の顔を覗き込む様に、まじまじと見据える。黒衣は戸惑い、其程迄。と、感じ、そう云うものかと、考えた。其を何処迄も実直な。と、改めて感じ、目線を森へと移し直す。

「此の辺りは、其の昔、あの白金山の銀脈で発展し、見事に頽廃し、一度、亡《ほろ》びた。だが、幾世紀を経て戻った。否、復活を遂げたのだ。嘗ての太古の姿へとな」

其処で一旦、言葉を切り指差した。其の先には、先程、朧に見えた建造物が捉えられて居た。

「あれはなァ……七十年程前に起きた七ヶ国大戦の名残りで、当時の国境戦線への後方基地だった。だから戦火を免れ御覧の通り森は見事に残ったよ。だがな、あの戦争で漁夫の利の如く勝《かち》と其の等価を得た此の国は、軍隊と云う物怪《もののけ》を育て、のさばらして終った」

悲憤からなのであろうか、押し黙る。残月も又、静かに黙って波山の想いへ忖度する可く己の心を集注させた。其に依り波山の。若しくは舜水の機微に幾何か、触れる事が出来たであろうか。家主は思い出したかの様な。話を戻すかの風に、又、語り始める。

「……そう、白金山はな、嘗ては、八面山《はちめんざん》と呼ばれて居ってな。詰り何の方角から眺めても同じ姿に見える事が謂れなのだが、今ではあの様に見る影も無い。無惨なものよな。まあ……此の私とて今のあの姿しか知らぬのだから、偉そうな事は言えぬがな。……フフフ……」

丸で自嘲するかの様な其は小さな笑い声であった。なれども残月には、此の嘲笑が聞こえなかったのであろう、波山程の人格者が治政を。と、有り体に感じて居た事が其の証左だ。

「波山《はざん》先生。御貴殿の様な方が政に携わり当たる可きなのでは有りませぬか。渾沌とした此の人の世に在っては御貴殿の様な人物が、縁《よすが》と成る可く希望の光が、子供等の未来の為に力を尽くされては如何で御座いましょうや」

此の言葉に他意は決してない。だが、残月《ざんげつ》は、ふと、やはり慎む可き言葉であったやも知れぬと、稍、後悔とは違う、何やら片付かない想いに捕らわれ気付けば旅人帽子の鍔を指先で軽く触れ乍らなぞって居た。其に気付いた波山は義士の機微に触れ、其に少しでも応え様と、言葉を選んで居る事を。又、剣客に対し、忖度して居る自分を気取られぬ為か。其の何れをも匿す為であるのか。尻目遣いで態と知らぬ素振りを見せ乍ら、薫風に飛ばされない様にと帽子に手を添え、新緑の森を見て居る黒衣へ言葉を掛ける。

「今朝方から楡殿《にれ》も見て居って感じた筈。子供達は、逞しく生きて居るよ。私なぞ、ほんの少し、手助けして居るに過ぎぬ。……現に、心は如何なる刻《とき》も、流動的。……不動になぞ。……まして……」

此の刻《とき》何を言葉にしたかったのであろうか。残月には、其の最後の言葉に匿された真意は攫めなかった。若しやすると、波山自身さえにも永遠に此の刻《とき》の真意、攫めず、持て余すのやも知れなかった。

「然し乍ら、波山先生の導き有ってこその、今、なので御座いましょうに」

喰い下がる客人の言葉に、家主の心が揺らいだか。魂の揺さ振りであったか。薫風が騒めく。眼下に見える竹林の騒めきか。残月は、此の騒めきを何と捉え感じたものだろうか。波山の言い知れぬ心の動きを魂の脈動と汲み取ったか。将又《はたまた》、己の心の、魂の乱れ、内省として受け留めたであろうか。人心とは、彼《か》の如《ごと》き不動に成れぬものかと、二人は痛感したのやも知れない。

　黒衣は、森を遠くに見乍ら黙す隠者へ言葉を続ける。

「徒《いたずら》に御謙遜成されますと、却って、誤解を招きまする。嘗て、遥か太古の昔には、国境なぞ存在せず、抑《そもそも》、其の言葉の観念さえも持ち合わさず、唯《ただ》、自然の一部として、生きる者として、天と地を崇《あが》め、称《たた》え、尊《たっと》び、命続く限り其の命、全うし、今日《こんにち》迄、受け継がれて来たのだと、学んで参りました。波山先生の様に、自然と共に生きる姿。鍛練に励む姿。其こそが導く事へと繋がっているのでは御座いませぬか。言葉の力と云う理を熟知成されておられる故、先生の言葉一つ一つに、深い意味を宿しているのでは、御座いませぬか」

　残月は正直、驚いて居た。何故、斯様にも言葉が澱なく次いで出て来る事に。終ぞない経験に。だが是等の言葉には微塵の偽りもない、其の事も伴っているのだ。黒衣は見抜いて居るのだ。波山と云う此の人間を。然し。だが然し。波山とは、舜水《しゅんすい》なのだ。舜水は波山で存在《い》る以上、嘘を。仮を。生きて居る。存在して居るのだ。少なくとも隠者は、其を自覚して居る。だが今の。否。だからこそ今し方の残月成る魂の波動が言葉と成り、波山の魂へと伝わり、舜水は、冷水を浴びせられた程に驚愕し、魂が揺さ振られた此の感触。是を感ぜずには居られなかった。

　残月は更に続ける。

「勝ちに不思議の勝ち有り、負けに不思議の負けなし乎《や》。と、失敗から大いに学べと。斯様な先人《せんじん》の言葉も御座いましょう」

波山《はざん》は忸怩たるものを感じ乍らも是迄の残月《ざんげつ》に対し、礼儀を重ずる可く、応える。

「楡殿。御手前は、よく学んでこられた様だ。御若いと云うに。殆《ほとほと》、感服致した」

波山は気付いた。否。気付いて居たのだ。楡残月と云う自分より一回りは若いであろう此の人物の剣のみならず、徳にも秀でて居る事を。其等全てを。此の孤高の義剣士其の者を認め、畏敬の念さえも抱いて居る事に気が付いて居たのだ。後は。是等の事柄を厳粛に受け留め、剣客に真正面から。即ち舜水として、武人として、対峙出来るや否や。

黒衣は、控え目な態度で答える。

「幼少より、父の教えの下、斯様の如く学んで参りました。父は、都から南東へ百里程離れた最果ての町の出身で、其の辺りに伝わる古き諺に、『渇すれども盗泉の水を飲まず』。此の言葉を家訓とし、一貫した方針の一つと、胸に刻み、今日迄生き存《なが》らえて参りました」

其の言葉を耳に、瞑想に耽るが如く、又、得心が行った表情で返す。

「ほほぅ……御父上の。……然様《さよう》な次第に御座ったか」

波山の出立ち、立居振舞いは、初めて会った時と変わらず、一廉の人物其の儘に、残月の瞳にそう映って居たのである。だが然し、其とは裏腹に、其の心中は悲憤慷慨の如く、であった。あの文《ふみ》さえ来なければ、此の者とは、もっと語り合えたやも知れぬと云うに。其処《それどころ》か、此の先倶に剣と徳の研鑽を積めた若者だと云うのに。何故、此の刻《いま》なのだと。是が、人の世の理なのかと。幾ら考えようとも、嘆く事さえも、詮無きが如きなのか。とも。こんな胸中であってさえも、否。寧ろ、だからこそ篤実の言葉に。魂に。応えんとせんが為、己を奮起させた。

「御手前の申される通り、古《いにしえ》から現在に至る迄、変わらず我が国と云った風な観念をどうしても棄て切れぬ儘の未熟な魂であるにも拘らず、其々が其々の崇め、敬う対象が違うと云う丈の事で徒党を組み、其の御名《みな》に措いて。又、錦の御旗を掲げ紛争に終始、刻《とき》を飽く事なく費やして居た。是等を私は、『宗教戦争時代』と、名付け認識して来たのだが、其の争いは、畢竟。希望も未来《ひかり》も与える事なぞ無かった。否、其処か自然を喰い潰し、破壊の限りを尽くし、挙句。私怨を呼び醒まされ、軈《やが》ては根差さし、禍源を育てた。只、文明と云うものが頽廃した事は唯一の救いだったのやも知れぬな。其の御蔭で人は本来の姿に戻る機会を得る事が出来たのだから」

と、静かに目を開く。宗教とは、崇める為の形有る対象が存在し其に群がり縋り付く事に非ずと。信仰とは、個々人の心に。魂に宿し、銘々が己を省みて、己の力で考え、自分の言葉で語る事なのだと。漸く其の大切な事柄に気付き始めたのではないのかと。其の様に考えて居るのだとも。波山の眸に光と力強さとが漲る。

「其故、今朝方も申した様に、倫理を学ぶ。即ち、善悪を自分の力で考える。其等を気付かせて遣りたいのだ」

丸で、自身を確かめて居る様な錯覚に捕らわれ乍らも賢俊は義士に、否、舜水《しゅんすい》の影に語って居た。

然し、残月は、やはり此の御仁。と、其の言葉へ心を傾けて居乍らにして、

(此の先俺には何が出来るであろうか。討手とは云え六人もの若き命を奪い、現在《いま》、猶以て追われるの身。斯様な武人《もの》に何が……。否、巴《ともえ》様の御為。飛雪《フェイシェ》を、親父殿を救い柳水《りゅうすい》先生の恩義に報いる為。先ずは生きて戻らねば。迷うな。生き延びるのだ)

そんな考えを巡らす。其へ、俄に、波山の声が重なる。

「……楡《にれ》……殿……。……楡……ど……。……残月《ざんげつ》……殿……？　残月殿ッ」

黒衣は、知らぬ間に考え耽り、其の呼び掛けを遠くにし乍ら又も、家主の話を聞き損なったと云う重大な過ちに気付き、慌てて、其の顔を見る可く、体を向けた。

「御手前、朝から如何致した。やはり何処か具合が？　……それとも……何か想う処でも」

波山と云う名を隠れ蓑に素知らぬ振りをし、其と無く探りを入れる自分を大いに嗤ったであろうか。義士は、其の賢俊の腐心を読み取れたであろうか。

「……いえ……度重なる御無礼、平に御容赦願います。……只、只、先生の御言葉に思いも寄らず、聞き耽って居りました由……」

此の言葉に嘘は決してない。だが然し、弐心を伴う胸中を気取られぬ故の。其の為の言葉である事が赦せなかった。自己欺瞞にも程が有るのでは、と。其の罪に居た堪れない乍らも残月は、隠者の言葉を待つ事しか、否、其が己に課せられた使命なのだと悟って居たのだ。然し乍ら波山も又、喟然とした胸中であったのだ。質すには躊躇《ためら》いが生ずる内容を、だが確かめずにはいられない、そんな内容を繰り返さねば成らぬ事を。そして度々、一体何を考え耽って居たのかを。更には、其等を何故、頑に匿すのかを。此の猜疑心を気取られぬ様に、悟られぬ様、問い質さねばならぬのである。賢俊は、慎重に言葉を選び、改めて義士へ聞き直す。

「其処許は確か、……楡と名告《なの》られた様であったが……それから、南東の最果ての地出身なのだとも。……御手前は、若しや、……あの楡家で御座ろうか」

黒衣には、今一つ呑み込めず、問いを問いで返して終った。

「あのとは、一体……如何様な意味で御座いましょうや」

家主は、客人の応え様に対し、然程《さほど》気に留める事も無く、間髪を容れず、答える。

「是は、失礼を致した。回りくどい言い方であったな。詰りは、あの古武術の名家である楡家で御座るまいか。と、そういう事なのであるのだが、如何」

残月は漸く合点が行き、

「御明察の通り。如何にも、楡家相伝、古武術、『草月心陰流《そうげつしんかげりゅう》』。一子相伝が掟に御座います」

舜水《しゅんすい》は、其を聞き落胆した。又、そんな自分に驚きもした。解って居た筈、なのだ。解って居て猶、自分は何を。どの様な答えを待って居たと云うのだ。まさか、同姓同名の別人だと云う返答を期待して居たかの様ではないか。年歯《としは》も行かぬ子供でもあるまいに。波山《はざん》の表情に僅かな翳りを捉えたるは残月の慧眼。怪訝に感じ、言葉を掛け様にも言葉が出て来ない。何故だ。何故、言葉に成らぬのだ。なれども。此の刻《とき》、悟って居たのやも知れなかった。空々しく振る舞い、自己欺瞞を続ける。是が真意である事に。剣客に出来る事は、唯《ゆい》、一《ひと》つ。賢俊の眸から、魂から、睛《ひとみ》を背けない事。是也《これなり》。

家主は、自分が感じて居る以上に戸惑い乍ら、否、心を乱し乍らであったか。其の儘に。

「……さて、何の話であったかな。……」

黒衣も又、其の内奥の乱れを感じ取って居たものか。

「……はい。……私の素生話等を少々」

「おお……、然様であったな。是はとんだ道化を……では、御父上は、……四郎兼平《しろうかねひら》殿に相違御座るまいて……」

「はい。如何にも父は、樋四郎兼平に御座います。若しや、面識を御持ちで御座いましたか」

「いや、何。面識と云う程の事では。……只、私が嘗て祖父の下で剣術の習練に励んで居た頃、二、三度では在ったのだが、祖父に会いに来られてな、挨拶を交わし序でにたわい無い話をして戴いた憶えが有る故、其丈の事なのだがな」

其の時、残月《ざんげつ》は波山《はざん》の立居振舞いを思い返した。

（そうか、それであの身の熟し……。成程な）

そうし乍らも。

「其の様な話、父からは一度も……然為《さす》れば、あの道場で、剣術の御指南も成されて御出でで御座いますか」

黒衣は、今の問い掛けに依り何が知りたかったのだ。と、自省し乍らも、どうした事だか家主の返答に耳を欹《そばだ》てる。苟《いやしく》も追われる身であるにも拘らずにも、だ。

「んんっ……まあ……手解きをして居るに過ぎぬ。本職は読書《よみかき》であってな、それで、と云う訳でも無いのだが、刀は其の……仕舞い込んで在ってな。形見故、大切に……」

隠者は、自分の本当の姿、舜水の真意を匿したい一心で斯様な言葉を口にした事なぞ決して言えない。否、言いたくない。唯、其の一念のみであったに違いない。だが然し、是が却って有らぬ期待を剣客の心に持たし、畢竟、仇なすものと成り得るのか。果して、残月は、是が誠の強さであるのかと感じた。強さとは、衒《てら》う事に非ず。親父殿の導きも又、其に似たり。と、受け取ったのであった。波山は、舜水から離れたい。遁《のが》れたい。そんな考えで、心は溢れん許りだと云うに。

「御両親は、今以て恙無く御壮健で御過ごしか」

「母親は私が未だ嬰児の頃に他界したと父親から聞き、其の父は、警視総監職の任に就いて居ります」

其の先は、匿した。其が喩《たと》い此の先匿し通せぬ事柄であったとしても。

「ほほう、然様に御座ったか。成程。では、都にて政に携わって居られるのか。……些か驚いた」

隠者は、ふと二年程前の村人の話を思い返した。

(そうか、それで治安が恢復した訳か。さすが兼平殿……と云った処か)

そして猶、話を続けた。

「それで、貴殿の出立ちと云い、其の美事《みごと》な一振と云い。何を差し置いても、其の篤実な人柄、合点が行くと云うもの。私は、二親を幼少の頃に喪い、先程申した通り祖父に育てられ、其の祖父も死に。其以来、妹尾《ここ》で子供等と倶に、教え教わりと気儘に隠遁暮らしを送って居る次第でな」

微笑みを浮かべ話す波山も又、其の先を匿す。匿し通せぬと解って居乍らも。そう。頑に。

二人は、暫くの間、黙り、静かに、此の壮大な大自然を、若葉溢れる新緑の森を、山々の峰を、滔々と流れる川を、そして、仰ぎ見るは、広大な突き抜ける蒼い空を眺めて居る。只、静かに。丸で、魂を解き放つかの様だ。二人の想いは、何であったか。同じであろう。二人は、余りにも似過ぎて居るのやも知れない。同床異夢とは此の事であろうか。

仁心に　天命照らし　影落とす

波山は、何かを思い出した風に、残月へ顔を向け、静かに、明瞭な声で話す。

「そろそろ、戻ろう。竹蔵《たけぞう》と千代《ちよ》の二人丈では、難儀であろうからな。手伝って遣らんとな。序でに、其処許の申し出にも甘えさせて戴くとしよう」

と、口元を弛め微笑んだ。黒衣は、隠者の顔を見乍ら、此方も又、表情を仄かに弛め答える。

「はい。是非にも、そうさせて戴きたい」

二人は、往《ゆ》きに通った小路を引き返す。同じ様に家主が先を。客人は其に肩随する。頭上には、雲雀が踊る様に舞い涼し気に囀る。丸で二人に向かって、カエルノカ、マタオイデ。と、声を掛けて居るかの様に。二人は、今し方よりも一層強さを増した陽射しを仰いだ。此の何処迄も高く貫く蒼天の如く、今直ぐにでも虚心坦懐に成れるのであれば。と、考えるのかの様でもあった。


家に戻ると先ず、表門に賓客を俟たせ、家主自身は、校庭の左側に位置する道場と板戸で間切して有る隣の部屋。詰り表門からは、奥にあたる其の部屋へと向かい、声を掛ける訳でもなく、窓から教室内の様子を静かに覗く。丸で我が子をそっと見守る父親ではないか。其所では、子供等が美《み》空《そら》の指導の下、書道に励んで居る最中であった。直ぐに目に留まったのは、一番後ろの席で、姿勢正しく凛々しく逞しく成人した、由ノ慎と真ノ丞であった。

「あの二人、知らぬ間に。フフフ……もう、何も心配は要らぬか」

良師は独《ひと》り言《ご》つ。次に二人の前の文机には、あの三人組だ。墨汁をたっぷりと含ませ、丸で牛の尾先の様に膨らみ硯に滴る銘々が持つ其の筆の矛先は、期待通り紙の上にではなく、其々の顔であった。其を見て居る育親《しとねおや》は、含み笑いをし乍ら、

「それ、今に、清美《きよみ》が振り向いて……ククク……」

と、独り期待に胸を躍らせ乍ら暫し俟って居ると。清美が勢い良く、首が引きちぎれん許りに振り向き、罵声を上げる。其に向き直る三人組の顔は、羽子板に如何にしても勝てない子供の如くだ。其等の顔が否応無しにも目に飛び込み義姉《あね》は憤怒の形相から一変、噴飯した。其を見た朋子《ともこ》が、迚も嬉しそうに愛くるしい面持ちで、小さな両手を口に添えて笑って居る。村の子供二人も此の遣り取りを目にして楽しそうに笑う。だが、美空は叱る訳でもなく、否、寧ろ、頬笑み乍ら、見守るのであった。

「今日の題目は『心』か。……難しい字を選んだな。だが、美空……美事《みごと》な筆遣い」

黒板には、三尺程の和紙が貼り付けて在る。其所には、確かに美事な迄の『心』と云う言葉が朱墨で揮毫《きごう》されていた。才媛は当初より書道の腕前には目を見張るものが有り、特に此処半年程前からは、喩えるの成らば、『素質』と云えるものであろう。頭角を著して居た。主人《あるじ》は教室を見亙し乍ら、皆、其々が気が付かぬうちに、一歩一歩、着実に成長して居る事を悟った。そんな想いを心に抱く良師と、ふと、瞳が合った。栄造である。此方へ向ける其の瞳は、唯、一点を見据え釘付けだ。然しどうにも様子がおかしい、と訝しみ凝視して居るにも拘らず今一つ視線が結ばらない。

（私を見ていないとすると……）

一体何を？

と、考えるが先か、不意に、背後から笑い声を浴びせられた。

「ハハハ……微笑ましい授業風景でありますな。私にはあの様な経験は一度も……」

波山《はざん》は愕いた顔を露に、振り向く。眼前に在る残月《ざんげつ》の顔は羨望の眼差しを教室内の皆へ向け、童の如く無邪気な。そう、其の包帯で匿された面からは斯様な顔色が醸し出されて居た。其を賢俊は見通し、そんな剣客の表情を創り出し、自分の眸に其の儘の子供の如く無邪気に笑う顔を映して居た。なれども其とは又、別に、不意を喰らった隠者は身構えた。油断をして居たとは云え、いとも容易《たやす》く背《せな》を衝かれ、肩をも攫まれた胸中である。丸で頭から冷水を浴びせられた様に、肝を冷やしたそんな肺懐だった。其の心を見透かされたが如く眼前の若者への。そう孤高の義剣士への底知れぬ畏怖が。脅威が忍び寄り、魂を鷲攫みにする。其を振り解かんとするが如く。肉体《からだ》を。魂を自由にせんが為に。言葉を発する。

「残月……貴殿であったか。是は驚いた。何時の間に……」

慌てて其の先を秘して、戦《おのの》きにも似た微笑みを浮かべた波山へ、残月が、是は心外な。と、感じたものか。

「こ、是は失礼を……」

黒衣は訝しんだ。が、其も束の間、話を継ぐ。

「とかく、子供とは斯様にも自由で、穢れ無き存在でありましょうか」

此の時、巴《ともえ》と較べたであろうか。世が世ならば。と。

家主は此の一息の間で平常心を取り戻し、静かに答える。

「嗚呼。其の通り。子供等とは、自然其の存在《もの》なのだよ。だが然し、子が成長するに順《したが》い、大人が要らぬ道徳心を植付け、縛り、何時しか、管理される事に疑問を感じなく成り、穢れて行く。馴致《じゅんち》させて行くのだ。道徳と倫理の区別も同時に出来なくして行くのだ」

悲しい眼をして居る。遠くを見詰める様で何も見て居ない様な。憮然とした表情を浮かばせて立ち尽くす。残月は何かを感じ取ったかの様だ。丸で裏に潜む、舜水《しゅんすい》と云う人物を気取ったかの様にだ。

「何か、腐心される様な事柄に考え当たる節でも御座いましたか。浮かぬ御顔を俄にされました由」

と、虚心な面持ちで忖度し乍ら尋ねた。丸で、兄を気遣う弟であるかの如くに。

「いやいや、何な……ハハハ……」

口を衝いて出たものは、思いも寄らぬもの。なんと、失笑であった。波山は是以上、気取られる訳にはゆかぬと考えたものか、言葉を噤む。客人は困惑し乍らも差し出がましかったやも知れぬと稍、後悔したものであったか。黙した。其以上に戸惑ったのは隠者であったか。否、剣豪か。如何《どう》したものかとあぐねて居る。外から聞えて来る先生の笑い声と、童男の視線とに気付いた教室内が俄にざわめく。

清美《きよみ》の視線は波山へ。由ノ慎《ゆいのしん》と真ノ丞《しんのじょう》は、二人を。栄造《えいぞう》は変わらず残月《ミイラ》に。朋子《ともこ》は、仄かに頬を朱色に染めうっとりとして居る義姉《あね》の顔を、首を僅かに傾げ、無邪気ににこにこし乍ら見詰める。村の子二人は、粛然と御辞儀をする。そして彼の三人組はと云うと、是は嘸《さぞ》かし具合が悪いと許りに、今更乍ら、慌てて筆を紙の上へ走らせ、外の二人を尻目に嘯いて見せた。墨汁で真っ黒の顔では手遅れであろうに。

程なく、美空《みそら》が家主へ顔を向け、指示を仰ぐ風な表情を見せた。是は助け舟と成り得た。胸を撫で下ろすかの様に、才女へ掌を見せ乍ら其の儘続けて。と云った風な素振りをして見せた後、改めて残月《ざんげつ》へと向き直り、

「では、倉庫へ参ろうか」

と、言葉を掛け、縁側の向こうに在る蔵へと歩き始めた。背にした教室の開け放たれた窓からは皆に書《しょ》へと集中を促す淑媛《しゅくえん》の慎ましくも張りの有る声が薫風にのって聴こえて来る。二人は何を想い調べを聴いたのだろう。胸奥に潜む、自己欺瞞への忸怩と憤りか。

倉庫代わりに使用している蔵は、其の昔には幾戸前も在ったが老朽化は著しく、此所を改築する時に比較的新しい二戸前以外、取り壊し、残った蔵の内手前を保管庫として、奥の蔵を貯蔵庫として其々を使用しているのであった。其の手前の蔵へと家主に跟いて入ると、其所には黒衣の見た事も無い道具が、見事に整理、整頓されて居るではないか。鍬、鋤、犂《すき》の部品や其等を修繕する為の道具。欙《かんじき》、縄、笠に蓑、草鞋、籠、竹箒、竹炭等。そして其等を作る為の材料であり、馬の寝床や餌でもある藁が堆く積まれて在り、隣には、青竹が棚に収められて在った。蔵の中を物珍しそうに

喰い入る様子で覗き込む姿は、子供其の者であった。そんな風に、映ったのであろう。

「竹蔵《たけぞう》と千代《ちよ》が田畑仕事の合間に、色々と雑用を兼て拵えて呉れるのだ。皆も進んで手伝って居る様だ」

そう満足気に、声を掛け乍ら鍬を手渡す。其を受け取り、僅かに照れ臭そうに「はい」と、黒衣の義士は答えた。

畑へと向かう可く、鍬を残月《ざんげつ》は左手に、波山《はざん》は右肩で担ぎ、歩く。今朝方、皆と共に歩いたあの畦を今は二人で歩く。長閑《のどか》な田園、遠くには藍色にも似た山の稜線。其の手前には新緑に溢れた森が見互せる。仰げば、水色の空が何所迄も広がる。元来、人に必要な事柄が妹尾《せのお》には、全てが、悉くが揃って在った。そして妹尾に住む人々は、人が自然なくして存在出来ない事を熟悉《じゅくしつ》して居た。故に、畏敬の念が育まれ、受け継がれて居るのであった。

暫くすると、夫婦馬《めおとうま》からは犂が外され、寄り添い並び、何やら語り合うかの風に、時折、頭を軽く振り乍ら短く、囁く様に嘶き。其の傍らでは、竹蔵と千代が藁筵《わらむしろ》を敷いて坐り、此方も緑茶を啜り乍ら談笑して居る。どうやら一段落終え小休止をして居る様子なのだと窺えた。

其の少し離れた畦の脇には、若葉を青々と茂らせた百日紅の小木が二本、寄り添う様に生えており、其の梢には三羽の鴉が止まり、其へ虎《とら》が頻《しき》りに吠え立てて居る。恐らくは播き終えた種を啄もうと隙を窺って居る事に気付いた様子なのだ。其処で追い払わんと、仰視し乍ら、攀《よ》じ上らん許りの勢いが如く捲し立て烈しく吠え、時折、鴉を捕まえんとして、飛び付き、跳ね上がる。然し乍ら虚しくも徒労に帰するであろう事を犬には理解し難く鴉には容易であった。悲しい哉。所詮は負け犬の遠吠え。忍び笑いでもして居るかの風に、顔を近づけ合う。其を羽で覆い、其の隙間から体よりも猶一層黒い円《つぶ》らな瞳を覗かせ虎《とら》の動きを見て居る。丸で犬の莫迦踊りを嘲弄して居る風にも見て取れた。

そんな安寧とした刻《とき》が流れる中、喉の渇きを潤して居る二人へと波山《はざん》と残月《ざんげつ》は近付いて行く。すると、其の二人に気付いた竹蔵《たけぞう》と千代《ちよ》は、腰を上げ、此方に向き直る。馬達も又、其に倣うかの様に、顔を向き直そうと足踏みをし始めて、尾は軽く左右に振られて居る。

「是は、若様。それに楡《にれ》様も。鍬なんぞ担がれて……一体……？」

黒衣の予期せぬ姿を不思議そうな、合点の行かない、そんな面持ちで眺めて居る側仕えの二人へ主人《あるじ》は照れ隠しであろう、鼻の頭を人差指の先で軽く掻く様な仕草をし乍ら答える。

「いやな……何……此方の賓殿《まろうどどの》が一宿一飯の恩義に報いたいとの事でまあ、其の言葉を甘んじて受ける事にした訳だ。そうであったな、楡殿」

と、賓客の顔を覗き込む様に家主が顔を向けて、一粲《いっさん》して見せた。義士は其に応える可く、竹蔵と千代に会釈をする。頭を上げると、直ぐに又、軽く頭を下げた。其は、丸で夫婦馬にも御礼をして居るかの様で、馬も又、其を見計らう様に、黒衣を見据え、軽く嘶き乍ら頭を優しく二、三度上下に振った。老夫婦は、其の二度目の会釈に怪訝な顔をして居る。其を然程気に留める事も無く言葉を掛ける。

「邪魔を致します」

そう言い終えると〝月影《げつえい》〟を腰から背へと移し、何《ど》の辺りから耕せば宜しいか。と云った風な表情を見せた。其へ千代が、応える。

「滅相も御座いません。私等《わしら》は只、困った人を助けると云う当り前の事をした迄。其の御言葉丈で十分に御座います」

其の隣の竹蔵も、尤もだと云った面持ちで首肯《うなず》いて居る。剣客はどうにも引っ込みがつかない表情を家主へ向ける。其を笑顔で受け止め、稍、戸惑いを表し乍らも話す。

「……では、そうだな、彼方の辺りを手伝って戴く事にしよう。良いな、竹蔵」

と、納得が行く迄、遣らせて呉れ。と云う表情を爺やと婆やに見せた。其処で老夫婦は、何かを汲み取ったかの如く、承知したと云った風な面持ちで辞儀をし、

「然様に御座いますか。若様が其処迄仰るので御座いましたら、御言葉に甘えさせて戴きます」

と、微笑み乍ら、又、辞儀をして見せた。残月は、正《まさ》に、承諾を得たと云わん許りに、

「では、早速に」

と、言い終えるや否や。外套と柳水春華《りゅうすいしゅんか》の父、柳水道元《どうげん》の形見である旅人帽子とを畦の傍らへ。きちんと畳まれた外套の上へ、鄭重に重ねて置き、颯爽と畑へ歩いて往《ゆ》く。そして、徐に、鍬を右手に持ち替え、沃土へと魂を灌ぎ始めた。其は、一心不乱と云う字義通りであった。鍬に伝わる其の力強さ。愛情は、篤い。正に義剣士の。誠心の成せる業《わざ》であるかの如く也。

客人の其の馴れた手付き。鍬の入れ方、土を掘り起こし、脇へ土を盛り上げて行く深さ、高さ、量が一定であるのを、何時の間にか、残月の傍らへ歩み寄って居た波山が見て取り、

「美事《みごと》」

と、一言丈、発した。其の声は実に澄み切っていた。二人は考えも付かない言葉を耳にし、口にした為、暫く黙した儘、佇んで居た。是が感ずる儘に。と云う字義たる所以なのやも知れぬと、二人は其々そう感じ取ったものであろうか。残月《ざんげつ》は何かを想い出した様に。其は自分が幼少の、父が未だ若かった頃の想い出であったか。そんな表情を浮かべ乍ら波山《はざん》に答えるかの様に語る。

「先程、申し上げた通り、私は中央での暮しが永いので、朧《おぼろ》げでは有りますが、古里も丁度、斯様に豊かな山と森に囲まれ、田畑の広がる町でありました。其所で毎日、町の者と父とで、鍬や鋤を片手に汗を流したものであったと、其の様に憶えております」

「然し乍ら此の手際の良さには……いやはや、感服致す」

見事に耕された其に見惚れて居るかの様でもある。畏敬の念を抱き乍ら残月は答える。

「痛み入ります。然し乍ら、確か、十二、三歳頃迄、田畑を耕すのも修練の一環とし、過ごして参りました故、どうと云う程の事では御座いません。寧ろ、久しい由、些か恥ずかしい位で御座います。其はそうと、実に良く肥えた畑。日頃の賜」

「御解りに成られますか。楡様《にれ》」

不意に竹蔵《たけぞう》が声を掛けた。其へ客人は清々しい表情で何とも爽やかな口元を見せ乍ら、土を掬い上げ、答える。

「はい。こんなにも蚯蚓《ミミズ》が居ります故」

と、恰《あたか》も産まれた其の地へ帰郷したかの様に、嬉しそうに。

義士の其の佇む姿が。人は、此の様な姿こそが。此の在り様こそが。真《まこと》の姿なのだ。と。是こそが一番良いのだ。是で善いのだ。と。云わん許りであった。

竹蔵は、黒衣の其の一言が余程に嬉しかったのであろう、迚も満足げな、今日迄の日々を、幸を噛み締める様に満面の笑みを浮かべ、馬に犂を番え、又、畑へと戻る。千代《ちよ》も又、其に倣うかの様に馬を牽く。只、静かに。馬の嘶きと、三羽の鴉の嗤い声に、今も猶、懸命に奮闘する虎《とら》の叫び声が、長閑な此の村に響き亙《わた》る。残月は、猶も鍬を揮う。〝月影〟を背にして、一心に鍬を揮う。丸で、大地に問い掛ける様に。教えて呉れと云わぬ許りに。唯、鍬を揮い続ける。剣や書丈では見出す事決して能わぬ何かを。一鍬、一鍬、土を掘り返し、土を盛る。此の同じ動作を繰返し乍ら剣客は何を想い、考えるのか。飛雪《フェイシェ》であろうか。否、巴《ともえ》か。柳水《りゅうすい》か。やはり父、兼平《かねひら》か。それとも、何《いず》れの者、全てをいとも容易く、呑み込む大海原。此の人の世の理であったか。そう考え、そう問い乍らにして、実の処、答えと云うものなぞ存在し得ないのだと云う事に。己《おの》がそうだと考え想えば、そうである様に存在するのだと云う事に。本当は気付いて居るのではないのか。其の気付いて居る己《おの》が自身をごまかそうとして居る事に。そう。自己欺瞞と云うあやかしを。其の疑念に、煩悶する。其の刹那、残月の心の。魂の。焔が僅かに揺ぐ。鍬も又、僅か乍ら乱れたであろうか。黒衣は、乱れを。邪念を。是等を鎮める為。鍬を下ろし、一息いれる。そして、ふと、何とは無しに、傍らで同じ様に鍬を揮って居るであろう隠者へと目を遣る。すると、驚く事に、丸で示し合わせたかの様に、波山も又、鍬を下ろし、一息つき乍ら此方へ目を向けて居るではないか。然《さ》も心外だと云わぬ許りの困惑した表情を露にして見せ乍ら。きっと自分もあの様な表情を見せて居たに違いないであろう。喩《たと》い、包帯に依り、目と鼻と口しか見えずとも、賢俊には見抜かれて居るであろう。

其は、若しや。義士と同じ様な事柄を考え、感じ、煩悶して居た事への証左に成り得はしないだろうか。残月《ざんげつ》と同様、波山《はざん》も又、自己欺瞞に悶え、終止符を打つ可く。此の滑稽で茶番な座興に決着をつける可く。答えを問い質して居たのだとしたのならば。

黒衣は、剣士として。武人として。剣豪と向き合わなければ成らぬのかと。此の刻《とき》、感じた。舜水《しゅんすい》も又、伯父、佳仙《かせん》の文《ふみ》なぞ。中央での政なぞ。どうでもよい。唯、武人として、此の楡《にれ》残月成る若い剣士と向き合いたいのだと感じて居るに違いない。

二人の武人《おとこ》は眼の遣り場に困った表情を互いが互いに見せ乍ら畢竟。何の言葉も酌み交わす事なく又、黙して、只、一心に鍬を振り下ろす。今は、是しかないのだと許りに。両者は、余りに似過ぎて居るのだ。其故の、互いの心の。魂の焔の揺らぎを忖度する余り。其故に抜き差し成らぬ状況へと陥って終ったのであろう。共に胸中で未だ、煩悶するのだった。

では、人の世の理とは一体、何なのであろうか。〝ゼブラ〟は。〝エヴァ〟は。そして、〝飛雪《フェイシェ》〟は。残月は、自分が本当は気付いて居るのではないのかと考えて居る事に気付いたのではないのか。〝ゼブラ〟が言う様に〝飛雪〟も又、気付いて居るのだ。と、云う様に、肉体に縛られて居る丈の、其故の〝理〟なのだ。と。此の〝理〟と云う言葉にしても又、此の字義、其のモノが無ければ、存在しないのではないかと云う事を。気付いて居るのだ。と、云う事を気付いて居るのではないのかと、其を認めて終う事が恐ろしく、只、畏れて居る丈なのではないのか。残月も舜水も水面に浮かぶ波紋の一つに過ぎぬと気付き、心の何処かで其を認めて居る。其丈の事柄なのだと。では、我々の存在とは。存在し得る此の事自体は一体。答えなぞ、誰にも、何者にも見出せないのだと云う、此の真実。受け容れる事是難《がた》し。否、能《あた》わずか。

黒衣にとって、あの惨劇から四日。目まぐるしく過ぎた。今日迄の幾年よりも早く感じたに違いない。だが、此の妹尾《せのお》での半日と云う刻のなんと穏やかで、緩やかな様。正《まさ》しく優雅とは此の事かと感じたであろう。是も偏《ひとえ》に、〝武〟の〝舜水〟と〝徳〟の〝波山〟と云う。〝武人〟と〝仙人〟と、喩えようか。此の『大器の臥龍《がりょう》』の成せる業《わざ》に違い有るまい。と、畏敬と敬服の念を残月は抱き、鍬を揮う。大地と向き合う。だが此の刻《とき》、剣客の此の魂は、何方の人物に揺さ振りを感じて居たで在ろうか。其は、誰にも、決して解らない。其は、己《おの》が残月にさえも、然り。

そんな二人は、互いに真実《ほんしん》を打ち明ける事を赦されぬ儘。黙して語らぬ事を甘んずる儘、鍬を揮う。大地に問う。否、己《おの》が魂にであろうか。そして、其は、同時に、真実《ほんしん》で向き合う其の刻は、〝決別〟の刻。と。互いに知悉しているであろう証左が伴うのである。其故の欺瞞。双方の愚かしい騙しあいと云う鄙陋《ひろう》等では決して無く、二人が其々が其々を忖度する余りからの自己欺瞞。是には自己の犠牲が含まれているのやも知れない。其が、却って猶更の事、二人を。否、二人丈に留まらず、美空《みそら》を始めとする、二人の好青年。そして、子供等、竹蔵《たけぞう》と千代《ちよ》に及ぶ皆をも捲き込み、其の上、苦しませて居るのである。二人は其等を確信めいたものを感じ取って居た。黒衣は、大地に向け、己が心に向け、言い放つ。

「終わりにせねば。明日の子供達の約束を果たした後《のち》、此の儘、素生を匿し、暇乞いを。辞去しよう。だが、……もう暫く……」

其の先は。甘えさせて呉れ。と、云う言葉であったか。

鍬を手にしてから一時程経った頃、千代《ちよ》が竹蔵《たけぞう》に声を掛けた。

「御爺さんや。そろそろ、昼餉の仕度の時間が来た様ですよ。今日は、楡様が手伝《てつど》うて呉れた御蔭も有って、大層捗りましたなぁ」

「おお、もう、そんな時刻か。ホッホッ。本に、若様と楡様。一心に耕して御出でじゃのう。実《まこと》に善い御姿じゃ。ホッホッホ……」

婆やは、本当に。と、微笑ましく感じ乍ら爺やと顔を見合せ、共に一粲《いっさん》した。そして、竹蔵が徐に、波山《はざん》と残月《ざんげつ》の方へと近寄り乍ら、声を掛ける。二人は既にし、鍬を下ろし、ほんのりと額に汗を滲《にじ》ませた爽やかな顔を其方へ向けて居た。

「若様。若様。そろそろ、其処等で切上げて下されまし。畦に腰でも下ろして一服成されては。御茶も御座いますでな。私等《わし》は一足先に昼餉の仕度をしに戻りますので、若様達は、後からゆっくりと、御帰りになられましたら宜しいかと」

と、言い終え爺やは、踵を返し、馬の方へと歩いて行った。千代は、畦道の上から二人に向かい丁寧に辞儀をしてから、馬を牽いて歩き始めた。其の後ろを竹蔵がもう一頭の馬を牽き乍ら、是も又、二人へ辞儀をし、次に振り向き、百日紅の足元で鴉を怨めしそうに見上げて坐る虎《とら》に声を掛け、歩き始める。犬は、小走りに老夫の元へ。何度も振り返っては、老爺《ろうや》へ声を掛ける。其は丸で虎が、此所に居ないと、彼奴等《あいつら》に種を食べられて終うよ。と注意を促して居る様だ。竹蔵はそんな犬に、屈託のない笑みを見せ乍ら。

「虎よ。ホッホッホ……。解った、解った。有り難う。然しな、良いのじゃて。ハッハッハ……」

虎の言いたい事が解って居る。そんな、話し振りに聞こえた。

長閑な田畑を畦に腰を下ろし、眺めて居る二人。只、静かに坐る。畑では、虎が危惧した通り、蚯蚓と一緒に竹蔵と千代の播いた種を、あの三羽の鴉と一緒に数羽の鴉も加わり、啄む。互いは、黙した儘、此の刻《とき》を噛み締めて居る。そんな風にも見える。

残月は考える。其は、儚い想いと共に訪れる決別の刻《とき》への兆しであるかの様だと。

舜水《しゅんすい》は考える。哀しき宿命の決闘への兆しであるかの様だと。

そんな二人に初夏の風が戦《そよ》ぐ。旅人帽子の玉虫色に光る飾り羽を。肩に軽く触れる程の黒髪を。

其々を、揺らし、心地好いと云う名の残《のこ》り馨《が》を置いて、刻《とき》と共に、二人の傍らを通り過ぎて往《ゆ》く。

そして、寂寞が義士と賢俊を抱く。心中を推し量り、労《いたわ》るかの様に。

よわの雨　蛍の灯《あかり》　儚き乎《や》

伍

楡残月《にれざんげつ》が思いの外疲弊し、逃げ延び転がり込んだ場所が、鑑速佳仙《あきすみかせん》の甥にして、『新刀無念流《しんとうむねんりゅう》』の遣い手、安房舜水《あわしゅんすい》の居る妹尾《せのお》の集落とは知る由もなく。又、佳仙や其の配下である、暗部『麝香《じゃこう》』の頭目、浄龍寺左近《じょうりゅうじさこん》等の思惑《おもわく》通り、此の集落の厩《はたご》にて一夜を過ごし、其の儘、波山《はざん》として過ごす隠者の下で逗留して居る其の残月が妹尾で深い睡りについた頃と刻《とき》を同じくして、鳥居峠《とうげ》の陰森たる林野の一隅。暫しの休息をとる二つの影が在った。俄に雲行き怪しく、月も一時《ひととき》の睡りに就く。夜半に降った漫《そぞ》ろ雨に前途を遮られ、身動きがとれなく成ったのであろう。二体の影が、いいや二人が、適当であろう。こう成っては、已《や》むを得ざる成りと許りに繁みへ身を潜め、静かに其の刻を待つ。

面長で、其の額には額金を当て、なかなかの優男が、傍らで静かに息を潜めて居るケモノ。其の余りに巨大過《おおきす》ぎる体軀には、潜める場所等何所にも在りはしないであろう其のケモノへ声を掛ける。

「大丈夫か、風邪ひくんじゃねえぞ。なっ、斑鳩《いかるが》」

なんと優しい声色なのだ。是では丸で我が子を労る親ではないか。然も、其の言葉を、其の優しい声を聞いた其の斑鳩と云う名のケモノは、片言の様に訥々とくぐもり声で、甘える子供の様に答える。

「ア、アリガト、ヨ。シ、獅奴兄《しどあに》ィ」

と、此のケモノは、此の図体で、涙ぐんで居るではないか。なんとも驚く可き姿を露《あらわ》にして居るのだ。獅奴と呼ばれた男は、そんな斑鳩と呼ぶ仔犬へ更に言葉を掛ける。

「おいおい。今更何を言ってやがる。俺と御前《おめぇ》の仲じゃねぇか。なっ。まあ、直《じき》に止むからよ、其迄、此所で辛いかも知れねぇが、堪《こら》えて呉れぇ」

そう、言い終えた此の獅奴の目も、何んと潤んで居るではないか。更に追討ちをかけるが如く。其のケモノは、否、仔犬は啼いて居た。涙を拭う其の手は、丸で熊ではないか。然も、其の腕迄もが、毛むくじゃら。

「ア、アニキィィ……。ワオォウウ……」

最早、言葉をも介していない。

「おいおい、斑鳩、御前ぇ、泣くんじゃねぇよ。俺迄、涙が出て来そうだぜ……。だからよ、こんな所だが、とにかく、休めよ。なっ」

丸で寂しがる仔犬を安心させる風に、優しくあやす。其の労いに、此の熊は猫撫で声で「ウゥン。ワカッタ」と、答えたが先か、何と、既に寝息をたてて眠って居る。犬が坐る様にしゃがんだ儘、毛むくじゃらの上半身を露にし、頭は、顔は。是は。是では正に狼の如くではないか。ズボンを、其も膝下迄しか丈《たけ》の無い物を穿いて居る事に依り、何とか人としての尊厳を保って居るのだ。獅奴は、そんな仔犬の様に静かな寝息をたて、幸せそうな面持ちを浮かべ乍ら穏やかに眠る斑鳩《けもの》に。其の露にして居る毛むくじゃらの背へ。外套とは到底呼べぬ特大の藁筵《わらむしろ》を、優しく掛けて遣って居るではないか。其の労り様は、寒さに凍える仔羊に暖を取らせて居るかの如く。

するとと、其の筵を手繰り寄せ寝返りを見せたではないか。そんな斑鳩《いかるが》を見て取り、安心したものか。獅奴《しど》も又、三抱えは有りそうな巨木の幹に身体を預け、頭を靠《もた》れさせ筵を被り、雨が止むのを待つ間、眠る。此の者共は、此所で、此の雨の中で眠れるのだ。正体や如何に。丸まり、眠る獅奴と云う名の男の懐からは棒が一本、突き出す様に生えて居る。其は、槍であった。

それから、一時程経ったであろう後《のち》の事。次第に雲が晴れ行く。其の羽衣を棚引かせ乍ら弓張月が気恥ずかしそうに姿を現し、照れ笑う。雨は、名残惜しむが如く、夥しい数の水溜りを創《つく》り、其へ、是も又、夥しい数の雫が波紋を描く。そして、宙《そら》へと還る。と、其の刹那。二人は、奮い起こされるが如く、眼《まなこ》をかっと見開くや否やすっくと立ち上がる。そして天を仰ぎ月魄《げっぱく》を睨め付ける様に見る。二人は、筵を丁寧に畳み背負う。獅奴は斑鳩を見上げ、斑鳩は獅奴を見下す。そうして顔を見合わす二人は。

「ア、アニキの、オ、御カゲで、良く眠れたぞォ」

「そうか、そうかぁ。良かったぜぇ。なぁに、礼には及ばねぇよ。さてと、そろそろ行くとするか、斑鳩。斥候の連中が甕《おねんね》して居るのはよぉ、其の直ぐ先の筈だ」

そう言い終えると、優男が槍を抱いて歩き出《だ》す。其の傍らには、丸で飼犬が主人の足元を跟いて行くかの様に、其の巨軀を左右に揺らし乍ら寛《ゆったり》と大跨ぎで歩いた。

程無くすると、獣道を抜け、裏街道へと出る。左手に目を遣る其の少し先は森が開け草原が見て取れた。獅奴は、肩に落ちた雫を手で払い乍ら、斑鳩へ、此方《こっち》だ。と云った風に眴《めくば》せし顎で促して見せ、其に従う風に首肯《うなず》いて、又、其の巨軀を揺らし追随した。そう、此の者達は、あの長身と魁偉とで此の狭い獣道の一隅で雨を遣り過ごし、此所迄歩いて来たのだ。其処迄してでも此の二人は何を。一体、何が目的なのか。

と、終《つい》いに、今し方遠くに見えていた草原に辿り着き、優男が見亙す。そして徐に口を開く。

「どうやら……どんぴしゃ。此所だ」

そう独り言の様に呟くと、足下の水溜りに気を遣い乍ら歩き出そうと、一歩。足を上げた、正《まさ》に其の刻《とき》。其の刹那。其の背を巨大な塊が押した。其の上げた足は。其の行く先は。虚しくも水溜りへ。見事に飛び込んだ。丸で、子供が新品の長靴を履き態々《わざわざ》、水溜りへと入り戯れて居る情景が、巨体の持主の眼の中に飛び込んだ。獅奴の片足は行水をし始めて居る。其を憮然と見詰める。其の背へ言葉を掛ける。

「ゴ……ゴ、ゴメン……ワザトじゃ……す、すまねェ……兄ィ……」

ばつの悪い表情を浮かべ訥々と言った。其の巨大過《おおきす》ぎる熊の様な手で頭を掻き乍らべそをかいて居る。そう、斑鳩は草原の惨状に気を取られ、水溜りを避《よ》け乍ら慎重に歩く獅奴を見て居なかったのだ。斑鳩の並外れた嗅覚を以てすれば既に判《わか》って居たのだが、此の七尺もの肢体からは否応無しに此の惨状が一望出来た。獅奴に至っては、六尺は優に有る長身。一望は出来ずとも、独特の臭、空気を緊々《ひしひし》と感じる事に因《よ》り、まざまざと、見亙す事が出来た。其の惨状に胸を悼《いた》め乍らも、項垂《うなだ》れ、肩を落として追随する斑鳩へ声を掛ける。

「然しよォ、酷《ひで》ェ有様だぜ。まあ、苦しんでいねェのがせめてもの救いか。……酷ェと言やぁ……此の御気に入りの靴の事なんだがぁ……。いやよォ、良いんだ。御前《おめ》ェが優しい心根の持主って事は、他《ほか》の誰よりも此の俺が一番よォく知ってる。だから良いんだ。其は良いんだがよォ……是からはよ、気を付けて呉れ」

そう言い終え、視線を足元へ。何と、指で、丁寧に泥を拭い始めた。あからさまに、たった今、気付いたかの様に。更には、夢中に成る余り其の場にしゃがみ込み拭い始めると云う、始末に迄及んだ。唯今《たったいま》、惨状を憐れんだは一体誰であったか。其を先程から申し訳無さそうに。恰《あたか》も惨状に遭遇して終ったかの様な表情を浮かべ、大きな大きな熊の様な両手を其の顔へ押し当て覆い、指の隙間から覗き見て居る。両手の真ん中からは、口吻が。言わば口が生え、歯が、否、牙と言う可きか。が、月光に照らされ不気味に光る。斑鳩《いかるが》は、泥を丁寧に拭う其のしゃがむ獅奴《しど》の姿を覗き見て、益々《ますます》、罪悪感に嘖《さいな》まれ謝ろうと、必死に成り、言葉を発しようとすればする程に、だが然し鼻を鳴らす許りだ。それでも猶、伝え様と、続け、終《つい》に其の努力が実を結び、発せられた言葉は。

「……クゥウゥン……」

と一言《ひとこと》。斑鳩は落胆した。其の姿は、そう、哀れな仔犬、其の儘だ。其に気付いた獅奴は、悄気《しょげ》て気弱な面持ちで屈み、此方へちらちらと様子を窺い、何やらはにかんで居る巨大な獣へ静かに声を掛ける。

「おいおい。何もそんなに悲しむ事はぁねェんだよ。なっ。こうやって、丁寧に拭えば、どうって事ァねェんだからよ。なっ」

　此の獣を庇うかの様に優しい声で優しく語り掛ける。其の言葉に気を良くしたものか、幾何《いくばく》か明るさを取戻した面持ちで眼を屡叩《しばたた》かせ、猫の様に喉を鳴らし乍ら、丸で飼主を見上げる犬の如く、上目遣いで、そんな獅奴を見るのだ。そんな斑鳩へ、安心させるかの様に泥が綺麗に拭われた靴を見せ、元気を出せよ。と、言わん許りに咽仏が見える程に、口を大きく開《あ》け、呵々《かか》と笑って見せる。

そして俄に鋭い目付きへと変わる。

「さて……と。奴の太刀筋、太刀遣い。聢《しか》と、見極めておかねェとなぁ」

と、言い放ち、無惨な姿の屍が転がる草原へと、そう、あの銀杏鳥居ノ原へと、足を踏み入れて行く。其へ弟分が「グルルルゥゥ……」と、低く、短く、喉の奥から唸りを発し追随する。

　其の散乱した七体の。否。六体だと気付く迄には、然程《さほど》の時間を費やす事はなかった。なぜならば、二体では無く、元は一つの上と下である事が直ぐに見て取れて判ったからだ。其の一つ一つの屍を喰い入る様に見据える。そんな獅奴は、眼光炯々《がんこうけいけい》、正《まさ》しく剣客の如くであった。六体の屍を何度も見較べ、嘆息を洩らし、重い口を開いた。

「此の太刀筋は。……間違いねェ……」

と、呻くかの様に呟く。其に共鳴する風に低く喉の奥を鳴らす斑鳩が覗き込む。更に獅奴は呻く。

「そりゃァ、無理もねェ……。相手が相手だ。此の面子《めんつ》じゃァ……左近《さこん》の頭《かしら》も舐め過ぎるにも程があるぜェ。気の毒なこったァ。だが、是も『麝香《じゃこう》』の。忍者《しのびもの》の宿命。皆、安らかに永眠《ねむ》って呉れェ。仇は、必ず俺達が討つ！」

物言わぬ嘗《かつ》ての同志達にそう伝え終えると、額を見事に割られ仰向けに倒れて居る亡骸へと近付く。其の目は静かに伏せて在る。

「……そうか、……沼空《チョウクウ》……此の部隊を任されていたのは、御前《おめ》ェだったのかぁ……前途有望、生え抜き。然も、姐さんとは同郷って話じゃねェか……」

と、嘆いた。すると獅奴《しど》がどうしてだか、斑鳩《いかるが》の顔を見る。否。只、偶《たまさか》、其方へ向いて考え事をして居るに過ぎず、だが、向けられた弟分の方は初めこそ訝しんで居たが其の内、嬉しそうに微笑む。其を尻目にしつつ、何かを思い出したかの風な表情を浮かべた。

「あぁッ！　そう言やぁ……任務を成し遂げた暁には、祝言を……どうとか……うぅん……？　俺の勘違い……か？」

と、独り言ちた。が然し、直ぐに気を引き締め、俄に眼付きを鋭くし、是から自分達がどんな相手と刃を交えるのかを改めて認識させ、追撃行を再開するぞ。と、云った風に斑鳩へ一瞥を投げる。其を受け止め巨漢を揺らし乍ら大股で歩く其の顔は、既に、獣其のモノに成って居た。そして獅奴は、もう一度、草原を振り返り見亙した。其の時、何を感じ、何を想ったのであろうか。仲間の死への悼みか。逆賊、楡残月《にれざんげつ》への戦慄やも知れなかった。踵を返し、斑鳩の元へ走り出す前にもう一度丈、恐らくは反射的であったろう、草原を尻目に其の場を離れる。

此の二人《ふたり》の後ろ姿に、目を見張るであろう。何故ならば、正《まさ》に人と熊が仲良く連れ添って居る。そんな風に他ならず見えるからである。然し此の二人こそが紛れも無い新たな刺客なのだ。木枯《こがらし》と紫蓮《しれん》とは又、別の二つの影の正体でもあった。だが、残月は知らない。舜水《しゅんすい》でさえも、決戦の。其の刻《とき》が。刻一刻と。間近へと。迫っている事を。美空《みそら》や由ノ慎《ゆいのしん》に真ノ丞《しんのじょう》。そして年端も行かぬ子供達迄を其の渦中へと捲き込み乍ら宿命と云う名の歯車が廻り出した事を。誰一人として知る者は居ない。又、其の水面下では、生殺与奪にして欣喜《きんき》雀躍《じゃくやく》する輩共がしたり顔で、都を跋扈して居る。
正に此の実状。此の実情。

では、宿命とは。理とは。一体何なのだ。〝ゼブラ〟は嘆いたか。存在《いきる》とは何か。と。抑《そもそも》、在《あ》るとは何かと、煩悶したであろうか。人は、此の途轍も無い大きな流れには、決して抗う事は出来ぬのだ。魂の他《ほか》に措いては。と、啓示する。人の魂は肉体《うつわ》と共に何処を目差し、何処へ行くのか。と、〝ゼブラ〟は、独り言ちたであろうか。〝エヴァ〟は、下らない。と、一蹴したか。では、〝飛雪《フェイシェ》〟には。見えたであろうか。そして又、何事も無かったかの様に時間の川は流れ続ける。其の、人の眼には決して映る事の無い流れは、刻《とき》を刻む。刻み続ける。是が『理《ことわり》』なのだ。と、然《さ》も、云いたげに。

あれから、波山《はざん》と残月《ざんげつ》の二人は、暫く畦に坐った儘、静かに畑を、其の沃土を掘り返す鴉達を、只、眺めて居た。二人の間《ま》は、丁度、子供が一人、坐れる位であろうか。程無くすると、頃合いを見計らう様に、家主が相好《そうごう》を和《やわ》らげ、賓客に顔を向け乍ら徐《おもむろ》に腰を上げた。二人は、立ち上がり家路につく。其の時も、静かに黙した儘の二人。其の遥か頭上の空には、高く昇った夏の暘《ひ》が和《なご》やかに笑う。其の陽光を浴び乍ら鳶が横笛《おうてき》を吹き立て、山村に響き亙らせ乍らゆったりと旋回し、二人を見守る様に見下ろす。未だ、二人は黙した儘、賢俊が稍《やや》、先を往《ゆ》き、義士が其へ肩随する。正門を通り抜けて校庭を歩き裏庭へ。鍬と手足を漱《すす》ぎ倉庫に片付け、玄関へと向かう。教室は静まり返っている。玄関の戸を波山《はざん》が開ける時、残月《ざんげつ》はふと右手を瞥見する。すると、一足先に餌を食べたのであろう虎《とら》が縁の下で満足気な顔をして静かに寝息をたてて眠る。時折、形の整った三角形の耳を痙攣させる風に頻《しき》りと動かして居た。黒衣はそんな犬に、そこはかと無く、気を奪われて居た。程無くして玄関で動く気配を感じ、其方へと顔を向けると、波山が履物を三和土《たたき》に脱ぎ、其を、何《ど》の様《よう》に知ったものか、二人を出迎えた美空《みそら》が下駄箱へと仕舞う。家主は既に上がり端《はな》に立ち、怪訝そうに此方を見て居る所であった。些《いささ》かまごついたものか。微かに気恥ずかしさを覚え乍らも履物を脱ぎ、上がる。そんな事には然程気に留《と》めず、才媛は、二人へ言葉を添える。

「昼の仕度が出来て居《お》ります」

と、清澄な声音が耳元へ流れて来る。そして、軽く会釈をし終え、奥へと。食堂の方へと、板張廊を摺り足で歩いて行く、其の絹地の摩れる音に伴い微かな板の軋む音。此の何方も規則正しくも何処と無く心地好い音が、黒衣の心を誘《いざな》う。それでは、と、云った風な顔を波山はして見せ、先に歩く。其へ、はい。と、云った風に軽く辞儀をして見せ、背《せな》を見乍ら後ろに跟いて歩き出す。

其の儘、家主の後に続いて食堂に入ると、既に皆、揃って居る様で、然も、二人を俟って居たかの風にも見受けられた。子供達は銘々好き好きに喋って居たが、波山と残月が朝と同じ様に膳の前に座して、後に続いて右手に美空が坐ると、皆、喋るのを止めて膳の前に坐るのだが、席順が全く違っていた。先ず、仙太《せんた》が残月の目の前に、其の右には竜の介《たつのすけ》、左に佐吉《さきち》と並んで、向かい合って坐った。そして、其の佐吉の左脇、稍、後ろに栄造《えいぞう》が木乃伊を見据えて坐り、其の左には朋子《ともこ》が居る。清美《きよみ》はと云うと、童男と童女の前に、詰りは、抜け目なく、波山の目の前に、向かい合って坐って居る。そんな矗《しっか》り者《もの》であった。竹蔵《たけぞう》と千代《ちよ》は、炊事場へと続く戸口の前に膳を置いて坐り控えて居る。そして、あの青年二人は、朝と変わらず同じ場所に膳を置き、座して居た。朝と変わらぬ位置に座して居る筈なのに。其にも拘らず、黒衣には、迚《とて》も遠くに感じられるのは、決して考え過ぎでは有るまい。そして、ふと右に眼を遣ると良師も又、其の表情から似通った胸中であったで有ろう事が窺い知れた。が然し、主人は此の場景に敢えて何も言わず、寧ろ好きにさせ、全てを黙認したのだと、残月は掬す。そんな家主の表情を見て居たのは美空も同じで、賢俊の振舞いを一瞬にして認識し、皆に向かい、澄んだ声が食堂内に広がる。

「姿勢を正して。戴きます」

其の声からは、感謝の念が籠められている事が、今の黒衣には、はっきりと其が解るのであった。其の才媛の清澄で凛とした号令に応えるかの様に皆、背筋を伸ばし合掌し声を合わせ、感謝の念を籠め、「戴きます」と、返した。

膳に並べられた昼餉は、何《どれ》もおいしそうだ。沢庵に胡瓜の一夜漬。豆腐の味噌汁。其の椀からは湯気が立ち、食欲をそそる。そして、極め付けは、醤油をたっぷりと塗り、自家製の竹炭を使ってこんがりと焼き上げたおにぎりだ。ほんのりと香ばしい薫りが食堂内を包み籠む。そんな質素な食事に舌鼓を打ち乍ら丸で、幸せを噛み締めるかの様に皆、食するのである。特に、子供等なぞに至っては、殊の外、喜んで焼きおにぎりを頬張る。席順を波山に咎められなかった事も手伝って居るのは明々白々である。だが、其は、翻って考えれば、舜水《しゅんすい》のあの決断。そう、「此の日丈は、波山として生きる」此の一念からに因るは明らか。だが然し、是は、此の事柄は、舜水のみが知悉して居る心紋様《こころもよう》。喩《たと》い、誰かが。そう、若しも洞察力の鋭い美空《みそら》が、喩い、今朝からの波山《はざん》の言動を怪訝に感じたとしても。其処迄。心髄に入り込む事、是、能《あた》わず。況《ま》してや、残月《ざんげつ》とも成れば、又、然り。其程迄の剣豪の、賢英の、暗澹たる肺腑。深い哀しみと憤りにどれ程、打《う》ち拉《ひし》がれて居るのか。其は、己《おの》が自身でさえも計り知り得ない。四十を少し許り過ぎた是程の武人でさえもが、此の苦境を前に、心は。魂は。流動にして不動に成れ得ずに生きて居ると云うに、況して、三十に届かぬ剣客なぞ。だが然し、黒衣は、楡《にれ》残月と云う、義剣士にして孤高成る武人は、懸命に生きた。天寿を全うせんが為。そして、考える。存在《いきる》とは。と。土と共に生きるとこんなにも感謝の念が。魂の昂揚が、沸々と湧き出るものなのかと。こんなにも幸せを噛み締められるものなのかと。飛雪《フェイシェ》と巴《ともえ》と三人で何時しか食べたおにぎり。一度切りの食事。想い出さずには居られなかったであろう。

黒衣は考え続ける。

(是が、是こそが生きると云う事か。悼み、哀しみ、苦しみ、喜び、そして感謝を感じる此の事柄こそが存在《いきる》すると云う事なのか)

と、残月は、独り、緊々《ひしひし》と感じるのであった。

そんな大人達の考えなぞ、子供等にしてみれば、然したる事柄に非《あら》ず。其が証拠に目の前に坐る、仙太《せんた》と竜《たつ》の介《すけ》の目下の問題は、如何にして任務を遂行するか。なのである。

「今夜は、一緒に風呂に入るんだい！」

と、竜の介が意気込む。其を見て聞いて、佐吉《さきち》が尤もだと言わん許りに、力強く、頭を上下に揺

さ振り、頷いて見せる。すると、今度は、仙太が元気良く大きな声で、

「明日は、このオイラが、秘密基地を案内するんだからなぁッ！」

そう言うと。其を見て聞いた佐吉が又しても、頭を力強く上下に揺さ振り、頷いて見せた。其の遣り取りの始終を直ぐ脇で、栄造が木乃伊《ミイラ》を見据え乍らも見聞きし、仙太と竜の介の口の中からは、時折、飯粒が飛び交うのも勿論、見逃さない。そして、一言。

「ぼくも、いっしょが良い」

すると、佐吉は、誰よりも早く、勿論と、言った風に、唇を引締め乍ら力強く頷いて見せる。すると、仙太と竜の介が、佐吉に向けて、御前が一人で決めるな。と、言いたげな表情を見せたのも束の間。直ぐに二人共、まあ、良いか。と云った面持ちへと変わり、其は其は大層、嬉しそうに笑い合った。其の時の子供等の粲然たる姿は何物にも替え難いのであると、きっと、波山も残月も、美空さえも感じて居たであろう。

只、唯一の気掛りは、二人の好青年の心中であった。二人は、終始一貫して黙々と食するのである。特に、由ノ慎《ゆいのしん》は、どうやら有らぬ考えを胸に一物、抱いて居るは、一点を見据える表情からして一目瞭然。波山は、何か良策はないものかと、考えたに違いあるまい。其は、残月も又、同じであったものか。そんな、育親《しとねおや》の浮かぬ顔も清美《きよみ》にとって掛替えのないものの一部分に過ぎないのだ。胸中は計り知れずとも、義父《ちち》の存在、其の魂《もの》が乙女《おとめ》に幸せを与えて居るのだ。そんな少女を。波山に見惚れて居る義姉《あね》を。幸せそうに、あどけない面持ちで眺める朋子《ともこ》も又、其の小さな心の中は、清美と同じである様に、朋子にとって清美が。其の存在が。全てであるに違いない。

街道が交叉する傍らを二人は道すがら、注意深く辺りを睨め付け、此の本街道でもある郷渡《さとわたし》街道沿いに在る杉の木蔭に身を隠す様に立つ。そして又、掄残月《だれかさが》を捜す風に、街道を往《ゆ》く、人々、馬車、人力車等を窺う。そして、一度丈、二人の目を釘付けにした物が、土煙を上げ、砂利を撥《は》ね上げ乍ら行き過ぎた。何と其は、石炭自動車だ。夜半の雨に濡れた道はもうすっかり初夏の陽射しに照り付けられ乾き堅く成り、所々に嘗て水溜りであったろう窪《くぼ》みに因り、凸凹を作っている。

「おいっ！　見たか今の！　あんな代物《しろもの》が、未だ走っていやがるぜぇ。あぁ……びっくりたまげたなあ、斑鳩《いかるが》」

切れ長な目を円くして獅奴《しど》は、昂揚し乍ら話す。其へ微かに喉の奥を鳴らし、真っ黒の煤を吐いて行き過ぎる自動車を見乍ら、大きく首肯《うなず》いて見せた。そう此の二人は、終《つい》に、分岐点に着いたのである。妹尾《せのお》の集落では、昼餉を楽しんで居る其の刻《とき》と同じくして。互いに知る由も無い事である。

獅奴は、杉の木蔭から辻を見互し、斑鳩に話し掛ける。

「さて……彼方《あっち》が国境。そして、正面に見える街道は、辺境地区へ。それから……此方《こっち》の細い道が旧街道、でもって綺麗で御立派なのが、本街道だ。中央へ、都へ続いている訳よぉ。言わば目抜き通りだな。此の何方《どっち》を通っても最終的には、都に着くし、頭《かしら》の言ってたセノオっ云《つ》う集落も経由してるんだが。……旧街道……詰まりだ、裏街道を往《ゆ》くとだなぁ、諸《もろ》に其の村に打《ぶ》ち当《あ》たるって寸法な訳よォォ」

此処で一旦話すのを止《や》め、弟分に顔を向けて、此所迄の説明は理解出来たか。と、然も言いたげな表情をつくって見せた。すると、怪物は、満遍の笑みを浮かべた。否、傍から見れば、狼の様な顔を持つ熊の様に巨大な人獣が、長身の優男を頭から齧《かじ》り付《つ》こうとして居る。そんな惨劇が今、正《まさ》に起こる。其の様にしか恐らくは映らないであろう。兄分は其の犬歯の様な牙にも似た歯を剥き出しに大きな口を開けて笑う事に依り、此の相棒が理解したものと見做し、そうかそうか。と、云った風に、此方も微笑み、頷いて見せた。すると、自らの顎を掌で軽く摩《さす》り乍ら何やら思案し始めた。暫くすると獅奴は、確認でもするかの様に何度も首肯き、漸く考えが纏《まと》まったものか、再び話し始める。

「此の峠の森を隈無く、可也の……いやァ。細心の注意を払い、奴《やつ》の気配を窺い乍ら来た。其の筈！　なのに、出会《でくわ》すどころか、奴の臭いすら嗅ぎ付ける事さえも出来ず、此所へ出ちまった。と、成りゃぁ……やっぱり。国境や辺境への道を辿るとも、考えられねェ……と、言う事で……」

歯切れの悪い語末の儘、妹尾《せのお》への路《みち》を往くのかと、思いきや。分岐点である此の大きな交叉点に沿う様に並ぶ、一軒の茶店《ちゃみせ》へと足を運び乍ら獅奴が斑鳩に、声を掛ける。

「腹が減っては戦は出来ねェ。然も相手が古武術の遣い手とあっちゃァ猶更の事。なあ斑鳩よォ」

丸で是から一杯引っ掛けに行く様な、そんな景気の良い声を弾ませ乍ら話す兄分へ是も又、溌剌とした声が答える。

「そ、其の通りだ。兄ィイ。沢山食べて、沢山眠って、体力つけて、皆《みんな》の、皆の仇《かたき》を、討つッ！　グルルゥゥ……」

最後は、言葉に成らず、唸って居た。其へ獅奴は心を打たれたかの様な、感極まった面持ちで、答える。

「斑鳩《いかるが》ぁ……御前《おめ》ェって奴《やつ》ぁ……本当に、本当に、心根の優しい奴だぜェ……そうだッ！　御前ェの言う通り、睡眠不足でも、戦は出来ねェ。寝り喰って、寝り眠って、万全の体《からだ》で、奴に挑まねぇとなっ」

と、弟分の背中を、太鼓でも敲くかの様に二、三度。其の羽毛にも似た毛の生えた背を、左の掌で叩いて見せ、一粲《いっさん》した。斑鳩は、讃められた事が余程に嬉しかったと見え、無邪気とも取れる程に、はにかみ乍ら薄笑いを浮かべて居る。傍らからは、牙を不気味に光らせて居る丈にしか映ってはいまいに。

そんな会話を交わし乍ら、目星を付けた其の茶店《ちゃみせ》の前に佇み中を覗く。すると昼時は過ぎているとは云うものの店員達が息を入れる暇も無さそうに忙《せわ》しく動き廻って居て、中々に繁盛して居る事が、窺い知れた。獅奴《しど》は、惑う事なく其の店の扉を開け放ち、一番近くの女性の店員に声を掛ける。

「邪魔するぜェ。なあ、手短に聞くぜ。此の店は、喰い物遣《もん》ってっかい？」

と、ぶっきらぼうに問い質した。だが、然し、獅奴の予想とは全く違う反応が返って来た。其は、長身で優男に声を掛けられたからでは決してなかった。其の後ろに控え、聳え立つ巨軀に。優男よりも頭一つ分程背の高い其の得体の知れぬ獣に目が釘付けと成り、身じろぐ事も忘れ、只、目の玉を飛び出させん許りの勢いで目を剥き、「いらっしゃいませ」と云う紋切型の文句さえも忘却の彼方へと追い遣って終って居るからだ。更に他の店員も客も同じ様に目を剥き、見てはいけなかったモノを終《つい》に見て終《しま》ったかの様な、驚愕とも憮然とも云える。否、寧ろ其の何《いず》れもが入り交じった。

そんな顔を銘々が二人へと一斉に向けて居る。恐いモノ見たさとは、正《まさ》に此の事か。瞬く間に、下《げ》卑《び》で無神経な〝好奇心〟と云う名の的に晒されて終った斑鳩は、其の情け用捨無く浴びせ掛けられた眼差しに畏れ戦《おのの》き、怯えて居るものか、其の巨軀を微かに震わし、丸で子供がべそをかくかの様に肩を落とし、項垂れ、哀しむ風な表情を浮かべ、心悲《うらがな》しさ迄をも醸し出し、小犬の様にみすぼらしい姿で、か細い声で、

「……クウゥン……」

と、獅奴を横目にちらちらと見乍ら、何かを訴え掛けるかでもする風に、一言、泣いた。其を見兼ねた兄分は、其の未だ呆然と立ち尽くす女性店員に向け、

「姉ちゃんよ。折角の陽気だぁ……表に二人分の席を誂《あつら》えて呉れねェかなぁ。出来る……よなぁ……？」

外は、初夏の陽射しが真上から嘲笑《せせらわら》うかの様に見下ろし照り付けて居る。そんな陽気にも拘らず獅奴は、そう言い退けて見せる。睨め付ける様にして、嘯いて見せた其処には、或る種の怒り。憤慨にも似た其の感情をたっぷりと含ませた。否、剥き出しに。露にした。そんな口調での科白《せりふ》であった。そして、恐怖の余り、機械的に只々、頭を上下に動かし頷く許りの其の店員へ、莫迦に陽気な声で、

「其とな姉ちゃん」

と、言ったなり、直ぐ目の前で、口を中途半端に開けた儘で椅子に坐り、献立表を手に持ち此方を耄《ほう》けた顔で何時迄も見て居る客から、注文しないならば。と然《さ》も言いたげに引っ手繰り、透かさ

ず、忙《せわ》しく動き廻り、調理器具や調理師達の喋り声で喧噪として居る厨房に迄届く、目が醒める程の特大の声で、料理の名称を指で辿り乍ら話し出す。

「先ずは……と。鶏《とり》の丸焼き二人前！　こんがりと頼むぜェ。それから……餡掛野菜炒め。括弧、木耳《きくらげ》入り。括弧閉じる。是も二人前！　それに……。おっ。是もだ。玉子綴じスープ！　そして、是を忘れちゃァいけねェ。そう！　言わずと知れた。銀舎利よォ！　あっ！　超特大盛りで二人前！　以上だ。表で俟ってるぜェ。宜しく……なっ」

最後は、女性店員を覗き込む様にして、言った。何と、此の男、藪から棒に注文をしたのだった。言われるが儘に、発条《ゼンマイ》仕掛《じかけ》の人形の様にぎごちなく動き出し、必要無いと考えられるが、何時もの手順通りに厨房へ注文を通し、直ぐに取って返し、三、四人の店員と倶に、表へ六人用の卓袱台《ちゃぶだい》と一人用の椅子、更に、三人掛け用の長椅子を店先にそそくさと仮設した。そして、どういった思惑が絡んでの事か。又、何《ど》の様な配慮からか、或いは、意図からなのか、此の真意は攫めはしないが、其の卓袱台の真ん中には、特大の日唐傘が聢りと固定され、腕を広げて陽射しを遮り、涼しげな影を作り誇らしげに立って居た。店の出入口で、店内に入る事も出来ず、獅奴《しど》の槍を大事に抱え、どうしたものかと思案し乍ら、おたおたと其の巨軀を弄び狼狽えて居る許りの斑鳩《いかるが》へ、兄分がゆっくりと微笑み乍ら近付き、用向きは済ましたから安心しな。と云った風に、其の熊の様に太い腕を優しく摩り乍ら、

「〝九龍《クーロン》〟を有り難うよ」

そう言い終えると、手渡された槍を小脇に抱え、今し方目の前を必死の形相で往《ゆ》き交い急ぎ準備

した仮設の卓袱台へと誘《いざな》い、三人掛け用の長椅子に坐る様に促すのだった。店内では緊迫感から解き放たれたものか夢から醒めた様にブリキの人形達が何も無かったかの風に、又、動き出して居た。『無関心』と云う装いを新たにして。

　暫くすると、店員達が忙《せわ》しく動き廻り乍ら次から次へと、注文の料理を運び、最後にあの女性店員が麦茶を容れた特大の薬缶《やかん》を湯呑み茶碗一つと、丼鉢を一つ持って来て、愛想笑いを引き攣らせ乍ら二人に声を掛ける。

「い、以上で、御注文の品、で、出揃いました。ほ、ほ、外に、御用は、ご、御座いますでしょうか」

　何とも素頓狂な声を出し、吃逆《しゃっくり》が出そうで出ないのか。止めようと奮闘でもして居るのか。そんな、何とも哀れな店員は、それでもどうにかして、手順通りの科白を言い終えたのだった。そんな濡れ鼠の如く、みすぼらしい程に疲れ切った容姿の女性店員に向かい獅奴が一言。

「姉ちゃんよォ。要らぬ世話だとは百も承知なんだが、一言。接客が仕事なんだからよォ、もうちょっと許《ばかし》、愛想良くしねェとなっ。宜しく頼んだぜっ」

　と、止めを刺し乍ら、何を血迷ったのか、それとも、心底から真剣だったものか、其の店員のおしりを、迚も気安く、丸で砂でも払い落とすかでもする風に、掌でぽんと景気良く敲いた。獅奴にして見れば挨拶代わりの心算なのであろうが、店員の身とも成れば嘸《さぞ》かし生きた心地もしなかったであろう。敲かれた其の刹那、丸で吃逆を塞がれた風な何とも片付かない表情で反射的に蛙の如く飛上がり、着地をするや否や、踵を返し、突然、節々が錆び付いて終ったかの様に、黙って店内の方へとぎごちなく、一歩、一歩、踏み締め乍ら歩みを進めて行く其の背中は、何故《なぜ》だか愛くるしく映った。斑鳩《いかるが》は、そんな兄分と店員の遣り取りには然程興味を示す事なく、卓袱台に並べられた料理に釘付けと成って居る。其の顔は、御預けを喰らった番犬の如くであった。

此の獅奴《しど》と云う男。今から十数年前の事。都から程近い郡に道場を構えた『疋田無相流《ひきだむそうりゅう》』と云う脈々たる伝統を受け継ぐ、剣術、槍術《そうじゅつ》の流派で、今以て、其の名を轟かし、其の中でも一、二を競う程の名門、立川《たてかわ》道場は立川景幸《かげゆき》師範の下、十八歳頃より本格的に習練に励む。其迄の獅奴は、喧嘩に明け暮れる毎日で「弱い者苛めは赦さねェッ！」と、息巻いては居たものの余り者として扱われて居たのを見兼ね、道場主の知人の紹介が機会と成り、此所に身を置く事と成った。が、殊の外筋が良く他の門弟を唸らせる程の実力者に成る迄には、然程、時を要す事はなかった。其を見た立川師範は、「御前は槍術に長けて居る由」と、指導、手解きを受け、以来、槍術に専念。師範の眼鏡通りに。否、其以上の上達振りに、又しても門弟皆是悉《ことごと》く、瞠目したものであった。それから数年が経った頃には、巷で、天下無双の槍遣いと謳われる程に。道場内でも、『疋田無相流槍術《そうじゅつ》』師範代に成るのもそう遠くはない話であろう。と、囁かれ、事実、立川師範からも免許皆伝の話を持ち掛けられて居た。

愈《いよいよ》を以てしてと云う矢先の或る日。道場に住込んで居る事情から、御内儀より買出しを頼まれる事も屢《しばしば》。恩義に報いる可く進んで手伝いをして居た帰り路。昔の意趣返しと許りに因縁をつけられ、是を見事に返り討ちにした。迄は良かったのだが、命は取り留めたものの、相手の五人共々に重傷を負わせた責任問題を詰問された。然も此の喧嘩騒動。周到に仕組まれたものであったのだ。何時の世も金と妬みは天下の廻り物。門弟の一部が金で族《やから》を雇い、嗾《けしか》け、首尾よく計略通りに事が運び、道場の面目を守る為、獅奴は此の日を境に、破門相成り候ふ。

其の後、程無くして、身を窶《やつ》し、世の理不尽さに憤りを憶え乍らも、山暮らしを始めた。こう云う時こそ役立つのが、昔取った杵柄。相棒〝九龍《クーロン》〟と共に、当時、其処等の町や村を困らせて居た山賊を懲らしめ、抜け目なく首領の座に納まり、身上でもある、弱きを助くを旗標に、義賊を名告《なの》る。其を世過ぎとし、仲間と倶に気儘暮しへと興じ乍らも反面、『善因善果』なぞと云う幟迄作る程の入れ籠み様でもあった。

半年程経った或る日の事。手下の一人が付近の山村から熊退治の依頼を請け負って来た。其を聞いた獅奴は、「よし、来た」と許りに、鼻息荒く、熊が頻繁に出没する所へ村人に案内させ、数人の手下と一緒に早速出向いた。其の場所に着いて見たならば、何と、大の字に成り叢の上で暖気《のんき》に眠って居るではないか。是は、しめたと許りに、村人と手下を繁みに俟たせ、自らが〝九龍〟を味方につけ、気付かれぬ様、長身、優男が、抜き足差し足忍び足。ひょいと覗き、其の顔を一目見て取ると、獅奴が思わず繁みに振り返り乍ら大きな声で叫ぶ。

「こりゃァ……熊なんかじゃねェ！　犬っころだっ！」

其の親分へ、村人と手下は、一斉に、銘々が、静かに！　と、必死の形相で、人差指を立て口に運び、しぃ！　と許りに。一人は、両手を無意味な程に上下にさせ、坐れとでも言う心算なのだろうか。案内役の村人は、もう青ざめた表情をして、其の場でへたり込み泡を喰う許り。そんな事は御構い無しで、笑顔を振り撒く首領。其の直ぐ後ろには、何時の間に目覚めたものなのか、すっくと立ち上がり、其の七尺もの巨軀の右腕がゆらりと動く。其の刹那。熊の右手が獅奴の頭を直撃した。かに見えたのも束の間、渾身の右からの一撃は難無く躱《かわ》されて居たのだった。其の熊に親分は、慌てるでも無く、只、微笑んで見せる。其へ戸惑い乍らも其の熊は、咆哮とも、雄叫びとも云える声を発し、左からの一撃を繰り出す。優男は猶も笑みを浮かべ、佇んで居る許り。繁みから見て居る村人と手下は、最早是迄と許りに、掌を合わせ、観念したかの様に拝む。と、其の刻《とき》。何とも摩訶不思議な光景を目の当りにするのだった。左腕は、何と、終始笑顔の右頬摩《す》れ摩《す》れの所で留め、首を稍傾げて居る。

「よう。俺は、獅奴《しど》って云ってな、義賊の頭《かしら》を遣ってんだ。宜しくなっ」

其は丸で此の言葉の意味を思案して居るかの風にも見て取れた。

熊は、腕を下ろし、少し甘えた様な声で、咽を鳴らし微かに照れ乍ら、訥々と話す。

「イ、……イ・カ・ル・ガ……ヨ、……よろ……しく……。グルルゥゥ……」

其へ洸刺と答える。

「そうかァア……御前ェ、『斑鳩《いかるが》』。って、名前《なめ》ェなのか。中々、良い名じゃねェか。なあァ、御前ェ達ッ！」

と、振り返ると、皆、腰を抜かし、泣いて居るのか、喜んで居るのか、安堵して居るのか。それとも其の全部を混ぜ合わせたものなのか。そんな引き攣った笑顔を並みべて居た。

そう、彼は、『キメラ』だったのだ。医学技術の進歩の為。延いては、人類全ての向上の為。の遺伝子実験。畢竟《ひっきょう》、科学者《ひと》の被験者《おもちゃ》。其の生き残り。其の一人。其が斑鳩なのだ。当て所も無くさ迷い、時には、危険を冒し里へ降り、塵浚《ごみさら》い等をし乍ら今日迄、生き存えて来たのである。そんな折、熊と間違われ、其が此度、獅奴との出会いへと発展した。馬が合うとはよく言ったものだが、斑鳩は獅奴に妙に懐いて終い、熊騒動落着以来、行動を共にする様に成った。

不老の人獣と成り生きて来た斑鳩は、『治癒能力』試験の被験者に選別された一人。否、一体か。結果、検査数値不安定を理由に廃棄処分。所謂《いわゆる》、出来損ないである。そして、研究施設の片隅に設置された焼却炉から死に物狂いで脱出。瀕死の重傷を負い乍らも逃亡に成功。以後、二百年と云う途方も無い刻を独りで、不老の人獣《ばけもの》として、此の年月《としつき》を只、費やした。唯、存在し続ける為丈に。此の二世紀と云う刻は、怪物にとって嘸かし、重く、辛く伸し掛かり、言い知れぬ不安と計り知れない暗澹たる心とを懐《いだ》かせるには、十分過ぎた。何時しか言葉も忘却《わすれ》た。そんな哀しき人獣、斑鳩にも転機が訪れる。其が、自分の主人と成《な》り得《う》る人物、獅奴との邂逅である。

彼は変わって行く。枯渇した愛と云う泉を取り戻すかの様に、七尺もの巨軀であり乍らも、丸で忠犬の如く、慕い、如何なる時も付き随った。又、其に因り、挨拶程度ならば喋られる様にも成った。獅奴も又、掛替えのない大切な友でもあるかの様に斑鳩と付き合った。そんな獅奴とて、あの仕組まれた破門事件と云う忌わしい記憶からに因る、世の中への反発が山賊へと身を落とす起因と成るも志丈は懐き続け、良民、貧民の為、あくどい遣り口には情け容赦なく身包み全て剥ぎ取り、悪政に苦しむ者達に分け与えた。

其の頃の国は衰頽《すいたい》の一途を辿り、先帝、玄武《げんぶ》の治世に依る中央の政《まつりごと》は悉く失敗に終わり、貧困に喘ぐ民の暮し振りは改善される処か、寧ろ悪化。其の皺寄せは、郡や市、町そして辺境に迄及んだ。其は、中央への上納金引上げと云う苦肉の策であった。是に因り更なる負担が民の生活を逼迫し、困窮を招き、其は漸進的に民心の都への不満へと。帝への不満へと、変貌し募っていった。そして終に、怒り心頭に発した獅奴《しど》率いる義賊は、『善因善果』の幟を掲げ、其の牙を帝へと剥いた。中央政府管理下に在る備蓄貯蔵庫を頻繁に襲い、強奪し貧民達に分けた。が、然し、是が帝、玄武《げんぶ》の怒りを買い、「天帝に仇なす不忠の党《やから》。果して其処に『正義』有り乎。最早『義賊』に非ず」と、終に中央政府は、錦の御旗の下、朝敵、獅奴一派討伐の命を下すに至った。如何に獅奴、斑鳩《いかるが》を筆頭に猛者共の集りと雖《いえど》も討伐軍に依る連弩《れんど》攻撃には敵わず、二日間の戦闘で大方片付いた。生き残った十数名は、捕縛され直ぐ様、府内引廻しの上公開処刑を順次執行する、所謂見せしめである。と其処に篤き理想に燃える若き日の佳仙《かせん》の姿が在った。玄武陛下以下重臣を前に、庶民の反感を煽り逆効果と、自らの立場を顧みる事無く、諫言《かんげん》、進言し獅奴と斑鳩の二人丈では在ったが助くる事が出来、此の二人を何とか諭し左近《さこん》と雪江《ゆきえ》に身を托し、以来『麝香《じゃこう》』の一員と成り、佳仙の恩義に報いる可く働いて来た。

斑鳩は、心底、嬉しそうに、其は其は大層おいしそうに喰《く》らって居る。何しろ、全てが彼《かれ》の好物なのだから。特に玉子綴じスープの丸で海月《クラゲ》が波を漂う風にふわふわと浮かぶ此の溶き卵は、彼にとって格別なのだ。獅奴は、斑鳩の好みを熟知して居るのだ。羽毛にも似た毛の生えた熊の様に大きな手と太い腕に依って抱えられた飯櫃は、恐らくは獅奴の注文した超特大盛りなのであろう事が窺い知れた。〈ごはん　超特大盛り〉なぞと云う品目を態々《わざわざ》、献立表に明記し、然も、其の為丈に専用の丼鉢を揃えた風変りな店なぞ、都心ならばいざ知らず、街道沿いには一軒も在るまいに。

暫くして、二人は、綺麗に浚えられた食器の並ぶ卓袱台を、風船の様に大きく膨らんだ其の腹を摩り乍ら、大きく息を吐《つ》き、椅子の背に靠れ満足そうに眺め、其の儘体を反らし、気持ち良さ気に伸びをした。そうして、幸せそうな顔を浮かべ、陽射しが少し丈気に掛かったものか、目を細め、水色の空を仰ぐ。其所には、豆粒程に小さく成った鳶がゆっくりと旋回し、寛《ゆったり》と刻《とき》を過ごして居るのが見て取れた。獅奴も又、あの飯櫃を此の細身で平らげて居たのだが、ふと、腹が満たされ眠そうに目尻を下げ、猶且つ、しょぼつかせ、指で擦って居る弟分の方へ顔を向けて話し掛ける。

「美味かったか？　斑鳩。エぇッ？」

其の問に、満面の笑顔で応え、序《つい》でに欠伸も一つ。喉仏が丸見えだ。そして、慌てて、熊の様な両手で、狼の様な口元を被った。是は、御愛敬。とでも言いた気な眼を兄分に向けて居る。

「そうか、そうかァ。ウッハッハッハッ……そりゃぁァ良かった。なっ」

そう答える獅奴も満面の笑みを浮かべ、楽しそうに笑う。そして、改まった声で話を続ける。

「さて……と。奴も昼間は動かねェだろうからなっ。今のうちに眠って措くとするか。喰って直ぐに運動するのは、体に悪いって誰かが言ってた。……気がするんだがなァ……違うか……？　まあ、気にする事ねェか。なッ」

そう言い乍ら、斑鳩の腕を軽く摩り、代金を卓袱台の上へ置き、店内に向け、張りの有る大きな声を発する。

「おい、姉ちゃん。此所に置いとくぜェ。釣銭は取っときなぁ……迷惑料だ」

と、何処か含みの有る物言いで、捨て科白を残し、店を後にした。其を聞き付け慌てふためき乍ら店先へ走って来たのは、あの女性店員だ。「有り難う御座いました」の紋切型の挨拶も言えぬ儘であったにも拘らず、何処となく安堵感を滲み出し乍ら、遠く成って行く二人の背中を眺めて居た。街道から其の後ろ姿が見えなく成る迄、只、眺めて居た。黙りこくった儘で。見送るでも無し。遠ざかる二人。

〝九龍《クーロン》〟を優しく抱いて歩く長身の其の背を見て居ると、丸で、最後の。最期の。晩餐を楽しんだ心算であったかの様に汲み取る事が出来る、一種の哀愁にも似たそんな想いが窺えた。獅奴《しど》の其の胸中や如何に。そして其の傍らを追随する、熊の様な巨軀を寛と左右に揺らし乍ら、大股で、一歩一歩を踏み締めるかの様に歩く斑鳩《いかるが》の其の後ろ姿は、そこはかと無く、健気に映った。

陸

子供等にとって、此の昼餉は、丸で遠足にでも出掛けて居る風な、そんな錯覚に捕らわれて居たに違いないだろう。そんな、楽しく、有意義な刻《とき》を過ごした。

朋子《ともこ》に栄造《えいぞう》、そして三人組の童等五人は、初夏から初秋の間丈、半時程昼寝をする習慣に成って居り、此の食堂か縁側で眠るのだ。今日とは限らず、陽気の良い日は、であろうかあの三人組は虎《とら》が今も心地好い寝息を立てて眠って居るであろう縁側へ行く事が鼎談会議の末、議決され即時決行と相成った。三人は清美《きよみ》から渡された薄手の掛衾《かけぶすま》を手に牀板《ゆかいた》を其々がばたつかせ乍ら残月《ざんげつ》の所へ足早に近付いた。そして先ず、竜の介《たつすけ》が照れ臭そうに願い事を口にする。

「今夜、……えっと……背中流しますから、僕達と一緒に、お風呂に、入って下さい。御願いします」

そして直ぐ様、仙太《せんた》が溌剌とした声で口を挟む。

「それでもって、明日は、今朝の約束通り、俺達の……じゃなくて……ぼ、僕達の遊び場へ、秘密基地に連れて行ってあげる……イヤ……あげ……、……ます。来て下さい」

おかしな表現に成っている筈なのだが、本人は、仕事を遣り遂げたとでも云う風な達成感に満た

された表情を見せて居る。そして、佐吉《さきち》が二人の話の内容を締めるかの様に、

「よろしく、お願いします」

と言い、三人で御辞儀をして見せた。其を見て聞いた残月《ざんげつ》は、おかしくも有り、又、迚も嬉しくも有った。そんな心持ちで波山《はざん》の方に一瞥する。果して其の顔は了承して居る、と云った風な、眼を細め満面の笑顔で応えて居る。其を見た黒衣は、

「此方《こちら》こそ、宜しく御願い申しあ……、……御願いします」

と、言葉選びに戸惑い乍らも、心置きなく応える事が出来て、仄に心が昂揚するのであった。期待通りの答えを聞く事が出来た三人は、悲願達成と許りに銘々が大燥《おおはしゃ》ぎ、粲然と笑い喜び乍ら、食堂を後にし、縁側へと廊下を走って行く。丸で鼓を打ち鳴らしてでも居るかの様な、童等の足音は、健気な心紋様《こころもよう》を響かせ、心地好い調べと成り、残月の耳に届き、聴かせる。そして、静かに、遠退いて行く。

そんな三人の子供等の一連の行動を見て居た美空《みそら》が賓客の膳を片付け乍ら、まあまあ、御騒がせを致しまして。と云った風な表情で、嫣然《えんぜん》と頬笑み、軽く会釈をするかの様に顔を伏せて見せた。そして、膳を持って立ち上がり流しの戸口へと向かう美空と擦れ違い様、由ノ慎《ゆいのしん》と真ノ丞《しんのじょう》は辞儀を交わし、其の儘二人は、波山に辞儀をすると、由ノ慎はさっさと、其の場から踵を返し背を向け様とする。だが然し、真ノ丞はと云うと、残月にも辞儀をしようと向き直ろうとして居た。其を尻目に留めるや否や、猛然と其を制した由ノ慎は、此の様な素生も知れぬ者に礼等は要らぬ。と許りに口を尖らせ、興奮して居るものか、顔が仄かに朱《あか》く成って居る。辞儀を遮られた真ノ丞は、思いも

掛け無かった出来事に困惑し、まごつく。由ノ慎は、其の腕を攫むや否や、力任せに引っ張り半ば強引に連れ立った。其の礼儀を弁えない傲岸不遜な態度を露《あらわ》にし、肩を怒らせ乍ら大股で、真ノ丞を無理矢理に、誰かに当て付ける様なそんな態度で背《せ》を向《む》け、食堂を後にする。其を何故からか咎める事も出来ず、只、黙って見て居た良師は、二人の姿が扉で遮られる音へ驚いた風に残月へと顔を向け、

「あの者達の無礼赦されよ。責めは、私が受ける。……」

直ぐ様深々と頭を下げた。そして徐《おもむろ》に上げた其の顔には、未だ言い添えたい言葉が有るのだが。と云った風な面持ちに黒衣には、見て取れたが、其に反して家主は口を噤んだ。代りに衝いて出た言葉は、

「それでは、是で。……夕刻迄の間、どうぞ、御自由に」

本来とは恐らくは違うであろう言葉で繕い、何でもないと云った風に、立ち上がり退出して行く。其の後ろ姿に何を感じたであろうや。義士は、唯、見送るしか出来ず、其の場に座して居た。其へ、憶い出したかの様に俄《にわか》に振り向き客人へ言葉を掛ける。

「楡殿。二階には、三部屋在り、其の一番奥が今夜、私達二人の床の間。……美空が其の様に計らって呉れて居《お》る故。よしなに」

と、言い終えたなら戸口を閉め食堂を後にした。恐らくは、波山なりの残月への配慮であったに違いない。賓《まろうど》は、家主が退出して行った扉が閉まるのを見届け、後《のち》、食堂内へと眼を廻らす。すると其の一隅で清美《きよみ》が、どうやら朋子《ともこ》と栄造《えいぞう》を昼寝させる為の蒲団を手際良く敷き、準備を済ませて

居る様だ。其の少女に目線を向けられ、客人が、はて。と云った風に怪訝な面持ちで見据えて居ると、

「栄造《えいぞう》。栄造。昼寝の時間よぅ。……栄造？　栄造ったら……」

と、名前を頻《しき》りに呼んで居る其の声の方へ、自身の傍らへ、視線を移した。未だ、黒衣の顔へ、釘付けと成り、微動だにしない顔が其所には在り、嗚呼、見据えたは此方か。と解り合点が行き、全く以て声が耳に届いていない此の場景を見て、ふと思い返した。

（はて……？　此の情況……は、何処かで……）

そして、はたと憶い出した。そう、今朝の厩での時の事。

（そうだ、あの時も呼ばれて居て……）

少しおかしく成り乍らも、童男へ声を掛ける。

「呼ばれて居《お》る御様子。なのでは……？」

と、思わず含み笑いをし乍ら残月《ざんげつ》は話した。すると、あの時とそっくりな、丸で既視体験でもして居るかの様な情況が起きたのだ。栄造は目玉が飛び出さん許りに眼《め》を剥き、ぎょっとした表情を浮かべ、又もや、木乃伊《ミイラ》が喋ったと、誰かに今、直ぐにでも打ち明けたい。そんな、何とも微笑ましい一連の行動に黒衣の眼には、映って居た。然《そ》う斯《こ》うして居《い》る間《あいだ》に清美《きよみ》が迎えに、此方へ近寄り、どうしても残月《ミイラ》から眼を離す事が出来ずに食事を済ました其の場所に坐り込んだ儘の童男の両肩へ、義姉《あね》が両の掌を優しく載せ、自分の方へ転《くるり》と向かせ、静かな声で、

「栄造、聞こえないの？」

其の声にきょとんとして、恰《あたか》も今、初めて自分が呼ばれた。とでも云った風な顔を向け乍ら坐って居る。少女は客人の方へ向き直ると、丁寧で清涼な声音で言う。

「すみません。ちゃんと後で、言い聞かせますので」

と、正座をした儘、頭を下げ、義弟《おとうと》にも同じ風にする様促し、改めて二人で辞儀をした。顔を上げた童男は、やはりきょとんとして居る。其を見た黒衣が、らしいな。と、感じ乍ら静かに。

「然程《さほど》迄に、気を遣われ成されますな。良いのです」

と、答えた。其を聞き少しは安堵したものか、二人は立ち上がり、其の場を離れる時、清美はもう一度、軽く頭を下げた。栄造は、何故だか、にっこりと、残月に一粲《いっさん》して手を引かれ乍ら義姉《あね》の後を跟いて歩く。そして其の時、少女は屈む格好で童子の顔を覗き込む様にし優しい声で語り掛ける。

「駄目でしょう。他人様の顔をじっと見詰めては。ねっ。いい？　解った？」

と、優しく手を握った儘、二、三度、手を軽く上げ下げし乍ら、言い聞かせる風に諭した。童男は、只、力強く一度丈、頷いて見せたものの、今一つ頼り無いと云った処でもある。何故《なぜ》ならば、頷いて見せた其の顔は、直ぐ様、白尽くめの顔へと向けられて居たからだ。残月はそんな二人の遣り取りを見乍ら、あの様な経験は身に憶え無き事と感じ、何やら寂寞とした感情が湧き立つのを、憶えるのだった。栄造が蒲団に入った時には、もう既に朋子《ともこ》は掛衾を被せて貰い寝転がって居た。傍らへ清美が来た事に気付き迚も嬉しそうにして居るのが、何時ものあのあどけない笑い声が聞こえて来る事に因り、窺い知れた。其の笑い声丈で微笑ましく感じ、心が穏やかに成って行くのがよく解る。今し方のそこはかと無い侘しさとも寂しさとも云えるあの感情なぞ、何処か遠くへ追い遣って終い、嘘の様に消え去って居た。

そんな事を考えて居る間《いま》に、童女と童男は、静かで穏やかな寝息を立て、心地好さげに睡って終って居た。其を見届けた少女は、静かに立ち上がり此方へ向き直り、会釈をして流し場へと歩いて行った。残月《ざんげつ》は、流し場へと通ずる戸口の閉まる音が聞こえる迄、正座をした儘、辞儀をして居た。

静まり返った食堂で剣客は座して居る。背筋を伸ばし、眼を伏せ、心を。魂を。解き放つ。朋子《ともこ》と栄造《えいぞう》の寝息が微かに聞こえる中、時折、表からは、其の寝息を掻き消す程の虎《とら》の喜び燥ぐ声が聞こえて来る。恐らくは。あの三人が昼寝なぞ。と、そんな考えが過《よぎ》り、何やらおかしく感じた。すると、緩やかに昂揚する気持ちを感じ取り、俄に、飛雪《フェイシェ》と初めて出会った時の、あの感情が蘇る。体中に電撃が迸る様な感覚。そして心が昂揚して行くに随《したが》い体温も上昇して行くかの様なあの感覚。あの心のときめき。忘れやしない。忘れて成るものか。

(俺は、必ずや、都に戻り、決着をつける！)

義士はかっと、眼を見開き、決意を新たに、すっくと、立ち上がる。朋子と栄造の何とも微笑ましい寝姿を其の場から見送り、仄かに口元を綻ばせ、食堂を後にした。

静かな食堂内には、二人の寝息が静かな調べと変わる。夢を紡ぐかの様に。そう、夢と云う名の糸を、安寧と云う名の織機《おりき》に依りて、儚きを織り上げる。穢《けが》れなき子等よ罪は大人《われ》にあり——。

互り廊下に立つと何やら音が聞こえて来る。どうやら大浴場の辺りからの様で、黒衣は左へ行けば教室、道場と続く廊下で一度、立ち止まり、音のする方を、大浴場の場所を確認するかの様に耳を欹《そばだ》てる。其の音は右手から聞こえて来る。ははあ。と、云った風の表情を浮かべ乍ら其方へと進み出入口の扉を少し丈、静かに開け中を覗き見ると、其所では、由ノ慎《ゆいのしん》と真ノ丞《しんのじょう》が一心不乱に浴場の掃除をして居た。二人では大変な位の広さだと、客人は感じたものか、脱衣場へ躙り寄ろうともう少し丈扉を開け、一歩、踏み出そうとした正《まさ》に其の刻《とき》。

（手伝おう。とでも言う心算なのか？）

と自分へ問い質す。静かに扉を閉め、愚かな行為に。そう、彼等からにして見れば偽善的な行為に終止符を打つ可く、背を向けた。残月は、気を取り直そうと、道場へ歩を進める。教室の窓辺伝いに歩いて居た所、校庭から歓声が届く。窓は閉まっているにも拘らず良く聞こえる。窓越しに其方へ眼を遣ると、あの三人組と虎が戯れ合って居る光景が眼に飛び込んで来た。清美《きよみ》から手渡された掛衾で綱引きでもするかの様に引っ張り合って遊んで居るのだ。其を眺め乍らふと。嗚呼。今にきっと。「破れる」と云う考え。否、若しかすると口にしたやも知れぬ。が、先か。終《つい》に、無惨にも、其は、引き裂かれた。閉ざされた窓からでも、其の布の引き裂かれる残酷な音が聞こえて来そうで、其の時の歓声が。或いは悲鳴とも。窓硝子を震わすかの様な勢いで黒衣の耳に届いた。

糸の切れた凧の様に拠り所を失った仙太《せんた》は、何とか掛衾と思《おぼ》しき布切れを抱えた儘後ろへ反っくり返り、其の儘一回転。気付けば、しゃがみ込む様な格好で尻持ちをついて、目を白黒させて居るに違いない。一方、引きちぎった切れ端を咥え込み離さない虎は、そんな仙太には御構い無し、夢中で狂った風に頭を振り、布切れを振り回し、猛り狂って居る。竜の介《たつのすけ》と佐吉《さきち》は、傍らで其を見乍ら笑い転げて居る。其等の光景を眺めて居た残月は、悪童連の姿に思わず口元を綻ばせ乍ら小声で笑った。仙太は又もや清美に叱られ、明日からも恐らくは、あの布切《かけぶすま》れを宛がわれるであろう。と、考えたならば、上げ潮の如く再び笑いが込み上げ、無意識のうちに然《さ》も楽しげに笑った。其の自分の笑い声で、はっと、気付く。此の感情が。是こそが真《まこと》の幸福《しあわせ》なのだと。義士は、此の言霊を噛み締め乍ら徐に其の場を離れ道場へと歩いて行った。

道場に入り、幾年月《いくとしつき》をも重ねた修練の跡。其に伴う行き届いた清掃に依り、黒光りした美事な牀板を一歩、一歩、気が引き締まって行く此の緊張感を胸に歩く。そして、校庭を臨める筈の戸口へと向かい戸板を一枚開ける。すると、陽の光が射し込み道場を明るく照らす。同時に、仄かに湿気を帯びた風が、緩緩《ゆるゆる》と流れ込み残月《ざんげつ》の顔を撫で、旅人帽子の玉虫色に光る飾り羽が戦《そよ》ぐ。子供等と犬の歓声が先程よりも大きく成って聞こえて来る。きっと、遮る物が無くなったからであろう。其の戸口の所に足を外へ投げ出し、道場の黒く光る牀板に腰掛ける様な格好で坐り、未だ、校庭で元気一杯に戯れ合う風景を眺め乍ら、ふと憶い返す。嘗《かつ》て此の様に不作法をした事が有ったものか。否、赦された事が在ったであろうや。と。不謹慎であろうか。とも。然し、今丈は。と、自分を、なぜかしら赦す気に成った。其の気持ちの、心の動きは己が自身にも判然としない儘に、戸板に靠《もた》れ掛かり乍ら、再び視線を校庭へと向ける。子供達と犬とが戯《たわむ》れる風景をぼんやりと静かに黙して、眺める。頭が空っぽに成って行く。そう、初夏の昼下がりのあの空へと魂が解き放たれて行くかの如く。

暫くすると、風に戦ぐ木々の葉のざわめきや子供達と犬の戯れる声。其等がふと、消えて、聞こえなくなった。と、気付き、眼を開く。残月は、其の刻、初めて、

（そうか、……ほんの束の間だが、微睡《まどろ》んで居たのか……）

と。そして徐に、丸で何かを捜し求めるかの風に辺りへと視線を廻らす。校庭には、布の切れ端が寂しげに横たわり、時折吹く風に身を預けて居る。嘗て掛衾であった面影は全く無い。そして其の儘、眼線を縁側の方へ。するとやはり、縁の下には虎《とら》が、縁側には悪童連三人組が、其々、心地好さそうに仲良く眠って居るのが見て取れた。此の戸口迄、寝息が届いて来そうな寝姿である。そんな微笑ましい光景を暫くの間、微笑み乍ら黒衣は、ぼんやりと眺めて居た。不意に玄関口で何やら影の様な物が動くのを眼の隅で捉えた。刹那。素早く鋭い視線を其方へ向けたなら、朋子《ともこ》に手を牽かれ乍ら跟いて歩く清美《きよみ》との姿が目に留まる。道場の方へと客人に気付かぬ儘、緩《ゆっくり》と近付いて来る。残月《ざんげつ》は戸板に靠れ、寛いだ姿勢の儘、旅人帽子を脱ぎ安堵の表情を頭頂から顎迄、ぐるぐると捲かれた包帯に秘《かく》し立て、優しく声を掛ける。

「今日《こんにち》は、確か……、清美さんに、朋子《ともこ》ちゃん……だったね。何処かへ御出掛けかい？」

と、清美、そして朋子へと睛《ひとみ》を移し乍ら問い掛けた。其の声に少女は微かに驚き、僅かに身震いした風にも窺えた。義妹《いもうと》はと云うと、然程、驚きもせず、きょとんと団栗眼《どんぐりまなこ》を輝かせ、あどけない顔を此方へ向け、少し甘える風な何ともかわいらしい声で、寛《ゆっくり》とした口調で答える。

「うん。えっと、朋《とも》ちゃんは、お花がとってもだいすきなの。だからね。おにわのお花をみにゆくの。えっと。えっと。……たびとさん、こんにちは。……えっと……ね。えぇっと……」

　言葉に詰まり困惑して終った童女は、助け舟を求めるかの様に其の団栗眼を仄かに游がせる様にして、義姉《あね》の顔を不安そうに見上げる。そんな朋子に清美は、何時もの様に優しく頬笑み、大丈夫

よ。と云った風な表情を見せ乍ら、

「にれ、ざ、ん、げ、つ。様よ」

と、優しく教えた。そして二人で挨拶をするかの様に会釈をして見せるのだった。其の時、童女の団栗眼は上目遣いに成り黒衣の包帯顔をくっきりと映して居た。顔を上げた少女は、同じ様に辞儀を交わし顔を上げる残月《ざんげつ》へ稍《やや》、畏まった風に話す。

「すみません。年歯は行かないとは云え……。後でよく言って聞かせて措きますから、御赦し下さいませ」

粛々と頭を下げ詫びて見せた。其を見て義士は、少し慌てる風に、其へ応えんが為、自分が素足である事を。厩で汚した足袋を美空《みそら》が洗って干して呉れて居る事をすっかり忘れて、うっかりと其の儘地面に立って終い乍らも、

「何を言われます。御気に成さらずとも良いのです。其の儘で……『旅人さん』で、構わないのです。寧《むし》ろ、其の方が……」

意外にも素足に感じる土の冷たさに驚き、然も言葉が詰った事を恰も其の所為にでもするかの様に視線を僅かに下げた。清美《きよみ》は、素足で立ち応答して呉れて居る事に驚きと負い目を感じ乍らも、何処か照れ臭そうに話す。

「あ、あの……その……朋子《ともこ》が何時もより早く目を覚まして終って、……それで、散歩にでも……と……。そうして表へ出ましたら、ふいに残月様に……あっ。……楡《にれ》様に御声を掛けられまして、少し丈、驚いて終いまして……、其の……」

すみません。と口にしたのであろうが、黒衣には聞き取れず、辞儀丈を受け取った。そんな、たどたどしく話す年頃の少女へ答える。

「それにしても清美さんは、良く気が利き、良く働く、迚もすてきな女性ですね。見て居て感心致しました。それに、波山《はざん》先生の事を迚も慕って居《お》られる御様子。何時も傍《そば》で何かと手伝いを成されて」

そう有り体に述べた。すると、気を良くしたものか、残月から稍、視線を外し、僅かに俯き、斜めに地べたへと眼線を落とす清美は訥々と、何かを憶い浮かべる風に、

「そ、そんな事は、……ご、御座いません」

と、答える少女の頰は、仄かに朱《あか》く染めて居た。其を見た黒衣は、うら若い娘子の謙遜の仕方なのであろうと、完全に勘違いをして居るのである。そして、

「残月で結構ですよ」

なぞと、的外れと言おうか、素頓狂な事を言って見せるのだ。だが、然し、乙女は、聞こえていないのか、聞いていないものなのか。客人の視線許りが気に成り出し益《ますます》を以てして気恥ずかしく成ったのか、頰を更に朱くし、両手を背中へ廻し掌を握り、左足の爪先で地べたを突っ突く様にとんとんと弾ませ乍ら、体を妙な具合にくねらせ始めた。少女と女性の狭間で揺れ動く心が滲み出て居るかの様に体を揺らす。恥じらいを。恥ずかしさを。其等を匿す為の恥じらいを露にする。

残月にとってして見れば、不可解此の上ない清美の言動は、少女が大人へと成る可く過程であり、誰しもが恐らくは通る筈の人生《みち》を、其が全く以て理解出来ずに、謙遜なぞとしか考えが及ばないの

である。只、未知成る清美《せいぶつ》を見て居る丈に過ぎないのだ。飛雪《フェイシェ》の其の思春期《とき》を知らぬ武人《おとこ》の喜劇で有ったに違いない。そんな心紋様《こころもよう》なぞ知る由も無い儘次女は話の続きをし始める。

「もう……嫌ですわぁ、残月様ったらぁ。……そ……そう……あのねっ。朋子《ともこ》。御花をねっ。見に行くのだったわよねェ。行こうねェ……。……で、では、……私達は……そう云う事で……し、失礼致します……」

と、是迄の清美《きよみ》の言動が残月《ざんげつ》とは別の意味で、理解出来ず、顔を傾げ乍ら見上げて居る許りの朋子へと話を逸らし、会釈もそこそこに、義妹《いもうと》の小さな手を握り、今度は義姉が童女を牽いて、そそくさと正門の方へと歩き始めた。照れを匿したい為なのか意外にも足早に其の場を離れ様とする乙女に牽かれて跟いて行く幼子の足取りが覚束無い。其を転びはしないものかと心配し乍ら後ろ姿を素足の儘で見守る旅人へ幼女は、必死に足を歩ませ乍ら、振り返り、其のあどけない顔を向け、団栗眼を猶一層丸くし、輝かせて、迚も小さく、かわいらしい掌を懸命に翳し、其の手を左右にぎごちなくも健気に振って見せる。緩《ゆっくり》と左右に。丸で、「またね」と言って居る風に手を振る。そんな、愛くるしい幼童へ手を振り返し乍ら二人を見送る武人は、ふと、昔の出来事を憶い返して居た。

（確か……巴《ともえ》様も、御褒め致すと、今し方の清美さんと同じ様な、妙な仕草を成され遊ばされた憶えが。……天子とは申せ、男子に違わず。斯様な年頃では、少女と同じ様な言動をするものなのであろうか）

　そんな考えを廻らす残月によもや巴が姫君であろうなぞ。其の真実を知る由なぞ。あるまいて。

幼女の足には少し大きく見て取れる草鞋を履き、脱げない様、器用に歩き、義姉《あね》の手を聢りと握る。そんな二人の後ろ姿を見乍ら牀板に腰掛け、足の裏に着いた砂を掃うと、さらさらと砂時計の砂が落ちて行く様に、元、居た場所へと帰って行く。ふと、自分の影が気に掛かり、辺りを見亙す。清美と朋子が正門に差し掛かった所だ。

（そうか。母家は、南向きなのだな……）

道場が西側に在る事に此の時初めて気が付いたのだ。踵と草鞋とが弾けては合わさり、合わさっては弾けて、ぱたぱたとさせ乍ら、童女の歩む音が何ともおかしく聞こえる。だが、其の穏やかな刻は突如破られた。掃除を終えた由ノ慎《ゆいのしん》が荒々しく入って来たからである。恐らく、態とであろう事は直ぐに察しが付く。そして少し遅れて真ノ丞《しんのじょう》が何処か余所余所しいと云った風にも見て取れる控え目な感じで、入って来た。由ノ慎は感情を露に腰掛け乍ら振り向いて居る黒衣を睨め付けて居る。残月は挨拶を交わそうと徐に腰を浮かす。由ノ慎は、其の動きに対し敵愾心を燃やし乍ら身構える。あどけない童の足音はもう聞こえない。どうやら闖入者が一人に成るのを。否、清美と朋子が立ち去るのをと言う可きか。其を見計らって道場に来た様だ。其の青年二人に、

「風呂掃除を終えた御様子。通りすがりに……あっ、いや其よりも勝手に御邪魔を……」

と、申し開こうとした此の言葉を、絞り出すかの様な低い唸りにも似た声が遮る。果して、其の声の主や、由ノ慎であった。

「貴様はァッ……先生と俺達の神聖な道場にィ……俺達の唯一の居場所に！　勝手に上がり込んでッ！　どういうッ……」

右手の拳を見せ付ける様に突き上げ、眼前で握り締め乍ら喚《わめ》き散らした。真ノ丞は只、必死に宥

める許り。其を振り解き乍ら牀板を派手に踏み鳴らし、一歩踏み出す。

「此所は、此の場所はッ俺のッ俺達の家なんだッ俺達の現在《いま》があるのは、全て先生の御蔭なんだ！　なのに……貴様はッ……貴様の様な素性の知れぬ輩に……俺は……俺はッ……大人が嫌いなんだッ！」

　残月《ざんげつ》の顔を親の仇の如く睨み、罵るや否や、壁に掛けて有る木刀一振り手にし、切っ先共々、慍《うん》容《よう》露に改めて見据えたならば、殺気立ち、今にも襲い掛からん許りだ。其を真ノ丞《しんのじょう》は、宥め様と猶も喰い下がる。

「已《よ》さないかッ由ノ慎《ゆいのしん》！　好い加減に……何も楡《にれ》様が悪い訳では……朝から一体、……同じ事許りを……明日には此所を……今夜一晩、宿を貸す丈の事なのだと、先生は仰られていたじゃないかッそうだろう？」

　と、盟友を、言い聞かせる様に話す其の最後の言葉は、黒衣に向けられて居るのであろう証左に、真ノ丞の顔は、武人へ見据えられて居た。丸で異存御座るまい。と、詰め寄らんが如く。残月は由ノ慎の矯激《きょうげき》な振舞いに困惑し、如何様に対処する可きか困窮した。

　人は、往々にして勘違いと思い込みからに因る〝羨望〟に始まり軈《やが》て其は時を経て屈折し〝嫉妬〟へと顔を歪め果てては〝怨讐《えんしゅう》〟と、姿、形を変えて往《ゆ》く。そう、世は、斯《こ》うした刻《とき》を費やし、下らぬ争いを未来永劫、続ける。何と哀しく、空しく、そして、儚く、脆く、辛いものなのだ。だが然し、何故《なぜ》だか、何処か美しい。魂は、其の短き命を夜露のみにてつなぎ、夏の夜にほんの束の間、光り輝く蛍に似たり。

此の若者は、倉卒の客、招かれざる武者《もの》に対し、警戒心と猜疑心とが入り交じった様な衝迫《しょうはく》を抑え切れぬ儘の冥愚《めいぐ》とも云える姿勢で、此の孤高の剣士と対峙して居るのだ。自分達が今日迄築いて来たもの全てたった半日にして瓦解して行き、此の十年もの年月《としつき》が瞬く間に何処かに消えて無くなって終うのではないのか。そんな不安に駆られ、其故に、畏れ、戦《おのの》き、更には、育親《しとねおや》へのやっかみが、甘えが、そして内情を聞き出せずに居る自分への苛立ちが、憤懣に。そして、其の鬱憤晴らしの相手を無意識にとは云え賓《まろうど》へと摩り替えて終ったのだ。己の未熟さを省みる事無く。一方、真ノ丞は、是迄の間での何かを。否、何かに気付いて居る。潜在意識と呼ばれる物か。若しくは、魂か。其の感覚と云う物で感じ取って居た。少なくとも此の盟友の胸中丈は、手に取る様に確信出来た。

　残月も又、怒りの鉾先を自分に向けて居る丈だと、男子によく有る事柄。弐心は決して無いと、感じては居るものの掛ける言葉に腐心し、只、其の場で切っ先を向け睨む青年と、其を宥め乍ら顔を向ける好青年との二人を見据え佇む許り。自分自身、自己欺瞞の元、此所の人々と接して居るのだから当然の報いなのではないのか。と、今更にして気付き受け入れる為黙して語らず。を決め込もうと考えを廻らして居ると、由ノ慎がそんな煮え切らない態度の黒衣を見て取り、此方側に対し譲渡する気無しと独断。偏見からに因る遣り場を失った憤りの全てを闇雲に打っ付ける。

「いいやッ必ず何か有る……何かがおかしいッ。そうだ……先ずは其の創《きず》を見せろ！　どうせ掠り傷に決って居る。そうで無ければ此の場で俺達に見せられる筈ッ！　それに、此所へは一体、何しに来たんだ！　本当の事を言って聞かせろ！　……フンッ……。俺が、貴様の化けの皮を剥いで遣る！　此の剣で……」

心友の身体《からだ》を押し退ける様に一歩前へ躙《にじ》り寄り其の手にした木刀は、猶一層力を込めて握られ、殺気漲り、斬り込まん許りに息巻いて見せる。真ノ丞《しんのじょう》は、そんな盟友を引き留めんと、猶も喰い下がる。

「頼む、已めて呉れ。今朝も二人で話をした許りじゃないか……。先生の教えの事も……。楡様《にれ》。何卒、我等の無礼、並びに是迄の数々の非礼。重ね重ね、御詫び申し上げます。どうか平に御容赦願います。由ノ慎《ゆいのしん》、御前も……」

盟友を押し留め乍ら賓《まろうど》に詫び、赦しを乞い、更には、謝罪させようと奮闘する心友を尻目に、其の言葉と身体を遮る様にして身を乗り出し、「イヤァァッ！」と気合の掛け声と共に一足飛びに間合を詰め躍り出た。


心友の努力は今、正《まさ》に、水泡に帰するが如く。だが、然し、

「待たれよ」

其に報い様とせんとする掌が、由ノ慎の眼前に立ちはだかる。其の手の何たる大きさ。何と静か成る声。然《さ》れど、斯くも気魄の籠もった一声。否、一喝。

血気と勢いに託《かこつ》けて哮《たけ》って居た青年は、他人目《ひとめ》を憚る事なく気圧され、気後れした未熟な己を露にし、其の気の乱れからなのかそれとも畏れからか。否、恐らくは其の何方もであろう事からに因り、踏鞴《たたら》を踏み、翻筋斗《もんどり》を打つ様な格好で二、三歩近付き無様《ぶざま》な姿を剣客に曝し、唯、泡を喰う許り。

「くッ……！　何ッ！　……？」

　吐き出したのか、呑み込んだのか判然としない呻きを発し、鬼神の如く手を差し出し佇む漆黒の剣士を必死に捉えんと、目玉を飛び出さん許りにひん剥いた。真ノ丞は、成す術なく、指をくわえて盟友の姿を見守り乍ら立ち尽くす丈である。だが此の刻《とき》、二人の青年は肌で感じて居たのだ。魂が。と言う可きか。真の、本物の、気魄を緊々《ひしひし》と感じ戦慄のみが自分達を俘《とりこ》にしている事を。此の驚愕の真実を。

「致し方御座らん。御見せ致そう」

　喟然にも似た其の言葉は何処か苦衷を醸し出す。そして、徐に手を伸ばし、丸で林檎の皮剥きをするかの様に包帯を解いて行く。其を青年達は、固唾を呑んで見据えた儘、微動だにしない。否、身じろぐ事が出来ずに居るのだ。其の間にも手早く解かれ足下には無造作に、然し、見様によっては、白蛇が二匹の蛙を睨み付け乍ら塒《とぐろ》を巻いて、今にも呑み込まんと虎視眈々、機会を狙うかでも在る。そして終に、其の刻が、包帯の端が、蛇の尾が、力なく項垂れ落ちた其の瞬間が来たのだ。此の待ちに待った時が。幾年月も待ち侘びた様な錯覚に捕らわれる心持ちだ。其の筈だった。其の創《きず》が露に成る迄は、掠り傷の筈だったのだ。此の未熟だが純真な若者二人にとっては。そして終に其を目の当りにした時、凍り付く。時計は刻み続ける事の意味を忘れたであろうか。余りの酷《むご》たらしい創刃に思わず顔を歪め悲痛の叫びを上げ乍らも絶句する事以外出来ずに居る。否、そうではない。断じて。其しか、他は、赦される事是能《あた》わず。

　由ノ慎の右手が微かでは有るが小刻みに震え、握られた木刀にも伝わるのが見て取れる。身体が竦み、思い通りに動かない。然し何とか其の震えを匿そうと、左手で必死に押さえ、懸命に平常心を装う。だが、恐怖からの戦きは止まらない。そう、違うのだ。問題は、肉体《うつわ》に非ず。〝心〞なのだ。〝魂〞なのだ。もう、既に。初めて会った時に。初めから認めて居たのだ。「此《こ》の武人《ひと》には敵《かな》わない」と、畏怖して居た事を。

然し乍ら、幼年期体験での刷込みは、是程迄に根深く、斯様に宿るものか。生涯、宿痾と成り、苦しめるのか。本当の心を直隠す事のみに依り人生を其の意味を、見出せなかった此の青年は、自身が是迄募らさせた大人への不信感を、負けを認めたくない弱さを、其等を含めた心の未熟さへの憤懣を、己にではなく、此の楡残月《にれざんげつ》と云う名の孤高の剣士に、八つ当りをして居た丈だったのだ。自分の甘えを転嫁し、今の、此所での暮しを毀《こわ》されて行く様で懼れた。其を素直に認め、口にする事が、言葉にする事が出来ずに居た丈なのだ。其が喩《たと》い、父であり師と仰ぐ人物であっても。心友も又、語るに及ばず。

だが其の友は違って居た。一目此の剣士を見た時から敵う敵わぬなぞではなく次元の問題なのだと。存在其の物が別格なのだと。認識して居た。悟りであったか。真ノ丞《しんのじょう》は此の時はっきりと、改めて、此の事柄を、此の紛れも無い真実を思い知らされた。己に負けるとは、勝てないと認めない、認めたくないと感じる心を悔い改めない。正《まさ》に其の心なのだと。そして自省し、初めから遣り直す、其処から這い上がる心こそが、武人成り。人の人生《みち》成りと。此の若者は、義剣士に、もう既に畏敬の念を抱き接して居たのだ。そう、其は、少年の時、波山《はざん》と云う人物に見出したもの、感じたものと似た何か。だが、何処か違う。そんな魂の揺さ振りを残月に対し憶えたのだった。

二人の青年は同じ事を考えて居たに違いない。「如何にすれば、あれ程迄の創を残せるものか」と。そう、あの賢俊且つ剣豪の舜水《しゅんすい》さえもが、不快で不可解と感じさせる此の創跡《きずあと》。況《ま》して経験が浅く狷狭《けんきょう》な若者がどんなに推考してみた処で、理解するは是適わぬ事、遣る方無し。

理屈云々ではない。二人の視界を占める創刃が全てなのだ。

其の創《きず》は、正《まさ》しくあの〝エヴァ〟の遺した。他の誰でも無い、正真正銘〝飛雪《フェイシェ》〟其の女性《ひと》なのだ。差添え刀で抉られた痕は、仄かに赤みがかり、浅手にも拘らず膨らみも有り、顳顬《こめかみ》から頬に掛けて縦に稍うねりを打ち、其の縫合痕が次第に不気味な形へと変貌させて行く。そう、是は、丸で、漆黒の剣士の篤実な顔に蜈蚣《むかで》が這いずるが如し。心には、どれ程の深傷《ふかで》を負って居るものか。量り知る事能わず。其程迄に此の創痕は、暗澹たる懐痾《きず》なのか。其の表れだとでも云うのか。孤高の魂は泣いて居たか。啼いて。か、それとも哭いて居たのか。

もう、此の包帯《かめん》も用を足さぬな。と、呟きもらしたものか。拾う事もせず、唯、二人の若者を見据え佇む漆黒の影。真ノ丞は、驚愕の余り、夢でも見て居る様にぼんやり立ち尽くす。由ノ慎《ゆいのしん》は、今し方迄の意気込みなぞ何処吹く風。冷汗さえもかく事を許されてはいない。顔面蒼白、立って居る事がやっとの位だ。だが然し、どうしても認める事が出来ない。受け容れられない。猶も抗おうと必死に木刀を握り直し、畏怖の念を振り解こうと中段に構え、今、一度、眼前に立ちはだかる漆黒の壁へ踏み込まんと、勇気を奮い起たせ、決意とともに声を荒げ叫び、右足を上げ、左足で牀を踏み切らん正に其の刻《とき》。厳しく、叱咤とも云える怒声が道場内に響き亙る。

「已《や》めェイイッ！」

騎虎の勢いで剣客に打ち込む既《すんで》の所《ところ》で踏み止《とど》まり、声のした方へ振り返る。其の思わぬ助け舟と成り得た聞き憶えの有る響きに、振り向く顔には、何処か安堵の色が窺えた。是が由ノ慎《ゆいのしん》の真心《まこと》か。同じくして、其の傍らで檄《げき》を耳にして俄に夢から醒め、現実へと引き戻された様な心持ちの儘、出所を探るでもするかの風にぼんやりとした顔を真ノ丞《しんのじょう》は廻らした。

一方の残月《ざんげつ》。素足の儘、漆黒の壁として立ちはだかり、孤高の剣士たる風格にして、義剣士成る毅然な姿勢で、此のうら若き二人の剣士と、人生の師である父と文武の師である師範とを自らの役目とし、共に修練の途上を行く仁《じん》の修行者との三人に対し、泰然と構え向き合う。其の眼に迷い無く、獣の如く鋭く。正《まさ》しく剣客。

一同が視線の集まった先には。其所には、激怒に顔を赤らめ、恰も、不動明王の如く、怒り心頭に発した波山《はざん》が仁王立ちに立ち現れた。

「莫迦者ッ私と交わした約束、よもや忘れたとは言わせぬぞッ！」

其の言葉を聞くや否や、木刀と倶に信念迄をもいとも容易く放り投げ、恬然として恥じ入る事なく、終には誇りもかなぐり捨て、師に駆け寄り烏滸《おこ》がましくも弁疏《べんそ》を試み始め様とする。

「先生ッ是には訳が有るのです。……聞いては戴けませんか……先生ッどうか……」

丸で子供が大人に告げ口でもするかの様に縋る由ノ慎を、払い除け、突き放す風な言葉を容赦なく浴びせる。

「御前達……今日迄の教えを無に帰する気かッ修練は一体……誰の為であったかッ！　二人倶、素振り五百だッ大した事あるまい、始めェイィッ！」

初めて目にする是程迄の怒りを露にした師の姿に困惑する二人。嘗て一度も聞いた事の無い腹の底迄響いて来る様な唸りには、あの優しい父は居ない。青年達は、戦慄にも似た感情を憶え動こうとしない。否、動けないのだ。波山は無情にも躊躇《ためら》う事無く睨め付け、さっさと始めぬか。と、言わん許りの表情を態とらしくとも取れる風に見せ付ける。二人は、其の顔を見る成り、返事をしたものであったかどうだか、蚊の鳴く様なひ弱な音は、師である父の気魄に容易く掻き消され、慌てふためき乍ら由ノ慎も真ノ丞も、壁に掛けて有る木刀を息急き切るが如く銘々が手にして、一心不乱に素振りを始めた。

育親《しとねおや》は其等を尻目に、返事も陸《ろく》に聞く事も待つ事も無く、足早に三人の遣り取りを黙して見て居る剣士の元へと参じた。

「楡殿《にれ》。度々……申し訳御座らん。あの通り、懲罰を与えた由……此の場は……」

漆黒の人影は、何も応えない。ゆらゆらと蜃気楼の如く、只、黙して揺らいで居る。ふと、先程の言葉を然諾《ぜんたく》するかの風に影が大きく揺いだ。すると、其の足下に哀しげに横たわる、つい今し方、若者の血潮を感じ乍ら力強く握られ一体感に酔い痴れて存在《い》た筈の魂を拾い上げ、声の主へと手渡そうと眼前へ両手で持ち上げ、辞儀し乍ら差し出す。由ノ慎も真ノ丞も義剣士の行動に言い付けを守る一方で、逐一を凝視し、恐らくは、はっと息を呑んだであろう。自分達が初心を忘れ、孤高の剣士に意味も無く執着して居た丈だと、〝羨望〟と云う名の欲望に囚われて終った事に気付いたのだった。其の差し伸べられた木刀《たましい》を鄭重に受け取り、右手に持ち替え、無造作に積み上げられた白蛇の脱け殻を左手で掻き寄せた時、若き剣客の機微に触れたのだ。

（此の者は、私と等しくして必死に素性を。否、其以上の重要な何かを直匿《ひたかく》して居るのだな。其は、十中八九、伯父上殿との事。……私に、子供達に禍が及ばぬ様にと……そういう武人《おとこ》なのだな。楡《にれ》残月《ざんげつ》）

此の若さにして此の懐の深さ。そう考え、感じ、尊ぶ波山《はざん》。次に此方へ尊敬の眼差しを向け黙して佇む剣士に後ろめたさを胸の内に秘め乍らも恭しく言葉を掛ける。

「さあ、どうか、此方へ」

と、誘《いざな》う。だが其の呼び掛けに、此の狷介《けんかい》な武人は、断ろうと、それに、其の白い仮面も無用の長物。棄てたのです。と、そっと手を挙げ二、三度頭《かぶり》を振《ふ》り、黙った儘そんな素振りをして見せ応じた。其を見た家主は、何故だか、突き放された様な、冷たくあしらわれた様な、そんな印象を抱き其の様に受け止めて終った此の因果を背負った哀しい師《おとこ》は、何所にでも居る思春期の子を抱えた一介の父として、此の時、向き合って居たのだった。其故、残月に対して執拗に喰い下がり、ともかくにも先ずは此方へ。と、手の平を差し伸べ辞儀をした儘の姿勢で、戸口の方へ促す。暫くの間、拒み、躊躇う此の堅固な意志の持ち主も其の姿を見て、何時迄も埒も無い押問答を続けたとて是非も無い。其の上此の儘では、波山の立場を危うくすると悟り、折れる状《かたち》で、坦懐の面持ちで粛々と歩を進め、俯いた儘の師道を貫かんとする人物に正視し、静かに声を掛ける。

「どうぞ、面《おもて》を御上げ下さいませ。門弟が見て居ります。是以上の、先生への恥辱を与えるは、私とて心外に御座います……由……故に、御願いに御座います。どうか、面を……」

其の言葉を聞き顔を上げ改め直し、二度《ふたたび》、恭しく投げ掛ける。

「然《さ》れば、どうぞ、彼方《あちら》へ」

と、戸口へ促す。今度は黙って素直に黒衣の剣士は、其の情に従い、隣の教室に入った所。道場との出入口で立ち止まり其所で、此方へ向き直り佇み波山が来るのを俟《ま》った。手にした木刀を元有った所へ戻し収めた後《のち》、残月の立つ場所へと歩を進める。そして、黙々と師でもある父の言い付け通り懸命に振り続ける二人の前で立ち止まり声を掛ける。

「其の儘に」

と、何時もの口調だ。そして、静かに、更に続ける。

「人間《ひと》は万能に非ず。故に心技是修練惰《おこた》る事可からず。又、同じくして読書《よみかき》是研鑽有るのみ。生涯の礎とせよ」

と、一息に言い終える。そして、深く清涼な初夏の風を吸い込む。

「良いな。決して忘れるでないぞ」

　何と優しい声なのだ。由ノ慎《ゆいのしん》を。真ノ丞《しんのじょう》を。更には、残月をも包み籠む此の響き。喩えるならば『贖罪《ゆるし》』。厳かであり乍ら其の深き愛が醸し出された訓示であった。若き武人は、今の言葉を心に、魂に焼き付ける可く、目を閉じ黒き帽子を胸に当て反芻する。其の時、左頬の傷創《きず》は何を感じ取ったであろうか。巴《ともえ》と春華《しゅんか》の情《じょう》の愈《いや》しか。飛雪《フェイシェ》の慕い募る想いか。否、果せる哉。〝エヴァ〟のあの底知れぬ執着心と言い知れぬ脅威からに因る、疼き。最愛成る媛女に巣くう魔性〝エヴァ〟。そう、〝飛雪〟と云う名の肉体《うつわ》に潜み、苦しめ続ける。〝宿痾〟。果して、其のモノに討《う》ち勝《か》てるや否や。楡残月よ如何に。

好青年達二人は、畏敬の念から師の教訓を胸に刻み、若者らしさを取り戻し、父、波山《はざん》に向け、溌剌とした張りの有る声で、

「はい！」

と、短く返事をした。だが、諭《さと》しが心に浸潤して行けば行く程に、あの異端者《よそもの》に対する育親《しとねおや》の不可解な言動への不信と不審を其に比例するかの如く募らせて行く。そして若さ故の逸《はや》る気持ちからに因る過ちに依って矯激な振舞いへと繋がり、露に成ったのだ。隠者も又、子供等の憤りを痛い程に其の胸で感じて居た。由ノ慎の由有《よしあ》り気《げ》な態度。真ノ丞の思慮深さからの恭黙《きょうもく》。手に取る様に解る。なればこそ、其の気持ちに応えて遣りたい。だが、出来ぬ。誰にも話せぬ。〝舜水《しゅんすい》〟と云う剣豪が決して赦さず。〝波山〟と云う隠れ蓑には子供等を啓蒙して遣る事しか残されては居なかったのだ。其が畢竟《ひっきょう》、全容なのだ。偽善を繕う為の嘘は仇《あだ》と成り己《おの》が身に帰する。復讐するは我に有り。とは此の事成り乎《や》。そして此のどうにも成らぬ呪縛から遁《のが》れ様と一途に成ったが故に其は、大切な子供等に叱責として口を衝いて出て終ったのだった。

若しやあの教訓は、自身に向けられて居たのであろうか。残月《ざんげつ》は其を汲み取ったものか。後《のち》に若者の涙と汗丈が知り得るのかも知れない。

若き門弟の素振りを再開したと憶えし牀を蹴り、踏み締める力強い響きと木刀が風を切る音。未来を担う惇《あつ》き血潮が暗雲さえも断ち切らん程に逞しい気魄を、背で緊々と感じ乍ら家主と客人は、道場を後にするのであった。

書斎へと向かう二人。だが、玄関の所に差し掛かると其の場で立ち止まり、肩に触れる黒髪を僅

かに揺らし乍ら少し前を歩く背中へ言葉を掛ける。

「波山先生。やはり私は、是依り暫く外へでも漫《そぞ》ろ歩いて参ります。陽が落ちる迄には戻ります故。悪しからず……」

そう言い残すと土間に在る自分の履物へと跣足《はだし》で下りる。其の、実直な若者へ少し丈、見下ろす風に俯き飾り羽へ話し掛ける様な格好で静かに答える。

「承知した。だが……其の前に是を」

と、差し出した物は軍足であった。其は、紛れも無く美空《みそら》が洗い乾《ほ》して呉れたに違いなく、其の真心《あるじ》を主に托《たく》したのだ。其処で托された主人は、持ち主を捜す可く母家を巡って居た処、道場の方が騒がしいのに気付き足を運ぶ其の最中、突如として怒号が上がり、急ぎ駆付けた次第であったのだと、洞察力に秀でた三和土《たたき》の上に立つ此の若者は、そう直感したのだ。そして、軍足を大事《まごころ》そうに受け取り、辞儀をし顔を上げ背筋を正した。

「有り難う御座います。御声を掛けて下されば、此方から伺いましたものを斯うして態々、波山先生自ら御越し戴きまして。……手間取らせました様で……」

と、再度、辞儀をした。是は、詫びであった。だが、最後の『手間』と云う言葉には、何を含み、何を意味したものか。先程の始末を示唆したのであったか。

顔を上げると、目の前で掌を見せ、何の是式。と云う風な表情を浮かべた。

「では、夕刻迄には戻られよ。子供等に付合って遣らねば成らぬ身の上……由。フフフ……」

揶揄うかの様に笑い、諧謔《おどけ》て見せる。そう、三人組との約束事を言って居るのだと直ぐに呑み込

め、自然と微笑み応えた。そして改めて辞儀をして見せ、

「それでは、行って参ります」

と、挨拶を交わし玄関口を開け外へと敷居を跨ぐ残月《ざんげつ》の背《せな》へ言葉を投げ掛ける。

「うむ。では、又、夕餉の場で」

丸で、念を押すでもするかの科白《せりふ》を黒き出立ちの人物は、閉めた扉の向こう側で、右手に〝月影〟を随え仁王立ち。其の影法師の背に。否。此方を向いて居たやも知れぬ其の揺らいだ輪郭が、遠退いて行く。其の刻《とき》、聞いて居たのか、届いて居たのか、玄関の板廊に立つ波山には、判然としなかった。只、其の黒い影が小さく成って行くのを見えなく成る迄、見送った。静かに、黙した儘――。


若き剣客を見送り、迷える剣豪は足早に書斎へ。戸を閉めるや否や。だが、静かにカギを掛けた。其所は唯一の小窓さえも塞ぐ程に聳然と並び立つ書棚に囲まれ、是迄の研鑽の程が窺える部屋。だが、向かった先は、其の手にしたモノは、段平。名刀〝螢火《ほたるび》〟であった。丸で縋るかの如くに、心奪われるが如くに。引っ攫む。其の刹那、はっとする。今日迄、一度として、錠を下ろした刻が有っただろうか、と。なれど、其を振り解くかの様に。或いは、旧知に魅入られたかでもした様に抜き放ち、妖艶たる燭影の抜身を一薙ぎ。空気が凍り付き部屋中の何も彼もが息を吞む。じっと、何かが通り過ぎるのを待つかの如く。〝螢火〟は火照る刀身《からだ》を冷まし家路につく。にも拘らず一筋の銀光が、一陣の殺気を伴い残影として其所に遺る。左手に友を攫んだ儘、棚を見るでも無く佇む。剣豪は、何故、あの刻念《とき》を押すかの様な言葉を掛けたのだ。そして、自室へ入る刻、何故に斯様な

迄に他人目を憚ったのだ。と、自問する其の鞘を持つ手に思いの外、力が入る。

此の未だ迷途《めいず》の半ばに在る隠遁者は、奥底に存在する迷いを断ち切る事成し得たであろう乎。実の処、自身にも判然とせぬ儘なのではなかろうか。否、恐らくは、解って居るのだ。空々しくして居る丈の事。自己欺瞞に甘んじて居乍らに嘯いて見せて居る事を本当は自覚して居る事を。「今の全てを手放したくない」と云う此の一言を誰よりも強く願い、其が赦される事を俟望《しぼう》する事を認められずに悩み耽り刻を止めて終った丈なのだ。そして其の考えを〝螢火〟と連れ立つ風に、又、他人目に付かぬ場所へと匿し、暫し間を置くと憶い出した様に、

（あの子等の様子を……）

と、逸る気持ち儘ならず。気付けば道場へと一目散。憚るなぞ到底及ばず。


一方、道場では、青年二人が一心に黙々と素振りに精を出し、黒衣の剣士が外へと向かうなか、校庭を横切った事も気付かぬ位熱心に、先生の言い付けを護り励む。其の若き教え子の背中に向け、亙廊下を教室を荒々しく踏み鳴らし乍ら走って駆け付けた事等隠そうともせず、声を弾ませ言葉を掛ける。

「二人共、其処迄で良い。已《や》めよ」

其の声に直ぐ反応するかの様にぴたりと止め、振り向くと、急ぎ参じた為からか昂揚して微かに息が乱れて居るかの様にも窺えた。其には一瞥を投げるに留め、若い門徒は、次なる師の言葉を仰ぐ可く其の場にて慎み深い面持ちで正座をし控える。そんな従順な教え子を前に仁の指導者は、調

息して言葉を継ぐ。

「さっきは、少し許り言い過ぎたやも知れぬ。……だが、私の言わんとする処は、理解したな」

出来得る限り諭すように努める。そんな何時もに増して穏やかな声に、清純な弟子達は僅かに戸惑いを見せるも、静座をし此方を真っ直ぐに見据える育親《しとねおや》の凛とした表情は、心が引き締まり自然と背筋が伸びる。其が、嘗ての孤児《みなしご》達には嬉しかったのだろう二人共々、仄かに顔を綻ばせ同じく口元も微かに弛む。そうして改めて先ず口を開いたはやはり、情と誠の若き虎、由ノ慎《ゆいのしん》であった。

「波山《はざん》先生。……父上……との約束を違えた事、大変申し分けなく感じて居《お》ります。ですが……どうしても解りません。何故《なぜ》、先生はあの様な余所者《よそもの》に遠慮成されるので御座いますか」

と、膝を詰め寄せ凄み、想いの丈をぶっつけた。其の質問に応える可き教誨者《きょうかいしゃ》は斯様にして子供は父の背を越えて行くものかと通感し、暫し目を閉じ考えを廻らす。然し、良い言葉が浮かばず、其の儘の気持ちで、流動的とも呼べる心の儘で目を開き、口にする。

「遠慮？　其の様な事は決して。……！」

（決して……無いのか？　……本当に？）

と、考えが頭を、心をか。過《よぎ》る。其が、其の心の隙が言葉を途切れさせ、更には、義と篤の臥龍《がりょう》、真ノ丞《しんのじょう》が好機と許りに透かさず朋友の心意気を受け継がんとする可く喰い下がる。

「由ノ慎の話は尤もだと、私は心得て居《お》ります。先生、一体、あの御仁は何者なので御座いますか。御知合いなので御座いますか？　答えて戴けませんでしょうか。……父上！」

才智の子も又、身を乗り出さん許りの勢いで真剣な眼差しを向ける。だが、此の眠れる獅子は、二人の顔を、眼を、見据える事に躊躇いを感じ、受け止めて遣れず黙って静かに目を閉じる。其は、苦衷を気取られぬ様にする為の綿密な心の現れであったか。きっとこんな感覚は初めてであったに違いない。やはり隠し立てからの自己欺瞞が後ろめたさへと知らぬ内に変遷を経て、其の感情が惑わして居るのだと、今、其は確証たるものに行き着いたのだ。是非も無し。

言葉を忘れて終ったかの様に押し黙った儘、黒衣の若者が開けて行った戸口から望める校庭を何時の間にか憮然とした面持ちで見て居る此の大黒柱に気付き、猛る虎は、力無く肩を落とし、俯き項垂れ、終《つい》には黙りこくって終った。両の拳は、其の両膝の上で堅く握り締められ、何時迄経っても答えて呉れぬ父に対し悔しがる。そんな口惜しさを憚る事なく態度に現して居る盟友を真ノ丞は、見兼ねた事も有り、重苦しい空気が漂う中、再び口を開く。

「……楡《にれ》様の素生、若しくは、間柄に関して何か御話し出来ぬ事情が御有りかと、手前勝手に推察致しました。ですから、もう、御聞き致しません。只……」

躊躇ったものか、何処と無く言葉を選んで居る風な嫌いからであろう、一息つくかの如く間を置く。盟友は、黙った儘、俯いて居る。心友の言葉に耳を傾けて居るのだろうか。そして、養父は、相も変わらず校庭を見詰めた儘、此方も黙して居る。だが、然し。其の顔は、教え子の的を射た発言に驚心した表情を露にして見せたが、気付かれずに済んだ此の好運を知らない。其程迄に波山は自分を追い詰めて居たと云うのか。片や、幾ら繊細さに長けた真ノ丞とは云え其処迄は見通す事能わず。無理からぬ話。隠遁者の言葉通り、人間《ひと》は万能に非ず。故に修練有るのみ。門下生は、徐に言葉を継ぎ足す。

「……只、此の儘では、皆を、朋子《ともこ》や栄造《えいぞう》、延いては美空《みそら》さん迄をも騙《たばか》る事に成り兼ねないのでは御座いませんか。楡《にれ》様が此所を立ち去った後《のち》も先生は、何も語らず匿し続ける御心算で……其の儘、何事も無かったかの様に振る舞うのでありましょうか？　先生、失礼は承知の上。咎めも厭わず、私一人で受けます。ですから、何か一つ丈で構いません。本当の処を……事柄を。ほんの少しで良いのです。父上、聞かせては呉れませんか！」

若き臥龍の言葉に盟友たる虎は目を醒まし、力強く上げた顔は期待に満ち溢れて居る。そして育親《しとねおや》は、何か想い当たる節でもあるかの如くはっとし、真剣な眼差しを向ける二人の息子へと顔を廻らし見据える。

（嗚呼……私は愚かであった。是では道化だな……）

心の中で己を嘲弄したか。

そう、自分自身が年月《としつき》を重ねて行くのと等しく、彼等も又、年を重ねて居る事に漸く気付いた。気付かされたと云う可きであろう。

（そうなのだ。此の二人とは何丈《どれだけ》の季節を倶に数え、一つ屋根の下暮らして来たのだ！　んんっ！十年だぞ、十年！　然も感受性豊かな時期を、思春期をだ。見抜かれて当然）

思い知らされた。そう身に沁みて感じさせられては居たものの、だが、然し、己《おの》が〝舜水《しゅんすい》〟である事を気取られるは無論の事、況して口にするなぞ以ての外。寧ろ知らなくて良いとさえ考えて居たのだが、今、目の前にして居る二人は、正《まさ》に巣離れをし決死の覚悟の元、羽搏《はばた》こうと、父親に生まれて初めて直言したのであった。そして其の答えは、子供達にとって非情なものと成った。

「木刀とは云え、交えて其の肌で、心で、感じ取った筈。皆迄言わずとも解るな。知らなくて良い事柄なぞ、世には掃いて捨てる程有るのだ。私の事も又、然り。是以上、約束違える事無き様肝に銘じよ。残《ざん》……客人《まれびと》の事は、私が責任を持つ、解ったな。二度と言わぬ故、心しておけ」

師の言葉を厳粛に受け止め様と歯を喰い縛り乍ら父の顔を見詰める二人の弟子に対し、真っ直ぐ見返して居る。其処には良師としての威厳を取り戻した子供等の良き理解者である育親が、静かに座して居た。何かに堪え偲ぶかの様に押し黙った儘の二人へ、父親は吹っ切れた様な、或いは、安堵したかの様な、そんな晴れ晴れとした迚も爽やかな表情を向け乍ら徐に立ち上がる。

「二人共、立ちなさい」

其の静かで穏やかな声に、青年達は従い粛々と立ち上がるもののやはり失望の色を隠し切れず、青年の姿は何処と無く悄気《しょげ》た感じに見て取れる。そんな弟子から目を逸らす様な振舞いはもう繰返しはしないと許りに見据える師は、

(知らぬ間に……)

「……御前達、逞しく成ったな」

と、穏やかに微笑んだ。思いも寄らぬ科白に瞠若《どうじゃく》した二人は、顔を見合せ歓喜の余り目は潤み、心の中で抱き合ったに違いない。初めて本当の意味で父に認められたそんな感情が胸中を満たし溢れ、夢でも見て居るそんな錯覚に囚われた儘、声を弾ませ、

「はい。有り難う御座います」

意気揚々と口を衝いて出た言葉は重なり合い、辞儀迄もが違う事はなかった。そして、徐に背を

向け道場を後に歩いて行く師を黙って見送る其の表情は、満足感に溢れて居た。嬉しかったのだ。父に、師に「逞しい」と言われた事が、徳と剣を教えて呉れた先生に近付けた様で、大人の男に成長した様に感じる事が出来た。其の事が只、嬉しかったのだ。そう、子供は、父から此の一言を貰う事、立派だ。頼れる。と云う意味合いである「逞しい」と云う一言。是に尽きるのである。唯其丈の事なのだ。師の余所《ざんげつ》者に対する優柔な態度が何故だか弱々しく見えて来る事に腹立たしさを憶え此の遣る方無さをどうしたら良いのか解らず持て余して居た丈だったのだ。

何時の世も変わらず、子は此の様にして一歩づつ成長して行くものなのだ。斯く云う波山《はざん》と雖《いえど》も。残月《ざんげつ》も又、然り。

由ノ慎《ゆいのしん》と真ノ丞《しんのじょう》は、畑作業を手伝う可く鍬と鋤を取りに蔵へと向かう。其の足取りからは何時もとは全く違う雰囲気を醸し出して居た。そう、何処か誇らしげで自信に満ち、あの道場内に漂う清々しい空気を伴うそんな静かさ迄をも兼ね備えて居るのだった。

漆

今朝、肩随し乍ら歩いた道を今、又こうして孤高の剣士は昼下りの僅かに西へと傾いた陽を背負い、一人漫ろ歩く。そう、あの新たなる『麝香《じゃこう》』の刺客が此の地区最大である分岐の茶店《ちゃみせ》で食事をし、妹尾《せのお》での決戦に向け暫しの休息をとる算段をして居た頃の事である。残月《ざんげつ》は、同じ道を歩いて居る筈なのに何故《なぜ》だか違う風な錯覚に囚われた。陽の光から、木々の騒めき、そして風の温もり、土の馨り、空の色迄も。全てが違って映る。是が心紋様《こころもよう》成るものなのか。心の動きに依り見えて居る物が同じに拘わらず、是程迄に違うとは。若き剣客は、感性豊かな幼き頃へと立ち帰って居た。毎日が違って居た事を、同じ日々なぞ、一日として繰り返した事が無かった事を、憶い返す。其が、何時頃からだろうか同じ日々を過ごして居ると感じる事さえもしなくなったのは。そう、大自然へと目を向けなくなったのは。もう。憶い出せない。そんな考えを廻らし、耽り、歩を進めると林が開け、あの丘陵に在る高台へと続く小道に往《ゆ》き着いたのだった。

　時を同じくして昼下りの陽射しが照る街道の分岐。其の森の一隅。二抱え《ふたかか》は優に有る巨木の陰に息を凝らし潜む二つの影が在った。此所は、獅奴《しど》と斑鳩《いかるが》が少し遅い昼餉を済ませ立ち去り一時《いっとき》余り経った後《のち》のあの五叉路だ。

　未だ水色に塗られた空に在る陽《ひ》は、力強く光り輝いては居るが仄かに朱《あか》みがかり、夕刻へと遷《うつ》り変わる時の流れを漂わす。そんな陽射しの下に在る人の往来へと警戒を払う怪しくも鋭き眼光二つ。茂みから獲物を狙う豹の如く。そうして静かに森の暗闇から街道を窺う影が一つ徐に揺らいだかに見えた其の刻《とき》、黒い塊が音も無く飛び出した。恰《あたか》も初めから其所に存在《いた》かの様に立つ姿へ、往《ゆ》き交う人々は密でないにしろ、否、寧《むし》ろだからこそ目立つ筈が、皆気付かず歩く。只、無関心な丈なのか。それとも。そう、そうなのである。なよやかな身形で佇む此の乙女こそ正《まさ》しくあの女忍《おんなしのび》。紫蓮《しれん》。彼女であった。なれば、もう一つの影成る正体は、果して、隻腕の忍者《しのびもの》、木枯《こがらし》其の者《ひと》であった。暗部『麝香《じゃこう》』が一人の成せる術《わざ》。斯様な心得無き者に看破《みやぶ》るは決して能《あた》わず。是ぞ修練の賜物也。然《さ》りげ無い風に街道の傍らへと立ち往来に斯うして紛れては居るが、実の処、あの荒野での死闘から丸一日、漸く森を抜けほんの今し方、此の分岐に辿り着いたのだ。何とかあの場からは遁《のが》れられたのだが、手負い者を抱えての随行は予想を遥かに上回り難局の色を濃くした。況《ま》して追撃行とも成れば猶の事。疲労困憊、其の足取り重く、後続討伐部隊への遅参を懸念し始めた老境に入った忍《しのび》者《もの》は、腕の止血こそ出来ては居るが気休めに過ぎず、何とか一命を取り留めて居るに到る。然も夜通し奔走した為、休息を余儀無くされ、焦りの色を匿《かく》せなく成って来たのである。

　此の思わしくない現状からの脱却を計る可く思い切って明朝明烏が鳴き始める頃迄、此の場にて休養する事を懇請。考えあぐねた末、渋々首肯《うなず》くのを見届けた後、然諾《ぜんだく》。危険も顧みず決意の元、間道から他人目《ひとめ》へと己が自ら身を曝し、街道に躍り出て速やかに買出しと云う任務を履行す可く、一軒の茶店《ちゃみせ》へ足早に赴く。と、此処迄が凡の顚末である。

然し乍ら老いても猶此の忍の執念《おとこ》桁外れ。片腕を切り落とされたにも拘らず、一息いれる事なく奔《はし》り続ける事が可能な並成らぬ身体能力と体力。恐る可し。其も其の筈、此の木枯と云う忍者《しのびもの》。元、神皇《しんのう》十三部隊、『淝水《ひすい》』に少年期の頃、従属。其の後、程無くして部隊は解体、そして兵学者と成り其の儘、教官と成る。五十に近付いた頃、予備役に。詰り、体のよい肩叩きであった。兵の有り様を憂え苦渋に喘いで居た時、若き官僚、佳仙《かせん》と意気投合、『麝香』の兵学教官として招聘され以後、教鞭を執り尽力する。そして何を隠そう、今正《まさ》に任務遂行中の此の女忍《おんなしのび》こそ、残存する門徒の一人なのだ。そんな忍者であっても年には勝てず、浄龍寺《じょうりゅうじ》に丈には、其と無く退役を仄めかして居た矢先、楡残月《にれざんげつ》、叛逆と云う事変が惹起《おき》たのであった。其故、老骨に鞭打ち、教え子の中で特に秀でた紫蓮を随え黒衣の逆賊と対峙するも見ての通り、無慚にも返り討ちに合い、門下生の手を煩わせた挙句、足手纏いと成り下がった己を呪った。只、今は此の木陰で、無事に買出しを終え戻る事を願う許りである。

紫蓮が決して少なくない人の往来を窺い乍ら目星を付けた其の一軒の店へと向かう。其の時、森の中へと一瞥を投げた。そんな仕草をして見せる。其の店を選んだのには理由《わけ》が有った。店の玄関口に在る多人数用の卓子と、一人用の腰掛に向い合せで置いて在る三人掛け用の長椅子。是等を何故だか不可解に感じ気に掛かったからだ。特に目立ったのが、趣味が今一つと思しい特大の日唐傘。此の茶店の傍らへと来ると店員が一人で卓子の上を拭いて居る所であった。女忍《おんなしのび》は明るい笑みを浮かべ口調を高めに、そっと声を掛ける。

「ちょっと御免なさいね、御姉さん。此所の店では食事を持ち帰りで注文《たの》めるのかしら？」

行き成りに卓子の件を口にしなかったのは態とであろう。だが、静かに声を掛けたにも拘らず其の女性店員は、突然の背後から言葉を掛けられたからなのか、曲げて居た腰が瞬時に跳ね上がり直立した儘、人形の様に固まった。そして発条《ばね》仕掛の玩具の如くぎごちなく此方《こちら》へと反転した其の表情は、青ざめ、両の目尻は引き攣って釣り上がり、頬は突っ張り、口がひくひくと痙攣して居るのであろう時折、小刻みに動かして居る。紫蓮《しれん》は其の顔を見て掛ける言葉が浮かばないのと、其処迄驚かなくともと感じ呆れて閉口した。そんな女忍《おんなしのび》に対し女性店員は、紋切型の科白《せりふ》を唱え始めた。

「い、いらっしゃいませぇ。御用向きを何なりとぉ」

叫《わめ》く様な声は上擦り然も変な節迄付いて居る。此の今にも卒倒しそうな面持ちで、素頓狂な声を張り上げて居る彼女こそ、言わずと知れたあの店員。そう、少し許り遅めの昼餉を食べに立ち寄った二人組の一人、長身の優男にお尻を引っ叩かれた世にも哀れな彼女。其の時の女性店員とは知る由もない儘に、女性客は憫笑《びんしょう》し乍らもう一度問い直す。

「料理は出来るのかしら？　持ち帰りで」

其処に先程迄の爽やかさは無く、莫迦にした風では決してないが、其の語尾は喟然を感じさせる様でもあった。そして貴婦人人形の様に固まり声も上擦り加減の儘で答える。

「は、はい。勿論に御座いますぅ。ですがぁ……そのォ……。御結びと、漬物に季節の焼魚で、ご、御座いましたらぁ。御座いまぁす」

と、何んだかおかしな表現と節なのだが、紫蓮は然程《さほど》気にも留めず、成程と云った表情をし乍ら片肘を曲げ、宙で頬杖をつく風な格好をして、ほんの暫く思案すると店員に言葉を返す。

「ふぅん……そうねェ……。そうしたら、御結びを三つ。其と、漬物と焼魚を適当に見繕って呉れるかしら。味付け等は、其方に任せるわ。但し、二人分に見合った量を拵えて頂戴。宜しく御願いね」

と、丁寧に注文を済ませた。

「か、かしこ、畏まりました。こ、此方の席に御掛けに成って、お、御持ち下さいませ。直ぐにぃ、御用意致して参りまぁす」

と、でたらめな節で勧められた席は、拭き作業が中断されたあの気に掛かった卓子であった。其所へ嫋《たお》やかに坐る。其を確認した店員はくるりと反転し、丸で、ブリキ人形の様にぎくしゃくとした足取りで歩き出し、店内へと姿を消した。具合でも悪いのかしら。と怪訝に感じ乍らも卓子と椅子を改めて見る。

「私の思い過し……かしら……」

焦点が合わず、輪郭がぼやけて見える人の往来と其の後ろに並ぶ木々を空ろな目で眺め、そう呟いた。そして偶《たまたま》、多人数で立ち寄った客が折悪くして昼時だった為、店内に入れず外で食べた丈の事。きっと其丈の事。そう考え直そうとする。が、どうしてもすっきりしない。何かが引っ掛かる。そうして、水色に仄かに黄みがかった昼下がりの空を仰ぐ、うら若き女忍《おんなしのび》。命を賭して任務を遂行する非情に生きる若き娘。次第に夕映えの空へと遷《うつ》り変わって往《ゆ》くであろう此の空に、故郷の空を重ね、想うたか。錦を飾ろうと。

あれから、然程待たされた感じを受けぬ間に先程の女性店員が姿を現した。此方へ近付く其の足取りは幾何《いくばく》か落着きを取り戻して居る。

「御待たせ致しましたぁ」

と、背筋を正し坐り街道を眺めて居る女性客の前へ手提げ袋を差し出す。元気な声では有るが、其の笑顔はどうしてだか引き攣って居る。紫蓮《しれん》は、店員の声に応えるかの様に、静かに、しなやかに立ち上がる。そして手渡された袋の中には、注文の品が竹籠で出来た弁当箱二つに入っており、なぜか竹水筒が二本、添えて一緒に入れて有る。其を手に持ち乍ら店員の顔を見ると、嗚呼其は、と云う風な表情を浮かばせ迚《とて》も明るく元気に答える。

「此方の御飲み物は、当店の心付けに御座いまぁす」

其へ頬笑み乍ら静かに、

「そう。是は、御丁寧に。礼を言うわ」

と、軽い辞儀をして見せ、店員の掌へ、

「是御代よ。足りるのかしら？　大丈夫ね」

そう言って優しく手渡し、「其の代わりと言っては」と云う風な表情を向けた。其の意味深な目付きに、

「はい。……!?　多過ぎます……い、いいえ、あ、有り難う…ゴザイ…マス……」

そんな、歯切れの悪い応対も其程苦にする事無く、相も変わらぬ素っ頓狂顔の店員へ、

「ところで……随分と繁盛して居るのね。だって、こんな大人数が坐れる様な卓子を店先に。……

ねェ……」

と、用心深く遠廻しに尋ねる其の口調は、初めて目にしてからどうにも気掛りでならない此の卓子の事を質したくなった心持ちが醸し出されて居た。そう聞かれた女性店員は、実に間の抜けた笑顔で訥々と話し出す。

「えっ。あっ……はい。……其の席には……」

次第に記憶が明瞭に成るにつれ、顔が強張っていき、体を硬直させ乍らたどたどしくも、話し継ぐ。

「……あのォ……其方には……私のお尻を引っぱ……いえっ。……長身で男性の御客様と、それから、そのォ……何だか得体の知れない……大柄のケモ……お、御客様……御一人様と一ぴき……いえッあのォ多分……御連れ様かと……」

自分が何を話して居るのか支離滅裂と云った処か、店員は、目を剥き、白黒させ乍ら、ぎょっとした顔を露《あらわ》に答えた。其の言葉を聞いた時、女忍《おんなしのび》は是迄の違和感の出処に察しが付き、さっぱりとした顔付きで更に質問を続ける。

「そう、二人連れだったのね。何時頃の事だったのかしら?」

「えぇ……っと、確か、昼過ぎ……、一段落してからだから……二時頃ですわァ」

其に首肯き乍ら、顔を少し近付ける様にして声を潜め、猶も質問を続ける。

「若しかして、長身の男《ひと》、槍を持ってたりしたかしら? 若しかしてよ」

と、店員の顔色を窺う風な口調だ。其に対し、目を上に向け憶い出し乍ら答え出す。

「そ、そうですねェ……槍……。あっ。長身の御客様が肩に長ァい竿を担いで居ましたわぁ。……あぁ……あれがヤリなのねェ……」

語尾は何だか独り言の様に呟いた。

「そう。持ってたのね。よぉく解ったわ。教えて呉れて助かったわ」

礼の代りに会釈して見せる女性客へ店員は衝動的に、然し、何処か恐る恐る尋ねる。

「あのォ……御客様は、あの方達と、そのォ……御知合い……何て事、御座いませんよねェ……。……アハハハ、アハハハ……」

其の笑う口元は引き攣って居る。女忍《おんなしのび》は、ちょっと丈揶揄《からか》う風に頬笑み、しなやかな動きで、手を自分の口元に運び隠す仕草をして見せる。そして女性店員へ辺りを憚り乍ら、小声で答えて見せる。

「……まあ、言うなれば、腐れ縁……かしら。ウフフフ……」

怪しくも無邪気な笑い声を残し煙に巻かれた店員が、はっと、我に返った時にはもう、目の前に女性客は居らず、往来へと顔を向けた先には、七間弱程も有る街道を亙り切る所だった。其の現実には驚号《きょうごう》もせず。否、気付きもせず、只、ぼんやりとした何やら判然としない意識の中、街道《みち》を往《ゆ》き交う人々や荷車が霞んで映る。そう、女性店員の脳裏へと鮮明に描き残された映像は、忍の人生で磨き上げて来た其の嫋やかな身の熟しと、しなやかな腰付。其の女性客の後ろ姿が嘸《さぞ》かし、羨ましかったに違いなかったのだろう。

難無く森の一隅にそそり立つ巨木の蔭にひっそりと潜む木枯《こがらし》の元へ滑り戻る。そして其の顔色を窺う様に覗き込み心配をする女忍《おんなしのび》に対し、空ろな目を向け乍ら出迎えた。どうやら、傷を押しての

尾撃からに因《よ》る極度の疲労で、ほんの束の間、迂闊にもうとうとと、微睡《まどろ》んで終って居たのだ。そして睡瞼《すいけん》な面持ちの儘、

「済まぬ……世話を掛ける」

其の言葉に直ぐ様、頭を振り、気遣う風に答える。

「何か少し丈でも……」

と、先程の手提げ袋から竹籤の弁当箱と竹水筒を出して広げて見せた。紫蓮《しれん》の手を借り乍ら、少し体を起こし其等を眺めた。

「ほう、鮎か……此の辺りは其の昔、銀山で駄目に成ったと、聞き及んで居ったのだが……なァ」

何処か、懐かしむ様に、鮎の塩焼を見詰め乍ら呟いた。そして、教え子の顔へ目を向け、言葉を続ける。

「御前が食べよ。儂《わし》は此の、沢庵漬で結構」

と言い終えたなら、其の沢庵を一つ、口の中へ放り込み、ぽりっぽりっと、心地好い音を立てて食べ、力無くでは有ったが、一粲《いっさん》して見せた。だが、教え子の目に映るは、嘗《かつ》ての教官の無理をして笑って見せる表情。其が却って、今迄一度も感じさせ無かった筈であった衰え。死期が逼って居るとでも。女忍《おんなしのび》は、どうにも居た堪れなく成り、立場も弁えず言葉を返す。

「然し……其丈では、体が持ちません」

「いや……良い。其よりも、何か進捗は？　様子は如何か。彼奴《あやつ》の足取り等、何か動きは無いか」

其の言葉に、驚心し、片膝を付き、俯き乍ら明瞭に応え始める。

「申し分け御座いません。要らぬ事に時を費やしました事、並びに御報告遅れました事、深く陳謝致します」

此処で一息付き、静かな声音で以てして、話し継ぐ。

「先ずは、楡残月《にれざんげつ》の足取りに御座いますが、今以て攫めません。然し乍ら、附《つ》きは未だ我等に御座います」

「どう云う事か」

間髪を容れず、問い質す教官へ直ぐ様。

「はい。獅奴《しど》殿と斑鳩《いかるが》の足取り、今し方、攫んで参りました」

思いも掛けぬ名前を耳にして、咄嗟に妙案が浮かび僅かに力強い口調で話す。

「何っ。あの二人が⁉　……そうか、もう此所迄来て居たか。……うむ、彼奴等と合流し倶に闘えば、ひょっとする乎《や》も知れん……何《ど》の位遅れを取って居《お》るか」

其の問い掛けに神妙な面持ちで答える。

「はい。今から一時余《いっときあま》りの遅れかと……。態々、外で。然も、往来を憚る事無く堂々と昼餉を済ました様に御座います。店の者の話し振りから、どうやら此所から一番近い妹尾《せのお》の集落へ向かったものと見受けられます」

紫蓮《しれん》の返答に少し考えた後、木枯《こがらし》が其へ答える。

「うむ……成程。妹尾か……。然《さ》もありなん。よもや獅奴《あやつ》め、目印の心算で態とでは有るまいな……？」

即座に答える。

「あの、獅奴殿が、……で御座いますか」

まさか。と云わん許りの口調にも取れた。其を聞き取り、軽く咳払いをして見せ、

「うむぅ……有り得ぬ……と、申すのか……？」

と、厳《いか》つい顔が自信無さげな表情に変わる。そんな元教官の顔を尻目に、教え子は明快に返答をする。

「はい。あの獅奴殿が其処迄思索するとは考えられません。恐らくは、此の度も斑鳩の為にかと、私は存じます」

そして、僅かに間を置いて、

「然し乍ら、教官殿が其の様に仰せられるのであれば、其の様にかと存じ上げます」

此の教え子は、それなりに気を遣ったのであろう。其が窺い知れたのだろう初老にも拘らず、気恥ずかしそうに話す。

「うむ。……まあ……女の勘程恐ろしいものは無いからなぁ。ハッハッハッ……」

控え目に笑った心算では有ったが、やはり腕の重症《きず》に障ったものか、苦しみの余り眉間に皺を寄せ低く呻き乍ら肩を抱え必死の形相で、激痛が治まるのを暫しの間、堪え忍んだ。教え子に出来る事は、背中を優しく摩《さす》り、励ましの言葉を掛けて遣る事丈であった。

「やはり、無理を成さらず此の儘休息を……。焦りは禁物に御座います。あの二人も明日の早朝に向け準備をして居るものかと」

瀕死の重症を負った忍者《しのびもの》にとって、一介の女忍《おんなしのび》のして見せた言動は、気休めに違いなかった。然し、其にも拘らず其の甲斐有っての事だろう。激痛がほんの僅か和らいだものか表情にゆとりが出始め、穏やかさも取り戻し乍ら、口を開く。

「……彼奴等二人は、奴と面識は疎か対峙もして居らぬ。故に、力量知れぬ儘、刃を交えれば結果は言わずもがな、惨憺たるもの……ならばッ一刻も早く追い付かねば……あの武人達《もの》が相対《あいたい》する前にッ。此の儘では……勝てぬッ！　……ぬぐぅウゥ……」

焦りからの苛立ちに因り、痛みが走ったものか、低く呻き、厳つい顔が猶一層険しく成った。其を見るや、疲労からの若い娘には似付かわしくない憔悴した顔を直隠し乍ら、言葉を掛ける。

「はい。私も其の様に心得て居ります。ともあれ、今直ぐの出立は無理かと存じ上げます。それに……此の儘では、傷口に障ります。満を持する事こそが肝要かと……。どうか、此処は御身体を御休め下さいませ。御願いに御座います」

最後の言葉は切なる願いにも似たそんな口調とも取る事が出来た。丸で、祖父を労《いたわ》るかの様にでもある。其を読み取ったかの風に、老教官は、落ち着きを取り戻しつつ静かに応答する。

「解った……では、少し丈……眠るとするか。明日の夜明け前には出立する。然為《さす》れば、追い付ける筈。……世話を掛けたな」

孫娘でも見て居るかの様な眼差しだ。嘗ての恩師が言う事に首肯《うなず》いては見せるものの、最後の言葉には空々しい態度をして見せ、

「何《なん》の事に御座いましょう乎」

なぞと、嘯いた。そんな嘗ての教え子が言う科白《せりふ》に籠められた尊敬の念を緊々《ひしひし》と感じ、静かに微笑んだ。其が妙に気恥ずかしく成ったものか、逸らす為のものであったか、真剣な面持ちで木枯《こがらし》を見据え話す。

「……然し乍ら彼奴は、妹尾《せのお》の集落にて潜伏して居《お》りましょうか？」

紫蓮《しれん》の顔を改めて見返す眼光は、己の正義を信じ逆賊を討ち果たさん、と云う決意に漲り力強く向けられて居た。

「居る！　奴は必ず！　彼所の外、もはや考えられぬ。奴も人間《ひと》の子、腹も空けば眠くも成る。表街道をと見せ掛け、あの脇……旧街道を行き、妹尾で討手を遣り過ごす算段……だが……そうは問屋が卸さぬわっ！　若造めっ、慄《ふる》えて眠るがいい……明日が貴様の命日だっ！　紫蓮、食《しょく》したら眠れ。其の方が儂も気が楽……故な。そうして呉れ」

其の笑みは照れ笑いであったか。女忍《おんなしのび》は、此の気持ちを逸早《いちはや》く察して、只、黙って首を縦に振り、

「はい。其の様に致します」

と言葉を添えた。其を聞き終え、大木の幹に靠《もた》れ乍ら陰森とした仄暗い森の木々を見上げ、嘆息にも似た息をつき、静かに目を閉じ従順な教え子に呟く。

「浄龍《じょうりゅう》寺《じ》殿の懇願を聞き入れ、此の歳《とし》で第一線に復帰した初仕事が此の体たらく……クックック……是も又、因果か……」

初夏とは云え、陽が傾くにつれて肌寒さを感じる此の森の息遣いに意識を集中させるかの様に空気を吸い込む。其は、丸で死期を得た忍者《しのびもの》が、最後の夜を慈しむが如くであった。そんな哀愁を忍

ばせ様と励む木枯《こがらし》の胸中を慮り、紫蓮《しれん》は何とか声にしようとする。

「……教官殿……」

言葉が詰まる。此の時、若き女忍《おんなしのび》は涙したか。

「……御労しや……」

其の声は、知らぬ間に深い眠りについた翁へ届いたか。

時は静かに音も無く過ぎ、透く程の水色であった天穹は、其の彩りを橙黄色に。其は次第に色濃くし、朱色へと。軈《やが》て緋色に染め上げた。迫り来る藍色の晩景に、白き弓張月が映える。何時しか緑蔭も又、息を潜め眠りにつく。時折、木々の隙間を駆け抜ける風は、仄かに冷気を帯び、肌寒さを感じさせた。此の二人は、昼間の決闘に於て最早、手の内其の悉《ことごと》くをあの慧眼の剣士に見抜かれて居る。隻腕の木枯、橶《くさび》形手裏剣の紫蓮。如何にして咎人《とがびと》、楡残月《にれざんげつ》に挑むのであり乎。

忍《しの》び泣く　五月雨雲に　月の暈《かさ》

獅奴《しど》と斑鳩《いかるが》。そして、木枯と紫蓮。二組の刺客其々が意図を胸に秘め、血戦に挑む可く妹尾へ迫る。そんななか、陽の光が黄色く成る丘の高台で広大で美しく、何物にも代え難い、尊厳其の物を前に黒衣は佇む。龍の背の如く蜒蜒《えんえん》続く山々の稜線。鬱蒼と若葉茂る森の木々。遠くには、鳥居峠だと思しい峰が望める。そして徐に其の場へ趺坐《ふざ》する。左の傍らには〝月影《げつえい》〟が臥す。逐電《ちくでん》してから四日は経つであろう今、一体是から何人の討手を斃《たお》さねば成らぬのか。此所、妹尾にも其の手練が迫って居るやも知れぬ。そんな焦りと共に、だが然し、只、闇雲に動いてみたとて。と考えを廻らす。

（俺は何をして居る？　何時迄妹尾《ここ》で、集落《ここ》の人達に甘え居坐る心算なのだ。まさか……心地好さを感じて居るのでは有るまいな！）

そう過《よぎ》った刻《とき》、驚心し、胸を締め付けられる、そんな感覚に捕らわれた。

（まさか……まさか！　逃げて居る丈……なのか……？　一切の煩わしさから……否、違う！　そうではない！　〝飛雪《フェイシェ》〟から〝エヴァ〟から遁れ様と？　……恐れか！）

「恐れ」と云う言葉が頭に浮かんだ其の刹那、驚愕し戦慄する。丸で悪夢に魘《おそ》われ戦《おのの》く愚者ではないか。

「ハハハハ……」

全てに。背を向けた此の黒衣の卑怯者は、肩を揺らし、嗤った。心は、涕《な》いたか。

「そうか、俺は、只、怖かった丈なのだ。恐ろしかったのだあの〝エヴァ〟が……〝飛雪〟が。官吏を母を殺し、巴《ともえ》様迄をも亡き者に……。其等を全て、飛雪のした事と受け容れる事が、其の己《おの》が心が、恐ろしかったのだ……ハハハハハ……」

声に出したは態とか衝動か。黒衣の若者は、あの時、初めて「恐れ」を知り、只、戦き狼狽えた事実に背を向け感情のみで飛び出した。飛び出さずには居られず。巴を柳水《りゅうすい》に押し付けて。残月《ざんげつ》は、己の浅はかさを責め、愚かさを呪った。

（あの時……一番恐ろしかったのは……驚怖と驚愕とに打ち拉《ひし》がれ、誰よりも孤独であったは、……巴様、唯一人《ただいちにん》！）

此の十三歳にして天帝の心中が解った今、此の瞬間、如何に己が自分本位の考えで然も刹那的で冥愚《めいぐ》であったかを身に沁みて感じさせられ胸が、心が、魂が、張り裂けん許りの痛みを憶えるのだった。

「……俺は……誰、一人として救って居ない！　否、其処か、誰も……一人も……護って居ない。救うと、護ると口にしておき乍ら俺はッ……」

何丈後悔の念に駆られたとて已《や》んぬる哉《かな》。此の声は届いたか。山は、森は、川は、受け留めて呉れるのか。若き迷想者は、己の心の未熟さを、此の大自然に懺悔《ゆるし》を乞うかの様に魂《こころ》の内《うち》を吐露した。

そして静かに目を閉じ、自然と其の背筋が伸び、結跏趺坐《けっかふざ》の姿勢と成る。

（……どうする……？　畢竟《ひっきょう》……逃げて許りの此の軟弱者に今、出来る事は。……此所を今直ぐ去るか……否、其は同じだ、波山《はざん》先生を含む妹尾《せのお》から逃げる事に……逃げては駄目だ、〝エヴァ〟に勝てん！）

其の瞬間、俄《にわか》に目をかっと開き立ち上がる。

「心は決まった。明日の朝、辞去し、一気に都へ。此の愚かで虚しい戦いに、己の業に終止符を打つッ！」

漆黒の剣士は、決意を胸に、夕闇の丘で独り佇む。菫色《すみれいろ》の空に白く朧に浮かぶ弦影がそっと照らす。子を見守る母の如く。其の月光は降り澆《そそ》ぐ。其の両肩へ静かに優しく掌を載せるかの様でもあった。

それから然程に刻《とき》を経《へ》ずして、ふと、女性と思しき静逸さを醸し出した声音が、聴き憶えの有る調べが、黒衣の背へと呼び掛かる。其に気付き振り向くと、嫋やかな女性が一人、静かに近付く。若き剣士の眼に映るは若き淑女、美空《みそら》であった。心に映したは、愛する飛雪《フェイシェ》であったか。

「楡《にれ》様。此所で御座いましたか。家長《あるじ》が恐らくは此の丘であろうと、申すものですから……。もう、すっかり暗く成って来ておりますし、夕餉の支度も出来ております。それに、何よりも心配しております由に御座います」

と告げ乍ら面《おもて》を上げ、残月《ざんげつ》の顔へと寄せた灯かりが照らし出したものは白き仮面を剥ぎ取り、目鼻立ちの整った凛々しい其の素顔であった。薄暮の下、火袋の中の光が浮かび上がらす義剣士の顔付きに対し僅かに驚いたものか瞳の奥が揺らぐ。真剣な眼差しを向けるなか、此の清楚な女性は、

（独りの時、考えに耽る時、こんなにも寂し気な、無表情にも似た顔が出来るもの……なの？

……此の方は、そう云う御武人《おひと》……）

斯う考え乍ら孤高の剣士を只、見据えて終って居る事に気付き慌てて言葉を口にする。

「楡様……御顔……包帯は……如何なさいましたか？」

「美空殿ッ……何故彼方《なぜあなた》が……是は。……是には少し許り経緯《いきさつ》が御座いまして……其の、まあ瑣末な事なのです……」

迎えが波山でない事に戸惑い、惟《おもん》みるも。

「……此の創刃《きず》を余り見せたくは有りませんでした。特に子供等には……御見苦しい事では有りましょうが、御容赦願いたい」

と少し顔を背ける様な仕草をして見せるも丁寧に辞儀をした。其に対し若き淑女は、清廉な響きを奏でる。そんな趣の有る声で、

「御創《おけが》で御座いますか……はい、大丈夫に御座います。化膿も無く。見事な迄の縫合手術に感服致します」

孤高の若者は、思わぬ言葉に耳を疑い、其の儘を口にした。

「……醜い！　とは感じないのですか？」

「な、なぜに御座いますか？　其の様な事……！　まさか痛むので御座いますか？」

即座に答え乍ら更に灯かりを寄せ、傷をよく見ようと残月《ざんげつ》の顔へ、自分の顔を近付けた。黒衣の若者は美空《みそら》の言動に戸惑い、何も答えられない事に気付いた。

（な、何故……？）

ふと淑女の顔を見ようと動かすと、互いの顔がぶつかる程に傍らへと寄せられて居る事に漸く気付き、驚く剣士に、稍《やや》、平情を失って終ったものか、驚悸する。

「ごっ……御免なさい。……いえ、是は、とんだ失礼を……。申し分け御座いません」

と謝り、頭を下げた。

「こ、此方とて、申し分けなく。御赦し願います」

と辞儀して見せ、同時に上げた顔が、目が、合い、二人はくすりと笑った。

今日、妹尾《せのお》に遁れ着いた夜半過ぎから此の夕刻迄と云う短い刻《とき》の中で、何《いず》れに於ても初めての新鮮な然も貴重な体験を幾度となく積み、其に依り此の若き元指南役の魂は琢《たた》かれ、磋《みが》かれ、成長し、

無我の境地へと陟《すす》む。

楡残月《にれ》は、空を仰ぎ見る。知らぬ間にとっぷりと陽は沈み、鬱蒼たる森は、猶の事、陰森とし、瑠璃色へと塗り替えられた空が一層暗さを色濃くして往《ゆ》く中、黒衣の若者は不可思議にも浮き上がる風に見える。灯《あ》かりの所為《せい》であったか。漆黒の剣士は、何れにしても闇に在って闇に非《あら》ず。灯かりを持つ女性に、礼を尽くすが如く、静かに口を開く。

「斯様な次第で態々、美空殿が迎えに……。感謝致します。其と、御足労を煩わしました事、並びに御礼の言葉を申し遅れました事、然も逆さに成りました事御赦し願います」

と、旅人帽子を脱ぎ頭を下げた。挨拶の順序の事を言って居るのだろうと察した美空は、何だか少しおかしく感じ乍ら、其の誠意を甘んじて受け容れ様と義剣士に答える。

「どうぞ頭を御上げ下さりませ。勿体無き御言葉。……私は自ら進んで楡様を捜しに参りましたものですから、宜しいので御座います。……それでも……」

と、一息いれるかの様に、清楚な女性は、嫣然《えんぜん》と頬笑み、言葉を続ける。

「……其の様に仰って戴けると、嬉しゅう御座います」

其を聞いた黒衣の剣士は、蟠《わだかま》りが解け気持ちが楽に成ったものか、

「あっ……それから軍足の御礼も未だでした。有り難う御座います」

俄に憶い出したのであろう、唐突に礼を口にして頭をもう一度下げた。何処と無く、其の口調は軽やかに感じられた。そんな若き旅人に美空は、思わず楽しげに笑い乍ら答える。

「ウフフフ……面白い御方。……其こそ、たわい無き事に御座います」

そう言い終えると、灯かりを持つ其の手で思わず、口元を隠した事から、婉然たる笑みを浮かべた顔立ちが浮彫と成る。此の刻《とき》、黒衣の若者は、飛雪《フェイシェ》と重ねたか、それとも。

「それでは、夜も更けて参りましたので……足下も暗く成っております、御気を付け下さいませ」

と灯かりを持つ手を腰辺り迄降ろした。残月《ざんげつ》は言われるが儘に藍色の空を見上げ、仄かに黄色く朧に光る弦月を認む。そして、目を下ろせば、黒く塗り潰された辺りを、橙黄色《とうこうしょく》に光る灯かりが、ぼんやりと其所等を照らす。昼間とは丸で違う物淋しい小路を二人は下る。黒衣の客人よりもほんの前《さき》を歩き、其の手に持つ心細くも何処か温もりの有る灯かりを僅かに身を屈める風に、足下へと寄せ、照らし、慎ましやかな物腰で先導する。其の姿に、厚遇に、ほとほと感じ入り、胸を言い知れぬ篤いものが込み上げる。そして、言い尽くす事の出来ない程の感謝を心に懐き乍ら、静かに後へと続く。

足下を照らす灯かりが路《みち》を撥ね返り、其の光が、此方を見るとでも無く、然《さ》りとて前を見るでも無い、そんな姿で直ぐ前《さき》を粛々と歩く白い肌の顔を照らし出し、整った目鼻立ちを浮き立たせ、際立てて、残月の睛《ひとみ》へと端美《たんび》に映し出される。そして出し抜けに、其の端整な顔立ちの清純高潔な女性へ訥々と尋ねる。

「……失礼乍ら……、都での暮しをされておられたとか。……そう、聞き及びましたもので……」

要らぬ事を。と、後悔したが、口を衝いて出して終った言葉は、もう戻らぬと戒め帽子の鍔《つば》に手を当て、目深に被り直し黙って歩き続けた。が、然し、返って来た答えは、予期せぬ言葉であった。

「ええ、随分と前の話に御座います。と或る高級官吏の元へ稼ぎまして……、あれは慥《たし》か……十八の頃だったかと記憶しております」

少し間《ま》を置いて、遠い昔の事柄を話すかの様な声音で続ける。

「……都の暮しが……。無関心であり乍ら過剰な迄の干渉。神経質な……あの妙に張り詰めた空気。溢れん許りの雑念と其の喧騒……。其がどうにも……。此の様な御話……御恥ずかしい限りに御座います」

僅かに視線を逸らした風にも窺えたものの、然程気にするでも無く、明瞭な声で答えた。此の話を黙して聞いて居た剣士は、直ぐ様、今し方の戒め事を詫びる。

「要らぬ事を御聞きしました。御容赦」

そう懺悔《ゆるし》を乞う様に話した。すると、意外な、と云った面持ちで直ぐに答える。

「いいえ、構いません。本当の事に御座います。それに、私は本々、妹尾《ここ》の生まれ、此所での暮しが合って居るのだと、其の様に考えて居ります」

斯う言い終えると、軽い会釈をすると共に、自分よりほんの少し許り齢が上の若者の胸元辺りを照らした灯かりを又、静かに元へと戻し、足下を仄かに明るくする。そんな、ふとした気遣いを見て、今の話とを照らし合わせ惟《おもん》みるに、如何に己の視野が狭く、度量の陋《せま》いかと痛感し、悟り知る。幼少の頃より鍬と剣とを一心に振るって来たは、一体何んであったのか。心身を修練したは何の為であったか。是では、只の心算に成って居た丈ではないか。と、気付かされ、顧み乍ら黙した儘、歩《ほ》を進める孤高の剣士。此処で何か憶い出したものか、灯かりの元、朧に浮かぶ黒衣を瞳《ひとみ》の端に留め乍ら話し始める。

「……そう……家長《あるじ》も処世術には疎いので御座います。丸で……誰か様の様に。フフフ……」

笑い声がした様にも聞こえた。揶揄《からか》う風な。諧謔《おどけ》る様にも。きっと彼女の、諧謔。木霊であったやも知れなかった。依然、此の実直成る旅人は黙した儘である。優しい調べを聴くかの如く耳を傾ける。其の睛《ひとみ》は、閉じられていたかどうか。帰路の足下、夕闇に灯る灯かりも又、其の声に聞き入るかの様に、ぼんやりと浮かぶ。

「……そう……！　それで、あの頃の、当時の夫が愚にも付かぬ噂話をしておりました事を今、憶い出しまして」

歩調を稍、緩めたものか。

「御祖父様は、何某と云う剣法の創始者なのだとか。伯父上様は何れ、然も近い内に、政《まつりごと》を司る要職に就くであろうとも。其の親族が波山《はざん》なのだと申すのです。私は、斯様《かよう》な里へ御供を従えて遷《うつ》られた御方が其の様な……と驚きましたが、噂は噂。何処迄、信用出来るものに御座いましょう。それに、其の様な御身分の御方で、此の様な閑散とした村に住まう様な事……是は私とした事が、下世話な事を致しまして……御恥ずかしい。……さあ、先を急ぎましょう」

余所者に対して気を寛《ゆる》したものか、刻《とき》がそうさせたのか、それとも此の旅人の醸し出す人柄がそうさせたものか。何れにしてもたあいも無い憶い出話を語って呉れた丈の事に違いは無い。だが、此の孤高の剣士に取っては、思わぬ人物の素性を知る糸口を攫み得たのだった。そして、俄に朝餉の時感じたあの疑問に頭も心も奪われて居た。

誰かの面影。

まさかと感じ乍らも、是迄の事を憶い返して見る。

（あの横顔……何所かで……。あの話す言葉の語尾……）

知って居る。そう感じた瞬間、体中を電撃が襲った。そして頭の中で鮮明に浮かび上がった名は。

『鑑速佳仙』であった。

（そうか、成程。……道理で最初《はじめ》から……あの時感じた違和感の端緒は是か）

其故初めて厩で顔を見た時、親近感を憶えた事、是非も無し。そうして次に沸き上がったは、

「祖父とは？」である。

（あの身の熟し、立居振舞い……？）

何やら喉の奥に閊《つか》えてどうにも片付かない気分の儘、どうしてだか心丈が離れて終《しま》って行くかの様な心持ちに成るも。束の間、不意に再び肉体へと呼び戻された。

「ニレ……さ……ま……楡《にれ》……様……！　いか……が……。残月《ざんげつ》様！　如何成されました。……間も無く正門に御座います」

名字では無く名を呼ばれた事にも気付く事無く、只、凛とした声の響きに繋ぎ留められ、我に返り、眼前には字義通り、校庭への入口が迫って居た。訝しがる美空《みそら》へ抜け殻の様なぼんやりとした口調で答える。

「……別段……是と言って……」

そう言い終え、改めて正門から望み見る先には、簷下《えんか》に在る蛍光灯が白く、浮かぶ様に灯っている。其の光に近付く程に目映《まばゆ》くちかちかと睛《ひとみ》に映り込む。恐らくは暗がりの小路を手持の灯かり一

つ丈で歩いて来たからであろう。明かりに照らされた玄関へ向かう可く黒く塗り固められた校庭を二人は、依然、淑女の持つ小さくも温もりの有る灯かり一つが照らす中を静かに歩く。そうして漸く先程からぼんやりと何事かに現《うつつ》を抜かして居た事に気付き、丘からずっと歩調を合わせ乍ら灯かりを持ち、足下を照らし、直ぐ前を行く、尊敬に等しい、此の品行方正な女性に慌てて言葉を掛ける。

「こ、是は、失礼致しました。先程からぼんやりとして終い……。御無礼を致しまして、何卒、御容赦願います」

そう言い、旅人帽子を脱ぎ、深く頭を下げ、再び話し継ぐ。

「此所迄本当に御足労と御手間を取らせました事、寔《まこと》に有り難う御座います」

改めて憶い返すに、道すがら美空《みそら》の執り成し、気遣いに感服し、畏敬の念を籠め、辞儀をするのだった。そんな敬意を表す黒衣の旅人に、此の静寂な女性は、端美な口元を弛ませ嫣然と頬笑んで見せる。

「ウフフフ……。いいえ、宜しいので御座います。それに、礼にも及びません。当り前の事をした迄に御座います」

と、言葉を添えた。そうする間に玄関先に着き、灯かりを消す。そして美空は残月《ざんげつ》の方へ顔を向け話す。其の刻《とき》、僅かに伏せた矑《ひとみ》は潤み白い光に照らされ仄かに輝く。

「ほんの一時《ひととき》では御座いましたが、大変、有意義な刻で御座いました」

そう言い終え会釈をする。其へ、仄かに惑うも黙して只、静かに辞儀で応える義剣士を見届けたならば、微かに、にこりと口元を綻ばす。頬はほんのり朱に染まって見えた。そうして、しおらしく嫋やかに玄関口へと、一歩、二歩と歩み、其の繊細でしなやかな指先を戸口へと伸ばし、開け様と其の白く滑らかな手が戸に掛かる。其の瞬間。入口はすらりと開け放たれ、勝手に開《ひら》いたかの様な、空間が突如として現れたかの様な、そんな感覚に二人は捕らわれた。其を見て驚いた美空は、慌てて手を引っ込め、小さく息を吞む。

「あっ……！」

そう聞こえたかどうかを確かめる間も無く、其の空間に黒い塊が出迎えた。

「心配致したぞ。刻限を疾うに過ぎて居る由」

「是は、波山《はざん》先生。御心配を御掛け致しまして恐縮に御座います。それに、斯うして態々、御出迎え迄して戴きまして有り難う御座います」

黒衣の若者は、出迎えたのが家長《あるじ》である事に直ぐに気付き、才媛の目の前に立つ教育者の言葉へ即座に応えて見せたのであった。義剣士の礼節に感嘆したものか、無事に戻った事への安堵からか、満足気に静かに頷いて見せた。二人が遣り取りする間に上がり端へと移った美空が声を掛ける。

「では、食堂で御待ちして居ります」

と、白くしなやかな両手を前で揃え、頭を軽く下げ、其の場から退いて行く。其へ、指導者は、一瞥を投げ軽く首肯いて見せ、二人に背を向け板張りを粛々と奥へと歩いて行く其の優美な後ろ姿へ、

「手を焼かしたな」

上がり端でそう一言、添えたならば、其の清楚な背中が微かに動き、応えた風に見受けられた。

「寛げましたかな」

「其は勿論の事……、本当に、美《よ》い所に御座います」

「其は、何より。では、参ろうか、皆が俟って居る故な……」

少し許り声に張りが無い様にも感じられたが、残月《ざんげつ》は、安堵からであろうと要らぬ穿鑿は控えた。此の家長《あるじ》に取って〝波山《はざん》〟で居られる時間が、自分で「今日、一日丈」そう決めた事と雖《いえど》も迫れば迫る程、剣客に戻る事への虚しさと憤り、迷いと躊躇い。そして同時に、そんな己への嘲笑と戒め。其の全ての想いが募り、押し潰そうとして居るのであった。だが、然し、此の時既に、其等の事柄を匿し続ける行為其のものにもはや意味を見出す事が出来無く成って居たのやも知れ無かった。

そうとは知る由なぞ有る筈も無い此の若き剣士は、時の宰相の甥である事実を慧眼からの直感で見抜いた事が何某かの滞りを生じさせるのでは、と懸念を抱いたのも束の間、今し方の短い会話からは然程感じられず、取越し苦労であった事に寧ろ驚くのであった。人と云う存在は、是迄の経緯や素性と云った様な事柄等は、人が口にする程、重要でも無く、其程に執着するものに非ず。と考え、前を歩く隠遁者の背を見詰め、板張廊の心地好い冷たさを足の裏側に感じ乍ら食堂へと肩随する。

人は、斯様にして、勘違いと思惑違い、擦れ違い、そして其等が幽玄な均衡の中で繋がり、重なり合う。時には、奇妙きてれつにして不可思議な世を存在《いき》る。人間とは、こう云う存在動物《いきもの》なのか。

家長《あるじ》と倶に食堂へと入ると其所は、独り考え耽った寂寞たる昏黒の丘陵とは丸切り違う、何と陽気な、丸で縁日の露店や屋台が建ち並び、人集りで溢れ反った賑わいを醸し出して居る。又、天井に据え付けられた幾つもの蛍光灯が食堂内を明るく照らし、眩しく輝いて見え、思わず睛《め》を細めた。

そんな和やかな情景を眺め乍ら用意された自分の膳の前へと歩を進め、促される儘に其所へ座した。そう、其の席は、朝、昼と変わる事の無い主人の左隣であった。然し乍ら、何故だか当然の如くに其所へ坐る。そう、ずっと以前からそうして来たかの様に。静座をし、周りを見互せば、皆も席はやはり同じだ。あの好青年二人へと、ふと視線を遣れば、昼間の事なぞ何処吹く風の如く、迚も明るく和《にこ》やかな表情でそうして来た様に、皆が揃うのを俟って居る。其を見て取り安堵し右隣の人物へと視線を遷す。きっと、佳仙《かせん》の身寄り、此の仁《じん》の指導者が話をし、取り計らって呉れたに違い無いと義剣士は、看破して見せた。そうして知らぬ間に若き旅人は、家長《あるじ》の顔に見入って終って居た事を、視線に気付き此方を見返す波山と目が合う事で漸く気が付いたのだ。其に依り微かに戸惑いの表情を浮かべるも、穏やかに話し掛ける。

「考え事でも御座ったかな。それとも何か用向きでも？」

「はい。御明察通り、考え事をして居りました。ですが、其は、青年達の事に御座います。然し乍ら、二人の表情を見て取り、先生の御蔭かと心得ました処、安心致して居た処に御座います」

　そう言って頭を下げる黒衣の剣士へ、静かな口調で答える。

「いや、何。家長《あるじ》として、師として、当然且つ最低限の事をした迄の事。気に成されずとも宜しかろう」

　と、頷き乍ら一粲して見せるのだった。

「とは言え……道場での一件、寔《まこと》に失礼仕った。改めて、御容赦願いたい」

　真面目な表情と共に軽く頭を下げた。其を見て取り、義剣士は、只、黙って面《おもて》を上げる様促し、もう此の件は。と云った風な面持ちで軽く二、三度頭を振って見せた。其の顔は迚も優しかった。

そんななか、ふと何やら視線を感じ始め、残月《ざんげつ》は周りを見亙す。すると皆が、此の黒衣の旅人の顔に釘付けに成って居るのが判った。そして其等の全ての視線は、あの時、丘で美空《みそら》が交わした何気無い言葉に嘘偽りが、弐心が、一切無い事を物語る様に真っ直ぐに、此の孤高の剣士に向けられて居るのだ。そう、其の素顔其のものを見据えて居るのだった。然《さ》も〝キズ〟の事など知らぬと許りに。若き剣士は背筋の伸びる心持ちに成ったであろう、嘸かし。

「たび人さんはぁ、お目目だけではなくて、おかおも、とぉっても、やさしいのね」

其の幼言葉が誰であるかは一目瞭然であった。此の余所者に取っては。もはや。

声のする方へ顔を向ければ、あの愛くるしい笑顔に、輝く団栗眼《どんぐりまなこ》。童女の言葉は、食堂に響き亙り、より一層、皆の心を和ます。

「本当ね。朋子《ともこ》は、何でも解って終うのね。ウフフフ……」

姉でもあり、育ての母の様でもある、傍らに坐る少女は、優しく、清涼な声色で、其のあどけない顔を覗き込む風にして応えるのだった。そうして其の会話を黙って聞いて居たあの仲良し三羽烏も、其の通りと言わん許りの表情を浮かべ乍ら満足げに、其々の顔を見合せ頷き合って居る。何だか其が、そこはかと無く気恥ずかしく、擽《くすぐ》ったくも有り、目の遣り場にさえ困り始め視線を思わず外した其所には、好奇心一杯に胸を膨らませ、瞳を真ん丸にし、輝かせ乍ら一心に見詰める男の子の顔が在った。其の真っ直ぐに据えられた眼差しは黒衣の剣士の露に成った素顔を捉えて放さない。此の刻《とき》の胸中は正《まさ》に、木乃伊《ミイラ》の正体見たり、と云った処か。ではなく、寧ろ、「誰なのだ此の人は？」と惚けた面持ちで、此の武人《おとこ》を見詰めて居る。其の口は、何とも中途半端な感じで開けられて居る。否、閉じて居るのか。判然としない其の顔が、何とも譬え様の無い愛くるしさを醸し出すのだった。

「栄造《えいぞう》。駄目でしょう。他人様の顔を見詰めるものでは……、ね。解った」

そう男の子に優しく諭すと、苦笑いとも照れ笑いとも言える表情を見せ、残月に軽く頭を下げた。

だが此の童男《おぐな》は、そんな清美《きよみ》に振り向き、

「ミイラはどこ?」

と、返事の代りにこう尋ねるのだった。其の思いもよらない質問に、ぎょっとした顔で目を白黒させ、此の素頓狂な童稚と其の頑是無い気持ちの儘の言葉に然程気にもせず、微笑んで居る旅人を交互に見て、終《つい》には閉口して俯いて終った。そんな風に悄気《しょげ》て居る義姉《あね》に代わり答えたのは、あの三羽烏が一人、仙太《せんた》だった。

「だ・か・らぁミイラなんて居ないんだってば。何度言えば解るんだよぅ。お前って奴はぁ……ハァア……」

と、額に手をあて、嘆く素振りを見せると、其を見て居た隣の竜の介《たつのすけ》と佐吉《さきち》が然も楽し気に御腹《おなか》を抱え、蛙が鳴くかの様に、けらけらと甲高く笑った。そんな情況の中、栄造は、益《ますます》をもって真剣な眼差しを一心に残月へと送り、清美は三羽烏の莫迦笑いと、何故又、栄造《このこ》は、黒衣の剣士を見詰めるのかが理解出来ず、其等の事柄からに因り、じりじりと苦しめられ、猶一層、憂鬱さが増し、終には堪え切れず矛先は、御多分に洩れる事無く、仙太を主に三人組へと向けられて居た。口は細く尖り、眉間に皺を寄せ睨め付ける其の顔は、丸でひょっとこの様ではないか。其を見て猶更の事、三人は、大笑いをし出し、義姉《あね》は更に顔を強張らせ、口元は引き攣って、鬼の形相へと変貌を遂げた。三羽烏は、是は不味いと許りに、口を噤み、俯き、含み笑いをし乍ら、互いに肘で小突き合いふざけ合って居た。

其の遺り取りを由ノ慎《ゆいのしん》も真ノ丞《しんのじょう》も微笑み眺めて居る。又、師であり育親《しとねおや》でもある家長《あるじ》も、笑顔で見守る。そして、一番に割を喰ったのは、此の何時迄も腑に落ちない表情で坐る清美《きよみ》に違いないのだが、当の本人も然程気にして居ない風だ。其処《それどころ》か寧ろ嬉しそうでもあるかの様に、黒衣の若者の睛《ひとみ》には映って居た。そんな夕餉の膳を囲む情景を満足げに眺める波山《はざん》の右隣に坐る美空《みそら》が、皆が揃ったのを見届けると、姿勢を正し、胸を張り、明瞭な声音で、

「では、姿勢を正して。戴きます」

号令を掛けた。皆、其に見倣い、銘銘背筋を正し、合掌し、目を開け、感謝の念を胸に聢と抱き、大きくはっきりとした声で、

「戴きます」

と合唱した。斯うして、楽しい夕餉の時間が始まった。膳を覗けば筍と山菜の煮物、椀の蓋を開けると、豆腐の味噌汁の馨りが湯気と共に漂う。そして、隣人の土産物、魳《かます》が皿に二匹も盛り付けて有る。塩を振り、自家製竹炭で丁寧にこんがり狐色に網焼きして迚もおいしそうだ。沢庵もちゃんと脇に添えて有る。其等の並ぶ膳を暫し眺めて居る黒衣の若者へ家長《あるじ》がふいに声を掛けた。

「昼頃、出先から戻った妹尾《ここ》の隣人が此の白身魚を手土産に挨拶と御礼を兼ねて立ち寄り其の旁《かたがた》置いて行って呉れたのだ」

「斯様な事が……。有り難い御話に御座います」

「如何にも。其の通り。まあ、存分に味わって食され、楽しんで戴き下され」

と一粲して、箸に手を遣った。其を見届けた後、

「はい。では、遠慮無く戴きます」

と、軽く辞儀をしてから箸に手を付けた。

一昨日から隣の港町へ用事で出掛けた村人が今日の昼下がり。丁度、残月《ざんげつ》が道場から立ち去り丘へと向かった頃、此所へ訪れ、竹蔵《たけぞう》と千代《ちよ》に、留守の間、田畑の世話を頼んだ細《ささ》やかな御礼として、此の鰤を三十尾も置土産と表して、分けて呉れたのだった。銀白に煌めく身を解《ほぐ》し、一口頬張ってみる。鋭い歯をぎっしり並べ、此方《こちら》をギロリと睨み返す其の形相を見事に裏切った何とも淡白な味わい。焼き具合は元より、塩加減も絶妙。其が猶一層旨さを引き立たせ、正に美味。

「是は旨い！」

と思わず残月は口にした。其を隣で聞き、

「美空と千代とで焼いて呉れたのだ。口に合って良かった」

「然様でありましたか。美空殿が是を。……迚もおいしいです」

「何よりに御座います」

そんな会話をし乍ら、何やら波山丈が照れ臭そうにして居たのは、気の所為であったものか。

そうして、皆の表情も又、同じで、舌鼓を打ち、おいしそうに食べて居る。朋子《ともこ》は、清美に丁寧に骨と身を分けて貰い、瞳を輝かせ、おいしそうに食べる其の愛くるしい笑い顔を振り撒いて居た。

ふと、栄造《えいぞう》に目を遣れば、魚が大層、好きだと云う事が窺い知れた。何故《なぜ》ならばもう既に頭と尻尾丈を残して一匹、綺麗に平らげ、二匹目をむしゃむしゃと小骨ごと身を頬張り始めて居た。箸を巧みに操る其の食し方は正《まさ》に大人顔負けの如く。是見事也。然し、なぜか其の顔は、おいしそうと言うより、寧ろ真剣其のもの。一心に、黙した儘、魳《かます》を口へと運び入れ、頬張り乍ら食べ続ける姿が、黒衣の睛《ひとみ》には微笑ましく映るのであった。此の若き剣士は皆の表情を見て痛感した。顔の創刃なぞ、さして気にしていない、況して「醜い」等の語彙なぞ浮かびもしないと云う事を。自分自身が字義通りの事を考えて居た丈なのだと云う事を。此の大事な事柄に気付いた刻《とき》、晴れ晴れとした心持ちに成り嬉しさ迄もが込み上げて来るのを憶える。

(必ずや、都へ無事に戻り、皆に妹尾《ここ》での事、たった一日の出来事では在るが、学び取った数多の事柄を自分の言葉で伝えよう。そう、巴《ともえ》様と、飛雪《フェイシェ》、柳水《りゅうすい》先生。親父殿にも。此所で培った体験を土産話に、斯うして、食卓を囲もう……)

孤高の剣士にして逆賊である者に、此の様な淡い夢を、儚き希望を懐かせる程の和やかで穏やかな風が、此の食堂内には流れて居た。己が咎人《とがびと》であり遁《のが》れ人《びと》である事一切を忘却させる程の雰囲気が若葉風と成り流れて居るのだ。黒衣の若者は、夢に浸《ひた》る。溺れる。嘸、心地好いであろう、楡残《にれざん》月《げつ》よ。

そして、其の愚者へと成り代わろうとして居る若者の隣で静座をし、食する家主も又、然り。〝舜水《しゅんすい》〟成る剣客に在って、時《とき》の宰相《ひと》〝佳仙《かせん》〟の甥。暗殺の命を書状に於て受けて居る、然も「報いる刻」と自身で決めた事でもあるにも拘らず、立ち戻る処か、抗う心さえもが芽生え、既に幼木迄に育って居るのではなかろう乎《や》。此の二人の剣客を含む全ての人、其の者達が描く『夢』と云う呼称が、『叶える』と云う欲望に変わる時、『苟且』と云う名の赤児が、産声を挙げる。斯うして人は、自らが自らを毒して逝《ゆ》き、子供達の瞳を曇らして行く。

嗚呼……。無常の風音か。〝ゼブラ〟の嘆息か。全ては此処に帰因する。と憫笑したか。全幅の信頼を置いて居た者に命を狙われ、さ迷う幼き天子は、其の魂の行き処を喪《うしな》い、呻吟《さまよ》い乍ら女医師の下へと身を匿す。最早、依り所は其所しかない。然し、帝《みかど》不在に乗じて帝王の座を僭窃《せんせつ》、僭称《せんしょう》しようと目論む輩達が僭恣《せんし》、僭上《せんじょう》からに因る独裁恐怖統治の執行。そして、凋落、頽廃。其の零落の極み、滅亡。此の国が今、正《まさ》に其の一途を辿らんとする此の刻に、よもや、は、あるまいな、孤高の義剣士よ。と、愁訴したか。懸念であったか。疑念であったやも知れぬ。何れにせよ、〝ゼブラ〟の溜息は、其の魂の箏の緒に触れたであろうか。

楡残月が夢から呼び戻された時、舜水も同じくして幻から醒めた時、世は、嘸かし、歪《ゆが》んで視《み》えるに違いない。夢とは、現《うつつ》とは、如何なるもの也乎《なりや》。視而不見《みれどもみえず》。

幻も　果敢無《はかな》き夢も　現《うつつ》にぞ

楽しい夕餉に舌鼓を打ち、思わず箸が進むそんな夢心地で居る黒衣の若者の耳元へふと遠くから子供等の談笑が寛《ゆったり》と聞こえて来る。聆《き》けば、仙太《せんた》の声が弾み、竜《たつ》の介《すけ》の声は燥《はしゃ》ぎ、其方へ眼を遣ると、佐吉《さきち》が嬉しそうに頷き続けて居た。三羽烏は、御代りを何杯もして居たにも拘らず、綺麗に食べ終え、旅人が食事を済ませるのを今か今かと、俟ち侘び、居ても立っても居られない様子だ。御喋りをしては此方へと瞳《め》を向け、又、御喋りをしては、又、ちらちらと見る。を、繰り返すのが其の証左であろう。波山《はざん》も又、そんなそわそわして落ち着かない三人組を見て取り、隣で同じくして三人を見て居る賓客へ一瞥を投げる。と、其の旅人も又、視線に気付いたものか、眼と眼が合い、互いに気恥ずかしさを感じ乍らも家長《あるじ》は苦笑いを、黒衣の若者は食事が出来た事への感謝の念と共に合掌をした。

其を見届けた育親《しとねおや》は、残月《ざんげつ》にはそっと眴《めくば》せし、其の儘視線を三人へと向け、にこりと一粲し、了解の合図とも云える風な表情をして見せた。其を認めるや否や、三羽烏ならぬ三羽鶏《さんばどり》か。は、一斉にけたたましい鳴き声で歓声をあげ乍ら大喜びで盛り上がった。其を眺める御下げの童は、其の小さな手を叩き、小気味好く綺麗に並んだ真っ白な歯を見せ乍らあどけない声色で、嬉しそうに笑う。そんな童女《おうな》に義姉《あね》は、一緒に風呂には入れない事を知り乍らも、優しく言葉を掛ける。

「良かったわねぇ」

顔を覗き込む清美《きよみ》へ朋子は、にっこり笑い、瞳焉《どうえん》する。そんな何時もと変わらぬであろう純真無垢な表情を見て幸せを感じ乍ら、ふと栄造《えいぞう》に目を向けた。すると、何時の間にか綺麗に食べ終え、三人組と見知らぬ旅人、詰り、前木乃伊《ぜんミイラ》との遣り取りをじっと見据えていたものか、歓声があがり燥ぎ出したのを見て取るや、踊って居るものなのか、判然としないが、坐った儘、体をくねらせ乍ら妙な動きを俄にし始めた。三人組に調子を合わせて居るのであろう事は、見て取れたが、其に気付いた清美は残月へちらりと目を遣り、面映さを感じ、果ては、唯、閉口した。

けれどもそんな情景の中、乙女心は夢心地。何とは無しに、黒衣の隣に坐る憧れの先生へと視線が向く。其の瞬刻、愕然とし凍り付く。自分の目に映ったものを疑い乍らも一時《いちどき》に現実へと、否、何処迄が夢であったのか、引き戻され絶句した。此所に遷《うつ》り住む様に成ってからと云うもの片時も放さず懐き続けて来た、其とは気付かぬ、淡い恋心。其の恋い慕う眼差しを送り、倶に今日迄過ごしたあの波山の顔は、つい今し方、微笑んで居た筈のあの先生の心は、遥か遠くを見据え、何か、想い詰めた様な、それでいて、同時に何処か抜け殻の様な、虚ろな面持ち。喜び、哀しみ、苦しみ、それに痛みさえも感じては居ないと云った面《かお》。一途な此の小女の眼《まなこ》には、其の様に映ったのだ。

(どうしたらあんな表情が出来る……先生のあんな顔、初めて……見た)

そして、青ざめるのだった。血の気が引いて行くのが解る。直感する。誰にも言え無いのでは。

と。言ってはいけないのだと。

(義姉《ねえ》さんは何か感付いて居るのだろうか。義兄《にい》さん達は……？　爺様と婆様は、何か知って居るのでは……？)

何か迚も不吉な予感。知らぬ間に途轍も無く大きなうねりが起き、其の渦中に自分達は立たされ、今正《いままさ》に呑み込まんと牙を剥いて居るのではないか。そう考えずには居られ無かった。

(其の全ての要因は、やはり此の方……楡残月《にれざんげつ》様……)

自分達の育親《しとねおや》があの宰相の甥に適《あ》たる事。況《ま》して、其の伯父からの書状に於て、残月抹殺の命を受け、其の遁《のが》れ人の機微に触れ、腐心し、苦渋を味わって居る事なぞ知る由も無い若き男女には、此の黒衣の都人《みやこびと》へと矛先が向くは必至。そんな一抹の不安を懐き乍ら、若き旅人の顔を知らぬ間に、見詰めて居る自分に突如気が付き、はっとして、咄嗟に顔を伏せた。心臓は張り裂けん許りの勢いで鼓動を拍ち其の度に外へ飛び出そうと、内側から胸を力の限りに押し上げる。其の苦難に最早怺《こら》える事是能わず。其の場から今直ぐにでも立ち去りたい衝動に駆られるのだが、遁《のが》れようにも何故だか遁れられず、脅えと云う名の魔物に魂を鷲攫みにされ、どうにも身動き取れぬ儘、唯、一向《ひたすら》に、其の不安に戦き、恐怖に引き攣った形相を必死に匿《かく》し続ける。そんな無間《むけん》の底とも云える惨状から、其の精心的情況から救って呉れたは果して。

「きよみねぇちゃん、どうかしたの？」

童女の不意に問い掛ける、あどけない、然し乍ら、純真な其の声であった。孤独に打ち拉がれ、途方に暮れ、さ迷い漂う心を、魂を、幼女の幼気な心が、魂が、果てしの無い叫喚から、救いの手を差し伸べて呉れたのである。其の声に心の底から安堵したものであったか。

「な、何でも無いのよ。さあ、後少し丈だから、残さず食べようね」

と、口に出しては見たものの、其のか弱き声音は微かに顫《ふる》えて居たか。朋子《ともこ》は、其をも敏感に感じ取ったものか、団栗眼を猶一層丸くして、不思議そうに義姉《あね》の暗く沈んだ顔を覗き込み、にこにこと笑い掛ける。其の口元には、白く小さな八重歯が二本、覗いて居た。

「はぁい」

と健気にも、元気な溌剌とした声で答えて見せ箸を取り直し、食べ始めるのだった。

天使《いもうと》の加護に依り、どうにか平常心を取り戻した清美《きよみ》は、不吉とも呼べる此の推測が自分の単なる杞憂である様にと、寧ろ、己の未熟さ故の邪推である様にと、懇願する。此の祈りにも似た想いは、一体、何処へ向けられたものであったのか。唯、一向《ひたすら》に、否、無性に、そう願わずには居られなかったのであった。

　そんな願望に頭と心を奪われて居る間にも義妹《いもうと》は残りを食べ終わり、得意気に食器を小さな両の手の平で持ち上げ、見てと言わん許りに近付けて中を見せた。其を嬉しそうに確認すると、偉いわね。と云った風に、優しく頬笑み、其の小さく細い肩に、そっと、手を載せた。すると、満足したものか、にこっと、あどけない笑みを浮かべ乍ら食器を膳の上へと戻すのだった。義姉《あね》は、そんな義妹《いもうと》の仕種を微笑ましく感じ乍ら周りを見亙せば、皆も夕餉が済み、其々片付けに入って居た。美空《みそら》が家長《あるじ》と客人の膳を持ち上げて居るのを見届けると、自分の膳に手を掛け乍ら清美の言い付けを健気に守り頬笑む童女と、何時迄も何処を見るでも無く耄《ほう》けて坐る童男の二人に、自分達の膳を持つよう促し、勝手場へと三人で向かうのだった。

　膳を片付けて貰った波山《はざん》は、残月《ざんげつ》の方へと顔を向け、

「では、子供等との一時《ひととき》、愉しみられよ。私は少し、用事を済ませねば成らぬ故、後程入る由。気兼ねせず、御緩りと」

　と言い終え、一粲し、座を立ち上がる家主へ、浅く辞儀して見せ、

「はい」

と一言丈、明瞭に答えた。そんな賓客に一瞥を投げた後《のち》、其の場を後《あと》にした。

　膝を崩す事無く、背筋を正した儘、其の場に正座をして居る残月は、男の子と家長《あるじ》との遣り取りを見て微笑んで居たあの若い門弟二人の事を憶い出すと無性に嬉しく感じ、迚も他人事とは考える

事が出来ずに居る心と、案内役である三羽烏が来る事を逸る気持ちで俟ち侘びる心とが同居し乍ら静かに俟つ。

膳を下げに来た清美等三人と調理場の出入口辺りで擦れ違った義兄《あに》達二人は、静かに座し、蜈蚣《むかで》が這いずる様な其の酷たらしい創刃を露にして居る黒衣の客人へと真っ直ぐに向かって歩を進めて行く。其の刻、彼女の瞳に映り込んだ義兄達の表情は、生真面目其の物であった。

若い門下生が近付く気配に残月は、其方へと眼差しを向ける。其の視線を稍見上げる程の距離へと来た所で止まり、徐に、先ずは、やはり、真ノ丞《しんのじょう》が緊張した面持ちで、僅かに声を強張らせ乍らも勇気を奮って、口を開いた。

「道場では、誠に失礼を致しました。どうしても頭の中と心の中が、上手《うま》くに……其の……未だ未だ、未熟に御座いました。故に、御容赦願いたき所存で……、此の様に、由ノ慎《ゆいのしん》も深く反省して居ります。甚だしき御無礼の数々を働いた事、重ね重ね、申し分け御座いませんでした」

凛とした態度で言い終えると、深々と頭を下げた。心友の言動に倣い、気恥ずかしそうでは有るものの、頭を下げた其へ慌てて面《おもて》を上げ、何も言わずに首を垂れる丈の盟友の脇腹を肘で小突き、小さな声で囁く様に、

「おいっ！」

透かさず、小突かれ痛かったのか、要らぬ世話を焼かれ煙たがったものか、判然としない表情を見せたが直ぐに客人へ、心持ち伏せた顔を向けると、意外にも明瞭な発音で、

「申し分け御座いませんでした」

と謝罪して、改めて頭を下げた。二人には、誠意が籠められて居る事が、言わずとも在り在りと感じる事が出来た。其の嘘、偽りの無い、正直で誠実な、言葉と気持ちを素早く汲み取り、神妙な面持ちで背筋を正し、屹立して居る二人へ微笑み、頭の中で回想する。

若さ、とは。仮《たとい》、身分や素性が違うと雖も、己《おの》が自身も通った筈の途《みち》。だが然し、其の記憶は最早ぼんやりとした意識の片隅にひっそりと残る丈。丸で香《こう》を焚いた後の残《のこ》り馨《が》の様に。そう淡い想い出として心の片隅に留まるのみ。

其が如何にももどかしく感じる。

「何の、此方も、未《いま》だ、修練、研鑽を積む途上の身の上。故に、心身共々未熟で、其に因り全てに於て配慮が欠けて居たと感じ、今更にして恥じて居る次第。私の方こそ、御容赦願えまいか」

如何なる時と雖も誠実たる心を忘れ可からずと云う訓戒を胸に、相手の立場や考え等を尊重し、思慮深く猶且つ篤実に真摯な姿勢で、此の青年二人に向き合い、実直に答えた。若き門弟二人は、自分達と十年と離れてはいないであろう此の武人の威厳に満ちた顔付きと、毅然とした居住まいに少しづつでは有るものの、慥《たし》かな存在《もの》として、恐らくは最初から気付いて居たあの感触、畏敬の念を。然も此の一日にも満た無い刻《とき》の間で其を懐いて居ると云う自覚が芽吹き出した自分達の心に、気が付き始めて居た。其の義剣士の言葉丈に、二人は厳粛に受け留めるのだった。同時に此の気持ちは、師であり、父でもある波山《はざん》に対するものとは又、何処か違うものでもあった。朋友である二人は、残月《ざんげつ》の忖度とも、又、釈明とも取れるそんな言葉に、感謝の気持ちを籠め辞儀をして見せた。其に依り、気を良くしたものか、面《おもて》を上げた表情には粲然とした笑みが零れ、背中を向けて退出して行く其の足取りは軽快で、丸で少年の様であった。其は、爽やかと云う名の残《のこ》り馨《が》か。

二人の姿が見え無く成る迄、そっと見守って居た旅人の元へ、ずっと三人の遣り取りの様子を離れた所から窺って居たのであろう、義兄《あに》二人の用向きが済んだと見て取るや否や、あの三人組と稍《やや》、遅れて一人が俟ってましたと許りに、韋駄天の如く駆け寄って来た。牀板を踏み鳴らし乍らどたどたと近付く足音に、はて。と云った風な顔を向ける黒衣の若者へ、元気よく声を弾ませ話し掛けて来た。其の前歯は、一本、欠けて居る。

「残月《ざんげつ》のお兄ぃちゃん。風呂に行こうよぉ。先からずっと待ってたんだよ。約束したもんねっ、ねっ」

と肩を両手で揺さ振る。丸で駄々を捏ね何かをねだる様にして見せるのである。其に対して俟て俟てと、羽織ろうと手に持ち掛けた外套迄もが揺れて居るのが眼に留まり、其が無性におかしくてにやにやと薄笑いを思わず浮かべて終《しま》った自身を怪訝に感じ乍らも楽しんで居る。そんな姿を見て、我慢がならなく成り、続いて竜《たつ》の介《すけ》が燥ぐ様に話に加わる。

「そうだよぉ。仙太《せんた》の言う通り。ねぇ、早く立ってよぉ。早くっ、早くぅ。こっち、こっちィ」

と親友の揺する肩とは逆の腕を攫み強く引っ張り、起こそうとする。其の光景を只、見詰め、腹を抱えけらけらと大笑いするも、友の話に頷く事丈は決して怠らない佐吉《さきち》が二人の後ろに控える。そしてもう一人。誰を差し置いても忘れては成らぬ童男《じんぶつ》。其の眼光鋭く。是等、一部始終を見逃すまいと、喰い入る様に黙って見据える其の瞳は、黒衣の見知らぬ顔へと一直線に注がれる。そう、此の熱い眼差しを送り続けるは、言わずと知れた其の名も栄造《えいぞう》。其の童子《ひと》である。

真打御出座《おでま》しにて旅支度整いまして御座候う大浴場へいざ行かん。

残月は、自分を囲み、喜び燥ぎ楽しそうに笑って話すそんな子供等を眺めて、自身でも終ぞ感じた事の無い悦びに、驚き戸惑い乍らも皆に笑顔で応える。そして、此の懐《なつ》き慕われて居ると云う充実感を胸に皆へ言葉を添える。

「では、案内の程、宜しく御願い申し上げます」

そんな諧謔《おどけ》に迚も喜び、三人組は大笑い。が先か、銘々が腕を攫み、手を引っ張り、背中を押す。旅人は外套を羽織るのも儘ならない。皆からそんな風に誘《いざな》われる様に大浴場へと、食堂の出入口へと向かう。其の殿《しんがり》は、果して、一味違う鋭き眼光の持ち主であった。其の眼差しは見知らぬ客の後ろ姿に注がれ続けるのだった。

風呂場へと続く亙り廊下を踏み鳴らし、子供達は、客人の背を押し、腕を引っ張り、歓声を上げ、楽しそうに燥ぎ、何時もの板張を歩く。だが心の中は、きっと新鮮な気分で満たされて居るのだろう。丸で温泉旅行にでも来て居る様に見て取れる事が、其の証左であった。残月は、自分の体へと戯れ付く様に取巻いて、黄色い歓声を上げ楽し気に笑う子供等を眺めて居る其丈で、此方迄もが幼き日々へと立ち返った様な感覚に捕らわれ、胸が弾み、心躍る気分に浸る。そんな夢心地の儘、大浴場の出入口へと続く廊下に差し掛かった辺りで、何所からともなく歓喜にも似た犬の吠え声が、弾む息遣いと共に聞こえて来る。気配其の物が近付いて来るにつれ、軽やかな足音迄もが付いて来て、終に黒い塊が姿を現したと気付いた時には、咆哮と共に地面を蹴って躍り上がり、仙太目掛けて飛び付いて居た。

「虎《とら》ぁ！」

勢い余って引っ繰り返り、仰向けに成って居るのを是幸いにと許りに、攻勢の手を緩める事無く、覆い被さり、其の笑顔をベロベロと有り余る程に舐め廻す。其を手で退《ど》けて嫌がる様な仕種をして見せるものの、本気で無い事は、一目瞭然。其の儘、楽しそうに戯れ合って居る。

「アハハハハ……止めろよぉぅ虎ぁぁハハハ……くすぐったいよぉぉキャハハハ……」

濡れ縁の下で眠って居たが、大好きな子供達の声を聞き付け、何時の間にか、這い出し、喜び勇んで、皆の元へ、馳せ参じたのだった。そして自分も仲間に加わる可く、倶に遊びたい、其の一心で、鼻を鳴らし乍ら、体を中途半端に起こし、片肘で支えて居る仙太《せんた》に懇願するかの様に、尻尾を大きく左右に振り、猶も縋り付く。

「虎！　御前は一緒には入れないんだぞっ。駄目なんだぞぉぉ」

戯れ合って居るのを傍らで楽しそうに燥ぎ廻る竜《たつ》の介《すけ》が戯れ乍ら言った。すると今度は、其の声の元へと飛び付く。同じ頼み事をするかの様に縋って、前足を体に掛ける。其の見据えて来る眼差しに絆《ほだ》され、

「よし、よしぃ。虎ぁ」

と抱き付いて顔と顔とを擦り付け合って居る。其を見乍ら板張に欠けた前歯を見え隠れさせ寝転がって居た少年は、何か考え付いたのか、よし。と許りに飛び起きて、其所へ近付き、藪から棒に、其の自分とさして変わらぬ体型の犬を抱き上げた。そして、後ろの趾先《あしさき》を引き摺り乍ら其の儘、風呂場の方へと歩き出す。犬は、嬉しいのか、窮屈なのか判然とはしないが、何やらもぞもぞと身体

を胸《むな》を反らせて居る。其へは意に介さず歩き続ける為、少しづつずり落ち、軈《やが》ては、両脇を抱えて居る丈に至り、後ろ趾で無闇矢鱈と床を蹴り、其の度に板を爪でかりかりと引っ掻く音がする。其にさえも目を向ける事無く、其の儘の格好で縺れ乍ら終には、脱衣場へと入って行って終った。其の後を直ぐに喜び乍ら竜の介が追い掛ける。

そして遅れまいと必死に走る佐吉《さきち》なのだが、何処かのんびりして居る。

「待てよぉぉアハハハ……」

「待ってよぉ……二人共ぉ」

其等の光景を眺め、微笑む残月《ざんげつ》の顔を何度も振り返り乍ら最後に栄造《えいぞう》が大浴場へと姿を消した。若き剣士は、きっと、三度《みたび》、否、四度目《よたびめ》か。彼等は清美《あね》に叱られるであろう。と考え、思わず吹き出しそうに成るのを堪え、皆に倣い大浴場への出入口を潜った。其の表情は、何処かにやついて居る風にも窺えた。

脱衣場へ入ると、栄造が下着を脱ごうと悪戦苦闘。何やら悶えて居るのが眼に入った。手伝って遣ろうと近付き乍ら浴場へと続く硝子戸の方へ視線を移すと、もう既に裸ん坊に成り、準備万端整いましたと、言わん許りに此方を向き、横一列に並んで、粲然と笑い乍ら俟って居る。黒衣の若者が姿を現したのを見届けると、真ん中の前歯が欠けた少年は声を掛ける。

「遅いよぉ、もぉ。早く、早くぅ。こっち、こっちぃ」

と招き寄せる風に、両腕を一杯に前へ伸ばし、上下に振り動かして見せる。隣に並ぶ少年も又、其に倣い同じ様に腕を動かし、

「残月《ざんげつ》の御兄ぃちゃん、こっちだよぉ」

と嬉しそうに言う。そしてもう一人の少年が真っ裸なのを気にもせず駆け寄り手を握る。

「行こぉう」

と佐吉《さきち》が、おっとりとした口調で言い乍ら、ぐいっと手を引っ張る。慌てた残月が、宥める風に答える。

「ちょっ、ちょっ……先ずは、服を脱がねば……」

せがまれる儘に上衣の鈕《ボタン》に手を掛けた時、何所から飛び出して来たものか、二人の少年がする動作を見た虎《とら》が、喜び勇んで吠え乍ら跳ねる様に走り寄り、興奮醒め遣らぬ。と云った勢いで、仙太《せんた》目掛け突進し飛び付いた。其を上手《うま》く抱き留めると、又もや顔を執拗に舐め廻す。

「ハハハ……止めろよぉ。もう少し待てってたらぁ。ハハハ……クハハハ……」

と、楽しそうに戯れ合うのを傍らで見て居た竜の介《たつのすけ》が、二人に、ではなく、一人と一匹か。に、被さる様な感じで抱き付く。

「そうだぞ、虎ぁ。まだだぞぉ。ムフッ。へへへ……」

顔を犬の身体に埋め乍ら言った。其等の情景を佐吉は、けらけらと本当に楽しそうに笑い乍ら見て居る。残月は、そんな子供達の戯れて居るの微笑ましく感じ眺め、あの犬はどうやら浴場に入るのが、初めての様だと逸る気持ちを抑えられず、硝子戸を前趾《まえあし》の爪で引っ掻いて居るのを見て取り、そう推測する。そんな取留めの無い事を考え乍ら、鈕《ボタン》を外し、絹の上衣と肌着を手際良く脱ぐ。そして、其の露に成った肉体は。均整のとれた、理に適った体型とは、正《まさ》に此の姿に違わず。肉付き其の物は、決して太くは無い。何方かと言えば細身か。だが然し、其の奥《うち》から漲る圧倒的な何か。そう、魂の力強さ其の脈動か。を感じさせずには居られず、子供等は暫し、見惚れた。其の視線に何だか気恥ずかしさを覚え、堪らず、皆を見乍ら、

「入らないのかい？」

と、口にした。其の声を遠く夢心地で聞き、其所から戻るには、数度の瞬きをする刻《とき》を有した。伴侶と呼ぶに相応しい犬さえもが吠えると云う本能を忘れる程に。

漸くにして、一人の童子《わらし》の声が、脱衣場と云う空間を塗り潰して行く沈黙を破った。

「いこう」

其の肉体美を曝け出し突っ立つ若者の顔を仰ぎ乍ら。自分の頭丈が其の儘後ろへと転がり落ちそうな位に、其の粲然と笑う顔を上に向け乍らそう一言丈、言い終えると、そっと武人の大きな掌を握る。そして、促すかの様に、優しく握り返す大きな手を、二、三度、揺すった。そう、つい今し方迄、皆の戯れ合いには然程、興味を示す事無く、只、黙々と自分が纏《まと》う衣服との戯れ合いに、悪戦を強いられ、たった今、帰還した、栄造《えいぞう》であった。子供等は、其の童子《わらし》の一声が合図であったかの様に誘《いざな》われ、俄に我へと返り、銘々が口々に、顔を見合せ乍ら、頷き合い、

「うん、そうだ、そうだ。行こう、行こう」

と声にする。一時《いっとき》、惚《ほう》けて居た事も忘れて終ったかの様に。

仙太と竜《たつ》の介《すけ》は、其々、左右の硝子戸に手を掛け、声を合わせた。

「一、二のぉ、さぁん。それぇ」

其の合図に合わせ勢いよく開け放つ。現れた光景は、浴場一面、湯煙で何も見えず、その蒸気が霧の様に寛と脱衣場へと流れて来る。一番風呂は初めての様で、佐吉《さきち》は喜び乍ら其の靄に駆け寄り、戯れる。

「何か、冷や冷やするぅ。ヒヒヒ……」

と楽し気に言う。扉を開けた二人も、どれどれ。と云った風に戯れて見る。二人は顔を見合せて、欠けた前歯を見せ乍ら、

「本当だぁ。佐吉の言う通り、何か、冷たいぞぉ。ウヘッ」

擽られた様な声を出す。続けて竜《たつ》の介《すけ》も触って見る。

「うん、うん。冷やっこい。湯気なのにぃ。おかしいぃ。アハハハ……」

と、嬉しそうに燥ぐ。其の情景を栄造《えいぞう》は、逞しい大きな手を聢《しっか》りと握り、黙ってじっと眺め、残月《ざんげつ》は、其の小さな手を聢りと握り返し、微笑み乍ら、眺める。心には、巴《ともえ》が居たやも知れなかった。

だが、此の時、悲劇は起きた。子供達が湯気に気を取られて居る隙に、何処からともなく、狼を髣髴《ほうふつ》させる様な咆哮と共に浴場へと飛び込んだ影一つ。

「あぁ！　虎《とら》ぁ！」

目をひん剥いた仙太《せんた》と竜の介。二人の悲痛成る叫びが虚しく木霊する。其に因り、正体は明かされ、同時に、湯舟に飛び込む気持ちの良い音と共に飛沫《しぶき》が上がる。そして滔々と溢れ出る湯の心地好い音が、丸で波打際にでも居るかの様な錯覚に捕らわれる。そんな波音が脱衣場に迄、響き亙る。が、次の瞬間、第二の悲劇の幕開けを、狼狽え鳴き叫ぶ声が告げた。其の声を聞いた皆は、何事が

起きたものかと訝しがり乍ら顔を見合せ、浴場へと駆け寄る。そして、其所で目にしたものは。抑《そもそも》、此の犬は、生まれて此の方、水しか知らず、考えて居た物とは全く違う、況して初めての感覚に襲われ、驚きの余り慌てふためき必死の形相で、恐らくは子供の腰程しかないであろう其の浅い湯の中で踠《もが》き喘《あえ》ぐ、譬え様の無い悲哀に満ちた其の姿であった。

暫くしてやっとの思いで湯舟から這い上がり、濡れ鼠の如くみすぼらしい姿を露にし、助けて呉れ無いなんて酷いよ。と言わん許りの表情で悄気て居る。そんな犬の嘆きを余所に、高みの見物と云った風に、遠巻きにして居た三人組は大笑い。手を取り合う二人は、其の後ろで心配そうな面持ちで控える。

「虎ぁ。此の中は、水じゃなくて、湯なんだぞぉ。アハハハ……」

と、犬の顔を見乍ら湯舟を指差す仙太。其へ調子を合わせるかの様に、竜の介が言う。

「そうだよぉ、バカだなぁ、虎わぁ。ハハハ……」

其の二人に頷き乍ら笑う佐吉。其等を俯き聞いて居た虎が、御返し。と許りに身体を大きく揺さ振り、震わせ、飛沫《しぶき》をそこいら中に思い切り、撒き散らした。其を全員が全身で浴び、思わず皆が、喚声とも、歓声とも言えぬ大声を一斉に発する。其を見て満足したものか、口を半開きにしてすっきりした表情を浮かべて居る。其の顔は、笑って居るかの様でもあった。

何はともあれ、今日の一番風呂を思う存分味わい浴びたのは、此の見事な巻尾を左右に大きく振り、誇らし気に立つ虎毛の犬なのである。此の揺るがし難い事実に気が付いた三人組は、其の瞬間、喟然にも似た、嗚呼。と云う息を漏らし項垂《うなだ》れた。其の三人の哀愁漂う背中へ、優しく促す様に声を掛ける。

「さあ、入ろう、入ろう。中で虎《とら》が俟って居るぞ。なあ、虎ぁ」

其の言葉に呼応するかの様に、元気な声で吠える。反響して何《ど》の声が始まりなのか解らない程だ。

三人組は振り向き、にこにこ顔で、犬に負けない位の大きな声を一斉に、

「せぇのぉ。はぁい！」

溌剌とした声で返事をし乍らに三人仲良く、浴場へと掛け込む。其の間も、ずっと、大きな掌を小さな手は、握り締めて居た。

霞の様な湯気の中に消える三人の背中を追い掛ける残月《ざんげつ》は、栄造《えいぞう》と手を繋いだ儘、浴場へと入り、硝子戸を閉める。視線を移すと、子供が五、六人ならば、楽に入れそうな湯舟に、あの三人組は、もう既に漬かり後から入って来た二人を眺めて居る。残月は、流し場で栄造に掛湯を流して遣り、さあ、良いよ。と云った風に湯舟の方へ視線を向け促すと、黙って一度頷き、湯舟へと懸命に短い手足をばたつかせて駆けて行き、熱さを確かめるかの様に、そろそろと入る。そして、御尻を底に着け、顎を少し丈上へ向け、気持ち好さそうに目を瞑る。其を見届け、武人は掛湯を流し、湯の中へと足を入れる。考えて居たよりも熱めで、虎が驚くのも無理からぬ事だと合点が行く。

天然掛け流しの白湯は、竹で作られた桶を伝い、其の注ぎ口からせせらぎの音と共に絶え間無く、湯舟へと流れ落ちる。心地好い湯の音を聴き乍ら子供達の顔が見える様、対面《といめん》に坐る。すると、なみなみと注がれて湯舟の縁《へり》を這うかの様に滑り流れて居た湯が、終に堪《こら》えられず、堰を切った様に滔々と滝の如く溢れ流れた。其の大波が押し寄せ引いて往く、そんな音が浴場内を響き亙る。其を

聴き乍ら入るが、大浴場での醍醐味であろう。上半身を露にした格好で湯に入り、掌で湯を掬い肉付きの良い肩から其の厚い胸板へと掛け流し、疲れが癒されて行く気分を味わうかの様に睛《ひとみ》を閉じる。そんな剣士の姿を見乍ら三人組は、彼方《あちこち》に付いた現在《いま》は小さく成った古き創《きず》が、きっと、幼少期からの剣の習練に因るものに違い無いと考える。是が、古武術会得の途なれば、余りに過酷也。此の間も童子一人のみ、我関せず焉《えん》の如く顎を僅かに上向きの儘、瞳を閉じ湯に漬かる。ふと、残月は皆の視線に気が付き、静かに問い掛けた。

「皆は、私の顔の……其の……見ても恐ろしくは感じないのかい？　……醜い……とも……」

躊躇いからか、訥々とした口調で、内容もしどろもどろだ。子供達は、其の唐突に切り出された質問に目を丸くするも、元気に答える。

「うぅん。……ちょっとね。でも、そんな事関係ない。だって、目が己等《おいら》達と同じだから！」

仙太《せんた》が胸を張って言い終えると、今度は、其の隣に居る竜の介《たつのすけ》が言葉を付け添える様に言う。

「うん！　そうだよ。だって、其の傷が有っても無くても、残月の兄ちゃんにかわりは無いんだから。そうでしょッ！」

と、誇らかな表情だ。其の傍らで頷き乍ら聞いて居た佐吉《さきち》が花を持たせる風に、口を開く。

「うん。そうだ、そうだぁ。二人の言う通りだよぉ。エへへへ……」

賓《まろうど》は、是等の言葉を反芻する。

そうなのか。そう云うものなのか。子供の戯言なぞと片付ける訳には到底、行かない。己自身が「恐れるであろう。醜いであろう」と考えるからこそ、其の言葉に固執するからこそ、問い質してみたく成るのだと。人の心とはそう云うものなのではないのかと。自身がそうなのだと考え、感じれば其の様に映り、聞こえるのだ。

（全ては、己が造り出した虚像……と云う事か……）

そう考えるのだった。

ふと、気配に気付き、視線を其方へ。其所には、知らぬ間に立ち上がり、目の前で、其の小さな手を差し伸べる栄造《えいぞう》が居た。

「せなか、ながそう」

と一言、声を掛けて来た。

湯の中で皆が話をして居る間ずっと、先程の一件で懲りたのであろうあの犬が、湯舟を遠巻きにし濡れた流し場で趾《あし》を取られ、滑らせ、と、どうにも趾下が覚束無い。が、そんな事には一向に構わず懸命に此方へ、突然伏せて見たり、低く短く、哽《む》せるかの風に一言吠えて見せたりしては、遊びを誘う仕種を何度も試みて居る。残月《ざんげつ》は、自分に向けられた其の童子の瞳を真っ直ぐに見返し、微笑み乍ら、

「嗚呼、そうだね。背中を流しに行くとしよう」

と、優しく答え立ち上がり、其の差し伸べられた小さな手を、大きな掌が包み籠む様に握った。飼い犬の訴えなぞ余所に二人の会話を聞いて居た一人が、何か名案が浮かんだものか、突然、欠けた前歯を覗かせ乍ら大きな声で皆に向けて、

「そうだ！　皆で輪に成って、背中を流し合っこしよう！」

と叫ぶ様に言うと、其へ答えるかの様に、

「そうだ。其、良いよ。仙太《せんた》に賛成！　そうしよう。良いでしょっ、残月の兄ちゃん」

と、迚も元気の良い竜《たつ》の介《すけ》の声が浴場に響き、此の遣り取りを傍らで見て居た佐吉《さきち》が其は妙案と許りに、満面の笑顔を向けて、大きく肯定《うなず》いて見せ湯舟の中で飛び跳ねて喜び乍ら、

「わぁい。やったぁ！　楽しそう」

と大燥ぎ。そして、童子は、其の会話には然程、興味を示す事無く、其の優しく握られて居る大きな掌を、ぎゅっと、小さな手で握り返す。其が合図にでも成ったかの様に二人、手を繋いで湯から上がる。此の童子には、家主である波山《はざん》とは別人と判って居るが、二人が共に持ち合わせて居る何か。心根。魂とも云う可き何かを感じ取り、見えて居るのやも知れない。

皆が湯舟から出て来るのを流し場で今か今かと俟つ虎《とら》は何の勘違いか、自分の誘いに乗ったものと考え、飛び跳ね、期待に胸を膨らませて居た。そんな健気な飼い犬の事には目も呉れず、三人組は競うかの様に飛沫《しぶき》を上げ、湯から出るなり、其々が糸瓜《へちま》の皮やら手拭やらを手にし、手を繋いだ儘、後から出て来た二人へと駆け寄る。結局、徒労に終わり、誰にも構って貰え無かった柔順な犬は、諦め、其の場で伏せ悄気て終った。だが、子供等に取って目下の急務は、誰が此の剣士の広い背中を一番手で流すかであった。然し、此所でもやはり仙太が先ず名告《なの》りを上げる。

「オイラが、残月の兄ちゃんの背中を流してあげる」

手拭を差し出し乍ら元気良く言うと、

「これで、栄造の背中を流してあげてよぉ」

と言い加える。すると、直ぐ傍らで聞いて居た竜の介《たつすけ》が不服申立てを始める。

「なんだよ、何でお前ばっかなんだよぉ！　俺だって、残月《ざんげつ》の兄ちゃんの背中を流したい！」

と、口を尖らせて仙太《せんた》を睨み付け、剥《む》れて見せた。そんな親友二人の遣り取りを佐吉《さきち》は、どうしたものかと、只々、指を咥えて見る許り。其等を見乍ら、はてさて、弱ったなと考え廻らす当人が、ふと、視線を下ろすと、そんな皆を余所に、さっさと其の場へと御尻から坐り、背中を流して貰えるものと決め込んで居るのであろう、見下ろして居る彼の顔を仰ぎ、見据え乍ら既に待ち構えて居る様子。其の小さな手には、誰かの背中を洗う為の糸瓜の皮が確りと握られて居た。そんな愛くるしい童子を見て微笑み、皆に提案する。

「代わる代わる、皆で背中を流し合うと云うのは如何……どうだい？」

頷いて見せた後、欠けた前歯を見せ乍ら呻き睨む友へ向き直り、言葉を投げ付ける。

「そうだよ！　残月の兄ちゃん、其、名案！　だから後で代わってやるから、竜の介！　お前は黙って俺の背中を流せば良いんだよぉ！」

と、一応は、何処と無く筋の通った言回しだ。そして、坐れよ。と言わぬ許りの表情を見せ、手で催促する。

「うぅぅっ……。絶対だからな！　絶対に、代われよォいいなッ！」

何だか、まんまと、口車に乗せられた気分で、納得が行かないと云った面持ちの儘しゃがむ。そんな友へ、しつっこいな。と口にしたそうに、眉間に皺を寄せて睨み乍ら、残月の後ろに仙太が漸く坐る。二人の言い合いに一先ずの決着がつき、安心したのか、佐吉が見届ける様な具合で坐り、其に因り栄造《えいぞう》の流す背中も決まった。結局、構って貰えず拗ねて遠巻きにし、伏せた儘で顔丈を上げた虎《とら》は、皆が輪に成り坐る情景を、何が始まるものかと、虎視として目を輝かせ、其の様子を凝視する。すると、浴場に大きな声が響き、皆の背筋を自然と伸ばさせる。

「皆《みんな》ぁ、準備は良いかぁ。せぇのぉ」

仙太の溌剌とした号令と取れる掛け声で、一斉に、其々の目の前に在る、其々の背中を、洗い始める。と同時に、言い表し様の無い程に、其は其は実に楽しそうな笑い声が反響し、浴場内から溢れん許りだ。其の曲とも唱《うた》とも云える、何とも小気味好い調べを聴いて居ると、心が軽やかに成って行くのを実感する残月。丸で身も心も洗い浄められて行く心持ちに成る。少年が其の細腕で、自分の背《せな》を流して呉れて居る力加減に酔い痴れ、目の前の小さな背中を洗い流して遣り乍ら、童子へ静かに尋ねる。

「痛くは無いかい」

すると、首丈を器用に捻って振り向き、其の格好の儘で、満足そうに口をにんまりとさせ、大きく一度頷いて見せる。そして直ぐに、発条《ばね》が跳ね戻るかの様に、元の場所へと顔が前に向いた。若き剣士は、首は痛く無いのだろうか。なぞと、たわい無い事を頭に浮かばせ其が何故だか無性におかしくも有り、微笑ましくも有った。此の孤高成る若者に取って、全てが、全てに於て、新鮮なのだった。そんな感情に浸って居ると、俄に少年の手が止まる。何事かと振り向く隙も無く、其の答えは導き出された。

「痛い！　痛いなぁ！　竜の介ぇ。何だよ！」

仙太《せんた》の怒声が上がるや否や、其の声に勝るとも劣らない声が上がる。

「早く代われよッもう時間だぞッ！」

又もや、口喧嘩が始まりそうな其の雰囲気を払い除けるかの様に、間に入る。

「良し。では、皆、交代しよう。今度は、私が仙太君の背を流して上げよう。そして、竜《たつ》の介《すけ》君には、背を流して貰おう。それで良いかな」

二人は其の剣士には頷いて粲然と笑って見せるものの、今度は、仙太の方が友の言う科白《せりふ》に今一つ腑に落ち無い様子で居る。そして坐る場所を代わる時、擦れ違い様に、独り言つ。

「……何だよ、時間って……」

首を傾げ乍ら、残月《ざんげつ》の前に坐る。其の呟きが聞こえたのであろう、其の広い背中から顔を覗かせ肩越しに親友の背中へと言葉を投げ掛ける。

「良いんだよ。時間は時間」

振り向きもせず、声の主へ、

「何だよそれ……余計に、わ・か・ん・な・い」

と、精一杯の憎まれ口で言い返して居た。だが、言葉とは裏腹に、何処か楽しそうでもあった。

結局、竜の介の背中は栄造《えいぞう》が、其の背中を佐吉《さきち》が、そして、其の友の背中を狐につままれた様な面持ちの少年が洗い流す並びで輪に成って落ち着いた。片や、虎《とら》はと云うと、何時の間に其所へ来たものか、何と、皆の輪の中心で寛と横たわり陣取って居たのだ。是ぞ正《まさ》に、目を見張る出来事だと、きっと皆が同じ考えを過《よぎ》らせ、ぎょっとしたに違い有るまい。

背中を洗い始め暫くすると剣士は、誰彼無しに質問を投げ掛けた。

「皆は、妹尾《ここ》での暮しは辛くは無いのかい」

だが、直ぐに愚にも付かぬ事を聞いて終った。と忸怩たるものを感じ、後悔した。前言を撤回しようと口を開きかけた時、自分に背を向け、佐吉の背中を流して居る仙太が高らかに答える。

「辛いって何？　先生と皆が居れば、それで良い！」

「嗚呼。……そうだね。其の通りだったね。詰まらぬ事を聞いて終った様だ……」

と即座に答えた。すると、背を洗って呉れて居る竜の介が、手を休める事無くごしごしと糸瓜の皮を上下に動かし乍ら、問い掛けた。

「残月の兄ちゃんは、家族は居ないの？」

「親父殿が一人」

「エへへ。変な呼び方。父ちゃんに殿だなんて！　アハハハ……」

そう言って、本当におかしそうに笑う佐吉を制した竜の介が言う。

「御前、知ら無いのか。武人は、そうやって呼ぶんだ。母ちゃんにも、〝様〟を付けて呼ぶのを、俺、聞いた事、有るから、絶対に間違い無いんだぞ！」

自信たっぷりと云った感じの口調だ。言われた方は、へぇ、そうなんだ。と云った風な表情で感心し乍ら黙って二、三度頷いて見せて居た。そんな会話を聞き、残月は、

（嗚呼、そうであった。皆《みな》、元々は、都に住んで居たのであったな……フフフ……武人故の……中《あた》らずと雖も……か）

其の時の自嘲にも似た口元を、栄造《えいぞう》は見逼したやも知れない。

斯うして此の剣士の質問は、愚問と成り果てたのだった。此の童男と少年等は、妹尾《せのお》に産まれ、育って来たかの様に、強く、逞しく、そして、幸せに暮らして居るのであった。


楽しい一時《ひととき》と云う刻《とき》は、月下美人の純白の花の如く、清らかな時を刻み、静かに其の幕を閉じる。其は、そう、皆に取って、楽しく一緒に過ごした時間の余韻が夜風と成り、仄かな馨りを乗せて何処からとも無くそよそよと吹いて来て、湯気と共に火照った体を緩《ゆっく》りと冷まして行き、心地好さを連れて来る。だが、同時に心の温もり迄も奪い去り、寂寞と云う名の雫と成る。脱衣場で衣服を纏《まと》う其の刻は、其の時間は、何時しか心に空虚を造り出し、そして、夢から醒める。少年達は、其の言い知れぬ不安にも似た何か。消え入りそうな、そんな何かを敏感に感じ、居た堪らなく成ったのであろうか、其を拭い去りたいと云う衝動からなのか、或いは、只、あの余韻をもう一度取り戻したい一心からなのか、判然としない儘、今以て滔々と、丸で澱む事を知らぬかの様に竹の樋を伝い流れ行き、湯舟へと灌がれる其の絶え間無い、息吹とも呼べるせせらぎが響き亙る中、俄に口を開く。

「残月《ざんげつ》の兄ぃちゃん。今日は、本当に有り難う。とっても楽しかったぁ！」

竜《たつ》の介《すけ》であった。迚も明瞭な口調である。其に続けと許りに仙太《せんた》が、

「オイラも、とってもとっても楽しかったぁ！　なぁ、虎《とら》ぁ！」

頭上で腕を大きく広げて見せ、表現し乍ら溌剌とした声で言い終えると、足下で纏わり付く犬にしがみつき乍ら、嬉しそうに其の頭を撫でた。

「僕も、楽しかったなぁ。あんな風に皆で輪になって、背中を洗うなんて初めてだったから。へへへへ……」

と、佐吉《さきち》は、はにかむ様な仕種をし乍ら嬉しそうに笑った。そんな少年等の感謝の言葉に応える可く、皆の顔を見詰める。

「此方こそ、迚も有意義な……其の……楽しい刻を倶に過ごして呉れた事、礼を申す。本当に有り難う」

そう言い終え、辞儀をした後、直《じき》に、くすくすと無邪気な笑い声が聞こえて来るのを訝しく感じ顔を上げる。

「何だか、先生と喋ってる時と同じで、おかしいや。アハハハ……」

「本当だよぉ。竜の介の言う通りイッシシシッ……。オイラ達は、先生じゃないのにぃアハハハ……」

欠けた前歯を見え隠れさせ乍ら笑う。そんな風に心の底から楽しげに笑い、話す二人を頷き乍ら見て居た佐吉は、妙に、おかしく成って来て、終に、腹を抱えて大笑いをし出した。其に釣られたのであろう、にっこりと笑い乍ら栄造は、裸ん坊の儘、微かに照れた風な表情を浮かべる剣士の顔を仰ぎ見、其の大きな掌をそっと握って居た。童男のそんな笑顔を見返し、三人組の屈託の無い童心に触れ、残月も又、何時しか笑って居た。

自身の其の笑い声を耳にした時、此の孤高の剣士は、何を感じ、何を考えるのか。子供とは、自然其の物なのだと、痛感して居たものか。或いは、人は何時から、否、何処から、か。自然と云う理から見放され、律に依って排除され、もう一度、自然の一部として倶に存在する事を禁じられたのか。それとも、人、自らが進んで自然の一部である事に見切りをつけ、棄てたのか。と考えたか。若しくは、只、今丈は、此の現在《いま》と云う刻《とき》丈は、傍目等を気にする事無く存分に笑って居ようと、努めたか。幸せを噛み締めるが如く。

残月《ざんげつ》は、独り、愛執を偲ばし乍らも子供達に優しく声を掛ける。

「さあ、寝間着を着て。湯冷めでもしたら大変だ。波山《はざん》先生に顔向け出来無く成って終うからね」

すると三人の少年は、声を揃え元気に返事をし、其々が持参した寝間着を纏《まと》い始める。其を見届けると今度は、仄かに赤みを帯びた桃の様なかわいらしい御尻を恥ずかしがる事無く丸出しの儘、手を繋いで居る童男へ、目線を合わせる為、其の場へ蹲踞《そんきょ》する。

「よぉし。栄造《えいぞう》君。一緒に着ようね。一人で着られるかな。風邪をひいては大変だ」

と優しく言い終えたらば、軽く両肩を摩《さす》り促す。童子は剣士の眼を見据え、大きく、一度、頷いて見せ、手を離し、急いで、其のかわいい御尻を見せ乍ら走って寝間着を取りに行き、直ぐに戻り、手にした衣服を残月に差し出すかの様に見せた。其を眼にし、微笑めば、恐らくは、清美《きよみ》が手渡したであろう此の綺麗に畳まれた寝間着を無造作に広げ、徐に纏い始めるのだった。其の仕種の愛くるしさに、其の姿に、見惚れ、微笑まずには居られ無い。孤高の剣士の睛《ひとみ》には、そんな光景を映し出して居た。

時間が掛かったものの、栄造は何とか一人で寝間着を纏う事が出来、行こうか。と云う表情を見せ、手を差し出すと、何の躊躇《ためら》いも無く其の小さな童子の手は、大きな掌を握る。そして、少年達へ顧眄《こべん》すると、着替えをして居るのか、犬と戯れて居るのだか。武人は、其を微笑ましく感じ、一粲し、黙って、童男と二人で脱衣場を後に廊下へと歩いて行く。其の互りに差し掛かった所で、淑女等二人と鉢合せする様に出会した。はっとしたのは、三人の方であったか。

「是は……美空《みそら》殿。迚も好い湯を戴きまして、有り難う御座います」

そう言って辞儀をした。顔を上げ、ふと、何か思い当たる風な表情をすると。

「若しや……随分と俟たせましたでしょうか。……そうであれば……」

と言い掛けた処で言葉は遮られた。

「いいえ、其の様な事は決して。……私共も今、参りました処に御座いますれば、どうぞ、御気に成さらず。其よりも湯加減が合いまして、ほっと致しました。子供達は、無作法な振舞いを、不躾な行いを致しませなんだでありましょうか」

粛々と応対する清楚な女性へ客人は、童男と手を繋いだ儘、何処か気後れした風な口調で話し始める。

「……実は……其の事なので御座いますが……其の何と申しますか」

「やはり、何かしたので御座いますね。残月様に御迷惑を致しましたのでありましょうか」

其の言葉に、傍らで、童女の手を握って居る清美も稍、緊張した面持ちで神妙に答えを黙って待って居る。すると、慌てて言い繕うかの様に答える。

「あっ、其の様な。決して其の様な礼儀云々では御座いません。……御座いませぬが……、出来ますれば……其の……寛大な……」

『心で』と云う言葉は、脱衣場から聞こえて来る音。ではなく、声に因り遮られた。其は人の声と云うよりも、動物の声に似て居た。其に気付いた美空《みそら》は、客人の語尾を聞く事無く、

「……あら、今の音……声……かしら？」

と、脱衣場の方へ徐に歩き出す。其を留める手段を此の武人は持合せて居なかった。一方、朋子《ともこ》の手を引いて義姉《あね》の後を付いて行こうと歩き出した清美《きよみ》が、にこにこと楽しそうに其の途方に暮れて佇む客人と手を繫いで居る童男に向かって、腰を屈め、優しく声を掛ける。

「なぁに、栄造《えいぞう》。随分と御満悦だ事。そんなに楽しかったのぉ。良かったわねぇ」

丸で、自分の事の様に、嬉しそうな笑みを浮かべ、其の小さな背中を撫でる様にして摩った。すると、脱衣場の扉を開く音を、此の黒衣の若者は、小さな手を握った儘、遠くに聞いて居たに違い有るまい。そして其の刻《とき》は遣って来た。

「きゃぁっ！」

其の短くも、何故《なぜ》か心地好く聞こえる悲鳴は、正《まさ》に始まりの合図の鐘の如し。美空の声に驚き、跳ね上がる様に立ち上がる清美の前に登場したのは。

「えっ！　何……と、虎《とら》。あんた何で……？」

是は序章に過ぎない。目を丸くし乍ら暫し考える義姉《あね》。義妹《いもうと》は、其の犬の頭を撫でて居る。そして其を見た旅人が、あっ。と口にするが先か否や。怒号が響き亙る。

「仙太《せんた》ぁ!!」

何故、是程迄に、悉く、判るのか。ぎょっとして、目を剝いたのは、他の誰でも無い、楡残月《にれざんげつ》、

此の人やも知れ無い。凄みの利いた声で名を呼ばれた少年を先頭に、あの三人組が神妙な態度で愛想笑いを浮かべ、廊下へと出て来る。そして、悄然とした姿をし義姉《あね》の顔を上目遣いで窺い乍ら近付き、目の前に来た其の刻、隙を狙い、其の傍《わき》を擦り抜け走って逃げ様とした正に其の瞬間。するりと伸びた腕は、見事に其の襟首を引っ捕まえ、丸で首を引っ込め様と手足をばたつかせ踠いて居る亀の様な格好でじたばたとして居る。

「ぎゃぁっ！」

悚然たる顔付きで、悲痛の叫び声を上げる友を目の当りにした仲間二人も観念した様に、首を引っ込め、其の場で立ち竦み、頭を垂れ、ちらちらと上目を遣り乍ら、義姉《あね》の顔色を窺う。そして其の視界に映る友の無残な、否、滑稽な姿に込み上げる笑いを堪える事で今は、精一杯。俯いて居る二人には、話は疎か、有難み等、微塵も感じてはいまい。馬の耳に念仏。牛に経文。犬に論語。だが然し、虎は、違った。伏せをし、両の前趾で、目元から鼻面迄を覆い隠す風な格好で悄気、蚊の鳴く様な声を時折出し乍らも、耳を欹《そばだ》てて厳粛に受け留めて居る。

「御前達、虎を湯舟に入れるなんて！　毎日、浴場の掃除をして呉れて居るのは、義兄《あに》様達なんだよ。解ってんの！　先生に、言い付けて遣るから。覚えてなさいッ！」

三人を睨み付け乍ら捲し立てる。そんな余りに酷い怒り様に、朋子迄もが、叱られて居る気持ちに成って終い、俯き加減で立って居る。然も力む清美の腕に力が加わる度、其の童女は、繋いだ小さく柔らかい手が痛むのであろう、眉間に皺を寄せ今にも泣き出しそうな表情を何度も見せるが、黙って堪える。だが此の義姉《あね》は、其の事に気付く事無く、更に追討ちを掛ける。其の顔付きは、怒りとは全く異なる表情へと俄に変わって行く。

「嗚呼。それから、もう一つ」

目の前で、次は一体何を言われるものかと懼《おそ》れて大人しく俯いて居る少年に横目を遣い見下ろす。其の口元には、蔑む様であり、ちゃかして居る風にも取れる笑みが零れて居る。

「ねぇ、仙太《せんた》。昼間、表の広場で是を見付けたんだけど、是って……あれ、よねぇ」

意地の悪い人相でそう言うと、後ろへ腕を廻し、腰紐の辺りから何かを攫み、得意気に、其を少年等の前へ差し出す。思わずぎょっとし、思い当たる節の有る表情を浮かべ、目を白黒させて居る其の眼前へ是見よがしに、手でひらひらと揺らして居る物は。そう、風の吹く儘に旅立った筈であった虎《とら》との想い出の品、掛衾《かけぶすま》の切れ端。

「そっ、それはッ……そのぉ……」

と言い掛け、慌てて両手で口を塞ぎ、ばつが悪そうな顔を伏せる。其へ畳み掛ける様に詰問する。

「破れて残った大きい切れ端は、有るんでしょうね」

「そ、そりゃぁ……」

と、目を逸らし口を尖らせ空々しい物言いを遮り、矢継ぎ早に言い立てる。

「当然。有るわよねぇ？　喜びなさい。明日からは、其の新調した掛衾で寝られるわよぉ……。良い？　解った!!」

正《まさ》に鬼の形相で言い放つ清美《きよみ》にちらりと目を遣り、言い返す言葉さえも失った仙太は、

「うげぇ……」

と、言語だかどうだか何とも判然とし難《がた》い声で一言、呻いた。

義姉《あね》は、そんな三人の義弟《おとうと》に勝ち誇るかの様に体を僅かに後ろへ反らせ、顎を軽く前方に突き出した姿勢の儘、不敵な笑みを浮かべ見下ろす。其の冷やかな視線を浴びせられ、肩をすくめる格好で其の場から何とかして遠ざかりたいと云う気配を醸し出し乍ら徐に、然りげ無く歩き出す。其の動向を熟視する義姉《あね》の非常線を掻い潜るかの様に、突然走り出した。其へ、あっ。と叫んだかどうか。そんな面持ちで立ち尽くして居るのを横目遣いで三人は、素早く母家へと続く戸口迄、一息に辿り着いて終った。此の目を見張る出来事に泡を吹かされたのは、うら若い娘子であったか。ひょっとすると意外にも、若き旅人の方であったか。三人示し合わせたかの如く、見事に揃って脱出に成功した彼等は、此の距離ならばもう大丈夫と許りに余裕の素振りを見せ、得意気な態度で並んで立って居る。其の小生意気な小僧等を切歯扼腕悔しがり、低い声で呻き乍ら睨み付けて居る、そんな義姉《あね》に向かって義弟《おとうと》達は、到頭、悪態を吐き始める。

「この、怒りん坊の鬼ババぁ！　序でにおたんこなすッ！」

と仙太がからかうと其に続けと許りに竜《たつ》の介《すけ》が、

「其の顔には、不動様でも敵わないィ」

莫迦げた節迄付けて憎まれ口をたたく。すると最後に、

「そうだよ、そうだよ。直ぐ怒るぅ」

と何処と無く遠慮勝ちに佐吉《さきち》が言い終えると、追撃ちを掛ける様に、清美に向けて指を差し、げらげらと莫迦笑いを為出す有り様。と、俄に笑う事を止めた仙太が何かを憶い出したものか、掌《たなごころ》

を反すが如く、表情が一変。此処迄の言動には恬然として恥じ入る事無く、欠けた前歯を輝かせた其の和やかな笑顔を黒衣へと向ける。片や、其の愛嬌たっぷりな笑い顔を向けられた残月《ざんげつ》は、栄造《えいぞう》の小さな手を優しく包み繋いだ儘黙って、童蒙《どうもう》達の行動を見て居た。其の佇む姿には、仄かにばつが悪そうな雰囲気を漂わせ、然も、何故だかどきりとして身構えるのだった。そして、全ての事情には、御構い無しに無邪気としか譬え様の無い溌剌とした大きな声で少年は言う。

「明日は、オイラ達の基地へ案内してあげるからね。一緒に行くんだよぉ。楽しみにしててぇ」

「そうそう。秘密基地！　約束だからね。明日だからねぇ。残月の兄ぃちゃん！」

　と、其の隣で竜《たつ》の介《すけ》も大きな声で言って、参加した。二人の話す言葉に大きく頷き、迚も喜ぶ佐《さ》吉《きち》は、手を振るが、意図は判然とせず攫めぬ儘だ。残月は、此の約束は果たせぬやも知れぬ。と密かに考えて居たものか。武人としての魂は、煩悶し身悶えたであろうか。此の剣士のみぞ知る処か。手を握る栄造は、只、黙って、そんな黒衣の剣士を仰ぎ見て居た。若き旅人は佇んだ儘、三人の方を瞻望する。と去り際にとんでもなく破廉恥な振舞いを為出来《しでか》した。嘆息を漏らし、疲れ果てた行商人の様に項垂れ、立ち尽くすも、恨めしそうに睨む清美《きよみ》。褌を着けた一匹の子猿が御尻を露に此方へ、否、其の義姉《あね》に向け自分の手でぺしぺしと、二度程痛快な音と共に敲いて見せたのだ。然もけらけらと莫迦にするかの様に欠けた前歯を光らせ乍ら笑って、ちゃかす。其の直ぐ傍《わき》では、利発そうな顔立ちの子猿が、舌を出してあかんべをして見せる。そして、残りの一匹が、其等を燥ぎ乍ら見て頷き、楽しそうにきゃっきゃきゃっと笑って居る。

　其の三匹の子猿達が戯《おど》ける顛末を凝視する年若き乙女は、怒る事を忘れ、ぽかんと口を中途半端に開け耄けた表情で、呆れが宙返りをした、そんな顔付きで憫笑する。

そんな義姉《あね》の心中なんぞ何の其の、自分達の言いたい事が言えて、気が済んだものか、ひらりと身を翻すと一目散に母家へと板張の廊下をどたどた、仙太《せんた》を先頭に駆け出し、竜の介と佐吉も其に倣って後へ続く。手を繋いだ義姉妹《しまい》の足下で其迄大人しく伏せをして居た虎が気付き、遠ざかる其の三人の背中目掛け隙をついて驀地《まっしぐら》に追い掛けた。板張をである。其を認めるなり透かさず清美は、三匹の子猿と一匹の犬の後ろ姿に向かって、顰《しかみ》の如き形相で、憤怒の怒号を言い放つ。

「こらぁ!! 御前達ぃ! 走るんじゃないっ!! それに、虎っ! 何所を走ってんのっ!」

きゃんきゃんと、何とも情け無くも惨めな声が応える。そして、廊下をけたたましく踏み散らす足音と共に悲痛の叫びも母家の奥へと消えて行った。

是迄の喧噪とした刻から打って変わり、静寂が訪れる。童男の手を握り黙って経緯《いきさつ》を見届けた賓《まろうど》は、此方迄もが叱られて居るかの様な気分で聞いた其の言葉の端々には、はて何処か悦びとでも呼べる感情が入り交じった、そんな口調に感じられた。嗚呼、斯うして、自分の居場所を見出して行くものかと考え乍ら、手を繋ぐ二人を見るでも無く見遣ると、其の視線に気付いた様で、清美は俄に大人しく成り、気恥ずかしそうに俯く。残月は、弁明をと考えたが躊躇い口に出来ず、鼻の頭を指先で数回引っ掻いて見せるのがやっとだ。暫く黙った儘佇む二人。其を童男は客人の、童女は義姉《あね》の顔を其々見上げ、口をぽかんと開け何とも片付かない面持ちで眺めて居る。其の姿は二人倶に、童らしいあどけなさを醸し出し、此の気まずさを和らげる。

と、其所へ、調子をつける風にして胸元をとんとんと、手で軽く二、三度敲き乍ら淑やかな女性が現れた。何か頃合を見計らったのでは、と、要らぬ詮索をさせるそんな時宜に、素知らぬ顔をして話し出す。

「嗚呼、びっくりした。だって、虎《とら》ちゃんが突然飛び出して来るんですもの……ウフフフ……。所で、誰をあんなに叱り付けて居たのかしら。凄い剣幕だったわねぇ……フフフ……」

と口元を隠す様に手で軽く覆い、頬笑み、全てを知られ、ばつの悪い表情で閉口して居る顔を覗く様に見る。切れ端を握る手に力が入る。

「美空《みそら》姉さん……是は……そのぉ……」

と言い掛ける言葉を、其のか細い声を掻き消す様に、誠実な言葉が、心安い声が重なる。

「済まなかったね、清美《きよみ》ちゃん。私が赦した許りに……此の通り」

そう言い終え、辞儀をした。すると、慌てて滅相もないと云った風に、大きく頭を振り同時に何処か未だ初々しさの残る手の平を目一杯広げて前に差し出し、是も又、同じ様に振って見せる。

「いいえ。決して其の様な……残月《ざんげつ》様が悪い訳では御座いません。本はと言えば彼奴等《あいつら》が……あっ、いいえ、その……何でも……」

と、年甲斐も無く歯切れの悪い話し方でもじもじとして居る其の少女へ淑女が清らかな声で、優しく言葉を掛ける。

「そうね。其の通りね、清美。若い娘子が、況して嫁入り前の乙女の真似する言動ではなくてよ。男の子は、あれ位でなくちゃ……フフ。それに、朋《とも》ちゃんが随分と悄気て心配そうな顔をして居るわよ」

　穏やかな口調で窘《たしな》めて、童女へ嫣然と頬笑んで見せる。最後の言葉を耳にした時、漸く、自分が、此のかわいらしい童女のか弱き小さな手を昂奮する余り、強く握り締め大声で怒鳴り散らし、其の手の痛みなぞ遥かに及ばぬ程の痛みを、心に不安を、懐かせて居た事に気付いたのだ。はっと我に返った清美は血相を変え、慌てて其の場へしゃがみ込み、義姉《あね》の言葉を何度も反芻し乍ら、義妹《いもうと》に向かって、涙声で必死に謝る。

「御免ね、朋子《ともこ》。痛かったよね。美空姉さんの言う通りだわ。本当に御免」

　涙で潤んだ瞳で、赦しの言葉を待つかの様に見詰める。そんな義姉《あね》を見て此の童は、あどけなさの残る甘えた声で答える。

「ううん、朋ちゃんはもうへいきよ。それよりも、きよみねぇちゃん、お目々、いたいの？　よしよし、してあげるぅ」

　小気味好く並んだ小さく真っ白に光る歯を見せ乍ら笑って見せるのだった。そんな義妹《いもうと》を思わず抱き締める少女。

「有り難う。大丈夫よ。優しいのね」

　静かにそう耳元で答え、童女の其のかわいらしい笑顔へと顔を寄せ、頬摺りをして応える義姉《あね》の行動は、意図的であったかは判然としない儘だが、其の時彼女は、涙を拭ったに違いなかった。美空は、義妹《いもうと》の涙を認めたであろうか、背《せな》へ向かって凛とした声音で話し掛ける。

「先生には、私から其と無く話をするわね。それで良いわよね」

　其の声は、丸で夜風に乗って流れて来る優しい調べだ。其の詩《うた》に聞き惚れて居るかの様な表情を浮かべ、俯き加減で振り向く清美《きよみ》に莞爾として笑い掛け、励ました。次に、黒衣の剣士へと体を向き直り、姿勢を正し、言葉を継ぐ。

「残月《ざんげつ》様には種々《くさぐさ》、心労を煩わせました事、御赦し下さいませ。子供達には、後程、申し付けて措きます」

そう言い終え、恭しく頭を下げた。そんな清楚で柔らかな物腰で応ずる淑女に対し、深く痛み入る客人は、其等全てに於て粛々と受け止め、答える。

「美空《みそら》殿、どうぞ、面《おもて》を上げて戴きたい。決して迷惑等の事柄一切御座いません。寧ろ……あの様な時を、又、斯様な湯浴み……生まれて此の方……初めての経験。迚も愉しく、有意義でありました。礼を致したい程です」

昔を偲ぶかの様に晏如《あんじょ》たる面持ちで答える。気品の有る佇まいで、此の篤実な若者の言葉にそっと耳を傾ける。そして、幽雅な物腰で応じる。

「然様に御座いましたか。其を聞きまして安堵致しました。子供達もきっと、同じ想いに御座いましょう」

そう言い終える窈窕《ようちょう》たる女性は、嫣然《えんぜん》と頰笑み乍ら、やはり、此の方は、斯様な御武人《おひと》なのだと敬愛の念を懐く。いみじくも其は、心惹かれて行く事へ然らしめる。

「それでは、私共はそろそろ湯浴みを……。残月様にはどうぞ御緩りと御過ごし下さりますよう」

となよやかに会釈し、未だ悄気て童女の傍らでしゃがみ込んで居る少女の背中を其のしなやかな白い手で優しく摩《さす》り乍ら、さあ、行きますよと、声を掛ける。すると漸く頷き立ち上がる清美は、朋子《ともこ》の瞳焉《どうえん》に見守られ乍ら残月の前で会釈をし、義妹《いもうと》の手を引いて浴場へと力無く肩を落として歩いて行く。童女は二、三度振り向き、旅人へと小さな手を振る。

「では改めて、失礼致します」

ともう一度、会釈をし終えた美空が二人の後を追う様に、脱衣場へ入って行った。

其処には、残月と栄造《えいぞう》のみが残された。二人は、脱衣場の方へと名残を惜しむかの様に目を遣る。

静寂が何処からともなく忍び寄る。次第に其の静けさに包まれて行く。客人と童男は、此の寂寞の世界で暫し、佇む。月光が優しく射し込み、其の足下を朧に照らす。武人は物静かに語る。

「さて、寝屋へ参ろうか」

あやすかの様にも受け取れたか。

「うん！」

大きく一度、頷いて見せ、天をも劈《つんざ》く程の溌剌とした声で応えるのだった。

二人は母家へと亙り廊を歩き出す。弓張月は静かに夜の訪れを告げて居た。漆黒の剣士と其の力強く大きな掌を小さな手で握り締める純真無垢な童子の長い影を棚引かせ。

月影《つきかげ》の　憂《う》き世《よ》に揺れる　影法師

捌

二人は、手を繋いだ儘二階へ上がり、鉤の手に成った廊下を右へ曲がった角部屋前で栄造《えいぞう》が立ち止まる。残月《ざんげつ》は訝しみ乍ら突当りへ目を遣る。

(慥か……一番奥が波山《はざん》先生の寝屋であった筈……)

としたなら男の子達や、あの青年等の寝屋は真ん中。そう考え事をして佇んで居ると、童男が其の角部屋の襖を開け放し、敷居を滑る掠れ声の様な音が、剣客の耳に届く。辺りは静まり返って居る。人の気配を感じない。其の時、此の黒衣の若者は、重大な間違いに漸く気が付く。三人組の少年や二人の青年等と倶に床へ就くものと、若しくは、家主《あるじ》と寝るものと思い込み、とんだ見当違いをして居たのだった。

栄造は当然の事乍ら、当り前の様に何時もの寝室へ入ろうと敷居を跨ごうと歩み出す。が、残月は、是も又、至極真っ当な事情からの戸惑い、躊躇《ためら》う。黒衣の若者のそんな態度に今度は、童子が困惑した。不可思議で合点が行かない、そんな表情を浮かべ、其の何とも片付かない心持ちの儘を醸し出し佇む黒衣の若者の顔を仰ぎ見、其の腕を二、三度引っ張り部屋へ招き入れ様と責付《せっ》く。だが然し、どうしても女性達の部屋へ、況《ま》して寝所《ねどころ》と成れば猶更の事、立ち入る事に抵抗を感じる。

そんな奥手の剣客が逡巡し、まごついて居る事になぞ一切御構い無し。其処《それどころ》か、更に、腕にしがみつき強く揺り動かしせがむ童子。黒衣の剣客は、そんな栄造の童心と瞳焉《どうえん》に絆《ほだ》され、ならば小半刻程丈、此の坊やを寝かし付ける迄、と自身に言い聞かせる。更には、女性達は今し方湯殿に入った許り、戻るには、未だ時間は有る。と自分を擁護するかの様に頭の中で弁解し乍ら童男に先導され、引っ張られ、つんのめる様な格好で寝室へ入った。

　中へ入ると、仄かに香が馨る。畳部屋の奥に目を遣ると恐らくは清美《きよみ》と朋子《ともこ》の寝床であろう稍幅広い敷蒲団が、そして一番南側、詰り今、二人が立って居る足下にも一人分が、其の真ん中に、少し小さく感じられる蒲団が其々、綺麗に整然と敷いて在る。すると、其の真ん中に在る小さな蒲団へと栄造が誘《いざな》い、蒲団の側へ坐らせ様と残月の腕を引っ張り、素振りに現す。童子の成すが儘に畳の上へと坐る。童男は其を見届けると、夏用の掛衾《かけぶすま》と敷蒲団の間へと器用に身体を滑り込ませ、仰臥する。そして其の儘瞳を爛々と輝かせた顔を、覗き込む様にして坐る黒衣に向けて手を掛衾の中から差し出す。目の前に映る其の小さな手の平を優しく握って遣ると、満足気で無邪気な笑顔を見せるのだった。客人《まれびと》は、覗き見る格好で、只、黙し、優しく微笑み返し、小さな手を包み籠む様に握った儘其の傍らで付き添う。童男も又、同じ様に只、黙って和やかに笑い、此の楡《にれ》残月と云う武人《おとこ》を見詰めて居る。

　そんな眼差しを浴び乍らにして黒衣の若者は、一番奥の部屋からも、それに隣の部屋からでさえ未だ、家主《あるじ》の、男の子達や青年等の気配を全く以て窺い知る事能《あた》わずに居た。

（さて……何所へ行《ゆ》かれたものか……。子供等は……。ははあ、さては未だ虎と何所かで先程の続

きをして居《お》るのかも知れぬな）

斯様な余所事を胸に座して居ると、直ぐ側から何やら一定の拍子とも、調子とも取れる息遣いが聞こえて来た。其は、どうやら自分の手元からである事に気付き、其方へと視線を落とす。其の睛《ひとみ》が映し出した光景は、大きな掌を聢りと握り締めた儘あどけない寝顔と共にすやすやと小気味の好い寝息を立て、何時の間にか眠って終った栄造《えいぞう》であった。と俄《にわか》に、胸を熱くする意思が、感情が何処からともなく、狂おしい程に湧いて来た。此の言い知れぬ衝迫、魂の揺さ振りの正体。其は、幸せと云う決して眼に見えず、手にさえも触れ得ぬ感動。いとしき女性を慕う想い。幼き天子を慈しむ想い。

「是が、愛か」

其の声は、童の静かな寝息に霞む。

残月《ざんげつ》はそっと手を解き、掛衾を掛け直して遣ると、心地好さそうに寝息をたて眠る童子を残し、寝屋を後にした。足音は疎か襖を閉める音さえもが静寂を護る。廊下で外套を羽織る風音も又、其の口を噤むかの如く、黙した。純真無垢な童の奏でる寝息のみが、此の静寂の世界で唯一、表現する事を赦されたかの様に、独り、階段を降り様と静かに進む若き旅人の背を名残惜しげに調べが追い掛ける。独り、暗い板張り廊下をひっそりと、漆黒を身に纏《まと》い剣客は歩く。其の黒衣をはっきりと象らせ乍ら。

孤高にして遁《のが》れ者。篤実の武士《もののふ》にして銜冤《がんえん》の侍従。楡《にれ》残月。正《まさ》に、其の剣客《ひと》である。

下の階に降り立ち、南向きに、庭を眺望し乍ら進む。其の先は、右手へと鉤の手に曲がる。と、例の縁側が目に留まり、よく見れば間仕切の硝子戸が少し開いて居る事に気付く。風通しの為か、或いは誰かの閉め忘れか、其を知り得る術なぞ彼には無い。だが然し乍ら此の若者は、何とは無しに其の硝子戸を開け、徐《おもむろ》に、濡れ縁へと足を運び、其所へ静かに腰を降ろす。〝月影《げつえい》〟は、左の腰元から、左の傍らへと其の身を遷《うつ》し、控える。

初夏の夜に浮かぶ弦月が照らす校庭は、的皪《てきれき》に輝き浮かび上がる。其の情景を心に留め乍ら、月下の縁側で暫し、涼む。遠くに正門が朧げに然し乍ら慥《たし》かに其所に聳え立つ。縁側との閾《しきい》の端には、雨戸を納めておく為の戸袋が設けて在る。疾うの昔に失った生家にも同じ様な戸袋が設けて在った事を憶い出す。間も無く訪れるであろう霖雨《りんう》の時節。湿気を帯びる為、開け閉めの度、板戸が軋み難儀して居る父を手伝った事を追想する。

（あれは、何時の頃であったか……丁度、三人組の歳《とし》の頃だったか……）

ふと、此所に彼等は居ないな。と覚え乍ら、無意識的に旅人帽子を脱ぎ、〝月影〟の傍らへ、そして頭を逆さに、縁の下を覗き見る。が然し、虎《とら》さえも其所には居なかった。身体を起こし乍ら、きっと裏庭の何所かに小屋が有るのだろうと、勘繰る。帽子を被り改めて初夏の夜の静寂を見詰め直す。飾り羽根が月光に照らされ玉虫色に輝き乍ら夜風に戦ぐ。あの覗き込む姿はきっと、身も心も少年等と何等変わらぬに違いなかったであろう。『義』と『忠』のみで生き抜いて来た武人たる性《さが》。其処こそが所以か。

月華を帯び哀感漂う背へ、突然、声が浴びせられ、迂闊にも驚きを露《あらわ》にし、廊下へと右に振り向く。

「こんな所で、どうしたの？　残月《ざんげつ》の兄ちゃん」

声の主は、利発な顔立ちをした竜《たつ》の介《すけ》であった。

「やあ、皆、一体何所に居たんだい？　今し方……先程、二階へ行ったのだが……何所にも……」

と、話すも、少年等の様子が何故だかそわそわ為出した事に気付き、其を怪訝に感じ口を噤む。

三人は、銘々に頭を掻き、鼻先を触り、互いの顔を見交わし、苦笑いを浮かべると、横一列に並び立つ真ん中の少年が、欠けた前歯を覗かせ乍ら口を開く。

「……エへへへ……実は、そのぉ……怒られちゃった……テヘッ」

気まずそうにそう口にするも舌を出して戯《おど》けて見せるのだった。そんな仙太《せんた》に問い掛ける。

「其は……若しや……湯舟での一件かい？」

残月の質問に其の少年は即座に答える。

「違うよ！　そうじゃなくて……その後の……清美姉《きよみねえ》との事……聞かれてて……ニヒッ」

跋が悪いのを照れ笑いでごまかす。其の表情を見乍ら、慥かにあれ程の大声ならば致し方あるまいて。と憶い返し黙った儘座して居る残月。其を見て、どうしたものかと云った風な面持ちで、何処かむず痒いのか、此の場に居辛く成ったものか。何《いず》れにしても辛抱しきれず、一斉に声を合わせ口にする。

「それじゃぁ、明日ね！　きっとだよ！　お休みなさぁい」

溌剌とした大きな声で挨拶を言い終えるや否や、三人連れ立って、板張りが抜けん許りにどたどたと派手な足音を立て駆けて行く。二階で眠って居るであろう栄造《えいぞう》が驚き或いは、目を醒まして終うのでは。と気が揉める程の騒々しさであったが、どうやら少年等は、大人しく部屋へ入ったと見え、事無きを得た。そうして再び、嘘の様に静まり返った母家は、何時しか静寂を取り戻す。残月は、子供等に挨拶を交わしそびれた儘、独り、月光を浴び乍ら廊下の寂寥《せきりょう》たる暗闇を見詰める。

「後程、波山《はざん》先生には、子供達の事、釈明せねば成るまいて」

呟く様に、物静かに、零す。

月魄灯る粛《しず》かな初夏の夜を濡れ縁で静かに刻《とき》を刻む。意外にも、邪念、雑念は浮かんで来なかった。此の月世界《げっせかい》は、あの夜半過ぎの厩で見た世界と同じであったか。孤高の剣士は、現在《いま》、此の刻を寂慮として、只、刻むのだった。

ふと、気配を感じ、仄暗い板張廊下の奥を見詰める。其の睛《ひとみ》は、見通したであろうか。静かに、緩る緩ると、然し、慥《たし》かに、板の軋む音が二人分、否、三人か。其を聞き分けた時、ぼんやりと三つの人の形が、其の暗闇から浮かび上がって来る。其の正体が美空《みそら》達だと判る迄にさして刻は掛からなかった。

縁側へと歩を進める三人も、月明りを照り返し見通しの利いた所迄来た所で漸く、月の光に浮かび上がる漆黒の若者に気付く。彼女等の矑《ひとみ》には、其の姿が幻想的に映ったに違いない。暫し、見惚れて居たものか。童女に至っては、口をぽかんと半開きにした儘、其の傍らで同じ様に惚けて立って居る少女の手に繋がれて居た。其の光景が、濡れ縁に坐り、月光に照らされ、此方《こちら》を見て居る黒衣の若者だと、淑女が気付く迄にどれ程の時間を有したものか判然としない気分の儘、足取り覚束ず、ふわふわとしたそんな心持ちの儘、月の灯に引き寄せられるかの様に近付いて行く。其の後を少女と童女も手を繫ぎ、ゆらゆらと追随して歩く。そして、

「是は……残月様《ざんげつ》……」

丸で夢心地。そんな声音で言葉を掛けた。

「やはり、美空殿《みそら》でありましたか」

優しく静かにそう答えた。此の時、ほんの僅かな時間しか経って居ない様に感じ取って居たのだが、知らぬ間に感傷に耽って居たものか。そんな考えが頭を過《よぎ》る。心中窺い知れず、只、黙して坐る黒衣の若者へ挨拶もそこそこに、何やら慌てた様子で応える。

「只今、家主と其の門下が湯に入りましたから、今暫く、御待ち願います」

と淑女が言い終えても何処か落ち着かない表情を見せる。残月は、不意な言葉を聞き、困惑の気色を滲ませる。其の若き賓客の表情に気付いた美空は、直ぐ様言葉を継ぐ。

「是は、とんだ見当違いを……てっきり御侯ちに成られて居られる許りと……要らぬ推察を致しました事、御赦し下さいませ」

粛々と頭を下げた。其を見て取ると直ぐに、掌を見せ乍ら答える。

「いえ、何も美空殿が謝る事は御座いません。慥かに、申される通り、其の間、涼ませて戴いて居ります。悪しからず」

差し出した手が何やら片付かない心持ちに成り、はにかむ。そんな表情を見た婉然《えんぜん》成る女性は、しなやかな白く細い指で口元を隠し乍ら嫣然と頰笑む。ほんの僅かでは在ったが、薄い朱色の唇か

ら白く輝く八重歯が覗いた。

「明日は、晴れますでしょうか。子供達は、其は殊の外、愉しみにして居るとの由に御座います」

「……。其の……然様に御座いますか……」

まごつき乍ら答える若者は、何処か少年の様でもあった。其を傍らで見て居た清美《きよみ》迄もが、くすくすと笑い顔を押し隠すかの様に、俯き加減に成り乍ら笑った。其の義姉《あね》の手を聢《しっか》りと握り其の情景を眺めて居た朋子《ともこ》も、何だか楽しい気分にでも成ったのであろう、あの小気味好く並んだ白くて小さな歯を輝かせ、幸せそうにあどけなく笑って居る。

「それでは、御緩りと。失礼致します」

そう言うと、軽く会釈をし、背筋をすらりと伸ばし静かに、僅かに板を軋ませ廊下を奥へと歩いて行く。義姉妹《しまい》も軽く御辞儀をすると、総領である女性の後へ続いて歩いて行った。残月は、濡れ縁で立ち上がり軽く辞儀を済まし、三人の後ろ姿が階段へと消える迄、見送った。月の光が届かない、其の廊下の奥を。見通せるが如く。

夜風は廻り、静寂へと帰する其の中で、独り坐る黒衣の剣士は、月華に浮かぶ。ふと、今し方耳にした美空の言葉を憶い返し、そうか、浴場で波山《はざん》先生等と出会《でくわ》し、子供達に問い質し諭し序《つい》でに明日の事も話題にした話を直接、彼女等は聞いたのだなと想像した。

先生には、此の儘夜明けを待たず出立する意向を打ち明ける事が最善なのではと、やはり、考えずに居られなかった。少年達との約束を反故にする事に対し、後ろめたさ、其に因《よ》る後悔と自責の念に縦《たと》い苛まれるであろう事が予期出来て居ようとも。

（俺は、咎人《とがにん》……国賊なのだッ）

漆黒の夜に映える月精《げっせい》は心を悽《いた》ませ、只、静かに、此の煩悶し、身悶える、漆黒の剣士を優しく包み籠むかの様に暖かく照らすのだった。

すると、小さな足音と其に合わす様に寄り添う足音が緩《ゆっくり》と階段を降りて来る。其に気付き振り向き仄暗い廊下の奥を見据える。稍《やや》あって、大小二つの人の形が象られる。月明りに浮かび上がったのは、手を繋いだ清美《きよみ》と朋子《ともこ》であった。其を認め、何事かと、怪訝な表情を浮かべ乍ら片膝立ての儘に居ると、気恥ずかしそうに義姉《あね》が口を開く。

「あの……栄造《えいぞう》を寝かし付けて下さいまして、有り難う御座います。今もよく眠ってます。それから……先《さっき》の……そのぉ……不躾な、見苦しい所を御見せしましまして……本当に済みませんでした」

そう言い終えると、恐らくは恥ずかしさを匿《かく》す為も相俟って、深々と頭を下げるのだった。其を見て、何故だか自分迄もが落ち着かない気分に成り、顔を上げる様に促した。

「何も、清美ちゃん迄もが……。……正直、羨ましい……。私には、兄弟と云う者が居らぬ故、あぁいった経験は、皆無……。微笑ましい限り。気にせずとも……。寧《むし》ろ、日頃の皆と過ごせた事を嬉しく感じ、感謝致す」

辞儀をし、微笑む。そんな賓《まろうど》の受け腰に少女は、何だか気恥ずかしく成り、そわそわし始めた。其の傍らで掟りと手を握る童女は、眠気と必死に戦い乍ら懸命に二人の会話を聞き逃すまいと、時折、目を屡叩《しばたた》かせ、指で擦り、何とか頑張って居る。そんな事には御構い無し、義姉《あね》は先程からの残月《ざんげつ》に対する照れ隠しも有り、健気にも努力する其の童女へ眴《めくば》せしようと見遣る。気付かぬ義妹《いもうと》へ終《つい》には、責付く様に、握る其の手を二、三度軽く揺する。黒衣の若者は、はて。と云った風に義姉《しま》妹《い》を眺めて居ると、童女は義姉《あね》の顔を驚きの含んだ表情で仰ぎ見て、手渡しされた物を見て取り、何か憶い出した様に一度丈大きく、力強く頷いた。そして、若き旅人の顔の前へと先程手渡された物を小さな両の手の平で包み籠む風に、差し出す。

「どうぞぉ」

あどけない笑顔を満面に浮かべ、甘えの有る声で言うのだった。大事そうに其の小さな両手に包まれて居る物は、摘み取った草花を丁寧に結束した小さな花束であった。童女の小さく柔らかい手の平から若き武人の大きく逞しい掌へと、純真たる証が、手渡された。

「有り難う」

跪く武人は、一言、礼を口にし、証を受け取り、軽く辞儀をする。きっと、此の子が摘み、彼女が結束するのを手伝ったに違い有るまい。楡残月《にれ》は嬉しかった。本当に心から純粋に喜びを感じ言葉にした。微笑む賓客に童女の言葉を継ぎ足すかの様に義姉《あね》が続ける。

「昼に……あの時、道場で御会いした後、畦道やらを散策し乍ら朋子が摘み取って、其を帰ってから二人で束ねたんです。あっ、紫色の花は、野薊《のあざみ》。白いのは白詰草《しろつめくさ》。そして、橙黄色の花弁が四枚の花菱草《はなびしそう》です」

そう、丁寧に指で指し示し、補足をした。其の説明を首肯《うなず》き乍ら、今、手にして居る此の小さな花束に視線を落とす。黒衣の剣客に取って、唯一無二に値する心の籠もった贈物なのである。旅人帽子の鍔《つば》に指を静かにあて、有り難うの言葉にする。其を見て取った少女は、

「……では、御休みなさいませ」

と、会釈をする。其に倣う様に童女が続いて口にする。

「おやすみぃ……」

朋子は中途半端な挨拶を終えると、何だか腐心するかの様な片付かない面持ちで、清美《きよみ》の顔を窺う様に仰視する。義姉《あね》は、良いのよ。と云った風に頬笑んで見せ、賓客にもう一度、会釈をし終えると義妹《いもうと》の手を引き、背を向け歩き出す。童女は、振り向き小さな手の平を一杯に広げ、小刻みに何度か振って見せ、左様ならをする。其のあどけない童女の顔は、笑みが溢れて居た。漆黒の剣士は、仄暗い廊下の奥へと見えなく成って行く其の笑顔に向け「良き夢を」と呟いた。或いは、巴《ともえ》にであったやも知れなかった。

彼は、花束を見詰め、何を感じ、考えて居たのか。己自身《おのれじしん》、判然としない儘、此の寂寥たる景色の中で只、胸の鼓動に、意識を傾けて居たのだろうか。時折、心地の良い夜風が花束の花を戦がせる。其の時であった。又しても、廊下の奥から気配を感じ取った。

(三人……。是は……先生等か)

正体を読み取った此の漆黒の若者は、安堵に似た感情を僅かに滲み出し乍ら、姿が見えぬうちから濡れ縁にて、立ち上がり俟つ。迂闊であったか。息子達の少し前を行く家主に丈は、見えずとも、仄暗い廊下の奥から、此の先で佇む剣客の気配を嗅ぎ取って居た様子。月の灯《あ》かりに依り、其の姿が露に成ったのを見て取るや二人の門弟は、少し許り驚いて見せたのが証左であろう。何も言えず、唯、目を白黒させ、互いの顔を見合わす畏友。何とか、面喰らい乍らも辞儀をした。其へ黙した儘、月華の下《もと》、辞儀で応える。其を見守って居た師は、門下に対し静かに声を掛ける。

「御前達は先に休みなさい」

「はい。先生」

二人の声は、重なり合った。其の表情には笑顔が零れて居たものか。由ノ慎《ゆいのしん》と真ノ丞《しんのじょう》は、波山《はざん》に対し鄭重に辞儀をして、階段へと向かう可く静かに其の場を後にした。

其の気配が姿と共に消えた事を認めると、家主《あるじ》は黒衣の若者へと近付き、徐に話し掛ける。

「楡殿《にれ》……斯様な所で何を……。まあ、楽にされよ。何を然様な迄に緊張成される事が御座ろう乎《や》」

此の佳賓に対し忖度するかの如く的を射た叡智の主人の投げ掛けに凛とした口調で答える。

「はい。それでは御言葉に甘えまして」

そう言い終え、濡れ縁の上へ趺坐《ふざ》する。と、家主も膝を突き合わせて坐る。其の互いの顔を見据えた処で、話を切り出す。

「実の処、先生を御俟ちして居り、此の場を拝借致しまして御座います」

「ほう……其は知らぬと雖《いえど》も、御俟たせを致した。赦されよ。して……」

顎を軽く摩《さす》り問う。其へ、

「はい。夕餉の後、食堂で、御子息から言葉を掛けて呉れました。是も、きっと、先生の御蔭に御座いましょう。御配慮に感謝致します」

と、短髪の頭を垂れ、辞儀する此の孤高と漆黒を象徴させるかの如く若者へ、戯《おど》けた風な口調で答える。

「はて……、何の事で御座ったかな。ハッハッハッハ……」

そう嘯いて見せ、鼻の頭を指先で引っ掻き、揶揄《からか》うかの様に、快闊な笑みを浮かべる。其へ何やら困惑した面持ちの顔を上げ、黙して居る。そんな彼へ話を続ける。

「其の花束には……嘸《さぞ》かし心が籠もっていよう」

其の問い掛けに、嗚呼、是は、

「はい、朋子《ともこ》ちゃんと清美《きよみ》ちゃんからの贈物に御座います」

和《にこ》やかな顔付きの黒衣へ、然様であるか。と云った風な笑みを浮かべた。其の表情が俄に変わり始め、真剣な眼差しを向け口を開く。

「さて。実はな、此の私にも話しておかなければ成らぬ事が。聞いておかねば成らぬ事柄が有る故、此の場を借りたい」

言葉には、何時にない重みが感じられた。

「して、其の話と云うのはだな。一つは、昼間の道場に於いての件。いやなに、夕餉の後、書斎で幾何《いくばく》か刻《とき》を費やし、考えて居った迄の事」

此処で間を置いた心の師に訝しがるも黙した儘次の言葉を仰ぎ待つ。すると、言葉を択《えら》び乍ら慎重に話し出す。

「あの時、あの道場での不穏な空気、異様であった。息子た……門下に、特に……、幾度となく申した通り、由ノ慎《ゆいのしん》の非は認める。なれど、そうさせたは、私の御手前に対しての煮え切らぬ態度故の事。咎めは、私一人で全て負う。だが……だが然し、私が若し、割って入る事是得ぬ其の時、御手前、何とする気であったか。正直に御聞かせ願えまいか……」

よもや――其の言語を口にする事丈は踏み止まるも、荒ぶる気持ちを抑える事是能わず。言葉の端々がどうしても辛辣な、峻厳《しゅんげん》な物言いと成り賓客へと語気が鋭く迫り行く。父としての言行に似たり。

そう。あの時。昼下りの道場にて、無謀と雖《いえど》も、自分達の居場所を護る為、果敢に挑んだ門徒は一人、由ノ慎に此の漆黒の剣客は如何にして対処する気であったのか。よもや。名刀〝月影《げつえい》〟を、其の姿を、白昼の下へ、然も神聖成る道場に於て晒す心算であったか。此の剣客は、家主《あるじ》が場内へ分け入らなければ、其の時は。若しや。然もあらばあれ。青年剣士が「斬られる……」と、戦慄を覚え、聳戦《しょうせん》と成り身じろぎ出来ずに居る其の額へ。一刀のもとに。

抑《そもそも》、此の師である波山《はざん》は、本当に初めから息子達の元へ飛び込む心算であったや否や。是は、穿ち過ぎであろう乎。実の処、戸口の前で、板戸を楯にこっそりと息を潜め、神経を尖らせ敧《そばだ》て成行きを窺って居たのではよもや有るまいな。否。やはり是は、中傷也。『新刀無念流《しんとうむねんりゅう》』の遣い手、倶にするは名刀〝螢火《ほたるび》〟其の名も安房舜水《あわしゅんすい》。是程の武人《おとこ》が、まさか斯様な迄の小胆な真似事。言語道断、有ろう筈なかろうに。人の心は実《げ》にまこと魔物也。此の時、見守ろうとした丈であろう。弟子の戦意、既に喪失したは最早自明。賓客に至っては得物を抜き放つ事万に一つも有るまいて。と見抜いたか。だが然し、あの時、此の黒き剣客の心には、瞬刻と雖《いえど》も殺意を懐き其の刃を解き放ったかの様な鬼気迫る殺気を漲らせ、あの青年等に浴びせたは紛れも無い事実。其の刻《とき》の本物の武士《もののふ》たる眼光、其の炯々《けいけい》さを真ノ丞《しんのじょう》は目の当りにし、戦々兢々、聳懼《しょうく》したのだった。其程迄の遣い手であったのだ此の武人《おとこ》、楡残月《にれざんげつ》成る者は。

然し乍ら、さしも強靭な精神の持主にも拘らず、波山《はざん》こと舜水の詰問に、二の句が浮かばず、畢《ひっ》竟《きょう》するに、聞かれるが儘、正直に。

「解りません。そうとしか。……今と成っては……」

視線を校庭へと逸らす其の表情から本心に違い有るまい。と波山は、読み取った。ならば。と次成なる設問を矢継ぎ早に浴びす。

「実は、昨日《さくじつ》、黎明。書付が届いてな。差出人は鑑速佳仙《あきすみかせん》。母の兄だ。其の内容はと申すに、御主を『斬れ』！　と丈。如何に」

残月は絶句した。驚愕の面持ちで向き直り顔を見詰める。家主《あるじ》は其を真っ直ぐに受け止め、少し直截な物言いであったものかと推考し、静かに語り始める。

「今日一日間丈は、此の家の長として刻《とき》を過ごそうと。そして、明朝、討手として妹尾《ここ》を発つ決意を固めた其の矢先、御手前が予期せずして自ずから懐へと飛び込んで来たのだからな。自分でも意外な程にざわついたわ。然も、其の敵《かたき》が厩で臥《ふ》して居るなぞとは、是又滑稽な。フハハハ……あの朝、一抹の不安を抱えたのも正直な処……だがな、其の御蔭で此方としては、言うなれば心の整理……遣り場成る物を失い、儘ならぬ情況へと陥って終ったのだ。其に因り、幾多の目に余る所行に至る。是が顛末だ」

そう一時《いちどき》に、叙情を吐露した。其の語りを黙して相手を真っ直ぐに見据え聞いて居た遁《のが》れ人は、不意な此の科白《せりふ》に愕然とした。何と。此の畏敬の念を胸に、今日と云う一日を倶に過ごして来た其の御仁が。四郎兼平《しろうかねひら》を於て他《ほか》に父と。或いは兄か。そう呼べる一廉《ひとかど》の人物との僥倖たる邂逅。其の聖人君子がよもや己が命を狙う刺客であったとは。何たる因縁尽く。

孤高の咎人《とがびと》は眩惑した。言葉さえも、失った。此の凄愴さに後退りする程、心が悽《いた》む。嗟哉《あなや》と零し憶い返す。

（鑑速佳仙……婿に成るやも知れぬと云うに……其程迄に……此の命、所望か……。嗚呼……あの身の熟し、流派は……）

考えるのは止めた。甥迄をも刺客として遣わす為政者の無慈悲成る決意。其へ応えんが為、魂を奮い立たせ、自身も驚く程に冷静な口調で答える。

「斯様な次第に御座いましたか。成程、是は知り得ませんでした。不徳の致す処に御座います」

此処迄、直匿《ひたかく》しにして居た其故からのあの言動。今にして考えて見れば。そう感じ乍ら言葉を継ぐ。

「然し乍ら、私とて武人の端くれ、咎人《とがびと》と成り果てた一切の詳細明かさぬ所存。平に御容赦願い仕る。して、其の上で申し上げます。是、免れる手立て御座いますまいか」

此の申し出余りに自分本位ではなかろうか。不躾にも程が有るまいか。事情は互いに、質さず、明かさず、の儘初めから何も無かった事にする。否、此の英断。義剣士、適也《あっぱれなり》。逆賊と云う汚名を甘んじて受ける其の覚悟、最早揺るが無し。

是にはさしも鋭敏な君子、波山《はざん》も。否、天下無双の剣客、安房舜水《あわしゅんすい》か。も、些《いささ》か驚いて見せた。

かっと、見開いた眼《まなこ》は、次の瞬間和らいだ。丸で胸の痞《つか》えが下りた様に穏やかなそして、何処か感喜を伴ったそんな表情で、自身も気付かぬ儘笑みを零し答える。其の声は心做し、弾んで居たであろうか。

「何と……然様な考えを……」

意識的に一息、間を置く。そして、諮問するかの様に話し始める。

「此の私に譲歩せよと申すのか。伯父との約定、履行せず押し止まれと。あの文での約違《やくたが》え、反故にせよ……と」

暫し、押し黙る。想い耽るが如く。そうしてふと、気を取り直すかの様な面持ちで、目の前に粛々と座して居る賓客の睛《ひとみ》を真っ直ぐに見据え、或る決意の元、辞《ことば》を発する。

「なれば、妹尾に此《こ》の儘黙って留まっては呉れまいか。全てを棄てて、」

若き剣客は、其の辞《ことば》に唇《ふる》えた。武者顫いであったか。今、何と、聞こえたのかと。

「今、何と申されましたか。此所に留まれ……と、仰せに成られましたでしょう乎」

と口を衝いて出て終った。浅はかなれども問い質さずには居られなかった。そんな思慮に欠けた己が言動に忸怩たるものを胸に感じ、眼を伏せた。其へ威厳に満ちた声で説く。

「如何にも。然為れば皆も憮かし喜ぶであろう。勿論の事、此の私とて言わずもがな、吝《やぶさ》かでない。如何に。楡残月《にれざんげつ》殿」

拒む事を、更には言い遁れをも赦さぬと許りに矢継ぎ早に捲し立て躙《にじ》り寄られて居る。そんな印象を受け乍らも此の若き剣客は、何故《なにゆえ》に惑う事が有ろう乎。何故、直ぐに、明朝、此所を辞去する旨伝える一言が出て来ぬのか。決断を下した筈でなかったか。解らなく成った。否。本当は熟知して居るのだ。本意は妹尾《ここ》に居たいのだ。そう、全てを擲《なげう》って。迷夢した儘、躊躇いがちに答える。

「一晩の御猶予を……戴けませぬか。明朝、必ずや、御返事致します故。……此の場は……。御容赦願えませぬか……何卒」

是は、此の科白は、迷昧其の物ではないのか。己が自身、何を言って居るのか解って居るのか。と自問自答する。居心地が好く、知らぬ間に離れられなく成り、此所での暮しを想い描き幸せな気分に成って居るのだ。最早。愚か。何度、繰り返そうと云うのだ。と叱責する。だが然し、実際に口を衝いて出した科白に嫌気が差した。怖気付いて居るのだ、得体の知れぬもう一人の飛雪《フェイシェ》、〃エヴァ〃に。否、違うな。悉《ことごと》くに、素知らぬふりと云う名の裏切りか。自身への。其も又解って居るからこそ、一層重く伸し掛かって来るのだ都へ置き去りにした者達への後ろめたさが。あの黄昏時の丘での誓いが。遁しはすまいと桎梏《しっこく》と成り、自ら罪を科す事に因る呪縛に苛む。憐れ、義剣士。そんな、聞くに躵《しの》びない程の意志薄弱な声音に追討ちを掛けるが如く、鋭く抉る言葉を浴びせる。

「待てぬ。と申せば何と致す」

君子の威厳有る声が静寂の夜に、腹の底に響き亙るかの様に、揺るがす。其の声色、恫喝に似たり。

次の瞬間、辺り一体の空気が凍り付いた様に張り詰め、戦慄が黒衣の若者を襲う。永遠に続くかに思われた此の沈黙が今正《まさ》に、破られた。

其は、微かな笑みが零れた事に因るものであった。憫笑《びんしょう》か。若しや、是は、邪推が過ぎたか。或いは。

「フハハ……んんっ。いやはや、是は余りの無礼な物言いを致した。赦されよ。何、少し、からかって見たく成った……由。ハッハッハッ……」

顎を軽く摩《さす》り乍ら、あの時の様に呵々《かか》と笑う。そして、明瞭、且つ、清々しさ迄をも醸し出す、そんな口調で話を続ける。

「……うむ。委細、承知した。明日迄待とう。色好い返事を聞かせて貰えるものと、信じて居《お》る、が故にな」

と、心の繋鎖《けいさ》を漸くにして、外す。其処に悪意等、呼称する類は微塵も無い。況して、邪心なぞ。波山《はざん》は、本心から楡残月《にれざんげつ》と云う武人《おとこ》を渇望したのだ。

此の隠遁者は、夕餉の後独り、書斎にて、陽が暮れて往《ゆ》く事には眼も呉れず一心に朝からの事、道場での事、そして、これからの事。身の振り方の事。若し、あの時、子供達の元へ駆け付けるに遅れを取って居たならば。そう考えると居ても立っても居られず、此の話を一刻でも早くと、焦慮に駆られるのだった。だが其の為には、自身も又、代償を払う覚悟が要ると察した。あの朝陽に誓った約束を。剣客、安房《あわ》舜水《しゅんすい》に立ち返る事を自ら拒み、かなぐりすて、恩人でもある為政者、鑑《あき》速佳仙《すみかせん》の切望を擲ち、然も、逆賊を畢竟、匿《かくま》う。言わば〝叛逆〟其の物。全てを黙過して迄も繋ぎ止める所以。其は、此の楡残月と云う人物の機微に触れ、僅か一日と云う余りに短過ぎる刻《とき》を過ごした丈にも拘らず、既に心を奪われ、更には敬意をも払って居るからに他ならない。だからこそ、思慮深さが、言葉を選りすぐる必要が有ったのだ。熟慮を要する事こそが、其の事こそに、心血を灌《そそ》ぎ、死力を尽くす、是こそが、必須だったのである。此の家の主として。

夕刻、迎えに行けず、美空《みそら》に代役を任せた。其は同時に彼女ならば事を円滑に、と云う想いが籠められて居たに違いない。其は実に絶大な効果を齎《もたら》した。結果、心に迷いを生じさせた。詰りは、別の人生《みち》への選択肢である。計らずも其は成った。波山《はざん》は決して此の若き義剣士を侮ると云った軽率さは欠片《かけら》も無い。寧ろ、嗟賞《さしょう》に値する程に其の人格を認めて居る。其は、皆とて同じ。其故、互いに剣客と云う手枷足枷を自ら外し、倶に暮らせればと。四十を過ぎた一人の男が、父が、家主《あるじ》が、懇願する。其の姿、其の想い、憧憬に似たり。喩えるならば、夢中又占其夢《むちゅうまたそのゆめをうらなう》。是非も無い。人の世の理《ことわり》とは総じて、正《まさ》しく泡影也。

残月があの丘で煩悶するも腐心の末に出した結論《こたえ》は、一刻も早く妹尾《こここ》を去る事であった。時機を逃したとは雖も出奔したのが裏目に出て居る此の事実に漸く向き合う事が、受け容れる事が、出来た。刻《とき》を大方同じくして書斎では、波山も又、剣客と家主《あるじ》との、或いは父であったか。との狭間で煩悶し、直ぐ傍らで戸惑う此の若者に、己が自身半ば無意識の内に惹かれて居る事に気付いた。一廉の人物として、一人の武士《もののふ》として。そして、出した其の詰論《こたえ》は、身包み全て剥がして此の寒村で余生を送らせると云うものであった。自身も倶に、剣客と云う重く伸し掛る鎧を脱ぎ捨てて。

此の双龍《そうりゅう》は、やはり、似て居るのだ。余りに似過ぎて居ると語る可きか。今日迄《こんにちまで》の境遇にではなく、現在《いま》、置かれて居る身の上を推察する心が深過ぎ、却って其が重責と成り苦悶させる。だからとて擲って終う様な卑劣さなぞ一片も持ち合わせては居ない。寧ろ、自分達が最も嫌悪し忌避す可き自己欺瞞を敢えて自らが進んで、受け入れる態度を指し示し、甘んじて受けるといった他者への接し方。そして、幼少由《よ》り剣のみからの鍛練を縁《よすが》として人生《みち》を歩んで来た二人。是ぞ正《まさ》に武人の双璧也。両者共に感じて居たのではないか。今日程、何んと時の流れの緩やかな事。是程迄に永く感ぜられる一日は、是迄もそして、是からも訪れまいと。其の様に見通していたのでは。最早。

家主《あるじ》は賓客の顔を、睛《ひとみ》を見据える。其は、恰《あたか》も何かを再確認するかの様でもあった。眼前の表情から何かを見出したものか、徐に立ち上がると。

「私は、失礼する。夜も深《ふ》け様として居《お》る、緩りと成されるが宜しい。私の寝室に用意がして有るとの由。心置きなく、養《や》生《す》まれよ。では、明朝。食堂にて」

心に染み入る程の実に穏やかな声であった。辞儀を済ませると踵を返し、何と書斎へと歩を進め、早々に姿を消して終ったのであった。気付けば、其の誰も居ない部屋の戸口に向かって、立ち上がり深く辞儀をして居たのだった。

三度《みたび》、静寂は訪れた。恰も潮の満ち干の如く殷賑《いんしん》と閑寂とを繰り返す。未だ、猶以て大海を知らず、無知蒙昧成る船頭が櫓を便《よすが》に、小舟で大海原へと漕ぎ出すかの如き孤高の剣士の魂は、何処へ行こうと云うのか。当て所もなくさ迷い続ける旅路か。或いは、渾沌と云う我が郷里《ふるさと》への家路か。此の刻《とき》、何故だか妙に、山里の夜風が顔の疵を疼かせ蠢き、其の痛みは胸中に似たり。其は、丸で、心中と創刃とが気脈を通じ呼応するかの様でもあった。思い当たる節は、有ったのであろうか。漆黒の若者は静かに立ち上がる。

「少し許り、夜風に当たり過ぎたか……」

月光に照らされ、朧に浮かび上がる其の黒衣は、悄然と独り言ちたのだった。

微かに繊維質の擦れる音が此の静まり返った世界に、深い眠りへと誘《いざな》うかの様な優しい囁きと成り響き互る。一番奥の部屋へと歩を進める此の若者こそ、剣豪にして、逆賊。其の身の熟し、畏る可し。楡四郎兼平《にれしろうかねひら》は一子、其の名も残月《ざんげつ》。付き随うは名刀〝月影《げつえい》〟也。既にして父の形見と成りし。知らぬは、倅許り也。

寝屋へと入り、静々と襖を後ろ手で閉め、中を見遣れば、其所には一人分しか敷かれてなかった。独りで眠るには広過ぎた。否、胸中の表れであったか。其等、機微と云う呼び名の心の揺らぎに於て皆悉く、其の意味を見出せず、判然としない儘に、違い有るまい。其処に在るのは、其々の主観のみ。是は、万人に通ずる筈。

寝静まった母家全体を静寂が支配する。そんな世界で彼は独り佇む。隣の寝室に居るであろう青年等の起きて居る気配を感じる事も無い。閉めた襖の細い隙間からは帯状に月光が射し、此の畳部屋を的皪《てきれき》に照らす。ゆらゆらと不可思議に揺らぎ射し入る細い光の筋をじっと見詰める。此の孤高のさ迷い武人《びと》は、如何にして answer中するのであろうか。月は、只、黙して、そっと見守る。恰も、其しかして遣れぬ。と喟然を漏らすかの如くに。何所からとも無く梟の唄声が、初夏の夜風に乗って心地好い調べと成って流れて来る。あの夜半過ぎの子守唄と同じであっただろうか。静かに音も無く外套を脱ぎ、丁寧に畳み枕元へ、旅人帽子は、其の上へ重ねて其々を置き納めた。蒲団に入り仰臥する其の傍らに臥すは、愚直な迄に順《したが》い、決して離れる事の無い、其の名も〝月影〟。鞘にはそっと、左手が添えられて居る。心が真に幸福《やす》まった時は嘗《かつ》て在ったのか。そして、其は、訪れるのであろうか。そう考える。辺りは変わる事無く、静寂を守る。少年三人組の弁明を成り代わり、家主《あるじ》に伝えて遣れぬ儘此所を立ち去らねば成らぬ事への自責の念に駆られるも天上を見据え、今日と云う一日を顧み、本当に楽しかったと。嗚呼、幸せは、何時も目の前に在るのだなと、改めて其の様に考えさせられるのだった。此所、妹尾《せのお》での経験必ずや活かして見せる。と、あの黄昏時の丘で立てた誓いを心の中で力強く叫ぶ。自身に言い聞かせるでもするかの様に。そして、そっと睛《ひとみ》を閉じる。眼裏《まなうら》に、闇が静かに緩やかに、だが、確実に広がって行く。宇宙は其処に在った。そう、恰も太古の時代から然うしてずっと此処に在ったかの様に。確固たる存在として。

　目醒めた孤高の剣士。其の睛は、天井を見据える。其は丸で寂寞たる別世界から。或いは、暗澹と、そして、茫邈《ぼうばく》たる此の暗闇から忽然と舞い戻ったかの様に。其の時、漸く自分が知らぬ間に眠って終って居た事に気付いた。温泉の効能からかぐっすりと眠れ、疲れが癒され又、食事の御蔭で生気を養う事も出来、何時にない清々しい目醒めであった。

　襖越しに外を窺おうと身体を起こすも判然とせず、どうしたものかと思案して居ると、遠くで明烏が行き過ぎるのが判った。どうやら黎明も近い様だ。賓客は、未だ暗い寝屋を見亙し、家主の姿も寝具は疎か此所へ立ち入った形跡さえも感じられず。

（昨夜は……気付かぬ内に寝入って終ったからか……まさか書斎で一夜を過ごされたのではあるまいか）

斯う考えを廻らすのであった。

新しい朝の訪れを雀が明るく弾む様な声で囀り、優しく教えて呉れる。其の軽やかな声とは対照に、此の武士《もののふ》の心には重圧が伸し掛かって居るに違いない。然し乍ら、決意を口にする時丈が、刻々と猶且つ確実に其の時は近付いて居る。そう『妹尾を去る』と云う決断を答申する時が。其は己のみぞ知り得る事情なのだ。

敷蒲団を畳んで居ると、隣の部屋からも気配を感じる。丸で此方を気遣う風にも読み取れた。此所の朝は皆、早いのだ。そう、あの朝も斯うして、同じ時刻に起き、其々の役割を熟して行くのだなと、静かに想像を起こして見るのだった。今は、どうにも顔を合わせ辛く感じ、皆が去った後、書斎へ赴く事にする。時折、少年等の大きな欠伸を漏らす息遣いが、壁越しに聞こえて来る。竹蔵《たけぞう》さんは、もう、厩へ向かう仕度をして居るのだろうか。青年等は、浴場と道場を今日も磨きに行くのだろうか。そして、木刀を振るうのであろうか。そんな事を浮かべて見る。

(何故、こんな時に、こんな事を……)

すると、隣から声を殺した言葉が微かに聞こえて来るのだった。

「御前達は今日、俺達と一緒に風呂場と道場の掃除だからな。其の後、何時も通り教室の牀《ゆか》磨きだぞ、解ってるな。昨夜の約束した事だ、忘れてないな。清美《きよみ》への態度、先生の仰る通り。承知して居るな」

声の主は真ノ丞《しんのじょう》だ。語り方が何処か育親《しとねおや》に似て居る。すると今度は、

「清美が怒ると本当に、おっかねぇからなぁ……んんっ⁉　同じ科白《せりふ》を前にも言った様な……まあ

……、教室の牀磨きは素振りの後で手伝って遣るからな。良いだろう、真ノ丞《しんのじょう》」

心友は盟友からそう持ち掛けられると、

「そうだな。仕方無い」

そんな表情に似た笑みを浮かべ乍ら静かに首肯《うなず》いて見せ、

「俺も、付き合うよ」

と、由ノ慎《ゆいのしん》と少年等に答えた。其の言葉を聞いた瞬間、其迄神妙に粛々と畳に正座をして居た三人の、歓喜に満ちた其の顔は、にんまりとして居た。

そんな遣り取りを壁越しに聞くと無く聞いて居た漆黒の若者の口元は、微かに緩み動いたか。

蒲団を片付け終えた少年達は、青年等より一足先に襖を勢いよく開け放いて、無遠慮にも元気一杯に、どたどたと板張を慌ただしく飛び出した。朝の心地好い静けさは、何処かへ行って終った程だ。青年はそんな三人の背中へ小声で、「おいおい」と言ったものの聞こえはしまい。戸惑う様でも嬉しい様でもある、そんな顔を互いに見交し、微笑んだ。

其の時、廊下へ先に出て行った三人組の語調を僅かに下げた声がした。

「御早う御座います」

と挨拶をする其へ、

「皆さん、御早う」

と、澄んだ声が、清々しい朝の板張廊下に染み入る。少年達は、挨拶を交わし終えると、階段を駆け降りて行く足音が涼しげな淑女の奏でる調べを掻き消す。其所へ、

「御早う御座います。美空《みそら》さん」

後から来た青年等である。

「御早う。今日は慥《たし》か……あの子達の指導でしたわね」

「えええ、其の通りです」

と先ずは由ノ慎が答え、続いて、真ノ丞が、語りを継ぐ。

「朝食の前に、風呂掃除をして参ろうかと考えて居ります」

「そうですね。其が宜しいでしょう。では、私は、三人と一緒に竹蔵《たけぞう》さんの手伝いをする為、倶に厩へ往《ゆ》き、其の後、千代《ちよ》さんと朝の仕度をする事に致しましょう」

「はい。承知しました。では……」

と青年二人は、はきはきと明瞭な声で返事をし、会釈を交わすと階段の下に在る勝手口から裏庭へ行き顔を洗って居るであろう少年達の後を追う様にして鉤の手を曲がって行った。其所へ、今の遣り取りを部屋の中で聞いて居たであろう清美《きよみ》が、寝惚け眼の童子を左右に随《したが》え姿を現して声を掛ける。

「美空姉さん……昨夜の事、先生に話して呉れて有り難う」

と頭を深く下げる義妹《いもうと》の其の旋毛《つむじ》に向かって語り掛けるかの様に、

「良いのよ、もう御止しなさい。あの時、先生にも聞こえて居た様子でしたから……さあ、厩へ往きますよ。朋《とも》ちゃん、準備は、大丈夫かしら」

そんな、優しく問い掛ける美空の顔を仰ぎ見るあどけない表情の童女は、元気に答え様と、団栗《どんぐり》眼《まなこ》を小さな手で擦り乍ら話す。

「うん！　だいじょうぶよぉ……ふわあぁぁ……」

「ウフフ……。あらあら。御天道様もきっと、驚いて居るわよぉ」

と、迚《とて》も楽しそうに笑い、其の儘、義姉《あね》の右手を握って様子をじっと見詰めて居る童男へ視線を遷《うつ》す。先程迄のとろんとした眼とは打って変わり、其の瞳は爛々と輝いて居る。

「栄《えい》は、大丈夫な様ね」

と、優しく頬笑む其の矑《ひとみ》を見据えて、

「うん」

と、一言丈、口にし、力強く、一度、頷いて見せた。

「『うん』では無くて『はい』でしょう」

と清美《きよみ》は膝を曲げ目線を合わせて注意を促した。すると栄造《えいぞう》は、黙った儘、義姉《あね》の目を見返し、解ったと言わん許りの顔をして見せるのだった。すると、突然、朋子《ともこ》が嬉しそうにけらけらと綺麗に並んだ小さく白い歯を見せ乍ら、あどけなく笑うのだった。其に釣られ、義姉《あね》の二人もくすくすと笑う。

残月《ざんげつ》は、ずっと聞いて居た。此の何でも無い朝の団欒を。静かに見護るかの如く。独り、部屋に佇んだ儘に。壁と見詰める漆黒の背《せな》は、あの皇宮で暮らした平穏な二年と云う月日を偲ぶかの様でもあった。

ふと、笑い声が途切れ、程無くすると、足音が一つ、気配と共に此方へと近付いて来る。其の足の運びには、気遣いが垣間見えた。黒衣の賓《まろうど》は、息を潜め其の足音が止まった襖と向き合う。淑女は丸で気付いて居るとでも云った風に、其の向こうに黒衣の若者が此方を向いて佇んで居るであろう襖に向かって、声を掛ける。

「残月様。御早う御座います。私共は、只今依り厩へ出向いて参ります。未だ、早う御座いますので、どうぞ御緩《ゆる》りと御寛ぎ成さいませ。では、失礼致します」

丁寧な会釈を済ますと、清美達が侯って居るであろう自分達の寝屋へと静々と歩き出す淑女の清楚な後ろ姿へ、襖越しに孤高の剣士は返事をする。

「美空《みそら》殿。御気遣い甚《いた》く感謝致します」

短く言い終え辞儀をし憶い直すに、やはりさすがは家主《あるじ》の信頼を一身に受けた女性だと云う訳か。成程な。と独り嗟賞する。其処へ不意に言葉が返って来る。

「勿体無い御言葉……」

其は、声に表した言葉にか。声に成らぬ言葉にであったか。或いは、其の何方にもであろうか。淑女の其の凛と響き伝わる声が、全てを物語って居た。そして、互いに姿は見えずとも、辞儀合するのだった。それから程無くして、気配と共に板張を進む足音が遠退いて行った。後には、雀達の囀り丈が残る。丸で、漆黒の剣士を何処へとも知れぬ場所へと誘《いざな》うかの様に爽やかな調べであった。其の無邪気で戯れにも似た誘い声に心を預けると云ったそんな所作で襖を開け広げ、其の虚心坦懐成る表情を窓越しに縹渺《ひょうびょう》たる黎明の空へと向ける。其の睛《ひとみ》に映るは水浅葱に彩られた遥か遠景、浮かぶは的皪《てきれき》の弦月也。

何れに在っても、此の孤高の剣士は、今日、妹尾《こここ》を旅立つのであろう。本来、此所の家主の寝屋である筈の部屋に、哀愁を醸し漂わせた背《せな》を向け佇み、朝行く月を静かに、黙した儘じっと見詰めるのだった。


其の頃、一階の書斎前では、門弟、三羽烏との五人を鉢合せた家主が驚かせて居た。

「せ、先生！　どうして……仕事場から……。ま、まさか……夕べ……では！　御一人で斯様な所で過ごされたので御座いますか？」

利発な顔立ちの青年が、身体を気遣うかの様にするすると、歩み寄り乍ら言葉を掛けた。其へ追従する勇ましい面持ちの青年が語りを継ぐ。

「そうです、先生。真ノ丞《しんのじょう》の言う通り。御身体に障ります。二度と此の様な事は成さらぬ様、御願い致します」

何時に無い真剣な眼差しで師を見据え、口幅ったい物言いにも拘らず、敢然と意見を述べた。そんな門弟二人を前に、何やら逡巡する素振り見せる師。其を訝しげに見遣る二人の背中越しに、後から降りて来た者達が口々に「先生！」「先生！」と、朝の挨拶も怱怱《そうそう》に身体を案じ乍ら駆け寄る。其の声に振り向く青年の間から身を乗り出し、顔を肩口から覗かせ乍ら言葉を発する。

「そうだよ、先生！　兄《あに》ぃ達の言う通りよ！　此所は、睡る部屋では無いわぁ。ねぇ、先生！」

清美《きよみ》らしい溌剌とした声だ。そんな、少し許り乱暴な義妹《いもうと》の物言いを咎める事もせず、美空《みそら》は唯々《ただただ》、感情を押し殺し、唇を真一文字に結び、家主《あるじ》の顔を見据える許り。そんな皆を前に、はにかんだものか、所在無く廊下を眺め、訥々と話し出す。

「済まなかった。心配を掛けた様だ。赦せよ。……まあ……何だな、私とて、時には一晩位、書斎に籠もり、しなくては成らぬ用向きも有る……と云うもの。何にせよ、家主と先生、師と、一時《いちどき》にせねば成らぬ……故にな……。ハハハハハ……」

何時もの如く、呵々と屈託無く軽快に笑って見せると、安堵の空気に包まれた。そんななか一人、清美丈は、納得行かないと云った風な、何やら片付かない、剥《む》れた表情で波山《はざん》を見詰めて居る。其を尻目に、青年等の顔へ視線を向け話題を変える。

「由ノ慎《ゆいのしん》と真ノ丞。二人は、其の子等を連れて約通《やくどお》りに。良いな、御前達。解って居るな」

其の眼は仙太《せんた》に向けられ、些か、語気鋭く感じられたであろうか。そんな育親《しとねおや》の心根を忖度したのであろう、俯き頭を掻き乍らでは在るものの、義姉《あね》に向き直り、「なっ、何よ！」と言わぬが許りの顔で睨む彼女に、もじもじと近寄り、ぼそぼそと話し出す。

「えええ……そのぉ……んんっ……昨日は、そのぉ……。……姉えちゃん、ごめん！」

と言い終えるや否や、欠けた前歯をちらつかせ、にかっ、と一粲《いっさん》。脱兎の如く風呂場の方へと走って行って終った。其の後を追い掛ける少年二人は、

「おいっ、仙太！　待てよぉ」

と、嘯いて見せ、走り去る。其へ何か言いたげな少女の口は尖《とんが》って居た。其等を余所に聞く青年達は、師に辞儀を済ませ浴場へと廊下を歩いて行く。「一体、何だったのよ！」と少女は、未だ釈然としない表情を見せた儘、少年等が立ち去り、義兄達の背中さえも見えなく成った廊下の先を恨

めしそうに見詰めて居る。そんな娘子に育親《しとねおや》が弁明する。

「なあ、清美《きよみ》。罰として浴場と道場の掃除を言い遣わして有るし小言も聢《しっか》りとな。昨夜の件は是で赦して呉れ。序で話《ついばなし》に、虎《とら》が村人以外で斯様に懐いたは初めてと憶える。一番に驚くは、子供達も、栄造《えいぞう》迄もがあの様に燥《はしゃ》ぐとは……。昨日の朝、会《お》うた許りと言うになぁ……、花束を贈ったのであろう……んんっ⁉」

揶揄《からか》うかの様な笑みを浮かべ、覗き込む。少女は、恥ずかしさからか、俯く顔の頬を仄かに朱に染め、もじもじと照れ臭そうに、猫撫で声で応える。

「そ、そんなぁ……。せ、先生、あ、私は……何も……。でも……、有り難う、先生！」

言い終えた清美は、照れ隠しと、嬉しさとが入り雑じった破顔露に、義父《ちち》の笑い声で気付いた時には、其の頼もしい腕にしがみついて居た。其の名が示す通りの清らかで美しい表情であった。

其の笑顔から溜飲が下がったと見て取る家主《あるじ》は安堵の笑みを浮かべて居た其へ、同じく胸を撫で下ろし頬笑み乍ら凛とした張りの有る声で、話し掛ける。

「それでは、私は厩へ行って参ります」

と、美空《みそら》は軽く会釈をし玄関へと向かおうとするのを制する。

「俟て、私が行こう。今日は、男手が足りぬであろうからな。それに、朝餉を早目に済ませておきたいのだ。隣村へ医薬品を受け取りに往《ゆ》かねば成らぬ日でな」

と、腕に抱き着いた儘で居る少女の顔を見て、話を継ぐ。

「故に、美空と清美には千代《ちよ》の所へ……頼む。さて、朋子《ともこ》と栄造は、私と倶に参るのだぞ」

童女は、にこりと笑い、小さな手の平を一杯に広げ、天井に届かん許りに翳して、

「はぁあい」

と、団栗眼を輝かせ、溌剌とした声で返事をし、未だ波山《はざん》の腕にしがみついた儘の清美の顔へ振り仰ぎ、上げた其の手を振って見せ乍ら、

「きよみねぇちゃん、ちょっとぉ、いってきまぁす」

そう言い終えた途端、玄関へと、其の短く小さな手足を器用に動かし燥ぐ様に駆けて行く。其を見て頬笑む娘に、「では」と言った風に、惚けて突っ立つ童男へと声を掛ける育親《しとねおや》。

「参るぞ。……栄造。これっ、栄造……フフフ……聞こえぬのか。……？」

其の義父《ちち》の言葉に、娘は、照れ乍ら手を放し、童男は、跳ねる様に顔を上げ、

「うん」

と、一言、発し、力強く一度、頷いて見せ、童女が居るであろう玄関へ、是も又、短い手足をばたつかせ、懸命に駆けて行く。其の健気に生きて居る小さな背中を見守り乍ら、緩《ゆる》りと、家主《あるじ》は、歩を進める。

玄関に着くと童子等が、竹蔵《たけぞう》の作った少し大きい草鞋と戯れて居た。其を微笑み乍ら幸せそうに義父《ちち》は手伝って遣る。肩随して居た二人の娘は、玄関を開け、二人の童と手を繋ぎ、雀が踊り、囀る校庭を、明烏の飛ぶ浅葱の空を仰ぎ乍ら歩き往《ゆ》く其の広く、逞しい背《せな》へ、辞儀をし、見送るのだった。

其の敬愛成る背を見送る柔らかな輝きを放つ眼差しが刻《とき》を同じくしてもう一つ、二階の窓に在った。

た。此の睛の持ち主、黒衣の若者は、校庭を仲好さげに、右は童男、左は童女と並んで歩く畏敬の背を追行しようかとも考えては見たもののやはり、躊躇《ためら》われた。何故にと問えば、結論は既に定まって居るとは云え、童と倶にする父親に、其の自身の意志全てを語るにはどうしても忍《しの》ばれ、心の揺らぎを危惧したからに他ならないからであった。故に、畢竟、只、小心者が身も心も匿し、羨望の視線を送り続ける以外に至らなかったのである。そんな気の惑いが未だ何処かによもや潜んで居ようとは、自身を忸怩し、悔恨の想いに苛まれた。そうし乍らも、家主《あるじ》が戻るのを待ち侘びる事しか出来ぬ己の身に苛立ちを憶え、今は、堪え凌ぐ其の時か。と云う心との板挟みに、何時しか身動きが取れなく成って終って居た。寝屋へ戻り煩悶する若き剣客を、刻《とき》丈が徒《いたずら》に過ぎて行くのであった。

あれから、波山《はざん》と竹蔵《たけぞう》は、さして時間を費やす事無く、足取り蹌捍《そうかん》な夫婦馬《めおとうま》を畑へと連れて、干草を与え桶には水をたっぷりと灌いで遣る。犂《すき》や鍬を準備し、是で食後直ぐに仕事が出来る。其の我が家へと家路についた道すがら、足付軽やかな老近侍は主人に話し掛ける。

「若様、昨日の朝は、本当に驚きましたぁ。ホッホッホッ……。今と成っては、笑い話に御座います。腰の具合も此の通り、あの時、施して下さいました湿布薬の御蔭ですっかり善く成りました」

翁とは思えぬ程の其は張りの有る声だった。話を聞き乍ら憶い出す様に応じる主人。

「然様。此の私も本当に驚いた。ハハハ……何せ、『死体が！』と申して、腰を抜かして居《お》ったのだからなぁ。ハッハッハッ……」

と、戯《おど》け口《ぐち》で爺やを見て其は楽しそうに笑う。其の笑い声に釣られ、童女がにこにこと東雲《しののめ》の隙間から射す朝陽に頬を輝かせ乍ら、嬉しそうに笑って居る。一方、童男は、何か、言いたげな顔を育親《しとねおや》へ向けて歩いて居た。

「年寄りを余りからかわんで下され、ホッホッホ……」

と笑って見せた後、真面目な表情を主人に向け、話を続ける。

「然し、あの楡《にれ》様と云う御仁は、実に出来た御方に御座いまするなぁ若様」

と嗟賞し、敬意を表する。

「如何にも。竹蔵の申す通りだ……虞《おそ》ろしい程にな……」

最後の言葉は、衰えた耳には届かなかった。

「あの鍬を振るう手付腰付。見事。と言うしか御座いますまい。一体、何れの御仁でいらっしゃるもので御座いましょう乎。何れに致しましても斯様な御方でありましたならば、千代《ちよ》共々、大歓迎に御座います」

そう言い終え、深々と頭を下げるのだった。波山は誰にも打ち明けてはいないあの賓客の内情を、此の老夫婦は、其と無く察して居るかの様に思わぬ言質を得た。解るのだ。言わずもがな、此の側役は、嘗《かつ》ての養父と乳母なのだから。解るのだ。手に取る様に。舜水《むすこ》の事は。此の時、改めて親の偉大さに気付かされた。そう、此の近侍二人に、気を回す事は却って要らぬ気苦労をさせる丈なのだと痛感した。何と愚昧で浅薄な人間なのだ、と自責の念に駆られるのを憶えた。

（知らぬ間に、排他的に成って居たのでは在るまいか……）

そうなのだ、気付いたのだ。否、憶い出したのだ。何時も傍らには、爺やと婆やが斯うして静かに見守って居た事を。一番、大切な事を。波山《はざん》は、腰を稍屈め乍ら肩随する竹蔵を慈しむ様に見詰め、考えを廻らす。

朝餉を済ました後、皆に胸中を吐露して終おう。今こそ、偽りの姿を棄てる時ぞ。あの楡残月《にれざんげつ》と云う武士《もののふ》が妹尾《ここ》へ来たは斯様な理《ことわり》が有ってこそに違いない。世捨て人を選び〝波山〟を名告《なの》り幾年。身も心も其の仮りの器に直匿《ひたかく》し、生きて来た事を遂に打ち明ける時機《とき》が来たのだ。皆に今日迄騙って来た事を詫びよう。そして、もう一度、最初《はじめ》から遣り直すのだ。あの武人《おとこ》共共。今を於て、他には有るまい。

そう、結論に達したのだった。そんな一縷の望みと雖《いえど》も、希望には違いないと、密かに淡い想いを懐き、胸を焦がす。

何処か童心に返った心持ちで畑から戻った家主《あるじ》。是は慮外な、と云った表情の自分を出迎えた黒尽くめの武人《おとこ》を見据えた。ぎこちない少し遅れの挨拶をし終えると、竹蔵《たけぞう》は気遣い童子二人を連れて、足を洗う為に裏庭へと退いて行った。其の場に残った二人は、玄関の軒先で対峙した儘静かに清々しい初夏の風に心身を預ける。俄に黒衣の旅人がかっと眼を見開き、口を開く。

「波山先生。私は是にて御暇《おいとま》させて戴きます。此の一宿一飯の恩義 忝《かたじけな》く、決して忘れは致しません。そして、何時か必ず、此の残月、妹尾《ここ》に立ち戻り恩義に報いる所存。然し乍ら今は、果たす可き大事が御座います由。御容赦。では、失礼仕る」

半ば強引に話を打ち切り、表門へと足を向けた其の矢先、

「俟たれよッ！」

と、語気を荒げ乍ら其の腕を強く攫み制する。其に僅かに驚きの表情を浮かべ振り向く剣客。其へ語りを継ぐ。

「其処許《そこもと》。やはり剣客《ひと》を殺《あや》めよったな」

其の言葉を聞いた瞬間、凍り付き絶句した。妹尾《ここ》へ来て初めて睛《ひとみ》が曇った。視線が知らぬ間に下へと落ちる。更に言葉を浴びせ掛ける。

「知らいでかっ！　だがっ！　其を咎め様なぞと……そうではないッ、そんな話がしたいのでは断じてない。寧ろ、此の話は二人丈の秘密に。……どうか、せめて朝餉丈でも……此の通りだ」

冷静さを取り戻し言い終えると、丁寧に頭を下げる。波山の姿を見届け、残月は、自分には、何も言えない事を思い知らされ、力無く答える。

「……どうか、頭を御上げ下されます様……承知致しました。なれば、朝食後、話す機会を戴けませぬか」

間髪容れず、

「おお……然様か、倶に食して呉れるか。其は上々。ささ、こんな所では……先ずは今一度、上がられよ」

黒衣の若者は己の未熟さに閉口し嫌気が差すのを憶え、自身を嘲り笑うのだった。

（目は口程に物を言う……と申す通り……。見抜かれて居た訳か……或いは、例の書簡に……。やはり、急を要するか。新たな刺客が嗅ぎ付ける前に……一刻を争うと言うに、俺は！）

歯を喰いしばり、拳を握り締めた。私取合《わたくしどりあい》に及び恩を仇で返す様な事は有っては成らぬのだ。決して。そう危惧し猶一層の事、其の気持ちを募らせ其に呼応するかの様に空回りして行く許り。全ては、己の意志薄弱に帰因するのである。そんな憮然とした表情の客人を思慮深さからに因る見て見ぬ振りをする家主《あるじ》は、眼の遣り場に窮して、思いも掛けず玄関へと遷《うつ》す。其に気付き顧眄《こべん》する残月。二人は驚愕した。其の視線の先には、恐らくは、出迎えに来たであろう一人の清楚な女性が、茫然自失に陥った表情で岩の様に固まり、立ち尽くして居た。瞬刻、一帯の空気が張り詰める。誰も口を開こうとしない。否、声に出来無かった。と言う可きか。漸くにして此の静寂を破ったは、波山《はざん》の囁く声であった。

「楡《にれ》殿、先に手洗い場へ。直ぐに、私も参る」

家主《あるじ》の言葉に黒衣は、黙って首肯《うなず》き静かに其方へと向かった。其を見届けるとするする近付き、小声で話し掛ける。

「聞いての通りだ。火急の用向きは、可也の深刻さと見た。が、然し、私以外に危害は及ばぬ事を約する。故、案ずるに及ばず。何時も通りにな。良いな美空《みそら》」

子供を宥めるかの様に、静かで、威厳に満ちた声音であった。其の言葉に応えんが為、顔も体も強張らせ、其の繊指に至っては、小刻みに震わして居た。にも拘らず、必死に声を絞り出す。何かを振り解くかの様に。

「……はい。承知致して居ります」

やっとの想いで、擦《かす》れた声で、発した言葉は是丈だった。其の言葉と表情に稍、懸念を抱く主人では在ったが、自身に言い聞かす為、二度三度と頷いて見せ、賓客が居る筈の手洗い場へと赴いて行った。

余りに唐突な真実を耳にした美空が頭に描いたものは、只の語彙に過ぎなかった。だが、悚然たる表情が物語るが如く、其の魂は一言一句、聞き洩らさず、受け留めて居たのだった。体中に緊張が駆け巡り、其に因り顔は燃える様に熱く成って行くのに対し、心中の何たる寒々しい事。今にも凍えそうな程である。風景が流れて行く。否、自分の体が流れて居るのだろうか。丸で池の水際《みぎわ》で起こり得るあの感覚。揺れて居るは、水面か身体か。自分であって自分に非《あら》ず。そんな不安を抱き乍ら炊事場へ戻るも、其を直隠《ひたかく》す事に集中するのが精一杯であった。

玖

刻《とき》は、止《とど》まる事を知らぬかの様に流れて往《ゆ》く。静かに。清らかに。

朝餉の時間。何時もと同じく、食堂に集い、何時もと変わらず同じ膳の前へ着く。三人組は、何時もと同じ位に腹ぺこであるに違いない。童女は、何時もと変わらぬ瞳で家主《あるじ》を見詰める少女の隣で、何時もの笑顔を振り撒く。二人の好青年も又、何時もの様に姿勢を正し、青眼を師に向けて居る。其の顔付きは、日増しに凛々しいものに成って居た。だが然し、三人は、違う朝餉を迎えて居るのだった。胸騒ぎ未だ止まぬ胸中を宥め乍ら号令を掛ける淑女の声は僅かに擦れ、震えて居たであったか。其の左隣では、平静を装う家主《あるじ》。其の傍らに坐り、童男の真っ直ぐな瞳に、全てを看破された心境に彼の創刃が俄《にわか》に騒ぎ蠢き、疼く。其の苦痛に歪む心を笑みで覆い匿《かく》す黒衣。何《いず》れも何処か不自然。童男と少女の其の眼《まなこ》は、既に、何かを洞見し、違和感を感じて居たのやも知れない。自身等《ら》もそうとは気付かぬ内に。

朝食が始まると共に、あの三人組は、約束の事許りが気に成るのか、御飯を掻き込んでは、頬を風神の様に膨らまし、そわそわ、ちらちら、心焉《こころここ》に在《あ》らずにして、黒衣の若者を横目で見遣る。そんな不躾な態度を清美《きよみ》が見遁《みのが》す訳もなく、睚《しか》と睨《ね》め付けて居る。其の鬼気に恐れ、小突き合い乍ら、又、飯を頬張るのだった。そんな口を尖《とが》らかし鬼の形相で睨んで居る義姉《あね》をにこにことあどけない笑顔で眺め箸を進める朋子《ともこ》のかわいらしさも又、何時もと変わらぬ風景である。そんな情景を微笑み遠望する漆黒の武士《もののふ》は、皆の表情に感銘を受けるのだった。是が此の家主《あるじ》の導きに依る賜物かと。名残惜しげに焼き付ける。

(此の子等を捲き込む訳に参らん。約を違《たが》う事、赦せよ少年。一言で良い……別れの言葉を……後は、何一つ、語る勿れ!)

そっと箸を置き、徐《おもむろ》に、口を開く。

「食事中では有りますが、是非にも申し上げたき儀が御座います」

威風堂々たる其の声に、皆、背筋の伸びる心持ちに成る。そして一同が静まり返り、一体何を切り出すものかと、固唾を呑んで待つ。家主《あるじ》も又、何を出し抜けにと云った風に訝しがり、声の主へと一瞥を投げる。だが次の瞬間、不吉な予感が頭を過《よぎ》る。「まさか!」と感じ目を大きく見開き、隣に坐る賓《まろうど》の其の峻厳《しゅんげん》な表情を見返した。だが黒衣の若者は、そんな家主《あるじ》を意に介す事なく、静寂の広がる此の食堂を瞻望し、大きく息を吸い込むと、自身の心に勢《はず》みをつけるかの如く、軽く二度程頷いて見せ、実に心の籠もった力強い声が、一時に息を吐き出す風に響き亙る。其の瞬刻。「仕舞った!」と、心で叫んだは舜水《しゅんすい》であったか。或いは、狼狽であったか。

「私は、直ちに此所を発つ事と成りました。此の一両日に享けた多大なる御恩、誠に感謝致します」

そう意を表すと、板張の牀《ゆか》へと躄《いざ》り、改めて姿勢を正し、前に手を突き深々と頭を下げた。ほんの一時丈、間を置いて上げた其の面持ちは、一切の霽が掃われ、実に晴れ晴れとしたものであった。正《まさ》に、篤実な此の若者の風体に似付かわしい顔付きである。然し乍ら余りに唐突で予期せぬ科白《せりふ》であった為に、一同は揃って唖然とし、只々、眼前に在る爽やかな顔を穴の明く程に見入る許り。食堂は、依然として静けさを守り続ける。暫しの間を置き、此の沈黙を破ったは、果して仙太《せんた》であった。

「そんなのずるいよォ約束したじゃないかァそれとも……オイラ等達の事、嫌いになっちゃったのお？　ねええ！」

　哀色を露《あらわ》にそう口にすると、隣の利発な少年が話を継ぐ。

「そうだよッ約束したのにぃ。悪さはもうしないから……そうだ！　それに、もう直ぐ隣村の神社で恒例の祭りなんだよぉ」

　そう力説するは、竜の介《たつのすけ》。其等の話に力強く頷き、黒衣を見詰める佐吉《さきち》。そんな子供等の質問に答えるかの様に声を発したのは、意外にも美空《みそら》であった。

「私も、祭りを娯《たの》しみにして居りました！　……も、勿論……皆で、行くのを……で御座います……」

　どうにも抑え切れない想いの丈を、あの玄関での忌わしい記憶を払拭しようと、思い切り打つけたのだった。話し終えて安堵したのも束の間、自分がとんでもない事を口にしたと、はっと気が付き、其の頬を仄かに朱に染める。伏せた瞳《ひとみ》が慕う心の度合を馨らせる。戸惑い続ける若き佳客へ、家主《あるじ》が間髪を容れず、喰い下がる。

「如何にも、楡殿《にれ》。……今暫くの猶予を。……せめて私が隣村から戻る迄……昼には必ず……其故……。たっての願いだ……皆の願いでもある。先ずは半日、逗《とど》まっては呉れまいか」

家主《あるじ》達皆の意外な迄の言行に驚喜した。嬉しかった。だが。決心に微塵の揺ぎも無いのだ。

「其の御言葉。又、御好意。有り難く頂戴仕る。なれども……。是以上の長居は双方にとって……」

此処で言葉を呑んだ。「喩《たとい》、僅かでは有っても、懸念の根源は断たねば」と云う一言が、うっかり出掛り、慌てて口を噤んだ。そして、取り繕う為の二の句を、

「此の恩義、決して忘れは致さぬ所存。是にて御暇《おいとま》致します。悪しからず」

と、自若して上手い塩梅に話した。

其の口上へ、どう有っても、と反駁したげな渋い表情露に、口元を気取られぬ様、美空へそっと耳打ちをする。

「何とか、私が戻る迄、繋ぎ止めておいて呉れ。恃む」

波山《はざん》の慎重な顔付きを見返し、静かに、大きく、一度、首肯《うなず》いて見せた。其は、何かしらの決意の表れでもあった。其を見届けるや否や直ぐに立ち上がり、自身を卑下した面持ちで此方《こちら》を見上げる賓客に、

「では後程書斎にて……。話の続きもしたいと考えて居るのでな……失礼する」

だが残月《ざんげつ》は、黙した儘軽く会釈するに留める。顔を上げると、踵を廻らした家主《あるじ》が背《せな》で受け止め、皆を残し、一刻を争うかの如く、足早に食堂を立ち去る所であった。唯、鄭重に見送る事で自らを

慰めるのである。是で最善《よい》のだ、と。

意固地で、半ば懇願とも取れる言葉であった。子供染みた科白《せりふ》を、と書斎に戻った波山《はざん》は憶い返し悔恨の情に暫し耽る。然し乍ら、時が惜しい身の上、気を取り直し、身仕度もそこそこ、背負うに丁度適った竹蔵《たけぞう》手製の葛《つづら》を担ぎ、

「隣村迄急ぎ足なれば……一時と掛けずに往《ゆ》ける筈……」

と独り言を洩らす間に玄関の戸口を飛び出し、振り向く事は疎か、脇目も振らず一目散に駆けて行った。其の悲壮な決意を荷なう背を、見送る者は、居ない。


其の頃、食堂では、残月《ざんげつ》を中心に人集りが出来て居た。三人組に至っては、どうして、どうして、の一点張りで上を下への大騒ぎ。戸惑う黒衣の若者に纏《まと》わり付き、腕にしがみ付き、首に手を巻き付け、行かせまいと奮闘して手が付けられない。弱り果てた顔色を浮かべ、何も出来無いで居るのを見兼ね、子供達を咎めたのは美空《みそら》であった。珍しくも、声を荒げ、何処か苛立たしささえ否めない、緊張した雰囲気で早口に話す。

「貴方《あなた》達は未だ先生の言い付けを遣り残して居るのでは有りませんか⁉　さあっ！　早早に済ましていらっしゃい。そうしなければ残月様と遊びに行けなく成りますよ」

と、臆面も無く言い終えた。驚いたのは、男共で、何時もと違う言動に言葉を失いまごつき乍らも、動向を静かに皆で見守る。端整な顔立ちを強張らせるも、勇気を振り絞り黒衣の若者へと向き直って、半ば勢い任せに無二無三、上擦った声で要点を話す。

「残月様。先ずは緩りと御待ち戴きます様にとの由に御座います。私は今から御結びを拵《こしら》えて参ります。何も無しと云う訳には参りません。何卒、此の儘二階へ御上がり下さいまし。御願いに御座います」

板張の牀に両手を突き、頭を深く下げた。皆の視線が自然と押し黙った儘、眼を閉じ正座をして居る漆黒の剣客へと集まる。息を潜め、此の静寂の中、言葉を待つ。暫くして、重く鎖《とざ》された口が開く。

「其程迄に……。美空殿、そして皆の気持ちを汲むと云う事に……それに、握り飯とは……実に有難い話、大いに甘えさせて戴きます」

其の言葉に、今にも泣き出しそうな顔を上げる淑女へ丁寧に辞儀をした。少年達も胸を撫で下ろし、銘々の口元から笑みが零れた。そんな皆の顔を見詰め乍ら立ち上がり、

「では、もう暫く、御厄介に成ります」

と、改めて口にし、もう一度、辞儀をする。其を聞くが早いか、子供達が一斉に歓喜の声を上げると、食堂内の空気は一気に色めき立つ。其に乗じて利発な顔立ちの青年が三人組へ溌剌とした声を掛ける。

「良し！　そうと決まれば、道場の掃除も早く済ませよう。行こう！」

と残月の顔へ意味深に一瞥を投げる真ノ丞《しんのじょう》に呼応するかの様に勇ましい顔立ちの青年が、此方も又、負けず劣らず明瞭な声で、

「其の通りだ。早く終わらせよう。行くぞぉぉう！」

と由ノ慎《ゆいのしん》も又、黒衣を横目で何かを窺うかの様に見るのだった。青年の言葉に励まされ、俄然、遣る気を起こした少年達は、急ぎ足で隣村へと向かう波山《はざん》に迄届きそうな大声で答えて見せる。

「よぉぉし、頑張るぞぉぉ！」

三人は、腕を天井へと突き上げ乍ら飛び上がって、感情を表し、黒衣の佳客へ「後で」と言わん許りに、其々《それぞれ》が満面の笑顔で手を振り、廊下へと無遠慮に駆け出して往《ゆ》く。其の跡を追う様に青年等が、何処か片付かない様子の儘辞儀合、食堂を後にした。彼等に対し残月《ざんげつ》は、愛想笑いを浮かべるのが精一杯であった。

と其所へ、静かに遣り取りを遠捲きに見聞きをして居た清美《きよみ》が、朋子《ともこ》と栄造《えいぞう》の手を引いて徐《おもむろ》に傍らへと神妙な態度で歩み寄った。何時になく真剣な眼差しを向けたかと感じた正《まさ》に其の時、眥《まなじり》を決して口を開く。

「残月様。どうか、先生が御帰りになる迄は……。話を……。話丈でも聞いて戴く訳にはいきませんか。それからでも此所を出て行かれるのは……、遅くないのでは……御座いませんか？　ですから……どうぞ、御願いに御座います……。どうか、どうか……後生で御座います……」

そう懇願願い出ると、深々と頭を下げ、顔を上げる事さえ憚り、俯いた儘、二人の童と倶に膳を下げに洗い場へと項垂《うなだ》れ歩いて行く。童子等も茶碗を落とさぬ様にと懸命に膳を持ち上げて歩いて行く。其の二人には、旅人へ振り向く余裕は、言わずもがな、なかった。そんな三人の後ろ姿を脳裏に焼き付けるかの様に暫し眺める。心は晴れぬ儘だ。何故ならば、全てが「嘘」なのだから。空返事をした丈なのだ。部屋へ戻り大人しく俟つなぞ「虚偽」なのだ。言訳を並べ立てるより、話が早く片付くと考えたに過ぎず、頃合を見計らって脱け出す腹積りで居るのだから。心は自責の念に苛まれ張り裂けん許りであった。

　ふと、心安らぐ馨りと共に澄んだ響きの調べとが丸で、爽やかな微風の様に、軽やかに、そして、滑らかに、心地好く流れて来る。何の位経ったものか、我に返る。何時の間に傍らへ、何時から側に居たのか、其の気配に気付き何とは無しに素っ気無く、声のした方へと顔を向けた。其所には、仄かな朱色に染まるきりりと締まった美空《みそら》の唇が可憐に動き、静かな声を発して居た。

「……っ様。御結びの用意が出来ましたらば、御持ち致しに参りますので、どうぞ、二階の部屋にて御待ち願います。……それから……、清美の話……私からも御願い申し上げます」

　そう言い終え、腰を屈める。そして背中を向けた去り際に、何処か悲壮さを漂わせた擦れた声で繰り言の様に話す。

「埒も無い……世迷い言と聞き流して下さいませ……。……直ぐに、御茶等を御運び致します」

　淑女の声色には、そこはかと無く、此の賓客の胸中を慮る、そんな心根が聢と其処に在った。何か言葉にしようと体ごと向き直した時には、客人の膳を持ち洗い場へ静々と歩を進めて居た。其の清楚な装いの後ろ姿の綺麗な稜線を描いた襟足迄もが寂しげに、睛《ひとみ》に映えるのであった。

　全ての膳が片付けられ、自分以外に誰も居ない食堂がしんと静まり返り、沈黙丈が存在を許された空間を焼き付けるかの様に暫し黙して眺望する。息を張り、其の空気全部を押し出す様に吐き、倏然《しゅくぜん》と出入口へ。と、其の足元をひんやりとした清々しい朝の風が撫でる。透き徹った冷たい風を身体に絡ませ乍ら二階へと向かう為、食堂を背にし、歩を進めた。

板張の廊下を往《ゆ》く途次、縁側に差し掛かった所で、どうした訳だか立ち止まり校庭へ視線を遣る。其所には気狂《きちが》いの様に独り燥《はしゃ》ぎ、走り回る虎《とら》の姿が眼に留まる。犬にとって、人の世の業や理なぞ、何の足しに成ろう乎《や》。今日も何時もと変わる事なく朝飯を平らげ、元気溌剌、食後の運動に興じるのだった。今の残月には其の光景が燦然と光り輝き、眩しく映った。羨望と云う心の隙間の顕れであったかも知れなかった。

陽《ひ》が愈愈《いよいよ》高く成り、美事《みごと》な迄の的皪《てきれき》の空を二階の窓から望む。其の脳裏に掠めたは、故郷での父との稀少で短い一時の想い出であったか。

待ち惚けを喰わされ小半時程立ち、そろそろ潮時だと寝屋へ旅人帽子を取りに行こうとした其の時、廊下を此方へ静々と歩き進む足音が聞こえて来た。そして、現れたのは果して、何喰わぬ顔で、空々しくも其の手の盆には湯呑みを載せて運ぶ美空《みそら》であった。黒衣の若者が佇んで居るのを認めると直ぐに声を掛ける。

「是は残月《ざんげつ》様。御部屋で俟っていらして居るものと許り……飛んだ失礼を致しまして。それに、大変、永らく御待たせ致しまして、重ね重ね、申し訳御座いません。さあ、どうぞ、御部屋へ御入り下さいませ。さあ……」

平然と口にして見たものの、やはり緊張感を匿《かく》し切れぬ淑女は、廊下で目を伏せた儘繊指を滑らかに動かし、家主《あるじ》の部屋へと促す。其の科白《せりふ》を偽言《ぎげん》、或いは戯言《ぎげん》と受け止めたものか眉を曇らせ、怪訝な顔付きを露にするも、黙って随う。

時を同じくして、畦道を大股で、すたすたと其の背に同じ程の棒を担ぐ長身の男と、のっしのっしと是も又、大股で追随する巨軀がほのぼのと歩いて居る。ふと、長身の男が畑に居る老夫婦を見付けるや、長い棒を巨体の生き物に手渡し、畦を駆け降りて行く。其を其の巨大な生き物は、丸で主人を俟つ犬の如く、従順に背を見送るのだった。夫婦馬《めおとうま》に犂《すき》を曳かせて居る二人へ近付き馴れ馴れしくも、何処か親しみを帯びた物言いで尋ねる。

「野良仕事してるとこ、悪《わり》ぃんだが、ちょぃと教えて呉れねぇか？」

手を休め、少し驚いた顔で夫婦は、声のする方へ振り返り、汗を拭い乍ら答える。

「はい、はい。何ぞ、用事で御座いましたかのぉう」

と、返したのは、竹蔵《たけぞう》であった。其の好々爺へ屈託ない顔付きで立端《たっぱ》の有る男は質問を続ける。

「昨日の今時分、いやっ、もう少し早いかもな……。そんな頃合に妹尾《ここ》へ旅人なんかが、寄らなかったかい？」

翁は、記憶を辿って居るのか、首を傾げ乍ら「はて……？」と云った風な顔で初夏の青空を仰ぐ。鳶は、大きく寛《ゆったり》と輪を描き、笛の音を棚引かせ乍ら、何所迄も昇って行く。其を額金の上からおでこを掻き乍ら根気よく黙って俟って居ると、老人の表情が俄に明るく成り、笑みを浮かべ答え始める。

「おおぉ、そうじゃった、そうじゃった。御若い旅の御仁を一晩泊めて差し上げましたじゃ。何でも……都からいらしたそうな。あぁ……そうそう、未だ家にいらっしゃる筈じゃがなぁ……」

其の言葉を聞いた面長の男は飛び上がらん許りに喜び、子供の様に無邪気な笑顔を満面に、好々爺の細い両肩を抱き抱え、引き続き尋ねる。

「そうかい！　そりゃ！　本当かい爺さん！　其奴は実《じつ》にめでたい！　良い話を聞かせて貰ったぜぇ。……で……、其の……何だ、あれだ。其の肝腎の家《うち》の場所をだな、教えて貰わねぇと、訪ねられねぇんだよ……なぁ……アハハハハ……」

喜ぶ余り、其の両肩を手荒く敲き、粗暴な笑いを続けて居るにも拘らず、何故だか何処か憎めない。竹蔵《たけぞう》は、両肩を摩《さす》り乍ら答える。

「ああ……それなら、今、あんたさん達が歩いとる道を行き成すって、三本目の筋を山に向かって歩けば直ぐじゃて。ほれ、見えるじゃろう、あの甍《いらか》が……彼所《あそこ》が家じゃ。内の者の誰ぞが居る筈じゃて、御声を掛けて下されば御出迎え致しますじゃ」

そう言い終えると、眼前の男は、意外にも深々と頭を下げ終え、にこりと一笑。

「有り難うよぉ、恩に着るぜぇ。まあ、腰には精々、気を付けて野良仕事続けて呉れよ爺さん！　何せ、此方《こっち》は先を急ぐからよぉ、手伝って遣れねぇんだ。勘弁して呉れぇ」

と手を振り乍ら一気に畦を駆け上がり、其の男を俟って居た生き物に何やら話をしたかと思うと、改めて二体が頭を下げ、手を振り、大股で歩き出した。其を眺め乍ら翁は、

「はて……？　何の事じゃろ……？」

と小首を傾げて居る其の傍らへ、今迄黙って二人の遣り取りを聞いて居た千代《ちよ》が不安げに尋ねる。

「御爺さん、何だか得体の知れない……特にあの莫迦に大きい生き物は一体……。いやいや、其よりも、安易に教えて終って良かったのですかねぇ……」

其を聞いた竹蔵は、目を白黒させ、見る間に血の気が失せ青ざめて行く。そして、後悔の念に苛まれ、呻く事さえも忘れて只、其の場に立ち尽くし、人影が見えなく成った畦道の先をじっと、眺め続けて居た。

好々爺の案内通りに歩いて行き、暫くして正門前に辿り着いた二人。

「おおっと、此所だなぁ。さあっ！　愈々だっ。気合を入れて行くぜぇぇっ！」

と、長身の男が猛る。其に呼応する傍らの巨軀が一声唸り、俄に殺気立つ。

「ガルルルルゥゥゥ……」

玄関に目星を付けると、威風堂々。校庭のど真ん中を丸で千両役者か将又《はたまた》、凱旋将軍かの如く、闊歩する。

そんな風変りな珍客に、道場で牀磨きをして居た一人が気付き、視線は釘付けの儘直ぐ側に居る心友を肘で小突き乍ら口にする。

「お、おい、あれ……」

「何だよ由ノ慎《ゆいのしん》。藪から棒に……んんっ……？　誰だ、あの……二人……連れ……なのか……？」

初めは面倒臭そうに顔を上げるも、其の両目に飛び込んで来た光景に唖然とし、途切れ勝ちに声を洩らす真ノ丞《しんのじょう》。二人の会話に気付き表を見た少年が、欠けた前歯を輝かせ乍ら思わず呟く。

「あれれ。熊が歩いてらぁ……」

其を聞き付けた仲間の二人が無二無三、駆け寄り其の内の一人が自信満々、賢《さか》しらな口を利く。

「って事は、あの前を歩く背の高い男《ひと》が差詰め調教師、って所だな」

「何詰め？　箱詰め？　竜《たつ》の介《すけ》、何言って……って言うか、何で、そんな事……。分かるもんかよ！」

「ニャハハハ……箱詰って、お前……ククク……『差詰め』だよ、差し当ってと云う意味だよ。そんな事よりよく見てみろよ、あの肩に担いでる、長ぁぁい棒を。あれ、きっと、調教に使う杖なんだよ。絶対っ」

　すると、何だか狐につままれた様な顔付きで聞いて居る仙太《せんた》と、直ぐ脇で、口を真一文字に結び神妙な顔付きを浮かべ話をじっと聞いて居た佐吉《さきち》の二人は、「なるほどぉ」と、感心し互いに顔を見合せた儘、うん、うんと唸り乍ら何度も力強く頷いて居る。其所へ出し抜けに、

「莫迦言ってないで、隠れるんだよ」

　と、声を潜めた由ノ慎《ゆいのしん》の言葉を皮切りに、五人は最早、掃除処の騒ぎではなくなって終い、銘々が今更乍らに、板戸の陰に隠れ、固唾を呑んで動向を窺うのだった。


　焦燥を隠顕させて居る賓《まろうど》に猶も白々しく、湯呑みを差し出す淑女。

「粗茶では御座いますが……」

　紋切型の言葉を丸で茶菓子の様に添える。愚にも付かない茶番を何時迄も已《や》め様としないそんな清楚な装いの女性へ、終《つい》に、痺れを切らした漆黒の剣客は、厳しい表情と共に苦言を呈する。

「時間稼ぎはもう止めて戴きたい。美空《みそら》殿……らしからぬ振舞い、好い加減に……波山《はざん》先生の言い付けに御座いましょう。なれど、私の気持ちはもう変わりません。寧《むし》ろ、決断が、行動が遅留する

事で妹尾《ここ》の方々にも多大な迷惑が及ぶ虞《おそれ》がっ！　責めは私一人で負う所存。故に、此の儘黙って其所を通されよ！　……どうぞ……聞き分けて戴きたいのです……」

胸裏が怒声と成って露に。其に気付き慙《は》じたものか、語気が緩む。対する淑女は、稍《やや》、気後れしたものか頬を仄かに朱《あか》くした儘俯き、其の場から動こうともしない、其が証左。最早、待った無し。倏然と立ち上がる剣客の姿に驚愕した。何と、既に出立の身繕い万全ではないか。其を認むや否や、取り乱したかの様に慌ただしく黒衣の前へと立ち開かる。其の背には、此所に繋ぎ止める為の唯一の縁《よすが》とも呼べる襖が、行く手を阻むが如く、重く静かに閉ざす。だが然し、其は同時に重圧と云う壁を其の繊柔《せんじゅう》な身体で堅忍し支えなければならない意味でもあるのだ。

「どうか、どうか……。何卒……今暫く……。思い留まって下さいませ」

形振りなぞ構っては居られなかった。縋る想いで懇願する。だが、其処でふと、何か思い当たる節が有ったものか突如として、表情が険しく成り、其の矑《ひとみ》は鋭く、きっと相手の顔を真っ直ぐ捉え、怨《えん》じ立てる。

「では何故、昨日《さくじつ》、子供達とあの様な約束事を成されたので御座いますか？　あれでは、余りに……余りに残酷な仕打ち」

一息に、想いの丈を打ち明け様としたのだが、昂揚を抑え切れず、言葉を詰まらせた。だが依然として、襖を背にし、立ち開かる。襟元には、決意の表れからであろう、其の右手は固く握られて居る。然し乍ら、否、やはりと云う可きか、其の拳は微かに震える。其を同じく小刻みに震える左の繊手で、隠す様に包み籠む。対峙するは、名刀〝月影《げつえい》〟を携え、漆黒を纏う、孤高の武人《ひと》。唯、静かに黙して佇む。

　如何程の時が刻まれたであろう。此の沈黙が永々と続くかにも感じられる程だ。だが実際には、ほんの僅かな、寛《ゆっくり》と瞬《まばた》きをする程の刻《とき》でしかなかった。

　暗闇の奥から低い声が聞こえるそんな錯覚に捕らわれつつも、繊麗な女性の心に抉り込む、鋭い刃の如く胸に深くずしりと、刺さる。

「美空《みそら》殿。どう在っても其所を退《ひ》かぬ御心算か」

「はい」

　即座に答えた其の声は、自身の発したものとは思えぬ程に、冷静で透明であった。然し、震えは治まる処か、其の繊妍《せんけん》も其の繊手も、繊指も、そして、艶の有る微かに朱《しゅ》に染めた仄かに厚みの有る唇さえもが、震え続ける。だが、其の瞳《ひとみ》丈は違って居た。決意に漲り、凛と輝きを放ち、真っ直ぐに漆黒の若者を見据え続ける。是程迄の心《しん》の強さ。是こそが正《まさ》に、波山《はざん》が絶大成る信頼を置く所以に違いない。対するは、其の瞳さえも呑み込まんとする漆黒に浮かび上がる睛《ひとみ》の持主にして孤高の剣士。既に、其の心、迷い無し。志の強さ正《まさ》しく圧倒的。揺るぎ無い其の踏み込む一歩に籠められた魂は何物をも凌駕し絶対的。

　風が俄に騒ぐ。其の並々ならぬ緊張に部屋の空気が張り詰める。淑女は、息を呑み、襖に固執するかの様に、障壁と成り、猶も喰い下がる。二歩目が慎重な足取りで前へと進む。畳と絹地の微かに擦れる音を立てた其の瞬刻。

「頼もォォォう！」

野太い声が突如として、階下から地響きの如く伝わる。其の途轍も無く大きな声に、繊柔な身体を跳ね上がらせて驚惶する。淑女は怖気付いたのか、硬直し立ち竦む。と、其の心の隙を突く為か、追撃ちを掛ける可く第二波が響き亙る。

「誰も居ねェのかい！」

其処には僅かにでは在るが、苛立ちの気配を含ませて居る。暫時の静寂を経て玄関を開ける音と共に声が聞こえて来た。其の声が、清美《きよみ》のものと認識するや否や美空は残月《ざんげつ》へと言葉を掛ける。

「どうぞ、其の儘、御待ち下さいます様御願い致します。どうか、其の儘で……。どうか……」

繰り言の様に科白《せりふ》を言い残すと、微動だにしない漆黒の闇を正面に据え、慎重に襖を後ろ手で緩《ゆっくり》開けると、素早く押し出る様に廊下へ、そして襖を閉めると直ぐに玄関へと慌ただしく板張を踏み鳴らし乍ら急ぎ歩いて行った。

ひっそりとした仄暗い部屋に独り、漆黒が佇む。其の頬が、其所丈が、やけに、ぬらぬらと鼈甲に照り輝き、其の眼光は鎖《とざ》された門《ふすま》を鋭く射貫く。そして徐《おもむろ》に息を吐いた次の瞬間、既に廊下に身を躍らし、見納めだと云わぬ許りに、窓から仰ぐ青と稜線を境に見亙す蒼へと一瞥投げる。そして、間髪容れず階下へ迷う事無く突き進む。

初夏。或る日の朝。静寂に套《つつ》まれ、開け放たれた儘の部屋へ一陣の風が迷い込む。随従するは、侘しさか。

「大変、御待たせ致しました」

玄関の土間に、六尺を超す長身を聳え立たせた優男を目の前にし、気後れしてまごつき、立ち尽くす清美《きよみ》を背に、庇う様に佇みそう挨拶をし、会釈をする。面長の口元を少し弛ませ「漸くにして本題に入れる」と云った風な表情を淑女に向ける。其の顔へ、背筋を伸ばし、凛と澄み切る声で話し継ぐ。

「何方様かは存じ上げませんが、態々、御越し戴きました処、大変、恐縮では御座いますが、生憎、家主は只今留守にして居ります。申します処、昼には戻るとの由に御座います。改めて御足労御願い申し上げまする事、平に御容赦下さいませ」

と、泰然自若、返答して見せる美空《みそら》。其のそつない応対に感服したものか、暫し目を瞑る。すると、徐に瞼を開き何やら二、三度頷いて見せてから口を開く。

「……実に大した物言い……良い挨拶だ、頭が下がるねェ。……いやいや、此方《こっち》の話。良いんだ。さて……と」

一呼吸、間を置き、話を続ける。

「其所の畑で仕入れたんだがな、此所へ黒尽めの客人が訪ねて来てる筈、なんだが……まあ、要するに、其の客人に御用向きが有る訳よ。……あっ、其はそうと此所の人達は気さくだねぇ、序《つい》でに此の家も教えて呉れたよ、後で礼を言わねェとな。……で、何方に御出で御座いましょうか」

時折、独り言とも冗談とも判別し難い科白を交え乍ら、恐らくは質問であろう言語を口にした。其の言葉の端々から瞬時にして異様さを気取り、胸騒ぎを覚えると、直ぐ様淑女は、自分の背で匿い護る少女に「奥へ行ってなさい」と、眴《めくば》せをそっと送る。すると、其を見て理解したのだろう、此の時初めて安堵した表情を浮かべ、洗い場の方へと足早に遁れて行った。清美の姿が鉤の手の廊下を右に曲がり見えなく成るのを見て取るや、美空は、直ぐに招かれざる闖入者へ険しい顔を向け鋭い視線で見据え、きっぱりと然も快活に回答する。

「さて……。然様に申されます御客様は、此所へは訪ね参られては御座いませぬ。何所か、此所ではない隣人宅宇の御客様に御座いましょう。不躾では御座いますが、恐らくは、貴方様が御間違いに成られたのでありましょう。其に加え、農夫の方もきっと勘違いを成されて居られるものかと存じ上げます」

又しても、此の繊妍な女性は、平然と素知らぬ風にあっさりと、言い退けた。其の返答に、長身の男は、気が立ったのだろう不機嫌さを際立たせた面長を露にした。然し直ぐに、気を宥めるかの様に一息吐く。

「ふうぅ……。そうか、成程、悪かった。俺が悪かった……そうだ、其の通り、至極真っ当……名告《なの》りを上げて無かったからなぁ……。ふむ。失礼致した。手前は、『獅奴《しど》』と申す者、後ろに控えるは、『斑鳩《いかるが》』。御見知り置きを……」

と、獅奴と名告る優男は一度振り返り、玄関先からちらりと中を覗き、申し訳無さそうに身体の割に小さく円《つぶ》らな瞳をしょぼつかせ乍ら微かに「グルルッ」と咽を鳴らす、斑鳩と呼んだ者《けもの》へ視線を向け、又直ぐに美空へと戻したならば、挨拶の言葉を続ける。

「嗟呼《ああ》……。其の……何だ。図体がでか過ぎて中へ入れねェからよぉ、挨拶も陸《ろく》に出来ねェんだ、勘弁して呉れ。さて、素生も知れた訳だ……閑話休題。と、行こうじゃ……」

其の先を遮り、言葉が重なる。

「本当も何も、最初に申し上げました通り、然様な御仁、来ては居りませぬっ」

向きに成ったのか語気が荒く成る。其の言葉遣いに呼応し同調するかの如く、玄関口の空気が出し抜けにと許り色めき立つ。

「あのなあ、姉ェさんよォ。ねたは割れてんだなぁ。だからよぉ、手荒な事は避けてェんだ。虱潰し、って訳にも行かねェだろォ。只、『楡残月《にれざんげつ》』を此所へ連れて来て呉れねぇか、と、頼んでる丈なんだがなァ」

凄みを利かし、威圧的な視線で睨め付け、躙《にじ》り寄る。そんな傲岸な振舞いに対し臆する事無く美《み》空《そら》は、土間に立つ饒舌な男の顔も見ず黙って三和土《たたき》に降り、玄関先で長閑《のどか》な風景を眺め乍ら暖気《のんき》に佇む巨軀の獣を瞳《ひとみ》の端に捉え様とも、物ともせず、眼を伏せ、膝を僅かに折った姿勢の儘、

「どうぞ、此の儘御引き取りの程を御願い申し上げます。出来ますれば、二度と妹尾《ここ》へは御越し下さらぬ事、重ねて御願い致します」

艶の有る声できっぱりと、答えを返し、白い繊手《せんしゅ》の平《ひら》を戸口の外へと、詰り惚けた顔で立つ斑鳩《いかるが》の方へ差し伸べ、帰りを催促して見せたのだった。

何とも癪に障る言動が度重なり終に獅奴《しど》は、憤怒の形相を露に殺気立つ。兄分の気配を気取った弟分も又、素早く顔を戸口に向け、口吻とも鼻筋とも云える部位に皺を寄せると引き攣らせ、其の口元からは犬歯が覗き、虎視眈々と不気味に光る。そして、咽の奥からは毒気を吐くが如く、低い唸りが腹の底へ響いて来る。遠くでは、此方に向かって無二無三、吠え立てる恐らくは虎《とら》であろう

犬の叫び声が聞こえるも、玄関の方に近付く様子は丸で窺えられ無い。

「てんめェッ！　此の……あばずれがァァッ！」

そう喚《わめ》くと、更に凄んで見せ一気に間合を詰め、迫る。だが繊麗成る女性は勇気を奮い起こし、猶以て、毅然とした態度で立ち向かう。怒りに任せた容赦無い二の句を、此の小賢しい女士に浴びせ様と、口を開き掛けた正《まさ》に其の刻《とき》だった。自分の背中に徒《ただ》ならぬ気配を、背筋が寒く成る事に気付いたのは。玄関の軒下に居る巨体の獣でさえも身構え、硬直させる程の殺気。淑女迄もが名状し難い異様な雰囲気、耳鳴りでもして居るのでは、と、錯覚する程の張り詰めた空気。其等を否応無しに肌で緊々《ひしひし》と感じるも、震駭《しんがい》を赦されぬ儘聳然として居る。闖入者は、緩《ゆっくり》と何かを確かめる様な、否、誤植。真《まこと》は恐る恐る顧眄《こべん》した目に飛び込んだ人物《もの》。六つの眸子《ぼうし》が集まった場所には、漆黒の暗闇が、鬼の如く殺気を放ち、聳立《しょうりつ》する姿は、不動の如し仁王立ち。何時から其所に居たのだろう乎。否、抑《そもそも》、誰にも気取られず、何故、其所に居られたのか。只、静かに刺客を出迎える。其を仇讐と認めた刹那、皆が、漸くにして身悶える。

　額金を輝かせ、睨め付ける眼光鋭く、

(手前ェがッ、楡残月ッ)

　腹の底から湧き立つ声で、絞り出す様に唸る。

「姉ェさんよォォ、やっぱり居るんじゃねェかァァ。よぉう、随分と捜したんだぜェェ……手間許りィイッ……!!　こッんのォォ……逆賊がァァァッ!!」

　丸で、怯臆《きょうおく》と云う覆いを振り払うかの様に無中で罵声を浴びせる。戸口からは、兄貴分の赫咤《かくた》の怒気に呼応し、獰猛な獣の低い唸り声を発し、腹の底へと響き伝わる。獅奴《しど》の怒声か、斑鳩《いかるが》の唸りか、或いは、漆黒の闇から発せられて居る、沈黙の殺伐にであったか。淑女は何れもが、自分に向けられたものでは無いと、理解しては居るものの、悚然とした顔色露に愕然と立ち尽くした儘、此の一触即発の情況下で瞠若《どうじゃく》たらしめた剣客へ漸くにして美空《みそら》は、震える繊指を抑え、擦れる声で発するは、

「……残月《ざんげつ》……様……」

の、唯、一言であった。

長身の刺客の眼と頭には怨讐の象徴である漆黒の逆賊しか映って居らず、更に恨み言を継ぐ。

「此の殺気……クックックッ……ヘッ、御尋ね者にして仇敵《かたき》らしさが滲み出て好い感じじゃねェェかァァ、ええッ⁉　なあァァ、斑鳩ァ」

逆賊から眼を逸らさず、相棒に同調を促す。すると、巨軀を屈め獣とも人とも判然としない顔を覗かせ玄関の中を一睥し、黒尽めの男を怨咎《えんきゅう》の目付きで睨め付け、唸りと共に犬歯を見せ付け威嚇する。

「ガルッ！　ガルルッ！　ガルルルゥッ……‼」

だが然し、一切を無関心で纏い、殊更意に介しないと云った風に平静な声音で返答する。

「付いて参られよ」

獅奴は、ぎょっとした。其の声は、何と、自分の耳元でしたからである。眼を離す様なへまなぞしては居ないのだから。不覚にも駭慄《がいりつ》する。何時の間に土間へと降りて居たのかと。驚愕に呻く間

さえ与えず、残月はさっさと戸口へと歩く。そして淑女に対し、庇に手を遣り、辞去する挨拶代わりに、軽く辞儀をし黙って通り過ぎる。漆黒の剣客が警戒し乍ら間合を取って睨む獣に一瞥を投げた時、漸く長身の刺客は恐怖に戦《おのの》き乍ら目を剥き振り向く。唯、其丈。何も口に出来ぬ儘、零すは驚呼のみにして、仇敵の背を追う兄貴分の後を斑鳩が惑い、追随するのだった。玄関に残された美空は、優しく嫣然《えんぜん》と頬笑む事も、気の利いた言葉を掛ける事も、そして、涕零《ていれい》する事さえも、一切、赦される事能《あた》わず。唯、戸口に繊妍を預け悄然と其等の背中を見送る丈であった。

　玄関から黒衣の剣士を先頭に、三歩程間合を置いて歩く調教棒を担ぐ男、其に追随する熊に似た獣がのっしのっしと大股で歩く一行を合点の行かぬ顔が五つ、板戸の陰から覗く。

「残月の兄ちゃん、何所へ連れて行くんだろう……？」

　誰とはなしに仙太《せんた》が尋ねる。

「うぅぅん？　何所だろう……？　それよりも、知合い……なのかなぁぁ……」

　訝しがり乍ら、諮問する竜《たつ》の介《すけ》。だが誰も答申しようとしない。其の内に一行は、未だ遠巻きに必死の形相で怒鳴り散らす虎《とら》に、丸で、吠え回され、追い立てられでもするかの様に、其の姿を消して終った。道場の五人は、板戸の陰から徐《おもむろ》に出て来て、一体何事なのだろうかと云った風な顔をし乍ら、皆、見合う。

「やはり、昨日からの先生は何処か落着かない……歯切れの悪い……そんな感じだった。其と、何か関係して居るんじゃないのか？　どう思う、由ノ慎《ゆいのしん》」

「んんっ……何とも。解らない……だが、真ノ丞《しんのじょう》、御前が言う様に無関係だとは、言い切れない事丈は、確かだ」

（あの頬……、あの創《きず》……）

そう憶い返すと、今し方起きた事の様に生々しく蘇り、慄然とする。矢庭に、俯き黙りこくる盟友を怪訝に感じ、顔を覗き込もうとすると、其に気付き驚心するも、由ノ慎《ゆいのしん》は話を継ぐ。

「所で……此の事、美空《みそら》さんは、気付いて居るのか？」

突然の問い掛けに面喰らうも直ぐに答える。

「そ、そりゃぁ、先生が女士と。才媛だと、認め、後事迄も託す様な女性《ひと》だからな。其は、俺達だってそうさ。そんな女性《ひと》が気付いていない訳……」

同調を求める様な、そんな眼差しを送ると、

「そ、そうだよな。だとすると、美空さんに聞けば何か判る……、と云う事に……成るよな」

二人は、互いに見合せ、決断する。

道場の戸口で肩を並べて立つ五人は、犬が吠えるのを、丸で空耳の如く遠くに聞き乍ら、あの不可思議な一行が消えて行った正門を眺望する。ふと、其の五人は憶い出したかの様に、再び吠え始めて居る声の方へと一同が顔を廻らした。すると其所には、懸命に正門に向かって、裏山の向こう側迄届かん許りに吠え立てる虎《とら》が居た。そうして、其の声が谺《こだま》する中を男衆は、若しや、何の事は無い、あのちんどん衆が戻って来たのでは。と勘繰り、其方へと視線を遷《うつ》す。暫くして、其の十の瞳に映し出されたは。其の姿は。何と、うら若き乙女ではないか。だが其の身の熟しに、二人の青年は、何か不吉にも似た違和感とでも喩え様か。名状し難い重苦しさに煩悶する。そうし乍らも周

到な五人は、咄嗟に板戸の陰へと、既に、身を隠して居た。

「あれれっ。又、誰か来たっ」

先駆け第一声は、竜《たつ》の介《すけ》だった。

「今度は、女の人だねぇぇ」

と、稍、調子はずれののんびりとした口調で答える佐吉《さきち》に、直ぐ様喰って掛かるは、仙太《せんた》である。

「そんなもんっ！　見りゃ判るんだよっ！　御前は黙ってろってッ！」

と、声を殺しては居るものの目玉をひん剥いた物凄い形相だ。思わぬ文句を浴びせられた当の本人は、然《さ》も気にしていない顔付きをして居る。其を尻目に、利発な顔立ちの少年と青年との三人は、あの表情には、不動様《きよみさま》も顔負けだと嘆息を洩らすのだった。

「ねぇ、真兄《しんに》ぃちゃん。其にしても今日は、立て続けに御客が来る日だねぇ」

「んんっ……!?　ああ……そうだな……」

竜の介のそんな質問に、何処か上の空で返事をする。代りに其の問い掛けへ答えるでもするかの様に由ノ慎が口を開く。

「何かが……何処かがおかしい。得心が行かんっ。おいッ。先生は未だ……いやっ、何の辺り迄往《ゆ》かれただろうか。誰かが此の事を報せに行った方がッ」

「ああ……そうだな……。とにかく一先ずは、美空さんに話をッ。……けれど、一体……何が……」

「起きて居るんだ」と、真ノ丞《しんのじょう》は呟くのだった。

少年達には、さっぱり把握出来ずに疑問すら浮かばず、三人組は皆、口を尖らせ、何がどう成って、と云った風な顔を浮かべて居る。一方、二人の青年は、頭に描いた同じ疑義を、今直ぐにでも質し、心の内を晴らしたい、そんな衝動に駆られて居たのだった。

玄関での一件の最中《さなか》、若い女が血色の悪い初老の男に肩を貸し乍ら歩調を揃え、進んで居た。其の二人連れがふと、厩の前に差し掛かり立ち止まる。女は、初老の男を其の厩の藁の上へそっと、寝かす。

「では、此所で御倹ちを、教官殿。直ぐに居場所を突き止めて参ります故、御辛抱を……」

「ぐうぅうっ……。世話許り……。頼む……。彼奴《きゃつ》めにもう一太刀浴びせる迄はッ……！」

「御意に御座います。では、行って参ります」

初老の男は、苦痛と承諾が混交した表情を浮かべ頷き、其の隻腕の体を藁に預け目を閉じた。其を見届けると直ぐ様、来た道を少し戻り、畑の片隅で肩を寄せ合い坐る老夫婦に近付いた。

「休息して居る所を御免なさい。ちょっと丈、良いかしら」

項垂れ、背中を丸めた猫の様に坐る翁と、直ぐ傍らで其の背にそっと手を載せ、何やら頻りに小さな労る風な声を掛けて坐る嫗とは、肩越しに聞こえた猫撫で声で優しい口調のした後方へと徐に、振り仰いだ。其の視線の先には、うら若き娘子が頬笑み佇んで居るのに少し驚くも会釈を交わし乍ら返事をする。

「はいはい。何で御座いましょうや、娘さん」

と、媼は言った。

「ええ、実は、波山《はざん》先生に御会いしたくて参りましたの。それで、何方に御住まいか御存知《ごぞんじ》有りませんかしら」

と、笑みを絶やさない。老夫婦は、困惑した表情を浮かべ見合わせる。翁は、先程の件で懲りたと見え、押し黙り、媼に一任する旨を眴《めくば》せして伝える。其を見て承知したと答える風に軽く首肯いて、其の娘子に笑顔で返し乍ら、素朴で至極真っ当な質問をする。

「若とは、どういった御知合いで御座いましょう」

孫娘にでも話し掛ける様な口調だ。

「申し遅れまして。私、名を『紫蓮《しれん》』と言いますの。以前……子供の頃では有りますが、大変世話に成りましたものですから……」

依然として喜色を絶やす事は無い。媼は得心の行った表情を浮べ、

「然様な事情でしたかぁ。ですがぁ……、紫蓮さん……でしたねぇ……間の悪い時に。……若は留守をしておってな、昼にしか戻らんのでなぁ……。赦して下さいまし」

と、頭を下げて見せた。

「あらっ。では、俟たせて戴きますわ。どうしても、御礼の言葉を直に御会いして述べたいのです。御自宅は、何方に御座いますのかしら」

さして倉惶《そうこう》するでも無く、平然と口にする。『舜水《しゅんすい》』若しくは『波山』と云う名は、耳にしたで有ろう。が、喩《たと》い、一、二度面識が在ったにしろ、顔を突き合わせても恐らくは、互いに判るまい。

「然様な経緯《いきさつ》が……」

と、うら若き娘と在って安心感も手伝い、よもや、刺客の一人、女忍《おんなしのび》とも知らず、先刻の獅奴《しど》と斑鳩《いかるが》に竹蔵《たけぞう》が何の疑心も無く教えた道程《みちのり》を懇切に言って聞かせ、科白迄《せりふ》もが、同じであった。

「家の者が、誰ぞ居りますで『千代《ちよ》』に聞いたと一言、添えて下されば間違い無しじゃてな」

媼は、にこりと笑った。

「親身に有り難う、千代さん。それに、……えっと……。お爺さん。畑仕事は、迚《とて》も大変……。無理をしないで下さいね。では、失礼致しますわ」

と、御辞儀をし、頬笑むと、教えられた畦道を娘子とは思えぬ程の軽快な足取りで進む。其の所作、此の上無し。

教えられた順路に従い急ぎ足で歩く女忍《おんなしのび》が屋敷の正門へと続く小径《こみち》に差し掛かった正《まさ》に其の刻《とき》、何と、あの怨めし仇讐、楡残月《にれざんげつ》を先頭に見飽きた顔触れ二人が、慎重且つ警戒し乍ら二、三歩間合を取り追随し、現れる所であった。其を見て取り、しめたと許りににんまりとして、ほくそ笑む。

「良しっ。未だ付きは此方に有る」

路傍で気配を匿《かく》し呟く。そして、三人の後を追うのかと思いきや、先ずは、もう少し情勢を把握する為、誰にも気取られぬ様、正門へと用心し乍ら小走りで、一気に駆け寄る。板塀の陰から遠見《とおみ》するると、玄関と思しき場所に女性らしき姿を認めるや否や、何の躊躇いも無く、旅客を装い校庭を進む。其の歩く乙女を、あの五人は道場で目撃し、騒いで居たのである。まさか、其の者が、刺客、女忍《おんなしのび》の紫蓮《しれん》、なぞとは、知る由も無い儘に。

「ちょいと、御免下さいましな。お姉さん」

稍、甘ったれた声色で言葉を掛けた。だが、当の淑女は、其の音色を遠くに聞き乍ら只、漠然と自分依り幾分か年の若いと思しき乙女を見詰めた儘黙って居る。否、或いは、正門を、だったのかも知れなかった。が、何れにしても中身の有無が判然としない面持ちで、玄関先に佇む。

「あのぉ……。もし……?」

憮然とした表情で、依然として沈黙を守り続けた儘で佇む婉然《えんぜん》たる女性へ、もう一度、怖々《こわごわ》問い掛けを試みた。すると其の声に驚心した顔を再び驚惶《きょうこう》と向き直し、然も、今初めて話し掛けられたでもしたかの様に、目の前に立つ見知らぬ女性をまんじりと見詰め返事をする。

「はい。何方様で御座いましょう」

と、悪怯《わるび》れる様子なぞ微塵も無く、平素の受け答えをした。とは雖《いえど》も、心焉《こころここ》に在らずと云った、淡く霞んだ色調の矑《ひとみ》を潤ませて居る。だが其は、心ならずも女忍《おんなしのび》に確信を与える結果に成って終った。否、そうでは無く、此の刺客の力量。或いは、女の勘とでも云え様か。そう、宿敵、楡残月との決斗の其の刻《とき》を。

「私、気儘な旅の道中ですの。それで、道を尋ね様と思いまして漫《そぞ》ろ歩きをして居りました所、あの正門に差し掛かり、お姉さんを御見掛けしましたものですから、立ち寄った次第ですのよ」

と、此の虚語に何故だか後ろめたさを抱き乍らも頬笑む。

「まあ。然様でありましたか。それで……何方迄、御出でになられるので御座いましょうか」

「えっ⁉　あっ。あの表の道を陽が射す方へ行くと、何所へ出られるのかしら」

「あっ……嗚呼、其の道でしたらば、竹林へと続く小径と、其のずっと先は裏山へ繋がって居ります。そうそう、其の途中には、妹尾《せのお》の集落と此所等を一望出来る丘が御座います」

心中決して穏やかで無い筈。それなのに口を衝いて出て来る言葉の口調は、至って冷静で空々しさも窺えない。

「まあ、そんな素敵な場所が在るなんて。其所からの眺めは嘸《さぞ》かし美しいのでしょうねェ」

三人の目的地は、間違いなく其の丘と推測、是以上の探り必要無し、然れば、もはや長居無用。そう考えた紫蓮《しれん》は、しめたと許りに逸る気持ちを抑え乍ら辞去の挨拶を継ぐ。

「お姉さん。御丁寧にどうも有り難う」

と、にこりと一粲《いっさん》して見せ、辞儀合をした。だが、何を思ったものか、何を意図したものなのか判然としない儘、虚偽の旅娘はもう一言添える。

「舜水《しゅんすい》様にもよしなに。では、失礼します」

と、会釈をして踵を返そうとした刻《とき》である。美空《みそら》の擦れた声が呟く。

「……シュン……スイ……!?」

其を耳にした女忍《おんなしのび》は、はっと目を剥いた。余りに事が周到に運び、油断と若気の至りに因《よ》るものか。或いは、不馴れな虚言への嫌悪への慰めか。其の心中、判然としないが、然し確実に過失を犯した女忍《おんなしのび》は、いけないと許りに狼狽えた挙句、衝いて出た科白《せりふ》は、

「あら、厭《やだ》。私ったら無関係な御男《おひと》の名を……。気にしないで頂戴。御免遊ばせ」

是丈、であった。会釈もそこそこに、倏然と背を向け逃れる様にして足早に正門へと直歩く。其

の姿は丸で淑女に詰問される事への恐竦《きょうしょう》であった。紫蓮は憶い出して居た。少女の頃、嘗《かつ》ての教官、木枯《こがらし》がよく口にした教訓。

「御前は忍には不向きだ。御前はな、嘘が下手だ。ハハハ……」

　昨日の事の様だ。現在《いま》は、片腕を切り落とされ、厩にて劇痛に堪えて居る。嘗ての教え子は此の倏焉《しゅくえん》を怨《うら》めしく感じるのだった。美空は呆気にとられ、二の句に詰まり、何も言えぬ儘暫し其の娘の遠ざかる背中を漠然と眺め、佇む。何時の間にか旅娘の姿は無く、正門の甍《いらか》に仰ぐ澄爽《ちょうそう》の空を眇視《びょうし》する。憮然とした表情がふと揺れた。唐突とは雖も、とある節に思い当たった。

（然う言えば……都暮《みやこぐら》しの頃、姑が口にしたのを一度丈耳にした事が……あれは……姓名だったかしら……）

　何時の間にか犬の鳴き声は止んで居た。矛先を向ける相手の気配さえも失い、何だか片付かない表情の虎《とら》は、暫くそわそわし乍ら、鼻面を押し付け地面を嗅いだり、天を仰いだりして居る。其の内に気が済んだのだろう裏庭へと小走りで駆けて行った。

　そんな情景を尻目に、美空は或る重大な事に気が付いた。家主《あるじ》が戻る迄、黒衣の賓客を自分の身を挺してでも留めさせる大役を担って居た事を今更にして憶い出したのであった。が、刻《とき》既に遅し。頭の中で、あの時とは情況が余りに違い過ぎる。と、自分を擁護するも其は、自己欺瞞でしかなかった。そんな心に苛まれ、其のか細い両の腕で繊妍を強く抱き締め、身悶える。

（此の上は、命を賭して残月《ざんげつ》様を御止めせねば！）

　そう決意を漲らせ、取る物も取り敢えず、駆け出そうと足に力を込めた正《まさ》に其の瞬刻の事、背後から呼び留める声が突如として発せられた。

「美空《みそら》さんッ！」

「美空さんっ、何方へッ！」

其の声に驚いた様に、倏然と顧眄する。矑《ひとみ》に映ったは、由ノ慎《ゆいのしん》と真ノ丞《しんのじょう》であった。其の不安に溢ちた表情は、追従して来た三人の少年の其と、何等変わりなかった。

「一体何が、どうして……。起ころうと、いやっ、起きて居るのですかっ。御存知なのでしょう……？」

焦りからの粗野な物言いを自覚し乍らも、真ノ丞は質さずに居られなかった。其の威勢に気圧され、自ずと声に張りが無くなる。

「いいえ……私は、何も……」

矑が潤む。其処へ猶も矢継ぎ早に言葉を放つ。

「そんな事は無い筈ッ。先程訪れたあの異様な二人連れと云い、今し方の女と云い、怪し過ぎます。実の所、取返しのつかない事が既に始まって居るのでは有りませんかッ⁉」

丸で、厳しく尋問して居る様で憚られるも、最早、そうせざるには居られない心境なのだ。其の容赦の無い詰問に堪え忍び、押し潰されまいと、懸命に言葉を口にする。

「其以上は、何も……何も聞かないで……」

「此の期に及んで貴女《あなた》迄もが、先生と同じ狡い物言いを成されるッ。冗談じゃないッ！」

煮え切らない返答に業を煮やして捲し立てる由ノ慎の語気が猛る。其の怒りに似た焦りを一身に受け止め、呟く様に話す。

「御免なさい。残月《ざんげつ》様は……あの二人と……果し合いを……」

二人の青年は愕然とした。三人の少年も、そして、洗い場へ戻らぬ義姉《あね》が気掛りで、玄関へと足が向き、其所で今の言葉を聞いた清美迄《きよみ》をも震撼させ、立ち尽くす許り。皆が一同に、自身の耳を疑い茫然と眼前の才媛を見詰める。美空《みそら》は、先刻の決意を胸に。

――命を賭して。

と云う語りを噛み締め、何かを、「今のは嘘」だと云う言葉を、待つかの様な其等の強く訴える視線を振り払い、凛とした態度で臨む。

「私が、何とかします」

唇を真一文字に結び、きりっとした視線で皆を見返す。

「其は……どういう……。先生を迎えに行くと云う事ですか？」

真ノ丞は堪らず尋ねる。他《ほか》の皆も、同じ想いだと言わん許りの顔を一斉に向け、返事を待つ。

「先生には、私が報せに参ります。皆は、私が戻る迄に銘々、与えられた役割を果たして措きなさい。良いわね」

静かな張りの有る声で言い渡す、其へ、興奮醒め遣らぬ儘、身を乗り出し今にも玄関から駆け出さん許りの勢いで、想いの丈を打ちまける。

「そんな悠長な事をッ。それでは間に合わ無いッ！　俺達の何方かが行った方が早く追い付く。……此所は、俺がぁッ！」

「由ノ慎《ゆいのしん》さんッ！　聞こえ無かったのですか。私が、報せに往《ゆ》くと申した筈ですよッ。真ノ丞さん、さあ早く、子供達を連れて行きなさいっ」

と、透かさず青年二人に対し、叱咤した。

「さあ、由ノ慎さん、貴方もですよ。早くにッ」

得心行かぬも、是以上どうしようも無く、渋々乍らも其の言葉に従い、すごすごと三和土《たたき》から板張へと上がる。其を合図に、青年、少年等五人は、悄然と廊下を歩いて行った。そうして、上がり端で一人、恐れ戦き、不安に打ち拉《ひし》がれ、懼《おそ》れ、今にも瓦解寸前の心を何とか平静を保とうと壁に靠《もた》れ、其の繊柔《せんじゅう》な身体を支え、涕涙を直匿《ひたかく》す清美《きよみ》。そして、静かに近付き細い肩に繊手をそっと添える美空《みそら》。小さく震える身体で振り仰ぐ義妹《いもうと》に、「大丈夫よ」と、云った風に嫣然と頬笑んで見せる。其を見て、只、黙って義姉《あね》の胸に顔を埋めた。其の刻《とき》、佳人の頬を一筋、伝い流れた走り星が、篤く光る。

美空は、清美に背中を見守られ乍ら、玄関の戸口を閉め、正門へと校庭を駆ける。そして、遅れを取り戻そうと丘に続く小径を迷わず選ぶ。街道を目指すのでは無く、残月《ざんげつ》等三人の跡を追って、此の緩く続く坂路を懸命に駆け上がって行くのだった。

形振り構う事無く、一心に歩を進めるそんな折、ふと、憶い返す。今迄に『命を賭す』等と云った信念を、畏敬とも云える言葉を、尊厳を、口にした事が一度として在ったであろうか。恐らくは頭に浮かべた事すら無かったであろう、と。今と成っては、あの夕映えの空の下、此の道を、漆黒の若者を迎えに行った黄昏の丘陵へ、灯火《あかり》を繊手に携えて、足取り軽やかに歩いたあの道程《みちのり》。懐かしくも在り、僥倖とさえ感じられた其の同じ筈であろう坂路は、繊妍な淑女に、容赦の無い障壁と成り、容易に桎梏《しっこく》と成り得た。人生《みち》は険しさを増し、異質の理へと変貌を遂げたのだ。

　嗚呼。無常の響き在り。とは、此の事乎《や》。


「おいッ！　好い加減にしやがれッ！　手前ェェ……何所迄行く気だっ。此所等で何も問題ねェッだろうがっ！　エェエッ？　何とか言ったら如何《どう》なんだァアッ‼　此のォッ、案山子野郎ゥッ！」

　額金の下、薄らと汗を滲ませ乍ら、黒衣の背《せな》に向かい罵声を浴びせる。だが、黒い外套に初夏の一陣の風を孕ますのみで、其の背は微動だにせず、黙して、現在《いま》、三度《みたび》、同じ坂路を往《ゆ》く。只、此の一歩一歩が闘いの幕開けへと、時を静かに刻む丈。只、其丈の事柄に過ぎなかった。此の黒衣の武人《おとこ》に取っては。

　と、突然、漆黒が鮸膠《にべ》も無く、音もさせず、振り返る。其へ、不意を喰らわされたの如く、慌て身構える二人の刺客。血相を変えて黒衣を睨む優男と獣には、全く以て眼も呉れず、外套の裾を僅かに翻し乍ら黙って其所に佇む。

　そうなのだ。闘いの場に行き着いた事を、報せた丈の事だった。

　踝《くるぶし》程迄しか背丈の無い若草が萌える。眩《まばゆ》い程に的皪《てきれき》たる草原が粲然と丘陵に広がり、其所を薫風が吹き亙る。対峙するは、時代にそぐわぬ武人《もの》達か。静かだ。

　丘を亙る初夏の風は、丸で、波瀾の幕開けの序章へと思惟を促す、そんな一時《ひととき》の静泰《せいたい》を齎《もたら》す。

だが、然し、此の時初めて、獅奴《しど》は、見るも悍《おぞま》しさに、目を剥いた。

其の禍々しさ、鼈甲色に滑り輝き乍ら蠢く其は、他ならぬ刀瘡であった。

（なっ、何だ……アレは……⁉）

「其の……創刃《きず》……。へっ……、随分とまあ、男前な容姿に成れたもんさ。それでこそ箔が付くってもんだ。えぇぇッ⁉　色男さんよォう」

呻くが如くに絞り出す其の声音、狼狽にも似たり。

一方の後ろに控えるは巨大な獣、斑鳩《いかるが》。其の表情、何故だか訝しむ。常軌を逸脱した創痍から、人獣成らざるモノの正体を嗅ぎ分けて居たのやも知れなかった。


丁度、黒衣の剣客と新たな刺客との三人が丘への坂路を突き進む中、隣村を目指し直歩いて居る筈のあの波山《はざん》が、驚くなかれ、何と此の妹尾《せのお》へと舞い戻って居たのであった。其は、刻《とき》を遡る事、半時強程か。街道筋を分岐点でもあるあの五叉路に差し掛かろうとした時の事。不意に呼び止める声がした。

「波山先生。波山先生じゃ御座いませんか。そんなに慌てて、何方へ往《ゆ》かれます」

聞き憶えの有る声に立ち止まり、其方へと顧眄《こべん》する。すると、此の界隈では誰からも重宝がられて居る行商人一家が、一軒の茶店《ちゃみせ》で、寛ぎ一休みして居る最中に主が手招きをして呼んで居るではないか。

「是は是は、橘《たちばな》さんでは御座りませぬか。斯様な場所で御会いするとは、又、奇遇な」

と、挨拶を交わし乍ら近付く。先を急いで居るとは云え、白を切るは悖謬《はいびゅう》の如き行い。そう考え、小休止の心算で言葉を口にしたのだった。

一家は、主の駿蔵《としぞう》、母の房江《ふさえ》、妻、寿子《としこ》、そして双子の兄、倖太《こうた》と弟、涼太《りょうた》の五人家族で、持家は無く、此の茶店の脇に停めた二頭立ての幌馬車で寝泊りし乍ら、調味料に鍋、薬缶《やかん》、酒類に包丁研ぎ、更には、馬、牛の仲買迄も熟《こな》す、実に何でも御座れの便利屋を営んで居るのだった。

祖母と妻は、団子を頬張って居る口元を手で覆い乍ら、面映さを感じて照れ臭そうに会釈をする。其の傍らでは双子が同じ様に握り飯を頬張り、瓜二つの顔に満面の笑みを湛え、寸分違わぬ頃合で飯粒を飛ばし乍ら大きな声で挨拶をする。

「波山先生ッ、お早うご座いますッ」

何方が兄か弟か、未だ判別がつかぬ儘、

「御早う」

と、答える。其へ主が頭を下げ乍ら、

「こらッこらッ、御前達ッ。物を口に入れた儘喋るんじゃないよッ。全く以て……。先生、どうか、御勘弁を……」

と、頭を掻き、苦笑いを見せて、二度《ふたたび》、頭を下げた。

「何を言われますか、気に成さらずとも。二人共、又、何時でも教室に御出で。手習いを付けて進ぜようぞ。ハハハ……」

と、快闊な人柄らしさが滲み出た、そんな笑い方で応じた。双子は、握り飯を片手に欣喜《きんき》し、又、一心に頬張るのだった。そして、波山は、良い機会と見て取り、軽く辞儀をして其の場を後にと、踵を返そうとした時、駿蔵《としぞう》の明るく陽気な声が又しても呼び止める。其へ稍、煩わしさを感じるも振り向く。

「実は先生。私共、今朝方、其も夜明け前に、隣村の養老《ようろう》先生宅へ御邪魔致しました所、何やら向こう山の村で急患が出たとかで、明日にしか戻れぬと仰りまして。其処で頼み事を一つ預りまして……」

其に驚いた波山《はざん》は、思わず話の腰を折り、声を荒げ発して終った。

「何とッ、左内《さない》先生は御不在とッ⁉ 実の所用向きが御座って、今から伺おうと、出向く途中であったが……留守と成ると。……是は、困った。留守居は誰ぞ……居りませぬかッ」

と、困惑し乍らも、

(如何したものか……戻るか⁉)

「え、えぇ⁉ 奥様共共……いえね……ですから託《ことづ》かり物《もの》と申しますのが、是に御座います」

と、小振りの葛を目の前に差し出して見せた。其の中身は果して、入り用の医薬品が全て揃えて在ったのだった。

「コッ、是は、私が……。……約束の品々」

胸の内で、欣喜《きんき》雀躍《じゃくやく》した。

「是を波山先生に御渡しする様にと言い付かった次第で御座いまして、妹尾《せのお》へ向かって居りました所、先生を御見掛け致しましたもので御座いましたので、憚り乍ら御声を掛けさせて戴きました。

是が顛末に御座います」

「然様な経緯《いきさつ》に在りましたか。是は願ったり叶ったりで、真に助かります。若し、そうでなければ今頃……」

そう言い掛け、口を噤み考える事さえも止めた。「間に合わ無い」と言う此の語りが脳裏に焼き付き離れず、鬱情《うつじょう》とした自身に煩悶し続ける事自体を嫌忌したからか。或いは、遁《のが》れたかったが為か。何れに置いても思惟を廻らす事を敢えて止めたのであろう。あの若き賓客が人を斬り伏せた人間だと云う事が確信へと変わり、幾ら自身を護る為とは云えそんな人間の素生を此の先ずっと皆の者に欺誑《ききょう》し続けた儘、倶に暮らし続ける事が本当に出来るのかと、繰返し頭の中を駆け廻る。

「どう成さいましたか、波山先生。急に黙りこくって終われて……」

駿蔵は、動力を失った発条《ばね》仕掛の様に突然話す事を止めて終った事への怪訝さを露に尋ねた。

「あっ、是は、とんだ無礼を……とにかく、何はともあれ、橘《たちばな》さんの御蔭で、いやはや、九死に一生を得ると云った心境です。此の通り、礼を申します」

と、不意な問い掛けに稍戸惑い乍らも辞儀をして見せた。行商の主人は、役に立てた事が余程嬉しかったのだろう上機嫌で応える。

「そんな大層な……。滅相もない事です。然し何方にしましても御役に立てた様で、此方と致しましても嬉しいやら恥ずかしいやらで御座います。アハハハ……」

はにかむ父親と教諭者《きょうゆしゃ》との遣り取りを双子の兄弟は、おいしそうに握り飯を頬張りつつ、嬉しそうに眺めて居る。

「是が正《まさ》しく、僥倖との邂逅。天運、未だ我に在り。……と成れば、急ぎ戻らねば……。是は、有り難く戴いて行きます」

持参した葛に、手渡された葛ごと入れ、背負い直し乍ら独り言とも取れる様な声で呟いた。其を耳にし、はて。と云った風に耄《ほう》けた顔を此方へ向けて居る行商人へ、

「ともあれ、まあ、御緩《ごゆる》りと。又、孰《いず》れ、日を改め緩《ゆっくり》と話でも致しましょうぞ。では、是にて、御免」

是を辞去の言葉とし、踵を返し背を向けるのだった。駿蔵《としぞう》は、只、呆気に取られ、「へェェ……」と、何だか片付かない心持ちの儘、気が抜けた声で遠ざかる其の背へ、決して届かぬ返事をするのがやっとであった。

波山《はざん》は、逸速《いちはや》く帰村する為、一路、妹尾《せのお》へと急ぎ奔《はし》る。其の道すがら又も胸中の底を滾《たぎ》らせるは、件《くだん》の世迷い言であった。此の要らぬ情理を断ち切る手立て、否、此の煩悶から遁れる手立て其は、恩義に報いる可き血脈《けつみゃく》。鑑速佳仙《あきすみかせん》の企望を速やかに成し遂げる。そう、言わずと知れた事。楡残月《にれざんげつ》を一刀の元に斬り斃《たお》すのみ。と、雖も。見事、斬り臥したとて、其の後は。逆賊、討ち取ったりと、任侠道宜しく凱旋を極め込むのか、と。是、愚問也。実行に移せば己自身、生死を問わず、妹尾に《ここ》は最早、居《お》れぬと云うに。皆と倶に暮らすは所詮絵空事。世情の奔流に抗えば有らぬ苦悩を育み、絶望に喘ぎ拉《ひし》がれる。是が其の証左。そう云う事か、と。焦燥感に臆面も無く帰途を急ぐ家主は、最早揺るぐ事の無い孤高の剣客とは対照に、此の期に及んでさえ猶も苦悶するのであった。皆と倶に只、静謐の平生《へいぜい》を送りたい、と云う切望故か。其の断っての願い、其程迄に。

「全ては、身から出た錆。隠遁生活なんぞと息巻いて……ククク……片腹痛しッ。フッ、フハハハ……」

波山の罵辱を舜水《しゅんすい》が嗤笑する。其の時、鉛色の哀しい眸《ひとみ》をして居たは、何方であったか。

意気消沈、項垂れる竹蔵《たけぞう》を傍らで千代《ちよ》が、慰め励ます。老夫婦は畑の端で蹲る《うずくま》様に寄り添いしゃがみ込んで居る。ふと、二人は、聞き馴れた声へ、何とは無しに振り仰ぐ。其所に佇むは何と、主君《あるじ》であった。爺やと婆やを稍見下ろす様に見遣り、笑みを浮かべ乍ら挨拶を口にする。

「今、戻った」

突然の、然も余りに早過ぎる帰宅に、眼を見開き魂消《たまげ》たと云った風な顔を二つ並べて向ける許り。口をぱくぱくさせて居る。鯉宛らだ。すると、漸くにして爺やが哀歓を交錯させた口調で答える。

「わ、若様ッ。何とも御早い御帰りで……。如何成されました。いいえ、其よりも大切な御話が……。実は、若様が出立成さいましてから暫くして後《のち》、一時《いっとき》も経たぬ間に続け様、御三方……いいえ御二人で御座いましたかな……。ともかくも来客がいらっしゃいました。何れの方々も存じ当り御座いませんでした。只、正直、今にして憶い返しますに、あの客人達の質問には一切、答えては成りませせなんだ……。後悔、先に立たずに御座います。どうか、御赦し下さいまし……」

「いや、気にせずとも良い。其の儘、休息して居れば良い」

悲愴に満ちた二人の表情が全てを物語って居た。波山にして見れば其丈で、贖罪としての役割を十二分に担って居るのだった。どうして責められよう。

（『麝香《じゃこう》』の手の者だな……。終に此の刻《とき》が……空は是程に青いと云うに……。だが然し、楡残月《にれざんげつ》。御前は一体何をしたのだ。伯父上、都では何が惹起して居るのですか。暗部を極秘に遣い、私に文《ふみ》迄寄越して。……其程の大それた事を彼奴《あやつ》は……。『命を賭して』……か）

そんな物思いに耽る、温厚篤実な若き臥龍《がりょう》の顔は最早、教誨者《きょうかいしゃ》に非《あら》ず。だが何処か、其の眸には、諦めにも似た深潭な鳩羽色を彩る。其の儘黙って母家へと向かう家主《あるじ》の背へ、酸鼻の極みと、潤ませた瞳で見送る。

「儂等《わしら》が至らぬ許りに……。御労しや……若様ぁぁ……」

老夫婦は、自分達が無力だと云う事を思い知り思わず、わあっ、と叫びを上げそうに成る。溢れる涙を零すまいとするかの様に両の掌で眼を塞ぐ。だが留処も無く流れる篤き想いが、其の足下を一雫が濡らした其の瞬刻。二人は、憚る事無く、慟哭するのであった。

波山《はざん》の足取りは自ずと早く成る。

（何たる事かッ。何たる乎……）

「是がッ、世の常だとでも言う心算かッ!!」

悔恨と憤怒の錯雑は、悲痛の叫びで応える。其の時は既に疾走して居た。今、一転。幸運の葛が現在《いま》、悲運と遷《かわ》り、桎梏《しっこく》と成りて、仇なす。

零れ落つ　従者の涕　青時雨

拾

美空《みそら》の指示に従い、五人は道場に戻っては見たものの、皆漫《そぞ》ろ心《ごころ》で、掃除処で無い事は、想像するに容易かった。黙りこくった儘、銘々が牀《ゆか》に腰を下ろし惚けた顔を五つ並べて天井を見上げる。

竜の介《たつのすけ》は胡坐をかいて。仙太《せんた》は何と、不作法にも寝転がり大きな欠伸をして目に涙を溜めて其の儘背伸びをして見せる。家猫を醸し出す其の姿からは、憚る気配は微塵も感じられない。そして、佐吉《さきち》はと云うと、道場に背を向け、牀に腰掛け足を外へ投げ出してぶらぶらと、一定の調子の元、左右を交互に揺らす膝下は鞦韆《ブランコ》を思わせる動きだ。更に上半身を律動的に左右へ揺らす、そう丸で弥次郎兵衛を連想させるそんな動きを見せる。其の奇妙にも調和の取れた運動を続けた儘、初夏の空を仰視し乍ら遊び始めた。二人の青年は、そんな不埕な三人組を尻目に咎める等の言動もせず、一所《ひとところ》で額を合わせ、牀磨きに似た動作を反復して居る有様だ。然も、会話迄し始めるのだった。

「なあ、真ノ丞《しんのじょう》。どうする。此の儘黙って此所で掃除を続ける気なのか？」

「まさかっ。出来る訳……無いだろう。だからと言って美空さんを無視する事も出来無いだろう……」

由ノ慎《ゆいのしん》の尤もな疑問に、曖昧ではあるが、直ぐ様答えた。

「そ、其は……、そうに違いないが……」

と、此方も又、口籠もる。盟友は、互いに言わんとする事が解る丈に、顔を見合わせ、押し黙って終った。そんな二人の会話を耳にして、寝そべった儘で、唐突に大きな独り言を溜息交りに仙太《せんた》が口にする。

「はあぁぁ……早く先生、帰って来ないかなァァ……。退屈でしょうがないやぁ」

「仕方無いだろう。隣村迄行ってるんだからさぁ……」

そう竜の介《たつすけ》が悄然と肩を落とし、胡坐の儘、力の無い声で答えた。すると、又、道場内を静寂が包む。陽射しは、徐々に其の強さを増し、其に伴い清々しさは、校庭に現れた陽炎の如く、ゆらゆらと、恰《あたか》も幻だったかの様に何処かに消え去った。

そんな折、突如として、佐吉《さきち》が素頓狂な声で思い掛け無い科白《せりふ》を口にする。

「先生なら帰って来たよぉう」

其の語りに、目を剥き、耳を疑い乍ら四人は一斉に聒乱《かつらん》するも、透かさず一人の少年が跳ね起き様に、欠けた前歯を際立たせつつ噛み付く。

「おまえなあ……ふざけるなよぉう。そんな訳が無いだろうッ。もぉうッ!!」

然し、そんな仙太の罵声を余所に、淡々と話の続きをする。

「本当だよぉう。さっき、玄関へ入って行ったのを見たんだもんっ」

「なっ⁉ やいっ、佐吉ッ。兄さん達の話を聞いて無かったのか。隣村迄行ってるんだぞッ。まったく……」

立ち上がり校庭を遠望した事に後悔を感じ、呆れ返り、竜の介は、話の途中で閉口して終った。そんな二人は、力無く項垂《うなだ》れ嘆息を漏らし乍ら其の場へとへたり込む。其を見届けたにも拘らず、何故だか真ノ丞《しんのじょう》は、狂言だと考えられず、不意に駆け寄り、真面目な顔をして確認する。

「其……、何時《いつ》の事だよ」

育親《しとねおや》の雰囲気を醸す、そんな静かな問い掛けに、親しみを憶えたものか、何処か甘えた声で応じる。

「さっきだよ。んん……でも、もう大分になるかもっ」

と、嬉しそうに笑みを浮かべて坐る其の両足は、調子を崩す事無く揺れて居た。が、其所へ、そんな呑気な会話には構って居られないと許りに、由ノ慎《ゆいのしん》が勇み近付き矢継ぎ早に話す。

「其ッ、本当なんだなっ、佐吉ッ。……だったら、ぐずぐずなんかしては居られ無いッ！」

と、言い終えるが先か、其の言葉が号令と成り、行けば明解、我先にと、一斉に無二無三、駆け出し、玄関へと殺到して居たのだった。

五人が丁度、息急き切り玄関口に辿り着くと其処へ、書斎から一廉《ひとかど》の人物が一人、颯爽と現れた。波山《はざん》と憶《おぼ》しき武人の姿は、門弟達が初めて目にする羽織で六尺弱の身体を覆う。そして、徐《おもむろ》に近付いて来る其の足取りは、何かを気取られぬ様努めて居る事が窺えた。

「血相を変えてどうしたと言うのだ」

皆を見亙し、佐吉《さきち》の肩に手を載せ顔を覗き込み乍ら笑みを浮かべ、口にした。羽織の裾から見え隠れする鞘を怪訝に見乍らも先ずは辞儀を済ませる。

「先生。御帰りなさいませ。何とも御早い御戻りで何よりに御座います」

と、真ノ丞《しんのじょう》が紋切型の挨拶をして居る横から、焦れったいと許りに由ノ慎《ゆいのしん》が容喙《ようかい》する。

「美空《みそら》さんはっ⁉　美空さんとは、御会いになりませんでしたかッ」

其の問いには答えず、其の儘黙して、何かを頭で整理して居る様な顔を浮かべ佇む。其へ昂奮醒め遣らぬ勢いで質問を続ける。

「先生ッ。会ってないのですかッ？　それとも……。何とか仰って下さい。先生ッ‼」

又もやはぐらかす算段なのかと恰も言いたげな表情を師に向ける。其を宥めるかの様に心友が間に入る。

「先生、非常に重要なのです。其処が。若し話が伝わっていないのでしたら大変に御座います」

「いや、何……それ。忘れ物を取りに戻った丈の事」

と、見え透いた嘘を臆面も無く嘯いて見せ、更に話を続ける。

「所で、美空が如何致したと言うのだ？」

畢竟《ひっきょう》、青年達の質問には陸《ろく》な返事もせず、話を進めて終った。

「はい、先生。其の……遠くから見て居た丈ですので詳しくは……。只、正体が解らぬ客人が立て続けに参りまして。応対は総て美空さんが……それで、申します処……」

訥々と語る真ノ丞の歯切れの悪さに苛立ち、由ノ慎が話を取り上げて終い、師の眼前に迫る勢いで話を継ぐ。

「詰り。楡殿《にれ》が其の得体の知れぬ者達と『決斗』をするとの由。と云う話です」

幾許の溜飲が下がったものか、意気揚々と話し終えた。此の話を頭で復唱し、考えを廻らす。

(やはり、そう云う事か……。私の分際を越えた要らぬ干渉に因《よ》る。又、己の浅はかで未熟な感傷が招いたまごつきで、有らぬ殺生をさせる羽目に)

「ふむ……。そうか……」

はて、誰に向けたものであるのか。独り言であろうか、判然としないそんな師の素っ気無い返事に獅子の如く勇ましい門徒は、自分の力説に対しての反応に些《いささ》か不満の表情を浮かべる。だが家主《あるじ》は、そんな事には意に介さず、皆に威厳たる顔を向け、何かを口にしようとしたが俄《にわか》に噤んだ。今更にして、重大な事に気付き、ぼそりと呟く。

「……遇《お》うては居《お》らぬのだ……」

空耳かと怪訝な顔を浮かべる門弟に詰め寄る。

「では っ、美空は何所へッ⁉」

青年は、頭《かぶり》を振る許り。然し、此処で閃いた事を口にする。

「せ、先生……と、云う事は……」

真ノ丞の言葉に波山《はざん》は憶い返す。

(まさかッ⁉　いやっ、往き違うとは到底考えられんッ！　待て……何方も焦って居《お》った……とすると……)

臍を噛む師へ観点の全く違う言葉が耳に届いた。

「だけど……美空さんが付いて行った所で……一体どうする心算……」

其の呟きとも取れる由ノ慎《ゆいのしん》の語りに、波山《はざん》は息を呑む。思い当たる節が有るからに他ならず。

(あの丘陵か。私を誘《いざな》うか……残月《ざんげつ》よ)

独り、合点が行き、徐に土間へと降り下履きへと足を容れる。其に気付いた真ノ丞《しんのじょう》は、育親《ちち》の背へ言葉を掛ける。

「心当りでも……。先生……父上っ。まさかとは思いますが、知って居られたのでは⁉ それで……其の刀……見憶えが御座います。確か、名刀……」

皆が其の先を聞こうと、固唾を呑み見守る中、掌を差し出し、言葉を遮る。

「皆迄で申さずとも良い。御前達は決して付いて来るなっ。是丈は、肝に銘じよッ!! 良いな」

言い終え、父は微笑み皆に背を向ける。丸で其は、今生の暇乞いをするかの如くであった。五人は、其の背へ追い縋る様に「先生。父上」と、声に成らぬ言葉で力の限り、叫《よ》んだ。其の姿が正門に差し掛かろうかと云う刻《とき》、漸くにして清美《きよみ》が栄造《えいぞう》と朋子《ともこ》の小さな二つの手を引き、亙り廊下を喧噪と急ぎ足で後れ馳せた。だが、然し、一歩及ばずして其の瞳が映したは、恋慕の後ろ影。不詳の兆しに身悶え乍ら、波山を見送る事しか出来ず、思い留めさせるに其の背は最早、遠過ぎた。穢れ無き童は、眠気の未だ残る眼《まなこ》をぱちくりと屡叩《しばたた》かせるあどけない顔を並べ佇み、風薫《かぜかお》る校庭を只漫然と、眺める。

仰望するは碧宇《へきう》。太古の頃依り、そうであるかの如く燦然と眩しく、恢然《かいぜん》と存在して居た。

惑う剣客は奔《はし》る。坂路を悔過《かいか》と共に。

(あの時、食堂での別れしな、あの様な物言いを。言付けを口にした許りに……。美空《みそら》は責任感の

強い才媛。責務を果たそうと。……背負い込ませて終った）

羽織に薫風孕ませ、猶も奔る。

（私は全てをふいにしたのやも知れぬな。子供達に迄、斯様な業果《ごうか》を継がせる訳には行かぬッ。ならばッ……此の命に換えて）

名刀〝螢火《ほたるび》〟を随《したが》え奔る、安房舜水《あわしゅんすい》。斃《たお》す敵人《てきじん》は〝波山〟か。或いは、孰《いず》れの者か。全ての報いは独りで請け、責めを負う。此の想いの意図する処、何処に。

家主《あるじ》が妹尾《せのお》に戻り着いた頃、美空が息急き切り乍らも漸くにして、丘へと駆け付けた。其の矑《ひとみ》に映りし光景は、無念哉、刻《とき》既に遅し。三人は、闘いの真っ只中に在った。

「そ、そんな……無体な……」

そう呟き、息も絶え絶え、足を引き摺り乍ら懸命に近付く。覚束ぬ其の足取り崩墜《ほうつい》寸前にも拘らず、何としても已《や》めさせなければ、家主が戻る前に。此の信念の元、只、一言を口にしようと呼吸を調える可く、大きく吸い込む。と、其の瞬刻の事。

「其所迄に」

威厳に満ちた張りの有る声が漆黒の中から発せられた。其の労《いたわ》りが微かに醸し出された突然の語りに、虚を衝かれ、息と共に言葉迄もを呑み込んで終った。

（……残月様……）

だが然し、其に成り代わり野太い罵声が乱れ飛ぶ。

「なっ⁉　こ、このォッ！　闘いの最中《さなか》だと云うにっ、女なんぞに現《うつつ》をッ‼　何所迄ッ……人を虚《こ》仮《け》にィ……くッ、己《おのれ》やれェエッ……」

　語尾は呻きと共に恨み言へと変わる。だが此の時獅奴《しど》は、自分達の眼前に姿を現した此の女の行動が理解出来ず、困惑した表情を迂闊にも露《あらわ》にするのだった。そして、二度《ふたたび》、漆黒の闇依り、声が発せられる。

「息が上がって居るな」

　静かな声だ。

「……‼」

　長身の優男は又しても呻く丈だ。抑《そもそも》、今し方の語りは、誰に向けられたものであったか。一方の黒衣の剣客は、是等の委細構わず、正眼の構え、揺るぎ無し。槍師は闖入者を尻目に此所迄の闘い振りを憶い返す。

（畜生めぇッ。確かに此奴《こいつ》の言う通り不味い状況に違いねぇ……。まさか、あの仏頂面からこんな戦法を考え付くとは……案外、頭を使いやがるぜ。開始早々、斑鳩《いかるが》の足下を狙って来やがるとはっ……な）

　心中で呻く。残月《ざんげつ》は、最初の突き技を難無く躱《かわ》すと其の儘脇を擦り抜け、巨漢に挑む。丸太の如くに逞しい腕から巧みに繰り出す左右の素早い拳打を雨礫《あめつぶて》の如きに烈しく打ち込む。だが黒衣は漆黒たる一陣の風と成りて掻い潜り、一気に巨軀の懐へ身を躍らせ、一刀を抜き放つ。銀光迸り、〝月影《げつえい》〟が踊躍《ようやく》する。其の刹那、人獣は跪く。其処で漸くにして獅奴が顧眄《こべん》するも、苦痛、慙悔《ざんかい》、怨嗟が錯落した虚しい咆哮と共に、其の魁偉は儚くも崩れ落ちたのであった。急所《とどめ》を刺さんと斑鳩に迫る仇敵へ、させるものかと電光石火の早技が如く、槍を繰り出す。が、然し、是、悉く《ことごと》空《くう》を突く也《なり》。翻って鑑みるに、黒衣の剣客は徐々に、其の技を見極めつつ在る事の証左であった。然も、此の漸進的な戦意を殺《そ》ぐ攻撃は美事《みごと》と、言う他有るまい。そんな折、此所へ美空《みそら》が現れたのだった。

槍を持つ手にも汗が滲む。正《まさ》に焦眉の急。

(奴を捉えられねェッ、畜生ゥッ！　斑鳩はっ……!?　どうやら、具合が宜しくねぇと来てやがるッ。……って云うか、遅くねぇか？　治りがよぉ……どうするよォォ)

必死に頭を廻らし智慧《ちえ》を絞る。が、苦痛に歪《ゆが》む弟分の顔を尻目に最早、手詰りと覚悟を決めた其の時。

「もう、御止《おや》め下さいませ、残月様っ。斯様な惨状、家主《あるじ》は望んでは居りませんっ。斯くいう私も同じ想いに御座いますっ。何卒っ、矛を御納め下さりますよう、切にっ……」

慕情が胸を詰まらせる。

「美空殿。そう云う事では無いのです。退《さ》がりなさい」

語りも声も自分の翹望《ぎょうぼう》したものと全く違い、愚にも付かぬ話なのだと才媛は気付いた。そう、自分は只、闘いに水を差し然も刺客《てき》に要らぬ隙を与えて終った丈なのだと。だがそんな事は意に介しないと許りに話を継ぐ。

「私は……」

と、何かを口にしようと開きかけた時、此所が好機と見るや否や言葉を遮る。

「逆賊！　ってかぁ。解ってるじゃねェか。そうよ、そう云う問題じゃねェェッ。そうだったよな、凶状持《きょうじょうもち》さんッよおォォッ!!」

態々、二人の顔を舐める様にして睨《ね》め付け、野太い声で吐き捨てる。淑女は困惑した表情を露にし、「逆賊」と云う二文字《ふたもじ》が何度も頭を駆け廻る。其の言葉を払拭しようと大きく頭を振り、此方《こちら》を決して見ては呉れ無い黒衣に向かい、勇気を奮い声を絞り出す。

「何《ど》の様な事情が在りましょうとも、是からの為に……。御願いに……御座います……」

「美空《みそら》殿。もう、何も申されるな」

静かな声で即座に答えるも、其の眼光は、したり顔でにやつく男に鋭く向けられた儘であった。

「へっ。残月《ざんげつ》よォ、真実が明らかに成って行くのは辛いなぁ……えェェ!?　おいッ。序《つい》でに、天子を勾引《かどわ》かした事も告白して見せたらどうだァ。えェ!?」

漆黒から発せられる殺気を緊緊《ひしひし》と身体中に浴び乍らも罵倒する。

「天子……様って……」

自身の呟きにさすがの才女も私考が纏《まと》まらず、胸の鼓動は烈しさを増し、気が遠退いて行くのを感じて居た。

「それで。無駄口は済んだのか。或いは、足りぬか」

獅奴《しど》はぎょっとした。此の一方的な思い込みと驕心から成る心理戦の狙いが、時間稼ぎであろう事は既に、看破されて居る事に。瞞着《まんちゃく》に溺れた、憐れな槍師であった。

「手前ェ……何処迄もォォ……。だったら貴様は、どうなんだッ。貴様も同じ、人間《おんな》だろうがッ！」

「人間？　其の字義する所は一体何だ。彼奴《あやつ》と対峙した成らば解る。言葉等、無に帰すると」

「なッ⁉　何を……言ってやがるッ。気狂《きちが》いかっ⁉」

意図攫む事是能《あた》わず。訝しむも返答に窮し呻く其へ、思慮とは無縁の語りが鮸膠《にべ》も無く発せられる。

「もう、良《よ》いのか」

二度目の配慮と言わぬ許りの物言いに、獅奴は、切歯扼腕、悔しがるも言い返せず、唯、悠然と蒼穹の下、碧草《へきそう》揺れる原に、正眼揺るぐ事無く聳立《しょうりつ》する黒衣を睨むのみ。どれ程に目を凝らし喰い入る様に眺めようとも、此の双眼に映る漆黒の塊は、最初と何等変わらぬ姿で眼前に存在《ある》。乱れず、穏やかな息遣い。涼しげで何とも憎々しい顔、切っ先の向こう側で鋭く光る二つの睛《ひとみ》が此方を見据え対峙する。自分達丈が死に物狂いで踠《もが》き廻り体力を消耗し、気魄を殺《そ》がれて居たに過ぎなかったのだ。畢竟、是迄の闘いで孤高の剣客との立場は些かも転じては居ないのだ。

（どうする？　ま、不味い、不味いッ……）

冷汗が緩《ゆっくり》、背筋をぬらりと伝う。と其の刹那、凄まじい殺気と倶に漆黒の闇が懐へと迫近《はっきん》する。獅奴が遁《のが》れようと必死に後退る。どうにも槍が出せない。

「こッ、このォォッ！」

やっとの思いで一手を繰り出す。だが、

（屁《へ》っ放《ぴ》り腰じゃッ！）

残月は身じろぐ事無く躱《かわ》す。或いは、穂先が避けた、とも。其の瞬刻、一閃、白銀が薫風裂いて流れる。今、正《まさ》に刺客に迫らんと白刃が抉る。かに見えた其の抜身が、乾いた音と共に火花を迸らせ突如有らぬ方へと薙ぎ馳せる。槍師は、危うく胴を一文字に切り裂かれる既《すんで》の所で身を翻し躱す事が出来た。そして、刃の先へと視線を這わせる。と、其所には、一刀の元、投じた檄形手裏剣を足下へと弾き返され、其を躍り上がって避け、悄然と立ち尽くす繊妍《せんけん》な女性の傍らへ、ひらりと舞い降り、透かさず二投目の得物を手に身構える繊柔《せんじゅう》な一人の女の姿が在った。

「獅奴《しど》殿！　御無事で⁉　遅参御赦しを……」

ちらりと目を遣り、無事を改めて確認する。長身の優男は、聞き憶えの有る声と両目に映る姿が一致し、歓喜の声を上げる。

「し、紫蓮《しれん》ッ⁉　……いやはや、正直、危うかった……恩に着るぜェェェ」

快活に応じて見せる味方から視線を逸らし其の儘横へと這わせ仇敵に向けると、目を据え睨み付ける。そして、凄みを利かした声で誹《そし》る。

「好きにはさせないよッ。先日の雪辱……果たすッ。此のッ、逆賊めッ！」

終《つい》に、美空《みそら》は、其の場へへたり込み、そこはかと無く見上げた瞳《ひとみ》に映る娘。其は、今し方話を交わした許りの旅娘に相違無かった。

「あ、貴女《あなた》は……、先程の……」

目を丸くして見詰め、言葉を失い崩れて居る才女へ、何だか片付かない表情を向けて話す。

「御免なさいね。嘘を付いて……斯う云う訳なの。美空さん……でしたわね、此所は危険よ、さあ、其の手を。彼奴《あいつ》はね、天下の御尋ね者なのッ」

やっとの事で立ち上がった繊妍の淑女を護る様に背にして身構え直すと、黒衣の咎人《とがびと》へ決意を力強く告げる。

「成敗して呉れるッ‼　覚悟ッ‼」

其の信念成る直言に呼応し、息を吹き返す獅奴が短く息を吐き乍ら槍を仇敵に向け、腰を落とし、上目で睨み付ける。其の正眼にて対峙する相手の足下には、先程の物と憶しき手裏剣が突き立ち、陽射しを受け、鈍色に光る。〝月影《げつえい》〟、刀身《み》を白銀《しろがね》色に彩りて、哀愁漂う光放つ。〝九龍《クーロン》〟、是に呼応せんと黒鋼《くろがね》色に煌めき、槍師は誘い出されるかの様に躙り寄り、一撃を繰り出す。白刃、猶も銀光放ち、待って居たかの如く身を翻し下方から上方へ瞬時に一閃迸《はし》らせる。然し乍ら、相手も然《さ》る者、槍の名手は是又既の所で飛び退《しさ》り是を躱す。だが。

「浅いか」

漆黒の影から呟き声が零れた。

「なっ、何がッ……⁉」

と、口にし乍らも反射的に額へ咄嗟に手が伸びる。額金は、確かに其所に在る。

「手前ェなんかの鈍《なまくら》で、此の当《あて》が割れるもんかよッ！　ヘッ」

冷笑《せせらわら》い、吐き捨て終えるが先か、どすっ、と云う重く鈍い音が足下でした。緩《ゆっくり》と、目線を落とす。

「割れたな」

静かで、冷やかだ。

「この野郎ォォオォウッ‼」

如何にも威丈高な物言いで応じるも、眉間の谷を朱色の鮮血が一筋流れ、足下に一雫、零れた。額を手で拭い僅かに目を閉じ、呼吸を整え短く息を吐き、己の魂を奮起させる。そして、戦況を今一度攫む為、草原を見亙す様にして視線を廻らす。紫蓮《しれん》は隙を付こうと対峙する二人の動きを具《つぶさ》に捉えんと努めたにも拘らず、未だ思う様に間合を測れずにもたつく。手にする得物は稍《やや》、持て余し気味で何度も構え直しては、焦りの色を濃くして行くそんな女忍《おんなしのび》に一抹の不安を抱きつつ槍の遣い手は次なる味方へ、そろそろ頃合だと云った面持ちで期待を胸に振り返る。

(なっ、何っ⁉)

此の目を疑った。事態が呑み込め無い。何と斑鳩《いかるが》は、其の巨軀をくの字に折って蹲《うずくま》り、見上げて居る表情は苦悶に歪ませた儘なのだった。是では恐怖に怯える只の小犬ではないか。汗が一時《いちどき》に噴き出す。獅奴《しど》は、頭と心が空虚に囚われて行くのを自覚した。

(未だに恢復《かいふく》していない……のか……？　奴は、どう見ても頭一つ分小せぇ萌やし野郎じゃねぇかよぉおう。それなのに……何て奴だっ。此の儘じゃ……勝てんッ！)

其の口から洩れたものは、呻吟か、嘆息か。

「恢復は、望めまい」

是等を見越した言葉が静かに語られた。気取られぬ筈が無いと思い込んで居る憐《あわ》れな刺客は、猶以て、此の絶望的形勢に抵抗《あらが》おうと矯激《きょうげき》たる哮《たけ》りを発する。

「黙れエエッ。彼奴《あいつ》はなぁ、人間共が、人類の為なんぞと吐《ぬ》かした連中《れんじゅう》がぁ、寄ってたかって手前勝手に創造《つく》って、其奴等の都合で廃棄《す》てられたんだぞッ‼　元《もと》っ侍従如きが解った風な事をォォ

「……ほざくなァアッ!!」

「なれば、其の苦悩《くる》しみ、終焉《お》わらせて遣らねばな。其が慈悲と云うものであろう」

静かな声だ。にも拘らず、魂を揺さ振る響きが存在《あ》る。

「未来永劫続くとでも」

獅奴は黙して居る。紫蓮は微動だにせず、斑鳩でさえもが耳を傾けて居るものか、静かだ。残月《ざんげつ》は語り継ぐ。

「死ねなんだは二百年か。其以上か。若しもそう成らば、其こそが真《まこと》の地獄」

何と穏やかな声なのだ。己自身の悟りに似た形容で、よもや対手を諫説《かんせつ》して居るのでは。此の名状しがたい魂の動き是こそが孤高の士たる所以也乎《や》。

此の非運にも永らえ亙《わた》る人造物は人を超越した恢復力に依り、刻《とき》の廻《めぐ》り方が緩《ゆっくり》なのだ。だが、彼《かれ》も又、存在《いき》て居るのだ。齢《よわい》を重ねるのだ。必然的に其の自慢の治癒能力も翳る。そうであろうに。

其を此の獅奴と云う刺客は理解する等は疎か、闘いの場に在ってさえ「推考」する、と云う客観性が表れて来なかったのだ。そう、全ての魂の灯は、例外なく、命の蝋燭を費やし軈《やが》て、尽きるのだと云う理《ことわり》を。

「兄貴ィ……す、すまねェェ……。だけど、左足丈は何とかッ」

痛みを隠し乍ら片膝立てで上体を起こすと、未だ未だ遣れると云った風な勇ましい表情を見せる。

「斑鳩……。よしッ！」

と、一つ頷き応えて見せる。そして、仇敵へと向き直り、凝視し乍ら、士気の昂揚を意図する。

「残月《ざんげつ》ッ！　黙って聞いてりゃァァ抜け抜けと……説教かァ？　貴様は坊主かっ。手前ェこそ、終わりにして遣るッ。死んで逝《い》った、斥候達《どうほう》にあの世で詫《わ》びやがれッ‼」

獅奴《しど》の激昂した怒声が鎮まると、漆黒の剣客は、然もありなん。そして、余儀無しと許りに、承諾した旨を伝える可く、静かに、力強く、一つ、首肯《うなず》いて見せる。其の意味を解する刻《とき》を追撃者に与えはしない。怪訝な顔を強張らせて身構える槍師との間合を旋風の如く詰める。此の闘いに終止符を打つ可く、白刃を胴へと薙ぎ払う。既の事に柄《つか》で受け止め乍ら、二、三歩退く。更に攻めようと銀光、頭上に閃く。其を眇視《びょうし》する。二度《ふたたび》受け止めようと横一文字に槍を構え邀討《ようとう》する。其所へ彗星の如く四筋の光芒必殺鎌鼬《かまいたち》。宙を奔《はし》る。

「微温《ぬる》いッ」

此の声届いたか。紫蓮《しれん》の檝《くさび》形手裏剣は瞬く間に一刀の元、地に叩き落とされた。女忍《おんなしのび》は又もや、いとも簡単にあしらわれ、苦む。

「己っ！　痴れ者ォッ……！」

と、罵る事しか出来ずに居る。此の敗勢を打破する可く巨漢が、痛みに呻き、息を荒《あら》げ、顔の汗を拭い、幾度となく立ち上がろうとするも、悉く徒労に終わり、涙に濡れた翳色《あいいろ》の瞳で兄分の背中を憮然と見遣るのであった。

戦況愈愈《いよいよ》以て敗色濃厚、追い詰められて行く三人の刺客。此処が機成りと残月、鞘尻上げて一足飛びに躍り掛からんと、其の鋭き刃の一撃を槍師の頭上へ打ち下ろさんと、正《まさ》に蹴り出そうと動いた其の刻の事。此の漆黒、動かず。案山子の影に似たり。

「……⁉」

目を丸くし、釘付けに成ったは、優男の方であった。

「獅奴ッ！　今だァァ、殺《や》れェェッ‼」

突如として、仇敵の後背辺りから力の籠もった大声が決闘の草原に響き亙った。

「こっ、木枯《こがらし》の旦那ァァ……⁉」

抜群の頃合で現れた隻腕の老兵は、己が片腕斬り落とした黒衣の怨讐の腰元に、縋り付くが如く引っ攫まって居るではないか。そう是迄の紫蓮が擲《なげう》って来たは、是が為の布石であったのだ。時に教え子の背面に。時には巨体の陰に潜み、虎視として此の機を窺って居たのだった。そして現在《いま》、味方にさえ気取られない足並揃った師弟の見事な合せ技に依り、首尾良く仇敵に喰らい付く事が出来たのだ。斯様な片羽を捥《も》がれた老兵にもやっと役立つ時が訪れ、然も同時に死に場迄をも得られた此の僥倖《よろこび》は一入《ひとしお》であったに違いない。

「今、此の刻《とき》を於て他に機会は無いぞォォッ。さあっ、早くっ、儂《わし》ごと貫くのだァァ。御前《おまえ》の槍捌きならば必ず、出来るっ‼」

此の遺言を胸に刻み込んだ獅奴の顔付きが変わる。滲み出た汗が俄に引いて行く。槍を握る手、其等を支える足に、力が漲って来る。そして、覚悟を決める。

（そうだ。其の通りっ。『疋田無相流《ひきだむそうりゅう》』槍術《そうじゅつ》免許皆伝、天下無双の俺様ならば遣れるッ。必ず仕留めて見せるッ‼）

かっと見開いた両の目は明王に似たり。得物の撓《しな》り具合を確かめるかの様に、素早く二、三度揺さ振る。口金に栄える装飾髦《はね》を鮮やかに棚引かせて。

「旦那ァッ。あんたの其の命ッ、徒花なんかで絶えさせやしねェエからなッ‼」

蹶起《けっき》するが如くに声を上げるや否や、決着を付ける可く鋭い踏込みを皮切りに、今度は獅奴《しど》が一気に間合を詰め迫撃せんと迫近《はっきん》する。正《まさ》に、全身全霊、渾身の力を振り絞った一撃を突き抜かん。

其の諸刃は、大蛇《おろち》が頭を擡《もた》げ、獲物へと毒牙を剥き出しに、今が此の刻《とき》ぞと許りに喰らわんが如き。

そして、遂に、漆黒の左胸を強襲する。

其の刻であった。

「命の灯《ともしび》、無常の世に咲く、月下美人」

手向けの詩《うた》とも取れる呟きを遠くに聴き、初老の忍者《しのびもの》は、自らが胴縄と成り、此の黒衣の咎人にしがみつき乍らも瞬刻、今し方の語りを反芻する。

「……何⁉」

孤高の士を仰視する。声に成ら無い。言葉にでもさえ著せられ無かった。だが、其の意味を解した刻、仰瞻《ぎょうせん》する其の顔が哀弔《な》いて居るかの様に見えたのだった。

「おおぉぅ……さすがは兼平《かねひら》殿の嫡男。早々に看破られて居ったと云う訳か。誘《おび》き出されて居たは此方《こちら》。そうとも知らず……クックック……儂等《わしら》は……フフッ」

老兵、嗤って独り言つ。返礼は届いたであろうか。其の眸に吸い込まれて行くかの様に映し出された景象《けいしょう》は、伝家宝刀〝九龍《クーロン》〟の切っ先間際の閃光であった。槍の唸りを子守唄に、最期の刻を迎える。

「皆……命を散らすに、惜しい……フッ……詮無き事よ。先に逝《ゆ》くぞ」

木枯《こがらし》、浮世への暇乞いであった。

獅奴の繰り出した穂先が今、正《まさ》に仇敵の左胸を貫かん。誅《や》ったかッ！　と、手応え十二分。槍が鉄板を突き抜いた様な手の感触、間違い無い。仕留めたと云う歓喜に哮る。

「夢のようだ……」

と。だが次の瞬間、目に飛び込んで来た有様に震驚《しんけい》した。

「なっ、何ィィィッ⁉」

優男は思わず呻く。眼前を凝視する。其所に討ち果たした筈の奴の、楡残月《にれざんげつ》の姿は無かった。では何所へ。否、抑《そもそも》、ほんの今し方、歓喜の元に槍が貫いたモノは、一体。己の全身全霊を賭け完遂させた相手とは、一体。二度《ふたたび》、全身から俄に汗が噴き出し、額から零れ落ちる雫を拭い取る事さえもせず、唯、聳戦《しょうせん》として居る。そう、在る凶事の予感が頭の中を過《よぎ》り、胸を締め付ける。此の不吉成る想いを抱く心中から眼を背けたく成る此の衝動は、受け容れ難い希望と現実の乖離其のものを直視する事から逃避する行動を意味した。然し乍ら、獅奴の両眼《りょうめ》に映りし現実《もの》は、己が得物の穂先に力無く項垂れぶら下がる、冥途へと旅立った木枯の頭蓋と軀《むくろ》であった。

「うっ、嘘だァァッ。こっ、是は、夢だっ。幻に決まってるッ……。何かの間違いだッ！　俺は確にッ野郎の左胸をッ……其の筈なんだよっ。だ、旦那ぁぁ……」

此の刺客《おとこ》は一体、誰に向かって、釈明とも弁解ともつかぬ話を懸命にして居るのであろうか。最も聞き留めて欲しい相手は居ないと云うに。最早。

では、奴は、仇敵は何所へ。

突然、背中に蠍《さそり》が這いずる。そう感じた瞬刻、背筋に悪寒を憶えた。此の名状し難い初めての感覚に訝しむも初めの問いへの答を探す為、違和感に捕らわれ乍ら、何故だか判然としない儘、ぎごち無く振り返る。そして、其の時、自分が目撃した場面は。

（バメン？）

獅奴《しど》は既に一つの情景として自身が此の戦況を捉えて居る事に、言わば、此の窮窘《きゅうきん》を対岸の火事として解して居る此の現実に、気付いて居るのであろうか。

（お、俺は、何で……。妙に目が……翳《かす》みやがる）

翳目《かすみめ》の中に黒い塊が揺れ乍ら速《すみ》やかに遠ざかるのを眇視《びょうし》する。霞掛かった風景に漸く馴れて来た視界に映る遠い景色を眺望する。其の映像描写は、必死な形相で、痛みに堪え乍ら立ち上がろうと踠く獣に何とか其へ手を貸そうと、何やら怒声を上げ乍ら得物を擲たんとする手弱女《たおやめ》の狼狽する姿だった。其の瞬刻の事。ぼんやりと浮かぶ暗闇の塊拠《よ》り、突如とし目の醒める様な一閃現れ、抜身の銀光煌めく姿を露にしたのを目の当りにする。此の刻《とき》、漸くにして、はっと我に返り、「イ、斑鳩《いかるが》丈でも……」と、ぼそぼそと飯粒を口の中から零すに似た呻きを洩らした。自分の声が聞き取れ無い。発して居る筈なのに、張り上げて居る筈なのに。「逃げろォッ‼」と。

だが、不思議にも音声が響き亙る事は無かった。

「何故《なぜ》だッ！」

至極真っ当な疑問が頭を駆け廻る。次の瞬間、稲妻を脳天から喫した程の衝撃と其に伴った、体中を襲う劇痛が全てに於て応えて呉れた。目鼻が崩れ落ちん許りに顔を歪め、蝉の装飾を施した石《いし》突《づき》を足下に衝《つ》き立て、槍を支えにどうにか踏み堪《こた》えて居る事に気付いたのだ。そして視線を胸元へと。其所には、朱色の真っ直ぐな線が一筋、引かれて居た。其の刀痕から堰を切った様に溢れ出る鮮血が留処も無く若葉色に萌える原を深紅に塗り替える。視界が朱《あか》一色に染まり、口元からは、一筋、紅色《くれないいろ》が流れ落ちるも、もう、拭えない。薄れ行く意識の中、

「そうか……俺はもう……駄目か……」

唇の微かな震えと共にもごもごとくぐもり声で、独り言つ。獅奴は此の刻《とき》に成り漸く憶い出したのだ。何が起きて居たのかを。

息の根止めん必殺の一撃乎美事冴える飛燕剣舞が如く躱され木枯《こがらし》の頭蓋を見事に串刺し惨事の極みに因り死に至らしめた。其の儘自分の左脇を擦り抜けて行く中残月《ざんげつ》は、右脇腹から左脇へと一直線。居合の一刀銀光迸《はし》らせ疾風の如く駆け抜け、斑鳩《いかるが》へ止めを刺す可く疾走して行くのを。旅人帽子に揺れる虹色鮮やかな飾り羽根が栄える。外套には薫風孕ませ颯爽と馳せる。振り返りもせず。

（ヘッ……仇を討ち損なっちまったぜ……。彼奴《あいつ》は、強いの弱いのって云うんじゃ……問題は其処じゃねェ……あの士《おとこ》は、連綿たる冥路を逝く……）

其故、孤高であるのだと今、正《まさ》に、死の際に在って得心するのだった。

「……斑鳩ァ……ごふッ……」

獅奴、哽咽《こうえつ》の中、呟き、啼血《ていけつ》に噎《むせ》ぶ。

（あの世で、義賊の続きと洒落込むとすっかァァッ。今度こそ、罪なき者達の、孤児《みなしご》達の為にッ。

幸せな世を……創《つく》ろうぜ……）

世界が闇に蒙《おお》われて行く。其は宇宙其の物。暗澹たる想いの中で、最期に目にした情景。其は……。

斑鳩《いかるが》は、渾身の力を振り絞り、想像を絶する劇痛を物ともせず、闘志を奮い起こす。迫撃せんと疾風の如く間近に迫る漆黒。対する巨漢、邀撃せんと堅固の構え。其を掩護《えんご》しようと、欃形《くさび》手裏剣を握る女忍《おんなしのび》に緊張が走る。次の瞬間、遂に、意を決して、黒衣の敵目掛け、擲つ。同時に後ろ手で腰から素早く差添え抜き放ち、闇の塊へ、決死の覚悟と連れ添い飛び掛からん。其の刻《とき》、此の忍者《しのびもの》ははっきりと見た。暗闇の奥、不気味に冷たく晃曜《こうよう》する鋭き眼光双《ふた》つ。そして、震恐する。此の孤高の剣客は、又もや敵を欺き、誘い出したのである。初めから狙いは、女忍《おんなしのび》。

〝月影《げつえい》〟鯉口依り、閃光棚引き躍り出る。切っ先鋭く、冷やかな其の一刀は、鏤《ちりば》められた燐光《りんこう》煌めかせ、冷たく固い音が甲高い音色と共に火花迸らせる。欃形手裏剣は、光り輝く白刃の元打ち砕かれ、三つの灯火を可憐に灯す。儚くも薙ぎ払われたが一つ、銀光引いて唸り発し取って返す。其の刹那、何か鋭利な物が硬い何かに突き立った音容を連想させるそんな物音が一瞬丈した。其は、不思議な事に、何処か小気味好い音でもあった。

差添え刀を右手に振り翳し正《まさ》に躍り掛からん其の刻、突如、紫蓮《しれん》が仰面《ぎょうめん》し、動きが止まる。鼻筋通った顎門《あぎと》の綺麗な女忍《おんなしのび》の眉間には、美事ない迄に自らの得物を深々と突き刺し、其の富士額からは、欃形手裏剣が残酷にも生えて居た。視点の定まらない目玉を僅かな刻、ぎごちなく宙に游《およ》がし沈黙を頑に護った儘、どさりと地に突っ伏せた。倒れ伏した勢みで頭蓋骨を貫いた刃物が突き出し、其の刀身を一瞬、赤く煌めかせた。血溜りに映る黎《くろ》い紫色の空が、彼女の顔を静かに覗いた。

　手裏剣捌いた〝月影〟、初夏の蒼天に啼哭《な》く。

　刹那、巨漢へ翻る漆黒の影一つ。返し刀で武器を封ずらんが為、薙ぐ。其の迫撃たる乎鋭鋒也。

　片や、巨軀の超人。間近で仲間がいとも容易く捻られ、兄分に至っては生死が判然としない。怒りと焦りが錯落した儘に咆哮一声。其の瞬刻。宙を鋭く横滑りし、迫蹙《はくしゅく》する刃ごと黒衣の仇敵を鉄爪熊手の如く五指依り鋭く生えた爪で劈《つんざ》かんと左手打ち下ろさん。更に、岩盤をも打ち砕かん許りの威力を誇る、右の鉄拳を横殴りに繰り出す。其の素早さ疾風《はやてかぜ》。だが、然し、此の巧妙且つ迅速な、言わば伝家宝刀、決死の時間差攻撃にも拘らず、孤高の士、楡残月《にれざんげつ》の静影、稲妻走りで搔い潜り、〝月影《げつえい》〟ひゅうっと一声、虎落笛《もがりぶえ》。左上膊《ひだりじょうはく》の裏側を斬り裂かん。其の腕、肩からだらりと力なくぶら下がり、創刃《そうじん》の裂罅《れっか》からは夥しい量の滴血《てっけつ》が脈々と伝い流れる。厳烈極まる苦痛どれ程ぞ。と、言わん許りに憤怒の形相。然《しか》らば、と、右手に渾身の力を込める。が然し、何かがおかしい。何故《なぜ》、力が入らないのだ。視線を恟々《きょうきょう》と遷《うつ》した先には、此の両眼を疑いたく成る、其程の惨状が在った。右腕は既に肘から先が斬り落とされ、無惨にも力強く握り締められた拳其の儘に母なる大地で寝転び其所に在った。恰も初めから此所に横たえ、置かれて居たかの様に。

「グルルルルゥウッ！　グワオォォッ‼」

　嘘だと許りに宇宙《そら》を仰瞻《ぎょうせん》し、顔を歪め、耳を劈《つんざ》く程に咆える。丘陵に虚しく響くも天には届かず。最早、人類を凌駕した治癒能力も意味を成さなく成った斑鳩の元へ其の憐《あわ》れな問いに応える可く残月、刀身大きく振り翳し、漆黒の翳《かげ》が跳躍する。其の姿、大鎌携えた死神に似たり。

終に、巨獣、戦意諸共、崩墜せん。地面に屈み込んだ儘顔を上げた視線の先には、幾年を連れ添い、数多の合戦を倶にした義兄《あに》、獅奴《しど》の静かに佇む姿が在った。ほんの一時、追懐の眼差しで見詰め、そして何かを悟り悄然と力なく項垂れる。幼子《おさなご》が失意を胸に泣いて居る姿を彷彿とさせる。迫《はっ》近《きん》する黒衣の剣客へと一瞥する其の瞳に宿りし想いは、介錯を嘆願するに似た情懐。其の武人《もの》、懸念するに及ばず。介錯人、買って出るや否や、此の首、刎ね落とさんとし、全身全霊を賭《と》して迷い無き一刀。果して、〝月影《げつえい》〟、白羽《はくう》の輝き抜身《み》に纏い、天依り舞い降りて、救世《すく》いの光で揺蕩《たゆた》う魂、導かん。首筋露に俯く斑鳩《いかるが》、人知れず微笑む。

丘陵の草原に訪れた束の間の静寂を背景に、どしりと岩が転墜《てんつい》した程の重々しい音と共に巨大な斬首《きりくび》が地にごろりと転がった。此の上無い程に澹然《たんぜん》とした表情は、寝息を立て眠りに就いた様にも窺えるは、決して、錯覚等、では無い。

獅奴は、義弟《おとうと》の最期を看取る事が出来たであろうか。或いは、もうずっと先に事切れて居たで在ろうか。

然し乍ら、憶い返すに、がさつであったが志尚の士宛ら、言い知れぬ快闊さを持ち合せた清々しき長身、伊達男。未だ〝九龍《クーロン》〟と並び立つ其の死に顔には、笑みと憶しき微かな唇の綻びが見て取れた。

胸の月　蓮花待ち侍る　義兄弟

「何時《いっ》、此方に」

「御見事」

羽織紐を結び袖には通さず、肩迄伸びた黒髪は白い帯で括り、薫風に戦ぐ。

「さすがの貴殿も、四人を一時《いちどき》に相手しては、気付かなんだか？　……苦戦を強いられて居る様には見受けられなんだが」

何かを窺い知ろうとする気配の元、一粲《いっさん》して見せる其の顔は、紛う事無く波山《はざん》其の賢才《ひと》である。此の馴れ親しんだ声に漸くにして気付き、はっと、顧眄する美空《みそら》。

「せ、先生……一体……」

其処で口を噤む。「何時から其所に」と云う言葉を、疑問を、声にするのが、真実を知る事が、全てに於て確信に変わる事が、何より懼《おそ》ろしかったに違いなかったからだ。四対一の決闘が終結した時には、既に独りの武人《おとこ》が静かに佇み、見護って居たのだった。何時から其所で此の闘いの動向を傍観して居たのであろうか。是は、穿った見方であったか。或いは、一介の剣客として立ち会って居たのかも知れない。故に、手出し無用を徹し見届けたのやも知れなかった。淑女は、家主《あるじ》の理解し難い言動に又しても、驚愕に打ち拉《ひし》がれ、狼狽え、悲愴な想いに苛むのだった。原に虚しく、銘々転がる三体の骸《むくろ》。佇んだ儘の死体の足下には、蟇肌革《ひきはだがわ》が湿り気を帯び、妙に生々《なまなま》しく艶やかにてかる。黒衣の剣客へと歩み寄る家主《あるじ》が才媛の傍らで立ち止まり、顔をまじまじと見詰め、徐に、

「世話を、掛けたな」

此の五年、初めて見せる哀惜の念漂わすそんな面持ちで一言丈、言葉を掛けた。振り向く事無く、

肖像を思わせる獅奴《しど》の亡骸へ丸で斬り口を確かめるかの様に一瞥を投げ、沈思の表情を露に其の脇を静かに通り過ぎて行く。夢から醒め切らぬ少女の様な矑《ひとみ》を遠退く広い背に向け、呟く。

「其の様な事、決して……」

涕涙する美空《みそら》は、声を呑む。唯、見送る事しか出来なかった。大事な時、人間《ひと》は、悉く、無力である。と、此の刻《とき》、痛感した。

四歩程の間合を置き、楡残月《にれざんげつ》の正面にて対峙する。

「波山《はざん》先生」

短く聡明な声音で、名を呼び、聳峙《しょうじ》する漆黒。

「実に美事《みごと》な古武術。目を見張るは、あの立ち抜き。惚れ惚れ致した」

「御用の向きは、御済みになりましたか」

「んん⁉　うむ、然程《さほど》の事では無い」

「予定よりも可也、御早い御戻りで」

「色々とな。其は扨措《さてお》き、家に居らぬと思えば斯様な場所で……」

陽光浴びて暫し黙考し、険躁《けんそう》な面持ちで黒衣を見据え詰問する。

「して、此の後《のち》は、如何様に致す心算か」

「はい、此の儘辞去致す所存に御座います。今朝方申しました通り都へ取って返さねば成りま……」

「其は、成らんッ」

鋭い語気が騙りを遮る。

「其は、如何様な……仔細を御聞かせ……いえ、何でも、御座いません……。……私は、遁《のが》れて居たのです、此の数日。全てから……。ですから、何としても……」

「成らぬと申した筈ッ」

其の由有《よしあ》り顔で語る黒衣の若者を二度《ふたたび》、厳父たる姿勢で是を遮る。

「波山先生⁉」

混迷を思わず口にした。

「私を其の名で呼ぶ事、最早赦さぬっ！」

「なっ⁉　先生、一体何を……」

らしくない其の歯切れの悪い言葉へ、殊勝な面持ちで答える。

「やはりな、伯父の恩義に報いるが道義。徒《いたずら》に刻《とき》を費やした。私が要らぬ情を拭い切れず、逡巡した其の所為《せい》で……幾人もの義士を犬死にさせた此の罪。贖わねば成らぬ」

「鑑速佳仙《あきすみかせん》。政を司る、為政者。斯様な人間に先生が今更、義理立てるも何も御座いますまい」

「私はな、『新刀無念流《しんとうむねんりゅう》』剣術の祖、安房次郎為久《あわじろうためひさ》の孫でもあるのだ」

淡き月光の下、濡れ縁にて廻らした流派。嗚呼。と、今にして合点が行った。だが然し、未だ話の意図は、計り知れぬ儘だ。其処で糸口を攫もうと腐心し乍ら慎重な姿勢で、徐に話を始める。

「波山先生。先生は、安房家と鑑速家の血縁者やも知れません。なれども。隠遁に身を委ねられ、実名を、全てを、擲たれた筈に御座いましょう。人間《ひと》の、浮世の仕来《しきた》り等……。況《ま》して、都での政などは、もうどうでも宜しいのでは御座いませんか」

此の実直な若者の核心を衝いた語りに、焦燥からか、或いは、羨望からであろうか、眉根を顰め乍ら先達者は、呻くかの様に答えを返す。

「……一介の剣客として。安房舜水《あわしゅんすい》として申して居るッ。最早っ！」

「暗部を遣って、命を狙って居るのです。既に十人もの刺客を差し向け、私を亡き者にせんが為、動いて居るのです」

何かへの心添えを促すそんな語りへ、何とも冷淡で無慈悲な科白《せりふ》を返す。

「嗚呼、其の様だな。そして全ての刺客其《もの》の一刀の元、悉く斬り臥せたは見事。違い有るまい」

残月《ざんげつ》は、黙した儘、辺りを見互し乍ら即座に答えて見せる波山《はざん》の顔を畏敬と混迷の念を胸中に忍ばせ見詰める。父、兼平《かねひら》以外に是程感銘を受けた人物など居はしない。然もたったの一昼夜と云う刻《とき》を過ごした丈と言うにも拘らず。子供達の屈託の無い笑顔、皆の無償の優しさも相俟っての事だと解って居る。だがやはり、改めて此の臥龍賢才《がりょうけんさい》な人物と相対し、憶い返さずには居られ無かった。そして、此処で、此の義剣士は、或る大きな懸念に直面する。己《おの》が心踊躍《ゆやく》させたは果して何方であったのか。今、正《まさ》に対峙するは〝波山〟か、〝舜水〟か。孰《いず》れ乎《や》。

此の刻《とき》、ふと脳裏を掠めたのは、何故だか飛雪《フェイシェ》であった。彼女は、何処に存在《い》きて居るのか。どうして〝エヴァ〟ではないのだ。そうか、眼前に開かる無類の剣豪と愛する我が恋人との違いは何かと云う懸念。或いは、疑問。単に自覚の有無なのだろうか。それとも、演じる事と、何方も存在する事との違いなのか。

では、自己欺瞞と云う振りを遣って退け、何時でも元に戻る事が出来るとする此の賢才な家主《あるじ》は、指導者が振りで剣客が元なのか、又は、其の逆なのか。更に其等を自覚するとはどういった事なのか。是の説明が付かなければ、若しくは何か一つでも足掛りを攫まなければ、見えない存在を証明する事等、決して出来はしない。只、安易に一個人の性《さが》である一面が浮彫に成った等と云った、平生の問題に当て嵌めてしまえるそんな範疇では決して無いのは確かなのだ、あの〝エヴァ〟と称する存在は。容姿は一つ、中身《たましい》が二つ。と云う此の現状を如何にして詳らかにするのだ。少なくとも日下の剣豪は容姿、中身共に舜水だと云う事は明らか。何故ならば、自らが告白して居る通りずっと隠遁者の振りをし続け、己と周囲とを欺き通して来たが。否。騙し通した心算で来たが、若き義剣士の闘い振りに絆《ほだ》され、どんなに抗おうとも、剣客の血統であるが故の血が騒ぎ、終には、〝波《は》山《ざん》〟と云う名称で仕上がった鎧は脆くも崩れ落ち、兜は自らが進んで脱ぎ捨てたのが此の証左。恐らくは、家主として、世捨て人として生き、其の中から何かを得様《えよう》と必死に踠《もが》き苦しみ、時には孤児を引き取り育親《しとねおや》に成って迄、己の在る可き姿を追い求めるも、畢竟、類は呼ぶのだ。友を。研鑽を積む筈が知らぬ間に己が自身を追い詰めて終って居たのだ。もう疲れて終ったのだ演じる事に。全てに。だが、違うのだ。あの得体の知れない〝モノ〟は、決して違うのだ。確実に存在して居るのだ。正《まさ》に、此の瞬間も飛雪の身体で。悍《おぞ》ましき存在を知らぬ大方の者達から見れば、正真正銘、彼女《いいなずけ》以外の誰でもないのだから。其の可憐なる女性は有ろう事か、実母を含む二人を殺《あや》め、陛下の命迄をも狙った。然も理由は未だ判然としない儘だ。だが此の全てが真実だと云う事丈は、揺るぎ無い。是を如何に擁護せよと。一介の武人に喩《たと》い、医師に依って、実は彼女は多重人格者だと縷々叙述諭されたにしても判別出来る訳も無く、理解する事に至っては無理難題の極みであろう。

少頃《しょうけい》、後。不可思議な現象に辿り着く。是は、思い掛け無くも名状し難い、言わば兆しにも似た感覚でもあった。此の正《まさ》に現在《いま》、己《おの》が両の睛《ひとみ》に映りし世捨て人は、一体、「何者なのだ」と云う疑問。否、疑念か。が涌《わ》き上がって来たのだ。然し、今し方、安房《あわ》舜水《しゅんすい》と云う人間なのだと行き着いた筈。だが本当に。其の様に呼び、其の様に見て、そうだと決め付けて居る丈なのでは。更に言えば、誰でも無いのではないのか。では、己自身とは一体、誰なのだ……。静かに睛を閉じ、考えを廻らす。

何れにせよ、真意は定かで無いにしろ、今は、目の前に在る時事に集中するのだ、と。愚にも付かぬ考えを、と。排斥して、直ぐに気を取り直し、賢才且つ剣豪の家長の話に耳を傾け、自身の慧眼を信ずるのみ。と、言い聞かせる。眼前に佇むは心の師にして、『新刀《しんとう》無念流《むねんりゅう》』の遣い手、安房舜水其の武人《ひと》である、と。

「残月《ざんげつ》よ。貴公とあの夜、濡れ縁での話なぁ……。決して戯言等では無く、本心からそう申した。いやっ、寧《むし》ろ、そう切願した。まあ、言わずもがなでは有るが……。だが、斯様な有様ではな。手を措くも及ばず……」

萌《きざ》す原を緩《ゆっくり》と目に焼き付ける様に遠望する其の姿は、弔者《ちょうしゃ》を思わす。そして、黒衣の若者に向き直ると、帽子の鍔《つば》から見え隠れする其の顔をまじまじと見詰め淡々と語り継ぐ。

「其処許《そこもと》の其の創《きず》な。一体……如何様な……心境に委ねられて居るとでも……？　違って映るは、幻か」

故郷を懐かしむ眼差しで遠くを見詰め話を続ける。

「私が産まれた都で、何が起きたのだ。伯父は？　そして……帝が如何成されたと言うのだッ」

張り詰めた重苦しい空気に無意識の内、語気を鋭くして行く。黒衣は存問《そんもん》に静かな声で簡潔且つ明瞭に応じる。

「今以て、御健在」

実直な言葉であった。

「多くは語らず、か……」

舜水は、貴殿らしい。と云った風な面持ちで、静かに首肯《うなず》き息を吸い込むと話を続け始める。

「耳にしたは、畏れ多い事に、『勾引かし』と云う文句であってな。聞き捨て成らぬ由、些か穏やかに非《あら》ず。因って、若し、事が真実ならばと思《おも》うて、其処許《そこもと》に尋ねて居るのだが？」

初めて、此の篤実な若者を疑心の眼で睥睨《へいげい》した。

「如何に、問われ様とも」

噛み締めるが如く、真一文字に結ぶ。其へ、矢継ぎ早に詰め寄る。

「黙して語らずなんぞ今時流行らぬぞッ。皆迄申さずとも、解ろう物であろう、意図する事がッ」

苛立ちからか、早口に成った。其とは対照的に黒衣は、緩《ゆっくり》と静かに、恰もはぐらかすかの様に、

「先生。其は」

如何なる意味かと尋ね返すは愚問、と、悟ったものか押し黙る。其を見て取り、丸で、それで良いと云った風に、

「楡残月《にれざんげつ》。刀を、名刀〝月影《げつえい》〟を抜けっ。そして、立ち合えッ。……其と、もう一つ……私を斬らねば、従妹には会えぬぞ」

と、鮸膠《にべ》も無く挑発的な科白《せりふ》を吐いた。其の刻、孤高の魂は啼いた。最早、是迄か。と、咽ぶ、心。

其の哀しみの醞醸を感じ取った淑女がふと、顔を上げ、二人が対峙する草原を一望する。萌黄色に染めた矑《ひとみ》が微かに揺らぐ。

（従妹……？）

一体、誰の事を指して居るのか。そして、〝波山《はざん》〟と云う名しか知らぬ才女に取って、〝安房舜水《あわしゅんすい》〟とは如何成る人物なのか。次々と疑問が湯水の如く涌き、溢れ出る度に、是迄の想い出が瓦解して行くのを感じ乍ら、只、其の向こう側の何所迄も果てし無く広がり続く青灰色《せいはいいろ》の稜線を呆然と望む許りであった。

「何故に飛雪《フェイシェ》の事を口にされたのです？　それに……刀の銘迄、御存じでありましたか」

「もう少しで家族に成れたと云うにな。……左近《さこん》がな時折とは申せ、鳩を遣わしてな。彼《あれ》も苦慮したであったろう。近況を報せて呉れて居ったのだ。来なく成ったと思うて居れば……」

縁家《えんげ》を憐れむ風な目で黒衣を見詰め、嘆息を洩らす。

「なあ、残月よ。仔細は知らぬのだ。其は解るであろう。だが、私の目は其処迄節穴に非ずッ。掬《きく》するに、先ずは掛けられた罪状、悉く、是、冤罪疑う余地無し。決して明かせぬ由有り気故、銜冤《がんえん》成らざる貴殿の立場、救うには……是しか有るまいに」

と、一瞬、鋭い眼光を漆黒に走らせる。にも拘らず、微動だにしない黒衣へ是非も無いと云った風な表情を向け、話し継ぐ。

「是迄の処遇……嘸かしの物であったろう。其を考えれば身につまされる話に違い有るまいが然し、伯父上の断っての願いッ。因って、反故にする訳にまいらんっ。恨みつらみ毛頭無いッ。もう一度言う。一人の剣客として勝負を所望致す。返答乎」

不条理で難しい選択を余儀無く迫られるも、正直な気持ちを訥々と話す。

「私は、逃げ廻って居りました。……きっと……迷いが生じたのでありましょう……。ですが、漸くにして見えて来たのです……自分の今、遣る可き事が。先生と、家族の方達と、一昼夜丈とは云え、接した事に依り、己が進む可き途《みち》が……、そして……自分の犯した見限《あやまち》りに気付いたのであります……」

自責の念を匿《かく》す事無く懸命に語る。其へ沈着な声音が答える。

「其は……若気の至り。では、済まされぬ事物であるな」

「はい。仰る通り……出来兼ねる事に御座います」

恰も、師弟、今際の綴じ目に似たり。

「何処迄も実直な武士《おとこ》。だがな、時には其が愚直と成り変り、結果、仇と成って居る事に気付かぬか」

僅かに躊躇《ためら》うも、黒衣が進言する。

「では、御子達はッ、御家族方々の身の上、如何在ろうとも宜しいと言われますかっ。名を棄て、改められたは誰が為《た》。に、御座いましょう乎。其にも拘らず」

「偽善。かね？　フンッ」

冷笑《せせらわら》いは、誰に向けられた物であったか。

「何とッ。斯様に受け取られては……」

睛《ひとみ》が揺らぐも其の儘で、更に喰い下がる。

「然し乍ら、御貴殿には御貴殿の成す可き事が御座いましょう」

「うむ、そうかも知れぬがな……もう、終わりにせねばな自己欺瞞は。そうであろう、目の前で是程の技を披露《み》せられたと在っては……。四人だぞっ、あの左近《さこん》の部下を……。そういった由に故、前口上にも飽きた」

一旦、言葉を切り、改まり、扨《さて》、と云った表情で話を継ぐ。

「私は、幸せであった、是迄の事。そして、此の日、今日《こんにち》迄の人生を記念するに最も相応しい日で在る。何故ならば、楡残月《にれざんげつ》。御前と云う武人《おとこ》が、今の世に不遇な剣客が居た事、其の者《もの》との邂逅成就。そして……其の武士《もののふ》と闘える……想い残す事は無い。唯、一つを措いて……」

もう一つの人生を歩めなんだ。と云う語尾は、萌える原に掠《かす》れ消えた。其と引き替えに、其の六尺弱の羽織姿全体からは、殺伐たる気が俄に放たれる。

「御待ち願えませんか。闘いたく無いのです。何卒ッ」

と、口にし乍ら一歩、二歩と、左掌を差出し、後退る。其へ、大きく一歩踏み出し怒気を放つ。

「正気かッ！」

其の鋭き一喝を全身で受け止め、黒衣の若者は直言を伝え様と、一歩力強く踏み出す。

「是は、愚行に御座います。何卒、気を静め成されませっ。今一度、再考下さいませ。そして熟慮を、御子等の、門弟達の、未来を、行く末を第一にッ」

其へ応えんが為、ずいと一歩前へ出る。

「未だ言うかッ！　是迄に子等は、私が教えた以上の物事を能動的に、学び取って来て居る。何より、美空《みそら》が居るッ、要らぬ世話よッ。喰えぬ奴ッ！」

自己欺瞞の象徴である、否、其の物と言っても良い〝波山《はざん》〟と云う偽名への憤懣を黒衣へ擲たん。と、悖謬《はいびゅう》甚だしくも、其の家主《あるじ》に対し、依然喰い下がらんとする孤高の武人。

「斯様なこじつけをッ」

「もう何を語ろうとも、いやッ、言葉を費やす程に虚しく成ると云うもの……刻《とき》は待ってはくれぬ。浮世と云う奔流には抗えんッ。そうであろう」

黒衣の言葉を遮り、有無を言わせず、話を終わらせた。其は、舜水《しゅんすい》の決意であり、残月に決断を迫る意味も含む事を物語る。波山の殺気が猶一層強さを増しつつ、薫風に乗り緊々と襲来する。孤高の義士に対峙する其の容姿は、嘗て、「先生」「父」と。「家主《あるじ》」と呼ばれて来た雄才者の其とは似て非なり、真打宜しく其の名も剣客、安房《あわ》舜水其の武人《ひと》であった。

するとと、徐に紐を解き羽織を開く。其を一陣の風がふわりと、後方へ吹き飛ばす。其の露と成った出立ちは、既に決闘を決断して臨んで居た事が窺い知れた。襷掛《たすきが》けに両肘迄を覆う革製の籠手《こて》を装備し聳立する。其の決死の対手へ瞠目する黒衣に向け、

「祖父の形見でな、どうにも棄てられなんだ……因果なものよな」

些か、自慢臭くも在る剣豪の足首は紐で矴《しっか》りと結んであるのが見て取れた。

「先生。其の御姿……それでは、丸で初めから……」

「初めから闘う覚悟と申したいか」

憧憬に耽湎《たんめん》した面持ちで、間髪を容れず若者の語りを代弁すると、額にそっと鉢巻をした。

「もう一度、改めて申す。立ち会え。互い、剣客として」

何と小気味好い響きなのだ。丸で心を弾ませて居るかの様だ。是が、初めて真剣を抜き合わせる決闘に臨む剣客《もの》へ抱かせる儚き羨望が仕業の衝動とでも。だが対手は、古武術の達人にして孤高の義士。あの鋭き太刀筋と其に勝る凄まじき闘い振りからして、恐らくは過去にも剣客《ひと》を斬って居るであろう事、想像するに難しくは有るまい。如何に剣術に長けて居ると雖《いえど》も、実戦に勝るもの無し。其を承知の上で、好敵手得たりと許りに此の黒衣の若者と対決する人生《みち》を敢えて選んだ。鋭い眼光で漆黒をじっと、見据えるのが其の証左か。烏の濡羽色の髪を黒々と陽光の元、輝かせ、帯びるは〝螢火《ほたるび》〟。其の柄頭には、蛍の装飾が施して有る。何も答えぬ相手を然程気に留める事も無く、話し継ぐ。

「成程。さすがは、一子相伝の秘技。だが、是程とはっ。『麝香《じゃこう》』の手練をこうも呆気無く斃すとは、な。見よっ、武者震いか。或いは、畏怯《いきょう》……やも知れぬな。フハハハ……」

差し出した右掌を其の儘蒼天へ翳《かざ》す。そして、歓喜に湧いた。

此の異様とも呼べる哄笑を耳にして現実へと引き戻された才媛が矑《ひとみ》に映した容姿は最早、嘗ての誠実で威厳に満ち、優しさも併せ持つ一廉の人物とは遊離して居た。淑女の繊手が、丈ではない、其の繊妍でしなやかな身体迄をも震わせ、戦慄《わなな》く。此の丘陵を遠望し直せば、陰惨な光景が否応無しに迫劫《はっきょう》し苦悶させる。其は、正《まさ》に地獄草紙。其を目の当りにして、気を失わ無かったのは、偏《ひとえ》に才女といわしめた賜物であったに違い無かった。

（そ、そんな……どうして、どうして二人が……斬り結ばなければならないの……？）

何とか心の悲痛を声にしようと苦慮する。家主《あるじ》を瞳《ひとみ》に入れる。だが、

「誰？」

困惑丈が頭を駆け巡る。其の儘で対峙する黒衣の若者へと視線を遷《うつ》す。だが其の人物さえもが歪み、只、暗闇の塊としか映し出されて来ないのだ。想いを寄せた筈の男性《ひと》であったにも拘らず。やはり、何一つ出来ない。

（私には……もう……見届ける事しか……）

其の整った薄い唇を僅かに小さく震わし乍らも振り絞った声で容喙する。

「先生ッ。……御二人が戦う理由なんて、何処にも……何処にも有りませんでしょう……そうでしょう？　……嗚呼……残《ざん》・月《げつ》・さ・ま……」

縋る想いで、遮二無二発した声は、然し、嗚咽で途切れ途切れに言葉が擦《かす》れ、伝わら無い。此の切望が届かない事は百も承知。だが、やはり、一縷の望みを胸に抱くが人の情。果して、打ち拉がれ、項垂れ、崩れ下《お》る、女心。其は、砂山が打ち寄せる波に攫われ、崩れ去るのを憶い出させる。そして、声も又、一陣の颪に因り、吹き消された。瞳が溢れる涙で翳《かす》み、歪《ゆが》み、揺れ踊る二人と、

見馴れた丘。俄に意識が遠退いて行く。否、自分の身体が此の場から遠ざかって行く、そんな錯覚に囚われた心中の儘、或る、決断を迫られる。此の意思の錯落は、迫遽《はっきょ》の決断に帰因するものであろう。そして、無意識の中で浮かんだ言葉。

「見届ける。最後迄。何が有ろうとも」

と。頭を貫き、此の心を喰らい込み、そう呟いて見る。美空《みそら》は、消え入りそうな想いの中で歯を喰いしばり、遂に決意する。戦争とは無縁の時世に在ろうとも、二人は剣客なのだ、と。闘いの中からでしか物事を見出せないのだ、と。そうであるならば、字義通り、静かに黙して見届ける。どんな悲劇が待ち受けて居ようとも。

「…………」

篤実な若者の名を呼んだだか。原の若草そよぐ風の戯れか、其のか細い声を掻き消す。妹尾《せのお》の空は何所迄も青く、山々も又碧い。森は新緑の繁陰《はんいん》で其の深緑《しんりょく》を一層濃くする。そんな初夏の丘で起こった浮世の瑣末な出来事。

繊妍才女は今、眥《まなじり》、決する。

拾壱

「本当にっ、あの丘へ行った……と？」

「嗚呼、間違い無いッ」

間髪容れずして自信満々に答えて見せる真ノ丞《しんのじょう》に、透かさず由ノ慎《ゆいのしん》は、声を荒げ喰い下がる。

「どうしてそんな事が言い切れるよッ」

「楡《にれ》殿は、空を仰ぎ見るのが好きだから」

「残月《ざんげつ》様は、空を見上げるのが好きだから」

盟友の詰問に対し、即座にきっぱりと答えた男女の声は、寸分違わず重なった。

「えっ⁉　……」

「き、清美《きよみ》……⁉」

絶句し、目を白黒させる由ノ慎よりも驚いて二の句が出ず、まごついたのは寧《むし》ろ、真ノ丞の方で、只、心に浮かんだ儘の名を口にした。そんな義兄《あに》達の思いも寄らない応対に戸惑い乍らも更に、言葉を継ぐ。

「だって、あの方は、そう云う御仁《おひと》だもの。そうでしょっ」

其の場に居る全員の顔をまんじりと、見互した。是以外の理由が見付からないと言わん許りの表情から発せられる声には、力が漲り、実に説得力の有る、語りだった。其の誇らし気な顔を浮べる義妹《いもうと》と、或る合図の言葉が発せられるのを今か今かと瞳をきらきら輝かせ乍ら、胸を弾ませ俟って居る五人の弟妹《ていまい》に向かい真ノ丞は、合点が行ったと力強く二、三度頷いて見せて言う。

「うん、うん。と、すれば美空《みそら》さんも十中八九、一所《ひとところ》に……よしッ、先生との約束を破る事に成るけれど、皆で行こうッ。少しでも手助けが出来、決斗を止められると有らばッ！」

皆が皆、目を見詰め合い、心が一つだと確信し合い、一同が頷く。そして、頃合を見計らう様に、溌剌とした声が発せられる。

「そうと決まればッ。行くぞォォッ!!」

由ノ慎の号令を聞き終えるが先か、あの三人組が我先にと許りに、草履を手にしたかと思いきや、裸足《はだし》で土間へと飛び降りる。すると、先ずは、仙太《せんた》が勢い良く玄関の戸を開け放し、一気に駆け出して行く。其へ瞬刻遅れて、竜《たつ》の介《すけ》が躍り出る。親友二人の後ろをうろうろ付いて行くも、敷居で躓《つまず》いた佐吉《さきち》は、翻筋斗《もんどり》打つ様な格好に成り、どたばたと慌てふためき乍ら、やっとの事で戸口から飛び出して行った。三人の義弟《おとうと》達に先を越され、焦る清美《きよみ》は、栄造《えいぞう》が三和土《たたき》に坐り込み草鞋と戯《じゃ》れ付いて居るのを尻目に、遅れて成るものかと急いで朋子《ともこ》の草鞋を履かそうとする。が、そんな義姉《あね》の逸る気持ちを余所に、何だか楽しそうな鼻唄交りで、左右の足をばたばたと揺り動かして居た。

「足を動かしちゃ、履かせられないでしょ」

と云う注意を促す聞き馴れた優しい声に気付くと、義姉《あね》の顔を見詰め、

「はぁあい」

と、何処か戯《おど》ける風に、小気味好く並んだ小さな白い歯を見せ乍らにこにこ頬笑み、翳《かざ》した其の柔らかそうな小さな手の平は、一杯に広げられ、甘えた声で返事をした。そんな童女のあどけなさを目にすると、気忙しくして居る自分が莫迦莫迦しく感じられるのだった。

一方、其の頃、先に玄関を飛び出して行った、仙太と竜の介が器用にも、走っては、草履を履き、又走っては履きと、あっと言う間に正門側迄辿り着いて終う。其の親友二人に追い縋ろうと必死に突っ掛け草履で駆ける佐吉であったが、逸り過ぎて終《つい》に、校庭の真ん中で躓き、顔面から素っ転んだ。半べそをかき、何とも情け無い声で二人を呼び止めようと、張り上げる。

「ねぇぇ……待ってよぉぉう」

其の悲痛の叫びにも似た声に二人が振り向くと、へたり込んで草履を懸命に履き直して居る所だった。彼奴は何遣ってるんだか。と言いたげな顔を見合せ、仕様が無いと云った口調で、返事をする。

「いいからっ、早く来いよォォッ！」

と、声を張り上げ手招きをする。其へ、未だ、ちゃんと履けて無い事を、手振り素振りで伝え乍ら、ぎこちなく立ち上がり、倒けつ転びつ二人の方へと近付いて行った。

そんな遣り取りをちらちら耳にしては、顧眄《こべん》して居た清美がやっとの事で朋子《ともこ》の草鞋を履かせ終えた。其を見て取り義妹《いもうと》は、迚《とて》も嬉しそうに土間へ、ぴょんと跳ね飛び降り立つ。其の姿は、丸で雛《ひよこ》がよちよちと跳ね歩いて居るかの様である。と、同じ頃、三和土《たたき》の上では未だ、栄造が草鞋と戯れ合って居た。だが、終には、何故《なぜ》だか、其等へ、歯を剥き出すや否や、黐り付き始めるのだった。最早、猿の仔にしか見えぬ姿を目にした義姉《あね》は、どうしても笑う事を堪《こら》え切れず、御腹《おなか》を抱えて噴き出すのだった。

此の朗らかな日常風景を二人の好青年が見守る様に、玄関先で眺め、本当に嬉しそうに莞然として笑って居る。

何も知らず。事の重大さなぞ、知る由も無く。罪無き児等《こら》よ。

天、高く舞う鳶の甲高い笛の音が、妹尾《せのお》に響き亙る。或いは、報せて居るのだろうか。蒼天には雲雀が何時もと変わる事無く、囀り躍る。そう、何時もと、変わる事無く。

「さあ、話は済んだ。抜けぇいッ！」

声を荒げ、感情を剥き出しにする舜水《しゅんすい》。其へ、最後の望みを言葉に託し、訴える残月《ざんげつ》。

「どう有っても、此度許りは、間に合わせなければ成らないのでありますっ」

「ならばっ。其を証明して見せよッ」

其の真意、及ぶ事、叶わぬ許りか、其丈に留まらず、有ろう事か、逃げ口上と受け取られて終ったのであった。

「……如何にしても……」

無念と許りに喟然を吐《つ》く。重苦しい空気漂う中、対峙するは、古武術、『草月心陰流《そうげつしんかげりゅう》』一子相伝、孤高、楡《にれ》残月。片や、戦術撃剣、『新刀無念流《しんとうむねんりゅう》』、剣豪、賢才、安房舜水《あわしゅんすい》。見届けるは、才媛、淑女、美空《みそら》。

緊迫の余り、堪え切れず、原の薫風が身悶えするが如く、才女の髪を攫う。其の風越しに眇視《びょうし》した先では終に、両者が、抜き合わせる。

六尺弱の長身から、すらりと抜き放つ其の刃、優に三尺有りて、儚くも仄かに輝く。二人の間合、依然、三歩は在ると云うに、其の向けられし抜身、恰も眼前で怪しく光り、殺気を帯び乍ら迫近《はっきん》するかの如く、切っ先を地に這わす。そして、足下で、見据えるかの如く、動きが止まる。

（段平《だんびら》⁉　あれは……、やはり、〝螢火《ほたるび》〟。長い……な。三尺か）

初めて目にした、聞きしに勝る名刀を睛《ひとみ》に捉えた儘、思いも寄らず吸い込まれそうに成る。と、其の瞬刻、身に憶えの有る緊張感が込み上げて来た。そう、其は、幼少、初めて真剣にて、父と向き合い、稽古をした昔時。同じだ。と、突如として、走馬灯の如くに浮かぶ。

孤高の剣客は、丁寧に折り畳んだ外套を傍らへ、其の上に重ねる様に旅人帽子を置く。そして、上着の衣嚢から優しく取り出した其は。可憐で、小さな花束。そっと、大事そうに、添え置く。立ち上がる、黒尽めの剣客が対手に向き直るや否や、闘志を解き放ち、其の露《あらわ》に成った創刃を滑り輝かせ乍ら蠢かす。そして終に、眥《まなじり》裂く。鋭き眼光と共に、

「いざッ！」

短くも、明瞭な声音を発し、〝月影《げつえい》〟、鞘より素早く躍り出《い》づ。正眼に構えられた刃が哭く。刀把《とうは》から孤高の主へ伝播し、己を嗤う。剣豪、此の呼掛けに、呼応《こおう》せん。

「おおぉぉッ。此の緊張感。懐かしいぞォォッ。青年だった頃、祖父と対峙した時の事を憶い出す

ッ。心地好き哉」

爽やかな口調で饒舌に、歓喜で心躍らせ、心境を語った。其を聞き届け、

「参るッ」

しっ。と、短く息を吐き、気魄の籠もった唸りと共に力強く踏み込む。同時に、刃へ左手添え乍ら、喉元目掛け突きを繰り出し、是、抉らんとす。

「是式の事ォォッ！」

好敵手の銀光と共に迫近《はっきん》する気魄を払い除ける程の気合を発し、柳の如く身を躍らして難無く躱《かわ》す。透かさず其の突き出した右手首に狙いを付け、段平が流れる様な無駄の無い動きで、風を切り裂き唸りを上げつつ下方から地に伏せ忍んで居た切っ先が伸びる。だが、孤高の剣客、咄嗟に右手を刀把から放し、素早く太刀を遣り過ごす。半歩飛《と》び退《しさ》り乍ら宙に舞う〝月影《げつえい》〟左手一本にて受け止める。横へと伸ばした其の刃、切っ先から刀身、左腕、肩と真一文字に結ばれ、陽光浴びて煌めかす。颯《さつ》と降り立つ漆黒、剣豪を見据える。其へ応えるかの様に、嘆称する。

「ほほう……。容易く躱すとは。さすがッ。感服致す。ふむ……やはり小手先の技では通らぬな」

「舜水《しゅんすい》殿こそ。さすがは、撃剣の達人」

其の真打の口元が一瞬、綻び、楽しげに見えたは気の所為《せい》か。だが、若き剣客の其は、依然として、一文字に結ばれ、握る右拳は、対手に向けて突き出されて居る。つい今し方迄、〝先生〟と、敬称で呼んで居た武人《おとこ》を静かに見据え乍ら緩《ゆったり》と弧を描き切っ先を翳《かざ》す。其所から正面へするすると下ろし、正眼に構え直る。そして、対手の出方を窺うかの様な鋭い目付きで捉え、躙《にじ》り寄る。互い

の間合、二歩。同時に踏み込むとなれば、恐らく、身体と身体とがぶつかり合うは必至。

　舜水の両腕は、だらりと肩からぶら下がり、其の右手には、得物の切っ先、原の地に聢《しっか》と立つ。音無しの構えの刀身が鮮やかかに萌黄色を映し出す。其の輝きは、主の鼓動の高鳴りが反映されるかの如く、きらきらと煌めく。其の怪しく光る〝螢火《ほたるび》〟に、ほんの瞬刻、目が眩んだ。と、其の刹那、右肩が僅かに動いたか。青白き光芒曳いて、薫風に若草と砂を鏤《ちりば》め、切っ先鋭く黒衣に迫近する。其の動き察知するも些《いささ》か後れを取ったか、其の刃、左胸を貫かんと強襲する。だが、残月《ざんげつ》。既《すん》での事で右手へ、黒揚羽の如く華麗に舞い翻り乍ら〝月影〟、是、斬り結び、火光迸《かこう》らせ見事に払い弾き、悉《ことごと》くを躱す。然し、出足の遅れから攻めに転ずる事は出来なかった。にも拘らず、口惜しさ等を、微塵も感じさせる事無く、依然、其の鋭き眼光は恬然として、又も同じ構えへと戻る剣豪を凝視し、外さない。二人の殺気は、萌える原を凍て付かせる程に張り詰め、丘の空気を劈《つんざ》く。両者は互いに睨み合い乍ら、徐《おもむろ》に、弧を描く様な動きで、幾何《いくばく》か右へと互いが其の立ち位置を移す。対峙する二人、依然として窺間《きかん》し、暫し動かず。

　ふと、剣豪の一筋の前髪がほんの僅か揺らいだ。其の瞬刻の事。段平の切っ先が地を蝮《まむし》の如く異様にくねらせ乍ら音も立てず這い迫り、黒衣の足下迄で来ると、其所で、突如、だが、静かに頭を擡《もた》げる。次の瞬間、脛の骨を断たんと〝螢火《ほたるび》〟忍び寄り、迫撃する。然し、此の鋭鋒も又、紙一重の差で、〝月影〟美事《みごと》に閃光の元、邀撃し、是を斥《しりぞ》ける。右へふわりと翻り躱し、原へ降り立った残月。刹那。其の瞬間を狙うが本命と許りに舜水は、上段から段平を仄かな光を鏤《ちりば》め乍ら黒衣の額へと打ち下ろす。此の強襲を二度《ふたたび》迎え撃たんと、白銀奔らせ頭上で弾き返す。火花がちりちりと舞う中、段平跳ね上げられ、其に因り隙が出来、無防備に成った喉元へと反撃の刃が喰らい付く。孤高の剣客の猛撃《もうげき》にも拘らず、剣豪是を一歩、後方へ飛び退き、難無く躱《かわ》す。暫時、静寂が二人の仲を取り成す。

「ほぉう。逃げ躱す丈と見せ掛け、相手が気付かぬ間に懐へと誘い己の間合に入った所を透かさず反撃に転じる。見事也」

嗟賞《さしょう》し乍らも沈思黙考し、対手を見据え、佇む。

（とは言った物の、徒《いたずら》に此の儘刃を交え続けて居ては、見切られる。さて……）

どうすると云った胸中を気取られぬ様、下段の構えで右へ二歩、素早く動き対手を牽制する。漆黒も又、相手に合わせる様に二歩、だが、其とは対照的に緩《ゆっくり》と間合を保ち乍ら、正眼の構え崩す事無く、摺り足で移動する。

此の名状し難い気の凌ぎ合いを見届け人である美空《みそら》は、二人の体型差等は一切感化され無いと云う事丈は、明確に理解する事が出来た。一文字に結び、噛み締める唇。自分の胸の前でしなやかな五指を絡ませ、握る両手に力が入る。繊妍《せんけん》を小さく震わせ乍らも懸命に、此の決闘を見詰める。だが、其の心中では、何故、其程迄にして雌雄を決しなければならないのか。何故、此の信念とも矜恃とも云える心は揺るがないのか。此の意義がどうしても彼女には、承知する事が出来無かった。

やはり是は何も知らぬ者達に取って、無理からぬ事であろう。両者を今占めて居る物は正《まさ》に生死のみであろうか。否、悦びか。剣客としての。身も心も満たされて居るのではないのか。只々、静かに、真摯に斬り結ぶ。二人の剣士と二振りの名刀は、真に認め合い共鳴して居るに違いない。唯一つを措いて。一人は、「闘って見たい」と云う、剣の修錬を積んだ武人《もの》であれば例外無く抱く驕心にも似た其の想いに委ねた男。片や、此の期に及んで、否、だからこそか、自分と云う存在に不可解さを見出して終った男。此の歴然とした違いは、一体。

其の刹那、両者、寸分も違《たが》う事無く其々《それぞれ》対手目掛け、踏み込み攻撃を仕掛けた。残月《ざんげつ》は、額割らんと翳《かざ》した〝月影《げつえい》〟打ち下ろす。対するは、舜水《しゅんすい》、喉元切り裂かんと足下から〝螢火《ほたるび》〟煽り抉る。互いの切っ先其々、肉薄するも寸毫《すんごう》手前を行き過ぎ、身体を断つ事能《あた》わず。刃も又、火花を散らす事無く、恰も頬寄せ合せ忍びやかに語り合うかの如く、僅かな隙間を置いて鎬《しのぎ》が擦れ違う。往き交う二振りの抜き身、一つは、天を仰ぎ、一つは、地を見詰め、微動だにしない儘睨み合う主と倶に、息を潜《ひそ》め、静かに侍《はべ》る。

二度《ふたたび》、静寂が原の空気を占める。小禽《ことり》の囀りは疎か、微風《そよかぜ》迄もが、其の存在を消し去る程の緊迫。だが、二人の剣客に取って此の張り詰めた空気が迚も小気味好かった。紛れも無い、現在《いま》、此の瞬間を存在《い》きて居ると云う証だと、そう語り掛けて来る。陽炎の如く、其の静影《せいえい》揺らめく。二つの刃、陽射し撥ね付け、銀光煌めかせる。互いを凝視し、右へ、右へと弧を描く様に足を運び、牽制し合い乍ら徐に、其々が、下段と正眼に構え直り、其所で動きが止まる。視線を逸らす事は決して無い。瞬きさえも赦されない。両者は人間《ひと》の機微を抜き合う事で、必ずや具現化出来ると愚直な迄に、信じて疑わず、更には、確証を得る為に決闘へ身を投ずるのだった。喩、其の先に如何成る終決が待って居ようとも。

今、静《せい》から動《どう》へ。両者、是を兆見《ちょうけん》する。臥龍《がりょう》の剣豪、鮮やかな日輪浴びて、的皪煌々と放つ地に伏せたる切っ先徐に、己の頭上へ高々と振り翳《かざ》し、上段の構えで迫脅《はっきょう》する。対し、超然たる漆黒の剣客、其の意気地《いきじ》の姿依り、対手の覚悟察する。左足、半歩前へ出し右向きに半身の構え。三《み》つ扇《おうぎ》の紋様《もんよう》施したる兜金を相手に向け、切っ先、肩口に匿《かく》し邀《むか》える。互いの間合を測り、呼吸の流れを窺い、胸の鼓動に耳を傾け、眼光は、相手の僅かな動きも看過すまいと凝視する。

　と、突如、静寂破り、終に舜水《しゅんすい》、敵手《てきしゅ》の頭蓋目指し刃を打ち下ろす。是に寸分違わず残月《ざんげつ》、左足を退かせ乍ら対手の右小手へ強襲せん。其へ、やはり、そう来たか、と許りに、段平、ひらりと翻し瞬時にして首筋へ迫近する。だが然し、此の時は違って居た。一歩先を〝月影《げつえい》〟が迸る。籠手目掛けた刃も又、寸前でひらりと躍り、瞬刻前に攻め手を変えた其の左籠手の上を鎬《しのぎ》、滑り駆け上がる。次成る其の刃、喉元抉らんと不意を衝《つ》く。意表を突かれ喫驚《きっきょう》した賢才では在ったが、臆する事無く、迫促《はくそく》する抜身、是躱そうと、透かさず右手に持ち変え、段平の軌道其の儘に刎頸《ふんけい》せんとす〝螢火《ほたるび》〟黒衣の首付け狙う。舜水、刀身払おうと左手の籠手ごと前膊振り上げた。と、次の瞬間、何と驚いた事に、其の白刃、今、二度《ふたたび》、白銀煌めかせ翻ったのだ。敵手の誘いに為《し》て遣《や》られ、牙城露にさせられた。是には、さしもの賢才剣豪も一瞬、立ち遅れ、鼻白む。其の晒された左腋へ切っ先光芒曳いて吸い込まれ、銀光一閃、薙ぎ払い。是、鮮やかに決まる。

　思い掛けず「ぐっ」と呻きを洩らし、同時に襷《たすき》が綻びた。其の隙に乗じて、直ぐ様、漆黒の闇が揺らぎ、眼前迫った段平掻い潜る。続いて、己が得物の刀背《みね》へ素早く左手添え、だらりと揺れる袂を尻目に、首と鎖骨上部との際《きわ》を刺し貫く。一息に突き立った刃は、背中へと其の切っ先を覗かせ、一瞬丈、鈍色に光る。感触を確かめるが如くほんの僅かな時を刻ませると、躊躇《ためら》う事是微塵も無く、一気に引き抜き、朱線《しゅせん》掃って静かに鞘へ帰《き》する。ぱちん、と鯉口立てて、風、震わす。其を合図に、舜水、後退るかの様に足を縺れさせ乍ら二、三歩ふらついた。最早、立つ事さえも儘ならぬ。思わず知らず、〝螢火〟大地に突き立てるも、腰、砕け、崩れ、終に膝を折った。生暖かい鮮血が胸元一帯をべっとりと張り付くのが判る。

「ぬぐっ……くっ。どうしたっ、未だっ……私は生きて居るぞッ！　ごほっ……」

苦痛に哽《む》せ乍らも、此方《こちら》を向いて佇む漆黒を、未だ曇る事無く力漲る眸で瞻視する。段平支えに今一度、立ち上がろうと試みたのだが、敢え無くも力尽き、縹渺《ひょうびょう》たる蒼天を陽光越しに眇視し乍ら、萌える原へ、仰向けに臥せて行く。其の暫時、宙に浮いた感覚の中、意識ははっきりとして居る事に戸惑うものの、特別何かを考える訳でも無い事に寧ろ驚く。唯、「嗚呼、我が命運、此所に潰えるのだな」と、胸を締め付けるのみであった。程無くして、萌芽が繁茂する大地に頭部を強打し、意識を失うであろう。と、想い描いて居た正《まさ》に其の刻《とき》、全く衝撃を感じ無い許りか、何かに受け取め支えられ、温もりさえをも感じるではないか。ぼんやりと見詰める眼前には、見憶えの有る顔が形取られる。

「波山《はざん》先生」

翳む眼で見詰める先に声がし、其が誰のものなのかは直ぐに、はっきりした。

「其処許《そこもと》の御蔭で、見事に、死に花を咲かせる事が出来た……感謝する……残月《ざんげつ》殿……良き人生であった。何とも、心地好きかな……」

「其がっ、どれ程のッ」

即座に答え様と声にするも「価値」と云う言葉に驚心し、口を噤み、其の代りに、黙して首肯《うなず》くのだった。全てを承知した、と。

だが、是迄の始終を見守って来た筈、であった美空《みそら》には、どうしても一瞬の出来事、としてしか捉えられなかった。眼を見開き、零さぬ様、凝視して居たにも拘らず、理解出来たのは、家主《あるじ》が膝を付き、直ぐに仰向けで倒れて行くのを黒衣の旅人が助く。唯、其丈だった。此の刻《とき》、才媛の心を占めたものは、哀惜か。或いは、安堵か。小さく震える唇其の儘に。繊手の震えも其の儘に。たどたどしい足取りで、悄々とした面持ちを露に、二人の元へと固唾を呑んで、歩み寄る。

己が思想を語り合い、分かち合えたやも知れなかった若き義士に支えられ乍ら、遠退いて逝く意識の中、静かに近寄る才媛の息遣いを感じ取り乍ら、

(詮ずる所、籠の小禽《ことり》……であったか……)

と嘆き、一瞬丈苦む。それでいて、何処か達成感にも似た、坦懐さを醸し出す。遠くに、門弟達の、否、息子達の、娘達の声を聞く。空耳か。或いは、夢か。

「嗚呼……愈愈《いよいよ》か……」

そんな哀愁と仄かな悲愴を胸に、今、正《まさ》に臨終の刻を迎えんとした瞬刻後《のち》の出来事であった。

「先生ッ!!」

其の悲痛な、金切り声混りの叫びが、現実へと、〝波山《はざん》〟へと、意識諸共、一気に立ち帰らせた。

「先生ィィッ!!」

次成る皆の叫び声と無二無三、駆け寄る足音が此の耳にはっきりと、聞こえた。

子供達が取る物も取り敢えず、そして何処か逼迫感の欠いた儘で此の丘に辿り着いたのは、育親《ちち》が片膝立てから仰向けに倒れて逝《ゆ》く身体を、黒衣が支え抱えた正《まさ》に其の刻《とき》であったのだ。皆が、此の目を疑い、夢で、嘘であって欲しいと渇望したに違いない。親父《ちち》の傍らへ駆け付ける動作迄に、瞬刻を要したは此の証左。其の漆黒の背と傍らに立つ才女の繊妍とを認めるや否や、門弟が奔《はし》る。次に男の子達が。そして、稍《やや》、遅れて二人の童の手を引き乍ら、蛾眉《がび》を痛嘆に歪め、必死に跡を追う。

「親父ィィッ！」

其の声に振り向く残月《ざんげつ》の肩を無造作に攫むが先か、思い切り押し退け、波山を抱き抱える由ノ慎《ゆいのしん》。其の青年の姿が突如として、睛《ひとみ》に映し出され、押し遣られた事依りも、自分と云う存在其のものを撥ね付けられた事に、困惑と戸惑いを禁じ得なかった。

間髪を容れず。

「父上ッ！」

苦悶の表情を露に狼狽えて居る黒衣の剣客を尻目に、盟友と倶に家主《あるじ》の身体を支え、真ノ丞《しんのじょう》が跪く。

「御前達……あれ程、此所へは来るなと申したに……フフフ……だが、息子達に抱《いだ》かれ死ぬるも悪くは無い。……然も、剣士として、あれ程の腕の持主と……闘えたとあらば……土産話にも成ろう……」

嘗《かつ》て、師と仰ぎ、敬愛し続けて来た人物の声とは思えぬ消え入りそうな程、か細く、掠れる声音であった。顔は見る間《ま》に蒼ざめて行き、両の眼は、何所を見るとも無く一点丈に据えられ、眸は薄《うっす》らと幕を張り曇る。最早、何も映してはいまい。そして其の身《み》は完全に二人の息子へ預け、仰向けの儘横たわる。死期が確実に迫って居た。其の直ぐ間近では、只々、是等の事柄を見詰め続け、ひっそりと其所で立ち尽くす許りの美空《みそら》。其の傍らに、やっとの想いで辿り着いた清美《きよみ》が憮然として立ち並ぶ。両脇には、俯く童の小さな手が聢《しっか》りと握られて居る。

一同の者が固唾を呑み、見守る。

「皆、達者で暮らせよ。……従妹の事、呉々も……飛雪《あれ》は……苦しんで居た……」

唯一人《ただいちにん》を措いては、意味が判然としない最期の言葉を黙した儘、聞き終えた。生涯と云う幕を閉じた瞬間であった事丈は、皆々が理解した。静寂に包まれた深緑萌える丘を颯然と吹き過ぎる。

終に、何も語っては呉れなく成った愛する男性《ひと》を見下ろす。童の小さな手を振り解いた其の掌で顔を覆い、「わあっ」と叫び、義兄《あに》達を掻き分け、亡骸へ縋る様に抱き着く清美。嗚咽を押し殺すかの如く、其の儘顔を埋める。青年も又、憚る事無く涕涙する。其の横では、少年等が、空を仰ぎ乍ら、又、俯いた儘と、銘々が泣き噦る。

父が寝息を立てる姿宛《さなが》らに、臥せる死人の顔を見詰める者達の想いは、一つ。

――何故《なぜ》斯う成って終ったのだ。

何時の間にか、外套と帽子を身に纏い、旅人姿の残月《ざんげつ》。ふと、今際《いまわ》の言葉が耳に入《い》る。はっと、表情を強張らせ、何かを思い立ち、最早、永眠《ねむ》りに就いて終った舜水《しゅんすい》の元へ折悪しくも、急ぎ近付いて行った其の刻《とき》。

「其以上ッ、来るなァッ‼」

顔を埋めた儘泣き噦る清美の背中を優しく宥めるかの様に摩《さす》る真ノ丞《しんのじょう》の真横で、由ノ慎《ゆいのしん》の怒号が飛んだ。其の怒気は心を締め付け、劈《つんざ》いた。皆で家主《あるじ》の遺骸を覆い隠す様にするのを眼《め》にした時、思わず、幾歩《いくほ》と後退った後、静かに背を向け、佇む。其の睛《ひとみ》に映るは、村へと続く真昼の坂路だった。

此の怒声を同じくして聞いた美空は、暗澹たる雲行きの中、哀惜に苛まれ、胸を締め付けられ乍らも知らずの内に好意を懐いた篤実な義士に対し、何か一言丈でも、気の利いた言葉をと、腐心する。だが、懸命に成って黙考する程に、何も浮かんでは来なかった。そんな自分をもどかしく感じ、焦心する。沈思に耽る才女の足下で、何某か、ぽつりと呟きが洩れ聞こえて来た。

「私は……ぜっ……たいにッ……赦さ……ないッ……！」

確かに此の様な科白《せりふ》を耳にしたは、紛う事無く、清美の声だ。直ぐ傍らで不憫がる二人の義兄《あに》も其の声を聞き付け、唐突に面を上げた義妹《いもうと》を訝しがり、見遣る。留処無く流れる涙も其の儘に、訥々と、独り言つ。

「黒衣の旅人《あのひと》は……余所者《あいつ》は……あたしの……いとしい先生《ひと》を、斬ったッ……」

其の瞬間、子供達迄もの哭泣《こっきゅう》が止み、青年を、才媛を、震驚《しんきょう》させた。そして、すっくと立ち上がるや否や、最早、嫌怨《けんえん》す可き対象と成り果てた黒衣の背《せな》へ、桃顔を怨嗟で歪め、口に出した怨言が叫々《きょうきょう》と皆の心を劈く。

「あんたがッ……怨めしいィッ！」

何たる直截な表現且つ、苦渇成る言葉なのだ。

「何て恐ろしい言葉遣いを……清美《きよみ》ッ、非礼にも程が有りますよッ」

「美空《みそら》さんは黙って居て下さい、俺達に嘘を付いて置いて、今更ッ。清美、此の俺が敵を取って遣るッ！」

義妹《いもうと》の矯激《きょうげき》の振舞いに毅然と構え、窘《たしな》め様と試みた長姉を透かさず、そんな取り成しの言葉は、遅きに失すると云った容貌で、此の嫌隙《けんげき》、今更、どう有っても埋まらぬ。と許りに靦然《てんぜん》と反駁するは、由ノ慎《ゆいのしん》であった。

「おいッ、止めないか。一体何を考えて居る。美空《みそら》さんの言う通りじゃないのか⁉　況《ま》して、仇《かたき》だ等と云う言い方を」

盟友を此の上無く真剣な眼差しで見据え、宥める真ノ丞《しんのじょう》。だが、そんな奥歯に剣《つるぎ》と云った風な物言いを、長姉や有ろう事か余所者《かたき》に肩入れした科白《せりふ》と捉え、どうにも癪に障り、恕《ゆる》せ無い気持ち故か。或いは、仇への憾恚《かんい》からの八つ当りに依るものなのか。若しくは多岐に亙《わた》る感情が渾沌と心の中に存在し、若気の至りと云う憤懣を心友に打《ぶ》ちまける可く、憤怒の形相露に、きっと、見返し、更に、罵言を吐く。

「何をッ。何時からそんな軟弱者に成り下がったんだ？　ええッ⁉　御前はあの男が憎くは無いのかッ！　先生をッ、親父をッ……殺したんだぞッ……残月《あいつ》はッ‼」

そう呻いた由ノ慎は、堪《こら》えられず、さめざめと涕《な》いた。憚る事無く、天を仰ぎ、慟哭した。真ノ丞は、何も口にしない儘黙って居たが、其の実、一心に省察して居たのであった。

――憎い。

此の計り知れ無い想いの丈は必ずや同じであろう。だが違う。決して臆病風に吹かれた訳では無い。然し、何かが違うと、心が叫ぶのだ。悲嘆に暮れ、涕涙する盟友の顔と。復讐心に身を焦がし恨み顔で立ち尽くす次女とを見遣るも、答を見出せず、沈思した儘項垂《うなだ》れる。

一方、矢庭に女家長と云う役回りに立たされ、将来への懸念を抱き乍らも、此の怨憎を少しでも和らげ様と二人の元へ歩き掛ける。其の折、そこはかと無しに、嘗て、家主《あるじ》と呼んだ亡骸と倶にして居る筈の少年等を見遣る。佐吉《さきち》が未だ〝波山《はざん》〟が永眠《ねむ》る直ぐ側で離れる事無く、泣き噦って居る。が、然し、あとの二人が見当たらない。其を訝しく感じ、ふと、どうしてだか、黒衣の背へ、恋慕の眼差しを向ける。次の瞬間、長姉は凍り付く。其の瞳《ひとみ》が映し出したるは、事も有ろうに、漆黒目掛け小石を擲《なげつ》けて居る所であった。更に、其の少年等は、銘々何かを口走り、又、石を拾っては投げ当てると云う矯激な非道を繰り返す。

「出て行けェェッ！　おまえなんかッ大キライだッ!!」

「そうだッ。出て行けッ！　一緒に居るって言ってたクセにッ！」

仙太《せんた》が口火を切ると倏然と其に続いて竜《たつ》の介《すけ》も罵詈を吐き付けた。

「よくもッ父ちゃんをォッッ!!　……ウゥウ……ワァアアーン！」

「ウゥゥ……先生をッ……父ちゃんをッ！　返せエェッ!!」

先の少年が顔を涙で皺くちゃにし乍らも口を尖らせて罵り、哭泣した。其に倣って、後の少年も叫喚を上げるのだった。少年の切なき号哭《ごうこく》が哀感忍ばせ、此の妹尾《せのお》の丘陵を響き亙る。其にも拘らず、黒衣は背を向けてから少頃後《しょうけいのち》もずっと、微動だにせず、遠望して居る。恰も初めから其所に在ったかの如くに。石を除《よ》けるでも無く、喩命中しても一顧だにしない。唯、黙して罵声、怨言と共に其の怨讐を、静かに聳立《しょうりつ》する黒い背で甘受して居た。振り向きもせず。然《さ》もありなん、と許りに。

だが、やはり美空《みそら》としては、年長者として、家長として、或いは、又、別の胸中から此の下品な言動を看過する訳にはいかなかった。

「止めなさいッ。して居る事が解って居るのですかっ⁉　斯様な迄の下卑《げび》、無礼な振舞い、是以上は赦しません!!」

才媛は、子供達の悪罵を厳しく叱責した。そして更に切諫《せっかん》する可く少年等の元へ足早に近付く。長姉の誡めの言葉に悄然と肩を落とし乍らも恨めしそうな瞳で漆黒の仇《かたき》をきっと、睨み付ける仙太《せんた》と竜の介《たつのすけ》。其の二人に迫蹙《はくしゅく》する家長。未だ怒りに任せ握り締められた儘の小さな拳の中に在る石は砕けん許りだ。次成る小石を擲《なげう》たんと振り翳す其のか細い腕を攫もうと伸ばした繊手と誠心が恐《きょう》悚《しょう》する。

「……朋子《ともこ》や栄造《えいぞう》が、あんなにも懐いて……親しみを覚え掛けてたのに……違う人間《ひと》だって、味方だって思い始めてたのにどうして……ねぇ……殺して。由兄《ゆいに》ィィィッ、余所者《あいつ》をッ仇討《ころ》してよッ、今直ぐッ!!」

突如発せられた怨咎《えんきゅう》の叫喚を、烈士諸共清美《きよみ》に浴びせ掛けられたからであった。悲嘆に濡らした眸と黒衣の深仇《しんきゅう》へと向け、言い放たれた怨言《えんげん》と其の一度も耳にした事の無い次女の声色に才女は改めて、凍り付き、見開かれた瞳《ひとみ》も其の儘に聳戦《しょうせん》する。行き場を失い虚しく宙を漂う様に差し伸べられた長姉の震えた繊指の先で、少年等の拳は振り下ろされた。怒りを籠めた石礫《いしつぶて》が放物線を描き、漆黒の壁にぶつかり落ち、其の暗い足下で、こつりと哀しい音を呟いた。

一方、同じくして義妹《いもうと》の仇討狂言宜しく悲痛の叫びに、初め、稍、臆するも、直ぐに何某かを思い立ち、期待に応えんとして息巻く。

「嗚呼ッ、素よりッ！」

と、裂眥《れっし》する由ノ慎《ゆいのしん》。其の双眼に映りしは、原に臥す父の形見、〝螢火《ほたるび》〟乎《や》。仄かな輝き放ちたる。其を察したであろう真ノ丞《しんのじょう》が、盟友の良心に追い縋る。

「止せッ！　是以上、先生を、父上を、穢さないで呉れッ。怒りを抑え、気を静めるんだ。なっ、恃むッ」

懇願とも呼べる説得を試みるも、心友の篤き想いは、盟友の心には届かなかった。と、其の刹那の事、青年は、勢い良く駆け出す。父の化身へと。なれども、其の形見成る抜身拾い上げたるは、豈図《あにはか》らんや清美であった。驚愕に瞬きさえも忘れたは、息急き切り戸惑う此の青年丈では無かった。

一体誰に察知出来たか、こんな情況に成ろう等と。

「討《ころ》して遣るゥゥッ‼」

次女の叫呼《きょうこ》にはっと正気付いた美空は刀をがたがたと震わせ乍ら抱え、黒衣の背中を睨《ね》め付け、漆黒に吸い寄せられるかの様に緩《ゆっくり》と歩き出す義妹《いもうと》の姿に息を呑んだ。長姉は、狼狽え、俄《にわか》に冷汗が全身から滲み出すのを感じ取るも、何とか留まらせ様と弱々しい声音では有るが、話し掛ける。

「止めなさい……清美……落ち着くのよ……せ、先生は、こんな事、望んでは居無い筈よ。……ね……そうでしょう……？」

唇が小刻みに震える度に、声も又、震えた。だが、口元をきりりと引き締め話し継ぐ。

「……私は、見届けたのよ、此の闘いをッ。だから、解るの。ね、清美《きよみ》。御願い」

「そんな事……嫌……。だって……だって余所者《あいつ》は、先生を。先生を……」

涙、潸然《さんぜん》と流るる儘で、姉の声なぞ見向きもせず、取り憑かれたかの様に唇を頻りに動かし、繰り言をぶつぶつと口にし乍ら緩《ゆっくり》と、確実に一歩、又一歩と近付いて行く。其の刃の重みからか。怨讐の深さからか。判然としない儘に乙女の軀が蜃気楼の如く、揺らめく。漆黒の影を逐《お》い討める朣《ひとみ》は何処か虚ろだ。漫《そぞ》ろ歩く様な足付きの次女へ、何とかして正気付かせる可く、猶も懸命に、話し継ぐ。

「清美、聞いて頂戴。先生は喜ば無い。それに、残月《ざんげつ》様が悪い訳でも無いでしょう？　あの御人に何の責が有ると言うの？　私達が何と咎め様と言うの？　そうでしょう⁉　ね？　刀を捨てるのよ、ね⁉」

美空《みそら》は、敢えて、義剣士の名を口に出した。態とらしくも有ったか。だが其は、藁にも縋る想いの表れでもある証左。だが、

「そんな、大人の理屈なんて……そんな、勝手な事……言わ無いでよッ。……私には……私には、解らないッ。解りたくなんかッ無いッ、もうッ、どうなっても構うもんかッ‼」

足が止まる。そして、長姉を睨む次女の表情は、最早、見境がついて居なかった。

「私はッ、赦せ無いの……唯、其丈……。ねェ……じゃあ……教えて……姉さんは、赦せるの？」

人間《ひと》の核心たるを衝いた言葉が魂を鷲攫みにし抉り出し劈いた。終に、背を決し、刀把を握る両手に力を籠め直すと、改めて仇敵《かたき》の背中へと狙いを合わすかの様に見据える。怨讐焦がす其の顔は、恐ろしくも般若の如く。家長は言葉を失った。最早是迄だと感じ乍らも義妹の背に向け、真ノ丞《しんのじょう》が、

「美空さんの言わんとする事、解らない訳でも無いだろうに。清美、止せッ」

と、最後の祈りを擲った。

「そうだッ、俺に渡せ、なっ、俺が仕留めて見せるッ。だから、なッ、清美ッ！」

由ノ慎《ゆいのしん》が透かさず言葉を継いで見たものの、悉くが彼女の心は疎か、耳にさえも届きはしなかった。

「あんたを殺してッ、あたしも死ぬッ。あたしは、いとしい先生《ひと》の黄泉《ところ》へ行くのよ」

遠い眼差しを天に向けた儘、莞然として笑い、

「そしてあんたはッ、あの世で彼《かれ》に詫びるのッ。地獄へ堕ちるがいいわッ。アハハハッ……呪い殺して遣るッ!!　死ねェエッ!!」

最早、自暴自棄に陥り、激昂するうら若き乙女の呪われた魂を救える者も手立ても無い。そう、美空も、真ノ丞も、そして由ノ慎も、仄かに光る〝螢火《ほたるび》〟の青白き光芒を、悟りにも似た心で黙した儘、其の行く末を見守った。無念と許りに。

其の白刃の切っ先、漆黒の闇へと吸い込まれんと見えた刹那の事。突如として、童女の哭泣草原に萌《きざ》す。

「そんなかなしいぃこと、ゆわないでぇ」

幼女の泣き噦る声に、一同の心が大きく靡《なび》いた。魂が震えた。童女の純粋たる魂が躍動する。涙で皺くちゃに成った顔をか弱き両の手で拭い、不安と悲しみで其の小さな体を身悶えさせ、嗚咽しつつ、次女《あね》の元へと近付く。

「きよみねぇぇちゃぁぁん、どこにもゆかないでぇぇッ――」

現在《いま》、此の刻《とき》、此の幼女の切なる想いが言葉と成って、溢れ出たのだった。

「朋子《ともこ》！　……御免ッ。本当に御免ね。行かないッ。そうよっ、何所にも行くもんかッ。朋子を置いて……」

可憐な少女へ縋り付くでもする様に童を抱き寄せ、力一杯、両腕で抱き締める。朋子は清美の頬を。身体《からだ》を。所構わず、力一杯に、其のふわりとした、小さな手の平で、引っ叩いた。

「きよみねぇちゃんの、ばかァァー」

喘ぐ幼子も又、是に応える可く次姉の首へ目一杯廻した腕を強く巻付け、喉が張り裂けん許りに号哭する。耳を劈かん程の其の慟哭を、其の手の温もりと力強さを噛み締め乍ら、潸然と啼く。形見なぞ、疾《とう》に放り投げられて居た。丸で、鉄屑の様に。

此の世に生を享け、四年。童女と云う純真無垢たる存在が、皆の、家族の魂を、呵責の業火から救ったのだ。

憤ると云う名の後ろ楯を無くした仙太《せんた》と竜《たつ》の介《すけ》の腕がだらりと、垂れ下がる。前途多難の兆しに、二人の手の平から礫《つぶて》が力無く、地に転がり落ちた。其の今にも消え入りそうな音と共に項垂れ、父の死を憶い出したものか、咽び出す。其の側では、地に屈み込み、其の右拳を叩き付け乍ら、誰の目も憚る事無く、悔し涙で袖を濡らす、由ノ慎《ゆいのしん》の侘しい姿が在った。

　なれど一人、皆に目を遣り、家族を慮る若人が居た。父の亡骸へ目を落とすと、意を決した顔付きで、背を向けた儘に佇む黒衣の方へ緩《ゆっくり》と確かな足取りで近付く凜凜しき姿の真ノ丞《しんのじょう》が其所に在った。項垂れ、啜り泣く男児を慰める為、震える其の小さな肩へそっと掌を置き、両脇へ優しく抱き抱える。そして、泣き噦る二人を庇う様に抱いた儘で、徐《おもむろ》に旅人へ話し掛ける。

「楡様《にれ》。此所に此の儘逗留成される理由も最早、御座いませんでしょう。そうで、御座いましょう⁉︎」

　恰も、何かを期待するかの如く須臾《しゅゆ》置き其の後《のち》。だが何も得られずと判断するや、即座に、言い継ぐ。

「早々に、立ち去って戴きます様、御願い致します。もう、是以上、大切な友を、掛替えの無い家族を、貴方の修羅道に捲き込まないで戴きたいッのですッ。其と……何よりも、父を穢されたく有りませんッ。我慢出来無いのですッ、其丈はッ。そうして戴けますねッ、楡様ッ」

　実に、賢明且つ冷静な、其でいて、何処か怒気を含んだ語気が鋭く迫る。然も同時に其は、見事な迄に的を射た、直言でもあった。そして、特筆す可きは、此の女家長にさえも口にする事が出来無かった言葉を、此の青年は見事に言って見せた、と云う事実である。

　最早、何人《なんぴと》たりと雖《いえど》も、一切を受け付けぬと云った決意を露に、旅人の背を聢《しか》と見据える此の摯《し》実《じつ》成る青年から瞳《ひとみ》を逸らさず見詰める長姉。五年もの歳月、〝波山《はざん》〟と呼ばれし賢人を尊びて来た。然も、其の人物の知られざる内情を、ほんの触り程度を耳にもした。だが然し、此の期に及んで其等がどれ程の意味を成すと言うのか。寧《むし》ろ、蛇の生殺しではないのか。畢竟《ひっきょう》、焼け石に水の如し。此の二人の抜き差しならぬ間柄を仲裁する手立てなぞ知る由も無く、況《ま》してどうして止められようか。其故に、見届ける事を決意し事実、立派に見届人としての役目を果たした。なれども、目映《まばゆ》く栄える此の若人は、残酷にも、縁《よすが》とも呼べる其の自負心諸共、此の才女が是迄に培った自信、人格をも悉くに突き崩して終ったのだ。そして、自分丈が二人の武人を違う視野から捉えて居る自身全てを否定され、揚句、拒絶されたのでは。と云う孤独感に侵蝕され、邪推が働き、浅薄な想い因り、先程からの由《よし》有り気な青年の何度も念を押す此の物言いが。此の繰り言が、才女の心には、余りに無慈悲で冷淡に聞え、故に、此の身を切られる胸中にさせる。

「そ、そんな物の言いようが有りますか。残月《ざんげつ》様丈に背負わせて……それでは余りに……余りに……」

と、口を噤んだ。どんな言葉も、きっと、意味を成さないと、悟ったからであった。

待てど暮せど一向に何一つとして応えず、然も未だ背を向けた儘で佇む丈の旅人へ、業を煮やした真ノ丞《しんのじょう》は、其が返事かと許りに、失意の表情露にして、有らん限りの憤懣を、黒い背へ擲つ。そして、長姉の嘆きとも呟きともつかぬそんなか細い声音では丸で届かぬ、然《さ》も聞こえぬと言いたげな面持ちで其方へ見遣る事もせず、涙を拭い乍ら項垂れて居る少年を両脇に懐《いだ》きつつ、静かに踵を返す。知らぬ間に萌える原へ仰臥し、変わらぬ蒼天の只一点を見詰める由ノ慎《ゆいのしん》を起こしに向かう其の姿には、怨色を押し隠そうとする、そんな仕草が窺えた。

心が、啼いた。張り裂けん許りに。美空《みそら》は、何も彼もが、是迄の事全てが瓦解して行く悲鳴を確かに聞き、そして、絶望に打ち拉がれて居た。否、此の想いこそが、孤高の剣客へ何か一言丈でも、と。何か言葉を掛けなければ。繋ぎ止める言葉を。と云う衝動へと、駆り立たせるのだった。

残月は、己の身の上から遁《のが》れる事を止めた刻《とき》、己の気の迷いと気の甘さと決別した刻、其が此の悲劇を招いた事だと甘受した其の刻。人間《ひと》の怨情《えんじょう》が一気に心の中へと雪崩れ込み、煩悶に魂が啼いた。だからこそ、一刻も早く、都へと、取返しのつかぬ事が起こる前に、と焦燥する。そう、此所に立ち寄ってはいけなかったのだと。あの朝が恨めしい。其の想いに因り、黙然と背を向ける事でしか応えられぬ自身を呪い、恥じた。寧ろ、だからこそ、背を栖にして居るのであったか。

漆黒が僅かに揺らいだ。一瞥投げた其の先には、佐吉《さきち》に見守られ、慈顔を天に向けた静かに臥せる舜水《しゅんすい》の永眠《ねはん》姿が其所には在った。其の刻の面持ちを推し量る事は、丘に在る薫風さえにも、黒き庇に遮られ、窺い知れずに居た。そして、此の黒き背へ才女は、沈思し乍らも懸命に語り掛ける。

「何方へ……御戻りに、なられるので、在りましょうか……？」

此の期に及んで漸くに、訥々と、発せられた世にも滑稽な自身の科白《せりふ》を、美空は嗤誚《ししょう》した。

其へ、応える可く、漆黒が仄かに揺れる。一宿一飯への辞儀と、弔意を表する黙祷を捧げ、そして、

「然らば」

静かに、鮸膠《にべ》も無く、ぼそりと一言、口にした。

そうであろう。

誰にも、何も、応えては。打ち明かしては成ら無いのだ。何処迄も、自身は、銜冤《がんえん》たる立場を崩

す事が在っては成ら無いのだ。陛下を護る為に。唯一の手段。だからこそ、咎人《とがびと》として、舜水《しゅんすい》こと波山《はざん》が、天下泰平、安寧秩序の為と云う、義に依って発起したのでなければ成らぬのである。黒き義剣士は、そう想い込む事とし、全ては、あの夜の。否、もっと以前の小さな異変に気付かなかった己の驕りからの甘さ、油断。是等の過ちが元凶なのだから、と。是で、良いのだと。

漆黒が静かに遠ざかる。そんな、不可思議な気分で、ぼんやりと眺める美空《みそら》。手を振り、見送る事さえも忘却の彼方へ。唯、潸然と流るる涙其の儘に、立ち尽くす丈であった。

だが、此所に、才女の傍らへ一人。異質の人物が、其の黒き壁を望む眼《まなこ》が在った。泣かず、喚《わめ》かず。只、静かに、遠ざかる背を見据えて居る。そう、ずっと、黒衣の姿を、まんじりと、其の両瞳で、始終を、黙って見て居た。栄造《えいぞう》よ、御前は、見抜いたのか、孤高の剣士の哀しみを。「そんな目で俺を……只の人斬りにしないで呉れ」と、此の哀切成る叫びを。残月《ざんげつ》の魂を、見抜いたのか。

若しも、此の楡《にれ》残月と云う人物を公平に語れる者が居るとするのであれば。現在《いま》、此所に聢《しか》と両の足で立って居る、六つの童男、栄造を措いて他には居るまい。

一介の剣客として、舜水と。波山と。向き合い、斬り結び、そして、斃《たお》した。そうした武人として、皆に接して欲しかった。と云う此の義剣士の心残りを此の未だ年端も行かぬ童の瞳丈が、魂丈が。其処迄をも、忖度出来たのやも知れなかった。

残月よ。御前は、あの刻《とき》。少女の怨讐の刃を、如何なする心算であったのか。一度《ひとたび》、刃を手にすれば、如何成る者と雖《いえど》も、悉くが、「剣客」と見做し、武人としての尊厳を護ろうと言うのか。御前は。其程迄に。飽く迄「孤高」に身を投ずるのは何故《なにゆえ》か。そうする事で御前は、此の混沌たる世界から、惑う魂を導こうと言うのか。流離武人《さすらいびと》よ。

萌える草原に、初夏の風が吹き亙る。童女のおさげ髪を微かに揺らす。坂路を下《くだ》る怨慕の背。其の刻《とき》、大地に仰臥する慈顔の手から、人知れず添えられた、可憐成る花束、舞い上がる。橙黄色の花片《はなびら》はらはらと、落つるは花菱草《はなびしそう》。少女の真心と倶に有らん。憐情の仄かな馨りにおさげの童女が振り仰ぐ。其所に、旅人の俤《おもかげ》を見る。

昼下り。妹尾《せのお》の畦に趨風《すうふう》たる黒き一塊が在った。其の漆黒、脇目も振らず、唯、前方の一点許りを凝視した儘、無二無三。韋駄天走りとは此の事か。何処か滑稽にさえ映る其の愚直な迄懸命に疾走する姿を、あの夫婦《めおと》馬が顔を持ち上げ、円《つぶ》らな眸子《ぼうし》で追い掛ける。同時に犬の哭き声も追う。皆が此方へ来て居るものと考え、水田へ馳せ参じた虎《とら》であった。其の吠え声は、然も親しげに呼び掛けて居る様でもある。「何所へ、行くんだい？」と。其の呼び声で漸く畦道へと見遣る老夫婦。

「彼《あれ》は……楡様じゃぁぁ……」

「では……若様は……若様は……」

其の刹那の出来事。僅かに一瞥投げたかの様に見えたは錯覚か。暗闇に哀しく閃く双つの睛《ひとみ》。そう、正《まさ》しく、恩義と暇乞《いとまご》いの辞儀であった。翁媼《おうおう》は、若き義士の敬意を表した礼接《れいせつ》に気付き、奔《はし》り過り立ち去って行く黒衣に、其の胸中酌むが如く、会釈を交じえ見送った。漆黒が遥かに霞み、見えなく成ると、哀惜の念を懐きつつ、丘を顧眄《こべん》する。全てを悟った夫婦は、徐《おもむろ》に顔を見合わせた後、新緑の梢、初夏の風に揺らす丘陵に向かい、追悼の合掌をする。潸然と涙を流し、手を合わせた儘、終には、跪く。

人間《ひと》は、誰かの為に、是程迄にも、涙を流せるものであったか。

人間《ひと》は、誰しもが、哀しき十字架を背負い、刻《とき》の刹那が連続する世界を生存《いき》て往《ゆ》く他《ほか》、無い。

残月《ざんげつ》は、廻憶《かいおく》する。「己の弱きをもっと早くに認めて居《お》れば……己の心を、もっと瞭《しか》と、見据えて居《お》れば……」と。

追悼に　噎《むせ》ぶ我が子へ　慈顔の父《ふ》

拾弐

妹尾《せのお》は、遥かへ、遠ざかる。

あれから、どれ程、奔《はし》ったか。

嘗《かつ》て、陽射しを照り返す程であった白き雲が、見事な茜の夕陽を浴び、其の肌を緋色に染める。其の合間を縫うかの様に、鴉達の銘々、塒《ねぐら》を目指し飛んで往《ゆ》く姿が、黒い紙飛行機を想わせる。一団は、次第に群れを大きくして行き、何時しか其は、黒い帯と成り、迫り来る夕闇に呑み込まれまいと、家路を急ぐ。哀鳴は、切なさを憶い起こし、自責の念を背負った孤高の魂を締め付ける。己の想いとは裏腹に、新たな遺恨を根差して終った事に。こんな筈では。其の苦悶を振り解くが如く、直奔《ひたはし》る。碧空《へきくう》を、西の彼方《かなた》へ朱《しゅ》が押し遣り、そして、空模様を藍へと彩りを変えて往く。果して、『業』を背負う丈の気概と器量が俺には本当に有るのだろうか……。顧みたものの、今は、やはり、唯、前へ、一刻も早く都へ。そう心に命じて、奔走する。二度《ふたたび》、同じ轍を踏むまいと、固く誓う。其の決意こそが力を与えて呉れるのであった。

昏黒《こんこく》に覆われて往く森の間道を、漆黒は、一陣の風が如くに駆け抜けて行く。鬱蒼たる森の暗闇を、鬱懐《うっかい》心奥に封印し、罪戾《ざいれい》担うも、颯爽として奔る。揺るぐ事の無い一点を見据え、黒き外套、風に靡《なび》かせ翔《か》ける。其の慧眼で眇視《びょうし》する眇然の先に見えしは、忘却の楽園か。或いは、追悔の浮世か。南の空をふと見上げたならば、黒き雲間から覗く月魄、恨めしそうにはにかむ。俄《にわか》に妖雲垂れ籠めるは凶兆か。だが、其の重苦しく怪しい空気を劈《つんざ》き、闇に紛れし漆黒が梢を駆け抜けて行く。虚無を疾風《はやて》の如く疾走するは孤高の武人《ひと》、楡残月《にれざんげつ》。待つは追懐の都也。

　其処に、希望は在るか。

　妹尾《せのお》から都へと夜の道を一路、邁往《まいおう》する。途次、往来の激しい本街道を避け、脇街道、間道、小径。時には獣道を遣い奔《はし》り続けて来た黒衣の罪人《つみびと》。礪山《みがきざん》を越えれば、都は直ぐ目と鼻の先。今し方迄、時折、覗かせて居た虹色に彩る月暈は、暗雲に被われ、燦爛たる其の姿を隠して終った。夜半過ぎ、小雨が終《つい》に降り出した。其を遣り過ごそうと、逸る想いを抑え、峠に差し掛かった事も併せ、直ぐ目にした三抱えは有りそうな幹の根本と茂みの間へ身体を滑り込ませ、気配を潜ます。辺りは静まり返って居る。討手の殺気も感じられ無い。雨粒が未だ軟らかい若葉を大いに茂らせた梢に触れる音は何とも小気味好く、静寂の占める深き森に此の雫は正《まさ》しく、醞醸たる諧調の妙。大自然が織り成す神秘成る音調に暫し耳を傾けて居ると、心に安らぎを取り戻しつつ有るのが窺い知る事が出来た。

　礪峠《みがきとうげ》の私雨に白銀《しろがね》色に淡く霞む気色《きしょく》の中、何時しかぼんやりと、一人の少年らしき姿が現れた。其の影が不意に、揺らいだ。

（嗚呼……彼《あれ》は、あの少年は……見憶えが……あの面影は、俺だ……）

すると、何処からか声が、そして、何処か懐かしくも有り、何度も耳にした、此の厳粛さの籠もった声が聞こえて来る。或いは、頭の中へと直に語り掛けて来る様でもある。徐々に聞き取れて行く其の言葉は叱咤か、叱責か。語気の鋭さに此の上無さを感じる。

「斬れェいッ！　斬るのだッ！　無用の情けは要らぬ怨恨を遺す丈と心得よッ。此の父が止《とど》めを刺したのでは意味が無いのだッ。是は御前の闘いなのだッ。是が、一子相伝と云う血塗られた一族の宿命と知れッ」

此の声は、正《まさ》しく、親父殿のもの……。

朧影の少年は、何処か心悲《うらがな》しげな面持ちの儘、声の主へと振り仰ぎ、眥《まなじり》を裂いて凛とした声音で答える。

「御言葉では御座いますが父上、相手はもう刀を握る事は疎か最早、立ち上がる事さえも出来ぬので御座いますぞ。ならば……」

其の情けへ即座に鋭き語気が浴びせられる。

「成らぬッ！　残月ッ斬れッ。其が修羅の人生《みち》」

命の尊厳への浅薄さを叱責され、己《おの》が気構えの至らなさにけじめを付ける可く魂の遣り取りへと身を投ずる。力無く横たわり、観念とも命乞いとも窺える表情の対手を今一度見据えた。高鳴る鼓動は、拒絶の表れか。若しくは、強者の猛りか。其の精神を鎮めるが如く、咆哮発する。

「うっ、うわぁぁぁッ……！」

張り裂けん許りの叫びと共に渾身の力で打ち下ろす白刃。不気味な迄の鈍色を帯び光り輝くのを双つの睛《ひとみ》に焼き付ける。一閃煌めき銀の光芒曳いた此の後《のち》。敵手の首、見事打ち飛ばし、生首ごろり、と転がり落ちる。軈《やが》ては、此方《こちら》に向き直るかの様にむくりと起き上がり見返す其の顔。怨色は窺えず、苦痛にでは無く何故だか哀しみに其の表情を歪めた顔は。見紛《みまが》おう筈も無い。正《まさ》しく、父、四郎兼平《しろうかねひら》の斬首《もの》であった。眼前の光景を双《ふた》つの睛が鮮明に、だが然し、又、悉《ことごと》くが恰《あたか》も夢であるかの様に映し出す。余りに陰惨で容赦無い出来事をまざまざと突き付けられ、過ぎし日の少年は、驚愕に戦慄を憶え、其の睛は見開かれた儘。

と、同時に雫の奏でる調べが誘《いざな》い、此の悪夢から醒めた。

　雨は何時しか止んで居た。一陣の風が大木を揺らし、梢はざわつく。心のざわめきであったか。噺の中とは云え、あの生々しさにふと気付いて見れば、刀を握る左手が震えて居た。〝月影《げつえい》〟も又、共振したか、或いは、武者振いか。真夜中の風がやけに此の身体を冷やす。知らぬ間に汗をかいて居た様だ。帽子の庇から昨夜《よべ》の雨が雫と成って、一粒落ちる。緩《ゆっくり》と静かに、次成る雫が庇に下がる。雲間からは、はにかみ乍ら時折顔を出す月霊。其の月華を照らし煌めかせ光の玉と成り落ちる姿は正《まさ》しく、穢れ無き涙珠《るいしゅ》。此の神秘な情景が在ったればこそ、名状し難い重苦しい胸中依り、脱する事が出来たのである。

　二抱えは有ろう大木に目を留める。其の幹からは、童達が喩《たと》い戯《じゃ》れ付こうとも、温かく見守れるであろう程の太い其の腕《えだ》を陽射し求めて所狭しと伸ばす。其は、天河の姿宛《さなが》らである。残月《ざんげつ》が其等を漫然と眺めて居る刻《とき》の事。ふと、

「……俺は、不覚にも、微睡《まどろ》んで終って居たのか……」

心に浮かぶ科白《せりふ》を呟いて見せた。「軽率な」此の言葉が頭に浮かぶと、直ぐ様、気を引き締め、明けぬ間にと、素早く立ち上がり、茂みから躍り出るや否や。暗闇の獣道を漆黒は、既にして、奔《はし》り始めて居たのであった。

真夜中の曇天を直走る孤高の武人《ひと》、楡残月《にれ》。目指すは、護る可き縁《よすが》の居る都。途中、小径が在るのを認めるや、躊躇う事無く、其所を選ぶ。明らかに人工的と解る其は、人一人が通れる程の幅員では在るが、両側を人の背丈位の小木が垣根の様に整然と植えられ、其の足下は確りと押し固められて在る。其の為、雨上がりにも拘らず、稍《やや》、泥濘《ぬかる》んで居る程度で、水溜り一つ見当たら無い。此の人工道を半時程もの間、休む事無く走り続けた後《のち》、或る間道を眺望する。そして、呼吸を乱す事も無く黙考する。

（あの道が、本街道への一番の近道なのだが……）

どうしたものか、と云った風な表情を浮かべるも、此の辺りから関所、詰所が多く成る径《みち》を、況《ま》して其に比例し往来も激しく成る径を。返せば、都が近付いた証左でもある。「ならば」と、逸る想いを抑え、途切れて終った此の人工道から荒れた山道を選び、奔り出す。暫く進むと、一旦、其の痕跡を消して居たあの人工道が二度《ふたたび》、出現したのだ。すると、漆黒の影は速度を緩める事無く、迷わず其所を選択し、其の儘疾走し続ける。

梢から垣間見える暗い空には、又してもあの疎ましき妖雲が僅かな星影をも遮り乍ら頭上へと垂れ籠めて来る。黒衣の義士が一歩、又一歩と都との距離を縮める度、不詳の雨雲も又、刻一刻と其の重圧《あつみ》を増して行くのであった。

一方、刻《とき》を同じくして、大罪人、楡四郎兼平《にれしろうかねひら》の嫡子である残月《ざんげつ》を、還らぬ決意堅固に是、邀撃せんと、『麝香《じゃこう》』が頭《かしら》、夫婦連れ。暗雲垂れ籠める間道を一路、礪山《みがきざん》目指し都依り出づ。其々《それぞれ》、大小、葛《つづら》背負い疾走する。だが然し、斯様にも早くに、遁《のが》れ人が峠を下って来ようとは。今宵は月ですら、熟知する事叶わ無かったに違い無い。

少なくとも、討手夫婦に取って、此の畏《おそ》る可《べ》き体力と忍耐力とを兼ね備えた咎人《とがびと》との再会は、哀切極まり無い現実を意味して居るのである。此の無慈悲な邂逅を目前に現在《いま》、夫婦は小径の状況を見下ろせる茂みで息を潜め、探り乍ら、暫しの休息を取って居た、刻《とき》の事。夫、浄龍寺左近《じょうりゅうじさこん》がふと、何かが近付く気流の変化に気付き、其方をじっと、見詰める。稍在って、

「んんッ……!? 獣《しし》か……?」

そう訝しさを呟き、更に目を凝らして居た其の刹那、姿を現したのは。

其は、正《まさ》しく、あの孤高の剣客。見紛う有ろう筈も無い。咎人、楡残月、其の武人《ひと》であった。

「あッ、彼《あれ》はッ」

そう確信した首領は、憤怒の形相、暗闇に際立つ銀髪逆立て、傍らで仮眠を取って居る妻、雪江《ゆきえ》を揺り起こす。

そう、此の二人は、都を発つ刻、予測を立てて居た。奴の取る経路を。奴が遣うとすれば礪山の麓と繋がり、猶且つ人目を忍べる事の出来る道。其は、此の裏道のみと。新たな径路が竣工してか

らは放置され、経年変化の結果、途切れ、遺って居たのも是に帰因する。此の道こそが嘗《かつ》て歴代の帝が緊急脱出径路として使用して来た人工道だったのである。当然、頃日《けいじつ》迄、指南役を務めて来た為、此の旧人工道の存在を知悉《ちしつ》して居たのだった。そして、此の『麝香』の頭目も又、旧道の存在を知了して居たのだ。読みは見事に的中した。暫く、沈思したものか、押し黙る。そして呻く様に声を絞り出す。

「己ェェ……斯様な所で。こんなに、早くに彼奴《きゃつ》めが現れようとはッ!! 雪江《ゆきえ》……我等は間に合わなんだ様だ……」

仲間と部下への弔意と己の腑甲斐無さとを錯落させた表情露《あらわ》に呻き洩らした。目覚めた許りにも拘わらず、敵の出現を報され夫の傍らへと近寄り道を見おろした妻。そして徐《おもむろ》に、錯愕する事無く、凛とした声色で答える。

「皆、身罷《みまか》ったと」

神妙な顔付きで口にするも、慨嘆する夫を気遣うかの様に、言わば異趣独特の撫で肩を懐想《かいそう》の心持ちで恍惚と仰慕《ぎょうぼ》する其の背へそっと繊手を添える。だが此処で、はたと憶い返し、急ぎ言葉を継ぐ。

「ではッ、舜水《しゅんすい》様はッ。まさかっ、惣領様迄もがッ!?」

戦《おのの》きの声を発し、縋る様な妻の眸を夫が眤と見詰め返し、徐に口を開く。

「恐らくは……舜水様とて……最早」

粛《しず》かな声音であった。其の眸は潤んで居たか。一瞬、煌めかす。雪江は其の答えに、解り切った事を、と俯き、追悼の辞を述べるかの様な仕草をして見せる。其を見届けた左近《さこん》は、賢妻を慈しむが如くに此の胸に懐く。背に廻った繊手の温もりを感じ乍ら、耳許に囁く。

「参るぞ。意趣返しだ」

互いの決意張った眸を見詰め合い、倶に首肯《うなず》く。と、次の瞬間、カラカラと歯車の軋み回り出す様な乾いた音が俄《にわか》に立つと同時に、今度はキリキリと糸を目一杯捲き上げるかの様な音が重奏と成って、暗い深き森へ不気味に鳴り亙る。夫婦の後ろで控え並ぶ葛の蓋が大小其々、慌ただしく矢継ぎ早に跳ね上がった。すると中から突如、勢い良くつるりと飛び出したる過日の絡繰《からく》りが木偶《でく》一体、人工道を疾走する漆黒へ音も無く迫近《はっきん》する。其ののっぺりとした無表情で真っ白な顔を妖《あや》しくてからせ、黒い森に浮き立つ。人工的で深みの無い、何処か滑稽で居て、可憐な動き軽やかに、標的へと更に迫蹙《はくしゅく》する。左近と雪江《ゆきえ》が忍ぶ茂みで見下ろす道を、宿敵、楡残月《にれざんげつ》が横切ろうとした正《まさ》に其の刻《とき》。繁茂する梢の中から不意を付き、黒衣の頭上へと傀儡が左右の下膊部分から、すらりと伸びた諸刃を冷たくぬらりと光らせ、前方へ突き出した儘の格好で滑空し、強襲した。人形の両目は、死んだ魚の其だと云うに、どうしてだか、宝石と見紛う程鮮やかに煌々として、だが、何所か、妖艶さを滲ませ、ギラギラと光る。先陣切った傀儡を追従するかの様に、賢妻と自身が操る三体の人形が藪を物音一つ立てず、素早く飛び出す。そして、ほんの一息、間を置き、茂み依り首領が残存の三体随えて、飛び出して行った。

静寂を取り戻した茂みには、蓋が開け放たれた儘に遺された大小の葛が寂しむ如く、還らぬ者達を見送る姿が在る丈だった。

一方、何も知らず、何も気付かず、直奔《ひたはし》る孤高の義士。だが此所で不可思議な現象が起きた。迫近して居た筈の人形が突如、全くの未体験に混乱した。其の実、迫撃に転じて居たは、此の漆黒の方であったのだ。今迄に無い感覚。其は、〝勘違い〟。其を〝誤認〟と人工知能が置き換えた刻《とき》、あっ、と息を洩らした無機の物体を夜鷹が憫笑《わら》う。何と云う事か、襲撃を仕掛けた先発の傀儡の人工知能に予期せぬ事態が起きる。瞬時に情報処理を遂行したにも拘らず、其の費やしたる僅かな刻を遥かに凌駕する剣客の動きは最早、面の窪みに埋め込まれた機械仕掛けの水晶体二器では、捉える事能《あた》わず。次に、人工知能が認識した、名刀、〝月影《げつえい》〟の彩り鮮やかな白銀の光芒を其だと認証した瞬刻。直ちに防御機能を働かせ、動作に転じるが、手を措くも及ばず。其の水晶体が最期に写し撮ったは、頭上依り打ち下ろされんと銀光暗闇に鏤《ちりば》め迫促する白刃の切っ先であった。刹那、刀身は、頭から首迄を見事に割った。そう、人で云う頸椎部に内蔵された集積回路基板を破壊したのだ。軀幹内部に取り付けられた蓄電池と同様、重要な動力源を断たれた哀れな木偶の力無く崩れ、肢体を折り重ね、蹲《うずくま》って地に転がる其の姿は、只の土塊。其の人形の直ぐ真後ろには、何と、雪江が潜み、追走して居た。黒い庇の下から澄んだ光を放ち全てを看破した慧眼の前に、其の繊柔な姿を露に、曝け出す。思わぬ邀討《ようとう》手段に目を剥き、狼狽の色濃く、匿《かく》せない。

「なッ、なに？　気取られて居たとでも云うの⁉」

　此の予期せぬ対面に驚駭《きょうがい》し、鼻白むも、果敢に、且つ、機敏な動きで稲妻手裏剣一投、黒衣に叩き込む。だが、残月、青白き光芒一筋、唸りを上げ、迫撃する手裏剣、是、物ともせず。更に、間合を詰める可く、黒き外套翻し、ぐいと腰を入れ、巧みな足捌きを加え、人形叩き斬った其の返す刀で手裏剣ごと、女忍《おんなしのび》の繊腰薙ぎ払わん。然し、さすがは元女頭目。其の実力や侮り難し。此の一投、実の処、一瞬の隙を付く為の目眩しに過ぎなかったのだ。火花茜色に迸り、〝月影《げつえい》〟深紅に染上げ、両者の目の子《まなこ》を火色に灯す。

一刀、見事に退け、小木の前へ飛び退る。其が狼煙と成り、闇に潜みし傀儡が三方依り一斉に躍り出て、漆黒の標的を取り囲まんとする。霰紋様《あられもんよう》に彩る着物を纏う三体の両手には鈍色にぎらつかせた鎌を携える。其等刃が妖しい煌めき微かに揺がしたるや、是を孤高の剣客僅かな隙と見て取り、透かさず、そして、迷わず、黒衣の身体《からだ》翻し、後方へと距離を取る。慧眼見据える其の暗闇の先には、知らぬ間に大木の蔭に繊柔な身を潜ませた女忍《おんなしのび》が此方をぎろりと睨み付け、得物を手に身構え、必殺の一投擲《なげう》たんとする動きを察知しての回避行動であったのだ。何たる英断。今にも襲い掛からん許りに嗾《けしか》ける是等三体は、咎人の眉間、只一点を貫く一撃擲たんとする殺気、気取られぬ為の囮役。然し、策略失敗したにも拘らず、其々首丈をグルリと直線的に廻らし、水晶体で標的を追尾するも其以上微動だにせずは、指令を待って居るのか、或いは、暗闇に立ち上る漆黒の揺らめく陽炎に恍惚として居たものか。何方とも判然としない儘の人形等を尻目に、謀《はかりごと》、悉くを見抜かれ、歯軋りさせる女忍《おんなしのび》の心中察して、恰も代弁者の如く、後続の男が怒声を森に轟かせる。

「逆賊、楡残月《にれざんげつ》。神妙に致せェエッ！　何丈《どれだけ》、御館様を困らせ、邪魔立てする心算ぞォォッ‼」

無言の儘佇む対手を睥睨《へいげい》する左近《さこん》は、策を看破され既《すんで》の所で敵の刃を掻い潜った雪江《ゆきえ》が傍らへ駆け寄るのを見届けると。

「うむ……大事無いな。決して抜かるで無いぞ」

と、問い、返答を静かに待つ。其へ、何を今更、と云った表情露に、首領が名告《なの》りを上げる。

「浄龍寺左近《じょうりゅうじさこん》殿と、雪江殿に相違御座りますまい」

夫婦の語らいへ、

「ええエ……。貴方」

「如何にもッ。我等夫婦、決死の覚悟ッ。好きにはさせんッ！　此所が御前の墓場と知れッ!!」

想像を遥かに上回る対手の脚力に、驚惶《きょうこう》して居る胸中を気取られぬ様努め乍らも言い終えた刻《とき》の事、眼前の黒衣が取った行動に肝を潰し、目を剥いた。何と、此の咎人、有ろう事か、対峙するモノの正体に確証を得るや否や、黙した儘鯑膠《にべ》も無く、丸で、闘いを放棄でもしたかの様に、躊躇する事無く白刃を鞘へ納めて終ったのだ。そして此の行為は結果、首領の神経を逆撫で、更に遺恨を深めた。

「ぬぅぅぅッ……己《うぬ》と云う奴はァァッ……如何なる了見からの所行かッ！　其の命ででしか、此の罪、償えぬと申して居る事が解らぬかッ！　此のッ下郎がァァッ!!」

用捨の無い、怒気の籠もった罵声を浴びせ、燻し銀に輝く頭髪は逆立ち、鬱蒼とした闇中《あんちゅう》の森で白く浮かび上がらせる。とは対照に、暗闇と変わらぬ漆黒の姿を一層黒くして、ぽつりと零す。

「時間《とき》が惜しい」

と、一言。問いへの返答だとでも言いたげに恬然と佇む。其の言動に激怒したのは、雪江であった。

「なッ、何と云う言い草ッ。然も、一度ならず二度迄もッ、夫への侮辱な態度ッ！」

と憤怒露に叫び終え直ぐ様、左近《さこん》に顔を向けるも、昂奮冷め止まず、勢い、声を高ぶらせ話し継ぐ。

「貴方、此奴はやはり、所詮、逆徒。奥方様をも手に掛けた重罪人ッ。因って、斯様なならず者との話し合い等最早無用ッ！　そうで御座いましょう」

尤もな話だと認める風に首肯《うなず》くも、妻を宥める様な仕草を掌でして見せ乍ら静かな声で答える。

「まあ、待て。其の前に一つ確かめなければ成らぬ重要な事柄が有ろう」

賢妻へ由《よし》有り気に一瞥を投げる。すると、あっ、と得心がいった表情を恥じらいからか、自身の左頰を掌で微かに触れ乍ら向けた。其を見届けた夫は、一粲《いっさん》すると、一転、厳めしい顔付きで暗闇に佇む咎人を睥睨し乍ら詰問する。

「陛下は何処《いずこ》に御座《おわ》しかッ。よもや……己《うぬ》は、舜水《しゅんすい》様のみならず、剰《あまつさ》え、巴《ともえ》様迄をも其の手に掛けたのでは有るまいなッ⁉」

「答える必要が有るのか」

間髪容れず応じた咎人へ雪江《ゆきえ》は、又しても憤怒し、罵声を浴びせる。

「己ッ！　言わせて置けば抜け抜けとッ。夫への数々の無礼を慎みなさいッ。さあっ、答えるのですっ」

返事は変わらぬと言いたげに見える態度へ更に、鋭い語勢で問い詰める。

「……！　主人の問いに答えぬかッ！」

漆黒が、暗闇で、押し黙る。妻の言葉を無視した事に業を煮やした左近が責める。

「何処迄も答えぬ気かっ、残月《ざんげつ》ッ！」

銀髪を更に逆立て、怒気を帯びた言動に、微塵も臆する事の無い黒衣の義士。其の玉虫色に彩られた孔雀の飾り羽を仄かに揺らして居る黒き旅人帽子の庇に隠れた表情は、人形の其よりも冷淡だが、何故か、哀しげでもあった。そして、静かに、其の重く鎖ざされた想いを口にする。

「斯様な前世紀の代物を今更舞台へ担ぎ出し何とする。然るに、舜水殿の魂と其の潔さ、何と心得る。それで、『麝香《じゃこう》』の頭が果して務まるのか」

実直で重い言葉が、頭目夫婦に重圧感と成って伸し掛かる。だが、其の言葉も心の機微も甘受する事なぞ、況《ま》して享受される事も無かった。

「知った風な口を叩くなッ、此のっ大罪人めがっ。身の程を弁えろッ！　一介の剣客風情がっ、何を語るッ。加え、科学の何たるかをも知らぬ輩が吼えるなッ」

だが此処で、得得たる心中に洶湧《きょうゆう》するのを抑えられず、俄《にわか》に不敵な笑みを浮かべ、話し継ぐ。

「良いか、此の人工知能はな、一度対戦した標的の戦法、行動を破壊され無い限り、其迄に解析や分析した情報の全てを其々が互いに送受信為合える事が可能なのだ。然も其丈では無い。自らが其等を思考、拾集し、学習を繰り返す。そして其の結果、飛躍的に進化を遂げると云った画期的で、実に優秀な機能を搭載した傀儡達なのだっ。理解出来たか？　フフフ……」

左近は、衒学《げんがく》的な態度を憚る事もせず、簡略に述べ終えると、更には、残月《ざんげつ》の姿を蔑んだ目で凝視し、其の顔を、含み笑いで歪めて居た。少頃後《しょうけいのち》、溜飲が下がったものか、不意に表情を改め、厳粛な声色で尋ね直す。

「さて、改めて、今一度問う。陛下は何《いず》れに御座《おわ》す？」

黙した儘の黒衣。すると、暗闇の森で漆黒の影が仄かに揺らいだと感じるや、又しても頭目夫婦の眼前で驚く可き光景が起こった。何と、此の場から立ち去り都への途上に移ろうとする気配を窺わせ始めたではないか。初めから、魂《なかみ》の無い木偶共等《うつわどもなど》に充てる刻《とき》なぞは持合せて居らぬと許りに。

其の行動に血走った目を鋭く向け、怨讐の念を叩き込む。

「……⁉　きっ、貴様と云う奴はァァ……何処迄……我等をッ！　んんッ……⁉」

だが、其の怨言を遮ったのは、突如として突き出された黒衣の左腕であった。

「なっ、なんッ⁉」

まごつき、呻く声は、詰まって終い、言葉にならない。そんな不憫な迄に嘆かわしい顔を、聢と見据える双つの睛《ひとみ》が目映い光彩を放つ。頭目二人は疎か、着物で着飾った人形達迄もが、其の灯火に恍惚として魅入《みい》られて居る。憧憬の想いを懐き、羨望の眼差しを向けて。

「では、『斑鳩《いかるが》』成る生き物、如何様に思慮致すものか。如何に」

静かな、そして本質を見事に衝いた諮問にたじろぎ、答申出来ぬ儘、一歩、又一歩と、後退る。丸で暗闇に佇む漆黒の凛とした姿に畏れを懐いて居るかの様に。だが、浄龍寺左近《じょうりゅうじさこん》とて、科学班出身であり乍ら今や、暗部の一団を司る迄に至る頭。其の自負心が我に返りさせ、数歩の所で踏み止まるも威厳を取り戻したいと云う焦りからか、取り乱したかの様な大声で噛み付き始める。

「あれは、あの様な代物、与《あずか》り知らんっ。旧年代の失敗作に過ぎぬ産物なんぞッ。抑《そもそも》、彼等《あれら》は生物兵器の類ではないかッ！　科学と綯《な》い交ぜにされては、甚だ迷惑な話っ。其こそッ、科学者への冒潰であろうと云うものだッ!!」

「やはりな。其こそが全ての元凶。其の、何事に於ても省みぬ心」

静かな声が透かさず、坦々と語った。此の的を射た言葉に耳を塞ぎ、言い含められてたまるものか、と許りに猶も息巻いて見せる。

「人工知能技術応用一大計画は、確かに頓挫仕掛けた。だがッ、必ずや再建を成し遂げて見せるッ。己《うぬ》の様な人斬りの俗物共や、貧弱な分別を見せびらかす偽善な輩を始末した後《のち》、見事、再起をはかって見せるわッ！　フハハハ……科学の繁栄が俟《ま》って居るのだッ!!　さあッ、有らゆる罪を償えッ！　残月《ざんげつ》ッ!!」

だが然し、又しても黒衣の義士は、間髪容れず、静かな声で反駁する。

「目に映らぬモノ。手に攫めぬモノ。是等数多の事情を如何様に教え入力《あたえる》心算か。此の絡繰《きかい》達に。真事《まこと》の敵が解り掛けて来た以上、早々に確かめねば。見定めるには、最早、一刻も猶予は無い」

下らぬ世迷い言と受け取った左近《さこん》は、鼻であしらい、冷笑《せせらわら》いすら浮かべ口元を歪めて見せた。

「フンッ。此の期に及んで何の戯言か。良いかっ、良く聞けッ。此の傀儡達はな、人類を救う唯一の手段。縁《よすが》と成り得る技術なのだッ。今日を境になッ！　言わば、黎明期の訪れと云う訳だッ。もう、言い抜けは出来ぬぞっ、好い加減に諦めろッ！」

其々、彩りの異なる霰紋様の晴れ着を纏った三体の人形を指差し、言い放った。だが、孤高の黒衣は、毅然と佇み、威厳に満ちた語勢で語る。

「果たして、行く先で本当に人類の縁《よすが》と成り得るのか。既にして行き詰まり、戦いの道具へと成り果てたモノに」

と、言い終えるや、眼光炯々《けいけい》迸り、慧眼、科学者を射貫く。其の鋭き眼光に看破され、驚駭し、狼狽え、身じろぎ出来ずに立ち尽くして居る傀儡師を尻目に、身を晴れ着で裹《くる》んだ木人《ぼくじん》へ憐憫の眼差しで瞻望する。射貫かれたは、人形も同じであったか。恰も心が脈動して居るかの如く。森の全てもが息を潜めて終った様な錯覚さえも感じさせる中、

「最早、『麝香《じゃこう》』の頭目に非ず。一介の科学者へと成り下がったか」

確言を呟いた。暫しの間、沈思黙考。後《のち》、御喋りが過ぎた、と言わん許りに此の黒衣は、対手から視線を外した。闘いの真っ只中に於て。其にも拘らず。

此の広大な大自然の鬱蒼とした森の中で、今にも消え入りそうに成る己《おの》が存在を、頭目としての精神力で何とか留まらせ、そして、気を許した刹那、疾風の如く此の場依り駆け抜けて終いそうな勢いの目映《まばゆ》き剣客を必死に呼び止める。

「まっ、俟てェェイッ。先程から……一体、何の話をして居る……？　何だと言うのだ……其の由有り気な物言いは⁉　……気に入らんな……ぬうぅぅ……まさか、まさか。そんな、まさか……下手人が……⁉　……莫迦なッ‼」

と、此処で口を噤む。

（儂《わし》は今ッ、誰の名を言い掛けたのだッ）

頭に浮かび、決して消えぬ名。〝飛雪《フェイシェ》〟と。忽ちに玉の汗が噴き出し、両眼は飛び出さん許りに剥き出し、面は蒼白、思わず下唇を噛み締め、今一度、「莫迦なッ」と、口にするも気後れし、呻

きが洩れる許りであった。自身の確証めいた考えに、恐悸し、打ち拉《ひし》がれた心が激しく鼓動鳴り響く中、懸命に記憶を手繰り出す。

（先ずは、落ち着け。良く思い出せ。奥方様の御遺体を、此の儂が鄭重に弔ったあの日、あの真夜中。御館様は何かを察知成され、死に目に会われなんだ。故に、胸を貫いた恐らくは致命傷であろう創瘢を見てはおられん）

あの見事な迄の一打ちを、だが決して、眼前に佇む、無類な剣客の太刀筋では無い創痕を、今、瞼の裏へと鮮明に映し出して居た。然し、

（此の事実を認めて終えば……認めると云う事は……おかしな話に成るではないかっ⁉）

そう感じ乍らも、其の方が、全てに、筋が通ると、其が自然だと。

（儂は……儂は……お、畏れ多い事柄を頭に画いてはいまいか……？　此の儂は……⁉）

己が仕える主の息女が実母を殺害し、陛下を襲い、然もあの武人《おとこ》迄をも。

では、「動機」は一体。

至極真っ当で肝要な疑問に行き着く。も、丸で。無い。

此の愚挙と云う容易ならざる真実に意識が森の暗闇へと吸い込まれて行く、そんな錯覚に陥る。

其の時であった。不意に、右肩辺りから、優しい温もりを、名状し難い心地好さを感じて居ると、決して聞き違える筈の無い、迚《とて》も穏やかな女性の声が心の中へと響いて来る。其の安らぎにも似た確固たる存在が、我を取り戻させて呉れたのだ。妻は、何かを思い詰め、立ち尽くす最愛成る夫の肩へ嫋《たお》やかな手の平をそっと載せて、優しく呼び掛け続ける。

「……貴方……、貴方」

其の縁《よすが》とも言える声のする方へ左近《さこん》が顔を向ける。其所には、きりりとした蛾眉の持主、ほっそりとした顔立ちの我が最愛たるや賢妻の嫣然《えんぜん》と頬笑む姿が在った。

「ゆ……雪江《ゆきえ》……」

ぼんやりと、呟き、肩の上に在る妻の手へと、自身の掌を自然に重ねて居た。そして、二度、三度と頷いて見せるのだった。「心配を掛けたな」と然も言いたげに笑みを湛えて居た。

気を取り直した首領は、質問を再開する。

「さて……何が、どう成って居るのだ？　己《うぬ》こそが、件の元凶なのであろう？　延いては、あの劣悪且つ非道な現陸軍大臣、館林《たてばやし》勘解由《かげゆ》の手先に違い有るまいッ！　それとも御館様が我等一党に嘘を⁉　とでもほざく心算かッ！」

咎人を睨《ね》め付け、蔑《さげす》む風な語調で言葉を吐き捨てるかの如く、言い放った。だが然し、黒衣の剣客は、埒も無い。愚にも付かぬ事を。と云った表情を庇の奥から窺わせ、ひっそりと佇む。睛《ひとみ》が澄んだ空気に彩られ、浅葱に煌めく。鬱蒼とした森の寂寞たる夜更けの事、静寂が三人を包む。思念が幹の間を駆け巡る。

是迄の我が追討劇と、其の果てに死んで逝った武者《もの》等の意味は。

沈黙を破る凛とした声が答えを導き出す。

「刻《とき》が無い。退《ど》いて呉れ」

何と静かな、それでいて冷淡な、声色なのだ。人が苟且《かりそめ》の現世で、此の儚き命を全うする事と、獣が大自然と云う理《ことわり》に対し、愚直な迄の従順さで、敬虔な態度を以て土に還る事と何等変わりは無い。浮世の人生《みち》に然したる意味なぞ無いのだと。

鮸膠《にべ》も無く言い放った刹那、立ち塞がる二人と三体とを掻い潜り、都への帰路に就こうと身を屈め踏み込む脚に力が籠もる。蹴った爪先が大地を抉る。其を見て取るや、ほくそ笑むは、浄龍寺《じょうりゅうじ》左近。漆黒の標的へ、何所に潜んで居たものか、大振りな三体の傀儡が草叢から突如として出現、即座に標的の両側と背後依り猛襲を掛ける可く、一斉に躍り掛かって来た。

大葛から飛び出したる四体の内、あれから一度も姿を見せて居無い残存の傀儡を此の刻の為、森の蔭へ密やかに潜ませて置いたのだった。必ずや此の咎人は、此方へ向かって来ると、予見し、手《て》薬煉《ぐすね》引いて俟って居たのだ。敵中突破を試みようと疾走し、肉迫する漆黒。其を認めるや、頭目は、しめた、目論見通り、と許りに眼光煌めかせ網に掛かったとしたり顔。然し、孤高の義士は、そんな策略等、意に介す事無く邀撃せんと静かに飛翔する。妖しい白光に彩られた人工水晶体を、顔面に刳《えぐ》り貫かれた仄暗い奥の中、目まぐるしい程の慌ただしさで作動させ、目標物へと照準を瞬時に合わせる。迫近する木偶の前膊部には、悉くが鉾、若しくは槍の穂先を装着させ、入力された標的を串刺しにせんと其の刃、ざらつかす。

独りと三体、終に、宙で激突する。擦れ違い様、乾いた甲高い音を轟かせ、ちかちかと火花煌めかし、閃光迸る。敵の迫撃、美事《みごと》ひらりと身を翻し、其の悉くを躱《かわ》したるや、孤高の剣客、楡残月《にれざんげつ》。白鷺の如く大地へと音も無く鮮やかに降り立つ。既にして、名刀〝月影《げつえい》〟、鞘へ収まる。片や絡繰り達は、神々しくも幻想的で鮮やかな剣舞を見せた黒き標的の前方で立ち塞がる様に肩を並べ、六本の鋒先だらりと垂れ下げ抜身を曝した儘凝視し、動向を見張る。若しや、見惚れて居たか、此の機械仕掛は。其の刻《とき》の人工水晶体はどうしてだか、無気味な程に透き通って見えた。

此度の奇襲も又、いとも容易に躱された策士。「むうぅ……」と声に成らぬ呻きを洩らすも、仇敵を逃した訳では無い事を先ず先ずの結果とし、闘い方は未だ有ると許りに眥《まなじり》裂いて口を開く。

「逃がしはせんぞッ！　咎人はらしくせぬとなぁぁッ。我等とて、帰る所は無いのだからな。……最早」

残月《ざんげつ》は、心悲しい睛《ひとみ》を絡繰り達へと廻らかし、語調粛然たる暗き森の如し。静かに応え始める。

「人工知能がどれ程賢く成ろうと。縦《たと》い其が科学の極みであろうとも、其等を目にし手にした人類が、一体、何を得た事に成ったのだ。人間《ひと》は均《ひと》しくして、自然の一部だと云う事を、何時に成れば其と気付く」

其の虚しさに濡れた睛は、追憶の硝子か。

「儚き浮世と雖《いえど》も、此の現世と真剣に向き合う気概無きと、御見受致した。最早、戯言も何も無かろう」

と、言い終えた後、丸で胸の霧が晴れぬ儘遥か遠くを仰視するかの様に表情を曇らす。だが、そんな孤高の肺懐、黒き庇から汲み取る事能《あた》わず。哀しくも、其の語りのみを逆手に取られ、誹《そし》りと受け取った雪江《ゆきえ》が声を荒げて言葉を返す。

「又してもッ残月ッ！　夫への侮蔑……！　逆賊であり乍ら善くも抜け抜けとッ。是以上、何を語ると云うのです」

何所迄も夫、左近《さこん》を敬い、信じ、付き随うと云う表れであったか。そんな忍びの者達へ最後の望みを託さんと許りに黒衣、静か成る語調で、

「然し、雨は降り、風は吹く。其の刻《とき》、人間《ひと》に何が出来ようか」

と。そして、憫《あわ》れな木偶を見据え、話し継ぐ。

「何も感じぬモノ達。痛みも、悲しみも、恐怖さえも。そして、其等のモノからは、何も伝わっては来ない。是こそが、正《まさ》しく答。造りモノの行く末」

嘗《かつ》ては、存在しなかった物、事柄を字義に依って恰も眼前に存在《ある》と思わせ、造り上げて終う、「言葉の力」を。そして、畏敬の念を。此の教え様としても決して教え様の無い事其処こそを、教えられぬが故の無機的人工物たる真の脅威は。否、憐憫か。其は、何モノも産まず、何モノも育まず。

孤高故の此の語りに、言い知れぬ憤怒を露に語調を荒げる雪江。

「館林《たてばやし》の手先めがッ、善くもっ、善くもォッ。自分一人丈がっ、何も彼もを背負うた風な其の物言い……悟りでも開いた心算かッ。口許り達者に成ってッ！」

怒りに、歪めた顔。

残月の魂が。〃月影《げつえい》〃の精霊が。「慟哭《なく》」。其は、二人を狼狽えさせ躊躇《とまど》わせ、傀儡迄をも惑わせ凍り付かせるに十分で有った。なれど、左近、首領としての意地が、

「フッ……御互いあの様な賤陋《せんろう》な輩の犬に成る位ならば、火炙りの方が増しと云う物よな」

と、語り仕向けるのだった。

互いの境遇を分かち合う事の無い、決して接する事の無い、問答を遣り取りする中、気紛れな月魄雲間から顔を覗かせ、鬱蒼たる森の暗闇を薄《うっす》らと白く照らす。話に容喙《ようかい》したものか、と憚り乍らも、所狭しと広がる梢の隙間から虹帯着飾り、光照《て》り入《い》る。だが同時に其は、皮肉にも雌雄を決する闘いの火蓋を切る狼煙と成って終った。

白い光の下、白き能面を朧にして、大振りな三体の傀儡が矢庭に飛翔した。寸分違《たが》わぬ跳躍、其々が腕を付き出し、其の滑《ぬめ》りとした鉛色にてかる鉾先を向け、闇に浮かぶ漆黒へと迫近する。其に伴い、間髪容れぬ頃合で女忍、黒衣の喉の鎖貫かんと、必殺の稲妻手裏剣鋭く擲つ。青白き三筋の光芒鮮やかに、揺れ動き、其の虎視、其の殺意、暗闇に忍ばせ飛翔する。

刹那――。

閃光、白銀に染め迸る。ほんのり白く照らす月下。ちりちりと火花を鏤め、紅《あか》く煌めかせ、怨讐の刃悉く打ち返すは黒衣の剣客。正面の木偶へと踵を返す手裏剣其の面に迫る。擦れ違い様に黒き外套翻し、すらりと抜き放った一刀、頸部へ銀光棚引き薙ぎ払う。見事、源断ち切って、瞬く間に其の字義する処の正《まさ》しく木偶の坊にして見せた。鮮やかな此の太刀遣い、鬼神の如し。瞬時に手足をだらりと垂れ下げ、力無く地に落下、其の胴体と四肢とをからんっ、と派手に音を響かさせ積もらした。一息間を置き其の傍らへごとりっ、と落ちて来たは、能面に稲妻手裏剣突き立て並べた頭部であった。今、虚しく転がり、一点を意味無く捉え続ける二基の小型撮影水晶体は、無闇な迄に透き通って居た。残る二体、背を向けた儘の姿勢から何と、首丈を真後ろへいとも容易くくるりと回し、見開いた水晶体で漆黒の動きを追う。だが、是等を尻目に、木偶に背を向けた儘、孤高の剣客、楡残月《にれざんげつ》、狙うは唯一人《いちにん》、浄龍寺左近《じょうりゅうじさこん》。一気に間合を詰める可く、其の地を力強く蹴り上げ、〝月影《げつえい》〟連れ立ち肉迫せん。対する頭目、間合を詰めさせぬ様に後退り、機会を見計らいつつ背から刀把拳二つ分、刃亙り一尺五寸の忍者刀抜き放ち、右は逆手に左は柄頭へと掌を押し当て、「来いッ」と許りに腰を入れて待ち構える。其の気魄、正《まさ》しく相討ち覚悟の如し。疾風迅雷、漆黒迫近し、緊迫の中、身構える其の眼前で突如、止まったかと思った次の瞬間、右へ急旋回、外套翻す。其の虚を衝いた動きと遠心力とを伴った鋭い一刀、首領の腰椎を右から左へと薙ぎ払う。が、其の太刀筋、見事に見極め、あの細身からとは思えぬ程の強打を弾き返すや直ぐ様、飛び退いたは、さすが暗部の頭と称える可きか。

　黒衣が一体の傀儡を破壊し、其の儘疾走へと転じた姿を追尾して居た三体が此所で漸くにして、追い着いた。霰紋様の晴れ着を着崩す事無く追走し続け、鎌を両手に携え乍ら、又しても取り囲む様に、標的の前へ立ちはだかった。其々、三方より鎌を振り翳し、襲い掛かる。だが、此の漆黒、刃の包囲網、疾風が如きの足捌きで掻い潜り、抜身振るう事無き許りか、端《はな》から木偶なぞ、と目も呉れぬ。目指すは頭目、唯一人。

「ちいッ」と舌打ちしたは傀儡師であったか。或いは。

　名刀、仄かに輝かせ、一閃、迸《はし》らせた。然し、意外な事に、其の白刃、鏗然《こうぜん》鳴り響かせ闖然《ちんぜん》したるは何と、三人官女の鎌六つであった。高らかな音を立て、火花が宙を舞い躍《おど》る。人形、睨め掛けたるさしもの剣客、僅かに苛立ち憶えたか。「邪魔立てするなッ」と言わぬが許りの鋭き睛《ひとみ》に気圧され、だじろいだ。絡繰りが、である。此の一瞬の隙を見逃す筈も無く、是、衝かんと一歩を踏み込み、切っ先、左近《さこん》へ向けた正《まさ》に其の刻《とき》。朧に照らす月下に浮かぶ残月《ざんげつ》の黒き背へ、二体の傀儡と雪江《ゆきえ》とが、息を殺し、気配を潜ませ、闇より迫る。だが然し、既の所で又しても殺意気取り、孔雀羽、玉虫色に彩られ仄かに揺らし、黒き外套翻す。三位一体と成って強襲する敵を振り向き様にして是、同時に薙ぎ払わんと、白刃、横一文字。月華に照らされ目映《まばゆ》い程に美しく、白き剣光清らかに流るる。

女忍、二度迄もの失態を忸怩し、自身に対し罵倒を浴びせ含羞《がんしゅう》覗かせる。

「何て、不様な……」

呻きにも似た嘆嗟を洩らすも、宙で、身体をしなやかに捻り、見事に此の鮮やかな一刀、躱《かわ》して見せた。そして其の儘、敵の傍らを後転跳びで擦り抜けて行き、切っ先の届かない距離を置いて後《のち》、降り立つ。稍あって其の両脇へ、二体が其々、払い技、躱して、着地し侍《はべ》る。其を見届けた首領、嘸《さぞ》、満足げな笑みを湛えて、

「驚いたであろう。是ぞっ、人工知能の真骨頂。だがなァァ、真の能力は、未だ未だこんな物では無いぞォォフハハハ。斬り結ぶ度に強く成って行くのが解ると云う物。フフフ……懼《おそ》ろしかろう……フハハハ……ハハハ……」

科学者成る者に似付かわしい不敵な哄笑引っ提げ、衒《てら》う。

此の、傲慢無礼な科学者が嗤う顔と、其の佇まいで抜身を手にして居る姿がどうにも似付かわず、憐れで寂しささえもが窺えた。孤高であるが所以《ゆえん》か、残月の睛《ひとみ》には如何にしても此の様にしか映らず、

「斯様な、絡繰《おもちゃ》りで」

寂慮《せきりょ》に耽て、独り言の様に呟く。

此の慰めの言葉にも聞こえる語りは、誰に向けられたものであったろう。

「……何っ⁉」

迫脅する様にぎろりと睨め付け、低く呻いた。苦々しい胸中露《あらわ》に憤怒の形相の左近を意に介す事無く問う。

「では、心の傷《いた》みとは」

唐突と呼べる此の問い掛けに、鮸膠《にべ》も無く話す。

「ふんッ。知れた事、全ては、『脳』が司って居るのだからな。脳が感じた事柄を伝達して居るに過ぎぬのだ。脳と神経とを移動する現象なのだ。ふむ……伝導……だな……愚にも付かぬ事をッ、フンッ」

当り前ではないか、と言わん許りに嗤誚《ししょう》し、優越感と傲岸さとを露にした態度の儘、自信に満ち溢れた顔を向け答えた。そんな、一介の科学者へ更に問う。

「ならば、魂や如何に」

「……？　己《うぬ》は一体……何を⁉　然程《さほど》に知りたくば自身の胸にでも聞けば良いではないかっ。未だ科学の何たるかを理解出来ぬ奴に、此の儂が一々答えねば成らぬ道理が何処に有ると言うのだッ。討論会や諮問会に来て居る訳ではないのだぞッ。大概にしろォォッ‼」

目を剥《む》き熱《いき》り立つ。だが、何かを答えた事に成ったのであろうか。今迄に一度でも問われた事が

有っただろうか。魂とは、なぞと。然し、直ぐに、下らぬ、と大きく頭《かぶり》を振り、

「そんな事を口にする暇が有るのなら、巴《ともえ》様の居場所を吐かぬかァァッ!!」

と、有りっ丈の力で罵声を浴びせた。すると、

「是迄の話し振りで、然《さ》も解って居るかの如くの物言いに聞こえた故」

此の語りに首領は、どうしても意図を攫む事が出来ず、暫し沈思するも、詰りは、質問に答える心算が無い。と判断するや否や、怒り心頭に発するが如く、終に、忍者刀振り翳し、突進する可く、地を蹴り上げた。


頭目の振り上げた白刃、狼煙と成り、漆黒に取り巻く五体の木偶が一斉に人工水晶体の伸縮音を伴わせ、けたたましく動かし始めた。そして、標的に照準を合わすと、透かさず、なれど、何の前触れも無く、黒衣を只、見続け、異様にてかり輝かす硝子眼《ガラスだま》と、真っ白な能面を際立たせ乍ら、わらわらと飛び掛かった。然し、孤高の剣客、此の刻《とき》に在っても、頭上に迫近する人形ではなく、然《さ》れど、復讐鬼《ふくしゅうき》と化し、迫蹙《はくしゅく》する左近《さこん》でもなく、何と、密かに必殺を叩き込まんと眼光鋭く、神経を研ぎ澄まして居た雪江《ゆきえ》へと駆け出したのだった。漆黒が静かに闇を切り裂き疾走する。迫り来る対手の尋常成ら然る気魄に気圧され、胸の鼓動とも、心の悲鳴とも、或いは、其の何方ともであったか。ドキリ、と云う此の脈打つ揚音を聢と耳にしたのだ。肝を冷やし、身体が硬直して行く中、得体の知れ無い汗が背筋を這い伝い、身の毛が弥立《いよだ》つ。此の感覚に不覚にも鼻白むが、何とか気力を振り絞り、是、迎撃せんと忍びやかに狙い定めし稲妻手裏剣、一投、擲ち様に飛び退り距離を取る。さすがと言う可きか。

一方の剣客。眼前に迫りし其の刃、にんまり光浮かべたか。鋭き切っ先、幅広な庇の中へと今、正《まさ》に吸い込まれんとした其の刹那。突如、首を僅かに傾げ、鼈甲色にぬらぬらと月華にてからした創刃微かに疼かせ、擦れ擦れをひょいと是、躱《かわ》す。突き立つ目標失いし手裏剣、辿り着いたは、真後ろで鎌を翳す人形の硝子眼《ガラスだま》であった。深々と突き刺さった稲妻形手裏剣は、視界を遮り傀儡の動きを鈍らせるに十二分。此の一瞬の隙を突いて、素っ首落とす可く身を翻し、振り向き様の一刀打ち下ろす。ごとりと美事《みごと》に頚椎根元から削ぎ落とし、霰紋様の着物、胴体に纏わせた儘、腕をだらりと提げ乍らつんのめる様にして突っ伏せ、崩れた。

黒衣の剣客は、其の光景へ一瞥するに止め、直ぐ様、顧眄《こべん》する。鋭き眼光の先、映すは雪江《ゆきえ》の背後、月下に続く行径《こうけい》。そう、悔尤《かいゆう》の場所、都。二度《ふたたび》、疾走を開始する。初めから残月《ざんげつ》の睛《ひとみ》が映し捉え、見て居たものは、他の何れでも無い、戻る可き場所、留まる可きであった場所。己を俟つ者の所。其所へ辿り着く事の為丈に、心血を注ぎ、無二無三、妹尾《せのお》下り奔走し続け、漸くにして此所迄来たのだ。全てを抛《かなぐ》り棄《す》て、新たな怨恨をも遺し、更には危険をも顧みず。寒村より立ち帰ったは何の為であったか。刻《とき》が惜しい。刻が尽きて終う。一刻も早く。焦燥に駆られる中、「邪魔許り」と憤怒の気色で、今、罷り通らんとす。

だが其の刻、狙われたは、我が愛する妻だと疑わず、其の身を案じ護る為、孤高の剣客どれ程の者ぞと、闘志奮い起たせ、走り去り行く黒き背抉らんと、忍者刀、殺意を籠めて、「しっ」と短き声発し、渾身の力で擲つ。仄暗い闇を劈《つんざ》き先行する傀儡の間隙縫って、凄まじき回転を伴わせ、矢庭に抜き去って行く。其の唸り、虎落笛《もがりぶえ》の如し。きりきりと、風を切って飛翔する抜身が白銀の光芒鮮やかに曳いて今、正《まさ》に切っ先迫撃せん。黒い背中へ刃が突き刺さったかに見えた其の瞬刻、外套翻し反転するや振り下ろす一刀。又しても名刀〝月影《げつえい》〟の前に惨敗の鏗然轟かせ難無く弾き返されし刃がザックリ、と何かを削ぎ落とした様な音をさせた後、虚しく地面に突き刺さる。そして、泰然と白刃鞘へ収め、颯爽とした佇まいを見せるは、楡残月《にれざんげつ》。

狼狽したは左近《さこん》か、雪江《ゆきえ》か。夫婦共々であったか。

「何たる奴ッ!!」

其も其の筈、地に突き刺さる忍者刀の傍らには、何と、人形の頭が静かに転がり、胴体が、土塊の如く堆然と蹲り、其所に在ったからだ。正に墓標と化した其の刃、月暈に寒々と身を晒す。弔意の表れとでも言いた気に。

困惑と云う誤謬を犯した残存する三体の傀儡。最早、標的の行動が読み切れず、況《ま》して処理等。只、最初の入力《おしえ》通り、的《まと》に追い縋るのみに成りつつ在る人形の動き。其は、翻って鑑みるに、是が、人造物《つくりもの》の限り。哀しき呪われしモノの憫れ成り。追求し過ぎる余り行動様式が単純化して終ったのだ。にも拘らず、懼《おそ》れと云う感情を。見る事も触れる事も適わぬ事柄を。此の教え様の無い情緒《じょうしょ》を知らず、感じぬが故に、木偶は、正《まさ》しく操人形の如く純真に、字義する処の儘、わらわらと、丸で標的へと引き寄せられるかの様に、其の姿を曝け出し、飛び掛かって行った。

先ずは、着物姿の二体が鎌を振り上げ、硝子眼《ガラスだま》を剥き出しに、蟹の如く扮して攻撃を仕掛ける可く、我武者羅に躍り掛かった。其の動き見て取るや否や、黒衣の剣客、透かさず割って入り、擦り抜け様に向かって左側の人形を薙ぎ払う。尋常成ら然る力強き踏込みでの一刀に、胴を二つにされ、勢い、鎌を両手に握り締めた儘、くるくると回転し乍ら宙を舞う。一方の動力源を失った脚部は、翻筋斗《もんどり》を打つ程の凄まじき勢いで素っ転び、ぐにゃりと蹲り、土塊と成った。其のほんの少し後、放り投げられたかの様に上半身が地面へ落下し、二度、三度と弾み転がり、漸くにして襤褸《ぼろぎ》切れの如く其所へ横たわる。すると、痛がる事も、かと云って、他の何かを訴える訳でも無く、只、黙って直ぐ様、両腕を器用に捩り動かすと、其を支えにし乍ら立ち所にして、上体を起こし、標的へと胴体ごと其ののっぺりとした白い顔を向けた。と、瞬刻後《のち》、関節成るものを完全に無視した肩が、突如、有らぬ方へ凄まじい勢いと共に回転し始めた。そして、虎落笛《もがりぶえ》を轟かせ、両手に握る鎌を水晶体が凝視する狙い目掛け擲った。此の反撃を以て嚆矢《こうし》とし、残りの二体も直ちに新たな動きを見せる。

黒衣と擦れ違い、背を向け着地した人形は、自慢の太鼓結びを披露した儘、倏然とグルリ。頭部丈を奇抜に廻らかし、斃《たお》す可く対象と入力された標的を二器の人工水晶体で凝視する。自動照準装置の作動音が忙しなくも静かな、どうしてだか耳障りな音が鳴る。瞬く間にして抹殺対象に照準が合うと、驚く事に、其の儘で、そう、背を向けた格好で、矢庭に走り出したのだ。更には、其の途上で、詰り、駆け乍ら軀《からだ》を捩り、捻り、正面へと向き直りつつ疾走し続けるのであった。二つの硝子玉を不気味にぎらつかせ乍ら迫る。片や、もう一体も既に槍の穂先を、肘を直角に曲げた左右の腕を大きく振り動かし乍ら同じ標的である、玉虫色栄える旅人帽子と黒き外套纏いし剣客へと、遮二無二、疾走を開始して居た。

現在《いま》、正《まさ》に、此の刻《とき》。黒き標的の前後依り、挟み撃ちを掛ける可く迫撃する二体の傀儡と、側面からは、血路を塞ぐ様にして二振りの鎌が凄まじい回転をし続け乍ら、ひゅうひゅうと目にも留まらぬ速度で、月下の仄暗い森を突っ切り、強襲する。

然し、次の瞬間。驚殺《きょうさつ》に打ち拉《ひし》がれ驚号《きょうごう》呑み込んだは、一体。絡繰りか。傀儡師か。

何と、孤高の剣客、鎌一振り然程にも、是遣り過ごし、もう一振りを宙で攫み取るや、更に間髪を容れず其の鎌を穂先ぎらつかせ迫り来る大振りの木偶の頭頂へ深々と突き立てたではないか。頭部を無惨にも破壊され、堪らず素っ転び翻筋斗《もんどり》打って縺れ転がり、捩り飴の如く姿で、力無く停止した。其には目も呉れぬ黒衣。透かさず振り向き晴れ着を纏う人形へ刃を振り翳す。硝子眼《ガラスだま》と慧眼との視線が交わった其の刻。人形は、あっ、と驚懼《きょうく》の声を零したか。刹那。美事《みごと》、力強き一刀の元、頭頂から首の際迄を縦真っ二つに叩き割る。程無く、水晶体は光を失い其の場へくたりと力無く、崩れ臥した。其の刻、上半身丈で地に立つ人形は、真っ直ぐに標的を見据えて居た。霰紋様の晴れ着は開《はだ》け、鎌を擲った両腕は、前方へと突き出された状態の儘、電力切れに因《よ》り、既に其の活動を停止して居たのだった。電光石火の如き攻撃にきりきり舞し、成す術無く、瞬く間に破壊されて行った仲間の姿を二基の透き通った機械仕掛け水晶体は、果して最期迄、映し出す事が出来たであったろうか。光を失った硝子眼が二度《ふたたび》、其の輝きを取り戻す事は無い。

孤高の武人《ひと》、楡残月《にれざんげつ》。是迄の、そして、ほんの今し方、眼前で見せた闘い振り。残存する三体を立ち所に破壊したる太刀捌きに、頭目夫婦は、たじろぎ、憮然とした表情の儘立ち尽くす。否、寧《むし》ろ、何処か恍惚として、見惚れて居る。そんな姿にさえ映った。

此の息をも吐《つ》かせぬ神技《かみわざ》に、妻、雪江《ゆきえ》は、戦慄を憶え、「是程とは……」と舌を巻き、自身の呻きに身悶えた。其は、夫、左近《さこん》も又、同じであった。だが、夫は直ぐ様気を取り直し、妻を掩護《えんご》しようにも自身が最早、丸腰である事に焦燥する。すると其の刻《とき》、目に飛び込んで来たは、先刻動力《いき》絶え塊と成り蹲る傀儡の鈍く光る前膊。穂先であった。其を認めるや否や、直ぐ様拾い上げ、敵の黒い背中へ今一度渾身の力を込め、擲った。風を切り、彗星の如く、白銀の光芒曳いて一直線、平根矢鏃《やじり》が鋭く飛翔する。対する黒衣、突如、翻り、鍔広《つばひろ》帽子の奥に在る双つの睛《ひとみ》爛々と、目前迫り し矢鏃《やじり》の白銀に光る切っ先を見据える。庇の下の暗闇へ穂先が今、正《まさ》に吸い込まれんとした其の刹那。何時、抜き放ったものか、造作無く、足下へ打ち落として見せた。其の想い、既に承知して居ると言わん許りの一刀に、鏗然《こうぜん》鳴り響かせ、朧月見下ろす地へ、虚しく突き立つ穂先を見て取り、女忍は、夫の深き愛を改めて感じ眸を潤ませる。其の心の縁《よすが》を胸に、覚悟を決め、得物である九寸五分《くすんごぶ》を腰元依り逆手に素早く抜き放ち、

「『新刀無念流《しんとうむねんりゅう》　小太刀《こだち》』いざッ！」

気魄奮い起たせんと、名告《なの》りを上げた。応えし黒衣、穏やかに。

「『草月心陰流《そうげつしんかげりゅう》　一子相伝』御相手仕る」

賞賛するかの如く口調で言い終えると、名告り主へと向き直り、正眼に構えた。

見亙せば、木偶《もくぐう》の残骸が散らばる許り。左近は、最早助勢も出来無い事に、余りの無力さに、茫然自失。対峙する二人の傍らで寒々と地に突き立つ穂先を、朧に翳む中、只、ぼんやりと眺めた。込み上げる篤いものが一筋、頬を伝うも其の儘に。けれども、何故だか素直に此の感情を受け入れて居る自身を自覚しつつ、佇み、相対する二人を遠望する。

惨敗を緊々《ひしひし》と肌に感じ乍らも、必死に気力を振り絞り、得物を握り締める雪江《ゆきえ》。残月《ざんげつ》、是を、〝月影《げつえい》〟の切っ先、向こうに眇視する。空には朧雲。月光、霞む。其の刻《とき》。黒衣が踏み込まんと、左脚に力を込めた。正眼の儘、切っ先、目映《まばゆ》く延びる。息を呑み、一矢を報いる可く腰を落とし身構える女忍。白銀の鱗に身を裹みし白刃、目前に肉迫し、喉の鎖を貫かん。と、正《まさ》しく其の刹那の事。森の片隅、思いも掛けぬ藪の奥から、卍形手裏剣黒々と回転しつつ、するする風を切り、二人の間に割って入る。黒衣是を刀鋩《とうぼう》巡らしたるや意外にも、乱暴に叩き落とすと、又しても要らぬ邪魔立てを、と言わん許りに眼光炯々《けいけい》流眄《りゅうべん》し、暗闇の奥、見通す。其の気配と鼓動から窺えしは、余りの無邪気さと稚《いとけな》さ。佇む黒衣。伏し目がちに見遣り、此の喟然が応えか。片や女忍《おんなしのび》。仇敵牽制しつつも気掛りな藪の方へと、此の逼迫した状況にも拘らず、自ずと気持ちが靡《なび》いて行き、視線も俄に游《およ》ぎ出す。少し離れた場所では、是等の状勢を仄暗い森の中で眇視し、判然としない二人の動行訝しがり乍らも固唾を呑み、見守る夫、左近《さこん》。

「来ては成ら無いと、あれ程迄にきつく言い置いた筈。それなのに……」

叱責する語りとは裏腹に、雪江の口調は、慈愛で充ち溢れた母の面影馨《かぐわ》しく。

暫し後《のち》。先刻の言葉と声音に絆《ほだ》されたものか、藪の奥、木蔭から静々と姿を現したは、うら若き少女と少年。

「申し訳け有りません。……けれど、どうしてもっ、仇を討ちたくて……！」

と、乙女は答え、歯を食いしばり、黒衣を睨まえた。

月下に佇み耳を澄まして居れば、調べの如く嫋《たお》やかな聞き憶えの有る若き声が風に乗り、森を亙る。暫し黙考する。矢庭に、はっとし、顔を硬直させ、驚駭《きょうがい》するも、気付けば、妻との会話に割って入り、更には、声を荒げて居た。

「成らんッ。断じてッ。今直ぐに退《ひ》けェエイッ！　何をっ血迷うて居るのだッ！　彼奴《きゃつ》の間合に近付くなッ!!　いいやッ、抑《そもそも》、何故、御前達が此所に……⁉　跡を付けたのか？　まさか……」

とは言え、あの駿足《しそく》の姉弟ならば、儂等《わしら》に気取られずに。と考えを廻らして居る処へ、

「御願いに御座いますッ。仇をッ。沼空《チョウクウ》の仇を取らせて下さいませッ」

と、声を張り上げ、若き乙女が懇願した。

「僕からも、御願い申し上げます。姉とは、契りを結んだ恋人《あいて》。それに、僕に取って、近い将来、義兄《あに》に成る筈の男性《ひと》だったのですから」

と、嗄《しわが》れ声《ごえ》の男子が姉の語りに続いた。が、其へ、返す首領の語気が険しく成る。

「其は、儂《わし》等丈で無く皆が周知して居る事ではないかッ。其と是とは別の話ッ。更に言い加えるの成らば、それでは儂への返答に成ってては居らんぞッ！」

其処迄言い終えると、気持ちを鎮め、幾分か口調を和らげて話し継ぐ。

「其依りも、今直ぐに取って返し、此の事を御館様に報せるのだ。其こそが肝要なのだ。御前達の脚力成ればこその、大事な任務ぞ。解ったな」

「……そんな……長《おさ》っ……何と御無体な……後生で御座います、何卒ッ、御赦しをッ！」

と、間髪を容れず必死に喰い下がる、そんな怨毒《えんどく》の呪縛に囚われた少女へ、悔恨の想いを吐露する。

「あれ程《ほど》……此奴《こやつ》との接触を控えよと言い渡して居たのだが……儂《わし》の言葉が不明瞭であった……赦せよ、小妹《シャオメイ》」

僅かに、目を伏せたかにも見えた首領の釈明に透かさず答える。

「畏れ多き御言葉……感謝致します。長《おさ》……、私とて、同じ立場で、同じ場に居合わせて居りましたれば必ずや同じ事を致しました……由に御座います。怨むはッ、楡残月《にれざんげつ》ッ、唯っ一人ッ‼」

「僕もッ、姉と同じ想いです。どうか、敵討を御赦し下さいませ」

弟も遅れを取るまいと、年少乍らも喰い下がった。此の姉弟の言葉を傍らで聞いて居た賢妻が一言、楔を刺す。

「いけませんッ小妹。夫の……頭目の命に従えないのですか。今直ぐに行きなさい。大事な役目ですよ。さあ……瑞風《ズイフォン》を連れて……早くにッ」

と、言い終えるや、未だ、怨嗟の念露《あらわ》に仇敵睨め掛く姉弟と咎人との視界を遮る様に其の身体ごと間へ割って入り、立ち開かる。一方の夫は、二人を諭す妻の優しい声を遠くに聴き乍ら、若き弟子の成長を胸中で静かに祝う。

（二人共、生な口を叩きおってフフフ……瑞風め……知らぬ間に声変りを迎えて居たかフフッ。あんなに嗄《しわが》れて……）

自然と口元が微かに綻ぶ。そして、視線を愛する妻へ。其の容姿から、決死の覚悟を見出すと、ほんの束の間、鎧通しを身構える自分には過ぎた女性の雄姿を黒衣の肩越しに、焼き付ける可く眺望した。数多の星が夜空で燦然と輝くが如くに、仄暗い森の中、煌《きら》めく双つの眸に宇宙の神秘を見たか、恍惚として佇む。すると、夫の想いを感じ取ったのであろう、雪江《ゆきえ》が微かに、然し確かに、此方へ顔を向け、破顔一笑。暇乞いに見えたは左近《さこん》の錯覚に非《あら》ず。人生の伴侶の覚悟を覚えた。御前丈に背負わせはさせん、手と手、取り合い、二人で。と言わん許りに眥《まなじり》を決し、眸に力を漲らせ、毅然たる態度で臨む。そして、徐《おもむろ》に姉弟へ、

「二度は言わんッ。聢と報告致せよ。良いな」

と、威厳の有る声を響かせ言い終え、次に妻へ、一度丈、力強く首肯《うなず》いて見せたならば、其を狼煙とした。夫は、地に落ちて居る鎌を拾い上げると終に、残月との闘いに終止符を打つ可く、其の背へ強襲する。

妻も又、主人の背水の陣汲み取り、若き姉弟へ一瞥投げ掛けた刻《とき》、薄桜色の唇が仄かに綻んだ。と、鋭い眼光と共に殺意解き放ち、仇敵を睨め付け、反撃に転じた夫の動き認めるや、絶妙の頃合見計らい、凄まじき殺気籠もらせ、最後の稲妻手裏剣擲つ。鳩羽色の空と黒い森の仄暗い世界に、鮮やかな白を際立たせた光芒世にも美しい曲線引いて蛇行を画く。閃光一直線、闇を劈《つんざ》く天馬の如し、獲物へと確実に飛翔する。そして、残像の如し眼前を駆ける青白き蛍光体の灯に導かせ、其の後を九寸五分握り締め、奔《はし》るは雪江。

今、正《まさ》に、『麝香《じゃこう》』の実力者が二人、命を賭する其の見事な迄に息の合った挟み撃ち。是こそが長年連れ添った、夫婦の結束力。

未熟な忍者《しのびもの》姉弟が闖入してから是迄の須臾《しゅゆ》、相手方四人の遣り取りを静かに佇み耳を傾けて来た残月。黒き鍔広《つばひろ》帽子の奥で慧眼俄《にわか》に鋭さ帯びて閃光放つ。其の刹那、闇に浮かびし漆黒の影揺らぐ。

決死の念と渾身の力とを籠めた一投、其の軌道容易くは読めぬ筈の稲妻手裏剣。なれども、鋭き刃、是、忽ちに、儚くも打ち砕き、無情の鏗然《こうぜん》響かせて、弾き飛ばしたるは孤高の剣客。燐光閃かせ、稲妻手裏剣さっと倏然取って返し、女忍の喉の鎖貫かんとす。なれど、危うき所、是、身を翻し、舞い飛び退り、何とか躱《かわ》し遣り過ごす。的を外した手裏剣、勢い其の儘に大木の幹へと驀地《まっしぐら》、小気味好い乾いた音を突き立てた。微かに朱色一線引いて、一雫、其の首筋流るるを仄かに感ずるも儘に、富士額から蛾眉へと滲ます汗粒を、胼胝《たこ》が生い立ち語る手の甲で拭い乍ら、ひらりと着地する。

そして直ぐ様、反撃へと転じる可く踏み込む脚に力を籠めた。と、其の刹那、凄まじい闘志を感じ、はたと視線を前方へ向けた。其所には何と、あの残月《ざんげつ》が〝月影《げつえい》〟を高々と振り翳し、今、正《まさ》に頭蓋目掛けて打ち下ろさんと、明王の如く仁王立ち。さしもの女忍《おんなしのび》、雪江《ゆきえ》とて、是には身の竦む思いに悶えるも然し、狼狽える刻《とき》を与えては呉れ無かった。固唾と共に呻きも呑み込んだ其の瞬刻、銀光閃き頭頂へ刀鋩《とうぼう》迫る。が、九寸五分薙ぎ、燐光鏤めて是をどうにか既の事、弾き返し何とか持ち堪える。六尺足らずの外見からとは到底思えぬ程の強烈成る一刀に気圧され、蹌踉《よろ》めき、其の足元覚束無い乍らも、敵の間合からどうにかして遁《のが》れ様と、素早く後退る。だが、恐る可きは此の忍者《しのびもの》の敏捷な動きを遥かに凌駕した孤高たる剣客の足捌き。横様に払って見せるは名刀〝月影〟。全霊籠もった目映《まばゆ》い迄の白き輝き鮮やかに閃かせ、細腰薙ぎ立てた返し刀が冴え亙る。

「雪江ェエエッ‼」

「雪江様ァアアッ‼」

左近《さこん》の悲痛な叫び、虚しく朧雲を劈《つんざ》いて、其へ山彦の様に重なる姉弟の哭泣《こっきゅう》も又、儚く森を震わす丈だった。雪江の腹部を一文字に朱色の線俄《にわか》に浮かび上がらせて、切っ先背《せな》へと斬り抜ける。

黒衣の背へ追い縋る夫の鎌の刃《おもい》、一歩及ばず、目の前が潤みに揺れる。妻が致命の一太刀浴びたのを、此の眸が差《さ》し含《ぐ》む熱き潮汐の向こうで、歪めて映す。

ほんの寸刻前に起きた受け入れ難い事実。夫が悼亡《とうぼう》に浸る此の僅かな刻《とき》さえも、漆黒の敵は決して見遁したりはしない。

黒衣の剣客、是、隙在りと許りに女忍《おんなしのび》の腹引き裂いた白刃振り向き様に、自身の背後へ迫りし怒りと悲しみとで歪ませた怨色の首領と斬り結ぶ。然し、互いの刃交える事無く、怨咎《えんきゅう》の鎌、虚しくも宙を裂き、対して、奔星《ほんせい》の如くに冴える名刀、美事《みごと》流るるは返し刀胸前《むなさき》へ、薙ぎ技一文字。刀身斬り込む気魄に気圧され、「ぐっ」と呻いて空足を踏んで蹌踉《よろ》めき、後退《あとじさ》る。左近、「後れを取った」とかすれた声零し、其へ応えたものか、「浅い」と嘆嗟したは残月《ざんげつ》か。或いは、〝月影〟か。

此の瞬時の斬合いを雪江は、寒さに凍えた繊妍《せんけん》小さく震わして、薄れ行く意識の中、翳む眸を必死に凝らして、ぼんやりと瞻望する。生暖かいものが堰を切った様に留処も無く流れ出て深く負った刀創を押さえる腕諸共、其の腹部を真っ赤に染め上げた。洞《うつ》ろな目が、肉体と精神の苦痛に悶え歪ませた夫の顔に、漸く気付き、悲嘆に眩《くら》み、気遣いの言葉を掛け様と口元に意識を集中させる。悲愴感が漂う中、紫がかった蒼白の唇は、どうにももごもごとしか動かず、其所からぼそぼそと零れるは、哀しくも、細い、吐息丈であった。力尽き、鎧通しも其の役目を終え、手の平から零れ落ち、ことり、と小さな音を立てて地に臥せる。最早、全てが潰えた雪江に唯一残された事。此の世の最期、双つの眸に焼き付けた愛する左近の面差しを黄泉苞苴《よみづと》に、夫の生死も判然とせぬ儘志半ばにして得物である九寸五分の傍らへ、繊妍、うつ伏せに、崩れた。首領も又、美事《みごと》に一線斬り裂かれ、朱に染めた胸の刀創掌で強く押さえ、其の足取り危なげ、ふらつき、五歩程、後退る。呼吸荒々しく、嘗《かつ》て、妻が密かに愛でた撫で肩を揺する迄の苦しみを感じさせる息遣いの中、痛みを忘れ、傷を負った事さえも忘却の彼方へと押し遣って終《しま》える程の出来事を目の当りにし、頭に感じた儘を口にする。

「……ゆ、雪江《ゆきえ》……？　……ゆ……き……え……？　……雪江ッ!!」

森を駆け抜けて行く自身の声に、ふと、我に返って見れば、呟く名前が脳裏で谺《こだま》する。妻の安否を求め何かを期待し、少頃《しょうけい》、俟つ。

待ち侘びる。

「貴方」と。

が、果して、愛する女性のいとしい声は、返って来ず、虚しく、沈黙が行き過ぎる許り。臥せた儘の妻と憶しきは、何も、応えて呉れやしない。

「き……斬ったのか……？　妻を……!?　殺したのかッ!?　つ……妻を……まさか……まさかな……己《うぬ》は……善くもォッ！　儂《わし》の妻をォォォッ!!　……ヌウッ、ググゥゥゥ……」

、、悼みと怒りとを錯落させた悲痛の叫びが森の精霊を呼び覚まし、朧雲が月魄を匿《かくま》う。

啼哭するは残月《ざんげつ》の魂也。共震《きょうしん》し欷泣《ききゅう》するは〝月影《げつえい》〟の魂也。

憂《う》き世《よ》の人生《みち》の果敢《はかな》無事《ごと》、と。

寸分違わぬ頭目夫婦の無欠《むけつ》に見えた此の強襲も、鬼神の申し子の慧眼に依り、僅かに生じたずれを見透かされ、其処を付かれて終ったのだ。

若き姉弟二人は、長《おさ》で師でもあり且つ、育親《しとねおや》でもある二人が危機的情況に曝され、最早と云う此の刻《とき》に在っても猶、聳戦し、狼狽え、鼻白む。心は凍え、脚が竦む。使命を帯びて居る筈にも拘らず、実行に移れぬ儘、只々、決戦の動向を呆然と魅入る許りであった。

「……憎しや……楡残月《にれ》……孰《いず》れの者なのだ……己等父子《うぬらおやこ》は……揃いも揃って……末恐ろしき武人《もの》共《ども》……。……楡……一子相伝……んんっ⁉」

記憶の奥の扉に行き着く。瞬刻後《のち》、はっ、と閃光、脳裏に迸る。成程、得心した、と云わん許りの表情で、悼みを堪え忍び、話し継ぐ。

「……！　そうかっ、嘗《かつ》てそう、遥か昔、代々、帝の近侍。ふむ、護り神なんぞと謳われて居《お》った……あの、『護符《ごふ》』かっ。『如月《きさらぎ》』家の末裔。フフフ……ハハハ……そうであったか……道理で……フハハハ……ゴホッゴホッ！」

苦悶に咽《む》せる。

（所詮は此の儂《わし》もフフフ……是で頭目とは、彼奴《きゃつ》めの言う通り。ククッ、口惜しや。こんな事さえも直ぐに思い付けんとは……）

嗤誚《ししょう》するも、思わず、弱音が零れ落ちる。

「手を措くも及ばず……か」

其の無念さを汲み取ったものか、

「其の程度の刀創《とうそう》。其所に居る者達の肩を借りた成らば奔《はし》れよう。敵は、宰相の其の命さえも。今直ぐ取って返し、佳仙《かせん》殿の傍《そば》へ。其が唯一『麝香《じゃこう》』に遺された任務」

此の思いも寄らない残月《ざんげつ》の科白《せりふ》に、誰しもが虚を衝かれ戸惑う。だが、寄辺を失った許りの左近《さこん》に取って此の自身に向けられた言葉がどうしても癪に障り、震怒する。

「黙れッ!!　痴れ者狂いめがッ!!　妻をッ、雪江《ゆきえ》を斬って捨て、其の舌の根も乾かぬうちにィィ……己《うぬ》の指図等ッ受けぬわァァァッ!!」

銀髪逆立て眉を吊り上げ怨色露《あらわ》に、憚る事無く怨言を浴びせた。と、黒い鍔《つば》の奥に在る仇敵の凛とした容貌を睨め付けた筈の眸が喰い入る様に釘付けと成り堪らず絶句する。

「……!?　なっ!?……何だッ!?」

其は、世にも妖《なまめ》かしい鼈甲色ぬらぬらと、てからせ、頬を這いずる蜈蚣《むかで》の姿であった。

「己《うぬ》はッ……何だっ!?　其の創《きず》……どうすれば其程迄に奇怪な……!?　あの夜半《よわ》に一体!?　起きて……本当なのか……飛雪《フェイシェ》様が……」

あの日。初めて対峙したあの真昼の事。黒く幅広い鍔の物陰から見え隠れして居た彼の捲《あ》かれた包帯の隙間から覗いて居たは、紅《あか》い血糊許り。其の実、是程のモノだったとは。竦然とし、頭を何度か揺すり、考えを整理しようにも。そんな折、目に留まったのは、未だ怨みと懼れとが錯落した感情に狼狽え、ぼんやりと耄《ほう》けて居る、二人の弟子であった。

「ゴホッ、ゴホッゴホ……ふぅ……小妹《シャオメイ》ッ。瑞風《ズイフォン》ッ。そんな所で何をして居るッ!　早くッ、行かぬかッ!!　此の事を一刻も早くにッ、聢と伝えよッ。ゆっ、行けェェィッ!!」

今一度、二人に向かって、叱咤激励して見せた。そして、此の姉弟を丸で遠くを見るでもするか

の様に、眇視し乍ら、

「良いな……解ったな……」

と、呟いた。其の眸には、慈しみが秘められて居た。

此の決別の言葉届かなくとも、長《おさ》の、師の、熱き想いの機微に触れた姉弟。

「……はい……承知、致しました……」

涙ぐむ姉。俯く弟。

仄暗い森の、冷たい土に、うつ臥せた儘、動かない、嘗《かつ》て、雪江様、と呼んだ亡骸へ、

「……雪江様……是迄の御恩、決して忘れませんッ。……そしてっ、必ずやっ、此の敵をッ！　討ち果たして御覧に入れますッ！」

伏し目がちに何かを祈る様な仕草。そして、悼惜の表情憚る事無い儘に、左近に向き直る。

「是にて……御別れに御座いますッ」

深い悲しみの潭《ふち》に在る心を表すかの様に姉の上擦る声、瞳からは、はらはらと零れ落つる涙風に舞い躍りて、きらきらと、鮮やかな虹色鏤め、時を駆け昇る。

「御武運をッ」

続く弟がそう告げ終えると、唇真一文字に結び、決意を新たに、追随する。二人は、此所を離れる前に、決して応えては呉れぬ雪江へ、最後の黙祷を捧げる。

「もう……振り向いちゃ……駄目よ……」

と、自身を言い聞かせるかの如く、呟いて見せた。弟は、静かに、小さく、一度丈、こくり、と

首肯《うなず》いた。

小妹《シャオメイ》と瑞風《ズイフォン》の姉弟は、一路、鑑速佳仙《あきすみかせん》の元を目指す可く、旋風立てて、疾風の如し、奔《はし》り去って行った。

朧雲、益《ますます》、其の色調濃いものへ、寂寞の仄暗き森を一層、陰鬱へと誘《いざな》う。

対峙する二人。雌雄を決する、其の刻《とき》か。

少女の涙に魂が躍動する。心を篤くさせる。科学者崩れの忍者《しのびもの》と孤高の義士とが現在《いま》、大地に立つ。

「此の期に及んでも猶、要らぬ刻《とき》を費やす心算か」

「黙らぬかッ。指図は受けぬとッ……ゴフッ……言った筈だッ！　フゥフゥ……妻を目の前で殺されッ、況《ま》してッ要らぬ情け迄掛けられ、此の儘おめおめと引き下がれる訳なかろうがッ‼　己《うぬ》を斃《たお》し、妻の墓前へ其の素っ首手向けて呉れようぞッ‼」

最早、最愛成る妻との誓いを守り通す事こそが、敵と刺し違える覚悟の下、死する時、死する処を倶にする事こそが。是こそが、我の誠の人生《みち》、と。雪江《ゆきえ》との大願背負いし左近《さこん》は、敢えて声を荒げ、罵声を浴びせた、であったか。恰も、死に場所得たり、と許りに。

「雪江殿は、武人として名告《なの》られたのだ。怨み言なぞ」

仄暗い森に佇み、黒い鍔の奥、凛とした顔を際立たせ、冴えた睛《ひとみ》が真っ直ぐに見返す。一瞬、鼻白むも、更に、睨み据える左近。

「其の賢《さか》しら口、塞いで呉れようぞッ！」

と、悪罵を吐《つ》いて見せた。

残月《ざんげつ》は、悪たれるのをさして気にする事無く、有り体を報せる。

「なれど、自慢の。無用の長物も最早、悉くが瓦礫と化して居るが」

「ちっ、一々と……ほざいて居れッ。人工知能の秘めたる力はこんなものでは無い。此の分野の研究は、始まった許りなのだと何度言えばッ！」

「果てし無き其の欲望尽きぬか。ならば、胸の創の悼みは。此方に向けられし、怒りと哀しみは。是等心の躍動感、魂の揺らぎは。何《いず》れに存在《あ》るものか」

「ふんっ。知れた事よ。其の悉くが、此所よ……フフフ……」

と、賢し顔ひけらかし、鮮やかな銀色の鬢を掻き上げた人差指で、顳顬《こめかみ》辺りをこつこつと、小突き乍ら指し示して見せ、話し継ぐ。

「頭だ。脳だよ、全ては。脳髄が悉くを司って居るのだよ。己《うぬ》が口にした感情も又、然り。脳からの伝達なのだ。其の一つに過ぎぬと、先程から何度もッ！」

と、自説を決して曲げず、信じ込み、疑う事すら忘れた憫《あわ》れな科学者の成れの果。最早、何人と雖《いえど》も、這入り込む余地を持た無い。心を閉ざし、向きに成る目の前の男に、真意を問い質す可く、尋ねる。

「本気で、言って居るのだな」

黒衣の静かな物言いに、慮外な、と云った風に、稍、戸惑いの色を見せるも、明瞭な口調で答える。

「無論だッ！　他《ほか》に何が有ると云うのだ。愚かしい……無知蒙昧にも程が有ろうものッ！」

冷笑を浮かべ、嗤誚した。

「最早、取り憑かれたか」

と、心悲《うらがな》しく呟く。

剣客の言葉に忽ち刺客の首領は、怒気を帯びる。

「其はっ、己《うぬ》の方であろうてッ。人斬りと云う魔物にッ！　何《ど》の口で言うかッ!!」

（然もありなん）

仄暗い森の中、黒衣の睛《ひとみ》が元科学者の顔を見据える。

「其が、答え」

呟きで有ったか。梢のさざめきであったか。雨を予感させる、そんな生暖かい一陣の風が、対峙する二人の前に割って入り、吹抜けて行く。

其の刹那、火蓋は切られた。先に動いたは、両手に鎌を携えた手負いの忍者《しのびもの》、浄龍寺左近《じょうりゅうじさこん》。渾身の力を脚に込めて、一気に駆け出し、其の間合を詰める。

出足、僅かに遅れを取り、後手に回ったは、孤高の剣客、楡残月《にれざんげつ》。〝月影《げつえい》〟、身に従え、疾風迅雷、翔《かけ》る。

だが、然し。此処からが違った。初動の遅れ物ともせず、始動直後、対手の脚力を遥かに凌駕した速さで瞬く間に迫近するは、黒衣。目を剥き、泡を吹かすは銀髪の忍者《しのびもの》。漆黒が迫る。是には堪らず、狼狽え、我を忘れ、遮二無二、鎌を振り下ろす。なれども、此の心乱した攻撃では気魄に欠け、御負けに隙だらけで手負い。唯でさえ歴然たる技量の差が有ると云うに。是程迄に無謀な、無慈悲な状況其の儘で、終に、両者が決する。

仄暗い森の一郭で、二人が瞬刻、重なる。其の刹那、鏗然《こうぜん》鳴り響かせ斬り結ぶ。火花迸らせるや、燐光鏤め、鎌が虚しく宙を跳舞する。擦れ違い様の美事《みごと》な迄に極められた立ち抜き、其の鮮やかな太刀筋で、鎌一振りを撥ね飛ばした。と、直ぐ様、黒い外套翻し、鋭き眼光灯の如くきらびやかな其の残像伴わせ、旋風巻き起こすかと思わせる程の足捌きで、旋回して見せた。勢い其の儘に、返し刀、青白き光芒曳いた刀鋩静かに、上段依り舞い降りる。

邀撃するは、『麝香《じゃこう》』頭目。焦燥の色、匿し切れぬ儘で眼前迫る此の一撃喰い止めんと、額遮るが如く差し出したる鎌一振り。

残月、容赦無き強靭たる踏み込み以てして、白銀の閃光迸らせ、燐光に彩る〝月影〟打ち下ろせば、造作も無く、真っ向幹竹割り。鈍刃《なまくらやいば》ごと打《ぶ》っ手斬《たぎ》らん。

魂と軀《からだ》とに受けた衝撃に因り腰砕け、へなへなと、力無く尻餅を付く格好の儘、うつ臥せた雪江《ゆきえ》の傍らへと坐り込み、無惨にも刃の折れた鎌の柄を握り締め、仰面する左近。其の儘徐《おもむろ》に緩《ゆっくり》と後ろへ、恰も妻と添い臥すかの如く仰向けて、横たわって行く。割られた額からは鮮血が留処も無く溢れ出し、眉間から鼻筋、そして、頬へと伝い、静かに、地へと流れ落つる。血汐は、銀に輝く鮮白の髪を朱に染めつつ次第に血溜りを作《な》し、紅々《あかあか》とした広がりを見せる。此の寂寞とした森の中、精霊が奏でるせせらぎが聴こえて来る様な、そんな、広がりであった。

孤高の剣客は、虫の息で横たわる刺客の元へと近付き、最早、仰視する此の曇天さえも見る事叶うまいに。と、黙した儘静かに見下ろす。其の気配に気付いたものか、脈絡を持たない話を訥々とし始める。

「……科学は、人工知能は、人類の……最後の希望であったのだ。……何世紀にも亙り、研究され、受け継がれて来た。……未来は、啓ける……其の筈であった……ずっと、信じ続けて此処迄……ゆ……雪江《ゆきえ》……済まん……紅の一つも、買って……御館様ッ。どうかッ間に合って呉れッ……」

遺言か。

了承の有無なぞ然も知らぬ、と云った風に、間際、独り言つ。

仰ぐ眸は、梢の向こう、暗天を見詰め続けて居た。

「信ずる」とは、実に都合の良い言葉であったか。己が人生全う出来なんだと思い込んだ其の時、是程迄に責任転嫁出来て終う言葉であったのか。残月《ざんげつ》は、今、此の刻《とき》、思い知る。

息絶え、灯失った其の眸を見返し乍ら、沈思する。

夫婦の亡骸を眼下に、静かに佇む黒衣。

徐《おもむろ》に、妻であった遺体を仰向け、夫であった者の傍らへ。二人の最早何も映しはしないであろう眼居《まなこい》。其の見開かれた瞼をそっと伏せる。それから、未だ温かい手と冷え切った手とを掟り、繋いで遣った。

顧みて見るは、仄暗き森の一郭に佇む漆黒の武人《ひと》。

此の行為の意味する処は果して何か。

浮世に見限られし、元、科学者、父に成りたかった者。

儚き夢を追い求めた、元、暗部首領、母に成れなかった者。

足下に臥する夫婦だった二つの脱け殻。否、現在《いま》は、只の肉塊か。に対し、自身が何故、斯様な不可思議に及んだものなのか、訝しがる。己は一体、何がしたかったのか。或いは、何をどうした事に成ったのか。単に、死者への弔いの儀式に過ぎないのか。『死』と云う理が何かさえも解らぬ儘に、何も彼もが判然としない儘に、只、心の面向《おもむ》くに任せたのか。

唯、此の闘いに於いて木偶《でく》を割る度に悲しく剣光冴える〝月影《げつえい》〟の哀しい叫びと、其へ共鳴する我が魂の悼みとを感じて居た事丈は、確かであった。心と身体に緊々《ひしひし》と伝わり続けた此の名状し難い感情。押し寄せたは、空虚が先か、或いは悵然か。心を輪転する。

是は、銀杏鳥居ノ原や妹尾《せのお》の丘で斬った刺客達への想い。況《ま》して、安房舜水《あわしゅんすい》へ懐いた哀悼の念とは異質の感情である事は、明らか。では、不遇への同情か。否、違う。是は、自身への慰め。

我は、決して、「人斬り狂い」なぞでは無いのだ、と。断じて、無いのだ、と。俺《おれ》の魂は、「人斬り」に非《あら》ず、と。

なれど、今、あの純朴な乙女、清美《きよみ》の怨言が頭の中を這いずり廻り、心を苛む。そして其は何時しか悲痛の叫びへと形を作《な》し、耳を劈《つんざ》かんと、何度も、何度も、谺《こだま》の如くに、響き亙る。此の胸、狂おしい程に締め付け、魂を鷲攫みにぎりぎりと、縛り上げて行く。更には、猛烈な哀しみ迄もが込み上げて来るのを感じる。だが、其を呑み下し、其の苦みさを噛み締める。

科学。人類の縁《よすが》。

此の事柄其のものを今更にして、非難なぞする気も、又、擁護する気も無い。只、在るのは、瞬間が繰り返されて居るのみ。

置き忘れた己の魂と真っ向、向き合う可く都へ、一刻も早く行かねば。寸刻の猶予も無い。刻《とき》が惜しい。

漆黒は、仰ぐ。都の在る空を。己の心を。其の睛《ひとみ》が語る。

「今、行く」

頭上見上げれば、梢の隙間窺いし黎明の陽光届かず、未だ仄暗き森を鉛色の重苦しい雲が、其の厚みを増し、愛憎の形象と成り、伸し掛かろうと云うのか。

其の下《もと》、一路、都を目指すは。

孤高の武人《ひと》、楡残月《にれざんげつ》。

其の孤独、永続的也。

なれど。

其の存在、圧倒的也。

拾参

柊の深い緑の葉が表面を艶やかに輝かせ、繁茂する中。其の鋭き刺、物ともせず、黒き外套僅かに靡《なび》かせ疾走するは漆黒。

整然と並べ植えられた垣根が、嘗《かつ》ての避難径路であった事を醸し出す。

夜明けの刻《とき》を過ぎた許りとは云え、森は暗さを保ち、黒衣の姿を匿す。

と、不意に、此の行径《こうけい》を抜け出るや、街道と憶しき道沿いの茂みへと軀を潜ませる。其所から往来の様子を窺い見る為、双つの睛《ひとみ》を鋭く光らせ、疎らな人々の肩越しから眺望する詰所を眇視《びょうし》した。

（意外に、少ないな……三人……四人か）

然も目にした装具から察する処、警護兵ではなく、恐らくは、警備官。時折通り掛かる旅人や都人《みやこびと》との親し気な話し声からも解る此の軽装な番人達の平常さ。是に稍《やや》戸惑い、怪訝さに一瞬丈、眉を顰めるも、直ぐ様、「さて、どうしたものか」と云った風に暫時、黙考する。

脇街道の全てと間道の七割が、本街道に合流する様整備され、都近郊の交叉点には斯うした詰所が設置されて居る。そして、石壁で環囲された都への路は、東西南北に一本づつの計四本が宮城、皇宮へと延び、四箇所の正門に其其通じ、其所へ守衛所を設け、近衛兵と警察官が、警護と治安の任を帯び、昼夜務めて居る。是こそが、此の国の永年に亙り存続する礎なのだ。

残月《ざんげつ》は自身の手配書が既に配布されて居るであろう事は、否めないと懸念し乍らも、道無き道を、木々の隙間を、走り、近付ける所迄行こう。と、決断。直ちに、茂みを離れ、森の中へ。既にして疾走を開始して居た。

小半刻《こはんとき》程経つものか。詰所の監視をいとも容易く切り抜け、終に、行く手を阻むかの如く聳え立つ石壁と正門とが遠くに見えて来た。そう、あの向こう側に、護る可き者達の居る都が在るのだ。黒衣の剣客は、本街道と守衛所をもっと詳しく観察する可く、路沿《みちぞ》いと森の際に在る木蔭へ素早く、其の黒き姿の影をするりと潜み籠もる。暗がりに漆黒が溶け込む。

扨《さて》、と云った表情で静かに見亙し始めてから須臾俟たずして、のんびりとした一台の二頭立て幌馬車が正門へ向けて街道を往《ゆ》くのが目に留まる。都合の好い事に、黒衣が潜む木蔭へ差し掛かっても馬と馭者は気付く処か、相も変わらず緩《ゆっくり》とした足取りの儘である。一見すると不規則に聴こえる蹄の音も、調和の保たれた普段通りの息が合った足運びだ、と云わん許りに呑気《のんき》な顔で、其の長い睫毛を時折屡叩《しばたた》かせ乍ら、緩る緩ると通り過ぎて往く。見た所、守衛には五名の警察官が居る丈の様だ。時折、舎から出て来ては、疎らな通行人と挨拶を交わして居るのが見て取れる。兵士が居無い事に殆《ほとほと》呆れはしたものの、警備が手薄であれば其丈潜り込み易い。と雖《いえど》も、武装兵とならばいざ知らず、警察官と斬り結ぶ訳には行かない。何方にしても事が密やかに進まなく成る。其処で、眼前を緩る緩ると呑気に過ぎ去ろうとして居る此の幌馬車の出番と云う訳なのだが、出来る事なれば見ず知らずの、況《ま》して、一般人を捲き込む事はどうにも憚られる処。然りとて、此所迄漸く辿り着いたと云うに、騒ぎを起こせば、昼夜兼行で奔走した道中全てが水泡に帰して終う。背に腹は替えられぬ、と云った面持ちで遺憾に想うも、此処はやはり、此の幌馬車に一役買って出て貰うしか無い、と。

――其丈は。

瞬く間に一陣の風、外套に孕ませ、疾風の如く馬車へと駆け寄り、張り付く。通行人が少ないのも幸いしてまんまと、誰にも、馬にさえも気付かれず、幌の後ろへ身を隠す事が出来た。暫し、馬車と歩を合わせ黙考する。先程から見え隠れして居る視線へ思い切って声を掛ける。

「不躾乍ら。乗せて貰う訳には、参らぬか」

黒衣の睛《ひとみ》に映ったは、鯉の様に口をぽかんと開けた儘、此方に気を取られて居る二人の男の子で在った。そんな子供等を尻目に返事を待って居ると、奥から女性の声が答えた。

「はいはい。何か、御用で御座いましょうか」

言い終わらぬ間に、垂幕を引いて、顔を覗かせた。其を認めると静かに尋ね直す。

「乗せて貰えまいか。門を通り抜けられれば、それで好いのだが。失礼とは存ずるが、訳は申せぬ由。赦されよ」

黒衣の話を聞き終えた女性は、成程、其は御困りで、と云った風な表情を見せ、直ぐに振り向き、御車台に坐る男へ、

「ねェ、あんた、聞こえたかい？　一人位増えたって構やしないだろう？」

そう声を掛けると、直ぐに、馭者の男が、

「嗚呼、勿論だとも。旅の御方、理由なんてどうでも宜しゅう御座います。遠慮成さらずとも、さあ、どうぞどうぞ。旅は道連れ、世は情け。と申しますでしょうへへへ……」

其を聞き届けた女性が黒衣に向き直り、

「さあさあ、今、梯を」

と、口にし乍ら俯いて手を伸ばす。留金を外すと勢い良く跳ね降りた折畳み式三段梯が脚を延ばす。然し、既に黒衣の軀は傍らで静かに佇んで居たのだ。何時、登ったのか。女性は、ぎょっとして何も言えず、梯が虚しく地べたで引き摺られて居る音を聴き乍ら、只、目を白黒させる許りであった。

すると、御者台側の暗がりから嗄れた声が応対する。

「まあ、其処等へ腰掛けて下しゃれ。ホッホッホッ、フェッフェッフェッ……」

と、優しく話し掛け、落花生の欠片に似た小さな歯が数本、疎らに生えた、色鮮やかな薄紅色の歯茎を惜しみ無く見せびらかせ乍ら奇妙に口を開け、にこにこと微笑む。そして、ちゃんちゃんこに裹《くる》まり、蹲る風にして、切株の様な形をした椅子に坐る其の老婆と憶しき人物は、皺々のか細い掌を差し出し、促して見せた。だが、其の向い側には、先程の男子等が丸で超人でも見るかの様に瓜二つの瞳を剥き出しに、是又、瓜二つの顔を黒衣に向け、まんじりと見詰め坐って居る。後は中年女性の坐る場所と、堆く積まれた、葛と長持とで、幌内《ほろない》の空間は埋められて居た。どうやら自分の坐れる場所は無さそうだ。黙して、成すが儘に揺られ佇んで居ると、御者台から男が中を覗き込み、ふいに話し掛ける。

「申し訳有りません。びっくり成さらんで下さいませ。ハハハ。私のおっ母《かあ》です」

苦笑いを浮かべ、恥ずかしそうに紹介した。恐らく気を遣っての事であろう、言葉を続ける。

「最初のが、私の女房でして、其方《そっち》の二人は、倅です。御気付きでしょうが、ハハハ、双子なんですよワハハハハ……」

世辞笑いとも照れ笑いとも、判然としない表情の亭主が話し終わると、残月《ざんげつ》は皆に向かい、世話に成る、と云った風に辞儀をして見せた。大人達はまごつき乍らも、微笑み、会釈を返す。然し、双子の瞳は黒衣に釘付けと成った儘、何だか恐る恐る首を動かし、頭を下げる。だが、次第に力が手に籠められて行き、其の手の平に握られた食べ掛けの柏餅が少しづつ、潰れ、押し出され、包袋である笹の葉から、今にも、落っこちそうだ。其の危うさに気付いた母親は、見兼ねて、だらし無い口元其の儘に、瓜二つの毬《ほう》け面《づら》で未《いま》だ漆黒を見詰め続ける息子等へ、ほらほら、と云った風に、丸で手招きでもするかの様な仕草をして見せ、注意を促そうと、声を掛ける。

「倖太《こうた》、涼太《りょうた》。もう、柏餅が潰れてるよ。全く、仕様《しょう》の無《な》い……ねェ……アハハハ……」

と、跋が悪そうな笑みを旅客《りょかく》に向け乍ら、さして慌てる様子も無く、おっとりとした口調であった。優しさの籠もった声で、漸く我に返った双子は、危機一髪、牀に落ち掛けた柏餅を既の所で、然も、寸分違わぬ頃合で同時に口へ放り込むと、大層おいしそうに頬張った。至福一杯の御満悦顔でもぐもぐと動かす口元から、頬っぺが落ちそうな程だ。

御者台では、父親が一声掛け乍ら、馬に軽く鞭を入れると、速度を少し丈、上げるのだった。寛《ゆったり》と上下させる頭、其の度に緩りと揺らす鬣《たてがみ》に合わせた二頭ののんびりとした何とも小気味好い蹄の音。そして其等に続いて聴こえる車輪の緩《ゆっくり》と回る、軋み。残月《ざんげつ》は、暫し、此の合奏に耳を傾け、悠揚迫らず、毅然たる態度で佇み、揺られて居た。

只、気掛りなのは、詰所のみ成らず、正門の警護と云う要所である筈の此所、守衛所迄もが警官隊のみでしか編制されて居無い事に訝しむも、答を得る手立ては無いに等しかった。だが、其の機会は不意に、然も、思わぬ人物が齎《もたら》した。

「噂では、何でも此処一両日中に又、軍事演習が行われるそうですよ。確か、此の国は、鑑速《あきすみ》様と云う其は其は大層な御仁で御座いまして、賢良、賢宰と迄謳われて居るのだそうですよ。そんな賢士が何で又こんな事許り……其に天子様は未だ、十二歳なんだとか。倅達と同い年じゃ有りませんかァ。……まさか。戦争でもおっぱじめようってんじゃ在りませんよねッ。……まっ、まさかねエエ……ハハハ……」

と、亭主は首丈を捻じ曲げ、おどおどと、引き攣る口元無理矢理に動かし、深刻な顔色で声を潜ませ話した。黒衣に向ける其の真剣な眼差しは、頻りに返事を求めて居る様でもあった。話を聞き終えた女房はおろおろ。声に出すは憚る可きと許りに「鳥渡《ちょっと》、滅多矢鱈《めったやたら》な事を言うのは御止しよ」と、口を尖らせ、顰めっ面を夫に拝ませ乍ら、「初対面の御人《おひと》に何て話を」と言葉を慎ませる為に、手招きでもするかの様な手振りで、必死に注意を促した。だが、黒尽くめの若者は何処を見るとも無く、馭者の肩越しに見え隠れする街道を眺望し、今し方の夫婦の遣り取りさえ、些かも気に留める事無く、変わらず、黙考して居るのであろう。只、静かに佇み、馬車に身を委ねて居る。

（……鳥無き里の蝙蝠……か）

後、少し。後、少しだ。急いては事を仕損ずる。そう心が騒つきもしたであったか。

一方の亭主も、黒衣の旅人から一向に返事が無い事を気に病んで居るのか何処か今一つ判然としない。無闇に前後を交互に忙しく見遣り乍ら、女房へは、解った解ったと煩わしそうに眉間に皺を寄せ、蠅を掃う様な仕草で手を振って見せる始末。そして其の執拗な迄の制止を漸く追い払い、咳払いを一つしてから、気を取り直すと、更に話を続ける。

「話し振りから察します処……都に御住まいで？　若しや、宮城勤めでいらっしゃいますか？　いえね、商売柄、色々な御客様と御話をさせて戴くものですから、何と無く、なんで御座いますよ、そう思いましたもので……へェ、へへへ」

と、一息入れるも、蹄と車輪の音が聴こえて来る丈であった。亭主は、余程の無口な、寡黙な人物か、重度の口下手なのだと、思ったものか、又もや、矢継ぎ早に話をし出す。

「そうそう。そうでした、そうでした。いやはや、私とした事が……言いそびれて居りました。誠に申し訳、御座いません」

此所で一旦、話を止め、軽く会釈をして見せ、顔を上げた途端、主人の口が忙しなく動き出す。

「何を隠そう、私共は、行商人を長年営んで居る次第で御座いましてね、へェ。まあァ、言わば万能屋でしてへヘッ。時には職の斡旋等も致して居ります。此の機会に是非とも、よしなに。ヘッヘへェ」

最後は、愛想笑いで締め括った。是でもか、と言わん許りに喋り倒して来たにも拘らず、其の間聞こえて来たのは、相槌を打つにも似た、控え目な嘶き丈。そして、今、又、寄せ返る波の如く響いて来るは、相も変わらぬ、蹄と車輪の音許り。其等を遠くに聴き乍ら、鍔広《つばひろ》帽子の奥に見え隠れする旅人の顔を恨めしそうな面持ちで覗き込む。が、やはり、何事も起こりそうにも無い此の状況に、さすがの亭主も参ったな、と云った風に頭を掻き掻き前へ向き直ったならば、嘆息を洩らし、肩を竦め、忽ち大人しく成って終った。祖母は未だ和《にこ》やかに頬笑み乍ら切株に似た椅子に腰掛け、時折、口を閉じてはもごもごと、奇妙な動きを見せて居る。口の中が乾き湿らかす為なのかどうなのか。何方にしても、今一つ、目的は判然としない儘である。其の頃、向い側に坐る双子は、笹の葉を手にした儘に、寸分違わぬ動きで舟を漕ぎ、気持ち好さそうにすやすやと眠り込んで居た。其の瓜二つの寝顔は、実に微笑ましく、掛替えのないものであった。母親に至っては最早愛想笑いを作るしか選択肢が無かったと見え、其の儘で三脚椅子に坐り、丸で石像の様に固まって居た。

馬車に相乗りする事、小半時余りか。終に石壁と正門とが眼前に現れた。そう、漸くにして都に、皆の元に、始まりの地に、辿り着いたのだ。然し、事態は予断を許さない状況の儘なのである。此所からは、更なる警戒が必要なのだ、と肝に銘じ乍ら、懐かしき皇居の青磁の屋根瓦を瞻望する。浮かぶは愛する女性《ひと》の瞳であったか。昂揚する心が逸る気持ちに拍車を掛け、焦躁に駆られるのを禁じ得ない自身に、「是からなのだ」と今一度、心を窘《たしな》めた。暫時、瞑想に耽る残月《ざんげつ》は、静かに、時を俟つ。

須臾待たずして、不意に馬車が停まる。

「御早う御座います」

主人の声だ。どうやら、守衛所前に着いた様子。

「おや、橘《たちばな》さん。久方振りですなぁ」

と、帽子の鍔に手を添え、軽い辞儀をし乍ら舎内依り出て来た警察官は、行商人との邂逅に、歓喜で応え、迎え入れる。そんな感慨深い口調で、挨拶を交わした。

「是は、是は、警部補様。随分と御無沙汰に御座います」

二名の若い部下を後ろに従えた其の警察官が、徐《おもむろ》に御者台へ一人で歩み寄ると、何やら亭主の耳元で囁いた。其は直に済み、元居た場所へ戻ると、姿勢を正して立った。

「左様で御座いましたか。其は、其は」

そう言い終えた後、幌へ入ると祖母の足下に在る巾着を手に取り、御者台へ取って返す。そして、にこにこと笑い乍ら、

「是を差し上げます。出世祝に御座います。酒の肴に持って来いの一品。さあさあ遠慮成さらず、どうぞ。ほんの御証《おしるし》に御座います。へェへへ」

神妙な面持ちで其の袋を受け取り、中を覗けば、

（こ、是はッ！）

俄《にわか》に口元を弛ませて悦び、果ては、憚る事無く、破顔した。

「はいっ。鱏《えい》の鰭《ひれ》に御座います。警部様の大好物にいらっしゃいましたよねェ。エッへへへ」

と、懇ろな物言いで応対した。其へ、咳払いを一つ。警部が今更体面を憂えてか、部下の手前だからか、妙に科白《せりふ》掛かった口調で、

「是は、気を遣わせて終ったかな。ハハハ……。其とな、代わりと言ってはあれだが、何時もの缶

詰をだな、五打《ゴダース》っ、頼む。宜しくな」

　そう言い終えるや、切り揃えた許りと憶しき口髭を、ちょいちょいと指先で撫でて見せるのだった。其の仕種を見て取った亭主は、成程、と許りに然りげ無い風に、

「蒲焼の、其も、鰻の、缶詰に御座いますね。然も其を五打も御買い上げに。御贔屓に、有り難う御座います。聢と、承りました」

　一息間を容れ、次に警部の顔をまんじりと見詰め、

「いやはや、其の洒落た御髭も高官職には欠かせませんから。迚《とて》も御似合です。へェへへへ」

其の歯が浮く様な科白を臆面も無く、笑顔絶やさず言って見せた。さすがは商人《あきんど》と云う訳か。其の言葉を真に受けた警部は、

「まあ、そう云う事だ。宜しく……ニャハハヒャハウヒャ」

と、照れ笑いを堪えるのに無我夢中で、何とも締りの無い、のんべんだらりとした顔に成って居る。当人の至って澄まし顔で居る心算なのが堪らなくおかしくて、亭主は笑いを抑えるのに四苦八苦し、途端に居心地が悪く成った。挙句、変な汗をかき、早朝と云う事も有って、妙にぞくぞくとして来て、是又、苦笑いを浮べる羽目に会った。

　正《まさ》しく、〝口は禍の門〟であろう乎。

と、其所へ、新たに一人、若い警察官が職務に当たる可く、舎から現れた。幌の中を調べる為、後ろへ廻ろうとした正《まさ》に其の刻《とき》、

「おいっ、巡査部長ッ。此の馬車を調査する必要は無いぞッ。君は此所へ配属された許りだから知

ら無いのも当然。行商人の橘《たちばな》さんに限って妖しい事等、有りはせんッ。大丈夫だっ」

警部が此の様に申し付けた。すると直ぐ様敬礼をし、同時に靴の踵で地面を踏み鳴らし乍ら、姿勢を正した。そして、はきはきとした口調で、

「はッ！　警部ッ。大変、失礼致しましたッ！」

巡査部長は、神妙な面持ちの儘、粛々と命令に従い、幌から数歩退がり、離れて立った。其を見届けた警部は、主人に向き直り、「失礼した」と云った感じで、再度、敬礼をして見せた。そして、腕を左右に振る様な仕草をし、門内へ誘導する。其を見た橘は、通行許可が下りたものと見做して、「畏れ入ります」と笑みを浮かべ乍ら会釈をした。次に前へ向き直って、馬に鞭を打つと、幌馬車は二度《ふたたび》、緩る緩る、進み出すのだった。

石壁に嵌め込まれ、開け放たれた鋼鉄の門を潜り、其の堅強さがはっきりと窺える廓《くるわ》の暗い隧道を通る途上、石畳の上を軋ませる車輪が小さな谺《こだま》を響かせる。其に合わせて車を静かに揺らし乍ら、寛《ゆったり》と、進む。黒衣の流離武人《さすらいびと》は、遠退いて行く守衛舎を、幌の隙間から見遣る。要衛の守衛も是では。そう落胆し、喟然せずには居られぬも、自身の現況相俟って、言い知れぬ複雑な想いに駆られるのだった。

と雖も、手配書が皆無の御蔭で、何はともあれ、無事、都入りを果たせたのも又、事実であった。同時に其は、為政者の真意の在り処を得る事にも成る。

（どう在っても此の俺《おれ》を闇から闇に葬りたいのかっ！）

国の存亡に関わるやも知れぬ事態故、慎重に成らざるおえない宰相と云う立場での差配。是が実

状。なれども、其程迄に政が大事か、と憤りもした。

（鑑速佳仙《あきすみかせん》っ。見苦しいにも程が有るッ！）

胸中峙《そばだ》つ。

あれから六間程進んだであろう辺りで俄《にわか》にぽつぽつ、幌に何やら弾み出す。知らぬ間に小雨が降り出して居り、馬車は隧道を抜け、目抜き通りへと差し掛かった。土の路面は既に泥濘始め、轍には、雨水が浮き出す。緩《ゆっくり》と回る車輪が其の小さな水溜りを押し退け、又、新たな線を引き画く。其は軈《やが》て真新しい轍と形を作《な》して行き、緩る緩る進む幌馬車は、行商人一家と流離武人《さすらいびと》との悪戯《いたずら》な巡り合せを乗せて、其の軌跡を遺す。

町の中心部へと大通りを進む中、素早く雨合羽を纏った亭主は、少し肌寒さを感じたものか、時折、鞭や手綱を握る手に息を吐き掛けて居る。幌の隙間に流れ過ぎて行く家並を睛《ひとみ》に映し乍ら残月《ざんげつ》は、一刻《いっこく》も早く、飛雪《フェイシェ》を官邸から連れ出し、巴《ともえ》様と柳水《りゅうすい》先生の俟つ隠れ家へ馳せ参じ、そして、此所では無い何所かへ。だが是を完遂する為には、必ずや立ち塞がるであろう、見えなき壁を乗り越える必要が有る。其は、あの、得体の知れぬ存在。そう、〝エヴァ〟。あのモノとの決着付けずして、其の先は無いに等しいのだ。

今、改めて熟考する。「苦しんで居た」と。舜水《しゅんすい》の際の言葉が意味する処は一体。若しや其処にこそ、答が有るのやも知れぬ、のではないのか。

と、其の刻《とき》。御者台依り、出し抜けに声を掛けられる。

「旅の御方。それで、何方迄、参りましょうか？」

朗らかな声の主は、言わずと知れた、橘《たちばな》のものであった。

「こんな世知辛い浮世に御座いますから、手前共の様な行商人と致しましては、何ですか、人情と申しますか。まあ、そんな処を売りに、とまあ、そんな訳で御座いますからへェ。何なりとへへッ」

此所で一拍置いて、振り向き、天を指差し乍ら言葉を継ぐ。

「生憎の此の雨ですから、御用向きの場所迄、此の儘御送り致しますよ。へェイ」

そう亭主が和やかに尋ねた。

「此所で、結構」

黒衣は静かな物言いで、鯑膠《にべ》も無く告げると、直ぐ様、傍らで大人しく坐って居る婦人の掌へ、小さな麻袋をそっと、載せた。其の拍子で、微かな小気味好い金属音と共に、ずしりとした重みを感じて、

「こ、是は……⁉」

戸惑いの表情を見せる母親へ、倉卒《そうそつ》の客が優しく言葉を添える。

「是丈しか持ち合わせて居らぬ故、僅か乍らでは有るが。赦されよ」

其の物静かな声が聞こえたのであろう、亭主が慌てふためき乍ら手綱を引いて馬車を停めるや否や、血相を変えて振り向いた。そして、透かさず御者台から腰を浮かせ、幌の中に頭を突っ込み、床下に潜り込む様な格好に成る。

「だ、旦那ァッ。其はいけませんッ。代金なんて……とんでも……其を受け取る訳にはッ。御役に

立てたのでしたら其丈で十分で……」

重過ぎる麻袋を手にした儘どぎまぎし、「あんたァァ」と、目を白黒させる女房を尻目に声を掛けるも、

「……⁉　だ、旦那ァ……⁉　……」

話し相手の姿は眼前に無く、はて、と言った風に何とも呑気《のんき》な顔で、幌内《ほろない》を見亙す。が、見当たらず、父親の其の声で目を醒ました双子の瞳が游ぐ許り。

「あんたッ、あんたってばッ！　此方っ、此方っだよォォウ……」

と、慌てた口振りで夫を呼び乍ら、垂幕を上げ、指差す。其方へ急いで視線を廻らせば、何と、黒衣の旅人は、既にして馬車から飛び降り、雨の通りを駆け出して居た。瞬く間に遠退いて行く其の漆黒の後ろ姿を、夫婦は最早、見送る事しか出来ず、主人が、

「それでは、有り難く、頂戴致します」

「有り難う、御座います」

と、妻が続き、二人は、其の背を拝んだ。

双生児の男子は、調子の好い雨音を聴き乍ら、互いに顔を見合せ、

「雨だねェ」

「うん、雨だねェ」

と、にこにこ頬笑み、

「ぽつぽつ。うんうん」

「ぽつぽつ。うんうん」
そう繰り返し、小気味好い雨の音に調子を合わせ、伴奏を取り、楽しそうに頷き合って居る。孫達の子守唄に誘《いざな》われたものか、祖母が気持ち好さそうに、寝息を立てて、舟を漕ぎ始めて居た。そんな、年老いた母と二人の倅の前で立ち止まる父親。息子達の遊びと祖母の寝顔とを見遣る顔は、何だか気持ちが片付か無いと云った風な、ぬうぼう、とした表情だ。徐《おもむろ》に頭を掻き嘆息混じりに一笑浮かべるも、御者台へ戻ろうと歩き掛けた。と、其の刻《とき》であった。突然、何かを憶い出したかの様に、くるりと、反転、女房へ振り返り様に、
「あッ！　私とした事が、うっかりしてたッ。名刺を渡しそびれて終った……こりゃァ、どじを踏んだかなァァ……」
と、遠くを見る様な、目で、妻の顔をぼんやりと眺めた。そんな夫に対し、目をぱちくりとさせて、「まあ、此の亭主《ひと》と来たら」と云った表情の儘、嘆息交じりに項垂れる許りであった。
渡し損ねた名刺には、
『行商人　橘《たちばな》駿蔵《としぞう》
御困り事　万事承ります
先ずは御相談を』
と、亜鉛凸版印刷で刷って在った。
孤高の流離《さすらい》武士《びと》は、暗雲垂れ籠め、次第に其の雨粒大きくしつつ在る中、泥濘む足下、物ともせ

ず、孤独《ひとり》、宮城へ、いざ、行かん。

黒い背が遠く雨に煙る頃、合羽に裹《くる》まる馭者が、軽く鞭を鳴らす。馬が其へ答えるかの様に小さく嘶き、雨を払う為、二、三度小刻みに頭を振り、緩《ゆっくり》進み始める。二頭挽きは、嘸《さぞ》かし重たそうに幌を揺らし乍ら、緩る緩ると進み往く。御者台では、視界の邪魔に成る雫を時折払い除け、梅雨の走りを気にする素振りを見せ、亭主が背中を丸める。

馬車が停車して居たと憶しき其の跡には、小さな、小さな、溜池が四つ、徐《おもむろ》に姿を現し始める。灰色の雲が、恰も束の間の戯れを楽しむかの様に、其所へ雨礫《あまつぶて》を投げ入れる。其の度に波紋が広がり、次の波紋と重なり、打消し合い、鮮やかな模様を画き続ける。

ゴロゴロ、ギシギシ。

回転する度、軋む車輪が緩《ゆる》らかに回って、幌馬車を運び往《ゆ》く。

そして、無常の回転盤も又、静かに、廻り続ける。

館林勘解由《たてばやしかげゆ》は、終に、実行に移ったのだ。最早、鑑速佳仙《あきすみかせん》の政権は翳りを見せ、文官を中心とした鑑速派は其の悉くが力を失い、官僚達の中には混乱に乗じて都から遁《のが》れ様と画策する者、又、新興勢力に取り入ろうとする者迄現れる始末。宰相としての権威を失墜した此の賢俊に依る治世は、二年余りで脆くも潰え様として居た。現在《いま》、正《まさ》に、瓦解寸前なのだった。「時は熟した」と許りに此の下卑成る将官は、己が権力と『富国強兵』との御旗を振り翳し、万国万民に此の名を轟かす可く其の手始め。其が此の旬日を経ずしての三度に亙る演習なのである。そして、今日、此度四度目の、然も、此の雨の中、行軍演習を執り行おうと云うのだ。驚駭《きょうがい》す可きは、此の為に、近衛師団に迄、召集が掛けられた事であろう。其故に、此所迄の要所である哨舎に警察官しか居無いのである。其の手緩い監視と警護の手薄さ、そして此の地雨。是等稀有成る出来事に因って、容易に紛れ込めたのであった。目抜き通りの遥か、聳秀《しょうしゅう》するは城の如し青磁の瓦葺き、追懐の宮殿。目指すは、朝廷の御膝下、丞相官邸、唯、一所《ひとところ》。此の孤高の剣客に取って、警察官の監視を潜り抜け、小径、脇道を擦り抜ける芸当など造作無いのだ。黙々と雨中を直奔《ひたはし》る漆黒の影一つ。

皇宮迄、もう小半時程走り続ければ、と云う辺りに差し掛かった頃、漸くにして本通りに空気のざわめきと人影の揺らぎとが起こり始めた事に気付いた黒衣。其処で、「此の界隈ならば」と透かさず、憶えの有る脇へと入り、人気の無い路地裏へ身を潜めた。一先ず、辺りの動向を探る為、建物の一廓に在る蔭に隠れ、休息も兼ね、静かに、息を潜め、様子を窺った。静寂漂う路地裏で仄暗い片隅から漆黒が此の界隈へ隈無く目を光らす。其の見遣る睛《ひとみ》が不意に何かを、どうにも名状し難い違和感に捕らわれる。そんな、何か、を、見た気がした為、其方へもう一度、視線を緩《ゆっくり》と戻す。然し、雨の所為であろう、白く霞んだ視界の中では、幾ら凝視しようとも、立て札が在る事位しか解らず。黙考。近付き、確かめる事に至る。だが其は、表通りへと赴く事と成り、延いては、自身を人目に曝す結果と成り得る。だが、やはり、違和感とも不快感とも取れる此の判然としない心持ちの正体を暴きたい。何故是程迄に固執するのか、と訝しがる自身を得心させたい。是等の衝動に駆られるのを禁じ得無いのだ。

辺り一帯注意深く眼光炯々一周させ一拍置いた後、終に、眥《まなじり》裂いて、危険を承知で雨中へ跳び込み、素早く駆け寄った。其所に誰も居無い事を改めて確認すると、旅人帽子の鍔を伝い落つる雫を手で拭い、高札を見上げた。睫に掛かる雨の微かな飛沫《しぶき》を気にする風な仕草で、僅かに瞬きをし、書き記して有る内容を眇視《びょうし》する。そうして、静かに、黙読を始めた。

『咎人　楡四郎兼平《にれしろうかねひら》
　右の者　謀叛の嫌疑及び官吏殺害の大罪犯すに致る
　因って極刑　斬首に処する物也
　又　其の首　七日の間　晒す物とする
　　法務省　大臣　丹基康《たんのもとやす》』

驚愕に身悶え、目を剥いた。自身の此の眼さえも疑った。

「なっ、何をッ⁉」

そう呟いたが先か、視線を廻らかし、辺りを忙しなく見亙す。すると、見えて来た。霞む景色の中。目を凝らす。雨の向こう。其所には、何かが宙に浮いて居る様に。否、違う。あれは、板か。板の上に、丸い形を作《な》した何かが載せて在るのか。

其へ近付いて行く漆黒。其の足取りは重く、言うなれば、足枷付けられ当て所も無く歩かせられた流刑人が如しの覚束無い正《まさ》に其の足を引き摺り、眼前に在る物へと近寄る。容赦無く降り注ぐ雨と、板を跳ね上げる飛沫《しぶき》とを屈辱的な迄に浴びる一つの物が、此方を向いて在った。目を見開き、ほんの一時《ひととき》、我を忘れ獄門台へ駆け寄り、其の物に、縋り付く様にして跪く。

――何がっ⁉

皐月雨《さつきあめ》に煙《けぶ》る、孤高たる魂の慟哭。

其の変わり果てた姿に、嘗て、父と呼びし日々《ひび》の面影は、最早、微塵も無い。其所に在る物は、髪の一部が禿げ落ち、肌は土塊、鉛色、二度《ふたたび》其の灯《ひ》を宿す事無き眸は、眼窩《がんか》へ落ち込み零れ落ちそうな。生首。一つのみ。

「親父殿」

息子は、それでも猶、父の顔を慈しむかの如く、首台の壇上依り、優しく、そっと、抱き上げる。黙した儘静かに、天を仰ぐ。恨めしそうに。

雨粒が点眼水の様に其の睛《ひとみ》へと流れ込む。

憮然として立ち尽くす孤影。

（そうか……あの日。人々は此所へ集って居たと云う訳か。成程、都を難無く脱せたは是であったか）

此の、警視総監極刑執行、と云う聳動を与える騒擾事件が起きて居たからだと、今更にして気付く。

「謀られたか」

今更めく。

今し方の乱れは、虫の知らせであったのだな。嘸、無念也乎。

（嗚呼……あの、夜半《よわ》の夢に現れたは斯様な由、故からで御座ったか……）

親父殿の死に目にも敢《あ》え無《な》んだ。此の俺《おれ》の業《ごう》は其程迄に深きものであったとは。

無惨にも崩れ掛かった生首を持ち上げ、其の顔を懐かしむ様に見詰め、父の魂へ語り掛けるのであった。

追悼。追悔。悔尤《かいゆう》。想いは廻り、魂が流離う。俄に顔付きが豹変する。

『己ッ。此の命尽きる迄、世の者悉《ことごと》く、〝月影《げつえい》〟の錆にして呉れようかッ』

自身の心臓を喰い千切らん勢い、其の一語づつを軋ませるが如く、吐き捨てた。

其処に息衝くは、左近《さこん》のいみじくも言い遺した。『人斬り』と云う魔物。志なぞは疎か、何と、怒りさえもが失われて居た。

唯、一念。万物への『怨み』。

残月よ、御前は身魂を委ねて終うのか。

父、兼平《かねひら》の首を胸に抱き締めた路傍での事。其の黒き肖像を初夏の雨礫《あめつぶて》が容赦無く叩き付ける。本格的な梅雨の訪れを予感させる。怨情《えんじょう》の雨濯《うたく》が、若き義士の篤実と云う心根と、若し、理性と呼べるものが存在するならば、其の自制心をも洗い流して終ったに違いなかった。

(俺《おれ》は、一体……何処をどう、間違えた？　最初《はじめ》からか。抑、『間違い』とは何だ)

暫時、沈思に耽ける。鑑速佳仙《あきすみかせん》の名にしろ、館林勘解由《たてばやしかげゆ》に至っても、最早同じ事。世人全てが、否、浮世其のものに偽善を感じて終って居た。

(フッ。是迄……三十年足らずの年月……幾人の武人《もの》を此の刃に掛けた？　ならば此の先ッ)

青白く黙した儘の斬首《きりくび》をまじまじと見詰め、

「是は、本当に、親父殿なのか」

解らない。『怨み』丈が込み上げる。嘗《かつ》て、是程の怨嗟を抱いた事が有ったか。是程迄の怨情に心身を揺さ振られた事が有ったか。もう、解らない。何も彼《か》もが。もう。「怨入骨髄《うらみこつずいにいる》」とは、此の事か。

と、其の時、脳裏に、否、心の奥底に。そうでは無く、魂、其のものにであったか。語り掛ける声。言葉。耳雨《じう》であろうか。耳語にも似た囁き。「成りませぬ……」と。或いは空耳。だが然し、何と現実味を帯びた、然も、凛と張った響きの、言の葉。心の琴線に触れる此の波調は。

「……母者《ははじゃ》……美空《みそら》殿かっ。……若しや……」

愛する女性《ひと》。心の縁《よすが》。

正《まさ》しく、自暴自棄に陥った残月《ざんげつ》の魂を深潭《しんたん》依り救う。

遠くで雷鳴が轟く。礪山《みがきざん》か。暗雲、閃光に煌めき、白く浮かび上がる。

爾時、目が醒める。意識が。魂が。真の事事《まことのことをこととす》を憶い出し、還った。孤高の武人《ひと》は、今、響応する。

「飛雪《フェイシェ》」

其の名を口にした。

獄門台の雨に濡れた白地の布で、そっと、父の亡骸を裹《くる》む。今一度、其を胸に抱き抱え、本懐成し遂げる可く奔《はし》り出す。瞑怒《めいどう》雨物ともせず、黒き孤高の武人《ひと》が護る可き者の元へと翔る。

軒下で斑《ぶち》の猫が雨宿りがてらに、濡れた軀を乾かす為、毛繕いに精を出して居る。不意に横切った漆黒の影を反射的に眼で追った。片方の後脚をぴん、と、稍《やや》上向きに前方へ投げ出した格好で、束《つか》の間《あいだ》、其の遠ざかる黒き背をじっとした儘、喰い入る様に見詰め続ける。爛々と輝く双つの眼《まなこ》は、駆け抜け、過《よぎ》る、此の者の胸中を丸で覗き込まんとするかの如くである。黒衣の深い哀しみと、遣り切れぬ憤慨とを看破したものか、虎鬚《ひげ》を微かに揺らし、只、静かに、見送った。

泥濘む足下気にする素振りさえも見せる事無く黙々と直走《ひたはし》り、突き進む。其の足音を掻き消し、此の足取りをも消し去る程の地雨は、一体、誰の流した涙雨であったか。何時、止むとも知れぬ、解らぬ、儘に。

あれから程無くして、ふと、仰ぎ見たならば、官邸が、見紛う事等有ろう筈も無いあの甍《いらか》がはっきりと、姿を現したのだ。歓喜に思いも寄らず、おお、と嘆声が零れた。だが同時に、頬に負った創刃《きず》が妙な具合で疼き出した。

(雨の所為か)

否、解って居よう。もう、自身を欺いては成ら無い。そうなのだ、宿敵、〝エヴァ〟に、最愛の女性《ひと》、〝飛雪《フェイシェ》〟に、全ての始まりへと、迫って居るのだから。残月《ざんげつ》の清《す》んだ慧眼が、雨に濡れる青磁の瓦葺きを見透かす程に、創刃が、仄かな膨らみを得、微かな熱をも帯び、時折痛みを伴い、蜈《む》蚣《かで》は這いずり、疼く。断固たる決意で挑み掛かろうとする此の魂へ、拒み抗《あらが》おうと云うのか。潜み棲むモノよ。なれど、最早、引き下がる訳が無い。退けば、あのモノから生涯逃げた儘で。誰も救えず。自身の魂とさえも乖離し、果ては、悔恨に悶え続けるであろう。もう、二度《ふたたび》、同じ過ちを繰り返さない。決して。心と軀、倶に在らん事を誓った女性《ひと》の為に。

「決着を付けに、今っ、参るッ！」

魂が哮る。

そして寸刻後《のち》、此所だと許りに目睫《もくしょう》迫り来る小径へと迷う事無く身を翻せば、直ぐ様、又、翔《かけ》る。暫く人一人分程の幅しか無い道を進む。と、其の先に狭窄な造りの門が見えて来た。「在ったッ、あれだ」と奔《はし》りにも加速度が増して行く。嘗《かつ》て、巴《ともえ》の御忍び歩きに従者として追随した、此の隘路とあの裏門。僅かとは云え、其の度に辿った経路。

そんな、一時《ひととき》の安らぎさえもが、遥か遠くに霞み、色褪せたかの様に感じられるのだった。爾時、皇宮内へと足を踏み入れた。鑑速《あきすみ》家の宮内官邸迄は、もう一息。終に。終に、辿り着いた。「其の刻《とき》」は、来た。


朝廷、宰相執務室。鑑速佳仙《あきすみかせん》は、窓から朝の甍《いらか》を遠望し、つくねんと佇んで居た。此の眺めも、今日が見納めやも知れぬ、と。

宮城《きゅうじょう》には、雨水や生活排水を河川へ排出する為、又、河船に依る運搬の水路としても使用する濠《ほり》が張り巡らされて在る。其に伴い、船着き場も点在する。濠沿いには柳が植林されて居り、其の芽吹いた許りの軟らかな葉を雨粒が当たる度に揺らして居る。頭上に重く伸し掛かる暗雲から青時雨《あおしぐれ》が零れ始めたのだ。為政者は、己の心中を反映して居るのかと錯覚する程に追い込まれて居たか。

不意に、室内の空気が微かに動いた。其も一瞬。

「御前達……危険な真似を。……無事で在ったか」

下界を見下ろした儘、顧眄《こべん》する事無く声を掛ける。其所には、片膝を付き、俯いて控える少女と少年が居た。

「……申し訳、御座いません。勝手な真似を致しました事、御詫び申し上げます……」

嗄れ声で謝罪の言葉を連ねる少女。其の先を俟つかの様に背を見せた儘押し黙って居る主《あるじ》へ、話し継ぐ。

「主立つ忍者《もの》、悉《ことごと》く、討ち果たされて御座います」

一拍置き、更に、

「御館様。……長《おさ》の遺言が御座います」

其の言葉に佳仙《かせん》が振り向き、

「うむ。聞こう」

威厳に充ちた静かな声へ、

「はっ。『御武運を』。との由に御座います」

此の言葉を噛み締めるが如く静かに目を伏せ、

「聢《しっか》と、承った」

実に、力強い声であった。跪き、項垂れた儘二人の忍者《しのびもの》も、黙祷を捧げて居る。

雨足が次第に強く成って来たのであろう、窓を叩く音も大きく成って来た時、為政者は徐《おもむろ》に話し始める。

「本当に是迄、善く働いて呉れた。感謝する。今日《こんにち》を以て、『麝香《じゃこう》』を解体する事と致すッ。因《よ》って、御前達を束縛するモノは何も無い。晴れて自由の身と云う訳だ」

　優しい声だ。

「さあ。往くが良い。此所では無い何処かへ……」

其の声音は、鳥籠の小禽《ことり》を解き放とうと囁くに似たり。

　然し、少女は言下に答える。

「畏れ乍ら申し上げます。私は、添い遂げる筈の夫《ひと》を殺された身。御館様の申されます事、おいそれとは……承服致為兼ねまするッ」

　言葉を選び乍らも、自然と語気が荒く成る。だが其を制する様に、

「成らぬぞッ其は。御前達迄もが犠牲に成る必要が何処に在ると言うのかッ。此所を去るのだ。そして、姉弟、力を合わせ生きるのだ……否、生きて呉れ。怨讐からは何も、産み出さず、育まぬ……良いな」

　二人を慈しむ其の声は、姉弟を躊躇わせるに十二分であった。

「小妹《シャオメイ》。沼空《チョウクウ》の事、左近《さこん》と雪江《ゆきえ》から聞き及んで居る。済まなんだ……怨むのである成らば、此の儂《わし》をッ。決して、残月《ざんげつ》に非《あら》ずッ。彼奴《あやつ》はな、指南役として、儂の『業』を背負い、身代りに成って呉れたのだ」

　一息つく。

「ふっ……そんな無双に見えた奴も、最早……。御前達以外、誰も戻っては居らんでな。恐らく、最後の報せ。と、云う事は、左近達夫婦と刺し違えたのであろう……相違有るまい？　故に恨み言

なぞ……」

其の主《あるじ》の問い掛けに、はっと息を呑み。思わず面を上げて終う程狼狽え乍らも、告げ知らせ始める。

「火急、御報告致したき儀が御座いまする。申し遅れました事、御容赦下さりませ」

佳仙《かせん》は、驚き、
慌てて顔を伏せた小妹《シャオメイ》が続ける。

「此の上ッ、未だッ何か有ると申すのかッ⁉」

「はいっ。御館様ッ。其の話には続きが御座いまするッ」

其処迄聞いた賢宰は、一瞬、訝しがるも、直ぐに察しが付き、

「来て居るとでも申すかッ」

其の弾む声に弟は違和感を懐き、寸刻、上目遣いで、恐々と主《あるじ》の顔をちらりと窺った。其の刻《とき》、其の眸が光り輝いた様に見受けられたは、少年の錯覚であったか。

「はいッ。御館様の御明察通りに御座います」

そう、此の姉弟は、残月《ざんげつ》が行商人共共、表門に着いた頃、既にして此の執務室へ参上して居たのであった。

為政者《いせいしゃ》は、少女の答える声を遠くに聞き乍ら、

「そうであったか……フフフ……然し乍ら、少し許り遅かった様だ……」

呟く。独り言であったか。若しや、囁きであったか。

「さあっ、御前達二人は、とにかく一刻も早く此所から立ち去るのだ。儂《わし》が、人生《みち》を切り開いて置く。案ずるでない。二人の脚ならば、国境迄、事無きを得るであろう」

驚き、姉弟は顔を上げて終って居る事に気付きもせず、主《あるじ》は、其の未だ幼さの残る二人の瞳を覗き見乍ら、優しく微笑み、

「ハハハ……知らぬと思《おも》うてか？　皆、儂の友なのだ。配下等として向《む》き合《お》うた事なぞ一度も無いぞ。ハハハ……。国を出たならば、静かに暮らせよ。此の国は……もう駄目だ……巴《ともえ》様の所在は疎か安否さえも解らぬ儘。館林《たてばやし》の思う通りに事が運んで居る。間も無く此所へ憲兵も来るであろう。だが、其の前に……」

意味深な語尾に少女は侘しさを汲み取り、不安を口にする。

「恐れ乍ら……御館様はッ！　一体ッ……何を……成さろうと……何を御考えに……!?」

主《あるじ》の顔をまんじりと見詰める瞳、四つ。然し為政者は、答える事をせず、話をはぐらかす。

「良いな、戻る事罷り成らぬッ。恨みを忘れ、忍を捨てよ。そして、大地と生きるのだ。さあァ、行けェエい。我等の様な出来損ないの大人達の尻拭いなんぞ決して考えるでないぞォッ！　其はッ、儂《わし》の始末《しごと》ぞッ！」

「なっ!?　ならばっ、私達姉弟、御共仕りますっ。何なりと、御申しつけ下さりませ」

「御命令をッ！」

言下に直言する姉に続き、弟迄も発した。すると佳仙は、何時に無い真剣な眼差しで二人を見据え、

「では、命を下すっ。即刻ッ此の国から退去せよッ！」

未だ叛くのであれば、と言わん許りの表情で、二人の顔を眼下に見下ろした。小妹《シャオメイ》は俯き、唇を噛み締め乍ら咽ぶ。だが弟の瑞風《ズイフォン》が喰い下がる。

「畏れ乍ら。御嬢様は如何相成りましょうか？　僕は、僕にはッ……」

即座に姉が涙拭う事無く傍らに居る弟の頭を捻じ伏せ、其の額を牀へ擦り付けた儘に自らも迷わず叩頭した。其を見た主《あるじ》は少年の語りを引き継ぐかの様に話す。

「得心が行かぬ、と申すか？　んんっ？　飛雪《フェイシェ》の事は其こそ儂《わし》の仕事。口を挟むでは無いっ。……とは言え、瑞風。御前の気遣いに感謝する」

そう言い終えると、面を上げさせ、姉弟に辞儀をして見せ、話し継ぐ。

「憖《なまじ》、此の宰相と云う権力《いす》にしがみついた許りに、娘には辛い想いをさせた……。良い良い。良いのだ。さあ、二人共、立つが良い。手遅れに成る前に、早くに行け。然らばだ」

賢宰は、一粲して見せた。主《あるじ》に励まされ乍ら立ち上がる姉弟。顔を上げた拍子に二人の瞳から大粒の涙がはらはらと零れ、水晶の如く煌めき宙に舞った。

「御館様っ。御別れに御座います。御暇致しまする……」

姉は、最早、涙で言葉に成ら無かった。

「……然らばに御座います……ウゥウ」

弟も又、言葉を失った。二人は、此の日、左近《さこん》と雪江《ゆきえ》、そして佳仙《かせん》をも失うのであった。姉弟は欷歔憚らず、執務室を後にする。室《へや》には、静謐が訪れ、窓越しに聴こえて来るは、雨音。「御前達姉弟の門出を祝って居るぞ」と独り言つ。此の雨の中を二羽の鴨がけたたましく鳴き乍ら甍《いらか》を縫う様に飛び去って行った。丸で年老いた為政者を励ますかの様にも聴こえた。次第に雨足が強く成って来たのが瓦を跳ね上がる飛沫《しぶき》に依り、風景を白く煙らせる事で窺い知れた。

（陛下のッ、巴《ともえ》様の汚名丈は雪がせて貰うぞッ、館林《たてばやし》勘解由《かげゆ》ッ！）

遠望する賢宰の脳裏には、嬰児だった頃の娘を妻と二人で抱き締めた、遠きに過ぎ去りし日々《ひび》の憶い出が画かれて居たに違い無い。

「官邸へ急ぎ戻らねばッ。残月《ざんげつ》を出迎えて遣らねば……飛雪と二人、遁《のが》して遣れるのか……此の儂《わし》に……」

為政者の独り言なぞ、誰も聞かぬであろう。

窓には、一介の父親の老け込んだ顔が、悲愴な想いが滲み出し、憔悴した顔が、ぼんやりと、霞んで映って居た。

小半時余り経った頃の事。警官二人を肩随させ慌ただしく現れたのは、あの賢し顔に狐目《きつねめ》の丹基《たんのもと》康《やす》法務大臣であった。宰相政務執務室の前迄来ると、声を掛ける事無く、扉の把手を握れば、鯱膠も無く、開け放ち、恬然として室《へや》へずかずかと踏み込むなり第一声。

「鑑速《あきすみ》佳仙ッ！　叛逆の罪でッ、拘《こう》そ……!?　ややッ、居らぬッ！　終ったァッ、一足違いかァァ……」

何とも口惜しや、と云った表情を浮かべ、

（一体、何所へ……？）

暫時、黙考。すると、其の繊月の様な目を俄《にわか》に吊り上げれば、糸の如く細め、「そうか！　宰相官邸……娘の所だな」と独り言つや、ほくそ笑み、直ぐ様踵を返し、開け放たれた儘の入口前で、次の命令を仰ぐ可く廊下に待機する警官の間隙を縫って、官邸目指し、足早に廊下を進んで行って終った。何事が起きた物かと呆気にとられ、遠ざかって行く大臣の背を見て漸くにして正気付いた二人は、取り残されて居る事を理解し、慌てて跡を追い掛けた。

開け放たれた儘の室《へや》の奥から聴こえて来るは、窓を叩く雨音。賢英、鑑速佳仙《あきすみかせん》が遺した、無念の残り馨《が》を仄かに漂わせ乍ら。

必死の形相で先を急ぐ此の男は、法務大臣であるにも拘らず、陸軍大臣の命令に従い、宰相を弾劾す可く駆け付けたのであった。丁度、残月《ざんげつ》が行商人と乗り合わせて居た頃。そう、黎明の事、館《たて》林《ばやし》は、丹《たんの》を自身の執務室へ呼び出して居たのである。

「閣下。失礼致します。此の様な時間に……慥かに、朝……では御座いますが……未だ、こんな暗い内から、一体、私に何の様な……」

寝惚けて居るものか、ぼんやりとした狐目《きつねめ》で、鯰面の陸軍大臣を眺めた。大将軍は、そんな仏頂面を向けて居る法務大臣の顔を見詰め乍ら、

「グワハッハッハァァ。如何せん、此の歳《とし》に成ると、どうにも朝が早くていかんわい。ヌフフ、フッフッフゥゥ……」

笑えぬ冗談を前に、辟易し乍ら唇を不機嫌そうに突き出して、嘆息を洩らし、困惑の表情を露に

する大臣へ、

「グフッ……まあ、そんな顔をするなァ。いいかァ、御前は今から佳仙を捕らえて来いッ。兼平《かねひら》の時と同じ様に、指揮権であろうと、何であろうと発動してな」

と、葉巻に火を点け、一息付く。そして煙を緩《ゆっくり》と吐き出す。

「今日も演習を行う。然為れば、此の儂《わし》の権威も愈愈、揺るぎ無いものと成るであろう？　あァん？　違いあるまいにィィ……グフフフ……。是で彼奴《あやつ》も孤立した。だからァ、此所へ連れて来いッ。例の密告書も手許に在るッ。グワッハッハッ……」

と、机上を芋の様な手で叩き潰さん許りの勢いで叩いて見せる。下卑た笑いで歪める大きな鯰顔と、其の十倍は有ろう醜い腹を揺らし乍ら哄笑する。其の声が天井を劈《つんざ》く迄に部屋中響き亙る中、世辞にも軍服が似合う等とは言えぬ軍人が、本革の一人用肘掛け椅子に深々と坐り、葉巻を燻《くゆ》らす。

其を煙たそうに掌をひらひらさせ乍ら払うと、

「ですが……何を突然に仰るので？　宰相の権限なぞ最早無いも同然。それなのに……はて……？」

間の抜けた表情を向けた。其へ由有り気な物言いで答える。

「なァに、徒に時間を与え、反抗されても面倒。それに、逃亡されては元も子も無い。何せ、警視総監を斬首刑に処したのであるからなァァァ其方《そち》の命で。グフフフフ……」

米寿と云う齢を重ねた老人とは思えぬ張りの有る声と、耳障りな含み笑い混じりの科白《せりふ》が頭の中を駆け巡る。そして、丸で冷水を頭頂から浴びせ掛けられた気分に成り、突如、目が覚めた。

「なっ、何ですッ⁉　閣下ッ其はッ……慥かにそうでは有りますが……」

丹《たんの》は、苦々しく感じ、渋って見せるも、目線を稍下げるに止める。其を怪訝に感じた館林《たてばやし》は、少し許り語調を意図的に低くし、

「それとも何かね、言わば職務を遂行するに不都合でもあると言うのかね」

と、透かさず、遮二無二答えた。古参の軍人で古狸の異名を自らも口にする此の老漢特有の唸りに、震え上がり、背筋が凍り付いた。だが、此の成上がりで新参者の歯切れが悪い物言いに焦燥さを抱き、業を煮やした老軍人は、更に追撃ちを掛ける可く言い放つ。

「と、と、とんでも御座いません。承知致しました。直ぐにでも其の手配をッ。早速にっ」

「良いかァァ？　此の儂《わし》がッ此の国を手中に収めればッ、儂がッ政を司るのだぞォッ？　其の儂にッ今から恩を売って置けばだッ。解るなァァ？　グフフフ」

と、意味深長で由有り気に仄めかすも、言質に成る様な事は口にしなかった。其の抜け目が無い陸軍大臣に老獪さを洞見するも腹の中《うち》に押し匿し、繊月の様に目を細め和《にこ》やかな表情の儘語調《ままごちょう》を意図的に高くし、

「ははァァッ。閣下の御為ッ」

そう言い終え、深々と辞儀をして見せ、

「では……私は是で失礼致します」

もう一度、辞儀を済ませるや、すごすごと退出して行く丹。其の卑屈に映る後ろ姿を蔑み、眺める館林。同じ穴の貉だと云うに。

廊下へと出た法務大臣は、俟たせて居た秘書官へ、先を急ぎ乍ら囁く。

「良く聞け。私自身で佳仙《かせん》の取調べを行いたいのだ。だから、今すぐッ検事総長に計らって呉れる様、其の旨を伝えよッ」

そう言い終え、良し行け、と許りに掌を振って見せ促した。そして自身は執務室へ急ぎ、自室に入るなり、筆頭秘書官へ声を潜め、話し始める。

「あの古狸奴っ。どうしてだか、今に成って突然、鑑速《あきすみ》宰相を私に連れて来いなんぞと。陛下の居場所を聞き出そうと云うのか？　それとも未だ他に何か魂胆でもあると？　今一つ、解らぬ。……秘密警察に、館林将軍の身辺調査に当たらせよッ。迅速且つ慎重に」

そして今一度、秘書の顔を見詰め、念を押す。

「良いなっ、呉々も慎重に、事へ当たれっ。気取られるなよっ。何せあの老い耄れには、元、神皇《しんのう》十三部隊の生き残りが居るからなァ。頼んだぞッ」

此の言葉を聞き留めた筆頭秘書官は、恭しく頭を下げ、倏然と其の場を後にした。基康《もとやす》は、揺り椅子に坐る。前後に揺れる中、何故《なぜ》だが、目に見えぬ何かに急き立てられる、そんな気分に陥った。

(何か……急がないと……勘解由《かげゆ》奴っ、まさか……まさかな、戦争をッ⁉　いやいや。……八十年もして居らぬ軍隊に出来るものか……)

考えが纏まら無い。

(何方にしても此の私を出し抜く魂胆かッ⁉　死に損い奴っがッ何時迄も顎で扱き使われて堪るものかッ！　類い無い資質を見せて遣るッ！)

俄《にわか》に、皇宮警察の敬礼が視界へ入り、我に返った。ひょっとしたら自分の賢しら顔を見られたのでは、と思った途端、何だか片付か無い心持ちに成った。暫く、二人の顔を、緩《ゆっくり》前後に揺れる視界の中で見詰めて居た。

法務大臣が退出した陸軍大臣執務室では、短く成った葉巻を、其とそっくりの太い指と大理石製灰皿とで揉み消した。

「井伊谷《いいのや》。間者からは何か？　解って居るとは思うが、今、一番大事な時期《とき》。抜かりは禁物っ」

すると、室《へや》の一角から声が答える。

「御意。巴《ともえ》の居場所に就いては未だ何も攫めぬ儘に御座います。故に、楡残月《にれざんげつ》諸共、恐らくは」

「グフフ……そうであれば此の上無し、そうで無くとも……まあ、良い。先ずは、佳仙《かせん》の始末。其が目下の仕事。其の後で、あの狐奴をッ。彼奴を何とかせねばなァァ」

と、鯰顔の顎を芋の手で撫で乍ら模索し始めた。其へ、訝しむ声が言う。

「あの小心者が何か……？」

「うむ。解るのだ。此の歳迄《とし》生きて居るとなァァ、あの若造がァァ、ああいう顔付きの賢しい丈の男はな、決まって必ずっ、為出かすのだよっ。ふゥゥむ……勝手に巴の居場所を聞き出そうとするやも知れんなァァ。……が、佳仙自身も躍起に成って居った筈……？」

「さしも、鋭敏な閣下。御明察通りに御座います。彼奴の秘書官が其の様に報告して来て居ります」

　其を聞き、鯰面の口元を不気味に歪ませ乍ら、

「ほほうゥゥ。グフフ。さすがは井伊谷《いいのや》ッ。配下の忍者《もの》をすでに潜らせて居ったか。グハハハ。良し良し。遅過ぎる箝口令等ッ、何の意味がッふんッ。是ぞ、苦肉の策、と云う奴だなッ。グッハッハッハッハァァ。……忙しく成るぞォォゥ……グフフ……グハハ……ウワッハッハッハッハァァァッ！」

　あれは、人の顔なのか？　何と下卑た笑いなのだ。斯様な笑顔が存在《ある》のだな。影に、闇に生きる『破邪《はじゃ》』の首領故、そう感じる事を禁じ得なかった。

　と、其所へ、不意に扉の向こう依り、声が掛かる。

「御報告に上がりましたっ、将軍閣下」

　俄に、異様な迄のにやけ顔が軍人のものに戻る。

「特佐か。んんっ、入れッ」

「はっ。失礼致しますっ」

　透かさず答え、室《へや》へ入ると、敬礼をした。

「三個連隊ッ、総勢一五〇〇名ッ、練兵場にて待機ッ、出来て居りますッ」

「うむッ、御苦労ッ。して、近衛師団は、どうかッ」

「はっ！　早朝職務を終え次第、各班ッ順次集合するとの事でありますッ」

　其を聞いた陸軍大将は、睥睨《へいげい》し、

「……まあァァ職務と申すのであらば、致し方、無いわなァァ急がせェェェイッ」

不機嫌さの表れであろう、眉間に皺を寄せ、語尾を荒げるも一瞬の事。直ぐに、労いの言葉を継ぐ。

「御苦労、特佐」

「はっ、予定通りッ、一〇《ひとまる》、〇〇時《まるまるじ》、開始致しますッ！」

其を聞き届けると、陸軍大臣は、顎の下をたぶつかせ、軽く頷いて見せた。すると特佐は了承を得たものと見て取り、

「では、失礼致しますッ！」

敬礼を済ませると、機敏な動きで退出する。心地好い軍靴の足音を廊下に響かせ乍ら遠ざかって行った。すると、館林《たてばやし》は、室《へや》の一角に向け、徐《おもむろ》に口を開く。

「……と、言う訳だ。巴《ともえ》の行方を出来得《う》るのであれば入手したい……のだが……其処は、あの若造にさせれば良いか……グフフ。其の後、奴から聞き出して……ハッハッハァァ。まあ、何の道、何方も……グッフフ……任せる」

「はっ、仰せの儘に……」

室《へや》の一角から、忽然と気配が消えた。

勘解由《かげゆ》は、雨が降って来たのを本革の椅子に深々と坐った儘、窓越しに見遣る。そして、外を眺め乍ら新しい葉巻へと火を点ける。其の煙がやけにだらだらと、室《へや》に舞い広がるのだった。

程無くすると、執事やら家政婦やら七、八名が、陶磁器の奏でる小気味好い音と共に、移動式配

膳台を押して室《へや》に入って来た。若手が給仕する中、老練の執事が畏まって言葉を掛ける。

「惣領《そうりょう》様、御早う御座います。御食事を御持ち致しました」

何時もの様に鯰面を仄かに赤らめて、

「ムムム……榊《さかき》よォ、此の歳《とし》で未だそう呼ばれるとだなァァ……」

すると榊《さかき》は、恭しく会釈して、

「申し訳御座いません。どうにも是許りは……若き頃依り幾年……繰り返して来た言葉に御座いますので、どうか御赦しを」

深々と頭を下げ、にやける陸軍大臣の顔を慈しむかの様に見詰め、和《にこ》やかな表情を作った。脂で滑りてかる肉。又、肉。そして、肉。老獪成る此の男、手馴れた手付きで健啖たる胃袋を充たす為、食する事でのみ、耽悦の舌鼓を打とうと云うのか。

「うぅぅむっ、旨いッ!!」

満面に笑みを湛え乍ら即座に称揚し、応えて見せた。其を聞いた執事、家政婦等は、満足げな表情で一斉に会釈をし、退出し始める。

と、其の時であった。突如、一人の近衛兵が退室しようとして居る執事達の間隙を縫う様にして、慌ただしく飛び込んで来たのだ。

「食事中だァ」

陸軍大臣の声は意外にも、荒げた様子は感じられ無かった。

「はっ！　失礼致しますッ。閣下に至急、御報告致したく推参致しましたッ」

と、敬礼して見せた。老軍人は目も呉れずに言葉を返す。

「うむ、聞こう」

改めて姿勢を正し、即座に、

「はッ！　先程、早朝の定例巡回から戻った者の報告に依りますと、首が無く成って居るとの事でありますッ」

其の話をした兵を睥睨《へいげい》するや、

「な……何っ⁉　何の話だァ？」

今一つ、話が呑み込めず、稍、苛つきを見せた。其へ話し継ぐ。

「はっ、ですから、楡《にれ》、前警視総監の斬首《きりくび》が紛失して居るとの事でありますッ」

肉を頬張り乍ら聞いて居た勘解由《かげゆ》は、一瞬、眉根を引き攣らせるも、静かな声音で、

「……解った。退《さ》がれ」

敬礼しようと襟を正す其の兵を慌てて引き留める。

「イヤッ、待てッ！」

「はッ！」

「此の事、誰か他に知る者はッ？」

「はっ、実の処《ところ》、近衛師団も是依り、練兵場へ駆け付ける其の旨御報告に上がろうとして居た矢先でありましたので、現時点では、大将閣下丈であります ッ」

そう快活に答えて見せた。

「うむっ、解った。報告御苦労。此の事は、他言無用ッ。騒ぎ立てず、速やかに合流出来る様、統率に努めよッ」

「はッ！　承知致しましたっ。失礼致しますッ」

敬礼を終えると素早く退室して行った。其の頃には、執事達も既に居らず、静謐な執務室に在る自室で独り、食事の続きを始める。時折、かちゃりと、食器に触れる音が静かに聴こえて来る丈、であった。


其の頃、丹基康《たんのもとやす》は、館林《たてばやし》勘解由を何とかして出し抜く算段許り躍起に成る余り、事を焦り過ぎた。先回りして鑑速佳仙《あきすみかせん》を俟ち伏せし様と考えたのが思わぬ事態を招く結果に成ろうとは。官邸傍の路地裏で手薬煉《てぐすね》引いて待ち受けて居たはあの、井伊谷《いいのや》であった。法務大臣は、一刻《いっこく》も早く自分の手で拘束したいと逸る気持ちを抑制出来ず、自然と足取りが速く成る。二人の警察も必死に肩随する。


三人が官邸迄後六丁程辺りの人気の無い隘路に差し掛かった刻《とき》の事。漆喰塀に囲まれた小路の暗い一角。鋭い眼光が其の三人の動きを睍りと捉えて居た。

「ふんっ、あれは、小心者の……フフフ……片付ける順序が入れ替わった丈の事」

風の音であっただろうか。

突如、何処からとも無く、ひゅっと、竿が撓《しな》うに似た音がしたかと思うや否や、大臣の右に居た皇宮警察官が俄《にわか》に歩行を止めた。其の瞬刻、是又出し抜けに、ばたりと其の場へ突っ伏したではないか。余りに突然の出来事へ、何が起きたのか解らず声も出せぬ儘、只只、其の細い目を必死に剥き、聳懼《しょうく》する許り。

「どうなって⁉」

声に成らぬ言葉を頭の中で叫び乍らもう一人へ救いを、と恐怖に戦き、引き攣らせた顔を懸命に左へ向けた。だが、其の視野に在る筈の。其の視線の先に在る筈の、顔が。否、頭が、其所には無かった。不吉な予感の心中恂々、身悶え、足下へ恐々と目を遣れば、其所には、梅天を仰ぎ見る様にして転がる精悍な顔が見当たった。其の生頭《なまこうべ》がごろり、と動き、妙に炯々とした眼と視線が合う。と、次の瞬間、立ち尽くす胴体の頸筋が突如、鮮血を噴き上げた。其を漠然として真面《まとも》に浴びた大臣は、大声で助けを疾呼する事さえも忘れ、狼狽える許り。顔に付いた血糊を両手で無造作に拭うかの様な手付で掌を頬に宛行《あてが》った。其処で漸くに、憶い返したのであろう。

「ひっ、ひィィィィッ‼」

飛び出す嗄れ声は、何とも軟弱でだらしの無い悲鳴であった。然し、瞬時に、此所へ来た理由を憶い出し、更には、此の者の際限を知らぬ出世欲が勝り人目包みに躍起。慌てて血がべっとりと付いた両手で口を塞ぎ、声を殺そうと必死の形相で努めるのだった。

(にっ、逃げなくてはッ)

そう頭で叫ぶも、腰が抜け、其の場にへたり込んで終う。地べたにへばりついた尻を死に物狂いで持ち上げ、どうにか四つん這いに成り、其の場から遁《のが》れる為、あたふたと来た道を戻り始める。が、初めて味わう恐怖に、戦慄が襲い掛かり、恐悸で手足を思う様に操れず、仰向けで踠く亀の如くに惨めな有様で蠢くのみ。些かは、前へ進んだものであったか。暫くじたばたを繰り返し乍らも、本物の亀と見紛う程の容姿で頭丈をぬうっと突き出し、漸くに、二、三歩這い進んだ大臣に、又もや、恐怖が襲った。あの首無し胴体が其のにょきりと伸びた頭と首へ覆い被さるかの様に倒れて来たのだった。其の場景に目を剥き、既の所で首を引っ込め、難を遁《のが》れた。

するると、警官の死体は、法務大臣の眼前へ、どさりっ。重い音を轟かせて横たわった。是に肝を潰した小心者は魂《たま》消《げ》た拍子に、蛙が反っくり返る風に、ぴょん、と跳び退った。が為に、振出しへと戻って終ったのだ。然し、現在《いま》の此の男は其処《それどころ》では無いのだ。正《まさ》しく、風前の灯なのである。

「ひえエエエエエッ!!」

口元を覆い隠す両手の指の隙間から、命乞いの叫びが洩れ零れる。目玉丈をぎょろつかせ、

（て、敵⁉　……は、何所だッ⁉）

見え無い相手に兢々とし、助けて。助けて。助けて。と其の言葉丈が頭の中を駆け巡り、胸中で何度も疾呼する。鼓動は高鳴り、心臓が今にも口から飛び出して来そうな程だ。

「こっ、是ではっ……あの父娘《おやこ》を連れ出す処か、此の私の命がァァァ……」

震える声で独り言つ。

丹基康《たんのもとやす》の目論見、其は。鑑速佳仙《あきすみかせん》から巴《ともえ》の居場所を聞き出し、飛雪《フェイシェ》を妻に、延いては宰相に就き、此の国を手中に収める。と云う奢靡な野心を抱いて居たのだった。

其の夢が、今、脆くも崩れ様として居るのだ。其の背中へ、殺伐とした、世にも恐ろしい唸りが発せられた。

「恨みは無い。がっ。生きて戻られては、俺の出世の邪魔に成る。只、其丈だ」

淡々とした、否。冷淡とも違う、簡潔な語り口調で告げた。諭すが如く此の話し振りは、大臣にして見れば余計に恐怖感を増幅させ、正《まさ》しく、死にたい気分へと、煽動する。冷水を頭頂から浴びせられたかの様に身体は小刻みに震え、治まる気配は無い。にも拘らず、先程から絶えず、大粒の汗が額から噴き出し、小雨の中、顔に当たる雨粒と混ざり合い乍ら、時折、顎の先依り、ぽたり、と、滴り落つる。顧眄《こべん》する事さえも赦されない状況の中、ふと、沈思する。

（此の声……何所かで？）

聞き憶えの有る声音だと思い当たった。

（そうだ、あの夜、陸軍大臣官邸に居た、慥か、そう……）

井伊谷《いいのや》!!

確信した刻《とき》、今し方迄寸刻の間忘れて居た恐怖が怒濤の如くどっと押し寄せ、黄泉《よみ》へと続く門を大きく広げ、此の魂を丸呑みにせんとする。「あんな奴が刺客として現れたのであれば、もう駄目だ」と、観念する。そんな途方に暮れた表情で、鑑速《あきすみ》家官邸の甍《いらか》を仰視するのだった。

そんな丹《たんの》へと足早に歩み寄る井伊谷。覆面頭巾を被り、眼光丈が無気味に煌めき、其の面長の先には尖った様に細い顎が突き出し、妙な具合で鈍色に帯びて居る。そして、大胆不敵に、得物である鉤縄を今、正《まさ》に、擲たんと身構える。

其の刹那。

何かを背後に感じた。「ちっ！　邪魔がっ!?」と呻く暗部の手練。だが、そう感じるが先か、突如として背筋が凍り付いた。此のどうにも名状し難い異様な迄の黒い魔物に魂ごと喰われる。そんな錯覚に陥り、其の感情の波に呑み込まれそうに成って居る自身へ戦いた。だが、此の戦慄が現実のものだと認識する迄に然程刻《とき》を有する事は無かった。「何だッ⁉　此の啻《ただ》ならぬ気配はッ？」と、小さく呻く。此の忍者《しのびもの》を是程迄に怖れさせるものとは。果たして。

(振り向けばッ殺《や》られるッ‼)

直感した。

(一刻も早くッ！　遣り過ごせるのかっ⁉)

不安が心を焦燥させるも、何とか隘路を離れ、傍らの垣根を素早く躍り越え、奥へと身を潜ませた。そして、其の正体を探る可く、気配を辺りに同化させ、暫し俟つ。

一方の大臣は、狼に其の命を委ねて終った子羊の如く震え乍ら蹲り、瞼を固く閉じ、胸中では念仏を唱え、最期の時を待って居る。あの恐懼する程に凄まじい殺意が近付きはすれど、一向に其の時は訪れて来ない。其を訝しく感じ、恐る恐る、細い目を徐《おもむろ》に開けて見た。そして、意を決して、其の首を捻り頭を後ろへ廻して向けた。と、目に飛び込んで来たは、黒依りも黒い、漆黒の塊であった。

「……⁉」

基康《もとやす》は、口をぽかんと、開けた儘次なる場景に、心身共々、釘付けと成った。

躊躇い微塵も無く、疾走し向かって来る黒き影へ、側面から突如、びゅっうと、鋭い風切音が鳴った。刹那。一筋の白金が黒い暗闇に吸い込まれるかの様に翔《か》けて行き、漆黒を強襲する。なれど、其の黒漆の中から青白き光芒一閃、悠然と現れたのは、名刀、〝月影《げつえい》〟也。静かに風を唸らせて鏗然高らかに鳴り響かせるや、きらびやかに燐光鏤めて、其の鋭き切っ先いとも容易くはっしと弾き返したのだ。颯爽と現れた黒衣の剣客が鉤縄遣いの必殺成る一撃を軽やかに去《い》なして見せた此の光景を、法務大臣の脳裏にはっきりと、焼き付けた。

　黒衣は疾走から一転、突如、其の場でぴたり、と静止する。そして、縄が瞬く間に引き戻されて往《ゆ》く方を睥睨《へいげい》するや、

「抜けば。斬るッ」

　何と殺伐として居乍らも、何と、気高き声音か。

（なっ？　何ィィ⁉　……貴様はッ‼）

井伊谷《いいのや》は、既に得物を回収し終え、間髪を容れずして腰元に在る忍者刀の刀把に手を掛け、其所に潜んで居たのだった。其の間、幾許《いくばく》の刻《とき》が在ったと云うのか。果して此の寸刻と云う間にして忍《しのび》者《もの》の動向、さしもの剣客鋭き慧眼にて是悉く看破するもの也。畏る可し。対峙する鉤縄遣い。狼狽さえも呑み込んで、此の隘路を疾走する中、抜刀し、自身の必殺をたった一薙ぎ払いで叩き返され、気付けば、僅かでは在り乍ら頭巾を額の汗が濡らして居た。

「何て奴だッ……彼《あれ》が、楡《にれ》、残月《ざんげつ》……」

　最早、嘆嗟の呻き丈が虚しく洩れるのみ。井伊谷は孤高の剣士を凝視し続けた儘、静かに、そして、徐々に、其の間合を広げて行く。気取られぬ様、慎重に。しじまに。

　残月は、痴れ者の気配が遠ざかった事を認めるや否や、二度《ふたたび》、疾走を開始する可く小路を翔出《かけだ》す。

茫然自失の丹《たんの》と、其の傍らで無惨にも転がって居る死体なぞ一顧だにせず、旋風《つむじかぜ》遺し、一陣の風の如く、既にして其の場を去って居た。

結果、漆黒の闖入に因って命拾いはしたものの、未だ放心の態《てい》の儘へたり込んで居る法務大臣。死体の傍らで暫く沈思して居るものか、耄けた表情で頭の中を整理しようと悶える。そして、何ともだらし無い顔付きの儘ぼそぼそと口元から声を零し始める。

「に……逃なくては……此所から……早く……とにかく今は、逃げ延びなくては……」

ぼんやりとした意識の中で何とか、漆喰塀に手を添え、身体を預け、どうにか立ち上がり、塀に靠《もた》れ乍ら辺りを見互す。其の惨状を目の当たりにした瞬間、俄《にわか》に嘔吐《えず》きを催し、其の口元を手巾で慌てて押さえ、やっとの事で、悲鳴と一緒に呑み下した。そんな折、青息吐息に混じり不意に洩れ出た言葉。

「はぁ、はぁ……楡……ふぅふぅ……残……月……」

はっ、とした。何故《なぜ》、此の名前を口にしたかなぞは、もうどうでも良かった。

「……そうだっ、彼奴《あやつ》は、警視総監のッ、兼平《かねひら》のッ、倅！」

其処で声を殺し、辺りを見廻す。未だ、誰かが居るのでは、と。

(彼《あれ》がッ……実力……『破邪《はじゃ》』の頭目の攻撃をたった一振りでッ……躱《かわ》した……のか？)

愕然とした。

「わッ、私はッ、法務大臣だぞォッ……ハッ、ハハ、ハハハハハ……」

嗤笑であった。

「急ぎ戻らねば……私は愚かだった……兼平《かねひら》を無き者にしてさえすれば、行く行くは此の国を手中に……と……あの古狸の騙り等にィイッ……くゥウッ！　口惜しやァアッ!!」

垣根や板塀、漆喰塀と、支えに成る物全てに寄り掛かり、伝い歩き乍ら、呻き散らす。丸で重傷者の如く、息も絶え絶え、覚束無い足取で、絶えず蹌踉《よろ》ついて居る。

（ぬゥウ……勘解由《かげゆ》ゥウッ……犬畜生にも劣る奴ッ！　目に物見せて遣るッ!!）

怒り心頭に発し、是依り暫時、終始、罵詈雑言、其の度毎、煩悶した。


「井伊谷《いいのや》か。首尾は」

「はっ。申し訳、有りません。丹《たんの》を為留め損ないました」

室《へや》の一角。影が揺らぐ。

「何ィイイ？」

「はっ、其が、思わぬ邪魔が入りまして……」

鯰頭を室《へや》の隅へ向け、ぎろりと、睨まえた。其へ直ぐ様、一角の蔭が応じる。

「邪魔？　だと……？　御前の仕事の弊害に成る相手等、もう居るまいに？」

「はッ。唯、一人ッ」

一拍置いて、

「……誰だ？」

「楡残月《にれざんげつ》」

静かに答えた。其へ目を剥いた。

「なッ⁉　何だとッ？　あの小倅奴がッ……生きて居ったとはッ……」

頬張って居た家鴨の肉を生唾と一緒に呑み込んだ。暫く、目を見開いた儘、目玉をぎょろぎょろさせて頭を巡らかす。そして、鱠の口元を俄《にわか》に歪ませると、ほくそ笑み乍ら、

「グフフ……と云う事はだ。佳仙《かせん》の間者共悉く、旬日を経ずして、片付けて呉れた訳かッ！　兼平のあの狷介孤高《ばかむすこ》がッ！　グワッハッハッハァアッ！……そうか、遺骸《くび》を盗ったは、彼奴か。ウハハハハ」

欣喜雀躍して居る老獪な軍人を蔭に潜む影は、苦苦しくも、不憫に感じた。

(此奴《こいつ》は、奴の恐ろしさを丸で……)

理解して居ないであろう事は想像するに難しくは無かった。

良し良し、と云った風な表情で、一人、頷いて見せ、家鴨の肉、骨から聢りと抽出された煮出し汁を至福の境地で味わい、啜り乍ら話の続きをし始める。

「是で、事が運び易く成った。基康《もとやす》の若造は放って置けば何れ謀叛《こと》を起こす。其の時は丁度良い機会だッ、儂《わし》の軍隊で鎮圧し、権力《ちから》を見せ付けて呉れるわァッ！　ウワァッハッハァアァ」

ふと、其処で下卑た笑い声が止んだ。すると俄に声が低く成る。

「それに……あの倅唯一人のみが巴《ともえ》の居場所を知る者……だな……」

確かめる様に一角を一瞥した。

「其の様に睨みを付けて居ります」

「うむ。彼奴を生け捕り拷問に掛けろッ。居場所を吐かせるのだッ。知って居った方が後々、都合好いからなァァ……グフフ」

其のにやけ面を蔑み拝み、

(生け捕るッ？　誰が？　どう遣って？　あんな化物《バケモン》ッ！)

改めてぞっとし乍らも、毒気を吐き、鯰の噺を遠くに聞く。

「然為れば、全てに於て、有利に立てるッ！　のォォう井伊谷《いいのや》ッ。グフフ、頼むぞォォッ！　グフグフ、グへへへ……」

心とは裏腹に、

「仰せの儘に」

「ふんっ、佳仙《かせん》奴ッ。件の事柄全てに箝口令を強いて居った様だが……グフフ、実に下らんわッ。……それに、考えて見れば巴《ともえ》なんぞッ居らずとも……グフッ。今更、子守が還って来た処で何が出来るッ！　グへへ、グフッ、ワハハッ、ガハッ、ガハハハハ……」

井伊谷は、此の笑い声丈にはどうにも慣れる事が出来なかった。其処で、一刻《いっこく》も早く退出する口実を口にする。

「丹基康《たんのもとやす》、次こそは必ずやッ始末して御覧に入れますッ。其の暁には……正規軍の要職に是非ともっ」

「んんっ!?　ワハハハ……うむうむ、解って居る。案ずるなッ。御前にはなァァ、『大佐』の席を用意して在るッ。グフフフ……どうだァァ……あァァん？　グへッ」

忍者《しのびもの》は、終に言質を取ったと許りに、

「ははッ。有り難き仕合せっ」

そう言い終えると、続け様に話す。

「残月《ざんげつ》は、其の後、鑑速《あきすみ》邸に向かいました。恐らくは佳仙も間も無く。既に、配下の忍《もの》を向かわせて居ります」

「うむッ。上出来ッ！」

「ははッ、では、手前《てまえ》も動向を探る為、直ぐに戻ります」

「んんっ、頼むぞォォ、井伊谷ァァ……ワッハッハァ、ガハハハ……」

「仰せの儘に……」

下卑な笑い声が返事を掻き消して行く。そして其の儘、部屋中を響き亙り、軈《やが》て、此の哄笑は、浮世を嘲笑うかの様に、世上へと覆い被さって往《ゆ》く。

拾肆

鑑速《あきすみ》邸の玄関口。

「今し方の忍……あの技。『破邪《はじゃ》』。勘解由《かげゆ》の手の者か。だがッ今はッ」

閉ざされた開き戸の前で残月《ざんげつ》は、独り言つ。逡巡の素振りを窺わせるも、観音開きの扉へと左手を伸ばす。意外にもすんなりと、開いた。貫木は掛けられて居無かったのだ。

「佳仙《かせん》殿。若しや。戻られて居られたか……」

呟き乍ら素早く其の身を邸内へ滑り込ませる。そうして門を潜れば、正面には表玄関の引き戸を目にする事が出来る。黒衣は、寸刻、黙考し、やはり此処は名告りを上げるのが筋。と、戸に手を掛け思い切って滑らせ、土間に立つ。

「鑑速佳仙殿。楡残月《にれざんげつ》、推参仕った」

静寂が裹《つつ》む。返辞は無い。仕用人等合切へ暇《いとま》を取らせた、とでも。訝しみ乍ら、

「……戻って居らぬのか……其程迄に政が大事と言うのかっ……」

独り言ち、胸の奥底から言い知れぬ怒りが沸々と湧き上がって来るのを、緊々《ひしひし》と感じるのだった。

だが此処で矢庭に驚呼《きょうこ》し、

「飛雪《フェイシェ》ッ」

応えるは沈黙許り也。

「飛雪ッ、居ないのかッ」

大切な女性《ひと》の名を繰り返し呼んだ。

気付けば、片足は既に、上がり端の板張を踏み締めて居た。勢い、廊下へと躍り上がり、為政者《いせいしゃ》の書斎へ急ぎ進む。静か過ぎる。そう感じたものか、声を控え、「御免」と言葉を掛けるや、返辞を俟たずして戸を開けた。軽やかに滑り開く襖の向こうには、初めて入る宰相の自室が寂寥と広がる。静閑な書斎の中央に幅五尺程の文机が置かれ、其の上には書類や公文書が綺麗に整頓され積まれて在る。そして、ふと見互せば、書棚が整然と並び、文献書、政治哲学書、論策文書、研究書、古典。と、書物が櫛比する場景には、さしもの剣客も一瞬、鼻白む。なれど、直ぐ様、憶い返し、賢士らしい、と暫し、眺望するのだった。そして、黒衣は、其等一切、手を触れる事無く文机へと徐《おもむろ》に歩を進める。其の上へ、懐依り鄭重に取り出したる白き布裹みを静かに、そっと、置く。すると、音も無く踵を返し、其の場を後に、飛雪の元へと互り廊下を急ぐ。縁側伝いに歩いて行くと、左手に庭園が広がり、其の先には、深い緑の葉に負けじと、残り少なく成った躑躅の花が赤く咲き誇って居るのが見て取れた。然為れば、間も無くだ。間も無く、愛する女性が俟《ま》って居るであろう場所に辿り着く。漸くにして、来たのだ、此所に。縁《よすが》の元に。焦がれは募り心が叫ぶ。

「飛雪ッ！」

終には、声と成りて露に。最早、何を憚る事が在ろう乎《や》。胸の鼓動は高鳴る許り。恋人の部屋の前、寂寞の中、独り佇む流離武人《さすらいびと》。ふと、今し方通った亙り廊を、鉤の手に曲がった縁《えん》を見遣る。あの角から、今にも、ひょっこりと、父娘《おやこ》が仲睦まじく語らい乍ら姿を現して来る様な、そんな、微笑ましい情景を睛《ひとみ》が在り在りと映し画いて居た。若しも、静謐の世の儘であったならば、妻と岳父、此の躑躅咲く庭で酒を交え、談笑を楽しむ鼎談の出来る日が訪れたやも知れぬ。と云う想いが、望むらくは、と云う夢が、そんな光景を魅《み》せて居たのか。そんな儚む気持ちが弱音を呼び起こし、決意を惑わす。

なれど此処で俄《にわか》に省みる。愛する女性《ひと》の正《まさ》しく其の笑顔を取り戻す為、舞い戻ったのではないのか、と。愛敬《あいけい》の縁《よすが》を助くる為、数多の刺客其の悉くを斬り伏せて迄して、還ったのではないのか、と。今一度、魂を奮い起たせれば、眥《まなじり》裂いて、愛念の名を呼ぶ。

「飛雪《フェイシェ》ッ」

然し、孤高の剣客の帰館を出迎えるものは居無い。あの胡弓を偲ばす楽器の馥郁《フクイク》とも呼べる濬《やす》らかな音色さえも聴こえては来ない。刻《とき》許りが費やされて行く。終いに、業を煮やし、襖障子に手を掛けるや否や、迷う事無く開け広げ、

「飛雪ッ、俺だッ。居ないのかっ？」

ずいと前へ出て、部屋の中へと進み入る。と、行き成り目に留まった物は、流麗《りゅうれい》な錚錚《そうそう》たる古《いにしえ》の弦楽器が、無惨にも叩き壊され、息、尽きて、無造作に放り棄てられ、床に散らばり転がる場景だった。是では、愛を育んだ過ぎし日の刻《とき》の様に、あの哀愁を帯びた音色を聴く事叶うわぬ。のかと、想うも寸刻の事。

（一体、何が起きた……）

凶事の予感に悶える中、それでも前へと進み出て、奥の間を目指す。二畳分程の広さの仕切り間へ足を踏み入れる。目の前には襖一枚で遮られた臥所《ふしど》が在る許りだ。此所に居なければ、何所を捜せば良いのか。そんな想いに意気銷沈し、名を呼ぶ事を躊躇《ためら》った。其の佇む姿、純真無垢な青年に似たり。

と、不意に、嗄《しわが》れた音を立て、襖が軋る。緩《ゆっくり》と開けられた其所には。残月《ざんげつ》の目の前に現れたのは。あの繊妍《せんけん》淑女。心から愛した女性《ひと》。艶やかに光る烏羽色の髪。富士額には翠蛾《すいが》を浮かばせ、切れ長に青磁色の眸を嵌め込み。小鼻は控え目乍らも整い、稍薄く、仄かな朱を帯びた唇は真一文字に結ばれて居る。顎の線は細くも柔らかく、其等を支える首はほっそりとしなやか、肌は透き通る程に白く美しい。二度《ふたたび》、睛《め》にした刻、是程迄に可憐掬《きく》す可き佳人であったかと、痛感せずには居られなかった。

「飛雪……」

何と消え入りそうな声なのだ。正《まさ》しく、夢現の如くに、眼前の淑やかで穏やかな容姿の女性を只々、見詰める許り。向かい合い、佇む繊麗な淑女の稍見上げる端整な顔立ち。不意に青磁の珠が潤み、結ばれた口元が俄《にわか》に綻びた。最愛の良士《ひと》と斯うして出会える事丈を心の縁《よすが》に俟望し続け、丸で悠久の歳月を俟ち侘びたかの様に此方《こなた》の音容へ詠嘆の喟然が洩れる。そんな胸中で妍好《けんこう》の淑女は、想い人の睛《ひとみ》を仰瞻《ぎょうせん》し、感慨に噎ぶ。

「……残月……様……」

言下に応ずるは、

「飛雪《フェイシェ》」

張り詰め、掠れた声。

二人は、固く、抱き締め合い、再会の喜色を噛み締め合った。

飛雪は、黒衣の背中に繊手をするりと廻したならば、外套ごと力を込め、引き寄せる様にして、愛する男の胸へ顔を埋め、

「……善くぞ、御無事で……夢では……無いのですね……。嗚呼……愛しき貴方《ひと》……」

夢幻では無い事を幾度も確かめ、得心往《ゆ》く迄、自身の頬を押し付けるのだった。残月《ざんげつ》も又、其へ呼応する。頭一つ分程低い愛する女性《ひと》の黒髪と、か細い肩を狂おしい程に擁《いだ》き留《と》め、自身の顎を頭頂に載せ、

「……夢であるものか……夢であってたまるものかっ」

そう囁き乍ら、暫時、頬を髪に当て欣幸の至りを胸に刻み付けるのだった。そして、徐《おもむろ》に、其の細い両肩へそっと手を添え、睛《ひとみ》に映り込んだ、嫣然と頬笑み爛々と煌めく青磁の瞳を聢りと見据え、

「あれ程《ほど》、大切にして居た楽器を、何故、斯様な迄の壊れ方を……」

ふと、話の続きを止めた。何故、止めた。其の問い掛けに、心の深淵から応えた。「懼《おそ》れ」、と。はっきりと声がした。己の魂の声が、だ。違う、と言い聞かせ、そ知らぬふりをし、話を変える。

「其依りも、良く聞くんだ。此の儘此所に居ては危険が及ぶ恐れが。其故、今直ぐ、俺と倶に此所では無い所へ行こう。さあァァッ」

手を差し伸べた。其の柄胼胝《つかだこ》と節榑立《ふしくれだ》った逞しい掌に、しなやかで繊麗な手の平をそっと、載せ、

「残月様……貴方がそう言うのであれば、私は……私は……随《したが》うのみ……」

潤沢な青磁の珠を輝かせ、絶る様な語調にも拘らず何と気品を伴わせた澄んだ声なのだろうか。是は彼女が嘗《かつ》て奏でた絃《げん》の音色、「調べ」に似たり。是迄の禍咎《かきゅう》を雪《すす》いで呉れる様だ。

知らぬ間に、小雨に成った時雨の中、此の格調高き音色が醸し出された玲瓏《れいろう》たる声の馨に誘《いざな》われ、碧き弧線紋様の羽をひらひらと翻し乍ら、真っ赤に咲く躑躅の周りを戯れ舞い飛ぶ番う蝶は狐火宛《さなが》ら。

飛雪は、今一度、残月の胸に顔を埋め、募る想いを擲《なげう》つ可く、両の手の平と頬を力強く擦り付ける。泫然《げんぜん》と目尻から頬へと涙が伝う。咄嗟に、顔を上げ、繊指《せんし》を充てがい拭おうとしたのを気遣った其の拍子に、飾り羽根を玉虫色に彩り乍ら、旅人帽子が黒揚羽の如く静かに、ひらひらと、舞い降りた。

其の刻《とき》、其の創刃《そうじん》が、露《あらわ》と成った。此の直後だった、頬の創丈《きず》が昂揚し、僅かな疼きを感じたのは。黒衣の精悍な容顔にうねり這う一匹の蜈蚣《むかで》。鼈甲にぬらりとてかり、蠢き出す。恰も、是見よがしの如くに。果ては、潤んだ青磁の瞳が鮮鋭に描写する。

（あんたが、遣《や》ったんだよ。ウフフ）

銀白の閃光が射す。

「……⁉」

何かが聴こえた。

（フフフ……あんたの為出かした事じゃァなかったかえェェ？　ウフフフ……フフフ……アハハハ……）

（空耳……なの……？）

「……其の笑い方ッ……静かにしてッ……邪魔をしないでッ！」

両腕で突き飛ばし、残月《ざんげつ》との距離を置き、辺りを探る風な仕草で天井を仰いだならば、俄《にわか》に瞳を当て所なく宙に游《およ》がせつつ、怒声を言い放つ。だが直ぐ様一転。恐竦《きょうしょう》の態《てい》。

「私では無いわッ、決して……御願いだから黙ってて頂戴ッ！　……貴方が勝手にした事よッ……私じゃないッ……」

一体、誰に向けて発せられて居るものなのか。判然とせぬ儘に、初めて耳目する飛雪《フェイシェ》の荒々しい言動を前に、寸刻、たじろぐも、直ちに改め、是は、若しや、と推度した。

（〝エヴァ〟……か）

緊張が胸中を迸る。

「……聞いたのだな。恐らくは……」

「いいえっ、何でも……空耳に御座いましょう。私は……何もっ……」

言下に口を開き、語りを、否、其の名を、遮り答え、黒衣を見詰め返す其の眼差しの持ち主の表情は、一体、誰なのであろう。

「……私は、貴方さえ居て下されば……傍らに居てさえ下されば、私は……参りましょう……心支度は疾うに出来て御座います。此処では無い……遠い処《ところ》へ……嗚呼……残月様、もう……片時も

「……」

「飛雪」

誰の呼び掛けであったたか。

そして、又、頭の中から、中へ、か。声が響く。艶笑か。鼻哂《びしん》か。

(ウッフフフ……アッハハハ……そうぉら……きた。お得意さねェ、かまとと振るのは。ほら、天生って云う、あれかえ？　アッハハハ。あんたで無けりゃ、一体誰が、母親殺すって言うのかねェ……？　フフフ、アァッハハハハ……)

「嫌ッ！　已めてッ！　其の疎ましくも悍《おぞ》ましいッ笑い方をッ！　……私じゃないっ。……私じゃないッ。私はっ、何もッして居ないッ！」

(そうさねェ。其の通りさっ。私《あたし》がした事をあんたは只、黙って見てたフフフ……いいえ……いじけて、背を向けて居た丈……だから……あんたは、意気地なしさねェ。ウフフフ……)

「嫌ッ。嫌ッ、嫌、嫌ァァッ！」

頭を、胸を、魂を、劈《つんざ》く笑い声。耳を塞ごうとも鳴り響く。頭を振り、其の音を追い出そうとする余り、取り乱し乍ら一歩、又一歩と後退る飛雪。其の刹那、優しく両肩を抱き支える残月が、静かで、落ち着いた語り口で宥め様と話し始める。

「……飛雪。俺は此所に居るぞ。聢りと見るんだ。俺の声が解るな。此方へ心を向けては呉れまいか。さあ、俺の声丈に耳を傾けるんだ。さあ」

だが然し、青磁の珠に自身の睛《ひとみ》が映り込む事は無い。と雖《いえど》も、黒衣は諦め無い。未だ、始まった許りだと、更に、喰い下がる。

「良く聞くんだ。あの夜の事だ。何が起きて居たんだ。あの時、俺と巴様《ともえ》は一体、誰と対峙して居たのか。教えて呉れないか」

此の語りに、青磁の瞳が妖艶に彩り、光り、応える。

「アハハハハ。答えるも何も、目を瞑ってたんじゃねェエ……」

黒衣の頭へ、否、魂へと直に揺さぶって来る。

(貴様なぞに聞いては居無い)

心へ叫ぶ。其へ、恋人が応える。

「……何も……知らない……私……は……何も……憶えて無いの……」

縋る眼《まなこ》と語調は正《まさ》に心焉《こころここ》に在らず。震える瞳を占めるのは身の毛も弥立《いよだ》つ、赤みの強い鼈甲に滑りてかる、頬のうねり。

「私じゃないッ!!」

誰に向け発せられた怒気であったか。愛しい筈の黒衣の心身を突き放し、距離を取る。

(此の娘《こ》は又……ウフフフ。身勝手な子ねェエ。一人じゃ、片が付けられないんだろう? 私《あたし》が殺《や》ったァげるよォ。ウフフフ……あの夜為損なった続きをさァアッハハハハ……)

「煩《うるさ》いッ!!」

此の怒気に狼狽えたは、

「違うのッ……貴方に言った訳ではっ……駄目……御願い……近付いては……私は、あの夜も、何《ど》の夜も……憶えては居ないの……もう……忘れたいのよッ!!」

残月《ざんげつ》は、此の言葉と、はらはらと落つる涕に、初めて、恋人、飛雪《フェイシェ》の本音を看破《みぬ》いた。

「飛雪。聞いて呉れ、俺の声を。気付いて居るんじゃないのか？　そうだろう？　もう一人の自分の事をだ。其の魂の存在を。気付いて居無い訳が無い。確証と呼べる程のものでは無いけれど。飛雪、話しては呉れまいか。此の俺に」

なれど、恋人は、愛しい男の腕を振り解き、苦悶する。

「嗚呼ッ……嗚呼ッ……」

過剰な迄の興奮状態に陥り、自身の細腕で、自分の繊妍《せんけん》を抱き締めた。其の拍子に、髪挿しが外れ、豊潤で長く艶耀《えんよう》な黒髪が、頭頂から溢れ零れた。見事な烏羽色の髪を振り乱し乍ら懸命に、暗闇の中、手探りで、自制心を、手繰り寄せ様と、言葉を継ぐ。

「……知らない……私は……解らない……もう……解らなくても構わない……。私はッ……私よッ！」

「俺と御前はっ、終世の伴侶ぞっ。話をっ……聞きたいんだ」

切なる呼び掛けが通じたものか、断片的で脈絡が無いものの、訥々として、話をし始める。

「……私は、只……貴方の無事を……帰りを、今か、今かと……其の様な想いを募らせる度……其の度に、調べを爪弾こうと……、此の音色と共に私の忍ぶ想い丈でも届けばと。けれどっ、何時もっ、何時もッ、邪魔をッ。声が邪魔をするのですッ。『お止しッ！』と……其は迚《とて》も……叱責に似た……けれども、私の声等では決して……其は……真に名状し難い……世にも恐ろしい……其は其は物言いでした。……ですから……私はっ……だからっ……」

　核心へと繋がる此の語りは、乙女の繊細な心を迫蹙《はくしゅく》し、緊張に語気を上擦らせた。

だから、あれ程迄に弦楽器を破壊したのか、と事の由《よし》を慮る残月《ざんげつ》は、飛雪《フェイシェ》を安心させる解決策の糸口を攫もうと、暗中模索に心血を注いだ。

「そうか、そうだったのか。此の俺の身を案じて居て呉れたのだな……其の想いに導かれ、俺は、斯様にして舞い戻れた。飛雪、是も偏に御前の御蔭。それにな……旅の途上、気付いたのだ、出奔したは一生の不覚であったと云う事に、己の過ちに。……漸く。気尽くしさせたな、飛雪……済まなかった。もう、独りにしはしない」

と、一粲《いっさん》し、手を差し伸べ、「さあっ、倶に」と、恋人の曇る顔を篤実成る睛《ひとみ》で見据えた。そして、話を続ける。

「其は、誰の声であった？　……本当は解って……知って居るのでは」

「……其は……」

記憶を辿り、何とか手掛かりを、と腐心し、沈思し、涙で潤ませた瞳と声とで、懸命に応え様として居る恋情の女性《ひと》へ、優しく言葉を投げ掛ける。

「何でも良い。浮かんだ言葉を、事柄を口にして欲しい。逃げずに俺の言葉を信じて欲しい。俺の目を見て。さあ」

　残月の穏やかな声音と問い掛けに絆されて往《ゆ》くかの様に、口を開く。

「……そんな事……急に……そんな簡単に……。私は……幼い頃依り、一人で過ごす時間が多かった……私には、話し相手等一人も……私はッずっとッ我慢をッ。ずっと……廿有余年もの永い間、私のたわいも無い話でさえッ聞いて呉れる相手等ッ……そんな時に御座います。巴《ともえ》様を介しての残月様……貴方との……貴方との此の邂逅。其の悦びは一入《ひとしお》……」

遠望する様な眼差しで天井を仰ぎ、出会った時の事を丸で遥か遠き日の想い出の如く懐旧して居る面持ちの儘、徐《おもむろ》に視線を下ろす。其の明るい淡青緑《うすあおみどり》の瞳は、黒衣の睛《ひとみ》を静かに見返した。

「けれども……結局は、何も……何も変わる事は無くッ。誰もッ。誰にも……話を聞いては貰えぬ儘でッ……」

落胆の憂き目に遭い、深愁《しんしゅう》たるや此の想いに言葉を詰まらせ噎ぶ。

飛雪の心外成る語りに残月は、其の実、幼帝の指南と云う大任に感《かま》け、恋人の話へ心を傾けては居無かった事を今更にして、思い知らされたのだった。悔恨と言う桎梏《しっこく》に押し拉《ひし》がれ、苦しくて、苦しくて、魂迄をも潰されて終いそうに成る。是では、宰相、鑑速佳仙《あきすみかせん》と云う為政者を、丸切り笑えぬでは無いか。况《ま》して、非難する事なぞ、どうして出来ようか。そんな後ろ暗い胸臆《きょうおく》を見透かしたかの如くに、恋人は、悲愴感を漂わせ、言葉を繋ぐ。

「……父は、政務……。……貴方が居ればッ、貴方さえ居れば……独りだった……から……そんな筈は無いのです……貴方に……出会えたのだから……けれども……私は……そして貴方も政務……其程迄にッ。そんなに政がッ……大切なのですかッ⁉　明日をも知れぬ御母様を蔑ろに出来る程迄にッ！」

哀色《あいしょく》に慈しみが錯落する中、語調に怒気が錯雑する。初めて明かされた飛雪の侘しさに、そして、己の愚昧さに、残月《ざんげつ》は、怯えた。

「飛雪《フェイシェ》……気付け無かった……俺はッ！」

言葉が何一つ浮かば無い。自身への嘲誚《ちょうしょう》さえも消え入る。

「誰かに居て欲しかった……其が貴方であったならば……私はどんなに……嗚呼ァァ残月様……」

密《みそ》か心《ごころ》が虚しく空気を震わす。

「願いは唯一つ丈だと言うのに……それですら叶う事は有りませんでした……そして、父が戻ったかと思えばッあの告白ッ。貴方様の突如の出奔ッ！　もう、私はッ。此の張り裂けそうな想いに堪え兼ねたのです。もうッ、孤独なんてッ嫌なのッ！　……そんな時だった……話を、心置き無く聞いて呉れる人と再会を果たしたのは……其が……彼女……」

黒衣の睛《ひとみ》を占めるは見紛う事無く、愛する女性の嫣然たる面持ち。なれど青磁の珠が妖艶に彩れ微かに揺らぐのを、慧眼は映す。錯覚か。『飛雪《アレ》は苦しんで居た』。舜水《しゅんすい》の際の言葉が俄に心を過る。

「其が。〝エヴァ〟なのか？　若しや。そうなのか？」

恋人は何も応えなく無った。抑、声が届いて居るのかどうかさえも疑わしい。そんな、虚ろな眼《まなこ》で、頬に在《い》る蜈蚣《むかで》を凝視して居る生き人形へ、

「そうなのだな。やはり、あの夜、対峙して居たはッ。巴《ともえ》様が見たモノはッ」

答え無い。身じろぎせずして佇む人形。否、微かに、一瞬、青磁の瞳に陰が射したか。

「其はきっと、飛雪、御前なのでは？　何方も、御前自身……なのではないだろうか？　解らない、

解らないが、御前は御前丈なのでは？ 俺が俺自身でしかない様に。旨くは言えないのだが、是が剣術から見出した、一つの答え。そんな、感じがするのだ」

波山《はざん》達との出会い。妹尾《せのお》での暮らし。そして、永い一日を経ての訣別。其の経験から導き、出した答え。其を自身にも聞かせるかの様に伴侶たる女性へ言説した。

「どうか、俺の言葉を、言葉の力を、信じて欲しい。そして、逃げないで欲しい」

「……遁《に》・げ・る……」

丸で、他人事《ひとごと》でもあるかの様に、何処を見るとも無く、ぶつぶつと呟く。が、俄《にわか》に其の表情、妖《よう》氛《ふん》漂わす。真っ白な世界が突如、視界に、頭の中に、豁然と開きて、白い輝きが心を覆う。

「逃げ出したのは、はて……御前様の方じゃァなかったかえ？ オホホホ……」

嬌面が口を歪めて嗤笑する。

「……!?」

絶句した。眼前に映りし彼女こそ、最愛の佳人。紛れも無い、〝飛雪〟。だが、何なのだ此の汗は。戦慄が迸《はし》る。現在《いま》、二度《ふたたび》、あの夜の惨劇が、此の場で、そっくり繰り返されて居るのを身体が、魂が。緊々と感じ取り、事態が急迫するのを聳戦と固唾を呑んで、待ち構える。

（〝エヴァ〟……だな）

呻きが洩れる。冷水を頭から浴びせられたかの如く、震驚とする中、何故だか、頬の創刃丈が燃える程に熱く、そして疼く。冷ややかな、それでいて生温い、言い知れぬ不気味な汗が一筋、背中を緩《ゆっくり》と、流れて行く。何故、是程迄に怯臆するのか。

（解せぬ者……）

黙考するは孤高の剣客也。

飛雪《フェイシェ》と云う名の肉体《うつわ》の中で強大に膨れ育ったモノ。自身の心の隙間を埋めて呉れる、募る侘しさを慰めて呉れる、そんな誰か。縋り付けるモノ、崇めるモノ。其が自らの手で創り上げた虚像であった筈の〝エヴァ〟が、新たな魂と成って、今、正に、容器《にくたい》を得た。

「あの夜更け。恐れをなし、尻尾巻いて飛び出て行ったのは。……さて、何方の、殿方だったのかしらえ？　……と、聞いてるのさ、ねェエ？　……ウフフフフ……」

妖態《ようたい》曝け出し、憚る事無く鼻哂《びしん》した。妖艶な褐色の眸が、残月《ざんげつ》の思考を鈍らせ惑わし、そして、心迄をも見透かして来る様だ。其の瞥見を振り払うかの如くに言い放つ。

「黙れッ、斯様な事態を惹き起こして置き乍ら、善くもッ抜け抜けとッ！　一体……何が目的なのだッ。……よもや、転覆では有るまいなァッ！」

語気を荒げ乍らも、眼前に佇む妖婦の容姿へ矻りと目を凝らす。心眼を。飛雪の嫣然な顔立ちとは、似ても似つかぬ其の顔。

――一体、何者なのだ。此の懸念に応える術は無い。

只、是が、是こそが、懼《おそ》れの要因。此の言葉丈が頭の中を駆け巡る。

今にも斬り掛からん許りの形相で真に迫ろうと詰問する孤高の剣士。だが、此の得体の知れぬモノは、そんな黒衣の逼迫した顔付きを尻目に、妖艶な流し目で此方を睚眥《がいさい》する其の顔を然も品定めでもするかの如く色目遣いで、舐める様に見る。抑、此の妖婦に話を煮詰める気等、端《はな》からさらさ

ら無いのだ。其が証拠に、是見よがしに、恋人の繊手の甲を其の淫靡に歪めた口元へ翳し、嗤いを憚る様な振りをして見せ乍ら、

「私《あたし》を斬るのかい？　フフフ……愛しい彼の娘《あのこ》諸共。アハハハ……フフフフ……恐怖に堪え兼ねウフフ、逃げ出した男が、『遁《に》げるな』なんぞとフフ、体裁許り……善く言うさねッ。ウフフ、そんなあんたに斬れるもんかねェエ……此の私《あたし》を。何せ、時の宰相の可愛い、一人娘だからネェー。ウフフフ……アッ。現在《いま》はちょいと許り事情が違うんじゃなかったかい？　アハハハ……」

　此の態とらしい物言いに続くせせら笑い。更には、恬然として其の妖《なま》めかしい眸を巧みに、色目を遣い、

「……とは言うものの……久し振りじゃないかえ⁉　其はそうと、其の創刃《きず》、随分と様変わり……？　……まあ、見ないうちに、ウフフ。男前に御形《おなり》じゃないかァア……そうは思わないかえ？飛雪。ホホホ……」

　何故此処で〝エヴァ〟が〝飛雪〟の名を口にしたのか今一つ判然せぬ儘訝しむ残月へ、恰も其の反応を窺うかの様に一瞥し、ほくそ笑む。

「フフフ……うゥん。……まあァ、聞こえやしないさねェ。も・は・や。あんたが真相探ろうなんて野暮な真似するから、ほうら、見た事かねェ、柔な心が挫けちまったのサァア。ウフフフ……」

　黒衣の気勢を削ごうと、更に騙り継ぐ。

「だから、今も斯うして私《あたし》に泣き付いて来たって訳さァ。知ってたかい？　昔から斯うだって事

……アノコは」

そして、もう何をしても無駄骨なのだ、と言わん許りに、然も愉しげに声を弾ませ話を続ける。

「此処からは、ア・タ・シが話を着けて上げようじゃないか。其の代わり、此の肉体《からだ》を戴いて、是からの人生の栄華を極めようって訳さネェ。言わば代償って奴《やつ》サ。尻拭い許りじゃ割に合わ無いじゃないかァ……御前様もそう思うだろう？　永い間、日の目を見ずに来たんだ、其位どうって事無いさァ。此処いらであの娘《こ》には引っ込んで貰うのサァァアァハハハハ……」

口を淫邪《いんじゃ》に歪ませ、呷然《こうぜん》と嗤う。淫猥な妖態を曝し、繊指を唇へ充てがい、人目を憚る真似事に勤しんで見せる。

あの眸《め》。あの夜半《よわ》の時と同じ褐色の眸だ。此の創刃が忘れはしない。其の疼きは、劇痛と成って、魂を悶えさせ憶い出させる。

（俺は、逃げ出したのか？　本当に⁉）

命を賭して守る可き皆を置き去りにして、何も彼もをかなぐり捨て、遁《のが》れたと、云うのか。此の俺は。〝エヴァ〟の妖艶な顔を直視出来ず、巴《ともえ》と春華《しゅんか》、そして飛雪《フェイシェ》への贖罪に打ち拉《ひし》がれる残月《ざんげつ》。あの刻《とき》、刃が頬を抉って行ったあの感触。痛み等では無く、屈辱。其丈を一身に感じて居た己が現《い》在、正《まさ》に、此所に居るのだ。妖氛《ようふん》を身に纏い、立ち開かりし眼前のモノは一体。其丈が、心中に渦巻く。

其の刻であった。不意に、舜水《しゅんすい》と対峙した丘陵での漠然と浮かんだ疑問。

「一つの肉体に宿りし魂、二つ。乎、如何に」。是だ。

一筋の光が射す。閃きか。声を搾り出す。

「……飛雪、斯様なモノに、心を委ねては成らん。俺の声を。俺の声丈に集中し、辿って来るんだ」

眼光に鋭さが戻りつつ在ったか。だが、そんな黒衣を嗤う。

「アハハハハ……バカだねェ坊や。どうおしだい？　あの娘《こ》はねェ、耳さえも塞いじまってるのさ。だから、出て来やしないさね。まあ、今頃は、大好きな何時もの場所でおねんねさッ。ウフフフ……」

〝エヴァ〟の騙りなぞ一顧だにせず、〝飛雪〟に語り掛ける。

「俺も一度は遁《のが》れ様と、彷徨《さまよ》った。然し乍ら其の途上、僅かでは有るが、見えて来たのだ、心の在り様が。飛雪。俺の声を手繰り寄せて呉れッ」

凛とした態度で臨み、清々しい迄の声が響き亙り、言葉が紡がれて行った。黒衣の語りに歯が浮く様な感覚を憶え、苛立ちを禁じ得ず、其の儘に、

「チッ。……今頃非を認めて何に成るって言うんだいッ。懺悔の心算かい？　此所が教会にでも見えるとでも。ハハァアン、私《あたし》が聖母様にでも映ったのかえ？　……ふうん、其も、何だか悪い気しないねェ……フフ、アハハハ……ホホホ……」

嬌笑。本当に可笑《おか》しそうに嗤う其の顔は醜かった。彼女のモノでは無い所以からか。其のモノへ、じりっ、じりっ、と寄る。

「聞こえて居るのだろう？　俺の声が」

と、静かな声で語り掛け続ける残月《ざんげつ》へ、憐《あわ》れむ様で居て、又、何処か誚《そし》る風でもある顔を向ける〝エヴァ〟が、匿す繊指《せんし》の隙間からちらりと覗かせたは〝飛雪《フェイシェ》〟の白い八重歯。其を見よかし、鼻晒《わら》い、騙《かた》る。

「フフン。もう、お止しよォ。御前様も根気の御有りな事で……フフン。……そォうだ、一層の事、私《あたし》と組まないかェ？　ウフフフ……あんたの事……満更、って訳じゃあないんだし……えェェ？　どうだい？　愉しく、遣ろうじゃないかァァ……アハハハハ……」

「断わる。飛雪と話をして居る」

冷ややかに、言下に答え、淫靡な嘲りを遮った。と、違和感を憶えた。魂が語る。何か違う。しっくりとこない。そう、〝波山《はざん》〟とか、〝舜水《しゅんすい》〟だとか。何方も、舜水と呼ばれ、波山と呼ばれ、存在し乍ら、其の実、何者でも無い。只、初めから、残月は、独りの人間として、或いは、一介の剣客として捉え、畏敬の念を懐き、接した、丈なのだ。其と、現状《いま》と何が、どう、違うのだ。一体。

「はんッ。アアッそうかいッ。交渉決裂ッて訳さねェッ！　何だかイチッイチッ、癇に障る御仁だことッ。チッ、鈍《とろ》い男と、女の誘いを断る男は嫌われるよッ！　……と、言う、こ・と・で。あんたとの御喋りにも、好い加減飽きて来た所サ。そろそろ……退席願おうじゃないかねェ。フフフ……」

罵声が天井を劈《つんざ》き、褐色の眸が色めき立つ。なれど、孤高の魂へ擡げて来る疑念。

『一つの容器《からだ》に、宿りし魂、二つ』

〝エヴァ〟の騙りなぞ最早、一顧だにせぬ儘口を衝いて出た言葉は、

「……〝エヴァ〟……此のモノは、〝飛雪〟の一面に過ぎない丈、なのか？　……或いは、飛雪も又、〝飛雪〟の一面だとでも？　まさか……⁉　若しや、俺がそうだと信じて疑わず見たならば、其の様に見える……とでも？　全ては、思い込み。疑うらくは、全てが、仮初《かりそめ》であるかの如くに……」

　ぼそぼそと脈絡無き語りで、独り言つ。だが、此の聴き取り難いくぐもり声は、彼女に取れば、只の雑音でしかなく、耳障りな途切れ途切れの言葉がどうにも我慢成らず、焦慮に悶え、其の念仏の如きを断ち切る可く語気を荒げる。

「何をっゴチャゴチャとッ！　苛つくったらありゃしないッ‼　幾ら御託を並べて見た処で、もうあの娘《こ》は、金輪際ッ、現《で》て来やしないよッ‼」

　一息で捲し立てると、溜飲が下がったものか、今度は俄《にわか》に其の口元を妖しく歪め、にやりとほくそ笑む。

「……此の軀《からだ》はもう、ア・タ・シ、丈の物なんだよ。だ・か・ら、諦めて何処へでもお往《ゆ》きなさいなァ……ウフフフ。但しッ、独りでネェエ……。ハアァ……然し、何だねェ……目障りだねェ、あんた見たいなのはさァァ……本当にッ。自分の話は誰しもが無条件で聞き入れて呉れると思って居る其の涼しい顔。此の小娘と云い……何依りも、あの唐変木を見て居る様で……アアァ嫌だ嫌だ」

　しっしっ、と云った風に、繊手を煽って見せ、一瞥を投げた。なれども黒衣。

「黙れ」

　冷ややかに、そして、明瞭な声で発した。

「……⁉　なんッ？」

目を剥き、狼狽えた。更に話し継ぐ黒衣。

「〝飛雪《フェイシェ》〟。俺の声に集中するんだ。聞いて呉れ、俺の言葉を。耳を傾けるんだ。良いか、〝飛雪〟、〝エヴァ〟はな、きっと、御前なのだ。同時に、心から愛する飛雪、御前でもあるのだ。声を辿って来て呉れ、そして、往《ゆ》こう、倶に、此所では無い場所へ。さあ、手を……」

差し伸べられた残月《ざんげつ》の掌を睚眥《がいさい》する、〝エヴァ〟。終に、剥き出す。

「好い加減にッ黙らっしゃいッ‼　ヌゥウッ……黙らないと……殺すヨッ‼」

殺意を放つ。

だが、

「出来るのか？　貴様に」

静かな声で、言下に答えた。そして、一歩、又、一歩、と、〝飛雪〟へ、〝エヴァ〟へ、揺るぎ無い決意の元、迫《せ》り詰《つ》める。

「何をォオッ……其以上近付くんじゃ無いよッ！　フフッ、泣き落としかい？　ハンッ、止《よ》しと呉れヨッ！　大体……今更、何だってんだいッ。もう、遅いんだよッ」

刹那。〝エヴァ〟が負けじと、怒気を露に毒気を吐いた。其の肩に、残月の篤実な掌がそっと、触れる。〝エヴァ〟は狼狽え、飛雪の繊手で、必死に払い除け、背にして居た襖障子を慌ただしく開け放つや否や、寝間へと遁《に》げ込む。

「寄るんじゃないヨッ！　穢らわしいィイッ‼」

拒絶の意志を打ち播けた。何処か怯えた様な褐色の眸の震えと、上擦った此の声は、畏怖の表れなのか。然すれば、其は、何に対してであるのか。判然とせぬ儘なれども、孤高の剣客は猶以て、喰い下がらんと、静かに、前へ、歩を進める。

「ヌウウクウッ……其の慧眼《め》ッ。グゥウッ……何でも御見通しだと言いたげな憎たらしい其の目付き。巴《がき》の炯眼《め》とそっくりッ！　エエェイッ！　虫唾が走るんだよッ!!」

顔を背け、逸らせ、少しでも黒衣の男から遠ざかろうと後退り、悪罵を吐《つ》いた。そんな〝エヴァ〟なぞ歯牙にも掛けず、真っ直ぐな心を縁《よすが》に、呼び掛けを何度も試みる残月。

「俺は、御前を恐れはしない。〝エヴァ〟よ、教えて呉れ。『死』とは一体何だ。此の言葉の字義する処は何だ。解るまい。誰にも……永劫……と雖《いえど》も」

眼光、鋭く射貫く。惑うは妖婦か。

「煩いッ！　御黙りッ!!　小難しい御託をォォッ……ヌゥッ忌ま忌ましいったらッ有りゃしないねエッ!!」

狼狽える許り。口を衝いて出て来る科白《せりふ》は最早、罵詈のみ。丸で、他には何も言葉を知らぬかの様だ。動揺に褐色の眸を游《およ》がせる。

「届いて居る……そうだろう？　〝飛雪〟」

其の刻《とき》。白い光の世界で蹲る白い塊然。其の白き塊は丸で背景に同化して居るかの様に透き通り、白く彩られ、其処に、聢と在る。此処は、何処なのか。頭の中だろうか。それとも、心の中か。誰の。エヴァの。飛雪《フェイシェ》の。若しや。是が、宇宙。其の冴えた白く煌めく塊は、或る、凛とした蕭然《しょうぜん》の響を、微睡み、ゆったりとして、聴く。此の白く粛然として茫漠たる大海原の真っ只中に在って、小舟で揺られ乍ら、耳を傾ける。波は無い。だが然し漂って居る。汽笛か、鈴の音か。凛と澄んだ音色が遠くで聴こえる。あれは、音？　はっと、見亙せば、其処は原野。其の真ん中。蹲るは眩い程に白く輝く少女。

「あれは、私……？」

誰の声であったろう。自身の声か。此処は……『私』の場所。何て安らぐのかしら。でも、何？

先程から聞こえて来る此の声？　は……。

「届けッ、此の想いッ。そして、此の導きの声よッ。〃エヴァ〃ッ、もう、御前を恐れはしない。怖れて居たは、真実を認めたく無いと云う怯えた心根。遁《のが》れ様として居た己自身に、恐れを懐いて居たに過ぎなかったのだ。さあ飛雪ッ。瞳を明けるんだ。其処で蹲って居る丈では、護って遣れぬッ」

更に振り乱した黒髪を、其の頭を、両手で抱え、黒衣の若者へ怨情の色を宿した眸を向ける。飛雪の素っ首引き抜かん勢いで身悶える〃エヴァ〃。其の形相正《まさ》しく夜叉。緩《ゆっくり》と尻込みして行く。窓辺へと。あの、黄昏の、窓辺へと後退る。じりじりと、追い込まれるが如く其所を背に、残月《ざんげつ》を呪い殺さん許りに睨まえた。既にして、後は無い。

「ヌウゥッ、グゥウッ……御黙りッ。黙るんだヨッ！　此の軀《からだ》はッ、此の肉体《からだ》はァッ、あたしンッのだよッ！　渡すもんか、寄るなッ!!」

「〃飛雪〃。もう、往《ゆ》こう、二人で。聞こえて居るのだろう？　声が。伝わって居る筈、此の心がッ」

何と静かで、潔い声音なのだ。故に、

「御黙りッと何度言えばッ！　こんのォォ分からず屋共奴ッ。目障りなのさァァッ!!」

下卑《げび》た叫びが虚しくも天井を劈《つんざ》く。勢い、妖婦は黒衣を又しても突き飛ばす。そして、化粧箪笥へと駆け寄り取っ手を引っ攫み、思い切り抽斗を開けた。其所に在った物は。

何かが……微かに聴こえて来る。何処か、懐かしさ馨る此の音色……声音……私の全てを裹み籠める温もり、そして、優しく導いて呉れる声。嗚呼……知って居る……憶えて居るわ。忘れる筈が無い。私は、知って居る。

「好い加減ッ！　……さっさと口閉じなきゃッ。今度こそッ其の減らず口叩け無くしたげるよッ！　なァに、気にする事も無いさねェ……もう、既に二人も殺っちまってるんだァッ！　どうって事ッ!!」

最早、進退谷《きわ》まりし焦燥の色露に妖婦の罵声が飛ぶ。透き通る迄の白い十本の繊指《せんし》が握り締めた物。白銀の妖しい光を煌めき放つ刃。是は、紛れも無い怨恨の元凶。頬の創刃が此処ぞと許りに疼く。そう一介の官吏が忍ばせて居た何の変哲も無い護身刀。あの、忌わしき、短刀。是見よがしに黒衣の眼前へと突き出されて居る此の差添刀。其の持ち主であった遼寧《リョウネイ》を殺害。そして、母親の、姮娥《コウガ》の命をも奪い去り、果ては、天子であった巴《ともえ》に襲い掛かり、爪牙である残月《ざんげつ》の頬に深い爪痕を遺した。あの怨讐の白刃。其の刀把を固く握る繊手に緊張が迸《はし》る。

〝ゼブラ〟は呟く。

「おお　然しも孤高の若者《わこうど》よ　其方《そなた》は最早孤独《ひとり》に非《あら》ず」

「〝エヴァ〟。もういいのだ。御前は、他人《ひと》の運命を弄ぶ、と云う過ちの至りを犯した。倶に償いの旅に出よう。若しも永遠成るものが在るとするならば、倶に探そう。二人で。……そうだろう？　飛雪《フェイシェ》。……そんな物は捨てるんだ。そんな物で、魂は滅ぼせはしない」

此の語り口に目を剥きぎょっとして狼狽する〝エヴァ〟。

「何だいッ⁉　其の、物言いッ、其のッ顔付きッ！　あんたッ？　……！　〝ゼブラ〟かいッ⁉

ムムゥウッ……何だかねェエ……誰なんだいッ、一体ッ‼」

「〝エヴァ〟……御前は、誰と話をして居る？　俺をそう呼びたければ……好きにすれば良い。……さあ、飛雪、刀を捨てて呉れ。そして、二人で探そう……永遠と云う居場所を」

妖婦は聞いて居るのだろうか。其の褐色の眸を剥き出しに、宙に游《およ》がせ、怒気を含ませて叫ぶ。

「黙んなよッ！　此のッ、唐変木奴ッ！　〝ゼブラ〟ッ、あんたの説教なんざァ聞きたか無いんだよッ！　一昨日来やがれッてんだいッ！　あんたなんかッ、あんたなんかァッ、大ッ嫌いだッ‼」

目を血走らせ、必死の形相で喚き散らす。そんな中、女の眸が微かに揺らいだのを慧眼が見逃す筈は無かった。間髪を容れずして黒衣が語る。

「そうか。〝エヴァ〟よ。〝ゼブラ〟とは、御前の懐いた畏れの象徴であったか。其程迄に父、鑑速《あきすみ》佳仙《かせん》の存在は、乗り越えられぬ程、厳粛と聳立して居たのか。そうであったか。……飛雪よ」

『苦しんで居た』と云うあの言葉。黒衣は、直感の赴く儘に、其を信じて、想いの丈を言葉に著わした。

嗚呼……此の声は。愛しい御方の……ずっと、私は……ずっと……貴方様の御帰りを、ずっと……御俟ち申して居りました。……嗚呼……残月様……貴方に……会いたい。

潸然と流るる涙其の儘に噎び泣く。

と、俄《にわか》に、白き光が倏然と弾ける。そして、閃光が燐光鏤め迸る。其の刹那。少女が宙を舞う。羽搏《はばた》きであったろうか。白き世界を翔《かけ》て居る。大きな穴へ向かい。渦中へ。中心へと吸い込まれて行く。恰も、其処が出口だとでも言わん許りに。躊躇《ためら》う、と云う事を知らぬ飛魚の如く。驀地《まっしぐら》に、少女は、滑空して往《ゆ》く。何処迄も。

其の刻《とき》。眥《まなじり》を決したは、何方の女性《ひと》であったろうか。

「執っ拗いねッ！　そんなに死にたけりゃッ！　殺って遣るサァッ!!」

ならば、と勇ましき息を一つ吐くや否や黒衣の男へ駆け寄った。其の白い柔肌の細腕に渾身の力を込めて。突き立てる。

「ぐうっ⁉」

零れる吐息を、短く低い呻きを耳にし、はっと我に返ったものか、刀把から其の繊手を咄嗟に放し、一歩一歩、踏み締め乍ら後退る。其の褐色の珠が映したるは、其所へ遺した儘に聢と在る、黒衣の軀に深々と突き立った今し方迄、此の手に固く握られて居た筈の差添刀の柄が、黒い外套から生えて、在った。

「こ、是で……コッ……心ッ……心置き無くゥッ。……しッ……死に遣がれェッ‼」

やっとの思いで悪罵を吐き捨て引導を渡す妖婦へ黒衣は、稍顔を歪めるも、優しい声音で静かに囁き掛ける。

「……飛雪《フェイシェ》。届いたな」

妖女に取って、黒衣が口にした得心し難い此の呼び掛けに、面喰う許り。狼狽え、目を白黒させて居る〝エヴァ〟には最早、童女の戯れ言にも似た科白《せりふ》を並べ立てる事位しか、残されては居なかった。

「どうだい……お、思い知ったかいッ？　フフフ……おまえ……が……御前さんが悪いんだッ。執拗くするからだよッ！　自業自得って、もんさねェエ。ハハハハハ……そうさッ。あたしゃッ！あたしはッ、何にも悪く無いッ！　そうだともさァッ‼……アァアハッハッハッハァア……」

嘲誚《ちょうしょう》が寝間を轟く中、残月《ざんげつ》は徐《おもむろ》に、軀から突き出て居る刀把へと手を伸ばす。刹那。躊躇わず、一気に怨恨の象徴たる白刃を抜き取った。其の拍子に畳へと、滴り落つる鮮血。紅《あか》く染め濡らした其所へ、血糊の付いた刃が静かに臥せる。異質の光景をまざまざと褐色の珠が映し出す。其を心に捉えた妖婦は、見る見るうちに顔面蒼白。其のしたり顔を引き攣らせ乍ら背け逸らし、怯え、果ては取り乱し始め、今にも悲鳴を上げ出しそうな勢いだ。震慄する子鹿の様な恋人へ、苦痛物ともせず、緩《ゆっくり》と近付いて往《ゆ》く黒衣。

「くっ……何と云う事だ。一人の身体に二人が住まう……とでも言うのか。在《あ》り得《う》るのか？　そんな事が⁉　……又しても……救えぬのか……」

搾り出す嗄れ声で独り言つ。

小刻みに震える繊妍を懸命に抑え様と、二本の細腕で自身をきつく抱き締める妖女。血を流し過ぎたか。残月の翳む睛《ひとみ》の中へ映りし珠は、青磁の瞳であったか。其の刻《とき》、黒衣の慧眼に力が漲った。

「……飛雪……。……！　そうなのか⁉　此の肉体と云う容器《うつわ》如きを愁持って終った許りに……目にしたもの丈を信じて疑わず、魅入られたモノ、なんぞには解るまいにッ。……俺は……此処に居たのだ……初めから……」

〝ゼブラ〟が呟いたか、「死とは　人智を遥かに超越した現象　也乎」と。

意識の中。一閃煌めく。

「二人の妨げに成ると云うならば、斯様な肉体《うつわ》なぞッ棄てて終おう。こんなもの、〝エヴァ〟に呉れて遣れッ。そして、探しに往《ゆ》こう二人で。魂の故郷を。……飛雪よ。私は、其方《そなた》を、心から、愛して居る」

残月《ざんげつ》は、自身の魂の語部《かたりべ》と成った。

聴こえて来るは。〝エヴァ〟であろう。奇声か。そう、終に、此の緊張に堪え兼ね、罵声とも、金切り声とも云える叫びを官邸中に轟かせ始める。

「アァァッ……煩いッ！　黙れッと言ったら黙るんだよッ！　何奴も此奴もアタシの邪魔許りッ……何であたしじゃ……何がそんなに不服だって言うんだいッ!?　何でなのさァッ！　答え遣がれッ、此の頓痴気奴がァッ！　何さねッ……キィイイッ!!」

此の虚しき科白《せりふ》は誰に向けられて居たのか。自身を懸命に擁護する可く己に向け聞かせて居たか。

舞台の幕は降りたと云うに。

薄れ往《ゆ》く意識の中。それでも猶、取り乱し苦悶し続ける我が愛しの伴侶へ、覚束無い足取りで、懸命に一歩、又一歩と近付いて往く。そして、落ち着かせ様と、劇痛に堪え忍び乍ら、手を差し伸べ、声を搾り出し、語り掛ける。

「飛《フェイ》……雪《シェ》……飛《フェイ》……俺は……此処だァッ」

孤高の義士、最後の言霊を吹き籠めた。

愛しい女性《ひと》よ――。

ふっつり、と、其の繊妍《せんけん》が視界から消えた。黒い闇が瞼の中で広がって往く。そして、燐光一閃。

嫣然と頬笑み恋人の顔が楚然《そぜん》と浮かび上がり、軈《やが》て、黒き湖水へ溶け込むかの様に、儚く、沈んだ。

世界が次第に暗闇へと覆われて往き、終には、閉された。

是が。宇宙……。

黒衣が後方へ。よろよろと、蹌踉《よろ》めき乍ら、崩れて行く。

あの、楡《にれ》残月が。

軀を支え様と拠り所を求め、流離う。

襖を突き破り、薙ぎ倒し、共に、仕切り間へと弾み転がり、俯せに成った姿勢で漸く臥せ、終に、静かに成った。

狂乱の〃エヴァ〃も又、沈黙へと帰して居た。

静まり返った寝間。

黄昏の窓辺。

一連の喧騒たる舞台でのけたたましき叫びに因り、目醒めたか。浮き世を青磁の眼《まなこ》が捉えたは、全てが潰《つい》えた、瞬刻後《のち》の事。

はっ……!?

「此処は……?」

掠れた声で、独り、呟く。

見憶えの有る景色。部屋。

「此所は……私の……寝間……。……慥《たし》か……残月様と……」

此処で、我に返る飛雪。

「そう、そうよ、残月様と……あの方《かた》と……！　残月様ッ？　……残月様ァッ。一体……何処《いずこ》へ……」

当て所無く視線を巡らし乍ら、愛する士《ひと》の名を喧呼《けんこ》する。

ふと、目を落とす。其所には。床の上には。黒尽くめの服装の男が俯せで横たわって居た。瞳が潤み揺らぐ。

「……嘘よ……」

吐息が、ふうっと、零れた。

細い肩が、小刻みに震え出す。

なれども。其の肩を。其の繊妍を。優しく懐き寄せて呉れる者は、もう、居ないのだ。其の臥せて動かぬ黒衣へ駆け寄ろうと、二、三歩、よろよろ。蹌踉めいた其の足が踏み付けた物。此の滑り、冷ややかな感触。足下へ緩《ゆっくり》と。恐る恐る。青磁の珠《たま》が映し込んだ物に愕然とし、聳懼《しょうく》する。べっとりと血糊の付いた白刃。其を此の足が踏みしだいたのであった。

戦慄が迸る。背筋が凍て付いた。

「そ、そんな……そんな事……嘘よ。嘘よ……嘘よッ。……」

汪然として涕が零れ落つる。

「あの夜と同じ事を？　嘘よォォォッ！　こんな事……こんなのッ絶対に信じないッ！　……だって……こんな……嫌……嫌よ……認めない……嫌ァァァァァッ……」

慟哭。

錯愕する中、錯慮と云う空蝉の哭泣が響き亙る。其の悲痛な叫び声が、耳を劈《つんざ》く。青磁の珠玉が天井を仰ぐ。

仰嘆《ぎょうたん》する飛雪《フェイシェ》。恐らくは、気付いて居たのであろう。解って居たのであろう。侘しさを埋める為丈の片割れ。〝エヴァ〟と云う存在を。もう一人の鼓動を。

何《ど》れ程見詰め続け様とも俯せた儘で微動だにしない愛する士《ひと》。今直ぐにでも駆け寄り縋り付き揺り起こし、そして、望むらくは今一度、固く、懐き締め合えますよう。誰依りも強く願って居る筈の此の軀が動いて呉れない。其の理由《わけ》を既にして知って居る。

真実を確かめる事が、怖かった。

何《ど》の様《よう》な？

心の縁《よすが》である一命に終止符を打つ可く、自身の手で下した、と云う事実。

追思にさめざめと噎ぶも一粲《いっさん》して見せる淑女は悟る。最早、生きては行け無い事を。

「斯く成る上は。貴方様の申します通りに。『永遠』を探しに参りましょう。二人で。次なるこそは、決して離れる事無く」

と、動かぬ儘の黒衣の寝姿へ、迚《とて》も穏やかな声で、優しく話し掛けた。

無常の風に誘《いざな》われるが如くの儘、枕元に在る燭台の蝋燭へ火を点す。次に、暖を取る為の燃料が入った一斗缶在る丈を寝間へ。程なくして全て運び終えた。すると、徐《おもむろ》に、何の躊躇《ためら》いも無く、無造作に、倒し、転がして行く。其の丸く明けられた口から、とくとくと、一種独特の臭いを馨せ乍ら、勢い良く溢れ出し、流れ、蒲団に滲み込んで行く。丸で、稲田を灌漑するが如く、見る見ると吸い上げ、ひたひたと、畳へも流れ、浸して行った。其を目で追い乍らそっと呟く。

「ずっと、徒夢と、自らを欺いて参りました。嗚呼……残月《ざんげつ》様……。どうぞ、お導きを」

潸然と流れる涙が物語る。是迄の計り知れぬ苦渋を。

終に、意を決し、命の灯、蝋燭の火を投げ入れた。藤紫の炎が揺ら揺らとざわめき乍ら素早い滑りで這い、馳せり進む。導《しるべ》の如くに濡れた路《みち》の上を。畳の、床《とこ》の上を。凄まじき勢いで襖へと這い上って行く。うねり、翔昇《かけのぼ》る姿は昇竜の如く。紅《あか》く、めらめらと流れ進み行くかの様に、下から上へ。

愛しい男性《ひと》の血糊が遺る刃を魅入られるが儘、緩《ゆる》やかに拾い上げた。あの忌避す可き差添刀を。

「嗚呼ァ……残月様……もっと早くに、お話し出来て居たならばきっと現在《いま》とは違った……いいえ、もう……貴方の言う通り……此の肉体《うつわ》が二人の邪魔をするのであればっ。此の容器《からだ》を棄てて終えばッ。此所では無い場所を倶に旅する事が……出来るのであれば……是で、〃エヴァ《あなた》〃もお終いねッ」

そう言い終えると、繊指《せんし》で聢りと握り支えられた短刀の切っ先を自身へ向ける。更成る高みを目差し極める、と云う決意の元、其の柔らかく脹《ふく》よかな胸へ、繊妍の左胸へ、白刃を青白き一閃煌めかせ、力強く押し当てた。そして、一気に、刺し貫く。「ううゥッ」と苦しげに一つ、呻く。唇の端から一筋の朱が流れ、白く細い首元へと伝い落ちて行く。

あの官吏を貫き通し、母に裁断を下し、幼帝の命を脅かした。最たるは、最愛の男の頬と心を抉り、今、止めを刺した、此の因縁尽くの刃を深々と突き立て、自らの手で、浮き世の柵《しがらみ》を断ち切ったのだった。

「……うゥゥ……ぐうゥゥッ……ぐほッ……」

啼血に、噎ぶ。

紅々と燃え盛る炎が益々其の勢いを増し、燃え広がる中、静かに横たわって行った。

荒ぶる紅蓮の炎が、忌まわしい記憶と共に、寝間を、館を、呑み込んで行った。

何も彼もを燃やし尽くして行く此の凄烈な紅き炎が今、贖罪の姿形《すがたかたち》を作《な》し、煉獄の炎の如くにして、正《まさ》しく、飛雪《フェイシェ》の魂は青白き業火と成って、全てを焼き尽くす。

其の熾烈さ、劫火也。

息を荒げ精一杯、甃《しきがわら》の隘路を駆ける人影一つ。其の人物、既にして息も絶え絶えに、漆喰の壁へ手を突き、支えとし乍ら、喘ぎ喘ぎ、ふらふらと歩き進み続ける。然し、終に、息を切らし、壁へと寄り掛かり、靠《もた》れ、身体を預け止まって終った。

「……ふうゥゥ……。儂《わし》も知らぬ間に年を取ったものだな……フフンッ。……最早、是以上は……ハァ、ハァ……は、はし……れぬ……ハァァ……フウ、フウ、フウゥ……」

自分と家族の住まう官邸迄後一息と云う所で、疲憊し終いにへたり込む。鑑速佳仙《あきすみかせん》。為政者にして飛雪《フェイシェ》の父。此所迄、賢宰は、皇宮警察並びに近衛兵の監視の目を盗み乍ら、路地、抜け道を駆使し漸くにして邸宅迄目と鼻の先。間も無く古稀の肉体《からだ》。然う然う無理が利く訳も無く、体中の筋肉と節々が悲鳴を上げて居る。なれど、休んでは居られ無いのだ。一刻《いっこく》も早く。何とか呼吸を調え、足を引き摺り乍らも、二度《ふたたび》歩き始める。

「娘を、飛雪を守る為であったのだ……ハァ、ハァ……致し方、無かった……のだ。フゥ……慾っか、親心を……徒と成ったわッ……フフッ。処世の道を外したのだ……ハァ、ハァァ……」

顧みる。否、自己弁護か。青息吐息、独り言つ。強張った両脚を一心に動かし、引き摺り、塀に垣根と手当たり次第支えとし、頓《ひたぶる》に進み続ける。形振りなぞ構っては居られ無いのだ。額に滲む汗を手巾で拭い、又、拭い、しとしと、と小雨の降る中を、とぼとぼ、と独り、小路を歩き続ける。灰色で彩られた雲翳《うんえい》の空を恨めしそうに見遣る。

「フゥ……フフフ……違うな。是は、遁《に》げ口上。本当は、儂《わし》自身を護って居たのだッ。フフッ、此の『宰相』と云う権力の椅子をなッ。ハハハ……知らぬ間に……目が眩んだ……か……フフ……フハハハ……ハァ、ハァァ……」

此の雨の如く、ぽつぽつ、と、言葉を零すのだった。

自邸迄、後六町程か。あの角を曲がれば、と、励ます。其の視界に見えるもの。道に何か置いて在る。

「んッっ……⁉　何か在る」

呟き乍ら近付いて行く。あれはっ⁉　と思わず声が上がるのを抑えた。

「こっ、是はッ？」

警官の死体が二体、無惨な姿で転がって居るではないか。

「既にッ屋敷へ誰ぞッ……残月《ざんげつ》かッ⁉　否ッ、彼奴の仕業に非《あら》ず。彼《あれ》は、斯様な真似は決してせぬッ」

考えを廻《めぐ》らし乍ら今一度、道を塞ぐ様にして伏せる死体を観察する。すると、見憶えの有る腕章が。

「……⁉　是はッ！　盞紋様《さかずき》ではないかッ！　……丹《たんの》が先廻りして居ったと云う事かッ……？」

焦りの色を窺わせ乍ら沈思する。

此の二年。刷新したは官吏のみではない。言わずと知れた、警視総監の御墨付きを受け取った者達丈に授与される名誉。詰まりは、兼平《かねひら》の眼鏡に適った武人達《もの》。「手練」とは最早、言うに及ばずが如し。其が、『盞紋章《さかずき》』なのだ。なれど、そんな二人をいとも容易く井伊谷《いいのや》は殺害し、まんまと逃げ果せたのだ。

「然し……面妖な……何故、殺害されて居るのだ？　何が起きた……が、此の創痕……見事な迄の。暗部の、然も相当の遣い手。勘解由《かげゆ》等奴ッ！『破邪《はじゃ》』を囲うて居ったかッ！　やはり、と言う可きか。……丹《たんの》は遁《のが》れたか……」

だが今一つ得心行かぬ、と云った面持ちでふと曇天を仰瞻した。其の刻《とき》。

「……な？　なッ⁉」

或る場景を目にした。自邸の屋根と思しき空に、一条の石板色した何かがゆらゆらと立ち昇り、鳩羽色の空へと溶け込んで行くのを見て取り、其の儘に、

「何だ、あれは？　煙……なのか？　……だが、何故、斯様な所で煙が……？　翳目《かすみめ》か？　フフ……」

思わずたわい無い科白《せりふ》を呟いた。そんな自身の言葉へ、何を愚にも付かぬ言を、と嗤い、改めて、目を凝らす。まじまじと其を見詰めた。目にした情景。次の瞬間、驚愕が襲う。そして、其の情景

に驚惶した。

「何とォッ!! ぬゥウッあれはッ! こ、是はいかんッ! 飛《フェイ》ッ雪《シェ》ッ……決して、決して……」

息を呑む。喩え老軀散《ばら》け様とも、と覚悟を決めたらば、無二無三、我が家目差し駆け出した。

(何が起きた? 否、起きて居るのだ!)

兎も角、一刻《いっこく》も早く急がねば、と老骨に鞭打つのだった。早く。速く。

「如何なる事が有ろうとも決して早まるで無いぞォォッ!」

周りなぞ一顧だにする事無く口にした。

「ハァハァ……残月《ざんげつ》ッ……残月よッ……フゥフゥ……戻って居るならばッ……ハッハッ……娘をッ、娘をオッ! ……ゼェゼェ……ハァハァ……」

息急き切っての懇願が、訥々と縺れ出た。此の胸奥、届けと許りに。


朝廷の執務室依り脱して半刻近く逃げ廻り、漸くにして自邸に辿り着く。見れば、門に僅かな隙間が。

(……誰ぞ中へ……やはり残月、其許《そこもと》か)

此の惨めな迄に老憊《ろうはい》した姿や惻隠《そくいん》たる哉。なれども、時の宰相其の憔悴しきった顔付き些かも憚らず、惑う事無く娘の元へ。此の儘庭へ廻った方が早い、と思うが先か既にして走って居た。何も彼もを燃え尽くして居る事を窺い知れる匂い。熾烈さ極まる炎の勢いを物語りし鬼神の哮りが如き轟音、耳を劈《つんざ》く。近付くに連れ、其等が緊々《ひしひし》と此の身に伝わり迫る。佳仙《かせん》は、焦燥に縺れる足下其の儘、歯牙にも掛けず、直走る。やっとの思いで愛惜の躑躅が咲く庭に立ったなら、眼前に現れたは、我《わ》が娘《こ》の部屋と思しき名残《なごり》濡れ縁遺して紅い炎に裹《つつ》み被われた、光景であった。炎々と燃え広がって行くに伴い起こる熱風と黒煙、そして、緋色の火の粉とに行く手を阻まれ、どうにも近寄れず、地団駄踏み締めて、只只、口元手巾にて被い、遺すは竦然と火焔《かえん》を見詰め、

「むうゥゥ……飛雪《フェイシェ》ッ！　返事をッ。聞こえぬのかァッ！　飛雪ェエッ！　何所に居るのだァァッ!!　……ゴフッ、ゴホッゴホッ……飛雪ッ」

疾呼するのみ。それでも猶、近付き、中の様子を僅かにでも窺い知ろうと、衣服諸共此の肌迄をも焼き焦がす程の炎毒《えんどく》に軀を晒し乍らも一心に覗き込み、娘を捜す。

と、一瞬、目の端に何かが映り込んだ。怪訝に感じ、今一度、集中し、其処を凝視する。見えて来た光景。其は。世にも恐ろしく耐え難い情景であった。

「止せェエェッ!!」

　惨状を前に悲痛な叫びを発しつつ茫然自失、前へ進み出《い》で、身を乗り出す。娘が。飛雪が。手に攫みし白刃を鈍色の異様な滑り解き放つ其の切っ先を、自らの意志の下、身体に突き立て吸い込まれて行く場景が。鮮明な画像が。瞼に焼き付いた。真実を詳らかにと佳仙《かせん》詰め寄るも、壁や襖、装飾品が焼け崩れ、炎の塊を作《な》し寄せ付けまいと遮障《しゃしょう》する。容赦無く、父娘《おやこ》の縁を断ち切った。

　紅い炎と黒い煙とに、霞む視界。我が最愛の妻との一人娘は、炎虐《えんぎゃく》に悶え乍ら、燃え盛る火の海の中へと哀しくも儚く、其の身が横たわって行き、そして、消え去った。

「飛雪《フェイシェ》ェッ！　ンンッ、ゴホッゴホッゲホゲホッ……」

火の勢いは増す許り。結局、煙に咳き込み乍ら、おずおずと、尻込むしか無かった。

「おおゥ……何と云う……何とした事か……赦せ、姮娥《コウガ》ッ。儂《わし》にはどうする事も……飛雪よ……」

後悔と、其の遣る瀬無さに翳む眼《まなこ》。

「罰……なのか？　儂が政務許りに感《かま》けて居たとでも？　世の為と直奔《ひたはし》って来た今日迄の数え切れぬ歳月の終極が……是か……まさかな……クックック……何と無慈悲な事よなァァ……。罪ならば儂が背負う、咎めは儂一人丈でよいであろうにィイイ……」

悲愴な叫びの虚しい響きを遠くに聴き乍ら、崩れ行《ゆ》く、娘の寝屋を、じっと、眺め、立ち尽くすのだった。


賢英は失望を禁じ得なかった。蠢く丈の肉塊と成り果てたのだ。死に物狂いで此所へ辿り着いたのである、何処に気力が残って居ようか。娘を救うと云う想い丈で其丈を拠り所に此所迄来たと云うに。悟る。最早是迄、夢は潰えた、と。然すれば、息をする事さえもが煩わしく思えて来る。

失意のうちで、佳仙《かせん》は書斎へと入る。かちゃりと鍵を掛ける其の静かな音は正《まさ》に終焉への序章。ふと目を遣ったれば、机上に或る白い塊が在る事に気付き、其の置物と向かい合わせに坐る。訝しむも、白い布を開《はだ》く。と、其所には、友が居た。

「兼平《かねひら》ッ」

何と変わり果てた姿なのだ、と云った面持ちで、哀しげに其の土色の顔を見詰めた。そう、其所には、斬首刑で無念の最期を遂げ、獄門台にて晒され、屈辱を味わったあの斬り首が、生前の面影失いつつも粛雍《しゅくよう》と座して居たのだ。賢宰と膝を突き合わせる賢弟も又、友の顔を、眸を、静かに見詰め返して居る。

「兼平よ。御前と斯うして、今一度、会えようとは……生憎、今日は酒を切らして居ってな……振る舞って遣れぬでな。気が利かぬ儂を赦せよ。……然し、地獄に仏とは斯く云うものか……」

感無量に涙が一条、流れた。だが此処で、俄《にわか》に視界がぱっと開け、閃いた。

「此の邂逅。……残月《ざんげつ》ッ、其許《そこもと》の置《はか》らいか……フハハハ。粋な真似を……感謝する。……んんッ？して、残月、御前は現在何処《いまいずこ》に乎。……何とッ！　まさかッ……あの業火の中で倶に果てて居ったと云うかッ！　よもや、御前迄もがか……何とッ……」

落胆し、項垂れ、沈思する。だが、今一度、姿勢を正し、或る決意を胸奥に、友をまんじりと見据え、

「兼平よッ、儂と出会うた許りに斯様な目に遭わせ、延いては、御前の嫡子迄をも銜冤《がんえん》に苦しめ、揚げ句、死なせて終った……恨み言は後程じっくりと腰を据え、聞く事にしようぞッ！」

其の眼差しには、悔咎の色が、縁取られて居た。

「何故、斯様な次第に……フッ、今更。詮無き事よの。……姮娥よ……何故に儂を置いて逝って終ったのだ……姮娥よ……」

天井を仰ぎ見る。事件の翌日の月夜が甦って来た。

「もっと早くに己の過失を、娘の為出来《しでか》した事を、聢と受け留め、認めて居れば、斯様な迄の不様

な最期丈は免れたであったか……。飛雪《フェイシェ》よ、苦しかったか。辛かったか。国政に感《かま》け、娘の孤独に目を向けなんだ、背けた報いか。フッ。已んぬる哉。是迄儂《わし》は一体、何をして来たであったか」

文机に在る燭台へと火を翳し明りを灯す。蝋燭の焔を眸子が吸い籠む。

「陛下ッ。巴《ともえ》様。望むらくは何卒、此の亡国依り、無事、出国下さりますよう。其を……其丈を、此の佳仙《かせん》、祈念致す許りに御座いまする」

と、皇居へ向け、叩頭した。暫く後、緩《ゆっくり》と面を上げ、二度《ふたたび》、友の方へ向き直り、神妙な態度を崩し、

「実を言うとな、兼平《かねひら》……岳父に成れる事をな、楽しみにして居ったのをな、フフ、秘めて居った……ハッハッハッ……」

と、破顔一嘯《いっきゃく》
「して、残月《ざんげつ》よ。世が世であったらば、甥共共研鑽の人生《みち》歩めたやも知れぬなァ……舜水《しゅんすい》、赦せッ。如月《ルーユエ》にも謝らねばな、嘸《さぞ》かし腹を立てて居るであろうて……左近《さこん》、雪江《ゆきえ》。手を措くも及ばず……世を変えられなんだ。御前達『麝香《じゃこう》』の忍者等《ものら》には犬死にさせた事、詫びる」

あの窓辺から甍《いらか》の波の景色でも眺望するかの様な表情で、

「妻にも、娘にも先立たれ。更には義子に迄……是で、浮き世での枷は無く成った」

政友でもある兼平の顔を見詰め直し、胸中を語り終えた。暇乞いは済んだと許りに眥《まなじり》裂いて立ち上がり、

「後はッ、己の始末のみッ！」

と、発するや、矢庭に、一斗缶の中身を自室の至る所へ打ちまけた。勢い、机上の燭台を牀へ転がす。火は忽ちに煽る様にして燃え広がる。佳仙は刀架へ手を伸ばし、脇差の鞘をむんずと鷲攫み取ったならば直ぐ様文机へ引き返し、友の斬り首《ぼぜん》へ坐り直す。猛火が自身を囲い裹んで行くのを目で追う。そして、機は熟した、と見るや。

「皆ッ。今、逝く。……是から詫びに参るでな。此の腔《うつけ》を思う存分、罵り、嗤うが良い。儂《わし》は甘んじて受けようて。ワハハハハ……ウワッハッハッハハハ……」

心地好い程に坦懐な豪傑笑いを轟かせた。

差し料を兼平へ捧げるでもするかの様に掌で受け、差し出す。緩《ゆっくり》と鞘から抜き取る。鮮やかな緋色めらめらと照り返し、贖《あがな》い者の煠《しゃ》けた顔を美事《みごと》に彩る。白刃に映り籠《こ》んだは仮初めの現《うつつ》。惑う事無く、従容として自刃に就く。先ずは切っ先、左脇腹脾臓辺りへ力強く突き立てるや半ば程迄ぶっりと差し入れたる後《のち》、続いて右脇腹へと一文字、腸《はらわた》を渾身の力以てして一気に引き裂く。だが是では終わら無かった。右腹に留めたる刃を其所でぐにゃりと掻き回し、次いで力の限りぐいと左へ引き戻し、丁度臍辺りで止まった。汗がどっと噴き出し蒼白の顔付き、目は虚ろで既に白眼《しろめ》を剥いて居る。宙を睨まえた瞳《ひとみ》が映したものは、天井へと翔昇《かけのぼ》って行く紅蓮の炎。此の世で見た最期の景色であった。

燃え盛る炎が書斎を緋色に塗り替えて行く。然しそんな危機的状況が迫促《はくそく》する最中、屋根裏に眼光炯々として宰相を監視する影在り。小鼻、口、そして妙に尖った顎迄を隠した覆面頭巾をし、鎖帷子を全身に纏い、燃え上がる炎の中、鑑速《あきすみ》佳仙が自決し事切れるのを見届ける。此の忍者《しのびもの》、一体、熱さを感じぬか。

「ややッ。逝ったかッ。ハハッ、是で俺も遂に、大佐に就任《な》れるッ！」

にたりとほくそ笑み、独り言ちたは、あの鉤縄の遣い手、井伊谷《いいのや》であった。

路地に見張らせ侯たせて居た配下へ、引き揚げるぞ、と、其の細く尖った顎を剡《しゃく》って見せ合図をしたならば、共々、あっと云う間に其の場から立ち去った。


是依り少し前の事。

朝堂を密やかに脱し、現在は、都人《みやこびと》を装い既にして町を歩く二人連れ。少女が歩いては振り向き、又少し歩き出しては立ち止まる、と云う行為を繰り返す。後ろ髪引かれる胸中曝け出し、皇宮の青磁の甍《いらか》を仰望し、到頭其の場を動こうともしなく成って終った。

「姉さん。……目立つから……」

其の行動に痺れを切らし少年が、姉の細腕を攫み、二、三度揺り動かし乍ら小声で咎めた。其の嗄れ声で我に返り、慌てて弟の顔を見詰め返して、

「ご、御免。……だけれど、瑞風《ズイフォン》……何だか……」

途方に暮れた様子の表情を見て取るや、周りを警戒し乍ら無理矢理に路地裏へと引っ張り込んだ。

「いッ、痛いよッ。何ッ、何なのよゥ？」

腕を振り解き、摩《さす》り乍ら痛がる顰めっ面の姉を余所に、口を尖らせ言い募る。

「姉さんッ⁉　御館様の仰られた言、もう忘れちゃったのッ？」

其の物言いに苛立たしさを憶え間髪を容れずして、

「あッ、あんたに言われなくても憶えてるわよッ、そんな事ッ！」

思わず声を荒げ、答えて終った事に恥じ入ったものか、直ぐに、

「ご、御免。只、何故《なぜ》だかあの最後の言葉が……『路を切り開く』って何だか……時間稼ぎを……何だか……不吉な……」

一拍置き、思い詰めた表情で、

「……それに、どうしても……許嫁《あのひと》の事が……ううゥゥ……」

語尾が涙で噎ぶ。小妹《シャオメイ》の哀愁を帯びた言葉に瑞風は、身につまされ悄気る。

「だけど……往《ゆ》こう……姉さん。僕達に出来る事なんて、もう……何も……」

断言を遮る様にして、言下に答える。

「そ、そうには違い無いかも知れないけど、だけどッ、此の儘じゃッ……やっぱり迢空《チョウクウ》が浮かばれないッ……」

答えられず俯く少年。両の拳を固く握り締め、唇を噛み、涕が零れ落つるのを懸命に堪える少女。

弟は、自身の無力さを痛感し、本音を裹み隠す事無く話し始める。

「でも……悔しいけれど、やっぱり……僕達二人じゃ……こんな力量の儘じゃ迚《とて》も……あの武人《ひと》には、絶対に勝て無い……抑《そもそも》、立ち合って呉れるかどうかだって……解りゃしないんだよ……」

虚しさに涙ぐんだ。此の言葉に姉も又、自身の腑甲斐無さに堪え切れず終に、涕はらはらと零した。そして、此の遣り切れなさを打っ付けて終う。

「解ってるわよッ私だって其位ッ！　解ってるわよ……だって、私達は、あの森で是っぽっちも……動けやしなかったんだから……」

「だったらやっぱりッ、御館様の言い付け通り、恨みを忘れ、忍を捨て、此所では無い場所で耕作に励む。自然と共に生きる。長《おさ》もきっと其を望んでる……」

姉の語尾と重なり合い乍ら弟は、素直な気持ちを口にして、涙を拭った。そんな健気な姿を目にし絆されたのであろう、慈しむ風に見詰め、優しく声を掛ける。

「……そうね、其の通りね。あんたの言う通りだわ。御免。……往《ゆ》こうか。此所じゃない、違う何処かへ……」

斯う言い終え、にっこりと笑って見せるのだった。

姉弟は、何だか気恥ずかしさを互いに感じるも、目笑を交わし、首肯《うなず》き合い、そして、何方が先ともなく、脱出行路を再開する可く、二人は静かに歩き始めた。

暫くは、人目を避ける為、小路を歩き続けた二人。もう正門迄は大した距離も有るまい、目と鼻の先だ。其の角を曲がり表通りへ出たならば見えて来るだろう隧道が。其所さえ抜けて終えば此の二人の脚力を以てしたなら、国境に辿り着く事なぞ造作も無いであろう。都の櫛比する町並み風景を目にする事が出来るのも、今日が本当に最後。皇居の見事な青磁の屋根瓦がふと、見たく成り、見納めと許りに顧眄《こべん》し、振り仰ぐ瑞風《ズイフォン》。

一方の小妹《シャオメイ》は、此の正門を抜ける為の手立てを思案しあぐねて困窮に愁眉開かず。と、傍らへ一瞥投げたらば、だが然し、其所に居る筈の弟が居無い事に漸く気付き、周りを捜す為、視線を巡らそうとした正《まさ》に其の刻《とき》の事であった。

「姉さんッ！　あれッ！」

突然、呼び付けられ、ぎょっとして、

「なッ、何ッ⁉　どうしたのよッ⁉」

と、狼狽した。見れば其の弟も又、驚愕に戦き、やっとの思いで、小雨降る灰色の空を青ざめた顔で指し示して居た。姉は怪訝に感じつつも、差し出された指先を目で追って行き仰いだ。細い雨がしとしとと降り続く灰色の空を。

「ええッ⁉」

目を疑った。思わず声が零れた。姉弟は、只只、聳懼する許りだった。其も其の筈。常日であれば、青磁の棟瓦が眺望出来るのだが、今日は違って居た。何と、不吉の象徴が如く、黒々とした煙を狼煙の様に天へと立ち昇らせて居るではないか。

「あれは……煙……なの？　……うッ、嘘よねッ！　だって、あの辺りって……まッ、まさか……御館様の御屋敷が……」

其を耳にして直ぐ様。

「ど、どうしようッ、姉さんッ……」

不安と焦りが錯雑した憂色露《あらわ》に、互いは顔を見合わす。此の言行一致こそが、現在《いま》の心理を裏付けて居た。たった寸刻の沈黙にさえも堪え切れず、

「……此の儘国を出たら……此の先ずっと、後悔し乍ら生きて往《ゆ》くのかな……」

素直な気持ちを口にし、縋る様な弟の澄んだ瞳が真っ直ぐに。新たな決意固く、潤んだ姉の瞳が其を、聢りと見詰め返した。

「そうだね、きっと。あんたの言う通りね。……戻りましょッ、今直ぐにッ！」

倶に力強く頷き合うや否や、踵を巡らしたならば、既にして、無二無三、駆け出すのであった。

須臾《しゅゆ》にして二人は、朝廷側迄立ち戻って居た。しとしと降る中を溢れ返る程の人集りが一様に、ぽかんとだらしなく口を開け、惚けた顔を晒した儘、石板色の煙と緋色の火柱の先とを、雑踏の中、犇《ひし》めき、蠢き、恍惚として見上げて居る。

（どうして……呑気《のんき》で居られるのッ!?）

二人は、そんな悍《おぞ》ましい光景を前に道すがら、憤る。だが、野次馬の忌ま忌ましくも喧騒たる音声が、否が応でも頭の中へ闖入して来る。

「何だッ、何だァアア」

「何処ぞの官邸が燃えてるそうなッ！」

「そりゃァアッ、偉《えれ》ぇエこっちゃァッ！」

すると、何処からとも無く突然に、

「退けッ！　退けェッ!!　道を開けんかァァッ!!　消防隊が通れんだろうがァァァッ!!」

皇宮警察の怒声が飛んだ。サーベルを派手に鳴らかし乍ら野次馬共を睥睨《へいげい》し、五、六人の警官で交通整理をし始めた。民衆達は誘導されるが儘に従い、ぞろぞろと路傍へと移動して行く。然し、此所でも又、ひそひそと囁き始めた。

「何だよ、あの言い草ッ」

「偉ぶり遣がってよォッ」

「今迄、何所で何してたんだかねェ」

「威張るなッ」

「ふざけないでよッ」

と様々な悪罵を銘々が洩らすのだった。驕恣《きょうし》な群衆には目も呉れず、此の渦中を懸命に擦り抜けて行き、先を急ぐ姉弟。

そんな最中の事、或る都人《みやこびと》の話がざわめきの中から聞こえて来る。

「おいッ。つい先、聞いた話じゃ、大通り公園で演説染みた事遣ってる奴が居るんだってよッ。俺のだち公が走って行っちまったァ。おめえェ、どうするよッ」

「其ッ、本当かァ？　だとすると、火事も捨て難いが……」

「其方《そっち》の方が面白そうじゃない？」

若い女も話に加わる。其所へ更に初老の男が興味本位で問い掛けて来る。

「で、一体、何所の誰なんだい？　公民館の露台で、そのォ、喋くってる人物は？」

と、何やら筆記用具片手に返事を俟って居た。

「ええェ……と……何つってたかなァ……た……たん？　此所迄出掛かってんだがなァ……どうにも駄目だァ。まッ、何にしても何処その偉いさんなんだとさッ。」

と、喉仏辺りを指先で軽くとんとん叩き乍ら答えて居た。其へ女が、

「行けば解るってもんだよねッ」

と、目をきらきらと輝かせ乍ら煽った。すると、周りで聞いて居た連中迄もが、

「そっかァッ！　そりゃァそっちに行く可しッ。だなァ」

其々が口々に言い乍ら、公園へと一人、又一人と走って行くのであった。

姉と弟は、一体誰の事だろうと訝しむも、此の群集を尻目に、官邸へと急ぎ歩くのだった。

鑑速邸《あきすみ》へと続く隘路に差し掛かった刻《とき》の事、小妹《シャオメイ》が突然、緊張した声を発する。

「瑞風《ズイフォン》ッ、見てッ、あれをッ！」

路上に転がる二体の遺骸を指差した。

「えッ……ええエッ⁉」

其を目にした瞬間、どぎまぎして終った。二人は近付き、状態を良く見る。

「是は……残月《あいつ》の仕業じゃない。絶対にッ！」

「うん、そうだね、姉さん、是はきっと、長《おさ》が生前話してた……」

弟が続く。

「ええ……恐らくは、『破邪《はじゃ》』とか云う……」

其の刹那、顔を見合わせ、

「まさかッ‼」

と、同時に声を発するや、既にして駆け出して居た。

運良くも姉弟は、井伊谷《いいのや》と配下達が引き揚げた後、行き違いで、官邸へと立ち戻ったのだった。

炎上する邸宅で、小妹は書斎へ、瑞風《ズイフォンフェイシェ》が飛雪の部屋へと二手に分かれ奔走する。

「御館様ッ！　……鑑速《あきすみ》様ァアッ！」

「御嬢様ッ、居りませんかッ？　……飛雪様ァア……御返事をッ！」

二人は、其々、名を疾呼する。懸命に。

庭へ廻った少年は、呼び掛けを続け乍ら臆す事無く猛火の中果敢にも巧みな走りと身の熟しで難無く亙り廊下へと辿り着く。そして恐れず、火元である燃え盛った寝間へ向かう可く、飛び込んだ。

其所で終に見付けた。

「御嬢様！　御無事で⁉　只今、御助け……」

と、一歩、踏み出した所で、言葉が喉で閊え、脚が止まった。弟の瞳は、其の胸元から生えた刀把と、眠り姫の如く臥す、既に息絶えた息女の姿を映して居た。

「……御嬢様……嗚呼……飛雪様……お労しや……ウゥゥ……」

然し、煉獄の炎は、少年に弔いさえも赦しては呉れ無かった。一気に炎が眼前へ迫近し、後方へと追い遣った。後退る其の足が、不意に何かを蹴飛ばした。はっとして直ぐ様視線を足下へと落とす。其の先には……黒い塊が俯せで転がって在った。何やら微かに動いたか。錯覚か。

確かめ様と屈み掛けた其の刹那。大声が其を妨げた。

「瑞風ッ‼　ちょっとあんたッそんなとこで突っ立って何を遣ってんのッ⁉　御嬢様をッ！　……

飛雪《フェイシェ》様は何所なのよッ⁉」

　虚を衝かれ面喰らいつつも、面を上げ向き直る弟の顔を見て、悟った。唯黙って頭を振る其の瞳から、汪然として涕は伝い落つる。頬には、糊の様に跡を残す許り。

「そッ……そんな……御嬢様迄も……」

　炎の轟音が語尾を掻き消す。力無く肩を落とし、項垂れる。泫然と涙が頬を伝い続ける。

「どうか、御心、お安らかに……」

　そう呟き、弔いの言葉とした小妹《シャオメイ》。其へ、

「……御館様は……」

　確かな予測の元、力無い声で訊《と》う弟へ、俯いた儘で部屋と廊下の敷居辺りで立ち尽くした姉がぼそぼそと、

「……書斎はもう……手が付けられない位に火の手が……近寄れなくて……叫び続けるしか……出来なくて……あれでは……あんな有り様じゃ……見込みは……」

　涙で噎《むせ》ぶ声は、其以上、出て来なかった。そして、頬を手の平で拭い乍ら顔を上げ、何処か悔しそうに、

「私達は、結局……何も、出来無いで……誰一人として、活《い》かせず……救えなかったのね……」

　斯う喟然として無念がるのだった。

　と、瑞風《ズイフォン》が俄然に、何かを憶い出し、

「そうだッ！　姉さん、姉ェさんッ‼」

声を張り上げ呼んだ。

「ど、どうしたのッ⁉　何よ？　……何なのよォォ……？」

尋常を逸脱した声に目を丸くし、困惑し乍ら答えた。だが、今度は其の弟が押し黙った儘、旋毛《つむじ》を向ける許り。姉には理由が判然とせず、苛立ち始め、問い詰め様と今、正《まさ》に口を開き掛けた其の刻《とき》、

「姉さん」

凛とした声が答えた。真っ直ぐに小妹《シャオメイ》の顔を見据えた。はにかんだ様な少女へ少年が足下に眴《めくば》せして見せる。そう其は、丸で、眼下に一人、居るじゃないか。助けられる武人《ひと》が。と、伝えて居るかの様だ。

瑞風の奇妙な行動に訝しがり乍らも誘《いざな》われる儘に、視線を落とす。

「なッ‼」

遺恨からか、憎悪か。若しや、畏怖からであったろうか。戦き、名状し難い胸奥に身悶え、見下ろした。募る怨情《えんじょう》が必然的に顔を鬼の形相へと歪めて行く。

「楡《にれ》……残《ざん》、月《げつ》……」

怨嗟の声を搾り出し、名を口にした。どうして此の男丈が、と憤怒する中、臥せる黒尽めの背中を睨め付ける。其の左頬に在る鼈甲に滑る蜈蚣《そうじん》が緋《あか》い炎に照らされ、赤々とてかる。漆黒は、猶以て、其の沈黙を固く護り通し、横たわり続けて居る。

眼下の場景に握り拳を作り、沈黙した儘見入って居るそんな姉へ、弟がそっと声を掛ける。

「此の武人《ひと》は、僕達皆の仇敵《かたき》には違いないけれど……」

相手の表情を窺うかの様に、一拍置いてから、話し継ぐ。

「姉さん。若しも、御館様の言い付けを守るのなら、僕達二人が今、する可き事は、たった、一つだよ」

真実の言葉に動揺し、顔を上げる。少女の表情は、佳仙《かせん》の遺言を憶い出し、何度も心で反芻する。

そんな粛々としたものだった。

『恨みを忘れ、忍を捨てよ』

火勢が増す中、姉弟は今一度、脳裏に焼き付けるのだった。

紅蓮の炎は、屋敷其の物を呑み込まんと、其の姿を益《ますます》、巨大にし、強大な魔物へと変貌を遂げて行った。

鑑速《あきすみ》佳仙の夢と思想は、今、正《まさ》に官邸諸共、焼き尽くされて行く。其は、此の国の行く末を予見して居た。

館林《たてばやし》勘解由《かげゆ》と云う業火が、義士達の志を燼灰に帰すが如く。

拾伍

井伊谷《いいのや》が陸軍大臣執務室に二度《ふたたび》現れたのは、崩壊への一途を辿る宰相官邸が決死の消化活動にも拘わらず、遅々として進まない頃であった。

「閣下」

一角の蔭から、影が静かな声を発した。

「うむ。井伊谷か。首尾は」

「佳仙は自刃し、果てました。此の目で聢と見届けて参りました由に御座います。故、間違い御座いません」

僅かに間を置いて、

「……そうか……して、一人娘と件の倅の消息は？」

即座に、

「はっ。倶に炎の中で、今頃は仲良く灰燼と作《な》り果てて居りましょう。只……帝の行方丈は攫めませんでした。申し分け御座いません。爾余《じょ》は、申し上げました通り、事なきを得まして御座います」

「うぅむ……天子不在の件は追い追い煮詰める事としよう。先ずはッ、井伊谷《いいのや》よ、御苦労だったな。是からは、今にも増して忙しく成るぞォォ……グワッハッハッハァァ」

と、一息吐《つ》き、葉巻を銜《くわ》え、

「そろそろ……だな……グフフフ……」

「はっ……？」

忍者《しのびもの》は、蔭に溶け込んだ儘訝しむ。何かを待った。と、扉の向こうから改まった声が掛かる。

「閣下」

「来たか……入れ」

扉が開き、秘書が入室して来た。

「失礼致します」

「うむ、俟って居った。申せ」

すると、滑舌が良い口調で話を始める。

「はい。御報告、申し上げます。先程、大通り公園の公民館の露台にて、丹法務大臣《たんの》が一部の青年将校を伴わせ、民衆へ向け、此の国の現状を告知し、蹶起《けっき》を促して居るとの報告を受けて御座います」
一、二度頷くと、
「ううむ。やはりな……」

（掛かったな、狐奴ッがッ）

とほくそ笑み、したり顔を直隠《ひたかく》しつつ答えるのだった。

「如何《いかが》致しましょうか」

其の仰ぎへ、火を点け、大きく息を吸い籠めて、まったりと味わい、そして一気に煙を吐き、重厚な語り口で、適確成る指示を出す。

「先ずは、安藤《あんどう》大尉を此所へ。次に、総務、内務大臣並びに、其々の次長等《ら》を呼んで置け」

聞き終えると直ぐ様、滑舌且つ明瞭な発音で返事をする。

「はい。閣下。承知致しました。直ちに。失礼致します」

粛々とした黙礼を済まし、退出する筆頭秘書官の靴音が足早に遠退いて行った。

程なくして、

「さすがは然しも鋭敏な将軍閣下。全てを見破って居られましたか。此の井伊谷、殆《ほとほと》、感服致しまして御座います」

館林《たてばやし》は葉巻を燻らせ、一角の蔭へ目を遣り、笑みを浮かべて、

「グフフ……今日はなァァ其丈ではないぞォォグフッ。近う」

「……ハッ」

すると、顎の尖った鎖帷子姿の忍者《しのびもの》が忽然と現れた。其を認めると大臣は得意顔で、

「是はなァ、御前への褒美だ。グフッ」

「コッ、是はッ」

立所に歓喜の声が零れた。机上には、此の日の為に、拵えて置いた、真新しい軍服がきらきらと

輝き、其所に在った。戸惑う忍の頭目へ陸軍大将が、

「さあ、早く、袖を通して見たまえ。んんッ⁉　グヘッ」

其の言葉を聞くや否や、覆面と帷子をかなぐり捨てた。

「ガハハハハ……似合うではないかァア。グワッハッハァア……」

「ハッ！　光栄でありますッ」

「グフフ。其の物言い……もう既にして佐官らしく成って居るではないかァァんん……グへへへ。井伊谷《いいのや》大佐ッ。グフッ」

と、煙を吐き出した。

「おおゥゥ、ぴったりでありますッ」

と、見様見真似、慣れない手付きで敬礼して見せた。階級徽章がずしりと重く感じるものの、其が妙に心地好かった。欣喜雀躍の態で、軍服に見蕩れて居ると、扉の向こう側から不意に声が掛かる。

「安藤大尉であります。御呼びでありましたか。将軍閣下」

言下に、

「入れッ」

其へ、

「ハッ。失礼致しますッ」

脱帽し、左脇に抱え、敬礼をした。

「うむ、安藤《あんどう》大尉、此方は今日付けで佐官に大昇進した、井伊谷大佐だ。以後、君の直属の上官だッ」

と、紹介に与った新任大佐は、僅かな気恥ずかしさ漂わす素振りでは在るが胸を張り、威厳を見せ付ける。すると尉官は向き直り、

「ハッ。大佐殿ッ。安藤でありますッ」

聳身《しょうしん》し、敬礼をする部下へ、初々しいげに挙手答礼で応じる。其等の遣り取りを見て、鯰顔でにやにやと含み笑いを浮べるのだった。だが、瞬時にして厳めしさを取り戻し、本題に入る。

「大尉、隊の準備はどうか」

「ハッ。練兵場にて、特佐が、一個中隊を隊列させせッ、何時でも出動出来ますッ」

「うむ。申し分無い。指揮は彼が執るッ」

と、井伊谷へ目を遣って指し示すと、安藤へ鯰顔を向け直す。

「追って指示を出すッ。其迄隊列崩さず待機。以上だッ」

「ハッ。将軍閣下ッ。失礼致しますッ」

大将軍と大佐とに敬礼を済ませた大尉は、粛々と退出して行った。気配が消えたのを確認し終えると、慎重な語調で、然も、稍、声を潜めたか。

「良いか、井伊谷。時が熟する迄だ。儂《わし》の合図を暫く待って居れ。大佐としての初仕事をして貰う。然も非常に重要な任務だ」

と、此所で最後の煙を吐き、葉巻を消し、話を継ぐ。

「其は、言わずもがな。丹《たんの》の始末だ。然しだッ……此の任務の出来栄え奈何《いかん》に依っては、今後の舵執りに多大な影響を及ぼし兼ねんッ。我々に取って此処が正念場ッ。解るな……迅速に是を鎮めねば成らんのだッ」

語尾が強く成った。

「御意……ハッ！　其が閣下の御所望とあらばッ。必ずやッ！」

と、辞儀をして見せるのであった。是を見た物欲至上主義者は、やはり染み着いたものは拭えぬか、と思ったか。

「グフフフ……是で、権力《ちから》を見せ付けられるッ！　……そうか、監理法を改正し、強化せねばなァァグフッ、グフフフ……」

独り言に、にやける。そして、酔い痴れ、怪奇な笑い顔で、

「グへへへ……井伊谷《いいのや》ァよォォゥ、遣る可き事が山積みだぞッ。ガハハハハ……」

「実に御座いまするなァ……クックックッ……」

何故だか此の時、あれ程迄に嫌忌して来た筈の此の、下卑た哄笑が心地好く聴こえ、思わず釣られ、含み笑いをしたのだった。館林《たてばやし》は、欲望が尽きぬと許りに声を弾ませて、猶も話を続け始める。

「それになァァこんな事は、ほんの手始めに過ぎんのだ、グフフ。余はのォォ、他国への制裁等の法制化も視野に入れて居るッ。其処で決議をするに当たり、早急に対策を講じねば成らん」

「御意……」

「うむ……其処でだ、話を戻すがァァ、あの賢しらな若造には、我等の明るい未来の為、是が非で

も、人身御供に作《な》って貰わんといかんのだッ。ガハハハハ……」

勘解由《かげゆ》は終に、永年秘匿して来た深謀遠慮を実行に移すのだった。鑑速《あきすみ》派の文官と武官や、丹の様な叛乱分子等の排除。次に、諸外国への内政干渉、自国軍備拡張。主たるは、国家の主席。果ては。世界の帝王。其処へ登り詰める為には先ず、内務並びに総務大臣を上手く抱き込み、手懐け、更には、不満分子の賊を巧みに操り、見事、踊らせて見せなくてはならないのだ。

「其となな、井伊谷。軍内部には未だ、第五列が潜んで居るとも限らんッ。其の害虫駆除を御前の隊に一任する。安藤《あんどう》と彼の部下、中原《なかはら》中尉との二人を側近とし存分な働きを見せて呉れッ。期待して居るぞォォッ、グハハハ……」

一拍置いて、

「そうそう、ガハハ。うっかり言い逸《そび》れる処であった。御前の配下の、『破邪《はじゃ》』の忍者達《もの》にも軍服を手配して置いたぞ。んんッ⁉　どうだァァ、是からも手足と作《な》って貰わねばな？　そうであろう？　グフフ、グワッハッハッハハァァァ」

「ハハァァァッ。感謝致します。配下の者共も、嘸《さぞ》、喜ぶに違い御座りません」

と、辞儀をして見せた。

「グヘへ。ううむ。直に出番は来る。其迄、隊共共、余の繋ぎを俟て。……其の間、新任挨拶序でに訓示でもして遣れ。ガハハハハ……」

「覇王の国造りの為にッ。では、早速にッ。御免ッ」

と、軍服姿の儘、片膝を立て、深く辞儀を済まし、背を見せ、扉へと向かう其の細い顎を更に尖らせ、ほくそ笑んだ。

井伊谷《いいのや》と入れ違いで訪れた、陸軍大臣筆頭秘書官が、

「閣下。御連れ致しました」

と、告げた。

「通せ」

と、短く答えた。其の館林《たてばやし》の赦しの言葉に応じ、懇意を装い、

「閣下、失礼致しますぞ」

と、あの馬面は一体誰だ、と云った顔付きで、大臣と次長達が入室して来た。秘書官が扉を閉めたのを確認すると徐に作り笑いを浮かべて、紋切り型の挨拶を口にする。

「是は、是は。俟ち兼ねましたぞ」

大臣達は会釈もそこそこに、話の本題を切り出す。

「扨、将軍閣下。早速では有りますが……話の大筋は耳に致しましたが、丹法《たんの》務大臣がまさかあの様な大それた騒ぎを起こすとは……正直、驚きました……」

と、内務大臣が言った。其へ総務大臣が続く。

「はい。本当に驚きました。それに、今朝早くに、鑑速《あきすみ》宰相が自邸に火を放ちましてなァ。目下、懸命の消火活動を行って居る状況。是は詰まり、二人が結託し、国家へ矛先を向けた行為ではないか、と考えて居ります」

「で、ではッ、何ですッ⁉ 二人して、は、叛逆を企てて居たと……？ そ、其の様な身の程を弁

えぬ行動を……是は、正《まさ》しく由々しき事態ですぞッ、将軍閣下ッ」

内務大臣は、狼狽え気味に話し、陸軍大臣へ縋る目付きを向けた。すると、其を見越しての物言いであろう、野心を秘して、そ知らぬ風な。

「そうか。……そうであったかァ。成る程。ううむ……詰まりは斯う云う事か。宰相が火事騒動を起こし、是に示し合わせ、法務大臣は、公民館にて蹶起する。実に巧妙な手口。うむ、是は正《まさ》しく、国家転覆を狙った事変。奴等は謂わば、逆臣国賊。斯ういった不逞の徒は、即刻排除せねば成らんッ!!」

と、鯰顔で嘯いて見せた。

「如何にも。御尤もな御意見！」

卑屈な態度で笑みを浮かべ、二人の大臣は、示しい、あわせたかの様に声を合わせて、賛同した。占めたと許りに透かさず、話の本題に入る。

「其処で、二人に御足労願ったのは他でも無い。内閣刷新に一役買って貰いたいのだァ。宰相自ら進んで叛徒の首魁と成っては、国家の存亡の機ッ。余はッ、即座に是、討伐せしむるを断固執り行うものと考えるッ!!」

此の科白《せりふ》に何とも心地好い力強さを受け、二人は首肯き合い、嘆服する。

「真に以て、其の通りですぞ。……私の辞書に依りますれば、是は、内乱罪に適用されまするぞ」

内務大臣に続けと許りに、

「事、此処に至りましては、彼奴等二人には、最早、志、が有るとは思えませんッ。然すれば、閣下に、御断行を仰ぐ依り他、途は有りません。因って、速やかに新たな内閣を組織し、事態の収拾を図り、諸政を一所《ひとところ》にしなければ成らんでありましょうなッ」

空々しくも迎合し、保身に直奔《ひたはし》る二人を館林《たてばやし》は、そ知らぬ顔で目も呉れず、話を煮詰めて行く。

「其の通りッ。うむッ、善くぞ申して呉れた。グフッ。二人の支持が有れば実現するは容易いッ。ハッハッハァ」

此所で二人の表情を窺う風に一息吐《つ》き、

「兎にも角にも、此の、鑑速《あきすみ》・丹《たんの》事件を迅速に鎮圧する必要が有るッ。何故《なぜ》ならばッ、其に因って、余の実行力を見せ付けられる事、其こそが指導者に不可欠だからであるッ。更には、大衆を魅了する資質が有ると云う示顕《じげん》に成る得《う》るのだッ！　そうに違い有るまいてッ。グフフフフゥ」

鯰面を赤らめ、唾きを飛ばし、演説振り、熱弁を揮い、そして、満足げに笑った。

「おおォ、如何にも鋭敏な閣下らしい考えですなァァ」

「ええェ、然様でありますともォゥ。人事と予算を握れば此方のもの。と、相場が決まって居ると云うもの。ハハハハハ……」

言下に勘解由《かげゆ》が話し継ぐ。

「ではッ、直ちに宰相を決めッ、富国強兵、他国への制裁、法制化導入。並びに国民監理強化を当面の課題とし、早急に議会で可決させるッ。が、宜しいなァァ。グフッ」

「はい。それで宜しいかと……。其と……次期宰相には、閣下を措いて他に居りますまい。此の私の熱願、何卒ッ御承け下さいませッ。ハハァ……」

「はい、其はもう私も同じに御座います。言わずもがなでは有りますが、根回しは此方で万事滞り無く……ではッ、満場一致、と云う事で、差し障り御座いませんな……ヒヒヒヒ……」

此の様に、総務大臣は追従低頭し、内務大臣は迎合しほくそ笑んだ。

何時の世も、権力と金に人は靡《なび》くものであったか。そして、欲望は尽きぬ。

下卑《げび》た哄笑《こうしょう》が世界へ覆い被さって行く。


大通り公園の中央に公民館は建ち、玄関口前には、環状交差点が設けて在り、中心部分に立派な噴水も設施して在る。小雨降る中央広場は、騒ぎを聞き付けた民衆の人いきれと人烟《ひとけぶり》で、建物が霞む。二階の露台にて、数人の近衛師団青年将校を随え、丹基康《もとやす》は噴水を見下ろす形で、群衆に向かい演説を行って居た。

「……なのでェ有りますッ。今やあの陸軍大将兼大臣が実権を掌握せしめ、此の国を我が物にせんと、目論んで居るッ。幼帝、巴《ともえ》様を何処《いずこ》かに軟禁。再建に尽力した鑑速宰相を自害に追い込み、楡《にれ》警視総監を斬首刑にッ。其の最たるは、嫡子である楡残月《ざんげつ》を全ての元凶とし、討っ手を放ち、闇に葬ったッ。是等の非道は、ほんの手始めに過ぎないのでありますッ！」

人集りが、徐々に男の話へ耳を傾け始めたものか、次第に視線が壇上の論述者へと、集まって行く。

「此の様なッ、悪辣無比作《な》る館林《たてばやし》勘解由に、我々の国を委ねて終って良いものかッ⁉　否《いな》ッ‼　あの様な俗物が権力を手中に収めたならばッ。圧政に苦しむは必定ッ‼　さあァッ！　私の語りに心を動かすのですッ！」

　此の力説は終に、一部の都人《みやこびと》の心理を蜂起へと誘《いざな》い始めたのだ。だが其所へ、何も知らず、のこのこと、警邏中の巡査が二、三人、喧騒を聞き付け、けたたましく笛を吹き鳴らした。

「こらァァッ！　御前達ィィッ何を遣っとるかァァッ！　此所はッ、皆の憩いの公園だぞォォッ！」

「其の通りッ。即刻ッ、解散せんかァァッ‼」

と、大声で怒鳴り散らし乍ら人々を押し退け、露台の演説者の方へと行こうとするも、数百人は下らない群集。辿り着く所か、人いきれと此の小雨も相俟って、警官達は酔いそうで、職務を忘れ後悔の念に駆られて居た。そんな事等意に介さず、主謀者の傍らに居る青年将校が話をし始める。

「丹殿《たんの》の所説は至極当然ッ！　今やッ、此の国の命運が尽き果て様として居るのだッ！」

　此の声を丹が継ぐ。

「魔の手から、幼帝巴《ともえ》様を救い出すのはッ、天帝の子等である国民でなければならないのですッ‼」

　すると、ざわめく民衆の中から人々へ囁き始める者が現れた。

「確かに、そうだよッ。……俺達の帝だ。同時に、俺達は帝の民でもあるッ。本当に、軍人共に任せて大丈夫なのかァ？　あんな奴等の奴隷になんか成ってたまるかッ！　真っ平御免だァァッ！

そうだろうッ？　皆ァァッ‼」

　其へ呼応し、そうだそうだと口々に言い出した。一人が二人、二人が十人、十人が。と膨れ上がって行く。あの巡査達はきっと揉みくちゃにされて居るだろう。此の黒山の人波がうねるのを見た主謀と側近は顔を見合わせ、互いに、にんまりとほくそ笑むのだった。そうなのだ、最初に同調した者は配下だったのだ。桜として潜り込ませ、集まった民衆を煽情する作戦を執ったのだ。少しづつでは有るものの、烏合に変化が生じ始めた。と、正《まさ》に其の刻《とき》である、怒声が広場に轟いたのは。

「全員ッ、其処迄ェエッ!! 反抗する者ッ、鎮まらぬ者はッ、此の場にてッ問答無用に即刻ッ、処罰するッ!!」

民衆等は、此の一喝で静まり返った。其の隙に乗じて、例の警官達が人々の足下から這い出すのを兵隊等に助けて貰って居た。

「良いかッ! 今から小半時丈猶予を与える。其の間に、此の広場依り退場した者は、今回に限り見逃すッ。との館林《たてばやし》宰相閣下の御言葉を戴いたッ! 皆ッ、感謝せよッ!!」

と、発し、馬上から睥睨するは、演説の最中、誰にも気付かれる事無く、速やかに中央広場を包囲せしめた、あの新任大佐、井伊谷《いいのや》であった。彼率いる本隊が正面出入口を、安藤《あんどう》支隊、中原《なかはら》支隊其々は、残りの二ヶ所を封鎖した、現実を突き付けられた人々が俄《にわか》に色めき立ち、騒ぎ出しおろおろと狼狽える者も現れ始めた。と、其所へ叱咤が飛ぶ。

「皆ッ! 惑わされてはいかんッ! 是が俗物共の手口なのですッ。甘辞《かんじ》で誘い操ろうと目論んで居るのですッ。此所で退けばッ、遅かれ早かれ、何《いず》れは、容赦無き弾圧に苦しませられるのは、最早ッ明白ッ! 今こそッ! 立ち上がるのだァアァッ!!」

配下が是に続く。

「そうだッ! 戦おうッ!! 世の中を変えるんだァアッ。戦えッ! 戦えェエッ!! 戦えェエェ……」

丸で、呪文の様に叫び、煽った。すると、次々に賛同し始め、其の輪が見る見る内、拡大して行く。

「そうだッ、戦おうッ！」

「天子様を助け出しましょうッ！」

「武器を手にィイイッ！」

「おおゥウッ！　武器を持てエエエッ！」

「此の国を俺達の手で守ろうッ！」

「そうだッ、此の国を取り戻すのですッ。館林《たてばやし》を斃《たお》すのですッ！」

丹の《たんの》科白《せりふ》に将校が継ぐ。

「悪魔を殺せエエエッ！」

「今こそッ、武器を取って戦おうッ‼」

と、もう一人の側近が口にし乍ら、武器の山を指で指し示した。そして、順に配られる矛や槍を手にして往《ゆ》く。人々の眼は、最早、人間《ひと》に非《あら》ず。終に、丹が煽動する群衆の波は足並み轟かせ、怒濤の如く其々の出入口に向かって押し寄せる。対する井伊谷《いいのや》率いる討伐隊は色めき立ち、是を邀え討たんとす。此の憩いの広場で雌雄を決する刻《とき》が、否、殺戮劇が繰り広げられ様として居る。

「刃向かう者に容赦は要らんッ。斬り捨てェいッ！　首魁であるッ、丹基康《もとやす》はッ、俺が此の手で斬るッ！　掛かれエエエッ‼」

大佐の怒号が鳴り響く中、両軍は激突した。

国乱は、悲劇の序章でしかない。国を内側から疲弊させて終う。其と同じ、否、其以上に、人心を内《うち》から蝕んで行き、不信感を募らせ、嫌悪、怨恨を其の魂に根差して行く。是が、浮き世の宿命《さだめ》、だとでも云うのか。

人間《ひと》は、儚き幻に、一つの輝きを是程求める存在であったか。其が喩《たと》い、泡沫《うたかた》の仮初めである煌めきだとしても。

拾陸

「そろそろ、買い出しに行かなくちゃ、いけないわね……はァァァ……」

柳水春華《りゅうすいしゅんか》が棚や抽斗《ひきだし》を散々、引っ掻き回した揚げ句、斯う口にし喟然《きぜん》を吐《つ》く。

「然様であるか。善きに計らって給れ」

其が何か問題なのか、と云った風に柳水道元《どうげん》の遺した書物から一旦、目を離し、泰然として答えた。

女医は此の返答に一瞬、呆気に取られるも、直ぐに思い直す。産まれて今日迄の十有余年。雅びな暮らしをして過ごしたのであれば、其の言行は染み付き、旬日にして其等が一変する訳も無く、と自身を諭す。が、此の儘で、最悪の局面を果たして乗り越えられるものなのか。と云う不安を拭い去る事が出来ず、憂懼《ゆうく》を禁じ得なかった。それでもどうにか笑顔を取り繕い乍ら、出来る限り明るい声調で、

「とにかく買い物して来ないと行き斃《だお》れる事に……ハハハ……トホホ。そ、それに、何か進展がね。だから……ほら、情報収集を兼ねてって事よ。ねッ。うゥん、一時程、此所で俟ってて頂戴ねェ、巴《ともえ》ちゃん」

と、愛称で呼び乍ら掌を幼帝の細い両肩へ、快い調子で、ぽん、と載せた。其へ、心地好く並んだ白くて小さな歯を輝かせ乍ら、にこりと笑顔を見せ、

「……然様な由と有らば、春華の……いや……春華……あ、ね……姉君……？　……の申し付く儘に、朕は致す。存分に働いて参れ」

何だかこそばゆいのか、皇女は粗末な丸椅子の上で、御尻をもぞもぞさせて、然もにやけて居る。女医も又、姉君なぞと呼ばれ、気恥ずかしいのだろう、締まりが無い、何処か間の抜けた顔を見せ、

「じゃあ、行って来るわね」

と、照れ笑いをし乍ら手を振るのだった。今は、仕方無いか、と思い、何処か微笑ましくも有り、軽やかに地上階へと駆け上がった。そして、麻製品の買い物籠を持つと、鳥打ち帽を目深に被り、縁取りの歪んだ眼鏡を掛け直したなら、扉をぎこちなく開けた。あら、雨だわ、と云った風に罅割《ひびわ》れたレンズ越しに、こし雨を振り仰ぐ。そして、灰色の世界の下を小走りに駆けて行くのだった。

隠れ家の地下室に一人残された巴《ともえ》は、書物の続きに耽って居た。其所には、本物と見紛う程の写し絵で芋虫と其の成虫が描かれて在った。其処で次に、そうだ、と云った感じの表情を浮かべ、何やら憶い出し、本を開いた儘に、或る幅広く薄っぺらな抽斗に指を掛け、そっと、引き出した。其の中では、本に描かれて居る、白く小さな芋虫達が緑の葉の上を蠢き乍ら、一心不乱に食《は》んで居た。もっと良く観察しようと息が掛かる程に顔を近付けても猶、食べ続ける夥しい数の幼虫。其の何れ《いず》もが青白く煌めいて見えた。炯々《けいけい》たる瞳で見入り乍ら、此の虫が後に小禽《ことり》の卵程の繭へと変態し、軈《やが》て、中から、真っ白な毛に覆われ、羽根を持って出て来ようとは、此の幼い皇女には、どうして

も納得出来なかった。

「是が、桑の葉。そして、此の生き物は、是しか食さぬのであるのか。うむ、うむ。後に繭に成ると有るな。ふむ、蛹と記されて居るのう。然しぢゃ、此の中から羽根の生えた『蛾』と呼ばれる生き物が出て来ると有るが……はて……？」

目を閉じ、暫し黙考。其を終えると、続きを読み始めた。

「……ややッ！　何と、此のものから糸を紡ぐのであるか。では……虫は、死んで終うではないかッ。何と……なれど、国民が暮らすとはそういう事であったか。……と雖《いえど》も……朕には辛《つろ》うて……無理ぢゃ……きつい仕事ぢゃゃな」

巴《ともえ》は、どうにも、切なく成り、抽斗《ひきだし》を静かに閉めた。然し、やはり、羽根の在るものが出て来るとは思えず、或る、突拍子も無い考えへと行き着く。

「そうか、春華奴《しゅんかめ》ッ。扨《さて》は、朕を謀って居るなァ。フフフ。そうに違い有るまいに。よしよし、ならば此処は、ウフフフ……騙された儘に。時が来れば解ると云うものぢゃ……ウフフフ……キャハハ」

そんな徒心を秘め、独り言つ天帝は、姉の帰りを健気に俟つ、何所にでも居そうな、十三歳の幼《いたい》気《け》な少女であった。

用心には用心をと、一ヶ月に二度程立ち寄る大通りから筋を一本裏へ入った、雑貨店へと急ぎ歩く女医。其が却って怪しさを醸し出して居る事に、本人は全く気が付いてはいまい。然しも出不精

な彼女にも、今朝の人が少な過ぎる往来には気付いた。が、

（やけに人が疎らね……若しかして……付いているのかも⁉）

と、云った相も変わらぬ、英気の持主であった。そんな折り、ふと、高札が目に留まる。あんな立て札何時から、と云った風に訝しがり乍ら、近付き、記されて居る内容へと目を通す。

「ええエッ‼」

口から溢れ出掛かった叫び声を慌てて、手で塞ぎ押し止めた。驚愕の内容に打ち拉がれ、戦慄《わなな》く。そして、触れ書きに促され、直ぐ傍らに設置された獄門台へと視線を運《はこ》ぶ。が、其所に斬り首なぞ、何所にも見当たらず、一体、どう云った事なのか、何が起きて居るのか。此の女医に其等を知る術は無かった。只、此所に此の儘居ては危険だと云う事丈が肌を通じて感じて居た。にも拘らず、身体が思う様に動いて呉れ無い。何故《なぜ》。彼女の眸を占めたは、世にも恐しい、闇依りも黒い煙。

「……‼　……何……よ……燃えてるの……？」

息を呑む事さえ、出来ずに居た。「引き返さなくちゃ」と漸くにして其等全てに背を向けた刻《とき》の事。数名と思しき気配と足音が此方へ近付いて来た。焦燥の中、冷や汗許りが噴き出す。女医は、火事場の莫迦力を駆使し、建物の蔭へやっとの思いで転がり込み、恐怖と緊張に震える身体を抑え、必死に隠れた。そして、懸命に耳を欹《そばだ》てる。と、高札の前で止まり何やら話を為出《しだ》したのは、三人の警察官であった。

「おい見ろよ、本当に首が無くなってるぞ。やっぱり、あの話……」

「おいッ。其の噂話を迂闊に出すなよッ。仮にも総監殿と其の御子息との事だぞッ！」

と、右隣の警官が言葉を遮った。するともう一人が口を挟む。

「だがな、首が無い話が本当になっちまったんだぜ。と云う事は、鑑速《あきすみ》宰相と丹《たんの》法務大臣が結託、企て、が露見した話も本当と云う事に成らないか？」

「じゃあ、今起きてる大火災の事も……宰相が御息女を道連れに自裁し、自邸に火を放ったという出処が今一つはっきりしないあの話も本当って事に……？」

と、言下に話した。三人は顔を見合わせ、沈思する。其処で一人が何やら憶い出し、

「そう言えば、早朝にも拘らず、丹大臣が検事総長へ秘書を遣わしたと、報告が有ったと聞いたぞッ。余程の何かが起きてるに違い無い」

「ではッ、首が無い事と、父娘《おやこ》心中とは繋がりが有る。と云う事に」

「だから、此所に集合命令が下された訳だな」

成る程と、頷き合い、鼎談に耽って居る其所へ、新たに警官が数名駆け付けて来た。其に気付いた一人が、

「こ、是は警部補殿ッ」

と、口にした。三人は直ぐ様、挙手敬礼をし、挨拶した。

「警部補殿直々の捜査に加えて戴けるとは、光栄でありますッ」

と、一人が紋切り型の科白《せりふ》を発したが、其の言葉なぞ歯牙にも掛けず、傍らに居る巡査部長へ胸《めくば》せして見せると、一歩前へ出て三人に告げる。

「今し方、鑑速家邸へ黒尽くめの人物が足早に入って居ったとの目撃情報が寄せられた。と云う報

告に基づく捜査が、今回、我々の班に与えられた任務であるッ。何か質問は有るか」

「はい。其の黒尽くめの不審者が容疑者なのでありますか？」

「何を⁉　其を今から我々が捜査するのではないか。全く……他には？」

呆れ乍らも巡査部長は問う。すると他の巡査が、

「はい。では、其の者が宰相と御令嬢を殺害し、然も、火を点けたのでありましょうか？」

憤怒の形相で言下に怒鳴る。

「莫迦者ォォッ！　其等の事柄を明白なものにする為、是から捜査をするのであろうがッ！　貴様等はッ一体ッ、何の為に此所へ来たと言うのだァアッ‼」

怒り心頭に発するとは正《まさ》に此の事であろう。憤慨し顔は真っ赤だ。そんな巡査部長へ、警部補がまあまあ、と云った面持ちで宥め、話を継ぐ。

「ゴホンッ。其の黒尽くめの人物であるが。楡残月《にれざんげつ》だと云う報告も有る。目下の処、其の線が濃厚の様では有るが、現在の段階で結論付けるのは非常に危険であるッ」

と、此処で一拍置き、皆の顔を見てから。

「とは言え、相手はあの楡残月やも知れんッ。呉々も、手抜かり無き様、気持ちを引き締めて任に当たれッ。良いなッ」

巡査等は、其の名を聞いて内心は震え上がって居た。そして、警部補と巡査部長とに三人づつ二手に分かれ捜査を開始した。別れしな、一人が小声で、

「然し、あの煙の感じでは……捜査では無く、事後報告に成りそうじゃないか？」

「被疑者死亡で事件解決だな」

「そうでないと、あの古武術の達人と対峙する羽目にでも成ったら……」

と、顔を引き攣らせて居ると、巡査部長に又しても怒鳴られ、悄々《しおしお》と追従して行くのだった。

是迄の遣り取りに春華《しゅんか》は、息を押し殺し、蔭に隠れ、聞き入って居た。錯愕に聳然とし、震えの止まらぬ繊手で噫噎《あいえつ》を懸命に抑えるのがやっと。会話を回想する。

「……御父さんが亡くなられてたなんて……嘘よ……それに、残月《あのひと》がそんな……そんな事……きっと、質の悪い噂話に……決まってるわッ！」

だが、気付けば、止め処なく溢れ零れた涕が、丸で留まる事を知らぬと許りに、涙珠《るいしゅ》と作《な》って、はらはらと落つる。

俄《にわか》に憶い出す。漆黒の武人との約束言。

「此所ではない、何処かへ」

此の言葉が胸を締め付ける。

（もう……此所には居られ無い）

心に浮かんだ言葉を噛み締める。暗澹たる胸中抱えた儘に、涙潸然と、一人、蹌踉《そうろう》として家路に就くのだった。

小さな胸に秘めたるは、心の縁《よすが》なる義士の帰り、其丈を翹望《ぎょうぼう》する此の想い唯一つ。

薬研《やげん》をゴロゴロと転がし、専ら、薬種を押し砕く作業を此の処、日課として居る。不意に其の手を休め顧眄《こべん》したは、階段を下りて来る足音に気付いたからだ。扉の向こうに姿を現わしたのは、やけに帰宅の早かった春華であった。其を迎える可く、頬笑み、見詰める巴《ともえ》。女医は、天子たる炯眼を向けられ、「大事無いか」と問われるものの一双の瞳に射貫かれた想いに駆られ、「只今」の一言がどうにも声に成って呉れない。そんな彼女の事を訝しむも、皇女は話を切り出す。

「実はな。朕は考えて居ったのぢゃ。此所で斯うして残月《ざんげつ》を俟ち乍ら、御前と暮らし、薬作り等を手伝うのも悪く無いとな。どうぢゃな、春華。ううん……何と呼ぶのであったか……はて……」

と、戯けた風にも聞こえる調子で、ぶつぶつ呟いた。其へ、驚き、狼狽えた様に、

「えっ⁉　ええ……そうね……其依りも……今直ぐに……身支度を……ね」

何やら心焉《こころここ》に在らず、と云った表情で、何処か遠望する風な眼を宙へ游《およ》がす女医。其の定まらぬ視線を目で追い乍ら言葉を掛ける幼帝。

「⁉　……何ぢゃ。らしくないのう。苦しゅうない、申せ。如何致したと云うのぢゃ。抑《そも》、用向きは事なきを得た、であるか」

席を立ち、近付こうとする素振りを見せると、慌てて、答える。

「いえッ。何でも無いのよ。何でも……とにかく、今は、身支度を……」

「な、何でおぢゃるか、其の言い種はッ。春華ッ、答えよ。如何に。ええい、はっきり申せと言うにィ」

苛立ちが垣間見えた。だが然し、沈黙丈が地下室を埋め、空気を重くして行く。一体何だと言うのだ、と云った面持ちで戸惑いを匿し切れぬ儘の少女を尻目に、春華は、小型の旅行鞄を引っ張り

出して来たかと思えば、独り、黙々と、手当り次第、押し籠め始めた。其の行動が奇妙で、異様さえをも醸し何処か言い知れぬ不安が俄《にわか》に込み上げ、何か口に出さなければ居た堪れない気持ちに駆られ、巴《ともえ》は思わず声を発する。

「そ、それにしても、残月《ざんげつ》めは、何時迄朕を俟たせる気であろう乎《や》。全く以て怪《け》しからぬ。早よう、戻ってごぢゃれ……のう春華《しゅんか》」

なれども此の刻《とき》、女医の胸中は計り知れぬ哀しみの潭心《たんしん》に聳戦《しょうせん》として居たのだった。が、幼帝にして見たならば、此の問い掛けが聞こえぬのか。それとも理由は判然としないがそ知らぬ振りを決め込んで居るものなのか。又、其等以外の事なのか。皆目見当が付かず、取り付く島も無い儘に、只、今はつくねんと坐る女医へ、答えを求める。

「何故ッ黙って居る。……ムムゥ……何故に黙した儘かと問おうておぢゃるが聞こえぬのかッ。抑《そも》、先程から一体……如何な真似事をして居るのと……ヌヌッ、好い加減にッ、こ、答えぬかッ」

然し、彼女は、此の至極真っ当な質問にさえ、驚いたのか、恐れたのか、けんつくを喰らわす。

「いいからッ早くッ、準備して頂戴ッ」

酷い物言いだったと悔恨の情に駆られるも、何も言え無い、顧みては居られ無い、そんなゆとり等、持てる訳が無かった。こんな春華の胸中を知る由も無く、只々、面喰らう許り。次第に腹立たしく成って行き、終には、「何ぢゃッ」と頬を膨らかし剥《む》れて終った。本当は、此の刻、此の天子の瞳は、自身さえ気付かぬ内に、女医が秘し匿す胸臆を看破して居たのだ。受け容れ難い事実。

「逃げるのよ」

彼女自身が一番驚いたのではなかったか。此の冷淡で、言い捨てた様な物言いに。

片や、巴は、此の一言で、全てが確信へと一変して終った。恐れに因り瞳が潤む。

「なッ、何を唐突にッ。に、逃げるなんぞと口にしよってッ。ど、どう云った了見で、斯様な、も、物……物言いを。何事ぢゃッ」

帝は、童女の如く狼狽えた。是非も無し。なれど。返る言葉は厳しいものであった。

「そんなに沢山は持って行けないから。本当に必要な物丈にして頂戴」

と、柳水《りゅうすい》医師。言葉とは裏腹に。

本当に必要な物？　そんな物……在る訳がない……もう。

彼女の心は、既にして、寸々《ずたずた》に打ち拉がれて居た。

泣いちゃ駄目。泣いちゃ駄目。笑わなきゃ。ほら。咲《わら》うのよ。……笑えッ！　春華ッ。

魂の慟哭か――。罅《ひび》割れたレンズ越しの見馴れた小さな世界は、妙に朧げで、異様に歪み、揺れて居た。

「な、何を申して居るッ。春華ッ、然様な振る舞い止めぬかッ。残月を俟つのであろう。違わぬのか。何故ッ、涕いて……グッ。泣くで無いッ。残月をッ……残月を置いては往《ゆ》かぬぞッ！　……朕は、朕は、決して動かぬぞッ！」

感情が極度に昂《たかぶ》り、幼帝の声は掠れ裏返った。猶も、荷造りの真似事を続け一向に止める気配を見せ無い春華の腕を引っ攫み、気持ちを此方へ向かせ様と全力で引っ張る。それでも頑に続ける彼女へ、今度は膨れっ面に口を尖らかし、睨まえた。そして、聞き分けの無い幼児がする様にあかんべいをしたならば、ぷいと横を向き、不貞腐れて見せる。

「駄目ッ！」

と、不意に顔を向け叱咤した。涙で揺れる向こう側には、其の聖顔を皺くちゃにし乍らも懸命に涙を怺え、毅然たる態度に努める巴《ともえ》が居た。途端、胸を締め付けられ苦しく成る柳水《りゅうすい》。

けれども、

「……駄目なのよ……もう……此所には居られ無いの……御願い……早く……準備を、荷物を纏めて……ね。時間が無いの。ぐずぐずしては居られ無いの。……ね」

もう、涙を拭う事すらしようとし無い。拭っても拭っても、拭い切れない、此の涙。払っても払っても、払えぬ、此の真実。

さめざめと泣いて居る。

少女は、既にして、泣き噦《じゃく》って居た。そうし乍らも、激しく抵抗する。

誰に？

「厭《いや》ぢゃッ！　残月《ざんげつ》を俟つのぢゃッ！　残月を置き去りになぞッ！　……春華《しゅんか》ッ！　何を泣いて居るッ。何故に泣く……涕くでは無いッ……」

最早、慟哭成り。此の世の最期と想ふたか。涕を流す事が赦されて居たは、救いか。神への懇願か。

悲愴なる現人神よ。御労し乎《や》。

幼帝の哀咽に女医も又、悶え、噎ぶ。

それでも春華は、黒衣との約束果たさんが為、涙で揺れる巴に近寄る。其の顔の輪郭さえも覚束無い中、嫌がるのを制し乍ら無理矢理に、眼前の小さな頭へと鳥打ち帽子を被せた。猶も、手足をばたつかせ踠《もが》く仕草をして見せて、悶える。

此の〃正直の天子〃の胸臆は、どう成って終って居るのか。

〃博学の医師〃は、そんな想いの中、自身も帽子を被り、潸然と流るる涙其の儘に、哀しみを押し遣ろうと唇を噛み締め聳身《しょうしん》する切なくも愴《いた》ましい姿の皇女を見詰め、

「さあ、是なら何時でも出発出来るわね」

一息で告げた。然し少女は帽子を投げ捨て、両の小さな拳を握り締め、女医を見据える。其を拾い、被せ直し乍ら静かに優しい声で語り掛ける。

「御願いだから解って頂戴。ね、だから、帽子を被るのよ……ね……」

「厭ぢゃッ！　こんな……帽子なんぞッ要らぬッ！　春華ッ！　よもや残月がッ！　残月がッ身罷ったなどとはッ言わさぬぞッ!!　……朕はッ……朕はうぅぅ……わァァァ……」

口を衝いて出て終った一言。決して、聞きたく無かった言葉。其をまさか自身の口から告げられようとは。

地下室が崩れん許りに啼いた。

「どうして……どうして……ずっと……我慢して、堪えて……なのに……其を……どうして口にしたのよォォウッ……」

春華は、終に、想いの丈を巴に、思い切り、打《ぶ》っ付けた。哀惜に震える才女の想いは、何時しか、

姫姜《ききょう》の哭泣《こっきゅう》に、掻き消されて行った。

母は死に、父を亡くし、心の友、飛雪《フェイシェ》を奪われ、果ては、全ての縁《よすが》である、残月《ざんげつ》をも現在《いま》、斯うして、失った。此の地に、幼帝の居場所は、最早無い。

現人神は、此の刻《とき》、一人の少女に廻《かえ》った。


鳥打ち帽子を目深に、慌てず、焦らず、なれども、速やかに、表門を目差し進む二人。都を遁《のが》れ、出国する為に。走れば怪しまれる。

雨は上がって居た。朧雲の下、往来は推測した依りも少なく助かった。然し、懸念す可き喫緊《きっきん》の問題が一つ。先ずは、正門の守衛所。次に街道の要所に設けた詰所。そして、最後は、辺境及び国境沿いに必須の関所。立て続けの騒擾で既に戒厳令が布かれて居るであろう是等をどう潜り抜けて往《ゆ》くのか。春華《しゅんか》は心を煩わし乍らも、泣き疲れ、活《い》きる気力さえをも削がれ、足を引き摺り、只、歩き続ける巴《ともえ》の小さな手を聢りと握り、連れ立つ。焦燥感に苛まれる柳水《りゅうすい》を衝き動かすものは唯一つ。国を出て、二度と還らぬ、と云う、楡《にれ》残月との約束事を果たして見せる、此の一念のみ。

ほんのりと二人の影を落とし始めた空模様の下、目抜き通りを女医は、怪しまれぬ様、注意深く歩行速度を緩める。二人は、結局、何も彼も置き去りに隠れ家を後にし、何の解決策も浮かばぬ儘、此所迄来て終ったのだ。

そんな折、ゴロゴロ、ギシギシ、と車輪を軋ませ荷車が後方から近付いて来るのが解る。其を遣り過ごそうと、路傍へ寄り、俯いた儘のろのろと歩く、其の二つの背中へ不意に、中年男性と思しき声が呼び止める。

「御二方。何方へ往《ゆ》きなさるので？」

其の声に、春華が一瞥を投げると其は、二頭立ての馬車であった。何も答えない二人へ馭者《ぎょしゃ》は、陽気な声で更に続ける。

「此の先の通用門で今、検問して居るそうですよ。何でも、大広場で、某とか云う御偉い大臣さんと軍隊とが派手に遣らかしたとか。それに今朝のあの火事。未だに鎮火出来て無いって言うじゃ有りませんかァ……何だか物騒な感じに成って来てる見たいですよ。へへェ。何はともあれ、繊妍《せんけん》な女性と……」

其処で男は馭者台から覗き込む風にしてから、

「……御嬢さん……？　御坊ちゃん！　……かなァ、の、二人旅は嘸《さぞ》、御困りでしょう。どうです？　御乗りに成っては。へへへェ」

と、喜色を向け、徐《おもむろ》に馬車を停めた。二頭は、何だか主人の誘いを促すかの様に小さく嘶《いなな》き、軽く頭を振って見せた。此の遣り取りを聞き付けたものか、幌の切れ目から瓜二つのにこにこ顔がひょっこりと現れた。同時に突き出したる二本の右手に握り締められた串には、喰い止《さ》しの団子が刺さって在った。

然し、女医は俯いた儘で、

「有り難う。……でも……どうぞ、御構い無く……」

何とか声を振り絞り、ぼそぼそと答えた。其を聞き取った男の子二人は、詰まん無いの、と云った風な落胆した顔を晒しつつ、喰い掛けの団子を美味しそうに、然も、同時に頬張った。そんな二人の間を割る様に顔を出す中年女性が此の子達に、中へ入ってな、と言わん許りに催促し乍ら小言を口にする。

「ほらほら、あんた達ッ、はしたない真似をすんじゃないよォ。ちゃんと坐って御食べッ。全く、もう……仕様の無い……」

どうやら、母親の様だ。頬を目一杯膨らませた瓜二つの顔を同時に引っ込ますと、照れ笑いを浮かべた其の女性が柳水《りゅうすい》と巴《ともえ》に向けて、話を切り出す。

「何だか、御免なさいね、御恥ずかしい所を御見せしちゃった見たいで……おほほほほ……。ねぇえ、狭苦しい所だけれど、乗って行きなさいなァ。遠慮なんか要ら無いよォ。ねェッ、あんたッ」

と、明朗な声で言い、語尾は馭者台へと向けられた。直ぐ様、其の問い掛けに主人は、顧眄《こべん》し、女性達へ、

「そうですともォウ。ほらァ、よく言うじゃ有りませんかァ。『旅は道連れ、世は情け』ってな具合に。ヘッヘエイ。そうで御座いましょう?」

そんな、話し慣れた陽気な感じの語調で答えた。そして更に、

「それにィ……」

と、話を続け始め乍ら、馭者《ぎょしゃ》が自分の足下に在る、革鞄の中をゴソゴソ為出し、須臾にして後ろを見返り、

「是が、須要《すよう》なんですよ、あの、守衛所を通過するには……」

何処か、由有り気な素振りで声を潜め気味に告げると、通行許可証を二人の方へ差し出す風にして見せた。

其の科白《せりふ》に女医は、はっとした。此処で漸くにして、亙りに舟を得た、と気付いたのだ。若しや……。と、穿った考えが過ったものの、傷悴《しょうすい》した巴への考慮も踏まえれば、背に腹は変えられぬ。そう決意を固める。

「……それでは、御言葉に甘えさせて戴きます」

と、帽子の庇から馭者の顔と証書とを瞻視して答えた。

其の言葉を耳にするや否や、婦人は、にこりと一粲《いっさん》して顔を引っ込めると、直ぐ様、幌の後方依り顔を出したらば、手際良く折り畳み梯子の留め金を外し、

「さあさあァ。御乗りなさいなァ」

と、満面に笑みを浮かべて出迎えた。

梯子も又、大歓迎と許りに勢い好く跳ね下り、「さあっ」と、誘《いざな》うのだった。

「ようこそ、我が家へ。さあァ、どうぞ、楽にして下さいまし。ヘッへへェ」

幌馬車の主人は明るい口調で、二人を招待した。

春華《しゅんか》は軽く会釈して中へ入った。其の背中に隠れる風に入った巴《ともえ》は、未だ俯いた儘だ。

「僕、倖太《こうた》」

「僕、涼太《りょうた》」

寸分違わずに、

「よろしくねっ」

どうやら団子は、滞り無く腹に収めたらしく、然も愉快げに笑い乍ら挨拶をした。すると二人は続け様に、息がぴったりと合った語調で話し出す。

「うちの父ちゃん、行商人なんだよう」

と、男の子達は、人懐こい笑顔を振り撒いた。其処へ不意に馭者台側から、嗄《しわが》れた声が掛かる。

「おやおや。何て可愛らしい坊やだこと。丸で天子様の様ですじゃぁ……」

と、切り株に似た椅子に蹲って坐りちゃんちゃんこを羽織る老婆が巴《ともえ》に向けて拝む。其を見た主人が慌てて制して、

「ばっ、祖母《ばぁ》ちゃん、よ、止しなったらッ。天皇陛下が、こんな所をうろうろする訳無いだろうよォォ……ハァ、全く……もう……」

べそをかく様な仕草で、跋が悪そうな顔を柳水等《りゅうすいら》に向けて、

「いやはや、申し訳有りません。悪気は無いんですよォ……ハハハ……まあ、あれです、何分、年寄りの言う事ですから……ハハ……御勘弁下さいまし……へへへ……」

と、きまりが悪いものか、頭を掻き乍ら照れ笑いをした。一拍置いて、何かを憶い出したのだろう、あっ、と云った表情を見せて、

「大変、申し遅れました。私は、橘《たちばな》と申しまして、先程、倅達が口にした通り、しがない行商人を生業《なりわい》と致しまして、各地を廻って居ります。ヘッへへェ」

簡略な自己紹介を済ませた。だが此処で急に、声を潜め、話し継ぐ。

「いえね、都へ久方振りに戻りましたら、今朝からもう何だか雰囲気が、こう、何と申しますか、陰鬱と申しますかァ……空気が張り詰めて居りまして……ハイ。ですから、さっさと仕入れを済まして終いましてね。早々に此所から退散しようかと……へェ。こんな商いをして居りますと其成りに伝《つて》が出来ますものでして、へェ」

と、此所で橘は、俯き加減の儘で佇む柳水の様子を窺う感じに一瞥を投げて見るも、反応が今一つで、正直、拍子抜けしたが、話を続ける。

「其処で……如何です？ こんな物騒な国なんか、捨てて終って、此の儘他所《よそ》へ、なぁんて……御一緒に。ハハハ……」

其所へ透かさず女房が割って入る。

「ちょっと、御前さんッ。何だい藪から棒にィ」

そう言い終えると、春華《しゅんか》と巴へ顔《ひと》を向け、話し継ぐ。

「何だか御免なさいねェ。悪い亭主じゃ無いんですよォ……ハハハ……それにしても、大火事や大捕り物やらが同じ日に、然も、早朝から在ると……ちょっとねェ……」

不安げな様子を見せた。そうして、坊や、と言い乍ら顔を近付ける。

「それにしても、本当に、雅びやかな顔立ちだこと……」

気恥ずかしさも相俟って、烏打ち帽子をより目深に被り直す姿へ嘆息混じりに恍惚と口にした。

そんな寿子《としこ》へ駿蔵《としぞう》が呆れ顔を露《あらわ》に、

「何だよ、御前迄……」

と、肩を竦めて見せた。駅者台《ぎょしゃ》へ戻ろうと振り向いた其の背に、春華《しゅんか》が、
「御願いします」
と、懇願の言葉を静かに伝え、深く頭を下げた。其の後ろで黙した儘佇む巴《ともえ》は、其の刻《とき》、何と。
静かに、辞儀をして居た。
其の言葉を耳にし、俟ってましたと許りに勢い好く振り向くや二人へ、
「ほいっ、来たァ。御任せあれェエ」
と、笑顔満面、陽気な声で答えて見せたなら、意気揚々として駅者台へ飛び乗る。
「行商人、橘駿蔵《たちばなとしぞう》ッ、腕の見せ所ォォアハハハ……なァんてね」
と、此所で二度《ふたたび》振り向き、片目を瞑って見せた。其を見て終った女房が、何だか片付かない、と
云った面持ちで照れ隠しに舌をチロリと出し、戯けて見せる。そうして徐に、折り畳み椅子を用意
し始めるのだった。亭主は、鞭を其の手に、はっ、と短く声を発し、軽く揮えば、小さな嘶《いなな》きと共
に二頭は、元気な、そして、軽快な脚取《あしど》りで、正門へと進む。二度《ふたたび》、車輪と車体を軋ませ動き出す
と、母親が、用意した椅子を勧め乍ら、春華と巴に問い掛ける。
「立ち入った事を聞く様で何だけど、二人は、あれかい？　親子なのかい？　住まいは此の界隈だ
ったのかい？」
と、気遣いを覗かせ、更に続ける。
「何だか、端《はた》から見てて、ちょっと心配になっちゃってねェ……御免なさいね。御節介だったかも
知れ無かったけど、まあ、緩《ゆっくり》して往《ゆ》きなよ。そうだ、坊や、御腹空いてるんじゃないかい？」

と、頬笑み掛ける婦人へ、唐突に柳水《りゅうすい》が言う。

「齢の離れた姉弟なんです」

「へっ⁉」

突然の返答に素っ頓狂な声を出すも、直ぐに、

「ああ、そうだったのかい。姉弟《きょうだい》だったのね。……やだよォあたしったらッ。ホホホホ……」

要らぬ詮索だった、と恥じたものか、照れ笑いを浮かべた。すると其所へ割り込む様にして双子が顔を並べて同時に喋り出す。

「これェ、食べるゥ？」

と、巴の眼前に差し出された二人の手には、一つづつ、計二つの大福餅が無造作に握られて居た。其を眼の当たりにした婦人はぎょっとするも、まあっ、此の子達と来たら、と云った風な呆れ顔で倅達を眺めた。だが、双子の兄弟は苦笑を洩らす母親の事なぞ目も呉れず、にかっ、と、一粲《いっさん》して見せる。

其の瓜二つの笑顔は、朝陽の様に爽やかで、眩しかった。

*

気紛れな薄陽が雲間から射し出す迎え梅雨の空。二頭立て幌馬車を見護《みまも》る存在《もの》が在った。

「愈《いよいよ》、旅立つか。あの二つの仄かな輝き……あの者達が、魂の普遍を説くやも知れぬ」

魂が容器《にくたい》を捉えたのか。或いは、肉体《うつわ》が魂を封じ籠めて終ったのか。

果たして、人間《ひと》は何処へ向かって往《ゆ》くのか。

若しや、本当は、何処にも向かってなぞ居やしないのではないのか。〝永遠〟と云う刹那の繰り返しを、永劫的継続を、此処で、斯うして、し続けて往《ゆ》くのみ、なのだとしたら。

嘗《かつ》て、〝ゼブラ〟と称された存在《もの》よ、教えて呉れ。此の宇宙にして見たならば、瞬息の間、泡沫《うたかた》の浮き世を漂う人間《ひと》とは、一体。


人間とは、畢竟《ひっきょう》、此の今生《こんじょう》に、苟且《かりそめ》にも、唯、存在する事しか出来無い生き物なのだと。

解るのだよ。

人類よ。


母燕が、ついと、巣から翔《と》ぶ。あれ程にけたたましく鳴いて居た雛達が突如、口を噤む。

父燕が、ついと、野山から帰ったならば、子等は一斉にして忙しなく鳴き立て、食事を強請《ねだ》る。

都の下町は、斯うして、流れる。恰も、初めからそうで在ったかの如く。

きっと、彼《あ》の妹尾《せのお》にも、少し遅れて軒下へ巣を掛けて居るに違いない。

楡残月《にれざんげつ》。

御前はもう、長閑な時は刻めまい。

其が、修羅の道。人斬りの人生《みち》。

完

著者プロフィール
上宿 歩（かみじく あゆむ）
1971年９月22日生、人類猫科、乙女座
愛知県出身、在住

苟且《かりそめ》

2018年３月15日　初版第１刷発行

著　者　上宿 歩
発行者　瓜谷 綱延
発行所　株式会社文芸社
〒160-0022　東京都新宿区新宿1－10－1
電話　03-5369-3060（代表）
03-5369-2299（販売）

印刷所　株式会社フクイン

ISBN978-4-286-19049-5

苟且《かりそめ》